Anne Bishop

Reine des ténèbres

La Trilogie des Joyaux noirs – tome 3

Traduit de l'anglais (États-Unis) par Élisabeth Luc

Bragelonne

Collection dirigée par Stéphane Marsan et Alain Névant

Titre original : *Queen of the Darkness*

Originellement publié par Roc, une maison d'édition de New American Library, une division de Penguin Group (USA) Inc.

Illustration de couverture :
© Larry Rostant *via* Artist Partners Ltd.

ISBN : 978-2-8112-0374-0

Bragelonne
60-62, rue d'Hauteville – 75010 Paris

E-mail : info@bragelonne.fr
Site Internet : www.bragelonne.fr

Pour Pat et Bill Feidner et pour Grace Tongue.

Remerciements

Merci à Lorna Czarnota et Tom Heim pour leurs leçons de tir à l'arc ; à Pat Feidner qui a toujours une histoire amusante à raconter quand j'ai besoin d'en entendre une ; aux membres du Cercle pour leurs fêtes, leur soutien et leur créativité ; à Kandra et Tatianna pour leur aide sur le site Internet ; et à tous les lecteurs qui ont pris part au merveilleux du Conte.

Joyaux

le Blanc
le Jaune
l'Œil-de-tigre
le Rose
le Ciel d'été
le Pourpre vespéral
———— l'Opale ————
le Vert
le Saphir
le Rouge
le Gris
le Gris ébène
le Noir

L'Opale sépare les Joyaux clairs des Joyaux sombres, car il peut être l'un ou l'autre.

Une personne qui fait une Offrande à la Ténèbre peut descendre d'un maximum de trois rangs à partir de son Joyau de naissance.

Exemple : un Blanc de naissance peut descendre jusqu'au Rose.

Hiérarchie du Lignage / Castes

Hommes

Les communs : tout homme ne faisant pas partie du Lignage.
Les membres du Lignage (hommes du Lignage) : terme générique désignant tous les hommes du Lignage, mais particulièrement ceux qui ne portent pas de Joyaux.
Les seigneurs de guerre : hommes du Lignage dont le statut équivaut à celui des sorcières.
Les princes : hommes du Lignage de statut équivalent à celui des prêtresses ou des guérisseuses.
Les princes de guerre : les plus dangereux des hommes du Lignage, extrêmement agressifs. Statut légèrement inférieur à celui d'une Reine.

Femmes

Les communes : toute femme ne faisant pas partie du Lignage.
Les membres du Lignage (femmes du Lignage) : terme générique qui désigne toutes les femmes du Lignage, mais particulièrement celles qui ne portent pas de Joyaux.
Les sorcières : femmes du Lignage portant des Joyaux, mais ne faisant pas partie des castes supérieures. Désigne aussi, plus généralement, toute femme du Lignage porteuse de Joyaux.
Les guérisseuses : sorcières qui guérissent les blessures physiques et les maladies. De statut égal à celui des prêtresses ou des princes.
Les prêtresses : sorcières chargées des Autels, des sanctuaires et des Autels Noirs. Témoins des fiançailles et des mariages. Procèdent aux Offrandes. De statut égal à celui des guérisseuses et des princes.

Les Veuves Noires : sorcières qui guérissent l'esprit. Elles tissent des toiles emmêlées de songes et de visions. Formées aux illusions et aux poisons.
La Reine : la sorcière qui gouverne le Lignage. Elle est considérée comme le centre vital des royaumes, le centre de moralité du Lignage, et est donc celle autour de qui gravite la société.

Première partie

Chapitre premier

1. Terreille

Dorothéa SaDiablo, Grande Prêtresse du Territoire appelé Hayll, gravit lentement les marches menant à la vaste estrade en bois. C'était une matinée radieuse de début d'automne. Draéga, la capitale d'Hayll, se trouvant au sud, les journées étaient encore chaudes. Drapée dans une épaisse cape noire, Dorothéa était en nage. Sous sa profonde capuche, elle avait les cheveux humides et la peau moite de sa nuque la démangeait. Peu lui importait. Dans quelques minutes, elle pourrait ôter sa pèlerine.

Arrivée sur l'estrade, elle vit la bâche rugueuse tendue sur l'avant de la scène, près de la foule qui attendait. Machinalement, elle se mit à respirer par la bouche en haletant légèrement. C'était de la folie. Elle avait exploité tous les sorts qu'elle connaissait pour garder secret ce qui se trouvait sous cette toile jusqu'au moment opportun. Se forçant à respirer normalement, elle traversa l'estrade pour s'arrêter à environ un mètre de la bâche.

Les reines de tous les Territoires du royaume de Terreille l'observaient d'un air méfiant, chargé de ressentiment. Elle avait exigé que chacune soit accompagnée de ses deux plus puissantes reines de province et de tous les princes de guerre qui la servaient. Elle avait conscience que nombre d'entre elles, surtout celles des Territoires situés à l'extrême ouest, s'attendaient à tomber dans quelque piège.

Eh bien, elles avaient vu juste, les garces ! Mais, si Dorothéa utilisait bien son appât, elles se jetteraient dans la gueule du loup sans réfléchir une seconde.

Elle leva les bras. Les murmures s'atténuèrent parmi la foule, puis ce fut le silence. Faisant appel à l'Art pour amplifier sa voix, afin d'être entendue de tous, elle passa à l'étape suivante de son mortel jeu de pouvoir.

— Chers frères et sœurs, je vous ai mandés ici pour vous informer d'une terrible découverte que j'ai faite récemment, d'un danger qui menace chaque membre du Lignage dans tout le royaume de Terreille.

» Par le passé, j'ai commis des actes d'une cruauté indicible. J'ai provoqué la destruction de Reines et de certains des meilleurs mâles du royaume. J'ai semé la terreur dans le Lignage afin de prendre le pouvoir sur Terreille. Moi, une Grande Prêtresse qui sait mieux que quiconque qu'une prêtresse ne saurait remplacer une Reine, quelles que soient ses compétences ou sa force dans l'Art.

» Je porterai le fardeau du chagrin engendré par mes actes pour le reste de mes jours, mais laissez-moi vous dire ceci : quelqu'un s'est servi de moi ! Il y a quelques semaines, tandis que j'utilisais mes compétences de Veuve Noire pour tisser une toile emmêlée de songes et de visions, j'ai par inadvertance percé un voile mental qui m'entourait depuis des siècles, depuis que je suis Grande Prêtresse d'Hayll. En me frayant un chemin à travers le brouillard mental, j'ai enfin vu ce que mes toiles emmêlées cherchaient à me dire depuis si longtemps.

» Quelqu'un cherche à s'emparer de Terreille et à assujettir tout le Lignage de ce royaume. Mais ce n'est pas moi. Je ne suis que l'instrument d'un être monstrueux et malveillant qui vise à nous écraser, nous consumer, qui se joue de nous comme un chat tourmente une souris avant de lui porter le coup fatal. Ce monstre porte un nom, un nom redouté depuis des millénaires, et à juste titre. Notre destructeur n'est autre que le Prince de la Ténèbre, le Sire d'Enfer.

Des murmures embarrassés parcoururent l'assemblée.

— Vous en doutez ? demanda Dorothéa en criant.

Elle arracha sa pèlerine et la jeta de côté. Ses fins cheveux blancs, qui lui tombaient sur les épaules, étaient encore épais et bruns, quelques semaines plus tôt. Son visage aux traits tombants et strié de rides se tordit en une grimace. Des larmes embuèrent ses yeux dorés tandis que les murmures faisaient place à des exclamations choquées.

— Voyez ce qui m'est arrivé après que je me suis battue pour me libérer de ces sorts insidieux. Regardez-moi donc ! Tel est le prix que j'ai payé pour que vous preniez conscience du danger.

Cherchant son souffle, Dorothéa posa une main sur sa poitrine.

Son Intendant s'avança et la prit gentiment par le bras pour la soutenir.

— Il faut cesser, Prêtresse. C'est trop dur. Vous ne pouvez endurer cela.

— Non, souffla Dorothéa, utilisant toujours l'Art pour amplifier sa voix. Je dois tout leur dire tant que je le peux encore. Je n'en aurai peut-être plus l'occasion. Quand il saura que je suis au courant, pour lui...

La foule se tut.

Baissant la main, Dorothéa se tint aussi droite que possible, passant outre la douleur qui lui parcourait tout le dos.

— Je n'ai pas été l'unique instrument du Sire d'Enfer. Il y en a parmi vous qui ont eu la malchance d'avoir Daimon Sadi et Lucivar Yaslana à leur service, dans leur cour. Que la Ténèbre me pardonne. J'ai envoyé ces monstres dans des Territoires fragiles et, à cause d'eux, des reines sont mortes. Parfois, des cours entières se sont déchirées. Comme Prythienne, Grande Prêtresse d'Askavi, j'ai cru que nous les envoyions servir dans d'autres cours de façon délibérée, dans l'espoir de les maintenir sous contrôle. Or nous avons été incitées à les dépêcher dans ces Territoires *parce que ce sont les fils du Sire d'Enfer* ! Ils sont de la graine de cette créature bestiale et, en grandissant, ils sont devenus ses outils de destruction. Le contrôle que Prythienne et moi pensions exercer sur eux n'était qu'une illusion, un écran de fumée masquant leurs véritables motivations.

» Ils ont disparu tous les deux il y a plusieurs années. La plupart d'entre nous espérions qu'ils étaient morts. Ce n'est pas le cas. J'ai appris de la bouche de frères et sœurs courageux qui vivent désormais dans ce Territoire de Kaelir que l'on appelle Petite Terreille que Yaslana et Sadi se trouvent dans le Règne d'Ombre, où le Sire d'Enfer vit en se faisant passer pour le prince de guerre de Dhemlan. Les enfants de la vipère sont de retour dans le nid.

» Ce n'est pas tout. Le Sire d'Enfer a exercé une influence malsaine sur la plupart des reines de Territoire de Kaelir, ainsi qu'un contrôle absolu sur une jeune femme qui est la plus puissante sorcière de tous les royaumes. S'il parvient à utiliser la force de cette personne, il va nous surpasser, à moins que nous frappions les premiers. Nous n'avons pas le choix, mes frères et sœurs. Si nous n'écrasons pas le Sire d'Enfer et tous ceux qui sont à son service, les actes cruels que j'ai commis en étant son instrument auront l'air de jeux d'enfant en comparaison de ce qu'ils s'apprêtent à accomplir.

Dorothéa marqua une pause.

— Beaucoup d'entre vous ont des amis ou des êtres chers qui ont fui vers Kaelir pour échapper à la violence sévissant en Terreille. Voyez ce qui est arrivé à nombre de ceux qui se sont précipités dans les bras attirants du Sire d'Enfer.

En faisant appel à l'Art, elle arracha la bâche couvrant l'avant de l'estrade. Puis elle posa une main sur sa bouche pour ne pas céder à une nausée, tandis que les mouches s'envolaient des cadavres mutilés.

Des cris d'effroi s'élevèrent. Un hurlement strident de chagrin et de rage perça, suivi de plusieurs autres, à mesure que les spectateurs les plus proches de l'estrade reconnaissaient ce qui restait d'un visage ou un bijou spécifique.

En se servant une fois de plus de l'Art, Dorothéa tira doucement la bâche sur les dépouilles. Puis elle attendit quelques minutes, le temps que les cris fassent place à des sanglots étouffés.

— Sachez ceci, reprit-elle. J'utiliserai tout l'Art que j'ai appris, toutes les forces que je possède pour vaincre ce monstre. Mais, si je reste seule, je suis certaine de perdre. Si nous sommes solidaires et luttons ensemble, nous avons une chance de nous débarrasser du Sire d'Enfer et de ceux qui le servent. Beaucoup d'entre nous ne survivront pas à la bataille, mais nos enfants… (sa voix se brisa, et elle ne put reprendre tout de suite) mais nos enfants connaîtront la liberté que nous leur aurons apportée à ce prix.

En se retournant, elle trébucha. Son Intendant et son maître de la Garde l'aidèrent à traverser l'estrade et à descendre les marches. Les yeux pleins de larmes et d'une fierté féroce, elle les laissa l'installer dans la voiture ouverte pour effectuer le court trajet menant à sa demeure. Lorsqu'ils voulurent l'accompagner, elle secoua la tête.

— Votre devoir vous retient ici, dit-elle d'une voix faible.

— Mais, Prêtresse…, protesta le maître de la Garde.

— Je vous en prie, insista Dorothéa, votre force me sera plus utile si vous restez ici.

Faisant venir une feuille de papier pliée, elle la tendit à l'Intendant.

— Si ces reines demandent à me voir, organisez une audience cet après-midi.

Elle lut une protestation dans son regard, mais il ne dit rien.

Son cocher fit démarrer lentement son attelage.

Dorothéa s'adossa sur son siège et ferma les yeux pour masquer sa jubilation. *Voilà, sale fils de pute, j'ai lancé les hostilités. Et maintenant, il n'y a rien que tu puisses faire dont je ne sois à même de me servir contre toi.*

2. Terreille

Malgré la chaleur du soleil matinal, Alexandra Angelline frissonna. Elle attendait le retour de Philippe Alexandre, parti examiner les cadavres déchiquetés gisant sur l'estrade en bois. Elle jeta un sort de tiédeur sur son châle en laine épaisse. Il ne produisit guère d'effet : aucune source de chaleur externe ne parviendrait à atténuer le froid qui s'était insinué en elle.

Il est trop tôt, songea-t-elle désespérément. *Wilhelmina a franchi la Porte hier matin. Elle ne peut faire partie...*

Vania et Nyselle, les deux reines de province qui l'accompagnaient, étaient déjà retournées à l'auberge, ainsi que leurs suites. Elles n'avaient pas proposé d'attendre avec elle. Quelques années auparavant, quelques *semaines*, même, elles seraient restées. À l'époque, elles croyaient encore en elle, en dépit des problèmes que connaissait sa famille.

Quelques semaines plus tôt, des messages cryptiques étaient parvenus aux trente meilleures sorcières de Chaillot, y compris à elle-même et à sa fille Lilande, les invitant à visiter Boisgenêt. Ils promettaient que serait dévoilée la vérité sur le sort de leurs jeunes parentes admises à l'hôpital puis disparues sans laisser de trace. Construit pour soigner les enfants psychologiquement instables, Boisgenêt était fermé depuis plusieurs années, depuis qu'une mystérieuse maladie rongeait des dizaines d'hommes des familles de la cour de Beldon Mor, capitale de Chaillot, une affection qui semblait liée à ce lieu.

Les sorcières étaient arrivées le soir prévu et avaient appris les secrets et les horreurs de Boisgenêt. Leur guide, une démonite nommée Rose, s'était montrée sans pitié en leur présentant les fantômes. Une prêtresse retrouva sa cousine, disparue quand elles étaient enfants ;

elle avait été emmurée. Une reine de province reconnut les restes de la fille d'une amie.

Elles découvrirent les salles de jeu, les cellules avec leurs lits étroits, le potager et la fille unijambiste.

Pétrifiées par ce spectacle, elles suivirent Rose, qui souriait en leur racontant par le menu comment et pourquoi chaque enfant était morte. Elle leur parla des petites démonites parties vers le Sombre Royaume pour vivre avec les autres cildru dyathe. Elle récita les noms des oncles de Boisgenêt, ces hommes qui avaient approuvé et utilisé ce terrain de jeux charnels et pervers. Et elle énuméra une liste de sorcières brisées issues de familles de la cour qui avaient été « guéries » de leur instabilité affective et dépouillées de leur pouvoir interne avant de rentrer chez elles.

L'un des hommes cités par Rose était Robert Bénédict, l'ex-mari de Lilande, membre éminent du conseil des hommes, un conseil déjà décimé par cette mystérieuse maladie.

Quand une guérisseuse du groupe s'était enquise des origines de cette affection, Rose avait souri une fois de plus et déclaré : « C'est Boisgenêt, le joli poison. Il n'y a pas de remède contre Boisgenêt. »

Alexandra crispa les mains sur son châle et frissonna de plus belle.

La rage qui avait balayé Chaillot avait anéanti l'île. Beldon Mor n'était plus qu'un champ de bataille. Les membres du conseil des hommes qui n'avaient pas encore succombé à la maladie étaient cruellement exécutés. Plusieurs hommes issus des familles de la cour avaient été empoisonnés, puis de nombreux autres avaient fui vers les auberges ou leurs clubs, car ils n'osaient plus boire ni manger quoi que ce soit venant des mains des femmes de leurs familles.

À l'issue de la première vague de rage, les sorcières avaient reporté leur furie sur Alexandra. Elles ne l'incriminaient pas pour Boisgenêt, qui avait été construit alors qu'elle n'était pas encore reine de Chaillot, mais elles lui reprochaient amèrement son aveuglement. Elle était si obsédée par sa volonté d'empêcher Hayll de prendre l'ascendant sur Chaillot, et de conserver son pouvoir face au conseil des hommes, qu'elle n'avait pas vu le danger déjà présent. À leurs yeux, elle ne s'était pas mieux défendue qu'une femme qui aurait reproché à un homme de toucher ses seins alors qu'il avait déjà la verge glissée entre ses cuisses.

Elles lui en voulaient parce que Robert Bénédict avait vécu chez elle, pendant toutes ces années, et qu'il avait couché avec sa fille. Si elle n'était pas à même de reconnaître un danger qui se trouvait sous ses yeux, jour après jour, alors comment pouvait-elle s'avérer capable de protéger son peuple contre une menace d'un autre genre ?

Elles lui en voulaient pour Robert Bénédict et pour toutes les jeunes sorcières mortes ou brisées à Boisgenêt.

Elle-même s'en voulait de ce qui était arrivé à Jaenelle, sa petite-fille cadette. Elle avait permis que cette enfant étrange et difficile soit enfermée en ce lieu. Certes, elle ignorait les secrets de Boisgenêt mais, si elle avait prêté l'oreille aux histoires fantaisistes de Jaenelle, si elle avait su y déceler le désir d'attention d'une enfant au lieu d'y voir un problème agaçant d'ordre social, sa petite-fille n'aurait jamais été envoyée à Boisgenêt. Et, si elle n'avait pas sous-estimé la haine qu'éprouvait l'enfant envers le docteur Carvet, aurait-elle appris la vérité plus vite ?

Elle l'ignorait. D'ailleurs, il était trop tard pour chercher des réponses.

Et voilà qu'un nouveau problème familial se présentait. Onze ans plus tôt, Wilhelmina Bénédict, la fille de Robert, née d'un premier mariage, s'était enfuie en affirmant que Robert lui avait fait des avances sexuelles. Philippe Alexandre, demi-frère bâtard de Robert, avait retrouvé sa nièce, mais avait refusé de dire où elle était. À l'époque, Alexandra était furieuse qu'il lui cache l'endroit où se trouvait Wilhelmina. Ces derniers temps, elle s'était même demandé si Philippe n'avait pas une idée de ce que dissimulait Boisgenêt, d'autant plus qu'il était en grande partie responsable de la fermeture de l'établissement.

Quelques jours plus tôt, Alexandra avait reçu une lettre de Wilhelmina, l'informant qu'elle partait pour Kaelir, le Règne d'Ombre. À vingt-sept ans, elle n'était plus une jeune fille, mais qu'importe : elle faisait quand même partie de la famille. Elle demeurait sa petite-fille.

Alexandra secoua la tête pour chasser ces pensées. Philippe marchait vers elle. Retenant son souffle, elle chercha son regard gris.

— Elle ne se trouve pas parmi les cadavres, annonça-t-il posément.

Alexandra poussa un soupir de soulagement.

— Ténèbre soit louée...

Toutefois, elle comprenait son sous-entendu : elle ne s'y trouvait pas encore.

Philippe lui offrit son bras, qu'elle accepta volontiers. C'était un homme bon, au contraire de son demi-frère. Elle s'était réjouie de son union avec Lilande, et davantage encore quand, au terme d'une année de vie commune, ils avaient décidé de se marier.

Alexandra se tourna de nouveau vers l'estrade où Dorothéa SaDiablo avait tenu ce discours effroyable.

— Vous croyez ses affirmations ? demanda-t-elle doucement.

Philippe l'accompagna parmi les groupes de personnes tellement choquées qu'elles cherchaient encore le courage d'examiner les cadavres mutilés.

— Je ne sais pas. Même si la moitié de ses paroles étaient sensées… Si Sadi…

Il s'étrangla.

Alexandra faisait toujours des cauchemars à propos de Daimon Sadi. Philippe aussi, mais pour d'autres raisons. Sadi avait menacé Alexandra la dernière fois que Jaenelle avait été placée à Boisgenêt. Il lui avait donné un aperçu de la tombe. En actionnant son sombre pouvoir pour briser l'Anneau d'obéissance, il avait détruit la moitié du Lignage Orné de Beldon Mor. Prise dans ce déploiement de force explosive, la puissance de Philippe avait été ramenée au rang du Vert, son Joyau de naissance.

— Nous pouvons prendre une diligence ce soir, annonça Philippe. Si nous prenons un billet pour l'une de celles qui chevauchent les Vents noirs, nous serons rentrés dès demain.

— Pas encore. J'aimerais que vous parliez à l'Intendant de Dorothéa. Voyez si vous pouvez m'obtenir une audience.

— Vous êtes reine, répondit Philippe. Vous ne devriez pas avoir à implorer une prêtresse de vous recevoir, peu importe qui…

— Philippe, l'interrompit-elle en serrant la main sur son bras, je vous remercie de votre loyauté, mais nous ne sommes plus que des mendiants, à l'heure actuelle. Je ne puis me perdre en conjectures. Si je ne suis pas persuadée que Dorothéa n'est pas le monstre qu'elle a toujours semblé être, je suis certaine que le Sire d'Enfer représente une menace plus importante. (Elle frémit.) Nous devons nous rendre en Kaelir pour retrouver Wilhelmina. Nous ne pouvons nous permettre d'y aller sans en savoir le plus possible sur l'ennemi, quelle que soit la source de nos informations.

— D'accord, admit Philippe. Et Vania et Nyselle ? Viendront-elles avec nous ?

— Elles resteront ou viendront, à leur guise. Peu leur importera ce que je fais, répondit-elle avec un soupir. Qui aurait cru, il y a encore un mois, que je devrais un jour envisager de m'allier à Dorothéa ?

3. Terreille

Kartane SaDiablo errait dans le parc paysager, faisant de son mieux pour ne pas voir les regards interrogateurs ou apitoyés des rares personnes qui ne s'étaient pas repliées dans les bâtiments.

Il avait attendu que la voiture de Dorothéa disparaisse avant de s'éloigner de l'estrade. Les cadavres mutilés exposés aux regards ne le troublaient guère. Feu d'Enfer, Dorothéa en avait fait autant, voire pire encore, rien que pour s'amuser. Or, nul ne semblait s'en souvenir. À moins que la plupart des imbéciles présents n'aient jamais été témoins des lubies de la Grande Prêtresse.

Mais l'Intendant et le maître de la Garde… *crétins de couilles molles*. En aidant Dorothéa à monter en voiture, ils avaient carrément les larmes aux yeux ! Comment pouvaient-ils supposer qu'elle était sous l'emprise d'un sort depuis des siècles, qu'elle ne s'était jamais délectée de la souffrance de ses victimes ?

Certes, elle semblait sincère et pleine de remords, mais il n'y croyait pas une seconde. Aucun homme ayant eu à honorer Dorothéa n'y aurait cru. Pas Daimon, en tout cas.

Daimon. Le fils du Sire d'Enfer. Voilà qui en disait long sur son « cousin ». Pendant toutes ces années, Dorothéa savait-elle que Daimon était élevé comme un bâtard ? Sans doute. Ce qui signifiait que le Sire ne ressentait pas d'amour pour la Grande Prêtresse d'Hayll.

Ce qui le ramenait à ses propres préoccupations.

La mystérieuse maladie qui sévissait depuis presque treize ans le rongeait. Tous les autres hommes connaissant le secret du petit terrain de jeu de Boisgenêt étaient déjà morts et enterrés. Lui qui était hayllien, l'une des espèces des longs-vivants, lui qui n'était jamais retourné sur Chaillot, il était le dernier à survivre. Et il sentait que le temps commençait à manquer…

Depuis la révélation du lien existant entre la maladie et Boisgenêt, quelques semaines plus tôt, il avait réfléchi, quand son esprit n'était pas trop tourmenté par ses cauchemars. Il en arrivait toujours à la même conclusion : les seules guérisseuses susceptibles de soigner ce mal avant qu'il l'emporte, et les seules à ignorer sa cause, se trouvaient en Kaelir. Elles servaient sans doute à la cour des reines de Territoires qui, si Dorothéa n'avait pas menti sur ce point, se trouvaient sous la coupe du Sire d'Enfer. Grâce au petit discours de Dorothéa, il détenait désormais une information que, selon lui, le Prince de la Ténèbre jugerait très intéressante.

Satisfait de sa décision, Kartane sourit. Il passerait quelques jours de plus à glaner des renseignements, puis il se rendrait au Règne d'Ombre.

4. Terreille

Ravie que Dorothéa ait choisi un salon privé et non une salle de réception officielle, Alexandra Angelline s'installa avec précaution dans un fauteuil. Cette entrevue s'annonçait déjà assez pénible, aussi était-elle satisfaite de ne pas avoir à endurer en plus une cour d'Hayllíens sarcastiques.

Mais se trouver seule en compagnie de Dorothéa avait aussi ses inconvénients. Elle avait entendu dire que la Grande Prêtresse d'Hayll avait été très séduisante. Certes, le fantôme de cette beauté était encore là, mais la femme qu'elle voyait avait les épaules résolument voûtées et le dos courbé. Des taches de vieillesse parsemaient ses mains. Quant à son visage, ses cheveux...

Cela finit par arriver à tout le monde, songea Alexandra en regardant Dorothéa verser du thé dans des tasses délicates. Mais que pouvait-on ressentir lorsque, après être allée se coucher dans la force de l'âge, on se réveillait le lendemain matin en étant une vieillarde ?

— Je vous suis... reconnaissante de m'avoir accordé une audience, déclara Alexandra en essayant de ne pas s'étrangler en prononçant ces paroles.

Les lèvres de Dorothéa esquissèrent un léger sourire tandis qu'elle tendait une tasse à Alexandra.

— Je m'étonne que vous l'ayez sollicitée, répondit-elle en retrouvant son sérieux. Nous ne nous sommes jamais rencontrées, par le passé. Avec ce qui est arrivé à votre famille, vous pourriez avoir de bonnes raisons de me détester. (Elle hésita, but une gorgée de thé et reprit doucement :) Ce n'est pas moi qui ai eu l'idée d'envoyer Sadi sur Chaillot, mais je ne me rappelle pas qui l'a suggéré ni pourquoi j'ai accepté. Je dois encore percer le voile qui couvre ces souvenirs.

Alexandra porta la tasse à ses lèvres, mais la reposa sans boire.

— Vous croyez que le Sire d'Enfer a tout organisé ?

— Oui. Sadi constitue une arme superbe et redoutable, dont son père sait se servir à merveille. Et ils ont atteint leur objectif.

— Quel objectif? demanda Alexandra avec fougue. Sadi a déchiré ma famille et tué ma dernière petite-fille. Qu'est-ce que cela lui a rapporté?

Dorothéa recula, but une gorgée de thé et dit doucement :

— Vous oubliez, ma Sœur, qu'on n'a jamais retrouvé le cadavre de cette jeune fille.

Quelque chose dans le regard impatient de Dorothéa fit frémir Alexandra.

— Cela ne veut rien dire. Sadi est un fossoyeur très discret.

Elle posa sa tasse et sa soucoupe sur la table sans avoir bu une goutte de thé.

— Je ne suis pas venue évoquer le passé, reprit-elle. À quel point le Sire d'Enfer représente-t-il un danger?

— Daimon Sadi est le fils de son père. Cela répond-il à votre question?

Alexandra s'efforça en vain de réprimer un frisson.

— Et vous pensez vraiment qu'il veut détruire le Lignage de Terreille?

— J'en ai la certitude, répondit Dorothéa en effleurant ses cheveux blancs. J'ai payé le prix fort pour l'acquérir.

— Mon autre petite-fille, Wilhelmina Bénédict, est récemment allée en Kaelir, dit Alexandra.

Dorothéa se crispa.

— Récemment?

— Elle a franchi la Porte hier.

— Ô Nuit! s'exclama Dorothéa en s'écroulant dans son fauteuil. Je regrette, Alexandra. Je suis sincèrement désolée.

— Le prince Philippe Alexandre et moi avons l'intention de nous rendre en Kaelir dès que cette « foire aux services » sera terminée et que les visiteurs seront de nouveau acceptés. J'espère que nous pourrons la retrouver et convaincre la reine avec qui elle a signé un contrat de la relâcher.

— Elle court un danger bien plus important, dit Dorothéa, inquiète.

— Il n'y a aucune raison qu'elle attire l'attention de quiconque, assura Alexandra d'une voix rendue stridente par la peur. Il n'y a pas de raison qu'elle accepte un contrat en dehors de Petite Terreille.

— Je vois deux raisons : le Sire d'Enfer et la sorcière qu'il contrôle. Si vous ne la trouvez pas rapidement, Wilhelmina finira dans ses bras sombres. Alors, il n'y aura plus d'espoir pour elle.

Malgré la chaleur qui régnait dans la pièce, le dos d'Alexandra fut parcouru d'un frisson.

Dorothéa se contenta de l'observer pendant un moment.

— Je vous l'ai dit, Sadi et le Sire d'Enfer ont atteint leur objectif. Nul ne traque longtemps un cadavre quand les vivants ont besoin d'attention. Et on n'a jamais retrouvé la dépouille de votre petite-fille.

Alexandra regarda fixement Dorothéa.

— Vous pensez que Jaenelle n'est autre que cette sorcière puissante que le Sire d'Enfer contrôle ? Jaenelle ? (Elle émit un rire amer.) Feu d'Enfer, Dorothéa ! Jaenelle n'est même pas capable de lancer des sorts enfantins.

— Quand on sait lire entre les lignes de certaines archives peu… disponibles de l'histoire du Lignage, on découvre qu'il y a eu quelques femmes, rares, Ténèbre soit louée, possédant des réservoirs énormes de puissance qu'elles ne pouvaient maîtriser seules. Elles avaient besoin d'un… lien affectif avec un être capable de canaliser leur pouvoir pour s'en servir. Mais elles n'avaient pas toujours le choix sur la façon de l'utiliser. (Dorothéa s'interrompit.) Les derniers ragots de Petite Terreille sur le jouet du Sire d'Enfer la décrivent comme « excentrique », quelque peu « dérangée sur le plan affectif ». Cela vous évoque-t-il quelque chose ?

Alexandra eut l'impression d'étouffer. Pourquoi n'y avait-il pas assez d'air, dans cette pièce ?

— Si vous l'acceptez, je vous donnerai toute l'aide possible, proposa Dorothéa en la regardant d'un air triste. Libre à vous de ne pas tenir compte de ce que je viens de vous dire, Alexandra, mais vous ne pouvez ignorer le fait que la sorcière apprivoisée du Sire d'Enfer, celle que Daimon Sadi l'a aidé à acquérir, porte le nom de Jaenelle Angelline.

5. Terreille

Dorothéa écarta les lourds rideaux sombres et observa le jardin plongé dans l'obscurité. Elle se sentait épuisée, aussi bien physiquement qu'émotionnellement. Comme elle aurait aimé enfoncer ses ongles dans les yeux des hommes de son Premier Cercle pour effacer leur regard plein d'un espoir pathétique ! Ils étaient prêts à saisir n'importe quel prétexte pour expliquer son comportement au cours des siècles écoulés. Ils avaient tellement envie de croire que c'était un homme qui l'avait rendue cruelle, un homme qui l'avait manipulée et qui contrôlait ses pensées, un homme qui l'avait aidée à accéder au pouvoir et à devenir suffisamment méchante pour amadouer la plupart des autres Territoires de Terreille, puis se les approprier.

Ils ne voulaient lui reconnaître aucun mérite. À leurs yeux, il fallait qu'elle soit une victime pour qu'ils n'aient pas honte d'être à son service, pour qu'ils puissent prétendre servir par sens de l'honneur et non par avarice et par peur.

Eh bien, quand Kaelir tomberait, elle apporterait quelques changements à sa cour. Peut-être même ferait-elle en sorte que ces fous meurent au combat, étouffés par leur maudit sens de l'honneur.

— Vous avez bien agi, aujourd'hui, ma Sœur, dit une voix dure mais toujours juvénile. Je n'aurais pas mieux fait.

Dorothéa ne se retourna pas. La vision d'Hékatah, Prêtresse Noire et Grande Prêtresse d'Enfer autoproclamée, lui retournait toujours l'estomac.

— Il s'agissait de vos propres mots, et non des miens. Je ne m'étonne donc pas que vous soyez satisfaite.

— Vous avez encore besoin de moi, poursuivit Hékatah avec dédain en se dirigeant d'un pas traînant vers un fauteuil, au coin du feu. Ne l'oubliez pas.

— Je ne l'oublie jamais, répondit Dorothéa, le regard rivé sur le jardin.

C'était Hékatah qui avait décelé son potentiel quand elle n'était encore qu'une jeune sorcière qui apprenait les devoirs d'une prêtresse, ainsi que l'Art des Veuves Noires. C'était Hékatah qui avait nourri ses ambitions et ses rêves de pouvoir, qui avait désigné les rivales éventuelles susceptibles d'entraver ces désirs. C'était Hékatah qui l'avait aidée à éliminer ces concurrentes. La Prêtresse Noire était toujours là, à chaque étape de son parcours, pour la guider, la conseiller.

Dorothéa ne se rappelait pas le moment précis où elle avait compris qu'Hékatah avait besoin d'elle autant qu'elle avait besoin d'Hékatah.

À cause de cette dépendance mutuelle, elles se méprisaient, mais elles étaient liées par un rêve partagé de pouvoir sur tout un royaume.

— Vous croyez vraiment que, après tout ce que nous avons fait pour prendre le contrôle de Terreille, ces reines vont croire que tout était la faute du Sire d'Enfer ?

— Si vous jetez correctement les sorts de persuasion, il n'y a aucune raison qu'elles n'y croient pas, répondit Hékatah d'une voix pleine de fiel.

— J'ai entièrement confiance en mes compétences dans l'Art, Prêtresse, répliqua Dorothéa avec tout autant de venin en se tournant vers elle.

— Vos capacités ne vous ont pas aidée à échapper au sort dont Sadi vous a enveloppée, pourtant.

— Pas plus que les vôtres ne vous ont protégée ou aidée à réparer les dégâts.

Hékatah émit un sifflement de rage. Dorothéa se tourna de nouveau vers la fenêtre avec un bref sentiment de satisfaction, car sa pique avait fait mouche.

Sept ans plus tôt, Hékatah avait tenté de prendre le contrôle de Jaenelle Angelline et d'éliminer Lucivar Yaslana. Son plan avait mal tourné, et le retour de flamme l'avait privée de sa capacité à se faire passer pour une vivante en lui donnant l'aspect d'un cadavre desséché et décomposé. Au début, elle n'avait cessé d'affirmer qu'elle avait simplement besoin de consommer de grandes quantités de sang frais pour retrouver son corps. Les démonites étaient des esprits qui avaient encore trop de pouvoir psychique pour retourner vers la Ténèbre, de sorte qu'ils habitaient de la chair morte. Si leur pouvoir perdurait et pouvait être renouvelé, il leur était possible de conserver leur corps en consommant du sang. Mais rien ne pouvait rendre son aspect à Hékatah. Sa chair sans vie avait été vidée de toute sa substance, et les sept dernières années avaient vu la longue dégradation de son corps mort cinquante mille ans plus tôt.

— Elles croiront le Sire d'Enfer responsable de toute la perversion de Terreille, dit Hékatah.

Elle s'approcha suffisamment de Dorothéa pour que son reflet soit visible sur la vitre de la fenêtre, malgré la nuit.

— Elles veulent y croire, reprit-elle. Il est un mythe, une histoire terrifiante que l'on se murmure depuis des millénaires. Et quiconque a des doutes sur ce qu'il est n'en aura plus le moindre sur Yaslana et Sadi. L'idée que ces trois-là sont réunis et qu'ils se servent d'une puissante sorcière comme d'un instrument suffira à dresser Terreille contre Kaelir. Finalement, peu importe la raison pour laquelle ils se battront. L'important, c'est qu'ils se battent.

—Depuis cet après-midi, nous avons une alliée récalcitrante : Alexandra Angelline, reine de Chaillot, annonça Dorothéa en esquissant un sourire cruel. Le fait de découvrir que sa petite-fille cadette avait passé toutes ces années sous la coupe du Sire d'Enfer à cause de Daimon Sadi l'a beaucoup choquée. (Hékatah fronça les sourcils.) Elle est folle, mais elle n'est pas stupide. Si elle parvient à convaincre Jaenelle de l'aider à garder le contrôle sur Chaillot…

—Elle ne pense pas que Jaenelle ait du pouvoir, répondit Dorothéa en secouant la tête. Je l'ai lu dans ses yeux. Je lui ai concocté une petite histoire sur certaines femmes possédant des réservoirs de pouvoir brut. Elle n'y a pas cru non plus. Elle peut accepter l'idée que Sadi et le Sire d'Enfer aient voulu Jaenelle pour des raisons personnelles et perverses, mais elle persiste à croire ce qu'elle veut sur Jaenelle Angelline. Dès qu'elle arrivera en Petite Terreille, le seigneur Jorval sera là pour lui proposer son assistance. Il ne révélera jamais que Jaenelle est la Reine d'Ébènaskavi. Et je doute qu'Alexandra avale quoi que ce soit de ce qu'on lui dira au Manoir.

Hékatah éclata d'un rire jubilatoire.

—Et j'imagine que, quand elle rencontrera le prince Sahtan Daimon SaDiablo, Sire d'Enfer, elle sera plus qu'heureuse de nous transmettre toute information qu'elle jugera utile pour nous.

—S'il découvre sa tromperie… (Hékatah haussa les épaules.) Eh bien, nous aurions dû nous débarrasser d'elle après la guerre, de toute façon.

Dorothéa observa leur reflet dans la vitre. Elles avaient été deux femmes superbes, autrefois. À présent, Hékatah ressemblait à un cadavre dévoré par les vers, quant à elle…

Sadi avait créé un sort capable de vieillir et de déformer son corps, mais il n'avait rien fait pour atténuer ses appétits sexuels. Si le Lignage le surnommait le Sadique, elle n'avait pas totalement pris conscience de l'intensité de sa cruauté avant cela. Il connaissait ses appétits. Comment en aurait-il été autrement, puisqu'il avait dû les satisfaire, quand il était jeune ? Il connaissait aussi l'humiliation qu'elle endurerait en lisant la révulsion dans les yeux des hommes qu'elle chevaucherait, au lieu de ce mélange excitant de désir et de peur. Après sa confession larmoyante, elle ne pourrait même plus profiter de cela.

— Vous avez informé vos reines fantoches qu'elles devront renoncer à leurs plaisirs les plus imaginatifs, dans l'immédiat ? s'enquit Hékatah.

— Oui, répondit Dorothéa, irritée. Difficile de dire si elles s'abstiendront.

— Quiconque dérogera à cette règle devra être éliminé.

— Comment expliquer cela ?

Hékatah émit un bougonnement d'impatience.

— De toute évidence, elles se trouvent elles aussi sous la coupe du Sire d'Enfer. Votre lutte galante pour vous libérer de son emprise a également délivré nombre de vos Sœurs, mais, hélas, pas toutes. Il suffira qu'une ou deux d'entre elles soient tuées pour que les autres comprennent le message et se conduisent bien.

— Et après notre victoire ?

— Après notre victoire, nous ferons ce que bon nous semblera. Nous régnerons sur les royaumes, Dorothéa ; pas uniquement sur Terreille, mais sur tous : Terreille, Kaelir et Enfer.

Pour mieux savourer cette perspective, Dorothéa se tut pendant un long moment. Puis, à contrecœur, elle demanda :

— Vous croyez vraiment que la peur qu'inspire le Sire d'Enfer suffira à déclencher une guerre ? Vous pensez réellement que cela fonctionnera ?

Les lèvres presque inexistantes d'Hékatah se retroussèrent en un rictus redoutable.

— Cela a fonctionné, la dernière fois, dit-elle.

6. Kaelir

La reine d'Arachna s'installa près de l'épaule de la femme lasse à la chevelure d'or, adossée à la paroi lisse d'un rocher.

— *C'est mauvais ?* demanda la grande araigne dorée de sa voix douce.

Jaenelle Angelline écarta ses cheveux de son visage et soupira. Elle plissa légèrement ses yeux saphir au regard hanté face au soleil de ce début de matinée tandis qu'elle examinait une fois de plus les fils délicats de la toile emmêlée qu'elle avait tissée durant la nuit.

— Oui, c'est mauvais. Une guerre s'annonce. Une guerre entre les royaumes.

— *On peut l'empêcher ?*

Jaenelle secoua lentement la tête :

— Non. Nul ne peut l'empêcher.

L'araignée remua, mal à l'aise. Autour de la femme, l'air avait un goût de tristesse et s'emplissait d'une rage froide grandissante.

— *Les bipèdes se sont déjà battus. C'est pire, cette fois ?*

— Tu peux regarder.

Acceptant cette invitation formelle, la reine des Araigniens ouvrit son esprit aux songes et aux visions de la grande toile emmêlée que Jaenelle avait tissée entre un rocher et un arbre voisin.

Tant de mort. Tant de souffrance et de chagrin. Une souillure rampante salissait ceux qui restaient.

S'écartant des songes et des visions, elle examina la toile elle-même et remarqua deux détails étranges. D'abord, un délicat anneau d'argent serti d'un Joyau ébène, placé au milieu. Il était rare qu'un éclat de Joyau soit inséré dans la toile emmêlée car la magie qui la façonnait était puissante et dangereuse. Ce Joyau particulier appartenait à Jaenelle, qui était Sorcière, le mythe vivant, les rêves faits chair. L'autre élément insolite était la pyramide. De nombreux fils étaient reliés à cet anneau, mais trois d'entre eux étaient tendus par-dessus, formant un triangle tout autour de lui.

Intriguée, l'araignée poursuivit son examen de la toile. Elle avait déjà vu cette pyramide. Force, passion, courage. Loyauté, honneur, amour. Elle goûtait presque la saveur virile de ces fils.

— Si Kaelir relève le défi de Terreille et entre en guerre, dit doucement Jaenelle, il détruira le Lignage des deux royaumes. Tout le Lignage. Même la parentèle.

— *Certains vivront. Il en est toujours ainsi.*

— Pas cette fois. Oh, certains survivront physiquement au conflit, mais…

La voix de Jaenelle se brisa. Elle se ressaisit en respirant profondément.

— Toutes mes sœurs, reprit-elle, tous mes amis auront disparu. Toutes les Reines seront parties. Tous les princes de guerre.

— *Tous ?*

— Il ne restera aucune Reine pour guérir le pays, aucune Reine pour assurer la cohésion du Lignage. Le massacre se poursuivra jusqu'à ce qu'il n'y ait plus personne à tuer. Les sorcières seront aussi stériles que les terres arides. Le pouvoir qui nous a été accordé voici bien longtemps sera l'arme ultime de notre destruction si Kaelir entre en guerre avec Terreille.

— *Il faut se battre*, dit l'araignée. *Il faut endiguer la souillure rampante.*

Jaenelle esquissa un sourire amer.

— La guerre ne l'arrêtera pas. Je sais qui a semé la graine, et, si le fait d'éliminer Dorothéa et Hékatah pouvait nous éviter ce désastre, je les détruirais tout de suite. Mais cela n'empêcherait rien, car il est trop tard. Les abattre ne ferait que retarder les choses, ce qui serait encore pire. Le lieu et le moment sont propices pour laver le Lignage de cette souillure.

— *Vous parlez de voies qui ne mènent nulle part !* gronda l'araignée. *Vous dites qu'on ne peut se battre mais qu'il faut le faire. Seriez-vous troublée ? Peut-être déchiffrez-vous mal la toile.*

Jaenelle tourna la tête vers l'araignée, l'air à la fois amusé et grave.

— Où donc ai-je appris à tisser une toile emmêlée ? Si je ne la déchiffre pas bien, c'est peut-être qu'on m'a mal appris à le faire.

L'araignée fit appel à l'Art pour émettre un bourdonnement dur indiquant une forte réprobation. *Ce n'est pas la faute de l'araignée enseignante si la petite araignée cherchait davantage à attraper des mouches qu'à écouter ses leçons.*

Le rire velouté et cristallin de Jaenelle résonna.

— Je n'ai jamais essayé d'attraper une seule mouche. Et j'ai vraiment prêté attention à l'araignée enseignante. Après tout, c'était la reine des Tisseuses de songes, à l'époque.

Visiblement convaincue, la reine des Araigniens se détendit.

L'entrain de Jaenelle retomba lorsqu'elle posa ses yeux saphir sur la toile.

— Terreille va entrer en guerre.

— *Alors, Kaelir ira à la guerre.*

— Cette toile indique deux voies, déclara Jaenelle tout bas.

— *Non*, répondit l'araignée d'un ton ferme. *Une toile, une vision. Telle est la voie.*

— Deux voies, insista Jaenelle. Selon la seconde voie, Kaelir n'entre pas en guerre contre Terreille, et les Reines et les princes de guerre survivent pour guérir et protéger le Règne d'Ombre.

— *Alors, qui fera la guerre à Terreille ?*

Jaenelle hésita.

— La Reine de la Ténèbre.

— *Mais c'est vous, la Reine !*

Jaenelle poussa un long soupir.

— Une guerre qui nettoie les royaumes, règle les dettes, reprend le pouvoir qui a été accordé. Il y a une voie. Il doit y avoir une voie, mais la toile ne peut pas encore me la montrer à cause de cela. (Elle désigna la pyramide.) Ce n'est pas la pyramide de la Reine. (Elle effleura le côté gauche du triangle.) Ce fil est le Sire d'Enfer. (Elle traça la base du triangle.) Et ce fil-là est Lucivar.

Son doigt hésita sur le côté droit de la forme.

— Mais ce fil-là n'est pas Andulvar. Il devrait l'être, puisqu'il est le maître de la Garde, toutefois il s'agit de quelqu'un d'autre. Une personne qui n'est pas encore là, qui peut me guider vers les réponses dont j'ai besoin pour emprunter cette autre voie.

— *Le fil n'indique pas son nom ?*

— Il dit que le miroir arrive. Quel genre de réponse…

Tendue, Jaenelle se mit à genoux.

— Daimon, murmura-t-elle. Daimon.

L'araignée parut mal à l'aise et s'agita. Sorcière avait parfumé l'air d'un plaisir intense en murmurant ce nom mais, sous le plaisir, il y avait un relent de peur.

— Il faut que je parte, dit vivement Jaenelle en se relevant d'un bond. Je dois encore passer dans quelques Territoires de la parentèle avant de retourner au Manoir.

Elle hésita et lança un regard à l'araignée.

— Avec ta permission, reprit-elle, j'aimerais garder ceci un moment.

— *Vos toiles sont les bienvenues chez les Tisseurs de songes.*

Levant une main, Jaenelle utilisa l'Art pour dresser un bouclier protecteur sur les fils de la toile emmêlée. Elle regarda de nouveau l'araignée.

— Que la Ténèbre t'enveloppe, ma Sœur.

— *Vous de même, Sœur Reine*, répondit l'araignée d'un ton formel.

La reine des Araigniens attendit que Jaenelle s'engage sur l'un des Vents, trames psychiques traversant la Ténèbre, avant d'utiliser l'Art pour flotter doucement vers la toile emmêlée.

Une toile, une vision. Telle était la voie. Mais quand Sorcière tissait une toile…

Faisant appel à son instinct et à toute son expérience, l'araignée effleura prudemment de la patte un petit fil qui pendait de l'anneau ébène. La toile emmêlée lui montra la seconde voie.

L'araignée recula vivement.

— *Non!* cria-t-elle en projetant un fil de communication psychique aussi loin que possible. *Non! pas une seconde voie. Pas une réponse! N'empruntez pas cette voie!*

Pas de réponse. Pas même un vacillement de l'esprit puissant de Sorcière indiquant qu'elle avait entendu.

— *N'empruntez pas cette voie,* répéta l'araignée tristement, car elle voyait clairement où s'arrêtait ce chemin.

Peut-être pas. Sorcière savait tisser une toile emmêlée mieux que toute autre Veuve Noire, mais même Sorcière ne parvenait pas toujours à sentir toutes les saveurs des fils.

La reine des Araigniens se tourna de nouveau vers la toile et sentit un léger soubresaut. Marchant dans l'air, elle suivit le mouvement vers un fil proche du côté de la toile accroché à l'arbre. Prudemment, elle frotta le fil d'une de ses pattes.

Un chien. L'animal marron et blanc qu'elle avait vu dans la première toile qu'elle avait tissée après la saison froide. Elle avait demandé à Sorcière d'amener le chien Ladvarienne vers l'île des Tisseurs. Elle voulait voir ce prince de guerre, et elle voulait qu'il la voie.

Elle tira sur le fil de Ladvarienne et sentit sa vibration parcourir la toile. De nombreux fils reliés à l'anneau ébène, les fils de la parentèle, se mirent à briller vivement. Les fils humains scintillaient, aussi, mais de façon moins marquée. Elle devrait s'en souvenir. Et cette pyramide…

La patte toujours posée sur le fil de Ladvarienne, l'araignée laissa son esprit naviguer vers la grotte secrète, la grotte sacrée, au cœur de l'île. Les reines des Araigniens s'y étaient rendues maintes fois pour écouter des songes, et pour tisser, fil à fil, les toiles très spéciales qui reliaient les songes à la chair, qui étaient le premier pas concret dans la création de Sorcière.

De petites toiles. De plus grandes. Parfois, une seule espèce, un seul type de songeur avait rêvé Sorcière pour la faire exister. D'autres fois, les songeurs venaient d'endroits différents, avec des besoins différents que quelqu'un avait rassemblés pour ne former qu'un seul rêve.

Quand le songe avait fait son temps dans la chair et qu'il ne parcourait plus les royaumes, la reine des Araigniens coupait avec respect les fils d'ancrage qui retenaient la toile aux parois de la grotte, roulait la soie en une boule qu'elle déposait dans une niche, puis utilisait l'Art pour inciter des cristaux à pousser au-dessus de l'ouverture. De nombreuses niches étaient fermées, plus qu'en avait conscience le Lignage humain. Cela dit, les membres de la parentèle avait toujours été des songeurs plus fidèles que les hommes.

Dans la grotte se trouvait une toile depuis très, très longtemps. Au fil des générations, les reines des Araigniens avaient frotté un de ses fils d'ancrage, avaient écouté les songes avant d'y ajouter d'autres fils. Il y avait tant de songeurs dans cette toile, tant de songes réunis ! Vingt-cinq ans plus tôt, selon les critères humains, ce songe avait enfin été fait chair.

Au cœur de cette toile spéciale se trouvait un triangle. Trois songeurs puissants. Trois fils qui avaient été renforcés tant de fois qu'ils étaient désormais épais et très puissants.

Et chaque reine, tandis qu'elle consumait la chair librement offerte de celle qui était venue avant elle, avait entendu la même chose : *Souviens-toi de cette toile. Connais cette toile. Connais-en chaque fil.*

L'araignée porta encore son esprit sur la nouvelle toile.

Des rêves faits chair. Un esprit nourri dans la Ténèbre, façonné par des rêves. Et une toile emmêlée nourrie de la même façon, cachée dans une grotte remplie d'un pouvoir ancien, qui guidait cet esprit vers le bon type de chair.

Par moments, l'araignée avait vu des choses terribles dans ses toiles de songes et de visions. Elle s'était demandé si cet esprit particulier avait, en fait, trouvé la chair adéquate. Elle s'était demandé si, peut-être, certains des fils étaient trop anciens. Non, il existait une raison pour que cette toile ait été façonnée en cette chair. La douleur et les blessures n'étaient pas la faute des rêves, ni des songeurs.

L'araignée tira la soie de son corps et l'attacha avec soin au fil de Ladvarienne.

Bon. Sorcière choisirait la seconde voie, sans se rendre compte que, tandis qu'elle sauverait Kaelir et ceux qu'elle aimait, elle détruirait également le cœur de Kaelir.

Projetant un fil d'ancrage entre le tronc d'arbre et une branche robuste, la reine des Araigniens se mit à tisser sa propre toile emmêlée.

Chapitre 2

1. Kaelir

Lucivar Yaslana revint à la première page du long inventaire de noms calligraphiés avec soin. Il s'écarta du bureau, quelque peu amusé par la réaction de ces hommes tiraillés entre le désir de consulter les listes de cette table et celui de ne pas trop s'approcher de *lui*.

C'était l'un des avantages qu'il avait sur ceux qui erraient de table en table pour parcourir les répertoires de candidats à la foire aux services : nul ne le bousculait, nul ne se plaignait du temps qu'il mettait à étudier les noms. Qui aurait voulu se frotter à un prince de guerre orné au Gris ébène, un guerrier eyrien de formation, un homme au tempérament féroce qui avait la réputation de laisser libre cours à sa colère, de jouer des poings sans jamais hésiter ? Si l'on ajoutait à cela son appartenance à l'une des familles les plus puissantes du royaume et le fait qu'il servait la Cour Sombre d'Ébènaskavi, il n'y avait pas de quoi s'étonner de la peur qu'il inspirait.

En dépit de ces arguments de poids, il n'était pas à l'aise à la foire aux services de Goth, capitale de Petite Terreille. Qu'importait le nom qu'on lui donnait : cette foire lui rappelait par trop les ventes d'esclaves qui avaient encore cours au royaume de Terreille.

Se dirigeant lentement vers la porte, Lucivar prit une profonde inspiration, qu'il regretta aussitôt. La vaste salle était bondée et, malgré les fenêtres ouvertes, l'air empestait la sueur et la crasse ; il était saturé de la peur et du désespoir qui semblaient suinter des centaines de noms figurant sur ces listes.

Dès qu'il eut quitté le bâtiment, Lucivar déploya ses ailes sombres et membraneuses. Était-ce un geste de défi lui permettant de se venger de toutes les fois où ses mouvements naturels lui avaient valu la lacération du fouet, ou bien voulait-il simplement sentir le soleil et le vent sur ses ailes, après avoir été enfermé pendant plusieurs heures ? À moins qu'il s'agisse d'un moyen de se rappeler qu'il était désormais le client, et non la marchandise...

Repliant ses ailes, il gagna le coin du champ de foire réservé au campement eyrien.

Il avait relevé plusieurs noms eyriens qui l'intéressaient, mais n'avait pas trouvé le seul nom, un nom hayllien, celui pour lequel il avait parcouru ces maudites listes au cours de ces dernières heures. Cela faisait cinq ans qu'il cherchait le nom de Daimon sur ces documents, depuis que les imbéciles du Conseil Obscur avaient décidé que cette foire aux services semestrielle était le moyen de canaliser les centaines de personnes qui fuyaient Terreille en quête d'un refuge en Kaelir. Comme chaque fois, il se demanda pourquoi le nom de Daimon ne figurait nulle part. Et, comme chaque fois, il rejeta toutes les raisons plausibles, sauf une : il ne cherchait pas le bon nom.

Toutefois, c'était peu probable. Peu importait sous quelle identité Daimon Sadi se rendrait en Kaelir. Une fois à la foire, il se servirait de son vrai nom. Il y avait trop de gens susceptibles de le reconnaître. Pour un mensonge à propos des Joyaux que l'on portait, la peine était l'expulsion immédiate du royaume, soit pour retourner en Terreille, soit vers la mort ultime. Changer de nom tout en admettant être orné au Noir le ferait passer pour un fou, car il était le seul homme en dehors du Sire d'Enfer à avoir été orné au Noir dans toute l'histoire du Lignage. Par la Ténèbre, Daimon avait bien des défauts, mais il n'était certainement pas un imbécile.

Faisant fi de sa propre déception, Lucivar se demanda comment il allait expliquer la situation à Ladvarienne. Le prince de guerre sceltie avait tellement insisté pour que Lucivar vérifie les listes avec le plus grand soin, cette fois-là... Il semblait tellement sûr de lui. La plupart des gens auraient trouvé étrange qu'il appréhende de décevoir un chien qui lui arrivait aux genoux mais, étant donné que le meilleur ami de cet animal pesait quatre cents kilos de férocité féline, il ne pouvait se permettre de négliger les sentiments canins.

Lucivar repoussa ces pensées en atteignant le campement eyrien : un vaste enclos de terre battue, un baraquement en bois mal construit, une pompe à eau et une grande auge. Il n'était pas si différent des enclos à esclaves de Terreille. Certes, ceux qui avaient encore des marks-or ou des billets-argent pouvaient bénéficier d'un hébergement plus confortable, sur le champ de foire, avec de l'eau chaude et un vrai lit, au lieu d'un sac de couchage posé par terre. En général, toutefois, il leur fallait se débrouiller pour avoir l'air présentable après des journées passées à attendre, pleins d'espoir. Même ici, parmi des êtres d'une espèce pour lesquels l'arrogance était une seconde nature, il captait des relents d'épuisement provoqués par le manque de nourriture, de sommeil, et un énervement extrême. Il goûtait presque le désespoir ambiant.

Lucivar franchit la barrière. La plupart des femmes se trouvaient près du baraquement. Les hommes restaient regroupés, à proximité de la palissade. Certains l'observèrent, d'autres firent mine de ne pas le voir. En le reconnaissant, quelques-uns se crispèrent et détournèrent les yeux, dédaignant le bâtard qu'il avait lui-même cru être autrefois.

Néanmoins, plusieurs s'approchèrent de lui dans une posture pleine de bravade.

Lucivar leur adressa un sourire arrogant, acceptant ouvertement le défi, puis il leur tourna le dos pour se diriger vers le prince de guerre concentré sur deux garçons qui s'entraînaient au combat au bâton.

En remarquant sa présence, l'un d'eux oublia son partenaire, qui profita de l'occasion et lui assena un coup violent dans le ventre.

— Feu d'Enfer, mon garçon ! lança le prince de guerre d'un ton si irrité que Lucivar ne put réprimer un sourire. Tu as de la chance de n'avoir qu'un bleu au ventre et non un trou dans la caboche. Tu as baissé ta garde !

— Mais..., bredouilla le jeune inconnu en levant la main pour attaquer.

Le prince de guerre se crispa, sans se retourner toutefois.

— Si tu commences à te soucier d'un homme qui ne t'a pas encore atteint, celui que tu combats déjà te tuera.

Enfin, il se retourna lentement et écarquilla les yeux.

Le sourire de Lucivar s'élargit.

— Tu déclines, Hallevar. Jadis, tu m'infligeais des bleus au ventre, puis tu me donnais une claque pour avoir encaissé ton coup.

— Tu baisses la garde, lors d'un combat ? demanda Hallevar en grommelant.

Lucivar se contenta de rire.

— Alors pourquoi râler ? reprit Hallevar. Reste tranquille, mon garçon, et voyons cela.

Les deux jeunes gens semblaient stupéfaits par le manque de respect d'Hallevar à l'égard d'un prince de guerre. Les hommes qui avaient remarqué Lucivar et avaient décidé de parler ou de se battre formaient un demi-cercle à sa droite. Mais il demeura immobile tandis que le regard d'Hallevar errait sur son corps. Il ne dit rien en réaction aux grommellements approbateurs de son aîné et réprima un rire en voyant l'air furibond d'Hallevar lorsque son regard atteignit ses épais chevaux noirs mi-longs.

Sa coiffure rompait en effet avec la tradition, car les guerriers eyriens portaient les cheveux courts pour priver l'ennemi de toute prise. Mais après s'être échappé des mines de sel de Pruul, huit ans plus tôt, pour se retrouver en Kaelir, au lieu de mourir, il avait abandonné quelques coutumes. Ce faisant, il en avait adopté d'autres, encore plus anciennes.

— Bon, grogna enfin Hallevar, tu as bien profité, même si ton visage est loin d'être aussi beau que celui de ce bâtard sadique que tu appelles ton frère. Il peut tout de même faire illusion avec les dames si tu parviens à maîtriser ton sale caractère. (Il se frotta la nuque.) Mais c'est le dernier jour de la foire, ce qui ne te laisse guère de temps pour attirer l'attention de quiconque.

— À toi non plus, répondit Lucivar, et faire travailler ces garçons ne montrera à personne ce dont tu es capable.

— Qui voudrait les bas morceaux quand il peut avoir le filet ? marmonna Hallevar en détournant les yeux.

— Ne commence pas à creuser ta propre tombe, rétorqua Lucivar, qui s'en voulait d'être à ce point soulagé alors que les yeux d'Hallevar brillaient de colère. Tu es un combattant aguerri, un maître d'armes expérimenté, et il te reste suffisamment d'années devant toi pour former encore une génération ou deux. Il s'agit simplement d'un autre genre de champ de bataille, alors prends tes armes et sors tes tripes.

Hallevar sourit malgré lui. Histoire de changer de sujet, Lucivar se tourna vers les autres hommes. Du coin de l'œil, il remarqua que certaines femmes s'approchaient, amenant de jeunes enfants.

Il refoula les émotions qui montaient en lui, un peu trop près de la surface. Il devait trier avec soin. Il y avait ceux qui pouvaient s'adapter au mode de vie du Lignage en Kaelir et mèneraient une vie agréable. Et il y avait ceux qui mourraient rapidement et de façon violente faute de pouvoir ou de vouloir s'habituer. Lucivar avait fait quelques mauvais choix au cours des premières foires en accordant sa confiance à mauvais escient. Depuis, il portait la culpabilité des vies brisées de deux sorcières violées et battues. Jamais il n'oublierait la rage malsaine qu'il avait ressentie en exécutant les Eyriens responsables de ces crimes. Ensuite, il avait fait en sorte de trouver un soutien lors de ses décisions. S'il ne pouvait se fier à son propre jugement, il n'avait jamais douté de celui de Jaenelle.

— Lucivar.

Lucivar porta son attention vers le prince de guerre orné au Saphir qui s'était placé à l'avant du groupe.

— Falonar.

— Prince Falonar, corrigea celui-ci d'un ton hargneux.

Lucivar esquissa un rictus mauvais.

— Je pensais que nous ferions fi de tout formalisme, car je suis certain qu'un courtisan tel que vous n'oublierait jamais la politesse la plus élémentaire.

— Pourquoi vous devrais-je une politesse élémentaire ?

— Parce que c'est moi qui suis orné au Gris ébène, répondit Lucivar trop bas, en modifiant juste assez sa posture pour que son interlocuteur y lise le défi et réagisse en conséquence.

— Arrêtez, tous les deux ! lança Hallevar. Nous sommes tous en terrain glissant, en ce lieu. Il ne faudrait pas qu'on nous tire le tapis sous les pieds parce que vous vous disputez pour savoir qui a la plus grosse ! Je vous ai corrigés tous les deux quand vous n'étiez encore que de petits morveux, et j'en suis encore capable !

Lucivar sentit toute tension s'envoler et fit un pas en arrière. Hallevar savait aussi bien que lui qu'il pouvait briser le vieil homme de ses mains ou de son esprit, mais Hallevar avait été l'une des rares personnes à l'avoir considéré comme un guerrier en puissance sans se soucier de sa lignée ou de son absence d'ascendants.

— Voilà qui est mieux, dit Hallevar à Lucivar avec un signe de tête approbateur. Quant à toi, Falonar, tu as reçu quelques offres, ce qui est davantage que la plupart d'entre nous. Tu devrais peut-être y réfléchir.

Le visage de Falonar se ferma.

— Je le suppose, admit-il avec un long soupir. On dirait bien que ce bâtard ne va pas se montrer.

— Quel « bâtard » ? demanda tranquillement Lucivar.

D'autres femmes et certains des hommes qui avaient refusé de le regarder s'approchèrent.

Ce fut le jeune seigneur de guerre qui répondit :

— Le prince de guerre d'Ébènerih. Nous avions entendu dire…

— Vous avez entendu… ? s'enquit Lucivar.

La façon dont l'homme s'était aventuré plus près de la sorcière qui tenait une adorable fillette dans ses bras ne lui avait pas échappé. Lucivar plissa ses yeux dorés tout en ouvrant davantage ses sens psychiques. Une petite Reine. Il posa le regard sur le garçonnet qui agrippait fermement la jupe de la femme. Il y avait là de la force, du potentiel. Il sentit un changement s'opérer en lui, ses sens s'aiguiser.

— Qu'avez-vous entendu dire ?

Le seigneur de guerre en eut la gorge nouée.

— Que c'est un bâtard impitoyable, mais il se montre juste, quand on le sert bien. Et il ne…

La peur qui se lisait dans le regard de la femme et la façon dont sa peau brune avait pâli attisèrent la colère de Lucivar.

— Et il ne laboure pas une femme à moins qu'elle l'y invite, dit-il trop doucement.

Lucivar perçut un éclair de colère féminine, près de lui. Avant qu'il puisse en déterminer la source, il se rappela la présence des enfants, qui portaient déjà trop de cicatrices, sans doute.

— Vous avez entendu. C'est la vérité.

Falonar s'agita, ce qui attira l'attention et le courroux de Lucivar vers une personne capable de le contenir. Il adressa un regard dur à Hallevar et à plusieurs autres hommes qu'il avait connus avant que des siècles d'esclavage l'éloignent des cours eyriennes et des camps de chasse.

— C'est cela que tu attendais ? demanda-t-il d'un ton qui se voulait neutre.

— N'est-ce pas ce que tu aurais attendu, toi ? répliqua Hallevar. Ce n'est peut-être pas le Territoire que nous connaissions en Terreille, mais on l'appelle Askavi, ici aussi, et il ne nous semblera peut-être pas si… étrange.

Lucivar serra les dents. L'après-midi touchait à sa fin. Il avait des choix à faire, et tout de suite. Il se tourna de nouveau vers Falonar.

— Vous allez vous étrangler chaque fois que vous recevrez un ordre de ma part ?

— Pourquoi devrais-je recevoir des ordres venant de vous ? rétorqua Falonar, visiblement tendu.

— Parce que je suis le prince de guerre d'Ébènerih.

Le choc. Un silence pesant. Plusieurs hommes, surtout ceux qui s'étaient aventurés près d'eux, l'observèrent avec dégoût avant de s'éloigner.

— Vous avez déjà un contrat ? demanda Falonar, la mine perplexe.

— Un contrat de longue date. Réfléchissez bien, prince Falonar. Si servir sous mes ordres vous est insupportable, vous feriez mieux d'accepter une autre offre car, si vous brisez les règles que j'établis, je vous déchirerai. Vous et tous ceux qui attendent feriez mieux de penser à ce qu'est Ébènerih.

— C'est le Territoire du Fort, dit Hallevar. Tout comme la Vallée Noire en Terreille. Nous le savons.

Lucivar hocha la tête tout en soutenant le regard de Falonar.

— Il existe une différence de taille, déclara-t-il avant de marquer une pause. Je sers à la Cour Sombre d'Ébènaskavi.

Plusieurs personnes retinrent leur souffle. Falonar écarquilla les yeux, puis il observa le Joyau gris ébène qui pendait de la chaîne en or, autour du cou de Lucivar. C'était un regard respectueux, et non insultant, qu'il lui jetait.

— Il y a vraiment une Reine ? demanda-t-il.

— Oh, oui, répondit posément Lucivar. Il y a une Reine. Sachez également ceci : je lui présenterai mes choix concernant ceux qui me serviront en Ébènerih, mais c'est elle qui aura le dernier mot. Si elle dit « non », vous partirez. (Il observa les personnes tendues et silencieuses qui l'observaient.) Il ne me reste que peu de temps pour me décider. J'attendrai près de la barrière. Ceux qui sont intéressés pourront me parler là-bas.

Il se dirigea vers la clôture, sentant tous les regards rivés sur lui. Il tourna le dos et scruta les enclos qui servaient de zones d'attente pour les personnes des autres espèces. Il ne vit rien.

Cela n'aurait plus dû avoir d'importance. Ici, il avait un endroit, une famille, une Reine qu'il aimait et qu'il était honoré de servir. Il était respecté pour son intelligence, ses qualités de guerrier et les Joyaux qu'il arborait. Et il était apprécié et aimé pour lui-même.

Mais il avait cru être un bâtard pendant mille sept cents ans. Les insultes et les coups qu'il avait reçus dans sa jeunesse, dans les camps de chasse, avaient affiné le tempérament redoutable qu'il tenait de son père. Par la suite, les cours dans lesquelles il avait servi en tant qu'esclave lui avaient conféré une note de cruauté ultime.

Cela n'aurait plus dû avoir d'importance. Cela n'avait vraiment plus d'importance. Il ne devait pas se permettre d'en souffrir. Mais il savait aussi que si Hallevar décidait de retourner en Terreille ou d'accepter les miettes que pourrait lui proposer une autre cour, au lieu de signer un contrat avec lui, il faudrait longtemps avant que le prince de guerre d'Ébènerih soit de retour à la foire aux services.

— Prince Yaslana.

Lucivar faillit sourire en réponse à la réticence qu'il percevait dans la voix de Falonar, mais il conserva une expression neutre.

— Vous avez déjà du mal à admettre la situation ?

La méfiance qu'il lisait dans les yeux de Falonar l'étonnait.

— Nous ne nous sommes jamais appréciés, pour un tas de raisons. Nous n'avons pas à nous estimer maintenant pour travailler ensemble. Nous avons lutté côte à côte contre les Jhinkas. Vous savez de quoi je suis capable.

— Nous étions inexpérimentés, à l'époque. Nous étions tous les deux sous les ordres d'un autre, répondit Lucivar avec prudence. Cette fois, c'est différent.

Falonar hocha sombrement la tête.

— Cette fois, c'est différent. Mais, pour avoir la chance de servir en Ébènerih, je suis prêt à mettre le passé de côté. Et vous ?

Ils avaient été rivaux, concurrents, deux jeunes princes de guerre en lutte pour prouver leur suprématie. Falonar était ensuite entré au service de la Grande Prêtresse du Premier Cercle d'Askavi. Lucivar était parti en esclavage.

— Pouvez-vous obéir aux ordres ? demanda Lucivar.

Ce n'était pas une question déraisonnable. Les princes de guerre respectaient des règles envers eux-mêmes. À moins qu'ils aient donné leur cœur ainsi que leur corps, obéir aux ordres n'était facile pour aucun d'entre eux. Déjà autrefois, ce n'était pas chose aisée pour eux.

— Je peux obéir aux ordres, dit Falonar, avant d'ajouter dans sa barbe : quand j'arrive à les encaisser.

— Et vous êtes disposé à respecter les règles que j'ai fixées, même si vous devez pour cela perdre certains des privilèges auxquels vous vous attendiez peut-être ?

Falonar plissa ses yeux dorés.

— Je suppose que vous ne brisez plus aucune règle ? demanda-t-il.

Cette question étonna Lucivar qui se mit à rire.

— Oh, il m'arrive encore d'en briser certaines ! Et je me fais réprimander.

Falonar ouvrit la bouche, mais la referma aussitôt.

— L'Intendant et le maître de la Garde, déclara sèchement Lucivar, répondant à une question tacite.

— Ces Joyaux vous donneraient de l'influence, dit Falonar en désignant d'un signe de tête le Gris ébène de Lucivar.

— Pas avec ces deux-là.

Falonar parut surpris, puis pensif.

— Depuis combien de temps êtes-vous là ?

— Huit ans.

— Vous avez déjà dépassé la durée de votre contrat.

Lucivar adressa à Falonar un sourire un peu tendu.

— Placez vos ambitions ailleurs, prince, suggéra-t-il. Moi, j'ai un contrat à vie.

— Je croyais que les princes de guerre devaient servir cinq ans dans une cour, poursuivit Falonar, un peu crispé.

Lucivar opina et réprima le plaisir qui le submergea lorsqu'il vit Hallevar venir vers lui.

— C'est le temps requis, confirma-t-il avec un sourire cruel. La Dame n'a mis que trois ans à se rendre compte que ce n'était pas ce que j'avais accepté.

— Comment est-elle ? s'enquit Falonar, hésitant.

— Merveilleuse. Belle. Terrifiante, répondit Lucivar en toisant Falonar. Vous venez en Ébènerih ?

— Je viens en Ébènerih.

Falonar adressa un signe de tête à Hallevar et s'écarta pour lui laisser de la place.

— J'aimerais vous accompagner, lança brusquement Hallevar.

— Mais ? s'enquit Lucivar.

Hallevar regarda par-dessus son épaule, vers les deux garçons qui se trouvaient trop loin pour les entendre. Il se tourna de nouveau vers Lucivar :

— J'ai dit que c'étaient les miens, avoua-t-il.

— Et c'est vrai ?

Le regard d'Hallevar s'enflamma.

— S'ils étaient à moi, je les aurais reconnus, que leurs mères renient ou non ma paternité. Un enfant n'est pas considéré comme un bâtard quand un géniteur est cité, même si l'homme n'a aucune chance d'en être le père.

Ces paroles lui firent mal. Prythienne, la Grande Prêtresse d'Askavi en Terreille, et Dorothéa SaDiablo avaient tissé leurs mensonges afin de le séparer de Luthevienne, sa mère, et elles avaient modifié son acte de naissance pour que les gens ne sachent pas qui était son vrai père. Il avait été abasourdi d'apprendre que le ressentiment qu'il portait en lui à cause de cette duperie n'était rien comparé à la rage de Sahtan.

— La mère de l'un est prostituée dans une demeure de la Lune Rouge, expliqua Hallevar. Il est logique qu'elle ignore d'où vient la semence qui l'a fécondée. L'autre femme était la maîtresse reconnue d'un prince de guerre courtisan. La sorcière qu'il avait épousée était stérile, et chacun savait qu'il veillait à ce que sa maîtresse n'invite aucun autre homme dans son lit. Il voulait cet enfant, et il l'aurait reconnu. Mais, à sa naissance, la femme a désigné une dizaine d'hommes de la cour qui, selon elle, pouvaient être le géniteur. Elle l'a fait délibérément, et, en se vengeant du père, elle a condamné l'enfant.

Lucivar se contenta d'un signe de tête, mais il luttait contre la colère qui brûlait en lui.

— Nous sommes dans un nouvel endroit, plaida Hallevar. C'est une chance pour eux. Tu sais ce que c'est. Tu devrais le comprendre mieux que quiconque. Ils ne sont pas aussi forts que toi. Aucun d'eux ne sera orné de Joyaux sombres. Mais ce sont de bons garçons, et ils se débrouilleront. De plus, ce sont des Eyriens de pure race.

— Ils ne portent donc pas les stigmates des demi-sang ? demanda Lucivar, qui peinait à se contrôler.

— Je n'ai jamais employé ce terme à ton encontre, répondit posément Hallevar.

— Non, c'est vrai. Mais c'est assez facile à dire, sans réfléchir. Alors je te préviens, seigneur Hallevar : c'est un mot que tu ferais mieux d'oublier, car je ne pourrais rien faire pour te sauver si tu le prononçais en présence de mon père.

Hallevar le regarda fixement.

— Ton père est ici ? Tu le connais ?

— Je le connais. Et, crois-moi, tu n'as pas vu un homme en colère tant que tu n'as pas été témoin de la rage de mon père.

— Je m'en souviendrai. Et les garçons ?

— Pas de mensonges, Hallevar. Je les prends pour ce qu'ils sont, à condition que la Reine approuve, comme pour les autres.

Manifestement soulagé, Hallevar sourit.

— Je vais leur dire d'aller chercher nos affaires.

Sur un geste de sa main, les deux jeunes gens se précipitèrent vers le baraquement. Sans regarder Lucivar, il demanda :

— Il est fier de toi ?

— Quand il n'a pas envie de m'étrangler ou de me botter le derrière.

Hallevar tenta de ravaler un rire, mais ne put s'empêcher de ricaner.

— J'aimerais bien le rencontrer.

— Tu le rencontreras, promit sèchement Lucivar.

En voyant que les jeunes étaient acceptés, même s'ils avaient peut-être besoin d'un peu de temps pour rassembler leur courage, d'autres personnes s'approchèrent de lui.

Parmi eux se trouvaient notamment le jeune seigneur de guerre Endar, sa femme Doriane, leur fils Alanar et Oriane, leur fille, la petite Reine.

La femme avait peur et l'homme était tendu. En revanche, la fillette lui adressa un sourire doux et s'écarta de sa mère en tendant les bras vers lui.

Lucivar la prit et la posa sur sa hanche avec un sourire.

— Ne vous faites pas d'illusions, beaux yeux, je suis pris, lui dit-il en la chatouillant gentiment, ce qui la fit rire.

Quand il rendit l'enfant à sa mère, Doriane le regarda avec autant d'attention que s'il avait soudain eu deux têtes.

Ensuite, il y avait Nurienne, une guérisseuse qui n'avait pas encore terminé sa formation, et Jillian, sa jeune sœur, sur le point de passer de l'état de jeune fille à celui de femme.

Kohlvar, un fabricant d'armes, ainsi que Rothvar et Zaranar, deux guerriers que Lucivar avait connus dans les camps de chasse, se trouvaient également là.

Tandis qu'il leur parlait, une question le taraudait. Que faisaient-ils en ce lieu ? Kohlvar était un jeune homme, selon les critères des longs-vivants, lorsque Lucivar avait été éloigné pour la première fois d'Askavi. Même à l'époque, alors qu'il venait de terminer son compagnonnage, Kohlvar était connu pour la puissance et l'équilibre des armes qu'il fabriquait. Il aurait bien gagné sa vie en Terreille, et il aurait pu rester à distance des intrigues de la cour s'il l'avait choisi. Combattants aguerris, Rothvar et Zaranar auraient pu trouver un poste dans la plupart des cours d'Askavi. Ils auraient également pu obtenir du travail indépendant s'ils l'avaient souhaité.

Et pourquoi un prince de guerre de la cour tel que Falonar quitterait-il Terreille ?

La méfiance s'empara de Lucivar. Les conditions étaient-elles bien pires en Terreille que les gens le soupçonnaient ici ? Ou bien ces hommes étaient-ils là pour unc autre raison ?

Lucivar chassa vite ces pensées. N'ayant rien décelé de suspect chez ceux qui étaient venus vers lui, il décida de laisser ces questions en suspens. Jaenelle n'aurait qu'à trancher.

Lorsque le dernier partit chercher ses affaires dans le baraquement, Lucivar avait retenu vingt hommes et une douzaine de femmes.

Combien d'entre eux survivraient toute la durée de leur contrat ? se demandait-il tandis qu'ils revenaient vivement vers lui, avec les modestes effets qu'ils avaient eu le droit d'apporter. Outre ceux auxquels ils s'attendaient, Kaelir recélait d'autres dangers, sans oublier les démonites. Là où il les emmenait, ils devraient rapidement s'habituer à voir ces derniers évoluer parmi eux.

— Prêts ? demanda-t-il en respirant profondément.

Il fut amusé, mais guère surpris, de voir Falonar consulter les autres d'un regard avant de lui répondre, comme si Lucivar l'avait accepté comme second :

— Nous sommes prêts.

2. Kaelir

Daimon Sadi croisa les jambes et joignit les doigts, avant d'appuyer le menton sur ses longs ongles teintés de noir.

— Qu'en est-il des reines des autres Territoires ? demanda-t-il de sa voix grave et distinguée.

Le seigneur Jorval esquissa un sourire las.

— Comme je vous l'ai déjà expliqué, prince Sadi, les reines qui se trouvent en dehors de Petite Terreille ne sont pas enthousiastes à l'idée d'accepter leurs frères et sœurs terreilliens dans leurs cours. Même les immigrés titulaires de contrats ne sont pas les bienvenus et on le leur fait sentir.

— Vous êtes-vous renseigné ?

Les yeux dorés de Daimon pétillaient légèrement.

Un inconnu ou une simple connaissance aurait mis ce détail sur le compte de la fatigue ou de l'ennui, mais son air endormi avait de quoi terrifier quiconque le connaissait vraiment.

— Je me suis renseigné, répondit un peu vivement Jorval. Les reines n'ont pas répondu.

Daimon jeta un coup d'œil sur les quatre feuilles de papier étalées sur son bureau, devant lui. Au cours des deux derniers jours, Jorval et lui s'étaient retrouvés dans cette pièce à six reprises. Ces feuilles de papier, qui concernaient les quatre reines intéressées par ses services, lui avaient été proposées lors de la première réunion. C'était les seules propositions de contrat dont il disposait.

Jorval croisa les doigts et soupira.

— Il faut que vous compreniez. Un prince de guerre est considéré comme un atout dangereux, même quand il porte un Joyau clair et sert au sein de son propre peuple. Un homme de votre force et de votre réputation… (Il haussa les épaules.) Je me rends compte que vous avez peut-être d'autres attentes. Par la Ténèbre, tant de personnes se font une idée irréaliste de la vie en Kaelir ! Mais je peux vous assurer, prince, que quatre reines soient disposées à relever le défi de votre présence à leur service, dans leur cour, pendant les cinq années à venir, c'est inhabituel. C'est une chance qu'il ne faut pas laisser passer.

Daimon ne donnait pas l'impression d'avoir encaissé cette mise en garde comme il aurait ressenti un coup physique. Non, il ne pouvait négliger les choix réduits qui s'offraient à lui s'il voulait rester en Kaelir. Mais il n'était pas certain de pouvoir supporter une de ces femmes assez longtemps pour mettre son projet à exécution. De plus, il ne pouvait s'empêcher de se demander quel cadeau Jorval recevrait de la reine qu'il choisirait.

Soudain, c'en fut trop : le manque de sommeil, la pression qu'il ressentait à l'idée d'avoir à prendre une décision pénible, la tension nerveuse induite par ce qu'il avait prévu de faire, et les questions que soulevaient les ragots glanés lors de la foire aux services…

— Je vais réfléchir et je vous tiendrai au courant, déclara Daimon en se dirigeant vers la porte avec la grâce et la souplesse d'un prédateur félin.

— Prince Sadi ! lança sèchement Jorval.

Daimon s'arrêta sur le pas de la porte et fit volte-face.

— La dernière cloche va sonner dans moins de une heure. Si vous n'avez rien décidé, d'ici là, vous n'aurez plus le choix. Vous devrez accepter n'importe quelle offre ou quitter Kaelir.

— J'en suis conscient, seigneur Jorval, répondit Daimon, un peu trop bas.

Glissant les mains dans les poches de son pantalon, il quitta le bâtiment et se mit à errer sans but.

Il méprisait le seigneur Jorval. Il percevait comme une souillure dans la trace psychique de cet homme. Et ses yeux sombres et ternes dissimulaient trop de mystère. Dès sa rencontre avec Jorval, Daimon avait dû lutter contre un désir spontané de suivre son instinct meurtrier et de précipiter le fluet prince de guerre dans quelque tombeau profond et secret.

Pourquoi le seigneur Magstrom l'avait-il confié à Jorval ? En arrivant à Goth, à la fin de la troisième journée de la foire, il s'était brièvement entretenu avec le vieil homme et n'était que peu disposé à se fier à son jugement. Quand il avait exprimé le désir de servir dans une cour située en dehors de Petite Terreille, les yeux bleus de Magstrom avaient pétillé d'amusement.

« Les reines, en dehors de Petite Terreille, sont très sélectives, avait répondu Magstrom. *Mais elles présentent un avantage pour un homme comme vous : elles savent s'y prendre avec les mâles ornés de Joyaux sombres. »*

Magstrom avait promis d'effectuer des recherches, et ils étaient convenus de se retrouver de bonne heure, le lendemain matin. En se présentant au rendez-vous, Daimon n'avait trouvé que le seigneur Jorval, qui l'attendait avec les noms de quatre reines désireuses de contrôler son existence pendant les cinq années à venir.

Les effluves d'une nourriture douteuse, qu'il avait sentis en passant, ne firent qu'attiser sa colère déjà intense : il n'avait presque rien mangé depuis deux jours. Le choc des odeurs fortes mêlées aux émanations corporelles tout aussi puissantes lui rappela pourquoi il n'avait avalé nulle nourriture.

Plus encore que la puanteur, les questions restées sans réponse l'empêchaient de dormir et lui coupaient l'appétit, du moins en ce lieu.

Après avoir quitté le Royaume Perverti, il avait mis cinq ans à venir en Kaelir. Rien ne pressait. Jaenelle ne l'attendait pas, elle le lui avait promis en lui traçant un chemin menant hors de la folie. Il ignorait encore ce qui s'était passé, au juste, quand il avait tenté de faire sortir la jeune fille de l'abîme afin de sauver son corps. Les souvenirs de cette nuit, treize ans plus tôt, demeuraient confus. Il manquait toujours des pièces au puzzle. Daimon revoyait vaguement quelqu'un lui dire que Jaenelle était morte, que le Sire d'Enfer avait utilisé un autre homme comme instrument pour détruire une enfant extraordinaire.

Jaenelle ne se trouvait pas sur l'île où Onirie et Mannie avaient veillé sur lui et l'avaient caché, et quand Onirie lui avait parlé de l'ombre que Jaenelle avait créée pour l'extirper du Royaume Perverti…

Il avait passé ces cinq années à croire qu'il avait tué l'enfant qui était sa Reine, il avait passé ces cinq dernières années à croire qu'elle avait puisé en ses dernières forces pour l'arracher à la folie afin que la dette qu'il avait envers elle puisse être réglée. Il avait passé les cinq dernières années à aiguiser son Art et à guérir son esprit autant que possible pour une seule raison : venir en Kaelir et anéantir l'homme qui avait fait de lui son instrument : son père, le Sire d'Enfer.

Mais maintenant qu'il était là…

Les ragots sur les sorcières du Règne d'Ombre circulaient bon train en ce lieu ; on saisissait aisément certains courants de pensée dans l'air. Ceux qui l'avaient troublé, tandis qu'il parcourait la foire, la veille, concernaient les spéculations sur une sorcière étrange et terrifiante capable de déchiffrer l'âme d'un homme d'un seul regard. Selon les bruits qui couraient, quiconque signait un contrat en dehors de Petite Terreille était amené devant cette femme, et ceux qui étaient dans le besoin ne vivaient pas jusqu'au lendemain.

Il aurait pu négliger ces bavardages ; pourtant il avait fini par comprendre que, peut-être, Jaenelle l'attendait vraiment, mais pas en Terreille. Il avait laissé le chagrin embrumer ses pensées, pour ne conserver que les meilleurs souvenirs des quelques mois pendant lesquels il l'avait côtoyée. Alors il avait oublié les liens qu'elle avait déjà en Kaelir.

Si elle se trouvait vraiment dans le Règne d'Ombre, il avait déjà perdu cinq ans qu'il aurait pu vivre avec elle. Il n'allait pas passer cinq années de plus dans une autre cour, à se languir.

Du moins, si elle était vraiment en vie.

Un changement dans les traces psychiques qui l'entouraient le fit émerger de ses pensées. Il scruta les alentours et jura dans sa barbe.

Il se trouvait à l'extrémité du champ de foire. À en juger par l'aspect du ciel, il allait devoir courir s'il voulait regagner le bâtiment des administrateurs pour faire un choix avant que sonne la cloche annonçant la fin de la dernière journée de foire. Et encore, il n'aurait peut-être pas le choix, si Jorval ne l'attendait pas.

En se retournant, il remarqua un drapeau rouge indiquant un poste où l'on remplissait les contrats. Quelques Eyriens y faisaient la queue en attendant leur tour. Lorsqu'il aperçut le guerrier qui surveillait les opérations, Daimon fut pétrifié.

L'homme portait un gilet en cuir et le collant noir prisé des guerriers eyriens. Ses cheveux noirs lui tombaient sur les épaules, ce qui était inhabituel. Mais c'était sa façon de se tenir, de se mouvoir, qui lui était douloureusement familière.

Une joie féroce envahit Daimon, dont la gorge se noua tandis que les larmes montaient à ses yeux dorés. Lucivar.

Naturellement, c'était impossible. Lucivar était mort huit ans plus tôt, en s'échappant des mines de sel de Pruul.

Puis l'homme se retourna. L'espace d'un instant, Daimon crut lire la même joie féroce dans les yeux de Lucivar, avant qu'elle disparaisse, noyée dans une fureur brûlante.

Tout dans cette furie indiquait que le souvenir de cette affaire non réglée qui les avait séparés ne pouvait se terminer que dans le sang. Daimon se retira derrière le masque froid qui l'avait protégé pendant la majeure partie de sa vie, et voulut s'éloigner.

À peine avait-il fait quelques pas qu'il sentit qu'on posait une main sur son bras droit et il se retourna.

— Depuis combien de temps êtes-vous là ? demanda Lucivar.

Daimon tenta de repousser cette main, mais Lucivar le serrait assez fort pour lui laisser des ecchymoses.

— Deux jours, répondit Daimon avec une courtoisie froide.

Son masque menaçait de tomber. Il devait s'en aller avant d'être submergé par ses émotions. Affronterait-il le courroux de Lucivar avec des larmes ou de la colère ?

— Vous avez signé un contrat ? s'enquit Lucivar en le secouant. Répondez !

—Non, et il me reste peu de temps pour le faire. Si vous voulez bien m'excuser…

Lucivar se mit à grommeler en resserrant son emprise et faillit renverser Daimon.

—Vous ne figuriez pas sur les listes, marmonna-t-il en le tirant vers la table, sous le drapeau. J'ai vérifié. Vous ne figuriez sur aucun de ces maudits documents !

—Je suis désolé pour les inconvé…

—La ferme, Daimon !

Ce dernier serra les dents et hâta le pas pour rester à la hauteur de son frère. À quel jeu se livrait Lucivar ? Pas question de se laisser traiter comme un animal récalcitrant.

—Écoutez, connard ! lança Daimon, bien décidé à raisonner Lucivar pour calmer son emportement. Je dois…

—Vous allez signer un contrat avec le prince de guerre d'Ébènerih.

Daimon poussa un soupir exaspéré.

—Vous ne croyez pas que vous devriez d'abord en discuter avec lui ?

Lucivar le foudroya du regard.

—Je n'ai pas pour habitude de discuter avec moi-même, bâtard. Alors tenez-vous tranquille.

Daimon fut pris d'un vertige. Mieux valait suivre le conseil de son frère.

—Depuis combien de temps êtes-vous en Kaelir ? s'enquit-il, se sentant soudain très faible.

—Huit ans, persifla Lucivar tandis qu'un seigneur de guerre eyrien plus âgé signait son contrat avant de s'éloigner de la table. Feu d'Enfer ! pourquoi ce vermisseau met-il si longtemps à écrire une ligne ?

Il s'approcha du bureau, puis se retourna.

—Ne cherchez pas à fuir, murmura-t-il. Sinon, je vous brise les jambes en tant d'endroits que vous n'arriverez même pas à ramper.

Daimon ne prit pas la peine de répondre. Lucivar ne proférait jamais de menaces à la légère. Au combat, Daimon ne pouvait battre son demi-frère eyrien. De plus, le sol ne cessait de remuer, ce qui le déséquilibrait.

Le prince de guerre d'Ébènerih. Lucivar était le prince de guerre du Territoire qui appartenait à Ébènaskavi, la Montagne Noire que l'on appelait aussi le Fort ou le Sanctuaire de Sorcière.

Cela ne signifiait pas forcément grand-chose. Le pays existait, qu'il soit sous le contrôle du prince de guerre ou pas, ou qu'une Reine y règne ou pas.

Mais Lucivar était vivant, aussi Daimon pouvait-il caresser l'espoir de s'être trompé sur la mort de Jaenelle. Avait-elle envoyé Lucivar à la foire pour le chercher ? L'une des enquêtes du seigneur Magstrom était-elle arrivée jusqu'à elle, finalement ? Était-elle…

Daimon secoua la tête. Trop de questions se bousculaient dans sa tête, et ce n'était ni le moment ni le lieu pour obtenir des réponses. Cependant, l'espoir venait de renaître en lui

Tandis que Lucivar s'approchait de la table, quelqu'un cria :

— Prince Yaslana, en voici encore deux pour le contrat !

Se tournant dans la direction d'où venait cette voix, Daimon sentit le sol trembler de plus belle sous ses pieds. Deux hommes, un seigneur de guerre orné au Saphir, et un prince dc gucrre orné au Rouge, entraînaient deux femmes vers la table. Un homme brun portant un bandeau noir sur un œil et qui boitait de façon marquée les suivait, furieux.

La femme effrayée avait les cheveux foncés, la peau claire et les yeux bleus. Cela faisait treize ans que Daimon n'avait pas vu Wilhelmina Bénédict, la demi-sœur de Jaenelle. Elle était devenue une femme superbe, mais toujours hantée par cette peur qui l'habitait déjà lorsqu'elle était adolescente. En le voyant, elle écarquilla les yeux, mais ne dit rien.

La femme qui protestait à voix basse avait de longs cheveux noirs, la peau brun doré, les oreilles délicatement pointues et les yeux mordorés et brillants, et n'était autre qu'Onirie. Elle avait quitté l'île quatre mois plus tôt, en lui disant pour toute explication qu'elle avait quelque chose à faire.

Dans un premier temps, Daimon n'eut aucune idée de l'identité de l'homme qui boitait. Puis il vit dans ses yeux bleus que celui-ci le reconnaissait, et son cœur se serra de douleur. André, le palefrenier qui l'avait aidé à échapper aux gardes haylliens, après que Jaenelle eut été ramenée à Boisgenêt.

— Seigneur Khardine, prince Aaron, dit Lucivar en saluant formellement le seigneur de guerre orné au Saphir et le prince de guerre orné au Rouge.

— Prince Yaslana, ces dames devraient faire partie du contrat, dit avec respect le prince Aaron.

Lucivar adressa aux deux femmes un regard qui aurait pu arracher la chair de leurs os. Puis il observa Khardine et Aaron.

—Accordé.

Wilhelmina tremblait visiblement, mais Onirie glissa ses cheveux derrière ses oreilles pointues et plissa les yeux en observant Lucivar.

—Écoutez, chéri…

—Onirie, dit doucement Daimon en secouant la tête.

Il ne fallait pas qu'Onirie et Lucivar commencent à se battre.

Onirie se mit à siffler. Quand elle voulut repousser la main du prince Aaron, il la relâcha, puis se tourna pour l'empêcher de fuir. Posant sur Lucivar un regard particulièrement hostile, elle alla se placer à côté de Daimon.

—C'est votre frère ? demanda-t-elle à voix basse. Celui qui est censé avoir péri ?

Daimon opina.

Elle observa un moment Lucivar.

—Il est vraiment mort ? s'enquit-elle.

Pour la première fois depuis son arrivée en Kaelir, Daimon sourit.

—Les démonites ne supportent pas la lumière du jour, du moins d'après ce qu'on raconte, alors je dirais que Lucivar est bien vivant.

—Eh bien, ne pouvez-vous le raisonner ? J'ai un billet de passage et un permis de séjour de trois mois. Je ne suis pas venue ici pour signer un contrat de service à la cour. Le jour où j'obéirai au claquement de doigts d'une garce, le soleil brillera en Enfer.

—Ne parie pas là-dessus, marmonna Daimon, tandis que Lucivar observait le membre du Conseil Obscur qui remplissait le contrat.

Avant qu'Onirie puisse répondre, Wilhelmina se présenta.

—Prince Sadi, dit-elle d'une voix où perçait la panique. Ma dame.

—Dame Bénédict, répondit formellement Daimon tandis qu'Onirie hochait la tête.

Effrayée, Wilhelmina observa Lucivar, qui s'entretenait avec le seigneur de guerre eyrien plus âgé.

—Il fait peur, murmura-t-elle.

Onirie sourit malicieusement et haussa le ton.

—Quand un homme porte un pantalon aussi serré, ses boules sont comprimées, ce qui a tendance à jouer sur son humeur.

Aaron, qui se tenait à proximité, fut pris d'une violence quinte de toux en essayant d'étouffer un rire.

Comme Lucivar mettait fin à la conversation qui le retenait pour se diriger vers eux, Daimon soupira et regretta de ne pas connaître un sort capable de faire perdre sa voix à Onirie pendant quelques heures.

Lucivar demeura hors de portée, sans prêter attention à la façon dont Wilhelmina s'écartait de lui. Concentré sur Onirie, il esquissa le sourire narquois et arrogant qui lui servait en général de signal avant une bagarre.

Onirie baissa la main droite et garda le bras le long de son corps.

Reconnaissant l'avertissement d'Onirie, Daimon sortit les mains des poches de son pantalon et remua légèrement, prêt à l'arrêter avant qu'elle se montre assez stupide pour menacer Lucivar d'un couteau.

—Vous êtes la fille de Titienne, n'est-ce pas ? s'enquit Lucivar.

—Qu'est-ce que cela peut vous faire ? rétorqua Onirie.

Lucivar la dévisagea longuement. Puis il secoua la tête.

—Vous m'avez l'air d'une sacrée emmerdeuse, grommela-t-il.

—Dans ce cas, vous devriez peut-être me laisser partir, rétorqua Onirie d'un ton doucereux redoutable.

Lucivar émit un rire mauvais.

—Si vous croyez que je vais expliquer à la reine des Harpies pourquoi sa fille est dans une autre cour tandis que je me trouve ici, vous vous mettez le doigt dans l'œil, petite sorcière.

Onirie montra les dents.

—Ma mère n'est pas une Harpie, et je ne suis pas une petite sorcière. De plus, je ne signerai pas de maudit contrat qui vous donnerait tout pouvoir sur moi.

—Réfléchissez bien, dit Lucivar.

Daimon crispa la main sur l'avant-bras droit d'Onirie. Aaron saisit son bras gauche.

La cloche indiquant la fin de la foire aux services sonna trois fois.

Onirie jura furieusement. Lucivar se contenta de sourire.

Puis une voix s'éleva pour protester. Tous les regards se tournèrent vers la table.

Daimon remarqua l'homme vêtu avec ostentation qui s'affairait à mettre de l'ordre dans des papiers sans prêter attention au jeune seigneur de guerre eyrien.

Lucivar s'approcha en maugréant du bureau et se glissa dans la file d'Eyriens mécontents. Il s'arrêta derrière celui qui faisait toujours mine de ne pas remarquer leur présence.

— Un problème, seigneur Friall ? s'enquit doucement Lucivar.

Friall secoua la dentelle qui ourlait ses manches et continua à réunir ses documents.

— La cloche concluant la foire a sonné. Si ces gens sont toujours disponibles quand vous arriverez, demain, pour la journée de remise, vous pourrez leur faire signer un contrat selon la règle de la première offre.

Daimon se crispa. Le seigneur Jorval avait expliqué la règle de la première offre à plusieurs reprises. Durant la foire, les immigrés avaient le droit de refuser une offre de service dans une cour ou d'attendre une offre d'une autre cour. Ils pouvaient aussi négocier pour obtenir un meilleur poste. Le lendemain de la fermeture de la foire était la journée de remise. Il n'y avait plus le choix. Les immigrés pouvaient accepter ce qui leur était proposé par la première cour qui remplissait une demande à leur nom. Jorval avait suggéré que tout poste offert ce jour-là était en général dégradant. Les candidats pouvaient aussi retourner en Terreille et tenter leur chance lors de la foire suivante. Daimon avait dépensé deux millions de marks-or en pots-de-vin pour être inscrit. Il avait les moyens de recommencer s'il prenait le risque de retourner en Terreille. Mais la plupart des autres personnes avaient perdu tout ce qu'ils avaient pour cette unique chance d'avoir une vie meilleure. Elles signeraient un contrat pour avoir le privilège de ramper si c'était le seul moyen pour elles de rester en Kaelir.

— Alors, seigneur Friall, dit Lucivar, toujours posé, vous savez aussi bien que moi qu'un candidat doit être accepté avant la cloche. Mais ensuite, on a une heure pour remplir et signer les contrats.

— Si vous voulez signer le contrat de ceux qui sont déjà inscrits, vous pouvez les emmener avec vous maintenant. Les autres devront attendre demain, insista Friall.

Lucivar se gratta le menton.

La suite se déroula si rapidement que Daimon ne perçut même pas le mouvement. Lucivar se grattait le menton, puis, en une fraction de seconde, sa lame de guerre eyrienne se posa délicatement sur le poignet gauche de Friall.

— Allons, dit aimablement Lucivar, vous pouvez finir de remplir ce contrat, ou bien je peux vous trancher la main gauche. À vous de choisir…

— Merde, marmonna Onirie en s'approchant de Daimon.

— Vous ne pouvez pas faire ça, gémit Friall.

La main de Lucivar semblait immobile, mais un filet de sang se mit à couler du poignet de Friall.

— J'en informerai le Conseil ! cria Friall. Vous aurez des ennuis !

— Peut-être, répondit Lucivar, mais vous n'aurez plus de main gauche. Si vous avez de la chance, vous ne perdrez rien d'autre. Sinon…

Daimon perçut un mouvement vif qui l'incita à regarder vers la gauche. Le seigneur Magstrom, le membre du Conseil Obscur avec qui il s'était entretenu, s'arrêta à l'autre extrémité de la table.

— Puis-je me rendre utile, prince Yaslana ? demanda le vieil homme dans un souffle.

Lucivar leva les yeux. Magstrom se crispa et pâlit.

— Ô Nuit ! maugréa Aaron. Il est pris d'un instinct meurtrier.

Daimon ne broncha pas, tout comme les autres. Un prince de guerre dans cet état devenait violent et incontrôlable. Lui-même était orné au Noir, le seul Joyau qui soit plus sombre que le Gris ébène de Lucivar, mais tous les efforts qu'il déploierait pour tenter de contenir son frère ne feraient que briser le peu de maîtrise de soi qui restait à Lucivar. Au mieux, Friall mourrait. Au pire, il y aurait un massacre.

— Le seigneur Friall dit que les contrats ne peuvent être remplis après l'ultime cloche, déclara Lucivar avec une douceur trompeuse.

— Je suis certain qu'il a mal compris, répondit vivement Magstrom. Il y a un battement de une heure après l'ultime cloche pour remplir les papiers.

Voyant que Lucivar ne disait rien, il prit le temps de se calmer.

— Le seigneur Friall semble indisposé. Avec votre permission, je vais finir de remplir les contrats.

La dentelle blanche qui ourlait le poignet gauche de Friall était imbibée de sang. De la morve coulait de ses narines tandis qu'il sanglotait en silence.

Sur un léger signe de tête de Lucivar, Magstrom retira les papiers de la flaque de sang qui maculait la table et saisit le stylo posé près d'eux. Gagnant l'autre extrémité du bureau, Magstrom s'assit.

Lucivar leva la main gauche et désigna Daimon.

— C'est le premier.

Magstrom remplit le haut du contrat et regarda Daimon, le front emperlé de sueur.

Bouge, bon sang, bouge! Il y eut un moment de tension, pendant lequel le corps de Daimon refusa d'obéir. Quand ses jambes se mirent enfin à bouger, il eut l'impression terrifiante qu'il marchait sur une couche de glace fine et craquelée. Un seul faux pas, et c'était le désastre.

— Daimon Sadi, dit posément Magstrom en inscrivant le nom d'une écriture nette, d'Hayll, n'est-ce pas ?

— Oui, répondit Daimon.

À ses propres oreilles, sa voix parut rauque et creuse. Si Magstrom s'en rendit compte, il ne trahit rien.

— Quand nous nous sommes rencontrés, je me souviens que vous m'avez dit porter un Joyau sombre, mais je ne me rappelle pas lequel.

Lors de sa rencontre avec Magstrom, il avait indiqué que le Rouge était son Joyau de naissance, mais il avait omis de préciser son rang. Il lui était désormais impossible d'éluder la question.

— Le Noir.

Magstrom leva la tête, les yeux écarquillés, puis il remplit vivement le document.

— Vous avez amené deux serviteurs ?

— Mannie est une sorcière ornée au Blanc et Jazen est seigneur de guerre orné au Pourpre vespéral.

Magstrom en prit bonne note puis lui tendit le contrat.

— Signez ici et paraphez les deux espaces réservés aux autres signatures pour indiquer que vous acceptez la responsabilité de vos serviteurs.

Tandis que Daimon se penchait pour signer, il ajouta dans un murmure :

— C'est cette cour que j'aurais choisie pour vous. Votre place est ici.

Sans un mot, Daimon s'écarta pour faire place à Onirie. Il lança un regard à Lucivar, dont les yeux dorés scintillants étaient rivés sur lui.

— Nom ? demanda Magstrom.

— Onirie.

Comme elle ne disait rien d'autre, Magstrom reprit gentiment :

— On ne l'utilise que rarement, en Kaelir, mais il est de coutume de noter officiellement un nom de famille.

Onirie le dévisagea.

— SaDiablo, répondit-elle avec un sourire malicieux.

Magstrom en eut le souffle coupé. Khardine et Aaron demeurèrent un instant bouche bée, avant de tourner le dos à la table.

Daimon ferma les yeux sans écouter les autres réponses d'Onirie. Comme elle était la fille bâtarde de Kartane SaDiablo, elle voulait sans doute porter un coup à Dorothéa, la mère de celui-ci. Il n'y avait aucune raison qu'elle sache que ce nom avait un sens particulier, en Kaelir.

— Feu d'Enfer, ô Nuit, que la Ténèbre soit clémente ! s'exclamèrent deux voix à l'unisson.

Daimon ouvrit les yeux. Aaron et Khardine se tenaient devant lui. Ils regardaient Onirie s'éloigner de la table.

— C'est vraiment son nom de famille ? s'enquit Aaron.

Daimon hésita. Il ignorait quel type de stigmates portait un bâtard en Kaelir, et il devait trop à Onirie pour révéler un point potentiellement vulnérable.

— L'homme qui l'a engendrée porte ce nom, répondit-il prudemment.

— Que devrions-nous faire, d'après vous ? demanda Aaron à Khardine.

— Vendre des billets, répondit aussitôt Khardine. Ensuite, trouver un lieu sûr pour assister à l'explosion.

Ils s'amusaient aux dépens d'Onirie, ce qui mit Daimon en colère.

— Ce nom risque-t-il d'être un problème ?

— On peut le dire, répondit Khardine, avec malice, avant de retrouver son sérieux. Voyez-vous, ce que dame Onirie n'a pas encore compris, c'est qu'en se déclarant officiellement membre de la famille SaDiablo elle vient d'acquérir un cousin en la personne de Lucivar.

— Et si vous trouvez que Lucivar se montre quelque peu dominant à l'égard des autres hommes, vous devriez le voir avec les femmes de la famille, ajouta Aaron.

Et avec Jaenelle ?

Daimon se garda de formuler cette question de peur de lire une expression vague sur leurs visages en entendant son nom, et aussi parce qu'il n'était pas certain de ce qu'il devait faire s'ils semblaient la connaître. Mieux valait interroger Lucivar en privé. Quant aux questions qu'il avait à poser, sur les femmes et la famille… Celles-là aussi, elles seraient pour plus tard.

— Je n'ose même pas imaginer ce qui se passera quand elle sera aux prises avec les hommes du côté Déa al Mon de la famille, dit Khardine.

— Pourquoi devraient-ils être impliqués ? s'enquit Daimon.

— Parce qu'elle est la fille de Titienne, de retour à la maison, répondit Aaron, avant d'esquisser un sourire. Dame Onirie est sur le point de découvrir qu'elle a désormais dans ses deux lignées des parents masculins qui vont se mêler de sa vie, et plusieurs de ces hommes sont des princes de guerre.

Ô Nuit !

— Elle ne le tolérera jamais, commenta Daimon.

— Hélas, elle n'aura guère le choix, répliqua Khardine.

— Les Lignages sont matriarcaux. N'est-ce pas le cas en Kaelir ?

— Bien sûr, répondit Aaron avec entrain, mais les hommes ont des droits et des privilèges, et nous en profitons pleinement. (Il dévisagea Daimon un moment.) Et si vous tentiez de la calmer pendant que nous gardons un œil sur Lucivar ? Si personne ne le provoque, il devrait être capable de maîtriser sa colère.

— Vous le connaissez donc si bien ? s'enquit Daimon.

Il décela dans leur regard une information qu'ils avaient cachée avec soin, jusqu'à présent. Ils savaient qu'il était le frère de Lucivar. Et ils savaient…

— Nous servons tous dans la même cour, prince Sadi, dit posément Aaron. Nous servons tous dans le Premier Cercle de la Dame.

Sur ces mots, ils s'éloignèrent de lui.

Ils auraient aussi bien pu crier sur les toits : elle est vivante !

Il était tiraillé entre joie et trépidation. Son cœur battait trop fort, le sang bouillonnait trop vite dans ses veines. *Elle est vivante !*

Mais que pensait-elle de lui ? Que *ressentait*-elle pour lui ?

Aucune idée. Pas ici. Pas encore.

Avec une prudence excessive, Daimon se dirigea vers Onirie. Dès qu'il s'arrêta, il se mit à chanceler comme un saule balayé par le vent.

Onirie, bien campée sur ses jambes, prit le bras gauche de Daimon.

— Qu'est-ce qui ne va pas ? demanda-t-elle doucement, un peu affolée. Vous êtes malade ?

Mieux qui quiconque, elle pouvait deviner exactement ce qui n'allait pas, mais il se refusait à l'admettre. Pas maintenant.

— Je n'ai pratiquement pas dormi et j'ai très peu mangé, ces derniers jours, dit-il.

Elle plissa les yeux, mais accepta cette vérité qui était aussi un mensonge :

— Je vous comprends. Cet endroit me donne la chair de poule.

Daimon focalisa son esprit sur le réservoir de puissance contenu dans son Joyau noir. La force se propagea dans tout son corps et, pour la première fois depuis qu'il avait vu Lucivar, il se sentit de nouveau d'aplomb.

Onirie perçut ce changement en lui. Elle relâcha la prise qu'elle avait sur lui, mais garda un bras lié au sien dans un geste d'amitié.

— D'après vous, pourquoi le vieux seigneur de guerre qui établissait les contrats a-t-il eu l'air choqué quand je lui ai dit que mon nom de famille était SaDiablo ? Cette garce de Dorothéa est donc si connue, par ici ?

— Je l'ignore, répondit prudemment Daimon. Mais j'ai entendu dire que le nom du prince de guerre de Dhemlan était Sahtan Daimon SaDiablo.

Ce n'était pas le moment de lui révéler que le prince de guerre de Dhemlan était aussi le Sire d'Enfer, le père de Lucivar et le sien.

— Merde, marmonna Onirie, qui haussa les épaules. Eh bien, je ne risque pas de le rencontrer et, si quelqu'un m'interroge à ce propos, je répondrai simplement que nous sommes peut-être parents éloignés.

Se rappelant les commentaires de Khardine et d'Aaron, Daimon émit un son qui aurait pu être un gémissement.

— Vous êtes certain d'aller bien ? demanda Onirie en l'observant.

— Ça va.

Bien. Plus que bien. Il y croirait, il voulait y croire, jusqu'à ce que ce soit vrai.

— Rends-moi un service : demande à Khardine ou à Aaron si nous allons voyager dans les diligences de Trame, puis contacte Mannie pour qu'elle et Jazen nous retrouvent ici.

Elle ne demanda pas pourquoi il ne s'en chargeait pas lui-même, et il lui en fut reconnaissant.

Enfin, le dernier Eyrien signa le contrat et s'éloigna de la table. Lucivar, qui n'avait ni bougé ni parlé depuis que le seigneur Magstrom avait commencé à remplir les documents, invoqua un linge propre.

Il nettoya le sang de sa lame de guerre, fit disparaître tissu et épée, et contourna le bureau pour signer les contrats.

Tenant son poignet ensanglanté contre sa poitrine, Friall s'essuya le nez sur sa manche propre et déclara d'un ton maussade :

— Il faut faire des copies. Il ne peut prendre les contrats tant que vous n'en aurez pas effectué de copies.

Lucivar se redressa lentement et se tourna vers Friall.

Une voix masculine jura à voix basse.

Magstrom adressa un regard dur au membre du Conseil Obscur.

— Je vais donner au prince Yaslana des contrats vierges, déclara-t-il vivement. L'Intendant de la cour pourra effectuer des copies et les retourner au Conseil Obscur pour que les employés les enregistrent. (Comme Friall paraissait sur le point de protester, et de se faire tuer, Magstrom ajouta :) J'ai vu le seigneur Jorval agir de la sorte plusieurs fois. Il a expliqué que l'on pouvait faire confiance aux Intendants pour réaliser une copie exacte, et que c'était le seul moyen de faciliter l'installation des immigrés dans leurs nouveaux foyers.

Faisant venir une fine mallette en cuir, Lucivar y glissa les contrats et la fit disparaître. Il adressa un signe de tête poli à Magstrom, se tourna vers les immigrés qui attendaient et grommela :

— Partons.

Daimon se retourna souplement tandis que Lucivar s'approchait de lui, s'adaptant au pas de l'Eyrien.

Ils avaient déjà marché ainsi, côte à côte. Pas souvent, parce que le Lignage terreillien, qui les redoutait individuellement, était terrifié quand ils étaient ensemble. Même l'Anneau d'obéissance n'avait pas suffi à empêcher les ravages qu'ils avaient causés dans les cours terreilliennes.

Tandis qu'ils se dirigeaient vers les diligences qui devaient chevaucher les Vents, Daimon se demandait combien de temps ils pourraient repousser cette affaire qui restait en suspens entre eux.

Il faisait presque nuit lorsqu'ils atteignirent les deux grandes diligences au bouclier gris ébène, à l'extrémité de la zone d'atterrissage.

Lucivar abaissa les boucliers gris ébène et ouvrit la portière de la première d'entre elles.

— Montez, ordonna-t-il à Daimon.

Ce dernier observa les alentours.

— Mes serviteurs ne sont pas encore là.

— Je vais les guetter. Montez.

Remarquant le regard pétillant de Lucivar, il saisit une certaine tension dans la trace psychique de son frère. Daimon obéit.

Onirie, Wilhelmina et André arrivèrent rapidement derrière lui, suivis de plusieurs Eyriens. Une minute plus tard, Daimon poussa un soupir de soulagement tandis que Jazen aidait Mannie à gravir les marches de la diligence. Quelques Eyriens de plus se présentèrent, puis un bouclier gris ébène se dressa autour de la diligence, enfermant tous les passagers sauf Daimon, le seul à porter un Joyau plus sombre que celui de Lucivar.

Une diligence de cette taille pouvait généralement contenir trente personnes, mais les Eyriens occupaient beaucoup de place à cause de leurs ailes. Remarquant l'absence de sièges, Daimon se demanda si le véhicule était aussi utilisé pour transporter autre chose que des humains, ou si Lucivar, dans l'intention d'amener des Eyriens, avait fait enlever les sièges. Seules quelques caisses en bois brut repoussées contre les parois pouvaient être utilisées, leur partie frontale ouverte, pour permettre le rangement, et des coussins disposés dessus pour plus de confort.

Après avoir observé que les gens étaient amassés contre les murs afin de laisser une étroite allée centrale, Daimon porta son attention sur la diligence. À l'avant, une porte menait au compartiment du conducteur. Une seconde personne pouvait sans doute y tenir avec lui, permettant ainsi aux autres de respirer un peu mieux. Avec prudence, Daimon se fraya un chemin vers l'étroit couloir, à l'arrière du véhicule. À gauche, une petite pièce contenait un bureau étroit et une chaise droite, un fauteuil rembourré et un coussin pour s'agenouiller, ainsi qu'un lit à une place. La salle de droite contenait un évier et des toilettes.

Daimon allait regagner le compartiment principal quand il entendit la voix de Lucivar, qui se tenait juste devant la porte ouverte de la diligence.

— Je me moque éperdument de ce que dit ce petit vermisseau pleurnichard, grommela Lucivar.

— Il n'est pas question de la conduite du seigneur Friall, répondit une voix que Daimon reconnut comme étant celle du seigneur Jorval. Ce sera porté devant le Conseil Obscur, et je vous assure que rien ne nous obligera à passer outre votre cruauté.

— Si vous avez un problème avec moi, vous pouvez en parler à l'Intendant, au maître de la Garde, ou à ma Reine.

— Votre Reine vous craint, rétorqua Jorval avec mépris. Chacun le sait. Elle ne peut vous contrôler à sa guise, et l'Intendant et le maître de la Garde ne vont certainement pas exiger de limites à votre tempérament qui sert très bien leurs intérêts.

La voix de Lucivar se fit railleuse et malveillante.

— Rappelez-vous simplement, seigneur Jorval, que pendant que Friall et vous geindrez auprès du Conseil je ferai prendre conscience aux reines de Territoire que certains membres du Conseil bafouent ouvertement leurs propres règles à propos de la foire aux services.

— C'est un mensonge flagrant !

— Dans ce cas, Friall est incompétent et ne devrait pas se voir confier cette tâche.

— Friall est l'un des meilleurs membres du Conseil !

— Faut-il en conclure qu'il était simplement énervé parce qu'il s'attendait à recevoir son pourcentage de pots-de-vin, ne s'étant pas rendu compte que vous les aviez déjà empochés ?

— Comment osez-vous ? (Un long silence s'installa.) Le seigneur Friall était peut-être en partie responsable de ce regrettable incident, mais le Conseil restera ferme à propos de cette autre question.

— De quelle « question » s'agit-il ? s'enquit Lucivar d'une voix suave.

— Nous ne pouvons vous permettre d'avoir à votre service un homme qui arbore des Joyaux plus sombres que les vôtres.

— Les reines de Petite Terreille le font sans arrêt.

— Ce sont des reines. Elles savent contrôler les hommes.

— Moi aussi.

— Le Conseil l'interdit.

— Le Conseil mérite les affres de la damnation !

La silhouette de Lucivar emplit soudain le seuil de la diligence.

— Vous ne pouvez faire cela ! cria Jorval derrière lui.

Lucivar se retourna et adressa à son interlocuteur un sourire arrogant et narquois.

— Je suis un prince de guerre orné au Gris ébène. Je peux entreprendre tout ce que bon me semble.

Sur ces mots, il claqua la porte au nez de Jorval, puis observa le compartiment du conducteur, lui envoyant un ordre par le biais d'un fil psychique. Aussitôt, la diligence décolla.

Daimon fit un pas pour regagner le compartiment principal, mais Lucivar bloqua l'entrée du couloir. Acceptant cet ordre tacite, Daimon glissa les mains dans les poches de son pantalon et s'appuya contre le mur.

Quand il eut la certitude que Lucivar avait terminé de donner ses instructions silencieuses à celui qui conduisait la diligence, il utilisa un fil viril gris ébène pour demander :

— *Cela ne causera-t-il pas des ennuis ?*

— *Non*, répondit Lucivar.

Il observa les immigrés. Chacun détourna vivement la tête pour éviter son regard.

— *Ce Conseil ne va-t-il pas exiger une forme de discipline ?*

— *Il enverra sa demande. L'Intendant la lira, la montrera probablement au maître de la Garde, puis on passera outre.*

Daimon se rendait compte qu'il avait le souffle court, mais il n'y pouvait rien et se força à poser la question suivante :

— *La montreront-ils à votre Reine ?*

— *Non*, répondit lentement Lucivar. *Ils n'en diront rien à la Reine s'ils peuvent éviter de le faire. Et, sinon, ils tenteront de minimiser sa portée sans mentir directement.*

— *Pourquoi ?* demanda Daimon.

— *Parce que le Conseil Obscur l'a déjà brusquée par le passé, et sa réaction a fait une peur bleue à tout le monde.*

Lucivar s'agita.

— Nous sommes désormais loin de Goth, dit-il sans plus utiliser le fil psychique. Mettez-vous aussi à l'aise que possible. Nous n'arriverons à destination que dans quelques heures.

— Nous rendons-nous à Ébènerih ? demanda quelqu'un.

— Pas encore, répondit Lucivar en s'avançant dans le petit couloir, obligeant Daimon à reculer.

Il fit coulisser la porte menant au compartiment privé.

— Entrez, dit-il en franchissant le seuil de côté à cause de ses ailes.

Daimon le suivit à contrecœur et referma la porte coulissante.

Lucivar se plaça à une extrémité de la pièce, tandis que Daimon demeurait sur le seuil.

Lucivar prit une profonde inspiration, puis souffla lentement.

— Je regrette de m'être emporté. Ce n'est pas contre vous que j'étais en colère. Je… Nom de Dieu, Daimon, j'ai vérifié toutes les listes auxquelles je pouvais penser, et votre nom a dû m'échapper. Sans ce coup de chance, vous vous seriez retrouvé dans une autre cour, et nous n'aurions peut-être pas trouvé le moyen de rompre votre contrat.

Daimon sentit son inquiétude disparaître. Il se força même à esquisser un sourire.

— Eh bien, la chance était de notre côté, cette fois. (Puis il regarda intensément Lucivar, et son sourire devint authentique.) Vous êtes vivant.

Lucivar lui rendit son sourire.

— Et vous êtes sain d'esprit, répondit-il.

Daimon sentit un frisson le parcourir tout entier et renforça son contrôle de lui-même. Des larmes lui montèrent aux yeux.

— Lucivar, murmura-t-il.

Lequel des deux fit le premier pas ? Ils se tenaient aussi éloignés que possible l'un de l'autre, dans cette petite pièce, puis, soudain, ils se retrouvèrent enlacés, se serrant très fort, comme si leur vie en dépendait.

— Lucivar, murmura de nouveau Daimon, le visage dans le cou de son frère. Je vous croyais mort.

— Feu d'Enfer, Daimon ! répliqua Lucivar d'une voix rauque. Nous ne vous trouvions plus. Nous ne savions pas ce qui vous était arrivé. Nous vous avons cherché, je vous le jure, nous vous avons cherché.

— Tout va bien, assura Daimon en lui caressant la tête. Tout va bien.

Lucivar le serra si fort qu'il lui fit mal aux côtes.

Daimon crispa le poing dans les cheveux de Lucivar.

— Lucivar… je sais que nous avons des choses à régler. Mais pourrions-nous mettre cela de côté pendant quelque temps ?

— Nous pouvons mettre cela de côté, répondit tranquillement Lucivar.

Daimon fit un pas en arrière. De ses pouces, il essuya doucement les larmes qui coulaient sur le visage de Lucivar.

— Nous ferions mieux de rejoindre les autres.

Il se retourna et tendit la main vers la porte.

Lucivar saisit son bras. Daimon couvrit sa main de sa paume l'espace d'un instant. Tandis qu'il écartait doucement les doigts de la main gauche de Lucivar, il baissa les yeux, frappé par la signification de ce qu'il avait vu.

— Daimon ! lança Lucivar, affolé, il y a une chose que je dois vous révéler. Vous le savez peut-être déjà, mais il faut que je vous le dise.

Elle est vivante ! Un nouveau frisson parcourut le corps de Daimon.

— Non, répondit celui-ci. Pas maintenant.

Il ouvrit la porte et gagna le couloir en trébuchant. Gardant avec peine son équilibre, il se rendit aux toilettes et scella la porte au Noir. Son corps tremblait violemment. Son estomac se tordit. Penché au-dessus du lavabo, il lutta contre une nausée.

Trop tard.

S'il avait essayé de la trouver, cinq ans plus tôt, quand il était revenu du Royaume Perverti, les choses auraient peut-être été différentes. S'il avait cherché le Sire d'Enfer ou au moins tenté de découvrir ce qui s'était vraiment passé, ce soir-là, à l'autel de Cassandra…

Trop tard.

Il pouvait tenir. Il tiendrait. Son esprit était bien plus fragile qu'il le laissait paraître. Certes, il était intact. Il avait perdu quelques souvenirs, quelques petits morceaux du calice de cristal, mais il était entier, et sain d'esprit. Toutefois, sa guérison ne serait jamais totale, car il avait perdu la seule personne dont il avait besoin pour être guéri. Cela n'avait pas d'importance tant qu'il ne cherchait qu'à rester entier assez longtemps pour détruire le Sire d'Enfer. Cela n'avait pas vraiment d'importance en cet instant. Il pouvait survivre assez longtemps pour la voir, rien qu'une fois.

Il n'y avait rien à faire. N'importe quel autre homme aurait tout mis en œuvre pour être son amant. C'était ce que tout autre homme aurait fait. Mais pas Lucivar. Il ne deviendrait pas le rival de son frère.

Il ne pouvait donc laisser Lucivar lui révéler ce qu'il avait désespérément besoin d'entendre. Non parce qu'il ne voulait pas savoir avec certitude que Jaenelle était vivante, mais parce qu'il n'était pas prêt à entendre parler de l'alliance en or que Lucivar portait à la main gauche.

3. Kaelir

Onirie rapprocha les dernières caisses surmontées de coussins pour former un banc de fortune contre le mur.

— Assieds-toi, Mannie, dit-elle à son aînée.

— Ce ne serait pas convenable, répondit-elle. Une servante ne s'assoit pas.

Onirie la foudroya d'un regard implacable.

— Ne fais pas l'imbécile ! Tu n'es « servante » que parce que c'est le seul moyen qu'ait trouvé Sadi pour t'emmener avec lui.

Mannie pinça les lèvres d'un air réprobateur.

— Inutile de m'insulter de la sorte, surtout en présence d'enfants. De plus j'ai été servante pendant de nombreuses années. Je menais une vie honnête dont je n'avais pas à rougir.

Au contraire de moi ? se demanda Onirie. Elle n'avait jamais renié la condition de prostituée très prisée qu'elle avait eue pendant des siècles avant d'y renoncer, treize ans plus tôt, car elle ne supportait plus les jeux de chambre. Cette nuit cruciale passée à l'Autel de Cassandra avait marqué les esprits.

Mannie éprouvait des sentiments ambigus envers les femmes qui travaillaient dans les demeures de la Lune Rouge. Qu'aurait-elle pensé si elle avait connu l'autre profession d'Onirie ? La vieille femme aurait-elle été à l'aise si elle avait su qu'Onirie avait été, et était encore, une tueuse très recherchée ?

Peu lui importait. Elles avaient sympathisé au cours des deux années durant lesquelles Daimon s'était extirpé du Royaume Perverti. Une fois qu'il eut retrouvé sa santé mentale, Mannie avait changé, leur accordant à tous deux l'affection familière dont pouvait faire montre une servante particulière à l'égard d'une enfant de la cour. Daimon n'avait rien remarqué d'étrange dans ce comportement. Mannie l'avait peut-être toujours traité de la sorte. Mais Onirie, qui avait grandi dans les rues, s'en était agacée ; toutefois, elle avait pris l'habitude de répondre aux opinions arrêtées de Mannie.

— Regarde, dit-elle doucement, la servante de dame Bénédict ne pourra visiblement pas rester debout pendant deux heures sans souffrir. Si tu t'assieds, elle osera s'asseoir, elle aussi.

Quelques minutes plus tard, Mannie, André, Wilhelmina Bénédict et Onirie étaient installés sur le banc de fortune.

Onirie se rendit compte qu'à sa droite une place était libre. Au nom d'Enfer, où se trouvait Sadi ? Il n'était pas aussi solide, mentalement, qu'il le prétendait. Voir Lucivar avait dû être un choc, pour lui. Mais qu'avait pensé l'Eyrien en retrouvant son demi-frère ? Après la disparition de Jaenelle, treize ans plus tôt, Daimon s'était rendu en Pruul pour sortir Lucivar des mines de sel. Pour une raison inconnue, celui-ci avait refusé de le suivre. Elle avait toujours soupçonné, à cause de ce que Daimon ne disait pas, qu'ils s'étaient cruellement opposés, à cause de leur tempérament, et qu'un gouffre s'était creusé entre eux. Elle pensait aussi que l'origine de cette querelle avait resurgi, comme tant d'autres choses, à l'Autel de Cassandra.

La porte du compartiment du conducteur s'ouvrit. Le seigneur Khardine apparut et observa les Eyriens, qui se crispèrent aussitôt. Sans un mot, il se dirigea vers l'extrémité du banc de fortune et s'assit à côté d'Onirie.

Juste en face d'eux, il y avait la jeune femme accompagnée de ses deux jeunes enfants. Ils avaient la peau mate, les yeux dorés et les cheveux noirs caractéristiques des trois espèces des longs-vivants, mais les cheveux de la fillette ondulaient naturellement. Cela signifiait-il que l'un de ses parents n'était pas de pure lignée eyrienne ? Ces boucles trahissaient-elles un secret ? Était-ce la raison pour laquelle ces gens avaient quitté leur Territoire natal ?

Si le garçon, plus âgé, resta près de sa mère, la fillette sourit à Khardine et fit quelques pas vers lui.

— Toutou, dit-elle avec entrain en tendant un animal en peluche.

Khardine se pencha vers elle et sourit.

— C'est vrai. Comment s'appelle-t-il ?

— Toutou, répondit-elle en serrant le jouet contre elle. Il est à moi.

— Tu as bien raison.

Observant Khardine avec appréhension, la femme tendit la main vers la fillette.

— Oriane, n'importune pas le seigneur de guerre.

— Elle ne m'importune pas, assura Khardine aimablement.

La mère attira l'enfant vers elle et s'efforça de sourire.

— Elle aime les animaux. La mère de mon mari lui a cousu une poupée de chiffon, avant notre départ, mais Oriane a préféré emporter ce jouet.

Et où était ta propre mère pendant que cette garce te poignardait verbalement ? se demanda Onirie en voyant des ombres assombrir les yeux de la femme. Elle décela une lueur de honte dans sa trace psychique. Voilà qui expliquait quel côté de l'héritage de la fillette posait un problème.

Le seigneur de guerre qui avait protesté quand Friall refusait de terminer le contrat se détourna de sa conversation avec deux Eyriens et posa un regard intense sur Khardine, puis il s'approcha d'un air protecteur de la femme et des enfants.

Khardine se redressa et répondit à ce regard par une œillade tranquille.

Assise à côté de lui, son bras effleurant le sien, Onirie sentit sa tension, sa colère, peut-être, mais il n'en trahit aucun signe. Quand il se tourna vers elle, son expression était grave, mais ses yeux bleus pétillaient d'amusement.

— Je me demande comment la mère de la petite Reine va réagir en voyant les « toutous » que sa fille va serrer contre elle, dit-il doucement.

— Vont-ils la mordre ? s'enquit Onirie.

— La fillette ? Non. La mère ?

Khardine haussa les épaules.

Percevant un avertissement sous son amusement, Onirie frémit. Puis Daimon s'approcha. Elle retint son souffle.

Il se mouvait avec précaution, comme un homme qui a reçu une blessure fatale et se vide de son sang.

Khardine se leva et désigna la place restée vide.

— Asseyez-vous donc. J'ai quelques questions à régler.

Dès qu'il fut installé, Daimon s'enveloppa de ses bras.

Elle l'avait déjà vu esquisser ce geste de protection, quand il poussait trop loin ses études de l'Art, quand les songes hantaient son sommeil.

Khardine adressa à Onirie un regard interrogateur. Elle secoua la tête. Elle appréciait cette sollicitude, mais personne ne pouvait rien faire pour Daimon, en cet instant ; il fallait qu'on le laisse se retirer en lui-même, jusqu'à ce qu'il se sente assez fort pour affronter de nouveau le monde.

Une minute plus tard, Lucivar surgit de la pièce privée, l'air détaché mais prudent.

Durant le reste du trajet, Daimon resta assis à côté d'Onirie, les yeux fermés, et Lucivar demeura debout, au fond de la diligence, discutant tranquillement avec les Eyriens qui l'approchaient avec précaution.

Durant le reste du trajet, elle se demanda ce qui s'était passé dans cette pièce privée. Et elle s'en inquiéta.

4. Kaelir

Le seigneur Jorval recula dans son fauteuil et regarda la Prêtresse Noire arpenter rageusement l'antichambre de la suite qu'il avait louée pour cette entrevue.

Quatre ans plus tôt, les demeures de la Lune Rouge n'existaient pas, en Kaelir, et il n'y en avait toujours aucune en dehors de Petite Terreille. Mais certains membres influents du Conseil, dont lui-même, avaient avancé l'idée que les immigrés les plus forts avaient besoin de soulager leurs pulsions sexuelles. Reconnaissant l'utilité de tels endroits, les reines de Petite Terreille avaient accepté cet argument sans protestation. Une visite dans une demeure de la Lune Rouge constituait désormais une récompense pour les hommes qui avaient un bon comportement à la cour d'une reine. Ils s'y libéraient de leurs frustrations et de leur agressivité sur des femmes qui ne pouvaient se refuser à eux, ni exiger courtoisie et obéissance. Nul ne remarquait (qui s'en souciait, d'ailleurs ?) que toutes les pensionnaires de ces demeures étaient des immigrées engagées au lendemain d'une foire aux services.

Comme certains hommes de Kaelir, il avait découvert quel plaisir l'on pouvait obtenir d'une femme obéissante et craintive.

Jorval avait choisi cette demeure de la Lune Rouge, en bordure des taudis qui avaient poussé près du champ de foire, car leurs propriétaires ne poseraient aucune question. Les deux hommes qui possédaient les lieux se moquaient qu'une femme soit mutilée physiquement ou mentalement, tant qu'elle était à la hauteur de sa tâche. Et ils ne se soucieraient pas du jeune homme désormais ligoté et bâillonné qui se trouvait dans l'autre pièce, une offrande qu'il avait apportée dans l'espoir d'atténuer la rage de la Prêtresse Noire.

Hékatah rejeta la pèlerine qui masquait son visage et son corps.

Jorval en eut la gorge nouée. Il était été très malade, une fois, en voyant son corps de démonite en décomposition. Pour cette faiblesse, elle l'avait puni en lui infligeant des cauchemars pendant des mois.

Par moments, il souhaitait désespérément ne jamais l'avoir rencontrée, ne jamais s'être mêlé à ses manigances. Mais elle avait permis son ascension au Conseil Obscur, et il avait compris qu'elle le possédait avant même qu'il se rende compte qu'il avait accepté de la servir.

— Quatre reines répondaient à notre besoin, grogna Hékatah. Quatre. Et malgré cela, vous n'êtes pas parvenu à nous débarrasser de lui jusqu'à ce que nous trouvions une façon de l'utiliser !

— J'ai essayé, Prêtresse, répondit Jorval d'une voix mal assurée. J'ai contrecarré les requêtes de Sadi d'un éventuel service en dehors de Petite Terreille. Ces quatre noms sont les seuls que je lui ai fournis.

— Alors pourquoi ne se trouve-t-il pas chez l'une d'elles ?

— Il a quitté la dernière réunion sans crier gare ! répliqua Jorval. J'ignorais qu'il avait signé un autre contrat jusqu'à ce que Friall me l'apprenne.

— Il a signé un autre contrat ! railla Hékatah. Avec son frère !

Jorval avait l'impression d'étouffer.

— J'ai tenté d'empêcher cela ! J'ai essayé...

Sa voix s'éteignit tandis qu'Hékatah s'approchait lentement de lui.

— Vous n'avez pas bien géré la situation, dit-elle d'une voix juvénile à la douceur trompeuse. Il est maintenant lié à la cour à laquelle nous voulions cacher sa présence en Kaelir. Et nous n'avons aucun moyen d'utiliser la force du Joyau noir à nos fins.

Jorval tenta de se lever. La peur lui noua la gorge quand il se rendit compte qu'elle faisait appel à l'Art pour le maintenir cloué à sa chaise.

Avec grâce, elle s'installa sur ses genoux et mit les bras autour de son cou. Lorsque ses longs ongles effleurèrent sa joue, il se demanda s'il allait perdre un œil. Cela vaudrait peut-être mieux. Aveugle, il ne la verrait plus. Finalement, non. Elle portait des Joyaux plus sombres que les siens. Elle pouvait ouvrir son esprit et y laisser une image cent fois pire que son apparence.

Il gémit en sentant son estomac se retourner de façon inquiétante.

— Tout comme il existe des récompenses qui couronnent un succès, il existe des pénalités qui sanctionnent un échec, déclara Hékatah en lui caressant le visage.

Sachant ce qu'il devait faire, il murmura :

— Oui, Prêtresse.

— Or vous avez échoué, n'est-ce pas, chéri ?

— O... Oui, Prêtresse.

Ce qui lui restait de lèvres esquissa un sourire. Grâce à l'Art, elle fit venir une bouteille en cristal fermée d'un bouchon et une petite coupe en argent. Ils flottèrent dans l'air tandis qu'elle ôtait le bouchon pour verser le liquide sombre et riche dans le récipient. Elle reboucha le flacon et le fit disparaître, puis elle leva la coupe vers les lèvres de Jorval.

—Je vous ai apporté une offrande toute fraîche, déclara-t-il faiblement.

—Je l'ai vu. Un bien beau garçon, plein de vin chaud et doux, dit-elle en appuyant la coupe sur sa lèvre inférieure. J'irai le voir tout à l'heure.

N'ayant pas le choix, Jorval ouvrit la bouche. Le liquide glissa sur sa langue telle une longue limace chaude. Il retint son souffle, mais parvint à l'avaler.

—C'est du poison ? s'enquit-il.

Hékatah fit disparaître la coupe et s'adossa contre lui, écarquillant les yeux de surprise.

—Croyez-vous vraiment que j'empoisonnerais un homme qui m'est loyal ? Et vous m'êtes loyal, n'est-ce pas, chéri ? (Elle secoua tristement la tête.) Non, chéri, ce n'est qu'un petit aphrodisiaque.

—De la s… safframate ?

Il aurait préféré du poison.

—Juste assez pour rendre la soirée intéressante, répondit Hékatah.

Il était là, pris au piège, tandis qu'elle caressait sa peau qui commençait à frémir au moindre contact. Avec un gémissement, il l'enlaça, oubliant l'odeur de décomposition qui émanait d'elle, sans plus se soucier de savoir ce qu'elle était, qui elle était, pour utiliser ce corps de femme assis sur ses genoux.

Quand il voulut glisser sa langue dans sa bouche, elle recula avec un rire satisfait.

—Allons, chéri ! lança-t-elle sans cesser de le caresser. Vous allez faire monter une de ces prostituées.

Le brouillard lubrique se dissipa légèrement.

—Ici ?

—Nous devons encore nous occuper de votre châtiment, reprit Hékatah, cruelle. Prends-en une aux cheveux blonds et aux yeux bleus.

Le désir charnel se fit plus puissant, presque douloureux.

—Comme Jaenelle Angelline.

—Exactement. Considérez ceci comme une répétition du jour où cette garce pâle devra se soumettre à moi.

Elle l'embrassa en léchant la veine qui palpitait sur sa tempe.

— Serez-vous excité si je sirote un peu de sang pendant que vous êtes en elle ?

À la fois excité et terrifié, Jorval la dévisagea.

— Je boirai en elle également. Ainsi, il vous serait égal de chevaucher un cadavre, mais je ne vous ferai pas cela, chéri. Ceci n'est qu'une répétition, après tout, de la nuit que vous passerez sur Jaenelle.

— Oui, murmura Jorval, oui.

— Oui, répéta Hékatah, satisfaite.

Elle se leva et marcha lentement vers la porte de la chambre.

— Ne vous inquiétez pas de ce que la prostituée pourrait raconter de notre petit jeu. Je vais embrumer l'esprit de cette garce afin qu'elle n'ait jamais de certitude sur rien, à part sur le fait qu'elle a bien servi.

Jorval se leva à son tour et se dirigea vers la sortie d'un pas hésitant. Il était douloureusement conscient du regard qu'Hékatah posait sur lui.

— Le joli garçon servira de mise en bouche et de dessert, déclara-t-elle. La peur donne au sang un piquant si exquis ! À la fin de la soirée, il sera mûr à point. Et ne passez pas trop de temps à choisir, chéri. Une mise en bouche est vite consommée et, si je perds patience, nous devrons peut-être adapter notre punition. Vous ne le souhaiteriez pas, n'est-ce pas ?

Il attendit que la porte de la chambre se soit refermée derrière elle avant de murmurer :

— Non, je ne le souhaiterais pas.

5. Kaelir

Quelqu'un referma doucement une main chaude sur son épaule.

— Daimon, dit Lucivar. Venez, mon vieux, nous sommes arrivés.

Daimon ouvrit les yeux à contrecœur. Il avait envie de se retirer du monde, de sombrer dans l'abîme et de disparaître. *Bientôt*, se promit-il. *Bientôt.*

— Je vais bien, connard, déclara-t-il d'un ton las.

C'était un mensonge et ils le savaient tous les deux.

Se levant péniblement, Daimon roula les épaules. Ses muscles étaient tendus et une violente migraine enflait derrière ses yeux.

— Où sommes-nous ?
Sans un mot, Lucivar le fit descendre de la diligence.
Devant la porte, Onirie observait un bâtiment massif, en pierre grise.
— Feu d'Enfer, ô Nuit, que la Ténèbre soit clémente ! Quel est cet endroit ?
— C'est le Manoir SaDiablo, répondit le prince Aaron avec un sourire.
— Oh, merde !
Le sol se mit à trembler sous les pieds de Daimon. Il tendit un bras, dont Lucivar se saisit aussitôt pour l'aider à garder l'équilibre.
— Je ne peux pas, murmura-t-il. Lucivar, je ne peux pas.
— Mais si, vous pouvez.
Lucivar le mena vers la porte d'entrée à double battant.
— Ce sera plus facile que vous le pensez, déclara-t-il. De plus, Ladvarienne attend de vous rencontrer.
Daimon n'avait pas l'énergie de se demander pourquoi ce Ladvarienne voulait le rencontrer, et encore moins celle de s'en soucier, alors qu'un pas de plus pouvait le mener de nouveau vers le Sire d'Enfer… ou vers Jaenelle.
Lucivar ouvrit la porte. Daimon le suivit dans le vaste vestibule. Les autres immigrés se groupèrent derrière eux. À peine eurent-ils fait quelques pas que Lucivar s'arrêta soudain et jura dans sa barbe.
Daimon scruta les alentours, cherchant l'origine de la lueur de méfiance qu'il avait décelée dans le regard de Lucivar. À l'autre extrémité du vestibule, une servante agenouillée sous l'un des lustres de cristal lavait le sol. Quelques mètres plus loin se tenait un imposant seigneur de guerre orné au Rouge, vêtu d'un uniforme de majordome. Son expression était plus glaciale que stoïque.
— Bhil, déclara simplement Lucivar, en observant le majordome.
— Prince Yaslana, répondit Bhil avec un formalisme guindé.
— Qu'est-ce… ? s'enquit Lucivar avec une moue.
En entendant un ricanement, ils levèrent tous les yeux.
Au-dessus de leurs têtes, un petit Eyrien nu de deux ou trois ans tout au plus était perché en équilibre précaire sur le lustre le plus proche.
Lucivar observa Bhil, soupira et fit quelques pas en avant.
— Que fais-tu là-haut, mon petit gars ?

— Je vole, répondit le garçonnet.

— Je vous laisse deviner, maugréa la servante en jetant sa serpillière dans un seau, avant de se relever.

— Tu as échappé à la vigilance de tes gardiens, n'est-ce pas ? marmonna Lucivar.

L'enfant gloussa encore puis émit un son très grossier.

— Descends, Daimonar ! ordonna sèchement Lucivar.

— Non !

Des larmes montèrent aux yeux de Daimon tandis qu'il regardait attentivement l'enfant, la gorge nouée.

Lucivar fit un pas de plus en avant puis déploya ses ailes noires et membraneuses.

— Si tu ne descends pas, je vais monter te chercher.

— Non ! persista Daimonar en dépliant ses petites ailes.

Lucivar décolla vivement. En passant devant le lustre, il tenta de saisir Daimonar, qui esquiva et plongea. L'enfant voleta comme un bourdon ivre cherchant à échapper à un faucon, mais il parvint à rester hors d'atteinte.

— Ce garçon connaît quelques bons tours, commenta Hallevar d'un ton approbateur en s'avançant.

Onirie observa le vieux seigneur de guerre eyrien.

— Il semble avoir le dessus sur Yaslana, dit-elle.

Hallevar pouffa en voyant Lucivar passer devant Daimonar et lui chatouiller le pied, ce qui le fit rire et agiter la jambe.

— Il aurait pu l'attraper dès la première fois. Le petit va devoir céder, mais il gardera à l'esprit qu'il s'est bien battu. Décidément, Lucivar s'y entend pour former un guerrier eyrien !

Daimon les entendait à peine. Feu d'Enfer ! Lucivar ne voyait-il pas que le garçonnet commençait à se fatiguer ? Allait-il insister jusqu'à ce que le bambin tombe par terre ?

Tandis que l'enfant se dirigeait vers lui, il s'avança, leva les bras et saisit une jambe potelée.

Daimonar se mit à crier et battit follement l'air de ses petites ailes.

Daimon le tira doucement vers lui et l'enveloppa de son autre bras pour l'attirer contre son torse.

Un petit poing heurta son menton. L'autre menotte empoigna ses cheveux et les tira, arrachant quelques larmes aux yeux de Daimon. Un cri indigné transperça son oreille et vibra dans sa tête.

Lucivar se posa et passa le dos de sa main sur sa bouche, mais elle n'effaça pas totalement son sourire. Saisissant l'enfant par la taille, il ouvrit avec précaution la petite main.

— Lâche ton oncle Daimon. Nous voulons qu'il t'apprécie.

Il recula vivement et retint le garçonnet par les chevilles.

— Ce n'est pas un bon endroit pour donner un coup de pied à ton père, marmonna-t-il.

Daimonar émit un son grossier et sourit.

Lucivar observa l'enfant qui gigotait.

— Sur le moment, tu me semblais être une bonne idée, dit-il, désabusé.

— Oui ! (Daimonar remarqua alors la femme qui tenait la petite fille.) Bébé ! cria-t-il en cherchant à se libérer. À moi !

— Ô Nuit ! maugréa Lucivar en se retournant pour masquer la vue de Daimonar.

Deux femmes trempées et échevelées apparurent. L'une d'elles brandissait une grande serviette.

— Nous allons le prendre, prince Yaslana.

— Ténèbre soit louée !

Avec un petit effort, Lucivar et les deux femmes enroulèrent Daimonar dans la serviette et l'emportèrent avec eux.

Daimon observait la scène le cœur serré. L'enfant ressemblait à Lucivar. Était-ce pour lui un regret ou un soulagement de ne voir aucune trace de saphir dans les yeux dorés de l'enfant ? Aucune trace de clair dans les cheveux noirs et la peau mate ? Aucune trace de la beauté exotique de sa mère ?

Lucivar revint très vite.

— Quand les invités seront installés dans leurs chambres, le souper sera servi dans la salle à manger officielle, annonça Bhil.

— Merci, Bhil, répondit Lucivar avec quelque humilité.

— Avez-vous pris des dispositions dont la maison devrait être informée ?

Lucivar fit signe au jeune seigneur de guerre qui protégeait la femme et les deux enfants d'approcher.

— Voici le seigneur Endar, le mari de dame Doriane.

Endar se crispa sous le regard appuyé de Bhil.

Le prince Aaron prit Onirie par le bras et la poussa en avant.

— Je vais accompagner dame SaDiablo et dame Bénédict dans leurs chambres, proposa-t-il.

— Dame SaDiablo ? répéta Bhil, étonné.

Aaron afficha un large sourire.

Onirie se mit à siffler.

— Je suis certain que le Sire d'Enfer sera ravi d'accueillir la dame, déclara Bhil avec une lueur de soupçon dans le regard.

Avant qu'Onirie puisse l'en empêcher, Aaron repoussa les cheveux d'Onirie en arrière, révélant une oreille délicatement pointue.

— Le prince Chaosti le sera également, dit-il.

Bhil pinça les lèvres, puis il reprit sa posture stoïque et se tourna vers les immigrés.

— Ceux d'entre vous qui êtes ici en tant que serviteurs iront avec Holt, annonça-t-il en désignant le valet. Les autres, suivez-moi.

Dès que tous les Eyriens, sauf le prince Falonar, eurent quitté le grand vestibule en compagnie de Mannie, Jazen et André, Onirie se tourna vers Lucivar.

— N'auriez-vous pas dû lui dire de laisser les enfants avec leurs parents ? Je doute qu'ils se sentent à l'aise dans un lieu inconnu.

Le prince Aaron s'éclaircit la voix.

Le seigneur Khardine pencha la tête en arrière et scruta le plafond.

Lucivar se contenta de la regarder fixement pendant un moment, avant de dire doucement :

— Si vous voulez expliquer à Bhil ou à Hélène comment diriger cet endroit, allez-y, ne vous gênez pas, mais permettez-moi de me mettre à l'abri, auparavant.

— Venez, dame Onirie, appela Aaron. Nous allons vous installer avant que vous vous arrangiez pour que la maison nous tombe sur la tête.

Lucivar attendit qu'Aaron et Khardine eurent escorté Onirie et Wilhelmina hors du vestibule pour se tourner vers Falonar.

— Quoi ?

Falonar se redressa fièrement.

— Pourquoi avez-vous isolé Endar ?

— Tant que la maison sait qu'Endar est le mari de Doriane, nul ne mettra en question sa présence dans son lit. Et croyez-moi, il y a des hommes, ici, qui n'hésiteront pas à l'écarteler s'ils ne comprennent pas qu'il partage son lit parce qu'elle le veut bien.

Il prit une profonde inspiration, puis souffla lentement.

— Demain, j'expliquerai les règles, reprit-il. Pour ce soir, dites simplement aux hommes de rester à distance des femmes. (Il marqua une pause.) Vous feriez mieux de vous installer. Nous resterons ici pendant plusieurs jours.

Après le départ de Falonar, Lucivar se tourna vers Daimon.

— Venez. Finissons-en, ensuite, nous pourrons manger et nous reposer.

Daimon suivit Lucivar dans l'escalier, puis dans un labyrinthe de couloirs, jusqu'à un salon privé. Au bout de quelques minutes de silence, il déclara :

— Vous l'avez prénommé Daimonar.

— C'est ce que j'ai trouvé de plus proche du vôtre, comme nom eyrien, répondit Lucivar, la gorge un peu nouée.

— J'en suis flatté.

— Eh bien, vous l'auriez été quand il était tout petit, répondit Lucivar en pouffant. Dès qu'il a tenu debout, il s'est transformé en un petit monstre. (Il passa une main dans ses cheveux mi-longs.) Je n'en suis pas totalement responsable. Je ne l'ai pas fait tout seul, mais nul ne semble s'en souvenir.

— Je ne comprends pas pourquoi, dit Daimon sèchement, en voyant l'indignation grandissante de Lucivar.

— Quand il est adorable, c'est le fils de sa mère. Quand il se montre intelligent, c'est le petit-fils du Sire d'Enfer. Mais quand il se conduit comme un petit monstre, c'est mon fils. (Lucivar se massa la poitrine.) Parfois, je suis certain qu'il agit de la sorte uniquement pour voir si mon cœur va s'arrêter.

— Comme ce soir ?

Lucivar fit un geste désinvolte.

— Non… C'était juste… Merde ! que dire ? C'est un petit monstre.

Au détour d'un couloir, ils faillirent bousculer une superbe femme eyrienne. Elle portait une longue chemise de nuit confortable et serrait contre elle un gros livre.

— Votre fils, dit-elle en détachant chaque mot, n'est pas un monstre.

— Peu importe, répondit Lucivar en plissant les yeux. Marianne, pourquoi n'êtes-vous pas au lit ? Vous devriez vous reposer, aujourd'hui.

Marianne poussa un soupir exaspéré.

— J'ai somnolé une grande partie de la matinée. J'ai joué avec Daimonar pendant un moment, cet après-midi, ensuite, nous avons tous les deux fait la sieste. Je me suis simplement levée pour emprunter un livre. Je vais aller me recoucher avant que Bhil me monte une tasse de chocolat chaud et une assiette de gâteaux.

Abasourdi, Lucivar plissa les yeux.

— Vous n'avez pas mangé, aujourd'hui ?

Daimon dévisagea Lucivar avec stupeur. Même un imbécile, même un Eyrien, aurait remarqué que cette femme piaffait en silence.

— L'oncle Andulvar est venu vérifier que j'avais mangé un bon petit déjeuner. Prothvar m'a apporté un en-cas, en milieu de matinée. J'ai déjeuné en compagnie de Daimonar. Certain que j'étais affamée, Méphis m'a apporté une collation dans l'après-midi. Et votre père s'est déjà renseigné pour savoir ce que j'avais consommé au souper. Cela fait assez d'histoires pour aujourd'hui !

— Je ne fais pas d'histoires, grommela Lucivar, avant d'ajouter dans sa barbe : je n'en ai pas encore eu l'occasion.

Marianne observa attentivement Daimon.

— Ne devriez-vous pas vous occuper de vos invités ? demanda-t-elle.

— Ce n'est pas un invité. C'est mon frère.

Marianne tendit la main avec un sourire chaleureux.

— Vous devez être Daimon. Oh, je suis ravie que vous soyez enfin venu ! J'ai un autre frère, désormais.

Un frère ? Daimon prit sa main et interrogea Lucivar des yeux.

Ce dernier passa des doigts possessifs sur les longs cheveux de Marianne.

— Marianne me fait l'honneur d'être ma femme, expliqua-t-il avec un sourire.

Et la mère de Daimonar. Daimon eut l'impression que le sol se dérobait sous ses pieds, avant de remonter brutalement.

Marianne lui serra la main, le regard soucieux. Lucivar parut soudain plus alerte.

Les émotions se bousculaient dans l'esprit de Daimon, elles luttaient avec sa santé mentale fragile. Incapable de les apaiser, il fit un pas en avant et s'efforça une fois encore de maîtriser ses sentiments.

Sentant que son frère avait certainement besoin de temps, Lucivar voulut prendre le livre de Marianne pour tenter d'en lire le titre.

Elle le serra plus fort contre elle et recula.

— Est-ce un roman à l'eau de rose ? s'enquit Lucivar d'un air soupçonneux.

Marianne déploya et referma ses ailes dans un claquement.

— Un quoi ?

— Vous savez, un de ces ouvrages que les femmes aiment lire pour rêver et pleurer. La dernière fois que vous en avez lu un, vous étiez bouleversée et, quand je suis venu voir ce qui n'allait pas, vous m'avez jeté le livre au visage.

Le piaffement de Marianne était désormais manifeste.

— Je n'étais pas bouleversée à cause du roman ! Vous êtes entré en trombe dans ma chambre, arme au poing, et vous m'avez fait une peur bleue.

— Vous étiez en larmes. Je vous ai crue blessée. Écoutez, je préfère savoir à l'avance si vous allez pleurnicher en lisant.

— Jaenelle l'a lu, et je parie que vous n'êtes pas entré chez elle, lorsqu'elle a pleuré.

Lucivar observa l'ouvrage comme s'il s'agissait soudain d'une bête féroce.

— Ah, ce livre-là !

Il posa une main protectrice sur son ventre.

— En fait, je n'ai pas débarqué chez elle. Elle vise mieux que vous.

Le grommellement de Marianne fit place à un rire.

— Pauvre Lucivar ! Vous faites tant d'efforts pour protéger les femmes de la famille, et nous ne vous montrons aucune reconnaissance, n'est-ce pas ?

Lucivar sourit.

— Eh bien, s'il y a des scènes d'amour intéressantes dans cette histoire, marquez donc les pages, et vous me serez reconnaissante dans quelques jours.

Marianne lança un coup d'œil en direction de Daimon et rougit.

Lucivar l'embrassa tendrement et s'écarta pour la laisser passer.

— Allez vous coucher, maintenant.

— À demain, Daimon, dit-elle un peu timidement.

— Bonne nuit, dame Marianne, répondit Daimon.

Il ne put en dire davantage. Ils la regardèrent entrer dans la suite qu'elle partageait avec Lucivar, puis celui-ci tendit une main. Daimon se raidit, prêt à rejeter le contact qui lui était offert.

Lucivar baissa le bras et dit :

— La suite du Sire d'Enfer se trouve au bout de ce couloir. Il voudra vous voir.

Daimon était paralysé.

— Je croyais que vous aviez épousé Jaenelle.

— Qu'est-ce qui vous a fait croire que j'avais épousé Jaenelle ?

L'étonnement manifeste de Lucivar eut le don d'attiser la colère de Daimon.

— Vous étiez là, grogna-t-il. Pourquoi ne voudriez-vous pas l'épouser ?

Lucivar resta silencieux un long moment.

— Vous en avez toujours rêvé, Daimon. Moi pas. (Il se retourna et s'éloigna dans le corridor.) Venez.

Daimon le suivit lentement. Quand Lucivar s'arrêta pour frapper à une porte, il continua à marcher, attiré vers la trace psychique forte, sombre et féminine qui provenait d'une chambre, de l'autre côté du couloir.

— Daimon ?

La voix de Lucivar s'éteignit, atténuée par une puissante vague d'émotions.

Daimon ouvrit une porte et entra dans un salon. Un mur était tapissé de rayonnages qui se trouvaient au-dessus d'une rangée de placards arrivant à hauteur de la taille. Un divan, deux tablettes triangulaires et deux fauteuils entouraient une longue table. Deux lampes patinées étaient posées sur les tablettes. Près d'un fauteuil, un grand panier était rempli de pelotes de laine et de soie, et d'un ouvrage inachevé. Un bureau trônait devant les portes vitrées donnant sur le balcon. Des étagères en terrasses, dans un coin, portaient des plantes.

La trace psychique le traversa, le submergea. Oh, comme il se rappelait cette trace sombre ! Mais elle avait quelque chose de changé, cette fois, une qualité exquise, délicatement musquée.

Son corps se raidit, puis se gonfla d'un désir viril avant même que son esprit comprenne le sens de ce changement. Puis il remarqua les pantoufles saphir, près d'un fauteuil. Les pantoufles d'une femme.

En dépit de toute raison, de tout désir, même quand il avait cru que Lucivar était marié avec elle, il n'avait pas totalement assimilé le fait qu'elle n'était plus l'enfant qu'il avait connue. Elle avait grandi.

Les murs de la pièce se firent gris, puis s'assombrirent et commencèrent à se refermer pour former un tunnel autour de lui.

— Daimon.

Il se rappelait aussi cette voix grave. Il l'avait entendue amusée, pleine de rage ou de puissance féroce. Il l'avait entendue rauque et épuisée. Il l'avait entendue l'implorer de lever les bras, d'accepter l'aide et la force qu'on lui offrait.

Se tournant lentement, il regarda fixement Sahtan, le Prince de la Ténèbre, le Sire d'Enfer. Son père.

Sahtan tendit une main aux longs doigts fins et aux ongles teintés de noir.

— Daimon… Jaenelle est vivante, dit-il doucement.

La pièce se rétrécit. Le tunnel ne cessait de se refermer. La main l'attendait, lui offrant force, sécurité, réconfort, toutes ces choses qu'il avait rejetées quand il se trouvait dans le Royaume Perverti.

— Daimon.

Il fit un pas en avant et leva sa main aux longs doigts fins et aux ongles noirs. Cette fois, il redoutait sa propre fragilité. Cette fois, il accepterait les promesses que lui ferait Sahtan.

Il fit encore un pas, la main tendue vers celle qui semblait refléter la sienne.

Juste avant que ses doigts touchent ceux de Sahtan, la pièce disparut.

— Gardez la tête baissée, mon vieux. Respirez lentement, tranquillement. C'est ça.

Force et chaleur émanaient de la main de la personne qui caressait sa tête, son cou, son dos.

L'effort lui tournait la tête, mais, au bout d'un moment, Daimon parvint à activer son cerveau et son corps suffisamment pour ouvrir les yeux. Il scruta le tapis, qu'il apercevait entre ses pieds : il était d'un marron terreux, avec des tourbillons de vert clair et de rouge brûlé. De toute évidence, le tapis ne parvenait pas à décider s'il représentait le printemps ou l'automne.

— Vous voulez du cognac ou une cuvette ? demanda Lucivar.

Pourquoi voudrait-il une cuvette ?

Son estomac se noua. Il déglutit péniblement.

— Du cognac, dit-il, serrant les dents, espérant ne pas se tromper.

Quand Lucivar revint, Daimon reçut un petit verre bien rempli dans la main et une cuvette fut glissée sous ses pieds.

La personne qui massait le dos de Daimon immobilisa sa main.

— Lucivar ! dit Sahtan d'une voix à la fois amusée et agacée.

— Hélène ne sera pas contente s'il vomit sur le tapis.

Daimon ne connaissait pas le mot qu'utilisa Sahtan, et qui ne présageait rien de bon. C'était mesquin, mais il ressentit un plaisir enfantin à voir que son père l'avait défendu.

— Allez au diable ! dit-il, se redressant suffisamment pour boire une gorgée de cognac.

— Ce n'est pas moi dont le nez allait heurter le sol, il y a une minute, grommela Lucivar en agitant ses ailes.

— Les enfants ! prévint Sahtan.

Puisque son estomac ne renvoyait pas le cognac, Daimon but une autre gorgée et finit par affronter les questions qui demandaient des réponses.

— Elle est vraiment vivante ?

— Elle est vraiment vivante, répondit doucement Sahtan.

— Elle habite ici depuis…

Il ne parvint pas à le dire.

— Oui.

Daimon tourna la tête, car il avait besoin de lire la réponse dans les yeux de Sahtan, en plus de l'entendre.

— Et elle est guérie ?

— Oui.

Mais il vit la lueur d'hésitation dans les yeux dorés.

Buvant une autre gorgée de cognac, il se rendit peu à peu compte que, si la trace psychique sombre de Jaenelle emplissait la pièce, elle n'était pas récente.

— Où est-elle ?

— Elle fait sa tournée d'automne des Territoires de la parentèle, répondit Sahtan. Nous essayons de ne pas l'interrompre durant cette période, mais je pourrais…

— Non.

Daimon ferma les yeux. Il avait besoin de temps pour retrouver son équilibre avant de la revoir.

— Cela peut attendre.

Il patientait depuis treize ans. Quelques jours de plus n'avaient guère d'importance.

Sahtan hésita, puis il regarda Lucivar, qui hocha la tête.

— Il faut que vous réfléchissiez à quelque chose avant qu'elle revienne.

Il fit venir un petit écrin orné de pierres, dont il souleva le couvercle de son pouce.

Daimon examina le rubis taillé de la bague en or. Un anneau de consort. Il l'avait vu au Royaume Perverti, autour du pied d'un calice en cristal qui avait été brisé et recollé avec soin. Le calice de Jaenelle. La promesse de Jaenelle.

— Ce n'est pas à vous de me l'offrir, déclara Daimon.

Pour éviter de s'emparer de l'anneau, il crispa les doigts autour du verre de cognac.

— Ce n'est pas moi qui vous l'offre, prince. En tant qu'Intendant de la Cour Sombre, il m'a été confié.

Daimon s'humecta les lèvres.

— A-t-il déjà été porté ?

Jaenelle avait vingt-cinq ans. Il n'avait aucune raison de penser, d'espérer, que la bague n'ait jamais été portée par un autre homme.

Le regard de Sahtan exprima à la fois du soulagement et de la tristesse.

— Non.

Il referma l'écrin et le lui tendit.

Daimon s'en empara de façon convulsive.

— Venez, mon garçon, dit Sahtan en remettant le verre de cognac à Lucivar pour aider Daimon à se lever. Je vais vous montrer votre chambre. Bhil va vous apporter un plateau dans quelques minutes. Essayez de manger et de dormir un peu. Nous nous parlerons demain matin.

Ouvrant la porte vitrée, Daimon sortit sur le balcon. Le peignoir de soie était trop fin pour empêcher l'air vespéral de dissiper la chaleur qu'il avait emmagasinée en prenant un long bain. Il avait besoin de passer un moment dehors, d'écouter le chant de l'eau sur la pierre de la fontaine à l'apparence naturelle située au milieu du jardin, en contrebas. Seules quelques chambres entourant le jardin étaient légèrement éclairées. Des chambres d'invités ? ou bien Aaron et Khardine occupaient-ils ces pièces ?

Sahtan avait déclaré qu'aucun homme n'avait encore porté cet anneau de consort, mais…

Daimon prit une profonde inspiration et souffla lentement. Elle était Reine, et une Reine avait droit à tous les plaisirs que les hommes de sa cour pouvaient lui procurer.

Et il était là, à présent.

En tremblant, il regagna sa chambre, verrouilla la porte vitrée et tira les rideaux. Il ôta son peignoir, se mit au lit et remonta les couvertures sur son corps nu. S'allongeant sur le côté, il scruta pendant un long moment l'écrin posé sur la table de chevet.

Il était là, à présent. Il devait choisir.

Il sortit l'anneau de consort de l'écrin et le glissa à son annulaire gauche.

6. Kaelir

En disposant ses derniers accessoires dans son cabinet de toilette, Onirie marqua une pause et dressa l'oreille. Oui, quelqu'un venait d'entrer dans sa chambre. Sa servante revenait-elle pour une nouvelle joute verbale ? Elle avait dit à cette femme qu'elle n'avait pas besoin de son aide pour défaire ses bagages. Et elle s'était interrogée sur le commentaire marmonné par la domestique : « Pas de doute, c'est une SaDiablo. »

Peut-être s'était-elle un peu précipitée. Avait-elle envie de laver elle-même ses vêtements pendant toute la durée de son séjour ?

Elle se dirigea vers la porte du cabinet de toilette et, avec prudence, explora mentalement la pièce. Elle esquissa un rictus de dédain. Ce n'était pas la servante qui revenait à la charge, mais un mâle qui s'installait confortablement dans sa chambre. Onirie marqua une pause. C'était une trace psychique résolument masculine, mais quelque peu étrange.

Faisant appel à son stylet favori, elle l'enveloppa d'un camouflage à l'aide de l'Art. Ses bras baissés et sa main droite posée sur le manche ne donnaient nullement l'impression qu'elle ait une arme prête à frapper, à moins que l'on sache qu'elle était une tueuse. Ce mâle, probablement au courant de son ancienne profession, s'était certainement dit qu'elle serait ravie de le satisfaire, comme ces connards si lâches de la foire aux services qui l'incitaient à signer un contrat dans une demeure de la Lune Rouge « de la cour ».

Eh bien, si ce mâle s'attendait à prendre du bon temps, elle se contenterait de l'informer qu'elle devrait d'abord négocier un dédommagement avec l'Intendant. À moins qu'il s'agisse de l'Intendant lui-même… Espérait-il vraiment qu'elle achète sa sortie d'un contrat qu'elle ne voulait pas signer dès le départ ?

Fulminant de colère, Onirie gagna la chambre. En entrant, elle s'arrêta net, ne sachant s'il lui fallait crier ou éclater de rire.

Un grand chien gris fouillait dans sa malle ouverte. Le bout de sa queue s'agitait comme un métronome tandis qu'il reniflait ses vêtements.

— Tu trouves ton bonheur ? demanda Onirie.

L'animal s'écarta vivement de la malle pour se diriger vers la porte. Puis il s'arrêta ; un frisson nerveux le parcourut tandis qu'il regardait fixement Onirie. Plein d'espoir, il remua plusieurs fois la queue avant de la glisser entre ses pattes.

Onirie fit disparaître son stylet. Gardant un œil sur le chien, elle inspecta sa malle. S'il avait fait des saletés sur ses vêtements… Voyant qu'il s'était contenté de les renifler, elle se détendit et se tourna vers lui.

— Tu es gros, dit-elle aimablement. As-tu le droit d'être à l'intérieur ?

— « Wouaf ».

— Tu as raison. Étant donné la superficie de la maison, c'était une question idiote.

Elle tendit la main vers lui.

Acceptant son invitation, il renifla sa main, ses pieds, ses genoux, son…

— Ôte ton museau de mon entrejambe ! protesta Onirie.

L'animal fit deux pas en arrière et éternua.

— Eh bien, c'est ton opinion.

Il ouvrit la gueule comme pour sourire.

— « Wouaf ».

En riant, Onirie rangea ses vêtements dans le grand placard et dans l'armoire à glace. Quand elle eut terminé, elle referma sa malle.

Voyant qu'il avait de nouveau son attention, le chien s'assit et tendit une patte.

Au moins, il semblait amical, songea-t-elle.

Après lui avoir serré la patte, elle passa les doigts dans son pelage et le gratta derrière les oreilles. Elle lui caressa la tête jusqu'à ce qu'il ferme les yeux, en pleine extase.

— Tu es beau, tu sais. C'est un bon garçon velu, ça !

Il posa sur son menton deux baisers enthousiastes et baveux.

Onirie se redressa et s'étira.

— Il faut que je parte, maintenant, mon vieux. Mon souper m'attend quelque part, dans cette maison. Laisse-moi le temps de me préparer, et nous partirons en quête de ce festin.

— « Wouaf ».

Feu d'Enfer! songea Onirie en se lavant les mains. Elle se brossa les cheveux. Elle devait être plus fatiguée qu'il y paraissait : voilà qu'elle trouvait un sens aux sons émis par le chien. Elle avait même l'impression qu'il lui répondait. Elle aurait juré que ce dernier « wouaf » était teinté d'amusement. Tout comme elle était persuadée que quelqu'un cherchait en permanence à l'atteindre par le biais d'un fil de communication psychique et que c'était elle qui tâtonnait.

Quand elle réapparut, l'humeur du chien avait changé. Dès qu'elle ouvrit la porte de la chambre, il posa sur elle un regard triste avant de sortir furtivement dans le couloir.

Le prince Aaron était appuyé contre le mur opposé.

Il était séduisant, avec ses cheveux noirs, ses yeux gris, sans oublier sa stature et sa carrure qui plaisaient aux femmes. Face à Sadi, il aurait toutefois fait pâle figure, comme tout autre, d'ailleurs, mais Onirie avait la certitude qu'il n'avait jamais manqué d'invitations pour partager le lit d'une femme.

Voilà qui expliquait peut-être cette méfiance qui perçait sous son assurance arrogante...

— Puisque vous ne connaissez pas encore bien les lieux, je vais vous escorter, vous et dame Bénédict, vers la salle à manger, déclara Aaron, qui semblait avoir du mal à réprimer un sourire. Mais je constate que vous avez déjà un cavalier...

Le chien dressa les oreilles et remua frénétiquement la queue. « Toc-toc-toc... »

Le couloir s'emplit soudain de courants virils fort agaçants. Onirie envisagea brièvement d'assener à l'un de ces deux personnages un coup violent, histoire de briser cette ambiance, mais si elle perdait ses escortes, il lui faudrait trouver toute seule la salle à manger.

Par chance, Wilhelmina Bénédict choisit cet instant pour quitter sa chambre, voisine de celle d'Onirie. Aaron offrit un bras à chacune des femmes, et tous trois entamèrent un long parcours dans le Manoir, le chien sur les talons.

— Les serviteurs doivent être épuisés, à la fin de la journée, dit Onirie tandis qu'ils s'engageaient dans un énième couloir.

— Pas vraiment, répondit Aaron. Le personnel travaille par roulements et est assigné à une aile du Manoir. Ainsi, chacun évolue tour à tour dans l'aile familiale et celles où réside la cour quand elle est présente.

— Vous voulez dire que je vais devoir me disputer avec une autre servante ? gémit Onirie.

Aaron lui décocha un regard amusé.

— Auriez-vous fait couler votre bain vous-même ?

— Je n'ai pas pris la peine de me baigner, répliqua Onirie. Je m'assieds face au vent.

Bêcheuse !

Il n'eut pas à énoncer tout haut sa pensée, tant son expression était parlante.

Onirie se retourna vers son escorte à fourrure. Les animaux constituaient un sujet de conversation assez anodin.

— Il a le droit d'entrer dans la maison, n'est-ce pas ?

— Oh, oui ! répondit Aaron. Toutefois, j'ai été surpris de le voir. La meute reste en général dans les bois du nord, quand nous hébergeons des étrangers.

— La meute ? Quel genre de chien est-il donc ?

— Ce n'est pas un chien. C'est un loup. Et il est membre de la parentèle.

Wilhelmina sursauta et jeta un regard effrayé vers le loup.

— Mais… les loups ne sont-ils pas des bêtes sauvages ?

— C'est aussi un seigneur de guerre, ajouta Aaron, faisant fi de la question de Wilhelmina.

Onirie ressentit un léger malaise. Elle avait entendu parler de la parentèle, qui était dotée d'une petite magie animale, disait-on. De là à le qualifier de « seigneur de guerre »…

— Vous voulez dire qu'il est du Lignage ? demanda-t-elle.

— Bien sûr.

— Que vient-il faire au Manoir ?

— Eh bien, il est passé comme ça, à l'improviste. Selon moi, il cherche un ami.

Feu d'Enfer, ô Nuit, que la Ténèbre soit clémente ! songea Onirie. Qu'est-ce que cela pouvait signifier ?

— J'en conclus qu'il n'est pas vraiment sauvage, dit-elle. S'il se trouve dans la maison, c'est qu'il est apprivoisé.

Aaron esquissa un sourire meurtrier.

— Si par « apprivoisé » vous entendez qu'il n'urine pas sur les tapis, alors il est apprivoisé. Toutefois, selon ces critères, je le suis aussi.

Onirie serra les dents. Au diable ces banalités ! Elles finissaient toujours par embourber une conversation.

À l'instar de Wilhelmina, elle soupira de soulagement lorsqu'elles atteignirent un escalier. Pourvu que la salle à manger ne soit plus très loin, qu'elle puisse mettre une distance entre elle et son escorte. Enfin, ses escortes. Peu importait.

Merde !

Khardine se trouverait peut-être dans la salle à manger. C'était un seigneur de guerre, ce qui faisait de lui son égal, sur le plan de la caste, et les Joyaux gris de la jeune femme surpassaient son Saphir. Elle possédait donc un avantage sur lui. Et pour l'heure, elle en avait bien besoin, car elle avait la nette impression que, de ses deux escortes, celle qui avait la denture la plus impressionnante était la moins dangereuse.

Onirie regardait fixement la porte en bois, qui était fermée. Si seulement elle était venue avant de manger... L'épais potage au bœuf et aux légumes était délicieux, de même que le fromage, le pain et les pommes un peu âpres, qu'elle avait dévorés avec enthousiasme. À présent, son estomac formait une grosse boule de tous ces aliments.

Réprimant une plainte, elle leva le poing pour frapper à la porte. Feu d'Enfer, ce n'était qu'un entretien ordinaire avec l'Intendant de la cour... qui possédait désormais le pouvoir de contrôler sa vie... et qui était également le prince de guerre de Dhemlan... et le Sire d'Enfer... dont le nom n'était autre que Sahtan Daimon SaDiablo.

— « Wouaf » ?

Onirie regarda par-dessus son épaule. Le loup pencha la tête de côté.

— Je crois que tu ferais mieux de rester ici, dit-elle en frappant une bonne fois à la porte.

— Entrez ! dit une voix grave.

Elle se faufila à l'intérieur et referma le battant avant que le loup puisse la suivre.

La pièce était en forme de « L ». La longueur comportait un espace salon confortable, avec des tables, des chaises et un canapé en cuir noir. Sur les murs étaient accrochés divers tableaux, de spectaculaires peintures à l'huile et des esquisses humoristiques au fusain. Intriguée par ces choix artistiques, Onirie se tourna vers l'alcôve.

Les murs latéraux étaient tapissés de velours rouge foncé, tandis que celui du fond était couvert de rayonnages du sol au plafond. Un bureau en bois noir trônait au centre de cet espace. Deux chandeliers éclairaient sa surface, ainsi que l'homme qui y était assis.

Au premier regard, elle pensa que Daimon lui jouait une sorte de tour. Puis elle l'observa de plus près.

Son visage était identique à celui de Daimon, mais plus séduisant que beau. Il était résolument plus âgé, et ses épais cheveux noirs étaient striés de gris aux tempes. Ses lunettes à verres en demi-lune lui donnaient l'air d'un employé bienveillant. Mais ses mains élégantes se terminaient par de longs ongles teintés de noir, comme celles de Daimon. À la main gauche, il portait un anneau d'Intendant. À la droite, un anneau noir.

— Asseyez-vous donc, dit-il sans cesser d'annoter le document posé devant lui. Je n'en ai que pour une minute.

Onirie s'installa délicatement sur une chaise, devant le bureau. Sa voix possédait le même timbre grave que celle de Daimon, et la même capacité à toucher une femme au plus profond d'elle-même. Mais la chaleur sensuelle était moins marquée chez le Sire d'Enfer que chez Daimon. Peut-être était-ce une question d'âge...

Enfin, il glissa sa plume dans son support, posa ses lunettes sur son bureau, se pencha en arrière et joignit les doigts contre son menton.

Onirie avait la gorge nouée. Daimon adoptait la même posture chaque fois qu'une conversation était « formelle ». Feu d'Enfer, quel lien unissait Sadi et le Sire d'Enfer ?

— Donc, déclara-t-il posément, vous êtes Onirie, la fille de Titienne.

Un frisson parcourut la jeune femme.

— Vous connaissiez ma mère ?

— Je la connais toujours, répondit-il avec un sourire froid. Et, comme je suis lié à sa parentèle, elle me considère comme un ami tolérable, même si je suis un mâle.

L'idée qui hantait Onirie durant tout le trajet jusqu'au Manoir remonta à la surface :

— Ma mère n'est *pas* une Harpie !

Sahtan posa sur elle un regard pensif.

— Une Harpie est une sorcière ayant connu une mort violente de la main d'un mâle. Titienne correspond à cette description, non ? De plus, être la reine des Harpies n'a rien d'insultant.

— Ah ! répondit Onirie en glissant ses cheveux derrière ses oreilles.

Il s'exprimait d'un ton détaché, mais ne pouvait masquer le respect qui perçait dans sa voix.

— Aimeriez-vous la voir ? s'enquit Sahtan.

— Mais… si elle est démonite…

— On peut organiser une entrevue ici, au Manoir. Je lui demanderai si elle est d'accord.

— En tant que Sire d'Enfer, je m'étonne que vous ne vous contentiez pas de la convoquer, rétorqua Onirie d'un ton acerbe.

Sahtan se mit à ricaner.

— Ma chère, je suis peut-être le Sire d'Enfer, mais je suis aussi un mâle. Je ne puis donner un ordre à une reine Veuve Noire sans avoir une très bonne raison de le faire.

Intriguée, Onirie plissa les yeux.

— Je ne vous imaginais pas soumis, avoua-t-elle.

— Je ne suis pas soumis, je sers. Vous seriez avisée de ne pas confondre ces deux notions quand vous aurez affaire aux mâles de cette cour.

Formidable ! songea-t-elle amèrement.

— D'autant plus que vous avez déclaré officiellement faire partie de cette famille, ajouta Sahtan.

Ô Nuit !

— Écoutez, dit Onirie en se penchant vers lui, j'ignorais que quelqu'un utilisait ce nom, ici.

Et je m'attendais encore moins à rencontrer des membres de cette famille.

— Tout bien réfléchi, vous avez autant droit à ce nom que Kartane SaDiablo, reprit Sahtan de façon mystérieuse. Et, puisque vous avez déclaré ce patronyme, vous devez en subir les conséquences.

— Lesquelles ? demanda Onirie d'un air soupçonneux.

Sahtan sourit.

— Pour faire court, en tant que patriarche de cette famille, je suis maintenant responsable de vous et vous répondez de moi.

— Le soleil brillera en Enfer avant que cela se produise ! répliqua Onirie.

— Prenez garde aux conditions que vous posez, petite sorcière, répondit-il doucement. Jaenelle possède un moyen surnaturel et parfois dérangeant de réagir aux conditions des autres.

Onirie déglutit péniblement.

— Elle se trouve vraiment en Kaelir ?

Sahtan prit le billet de passage posé sur son bureau.

— N'est-ce pas pour cela que vous êtes venue ?

Onirie opina.

— Je voulais savoir ce qui lui était arrivé, admit-elle.

— Et si vous gardiez ces questions pour Jaenelle ? Elle sera à la maison dans quelques jours.

— Elle habite ici ?

— Ce n'est pas son unique domicile, mais, en effet, elle demeure ici.

— Daimon le sait ? s'enquit-elle. Il n'était pas présent au souper.

— Il le sait, répondit doucement Sahtan. Il est un peu troublé.

— C'est le moins qu'il puisse être, marmonna-t-elle.

Elle pensa alors à autre chose, un détail qui titillait sa curiosité depuis treize ans. Si quelqu'un, dans les royaumes, connaissait la réponse à cette question, ce ne pouvait être que le Sire d'Enfer.

— Avez-vous déjà entendu parler du Grand Prêtre du Sablier ?

Sahtan esquissa un sourire un peu nerveux.

— Je suis le Grand Prêtre.

— Oh, merde !

Il éclata d'un rire chaleureux.

— Vous voulez bien me montrer les dents en tant que Sire d'Enfer, Intendant, patriarche, mais, en apprenant que je suis le Grand Prêtre, vous voilà déstabilisée !

Onirie le foudroya du regard. Ainsi présenté, cela semblait stupide, en effet. Mais il était déconcertant de découvrir que l'homme dangereux dont elle avait eu un aperçu, à l'Autel de Cassandra, était cet être goguenard assis en face d'elle.

— Dans ce cas, vous pouvez raconter à Daimon ce qui s'est passé, ce soir-là. Vous pouvez lui rappeler ce dont il ne se souvient pas.

— Non, je ne peux pas, répondit Sahtan en secouant la tête. Je peux confirmer ce qui s'est passé pendant que nous étions liés, et ce qui a eu lieu ensuite. Mais une seule personne a le pouvoir de lui relater ce qui est arrivé dans l'abîme.

— J'ai presque peur de ce qu'il découvrira, avoua Onirie avec un soupir.

— Je ne m'en soucierais pas trop, à votre place. En établissant officiellement sa cour, Jaenelle a mis de côté l'anneau de consort à son intention, par décret. Alors ce qui s'est passé entre eux n'a pas pu être à ce point angoissant, au moins pour elle, ajouta-t-il gravement. (Il se leva et fit le tour du bureau.) Je dois encore rencontrer plusieurs Eyriens, ce soir, et recevoir les rapports d'Aaron, Khardine et Lucivar. Si vous avez besoin d'aide pour comprendre ce Lignage, n'hésitez pas à m'en parler.

Acceptant d'être ainsi congédiée, Onirie se leva et regarda en direction de la porte.

— Il y a autre chose, dit-elle.

Sahtan observa l'huis clos.

— Je vois que vous avez rencontré le seigneur Griscroc.

Onirie ravala un rire.

— Je sais. Leurs noms résonnent de façon aussi étrange à nos oreilles que les nôtres pour eux. Même s'ils ont plus de raison que nous d'en être étonnés. Quand naissent les petits de la parentèle, une Veuve Noire fait un détour mental dans les songes et les visions. Parfois, elle ne voit rien. Parfois, elle nomme un des petits d'après ces visions.

— Eh bien, répliqua Onirie en souriant, il est gris et il a des crocs. Aaron m'a expliqué qu'il se trouvait au Manoir parce qu'il cherchait un ami.

Sahtan posa sur elle un regard étrange.

— C'est exact. Les chiens et les chevaux de la parentèle ont de bons rapports avec le Lignage humain. Ils ont vécu longtemps parmi eux, quoique en secret, jusqu'à ces huit dernières années. Le reste de la parentèle tend à rester à distance de la plupart des humains. En tout cas, quand ses membres croisent un humain compatible avec eux, ils tentent de créer un lien avec celui-ci, de mieux le comprendre.

— Pourquoi moi ? s'enquit Onirie, intriguée.

— Ici, les reines ont des cours puissantes, et les mâles du Premier Cercle ont le droit à la meilleure part de leur temps et de leur attention. Un jeune loup tel que Griscroc doit attendre son tour, puis il lui faut partager les moments qui lui sont accordés avec d'autres jeunes mâles qui se trouvent dans la même situation que lui. Or vous êtes une sorcière ornée au Gris qui n'a pas encore été revendiquée par d'autres mâles.

— Les mâles de la famille mis à part, répondit amèrement Onirie.

— Les mâles de la famille mis à part, confirma Sahtan. Des deux côtés. (Elle se mit à toussoter.) Cependant, cette revendication-là est différente. Vous n'êtes pas reine. Les cours de la parentèle sont régies par un autre Protocole. Si vous acceptez Griscroc avant que les autres mâles remarquent votre présence, il aura une position dominante sur tout autre mâle, sauf votre partenaire, quand bien même il porterait des Joyaux plus sombres. Comme il n'est pas assez âgé pour faire l'Offrande à la Ténèbre et arbore encore son Joyau de naissance pourpre vespéral, les chances qu'un mâle de Joyau plus sombre que le sien s'intéresse à vous sont assez élevées.

— Ce qui n'explique toujours pas pourquoi je retiens son attention depuis le départ.

Sahtan tendit lentement la main. Son index gauche saisit la chaîne en or qu'elle portait autour du cou et la sortit de sa chemise jusqu'à ce que le Joyau gris pende entre eux.

Dans un premier temps, elle crut que la caresse qui accompagnait ce mouvement était une forme subtile de séduction. Puis elle se rendit compte que, pour lui, ce geste ne se voulait pas séducteur. Il lui était aussi naturel que respirer.

Ce qui ne faisait rien pour apaiser Onirie.

— Réfléchissez, dit-il. Il n'a peut-être pas reçu ce nom parce qu'il est gris et qu'il a des crocs, mais parce qu'il est le croc du Gris.

— Ô Nuit ! souffla Onirie en observant son Joyau.

Il baissa le Joyau jusqu'à ce qu'il vienne se nicher dans le creux de ses seins.

— C'est à vous de décider, en ce qui le concerne, et je soutiendrai toute décision que vous prendrez. Mais réfléchissez bien, Onirie. Les visions d'une Veuve Noire ne se rejettent pas à la hâte.

Elle opina et savoura le contact de sa paume avec le creux de ses reins tandis qu'il la raccompagnait vers la porte. Lorsqu'il tendit la main vers la poignée, elle posa les doigts sur le battant.

— Quel rapport avez-vous avec Daimon ?

— Lucivar et lui sont mes fils.

Cela collait.

— Daimon a hérité de votre apparence, dit-elle.

— Il a aussi hérité de mon mauvais caractère.

En percevant la chaleur de sa voix, elle remarqua au fond de son regard doré la même méfiance que dans celui d'Aaron. Feu d'Enfer, elle allait devoir trouver quelqu'un à qui parler rapidement, qui puisse lui expliquer les règles sur les rapports entre les hommes et les femmes, en Kaelir. Qu'il se méfie d'elle en tant que tueuse était une chose, mais en tant que femme... Elle n'aimait pas cela du tout. Surtout venant de lui.

— J'aimerais rencontrer ma mère, déclara-t-elle soudain.

Sahtan hocha la tête.

— La cour arrive ce soir, et je ne puis partir avant que la Reine ait approuvé la présence des nouveaux venus, mais je veillerai à ce qu'un message parvienne à Titienne.

— Merci.

Nom de Dieu, arrête de retarder le moment. Sors de là. Dès qu'il ouvrit la porte, elle se précipita hors de la pièce.

Tandis que Griscroc trottinait à côté d'elle, elle ne cessait de ressentir cet étrange frôlement psychique contre ses barrières internes.

Elle se serait perdue par deux fois sans lui, mais il y avait des valets dans les principaux couloirs. À leur passage, chacun se leva de son siège, observa Griscroc, sourit à Onirie, mais personne ne dit rien. Elle suivit le loup jusqu'à ce que, enfin, elle se retrouve en sécurité dans sa chambre.

Quand il la quitta, une minute plus tard, pour vaquer à ses propres occupations nocturnes, elle se dévêtit rapidement et enfila un pyjama à manches longues. Elle préférait les chemises de nuit en soie, en général, mais, certains soirs, comme celui-ci, elle privilégiait une tenue asexuée et confortable.

Jetant ses vêtements sales dans un panier de la salle de bains, elle expédia ses rituels de coucher, se glissa dans son lit et souffla sa chandelle, sur la table de chevet.

Quelqu'un avait jeté un léger sort de chaleur sur les draps. La servante, sans doute. Onirie la remercia en pensée et se blottit sous les couvertures.

Elle commençait à sombrer dans le sommeil quand une silhouette traversa la porte vitrée. Elle se raidit et attendit. Un corps se posa avec légèreté sur le lit et se retourna trois fois, puis se nicha à côté d'Onirie avec un soupir de contentement.

Faisant pivoter le haut de son corps, elle observa Griscroc. Sentant de nouveau l'étrange frôlement psychique, elle le suivit, trop fatiguée pour réfléchir à ce qu'elle faisait et plus soucieuse de savoir si elle allait ou pas se retrouver assaillie par les puces, le matin venu.

— *Pas de puces*, lui dit une voix masculine ensommeillée, sur le fil psychique. *La parentèle connaît des sorts contre les puces et autres démangeaisons.*

Avec un glapissement, Onirie se dressa vivement sur son séant.

Griscroc se leva d'un bond, montra les dents, les poils hérissés.

— *Où est le danger ?* demanda-t-il. *Je ne sens aucun danger.*

— Tu sais parler !

Lentement, les poils de Griscroc se lissèrent et il ferma la gueule.

— *Je suis de la parentèle. Nous ne souhaitons pas toujours parler aux humains, mais nous en sommes capables.*

Ô Nuit ! Ô Nuit ! Ô Nuit !

Remuant la queue, il se pencha pour lécher la joue d'Onirie.

— *Vous m'avez entendu !* lança-t-il avec bonheur. *Vous n'êtes pas encore entraînée et vous entendez la parentèle !*

Il leva la tête et se mit à hurler.

Onirie lui agrippa le museau.

— Chut ! tu vas réveiller tout le monde !

— *Ladvarienne sera ravi.*

— Très bien. Je suis contente.

Qui diable est Ladvarienne ?

— Dormons, maintenant, d'accord ?

Elle ignorait comment elle avait établi ce lien, au départ. Comment allait-elle le couper pour que ses pensées redeviennent privées ?

Elle ressentit un coup mental léger, puis de nouveau ce frôlement étrange.

— « Wouaf ».

— Merci, dit faiblement Onirie.

Demain matin, songea-t-elle en se recouchant sous les couvertures et en sentant Griscroc se blottir contre son dos. Elle y penserait demain mat…

Chapitre 3

1. Kaelir

Daimon ajusta avec soin les manchettes de sa chemise et de sa veste. Il se sentait plus solide, ce matin-là, mais pas reposé. De vagues rêves et des bribes de souvenirs avaient jalonné son sommeil agité ; il savait que seule une porte séparait sa chambre de celle de Jaenelle. Et son corps ardent savait ce qu'il voulait, lui…

Glissant les mains dans les poches de son pantalon, il sentit l'anneau de consort à son annulaire gauche. Il le sentait à tout moment, et pas uniquement à cause du contact inhabituel qu'il imposait à son doigt. C'étaient les devoirs et les responsabilités liés à ce bijou qui le mettaient mal à l'aise. Oh, son corps s'acquitterait de ses tâches avec enthousiasme, du moins le pensait-il. C'était le principal, non ? Comment réagirait-il en revoyant Jaenelle ? Et surtout, comment se comporterait-elle face à lui ?

Daimon remarqua enfin Jazen, son valet, qui vaquait à ses occupations du matin.

— Tu t'es bien installé, hier soir ? s'enquit Daimon.

Jazen s'efforça de sourire, mais ne le regarda pas.

— Les quartiers des domestiques sont très confortables.

— Et les domestiques ?

— Ils sont… polis.

Daimon sentit la colère frémir en lui et la réprima avec force. Jazen en avait déjà assez enduré. Même s'il fallait pour cela réduire le

Manoir en poussière, il veillerait à ce que la vie de Jazen ne soit pas rendue plus difficile par des serviteurs qui ne comprenaient rien à la brutalité que subissaient les hommes dans les Territoires terreilliens qui se trouvaient sous le contrôle de Dorothéa.

— Je ne sais pas exactement ce qu'on va me demander, aujourd'hui.

Jazen opina.

— Les autres serviteurs ont indiqué que la tenue serait décontractée, aujourd'hui, car le Premier Cercle va juger les nouveaux arrivants. Ceux qui s'assoient à la table du Sire d'Enfer doivent s'habiller pour le souper. Mais pas de tenue de soirée, ajouta-t-il en voyant Daimon arquer un sourcil. J'ai cru comprendre que les dames arborent en général des vêtements informels durant la journée.

En parcourant les couloirs pour se rendre à la salle à manger, Daimon retourna cette information encore et encore dans sa tête. D'après son expérience des cours terreilliennes, une tenue informelle se voulait confortable et pratique, taillée dans des tissus moins somptueux que les vêtements de souper.

Au détour d'un couloir, il remarqua la sorcière au teint clair et aux cheveux roux qui venait vers lui. Elle portait un pantalon élimé marron foncé et un long tricot bruyère ample, orné de pièces décoratives. Elle toisa vivement Daimon de ses yeux verts, exprimant aussitôt son approbation, mais aucun intérêt particulier.

— Prince, dit-elle poliment avant de passer son chemin.

— Ma dame, répondit-il, tout aussi courtois.

Comment une personne aussi pointilleuse que Bhil permettait-il à une servante de s'habiller de la sorte ? Percevant un soupçon de trace psychique, il se retourna et la regarda fixement jusqu'à ce qu'elle ait disparu au détour d'un couloir.

Une Reine. Cette femme était une Reine.

Son estomac se mit à gargouiller, ce qui l'incita à poursuivre son chemin.

Une Reine. Eh bien, si c'était là l'idée que se faisaient les dames d'une tenue décontractée, il approuvait de tout cœur le Sire d'Enfer qui insistait pour que l'on porte une tenue formelle pour le souper, opinion qu'il ferait mieux de garder pour lui, du moins le soupçonnait-il.

Il avait presque atteint la salle à manger quand il croisa Sahtan.

— Prince Sadi, j'aimerais discuter de quelque chose avec vous, dit Sahtan, la mine sombre.

L'emploi de son titre officiel lui donna un frisson.

— Dans ce cas, finissons-en, répondit-il en suivant le Sire d'Enfer dans son étude.

Il se détendit un peu en voyant Sahtan s'appuyer sur le bureau de bois noir au lieu de prendre place derrière celui-ci.

— Êtes-vous conscient du fait que votre valet est totalement rasé ? demanda Sahtan d'un ton inquiétant.

— J'en suis conscient, répondit Daimon avec douceur.

— Très peu de nos lois, quand on les viole, justifient un tel châtiment. Elles sont toutes de nature sexuelle.

— Jazen n'a rien fait ; il se trouvait simplement au mauvais endroit au mauvais moment, grommela Daimon. Dorothéa lui a infligé cela pour amuser son cénacle.

— Vous en êtes certain ?

— J'étais là, Sire d'Enfer. Je n'ai rien pu faire pour lui, à part trafiquer les drogues qu'on lui avait administrées pour le maintenir conscient, afin de l'assommer. Sa famille s'est occupée de lui pendant un moment, mais nombre de ses membres sont en service personnel. Quand la nouvelle de ce qui lui était arrivé se serait répandue, et Dorothéa a toujours veillé à ce que ce soit le cas, Jazen aurait été considéré comme souillé parce que, bien sûr, tout le monde aurait considéré que cela ne lui serait pas arrivé s'il ne l'avait pas mérité. S'il était resté dans sa famille, les siens auraient perdu leurs postes, eux aussi. C'est un homme bon et loyal. Il mérite bien mieux que ce qui lui est arrivé.

— Je vois, dit Sahtan en se redressant. J'expliquerai la situation à Bhil. Il s'en chargera.

— Que devrez-vous lui dire ? s'enquit Daimon avec méfiance.

— Que cette mutilation était injustifiée, rien de plus.

Daimon esquissa un sourire amer.

— Pensez-vous vraiment que cela changera l'opinion des autres domestiques à son propos ? Qu'ils vont y croire ?

— Non. Cela ne fera que suspendre le jugement jusqu'au retour de la Dame, déclara Sahtan d'un air grave. Mais vous devez comprendre, Prince. Si Jaenelle se retourne contre lui, rien de ce que vous et moi puissions faire ou dire ne fera aucune différence. En Kaelir, dès que l'on quitte Petite Terreille, c'est Sorcière qui fait la loi. Ses décisions sont définitives.

Daimon réfléchit un instant.

— J'accepterai le jugement de la Dame, déclara-t-il en opinant.

En suivant Sahtan vers la salle à manger, il se prit à espérer que la femme qu'était devenue Jaenelle ne soit pas trop différente de l'enfant dont il gardait le souvenir, et qu'il avait aimée.

2. Kaelir

Le cœur du seigneur Jorval battait à tout rompre tandis qu'il regagnait la pièce où attendait l'homme aux cheveux très pâles et au regard gris et inquiet. Il s'assit derrière le bureau puis serra les mains pour dissimuler leurs tremblements d'excitation.

— Avez-vous déjà trouvé l'endroit où ma nièce est allée ? demanda Philippe Alexandre.

— Absolument, répondit Jorval d'un ton solennel. Quand vous m'avez décrit vos liens familiaux, j'ai eu une idée de l'endroit où il fallait chercher.

Philippe agrippa les bras de son fauteuil si fort que le bois craqua.

— A-t-elle signé un contrat avec une cour de Petite Terreille ? s'enquit-il.

— Hélas, non, dit Jorval en s'efforçant d'exprimer une sympathie de circonstance. Vous devez comprendre, prince Alexandre. Nous n'avions aucun moyen de savoir qui elle était. Plusieurs membres du Conseil se rappelaient qu'elle avait dit chercher sa sœur, mais ils ont pensé que celle-ci avait immigré avant elle. Dans un sens, c'était la vérité. Le Conseil Obscur n'a jamais su d'où venait Jaenelle Angelline avant que le Sire d'Enfer obtienne sa tutelle. Personne n'avait aucune raison d'établir un lien entre les deux femmes et, quand on a commencé à s'interroger sur le sens de ses recherches, il était trop tard.

— Que voulez-vous dire par « trop tard » ? répliqua Philippe.

— On l'a… convaincue… de signer un contrat avec le prince de guerre d'Ébènerih, qui n'est autre que Lucivar Yaslana.

Jorval ressentit quelque satisfaction à voir Philippe pâlir.

— Je constate que vous avez entendu parler de lui. Vous imaginez donc le danger que court votre nièce. Et il ne s'agit pas seulement de Yaslana, même s'il est assez mauvais comme cela.

Il marqua une pause, le temps que Philippe avale l'hameçon après y avoir mordu.

— Elle est prise au piège avec les trois autres, n'est-ce pas ? Elle est prise au piège avec Yaslana, Sadi et le Sire d'Enfer, tout comme Jaenelle.

— Oui, soupira Jorval. À notre connaissance, Yaslana l'a conduite au Manoir SaDiablo, en Dhemlan. Combien de temps y restera-t-elle... (Il fit un geste d'impuissance.) Vous avez peut-être une chance de la faire sortir discrètement du Manoir mais, quand il l'emmènera dans les montagnes qui encerclent Ébènerih, vous ne pourrez plus la récupérer, à moins qu'il reste suffisamment d'elle pour que le jeu en vaille la chandelle.

Philippe s'affaissa dans son fauteuil.

Jorval se contenta d'attendre, puis il déclara enfin :

— Il n'y a rien que le Conseil Obscur puisse faire officiellement pour vous aider, à l'heure actuelle. Toutefois, officieusement, nous accomplirons tout ce qui est en notre pouvoir pour rendre Jaenelle Angelline et Wilhelmina Bénédict à leur famille légitime.

Philippe se leva aussi péniblement que s'il venait d'être roué de coups.

— Merci, seigneur Jorval. Je transmettrai l'information à la reine.

— Que la Ténèbre vous guide et vous protège, prince Alexandre.

Après le départ de Philippe, Jorval resta une longue minute adossé à son fauteuil en soupirant, satisfait de cette entrevue. Il pouvait remercier la Ténèbre que Philippe soit un prince. Il serait sombre, inquiet, mais, au contraire d'un prince de guerre, il retournerait vers Alexandra Angelline et respecterait sa décision. Et par chance, Philippe n'avait pas songé à demander si Yaslana était au service d'une reine, ni qui elle était. Naturellement, il aurait menti. Mais il était intéressant que Philippe n'ait pas considéré, ne serait-ce qu'un instant, que Jaenelle puisse être une Reine assez puissante pour contrôler les hommes de la famille SaDiablo.

Quant à Alexandra Angelline... elle serait utile pour distraire le Sire d'Enfer et semer la division à la cour d'Ébènaskavi... tant qu'elle ne se rendrait pas compte de la véritable nécessité qu'il y avait à éloigner Jaenelle de la Cour Sombre.

3. Kaelir

Daimon errait au rez-de-chaussée du Manoir, notant distraitement la fonction de chaque pièce, l'esprit trop encombré d'impressions reçues durant le petit déjeuner. En parvenant à une porte menant dans l'une des cours intérieures, il sortit et fit les cent pas, espérant que l'air frais et la verdure remettraient de l'ordre dans ses idées.

Il s'attendait à trouver la salle à manger pleine de monde. Après tout, les Eyriens voudraient se restaurer avant de passer aux projets que leur avait réservés Lucivar. Et il pensait que Khardine et Aaron seraient présents. Ils auraient remarqué et compris l'importance de l'anneau de consort. Il s'y était préparé. Cependant, il n'avait pas été prêt à affronter les autres hommes membres du Premier Cercle.

Il y avait Scéron, prince de guerre orné au Rouge, de Centaurane. Le Centaure aux cheveux foncés se tenait près de la table et dégustait une omelette aux légumes tout en parlant avec Morton, seigneur de guerre blond aux yeux bleus originaire de Glacia. Ensuite venait Jonah, seigneur de guerre orné au Vert, un Satyre dont la fourrure sombre allait de la taille aux sabots fendus, sans couvrir tout à fait ses parties manifestement viriles. Élane était aussi présent, un prince de guerre orné au Rouge originaire de Tigrélane, dont la peau était cuivrée et rayée de sombre et dont les mains se terminaient par des griffes rentrées. En observant Élane, Daimon aurait parié qu'il avait plus en commun avec le félin à rayures sombres qu'il avait aperçu depuis une fenêtre que de simples marques physiques.

Et puis il y avait Chaosti, prince de guerre orné au Gris, originaire du territoire des Déa al Mon, avec ses longs cheveux d'un blond argenté, ses oreilles délicatement pointues et ses yeux bleu-vert un peu trop grands. Tous les instincts territoriaux de Daimon remontèrent vivement à la surface dès qu'il vit Chaosti, peut-être parce que celui-ci était le genre d'homme qui pouvait être un rival redoutable, quels que soient ses Joyaux, ou peut-être parce que Daimon voyait un peu trop de lui-même en lui. Seule la présence de Sahtan avait empêché les salutations tendues de se transformer en une confrontation ouverte. Cette entrevue le laissait inquiet, bien trop conscient de sa propre fragilité intérieure.

Venait ensuite un prince de guerre plus âgé, orné au Gris, qui s'était présenté comme étant Méphis, son propre frère aîné. La pièce avait tangué légèrement lorsque Daimon s'était rendu compte que, en tant que fils aîné de Sahtan, Méphis était démonite depuis plus de cinquante mille ans. Il aurait retrouvé son équilibre si le prince Andulvar Yaslana et le seigneur Prothvar Yaslana n'étaient pas entrés au même moment. Et si le choc collectif des mâles eyriens qui devinaient qui ils devaient être, avant de comprendre ce qu'ils devaient être, ne l'avait pas heurté de plein fouet. Après avoir balayé du regard les Eyriens apeurés et murmuré un commentaire au Sire d'Enfer, le prince de guerre démonite et son petit-fils avaient quitté la pièce.

À cet instant, Daimon aurait vraiment préféré un cognac à la place de son café, et cela devait se voir. Le breuvage que Khardine avait versé dans celui-ci, venant d'un flacon en argent, n'était pas du cognac, mais il avait réussi à calmer ses nerfs suffisamment pour qu'il puisse manger.

Encore trop tendu pour apprécier son repas, il avait à peine terminé son frugal petit déjeuner quand Onirie entra en trombe, en maugréant des paroles sur le temps qu'il fallait pour « se brosser ». En apercevant Chaosti, elle avait eu l'air choquée. Il était la seule personne qu'elle ait vue qui soit de la même espèce que sa mère, mais, dès qu'il s'était dirigé vers elle, elle avait montré les dents en annonçant que le prochain mâle qui l'approcherait avant le petit déjeuner serait caressé de la lame d'un couteau.

Elle, au moins, avait profité d'un repas tranquille.

Il était sur le point de quitter la pièce quand une sorcière élancée aux cheveux blond pâle hirsutes entra. Elle posa les yeux sur lui et dit assez fort pour être entendue dans les moindres recoins du Manoir :

— Feu d'Enfer ! C'est Veuve Noire !

Cette qualité de Veuve Noire naturelle, et, outre Sahtan, d'unique Veuve Noire de sexe masculin, il avait réussi à la cacher pendant des siècles, depuis que son corps avait atteint sa maturité sexuelle, tout comme il était parvenu à dissimuler son crochet à venin sous l'ongle de son annulaire droit. Quoi qu'il ait fait d'instinct pour supprimer toute capacité à d'autres Veuves Noires de détecter sa nature, cela lui faisait désormais défaut ; et il ne pouvait rien entreprendre pour minimiser cette trahison publique.

La tension qui régnait dans la pièce s'était atténuée lorsque Sahtan avait répondu posément :

— Eh bien, Karla, c'est mon fils, et c'est également le consort.

La surprise de la sorcière avait fait place à de vives spéculations.

— Ah ! répondit-elle. Dans ce cas… (Elle esquissa un sourire sadique.) Bisou, bisou.

Frôlant Lucivar, il s'était échappé de la salle à manger puis avait passé une heure à errer dans le Manoir, à s'efforcer d'apaiser ses tourments et ses émotions.

— Vous êtes perdu ?

Daimon se tourna vers Lucivar, appuyé contre une porte.

— Je ne suis pas perdu, rétorqua-t-il. (Il cessa de marcher et soupira.) Mais je suis très troublé.

— C'est normal. Vous êtes un mâle.

Il sourit de l'air renfrogné de Daimon et sortit dans la cour.

— Si l'une des chéries du cénacle propose de vous expliquer les choses, n'acceptez pas. Elle cherchera sincèrement à vous aider, mais le temps qu'elle ait terminé de vous « détroubler », vous vous cognerez la tête contre le mur en pleurant.

— Pourquoi ?

— Parce que, pour chaque groupe de cinq règles que vous avez apprises en Terreille sur le comportement à adopter par un mâle à la cour, le Lignage de Kaelir n'en connaît qu'une, et l'interprète très différemment.

— L'obéissance, c'est l'obéissance, déclara Daimon en haussant les épaules.

— Non, c'est faux. Pour les mâles du Lignage, la Première Règle est d'honorer, de chérir et de protéger. La Deuxième est de servir. La Troisième est d'obéir.

— Et si l'obéissance contredit les deux premières règles ?

— Vous la jetez par la fenêtre.

— Vous vous en tirez à bon compte, dans ce cas ? s'enquit Daimon, abasourdi.

Lucivar se gratta la nuque, pensif.

— Ce n'est pas une question de s'en tirer à bon compte. Pour les princes de guerre, c'est presque une nécessité de service. Toutefois, si vous passez outre un ordre de l'Intendant ou du maître de la Garde, assurez-vous de pouvoir justifier votre acte et soyez disposé à en accepter les conséquences s'ils sont en désaccord avec vous, ce qui est rare. J'ai eu des problèmes différents avec le Sire d'Enfer selon qu'il s'adressait à moi en tant que père ou en tant qu'Intendant.

Père. Intendant. Les liens de parenté et de la cour…

— Qu'est-ce que vous faites là, connard ? demanda Daimon, méfiant. Pourquoi n'êtes-vous pas au champ de manœuvres à observer les guerriers que vous avez sélectionnés ?

— Je vous cherchais car vous ne vous êtes pas présenté au champ de manœuvres, répondit Lucivar en se campant sur ses jambes.

Pas encore, songea Daimon. *Pas maintenant.*

— Et parce que nous avons une affaire à régler, tous les deux, reprit-il lentement.

— Et parce que nous avons une affaire à régler, répéta Lucivar avec un long soupir. Je vous ai accusé d'avoir tué Jaenelle. Je vous ai accusé de choses encore plus viles. J'avais tort, et cela vous a coûté votre santé mentale ainsi que huit années de votre vie.

Daimon détourna les yeux du regard plein de regret et de tristesse de Lucivar.

— Ce n'était pas votre faute, admit-il doucement. J'étais déjà fragile.

— Je sais. Je l'ai senti, et je me suis servi de cette faiblesse comme d'une arme.

Se rappelant la bagarre qui les avait opposés ce soir-là, en Pruul, Daimon ferma les yeux. La fureur de Lucivar lui avait fait moins de mal que sa propre peur que les accusations qui lui étaient lancées puissent être justifiées. S'il avait été certain de ce qui s'était passé à l'Autel de Cassandra, la lutte se serait terminée autrement. Lucivar n'aurait pas passé des années supplémentaires dans les mines de sel de Pruul, et lui n'aurait pas vécu huit ans au Royaume Perverti.

Daimon rouvrit les yeux et observa son frère. Il comprit enfin que Lucivar ne lui proposait pas de le rejoindre sur un champ de bataille pour quelque chose qu'il avait fait, mais en réparation des souffrances qu'il avait endurées au Royaume Perverti. Oh, Lucivar devrait se protéger, et avec vaillance, car il avait une femme et un jeune fils à prendre en compte, mais il n'hésiterait pas à se battre, si Daimon l'exigeait, même en sachant quelle serait la conclusion d'une telle lutte lorsque le Gris ébène affronterait le Noir.

Il savait aussi pourquoi Lucivar évoquait ce sujet à cet instant. Son frère ne voulait pas mettre son épouse et leur enfant dans la balance. Il ne voulait pas que Daimon ait le temps de développer des sentiments pour eux avant de prendre cette décision. Selon les anciennes pratiques du Lignage, s'il effaçait cette obligation à présent, il ne pourrait en exiger réparation plus tard. Autrement, ils se méfieraient toujours l'un de l'autre, ils auraient toujours le besoin de surveiller leurs arrières en s'attendant à recevoir un coup par surprise.

D'une certaine façon, la dette n'était-elle pas réglée ? Les années qu'il avait passées au Royaume Perverti compensaient celles de Lucivar dans les mines de sel de Pruul. Son chagrin, quand il avait cru à la mort de Lucivar, valait bien celui de son frère lorsqu'il le croyait responsable de la mort de Jaenelle. Et si les rôles avaient été inversés, aurait-il pensé autre chose ? Aurait-il agi autrement ?

— Est-ce la seule affaire que nous ayons à régler ? s'enquit Daimon.

Lucivar hocha prudemment la tête.

— Alors laissez tomber, connard. J'ai déjà pleuré la perte de mon frère une fois. Je ne tiens pas à recommencer.

Ils se dévisagèrent pendant une minute, jaugeant l'indicible. Enfin, Lucivar se détendit. Il afficha un sourire arrogant, si familier et si irritant que Daimon lui sourit à son tour.

— Dans ce cas, bâtard, vous êtes en retard pour l'entraînement, conclut Lucivar en lui désignant une porte.

— Mon cul, grommela Daimon en lui emboîtant le pas.

— Ne me tentez pas trop, mon vieux. J'ai tendance à mordre, souvenez-vous. (Lucivar se massa le bras en souriant.) Marianne aussi. Elle devient un peu bagarreuse quand on l'énerve.

Lisant la chaleur et le plaisir dans le regard de Lucivar, Daimon réprima vite un accès d'envie.

Atteignant enfin une porte extérieure, ils se dirigèrent vers les Eyriens rassemblés à l'extrémité de la vaste pelouse.

— Au fait, dit Lucivar, pendant que vous faisiez la tête…

— Je ne faisais pas la tête, grommela Daimon.

— … Vous avez raté de bons moments, ce matin.

Daimon serra les dents. Il ne poserait pas la question. Il s'y refusait.

— Quels « bons moments » ?

— Vous voyez ce loup, tout seul, l'air gêné ?

Daimon observa l'animal au pelage gris qui examinait un groupe de femmes en train de s'entraîner avec des bâtons eyriens.

— Oui.

— Griscroc veut devenir l'ami d'Onirie. Il est jeune et il n'a guère d'expérience des humains, surtout des femmes. Apparemment, dans une tentative de renforcer cette amitié et d'améliorer sa compréhension des femmes, il a rejoint Onirie sous la douche. Elle avait la tête sous l'eau, et elle ne s'est rendu compte de sa présence que lorsqu'il a fourré son museau là où il n'aurait pas dû.

—Cela aurait pu améliorer sa compréhension des femmes, commenta sèchement Daimon.

—Exactement. Ensuite, quand il s'est plaint d'avoir le pelage plein de savon, elle l'a attiré sous l'eau et l'a lavé. Maintenant, il dégage un parfum fleuri.

Daimon se mordit la lèvre.

—Il existe un remède évident, pour ça.

—Eh bien, oui, normalement, poursuivit Lucivar en se raclant la gorge. Mais dès qu'ils sont sortis, elle a menacé de le frapper s'il se salissait.

—Tout a un prix, déclara Daimon d'une voix brisée.

En reconnaissant la femme à qui parlait Onirie, il donna un coup de coude à Lucivar.

—Marianne devrait-elle se livrer à une activité aussi pénible pendant ses lunes ?

—Ne commencez pas, persifla Lucivar.

Il s'arrêta et observa les femmes avec attention.

—Je lui ai dit qu'elle pouvait entamer une série d'échauffements. Elle va en profiter pour en faire davantage, sous le prétexte d'accomplir une démonstration des mouvements, mais, ensuite, elle sera contente de se reposer.

Daimon observa les femmes, puis Lucivar.

—Vous avez dit à votre épouse combien de mouvements elle pouvait faire ? demanda-t-il.

—Bien sûr que non, s'indigna Lucivar. J'ai l'air d'un imbécile ? C'est le prince de guerre d'Ébènerih qui s'est adressé à une sorcière vivant sur son territoire.

—Ah, c'est autre chose...

—Et comment ! Si j'avais parlé ainsi à ma femme, elle aurait tenté de me briser le crâne à l'aide d'un bâton.

Daimon s'esclaffa tandis qu'ils rejoignaient les guerriers eyriens.

—Je regrette vraiment d'avoir raté ça, avoua-t-il.

Lucivar porta son attention sur Falonar et Rothvar, qui venaient d'entrer dans le cercle d'entraînement.

—C'est Karla, la reine de Glacia. Elle est Veuve Noire et guérisseuse. L'une des trois qui possèdent un triple don.

Un triple don et une grande gueule, songea sombrement Daimon.

—Vous êtes dispensé d'entraînement aujourd'hui, mais je tiens à ce que vous soyez à l'heure, demain, dit Lucivar.

— Pas question que je m'exerce au bâton contre des guerriers eyriens, bredouilla Daimon.

Lucivar grommela dans sa barbe et observa les pieds de son frère.

— J'ai des bottes qui vous iront jusqu'à ce que vous vous en fassiez fabriquer.

— Pas question.

— Jusqu'à ce que le transfert officiel ait eu lieu, je détiens le contrat que vous avez signé, mon vieux. Vous n'avez pas le choix.

Daimon maugréa un juron violent.

Lucivar voulut s'éloigner pour s'entretenir avec Falonar.

— Donnez-moi une bonne raison d'endurer cela, dit Daimon, les dents serrées.

— Savez-vous à quel point je suis habile au bâton eyrien ? demanda Lucivar en se tournant vers lui.

— Je vous ai vu à l'œuvre.

— Jaenelle m'a déjà fait mordre la poussière, admit Lucivar avec un sourire, face à l'air ahuri de Daimon. Pas souvent, je vous l'accorde, mais cela lui est arrivé.

Daimon médita cet élément d'information tandis que Lucivar discutait avec les Eyriens. Il réfléchit intensément. Au retour de Lucivar, qui affichait un regard interrogateur, il ôta sa veste, remonta ses manches et grommela :

— Où sont-elles, ces maudites bottes ?

4. Kaelir

Serrant son châle sur ses épaules, Alexandra Angelline croisa les bras autour de sa taille en regardant par la fenêtre striée de traînées d'eau qui donnait sur le champ de foire. Il pleuvait depuis une heure, mais ce n'était guère plus qu'un crachin qui étalait la poussière sur les vitres, au lieu de les laver à grande eau.

C'est donc cela, Kaelir ? songea-t-elle, d'humeur maussade. *C'est donc cela le Règne d'Ombre que tant de gens cherchent désespérément à atteindre ?* Sans doute était-il injuste de juger tout un royaume parce qu'il avait été dépouillé par des centaines de personnes espérant être choisies pour un contrat de service. Mais elle savait que, quoi qu'elle puisse découvrir, c'était là l'image qu'elle se remémorerait chaque fois que quelqu'un évoquerait Kaelir.

Elle sentit quelqu'un s'approcher, mais ne se retourna pas quand sa fille Lilande la rejoignit à la fenêtre.

— Pourquoi Wilhelmina voudrait-elle venir ici ? demanda Lilande. Je serai contente quand nous pourrons partir.

— Rien ne t'oblige à rester, Lilande. D'autant que Vania et Nyselle ont gentiment insisté pour m'accompagner.

— Elles ne sont pas venues avec nous par loyauté, répondit doucement Lilande, avec amertume. Elles cherchaient juste une occasion de voir le Règne d'Ombre et savaient qu'elles n'auraient pas d'autre moyen d'y entrer.

Alexandra serra les dents. La clairvoyance du commentaire de Lilande la désolait. Vania et Nyselle, les deux reines de province qui l'avaient suivie de mauvaise grâce en Hayll, étaient devenues écœurantes de sollicitude dès qu'elle avait annoncé qu'elle se rendait en Kaelir en quête de Wilhelmina. Avec leurs consorts, elles l'avaient accompagnée, ainsi que Philippe, Lilande et une escorte de cinq hommes. Quatre d'entre eux étaient arrivés avec elle de Chaillot. Le cinquième, choisi par Dorothéa SaDiablo, avait été « emprunté » à l'une des reines de compagnie de Dorothéa dans un autre Territoire. Cet homme lui donnait la chair de poule, mais Dorothéa lui avait assuré qu'il serait capable de soustraire Wilhelmina à ses ravisseurs pour la livrer à un autre groupe loyal d'hommes déjà en position en Kaelir.

« Cela me peine de le dire, avait déclaré Dorothéa, *mais si vous ne pouvez libérer qu'une seule de vos petites-filles du contrôle du Sire d'Enfer, il faut que ce soit Jaenelle. C'est elle qui représente un danger pour Terreille. »*

Alexandra ne croyait pas une seconde que Jaenelle était plus qu'un prétexte pour cacher la véritable menace qui pesait sur Terreille, quelle qu'elle soit. Toutefois, par la Ténèbre, elle espérait ne pas être obligée de choisir entre Wilhelmina et Jaenelle, car elle savait au fond de son cœur laquelle des deux resterait au bord de la route dans ce cas !

— De plus, ajouta Lilande, il faut bien le dire, Jaenelle a toujours été une enfant bizarre, mais c'était… c'est… ma fille. Penser qu'elle a été sous le contrôle de ce monstre pendant tout ce temps… (Lilande frémit.) Allez savoir ce qu'il lui a infligé.

Et comment savoir ce qu'on lui avait fait à Boisgenêt ? Était-elle vraiment fragile mentalement ou bien était-ce cet endroit qui l'avait rendue ainsi ? Non, se dit-elle fermement, le séjour de Jaenelle à Boisgenêt avait peut-être ébranlé un équilibre déjà précaire, mais, au départ, c'était à cause de ses excentricités qu'elle avait décidé d'envoyer la fillette à Boisgenêt.

— Qu'allons-nous faire ? demanda Lilande à voix basse.

Alexandra regarda par-dessus son épaule en direction des personnes qui attendaient sa décision avec nervosité. Philippe, qui avait perdu plusieurs fois le contrôle de lui-même en lui transmettant l'information du seigneur Jorval, l'accompagnerait, pas seulement parce qu'il avait épousé Lilande, mais aussi parce qu'il tenait sincèrement à Wilhelmina et à Jaenelle. Vania et Nyselle iraient aussi, afin de voir autre chose de Kaelir que cette sale parcelle de terrain vague. Les consorts et les escortes suivraient les reines sans poste. La curiosité et le devoir étaient-ils suffisants pour se protéger du Sire d'Enfer ?

Cela n'avait pas d'importance. Elle accepterait toute l'aide dont elle pourrait bénéficier.

— Prince Alexandre, dit-elle en se retournant vers la fenêtre, veuillez organiser un passage dans une diligence dès que possible. Nous partons pour le Manoir SaDiablo.

5. Kaelir

Persuadé d'avoir plus de courbatures qu'il avait de muscles, Daimon regagna lentement la grande salle où, d'après Bhil, l'attendait le Sire d'Enfer.

Plus jamais cela. Plus jamais. Il aurait dû se rappeler ce que signifiait : « On commence en douceur », il aurait dû se rappeler que d'autres types d'exercices ne préparaient pas le corps aux entraînements des Eyriens. Enfin, s'il voulait être sincère, cependant il n'avait aucune intention d'être honnête dans un avenir prévisible, Lucivar avait effectivement commencé par un échauffement classique. Mais, même à ce rythme ralenti, avoir Lucivar comme partenaire n'était pas de tout repos.

En ouvrant une porte, à l'extrémité de la grande salle, il oublia ses muscles endoloris. Il vit Sahtan écarter les cheveux du visage d'une séduisante sorcière de Dhemlan. Il y avait de la tendresse dans ce geste, et même de l'affection. Se faisait-il des idées ? Daimon s'avança aussi discrètement que possible.

La sorcière fut la première à le remarquer. L'air troublée, elle fit un grand pas en arrière et l'observa, visiblement tendue. Toutefois, ce fut la lueur de colère qu'il décela dans le regard de son père qui incita Daimon à la méfiance.

En le reconnaissant, Sahtan se détendit un instant et se précipita vers lui.

— Que vous est-il arrivé ? demanda-t-il. Vous êtes blessé ?

— Lucivar. Voilà ce qui m'est arrivé, répondit Daimon en serrant les dents.

— Pourquoi vous êtes-vous disputé avec Lucivar ? s'enquit Sahtan d'un ton de neutralité trompeuse qui masquait une réprobation paternelle.

— Nous ne nous sommes pas disputés, nous nous sommes entraînés. Mais je suis ravi de ne pas être le seul à avoir du mal à faire la distinction entre ces deux possibilités.

La sorcière se détourna et se mit à émettre des sons étranges. Quand elle fit volte-face, ses yeux dorés pétillaient d'amusement.

— Je suis désolée, dit-elle, sans le sembler le moins du monde, j'ai subi la formation de Lucivar, alors je comprends ce que vous ressentez.

— Pourquoi vous entraîniez-vous au combat avec Lucivar ? s'enquit Sahtan.

— Parce que je suis un imbécile.

Daimon voulut écarter ses cheveux de son front, mais il s'interrompit, comme pétrifié. Il baissa lentement le bras, rassuré de voir que ses membres lui obéissaient.

— Je tiens vraiment à être là, la prochaine fois que Jaenelle lui fera mordre la poussière.

— Comme tout le monde, murmura la sorcière.

Sahtan poussa un soupir exagéré.

— Sylvia, je vous présente Daimon Sadi. Daimon, voici dame Sylvia, Reine d'Halavet.

— C'est le petit ? demanda Sylvia, les yeux écarquillés.

Daimon se crispa, jusqu'à ce que Sahtan lui assène un violent coup mental.

— « Petit » est un terme relatif, déclara ce dernier.

— J'en suis certaine, répondit Sylvia en s'efforçant d'afficher une expression adéquate.

Sahtan se contenta de la regarder.

— Bon, dit Sylvia avec un entrain excessif. Je vais aller saluer le cénacle et vous laisse régler cela tous les deux.

— Allez-vous me prêter ce livre ? demanda Sahtan avec un sourire entendu et plein de malice.

— Quel livre, Sire d'Enfer ? s'enquit Sylvia avec un air qui se voulait innocent, malgré le rouge qui lui montait aux joues.

— Celui que vous lisez, en dépit de vos dénégations.

— Oh, je doute qu'il vous intéresse, marmonna-t-elle.

— À en juger par votre réaction chaque fois que j'en parle, je pense que sa lecture sera passionnante.

— Vous pourriez vous en acheter un exemplaire.

— Je préfère emprunter le vôtre.

— Je vous le prêterai à condition que vous avouiez au cénacle que vous le lisez, répliqua-t-elle, furieuse.

Sahtan ne dit rien, mais il avait les joues légèrement empourprées.

Satisfaite, Sylvia adressa un sourire chaleureux à Daimon.

— Bienvenue en Kaelir, prince Sadi.

— Merci, ma dame, répondit Daimon avec courtoisie, votre rencontre fut très instructive.

Sahtan soupira. Sylvia prit congé sans perdre un instant.

Dès qu'elle fut partie, Sahtan passa une main dans ses cheveux, puis il examina sa main vide.

— Je comprends parfaitement pourquoi son père a perdu ses cheveux, grommela-t-il. Les miens sont de plus en plus gris, ce dont je devrais me réjouir, je suppose.

— C'est une amie ? demanda Daimon platement.

— Oui, c'est une amie, répliqua Sahtan en insistant sur ce dernier mot, avec un regard mauvais. Allez, petit, asseyez-vous donc avant de tomber à la renverse.

Daimon le suivit docilement dans son bureau officiel, amusé et très curieux face à ce ton nerveux, méfiant.

Quand il parvint à s'asseoir, malgré ses muscles endoloris, Andulvar Yaslana les avait rejoints.

— Vous ne vous en êtes pas trop mal sorti pour un novice, dit ce dernier.

— Dès que je serai de nouveau capable de bouger, je lui écraserai la tête, grommela Daimon.

Sahtan et Andulvar échangèrent un regard amusé.

— Ah, soupira Sahtan, les siècles peuvent passer, le sentiment ne change pas.

— Vous avez dit à peu près la même chose la première fois que Lucivar et vous vous êtes mesurés, déclara Andulvar.

Daimon observa les deux hommes, les yeux plissés.

— Vous deux, vous n'aviez que quelques années de plus que Daimonar, se souvint Sahtan. Vous avez trouvé une longue perche d'un diamètre idéal pour une main d'enfant, vous l'avez coupé en deux, puis Lucivar vous a montré les exercices qu'il pratiquait.

— Il a toujours été naturellement doué pour les armes, commenta Andulvar, mais, à cet âge-là, il ne savait pas expliquer les exercices.

— Et, poursuivit Sahtan, il a reçu quelques bonnes raclées, et vous, par chance ou par colère, en avez encaissé quelques-unes aussi. Ensuite, vous avez tous deux lâché vos bâtons pour vous battre à coups de poing. Mannie a mis fin à la lutte en vous lançant un seau d'eau froide.

Daimon eut toutes les peines du monde à ne pas grimacer.

— Vous allez faire cela dès que vous en aurez la possibilité ? grommela-t-il à l'adresse de Sahtan.

— Faire quoi ? demanda mollement Sahtan.

— Débiter des anecdotes embarrassantes sur mon enfance ?

Sahtan se contenta d'un sourire.

— Venez donc, mon petit, dit Andulvar. Vous avez besoin d'un bain chaud, d'une friction et de quelque chose à manger. Il est encore tôt, ce matin, et vous avez toute la journée devant vous.

Le grognement de Daimon se mua en un cri quand Andulvar agrippa sa chemise pour le lever de force.

— Un instant, dit doucement Sahtan.

Sentant un changement d'humeur, Daimon se tourna vers le Sire d'Enfer pour l'affronter.

— Vous m'avez fait quérir.

Sahtan le dévisagea un instant.

— J'ai reçu une requête. Que vous vouliez l'honorer ou pas, à vous de choisir. Si vous estimez que vous n'êtes pas prêt, ou si vous ne voulez pas le faire, je vais essayer de vous expliquer.

Daimon fut parcouru d'un frisson glacial. Il dut résister pour ne pas céder à une colère froide. Il avait beaucoup à apprendre sur le jeu des échanges entre hommes et femmes en Kaelir. Il ne devrait pas croire qu'une réclamation faite ici avait la même signification qu'une autre faite en Terreille.

— Quelle est cette requête ?

— Votre mère aimerait vous voir, répondit lentement Sahtan.

6. Kaelir

Sirotant une tisane, Karla déambulait dans le jardin intérieur, espérant que le clapotis de la fontaine l'apaiserait. Elle leva les yeux avec appréhension vers les fenêtres du premier étage de la partie sud de la cour. Sadi s'y trouvait-il, en cet instant, l'observant derrière ses rideaux très fins ?

Feu d'Enfer, je n'aurais jamais dû révéler sa nature de Veuve Noire, songea-t-elle. Elle l'avait compris dès l'instant où elle avait lu la fureur froide dans son regard. Mais elle était troublée par la toile emmêlée qu'elle avait tissée quelques jours plus tôt, et préoccupée par le fait d'essayer de comprendre les images cryptiques qu'elle avait aperçues… La présence de Daimon Sadi expliquait certainement nombre de ces images. Elle avait vu le Sire d'Enfer en train de regarder dans un miroir, mais le reflet qu'il contemplait n'était pas lui. Elle avait vu des vérités protégées par des mensonges. Elle avait vu une Veuve Noire ornée au Noir devenir une ennemie pour pouvoir rester une amie. Et elle avait vu la mort retenue par un anneau. Sa mort à elle.

Troublée par son incapacité à interpréter la vision du Sire d'Enfer, elle avait commencé à se demander si elle avait mal interprété la toile emmêlée. À présent, cela ne faisait plus de doute.

Elle vida sa tasse et soupira. Il y avait une autre chose qu'elle devait mettre au clair avant le retour de Jaenelle, dans l'intérêt de tous.

Daimon tendit la main vers la veste noire qu'il avait posée sur son lit, puis il s'arrêta en entendant frapper de nouveau, un peu plus fort. Quelqu'un se trouvait derrière la porte vitrée du balcon de son salon.

Oubliant son vêtement, il se rendit dans le salon et écarta le rideau. Il aperçut la sorcière aux cheveux hirsutes. Sa première réaction fut de lâcher l'étoffe et de faire semblant de ne pas la voir. Il ne voulait pas de sa présence physique ni de sa trace psychique dans ses appartements. Il ne voulait pas que quelqu'un se demande pourquoi il recevait une femme avant d'avoir eu la chance d'être officiellement accepté par la Reine.

Il se moquait éperdument qu'elle soit une reine de Territoire. Mais le fait qu'elle appartienne au Premier Cercle de la cour de Jaenelle comptait vraiment.

À contrecœur, il ouvrit la porte et recula pour la laisser entrer.

— J'ai un rendez-vous dans quelques minutes, prévint-il froidement.

— Je suis venue m'excuser, dit Karla. Cela ne sera pas long. Je ne suis pas très douée pour les excuses, et j'ai tendance à les réduire au minimum.

Daimon glissa les mains dans les poches de son pantalon et attendit.

Karla prit une profonde inspiration.

— Je n'aurais pas dû proclamer votre appartenance au Sablier de façon publique. Le Premier Cercle l'aurait apprise, de toute façon, mais je n'aurais pas dû l'annoncer comme ça. Je pensais à autre chose qui me préoccupait et, en vous voyant…

Elle haussa les épaules.

— Comment l'avez-vous su ? Personne, en Terreille, ne savait ce que je suis.

Elle esquissa un sourire.

— Eh bien, je doute qu'un seul des habitants de ce territoire ait passé les dix dernières années de sa vie à agacer l'oncle Sahtan. Ceux dont c'est le cas remarqueraient les similarités dans vos traces psychiques et en tireraient la bonne conclusion.

— « Oncle Sahtan » ? répéta Daimon, abasourdi.

Cette fois, elle afficha un sourire malicieux.

— Il a adopté Jaenelle, et nous autres l'avons adopté. Nous sommes venus un été et nous ne sommes jamais vraiment rentrés à la maison. Vous imaginez combien il était enthousiaste de découvrir qu'il avait acquis dix sorcières adolescentes au lieu d'une seule, et les garçons, aussi, bien sûr.

— Bien sûr, répondit Daimon en réprimant un sourire. Quelle surprise…

— Hum… ce premier été, quand nous lui sommes tous tombés dessus, le cénacle est devenu expert dans la préparation de fortifiants et de calmants. C'était si pénible de le voir geindre.

Daimon ravala un rire. Puis son amusement s'évanouit. Elle était intelligente, cette Reine aux yeux d'un bleu glacial et aux cheveux blond pâle, dressés sur sa tête. Elle devait se rendre compte combien il voulait entendre des histoires sur la jeunesse de Jaenelle.

Karla le dévisagea.

— Si cela peut vous faire du bien, vous pouvez menacer de m'étrangler.

— Comment !? s'enquit-il, abasourdi.

— Dans cette cour, c'est une façon acceptable pour un homme d'exprimer son agacement contre une sorcière.

— Menacer d'étrangler une femme est considéré comme tolérable ? demanda Daimon, certain d'avoir mal compris.

— Du moment que l'homme dit cela calmement pour que l'on sache qu'il ne le pense pas vraiment.

Un mâle capable de rester placide dans cet endroit doit avoir une bonne dose de contrôle de soi, songea Daimon. Il se frotta le front. Il commençait à comprendre l'avertissement de Lucivar qui lui conseillait de se faire expliquer les choses par un membre du cénacle.

— Cela ne vous ennuie pas que Lucivar vous menace ? s'enquit Daimon.

Lucivar avait coutume de rester calme quand il menaçait quelqu'un. Seul un imbécile ne le prendrait pas au sérieux.

Karla agita les épaules.

— Oh, eh bien, Lucivar ne dit pas grand-chose quand il est agacé. Il se contente de vous soulever et de vous jeter dans l'étendue d'eau la plus proche. (Elle marqua une pause.) Toutefois, pour être honnête…

— Qui veut être « honnête » ? grommela Daimon.

— Vous avez passé la matinée avec lui, non ? poursuivit Karla d'un air entendu. Si c'est une auge ou une fontaine, il vous trempe dedans, au lieu de vous jeter à l'eau, pour ne pas vous blesser. Toutefois, il s'agit de Lucivar. Nous décourageons fortement les autres hommes de prendre cette habitude particulière.

— Dans le cas contraire, vous seriez trempées la plupart du temps, marmonna Daimon.

Avant que Karla puisse répondre à ce commentaire, Morghann, Reine de Scelt, la femme aux cheveux roux qu'il avait vue plus tôt dans la matinée, et Gabrielle, la Reine des Déa al Mon, tapèrent légèrement à la porte du balcon avant d'entrer.

— Les chambres du cénacle donnent toutes sur ce jardin intérieur, alors il est plus rapide d'utiliser les portes des balcons que de faire tout le tour par l'intérieur, dit Morghann.

— Où est Onirie ? demanda Karla alors que sa compagne n'avait pas encore terminé sa phrase.

Gabrielle replaça ses cheveux d'un blond argenté derrière ses oreilles pointues et sourit.

— Chaosti l'a réclamée sous prétexte de lui faire visiter le Manoir. Elle ronchonnait encore d'avoir été contrainte de s'excuser auprès de Griscroc pour avoir donné l'impression qu'elle parlait sérieusement en menaçant de le taper.

— J'expliquais certaines règles à Daimon, déclara Karla.

— J'ai vraiment un rendez-vous, marmonna Daimon.

En entendant frapper à la porte du salon, il ajouta, plus fort :

— Entrez !

Sahtan apparut et jeta un coup d'œil aux trois femmes, puis s'arrêta.

— Bisou, bisou, lança Karla.

— Nous allions expliquer les règles à Daimon, déclara Morghann.

— Que la Ténèbre prenne Daimon en pitié, répliqua sèchement Sahtan.

— Je vais chercher ma veste, annonça Daimon, qui ne voulait pas laisser passer une chance de battre en retraite.

La fierté l'empêcha de se précipiter dans sa chambre à coucher. Le bon sens l'incita à s'y attarder plus que nécessaire, de sorte que, quand il regagna enfin son salon, Sahtan était seul à l'attendre.

— Elles sont parties tourmenter quelqu'un d'autre ? demanda Daimon d'un ton amer, tandis qu'ils quittaient sa suite pour parcourir les couloirs.

— Pour l'instant, répondit Sahtan en ricanant.

— Vous devriez peut-être m'expliquer ces règles, répondit-il, hésitant.

— Je vous donnerai un guide du Protocole de la cour à étudier.

— Non, je parlais des règles particulières à cette cour. Comme…

— Je ne veux pas le savoir, l'interrompit Sahtan d'un ton ferme.

— Il faut bien que vous les connaissiez. Vous êtes l'Intendant.

— Justement. Et si cette cour a des règles que j'ignore avec bonheur depuis cinq ans que je suis Intendant, je ne veux pas les connaître maintenant.

— Mais…, commença Daimon.

Le regard implacable de Sahtan le fit taire.

— C'est une attitude bien frileuse.

— De votre point de vue, je le suppose. Du mien, elle est très logique. Vous êtes plus jeune que moi. Débrouillez-vous avec ça.

Avant qu'il puisse faire un commentaire qu'il aurait pu risquer de regretter, un petit chien blanc et marron accourut dans leur direction et s'arrêta à quelques mètres d'eux en remuant la queue avec effusion en guise de salutation.

— *Il est là ! Le partenaire de Jaenelle est enfin là !*

Daimon en eut le souffle coupé, pas seulement parce qu'il avait entendu l'animal, mais parce qu'il avait vu le Joyau rouge caché dans son collier blanc.

— Daimon, je vous présente le seigneur Ladvarienne, déclara Sahtan. Ladvarienne, voici…

— *Un prince de guerre orné au Noir*, l'interrompit Ladvarienne en sautillant devant eux. *C'est un prince de guerre orné au Noir. Je dois le dire à Kaelas.*

Le chien se précipita dans le couloir et disparut.

— Ô Nuit ! marmonna Sahtan dans sa barbe. Allez, sortons d'ici avant que vous rencontriez quelqu'un d'autre. Vous avez déjà reçu assez de leçons pour votre premier jour à la cour.

— Il est des nôtres, déclara Daimon faiblement en lui emboîtant le pas. Quand Lucivar a dit que quelqu'un du nom de Ladvarienne serait ravi de me rencontrer, j'ai cru… À moins qu'il ait parlé de quelqu'un d'autre ?

— Non, c'est bien Ladvarienne. Il serait volontiers allé à la foire aux services pour vous chercher lui-même, mais la parentèle n'est pas bien reçue en Petite Terreille. Et je ne voulais pas qu'il prenne de risques. Sa capacité à expliquer le comportement de la parentèle aux humains et le comportement humain à la parentèle le rend unique. Et son influence sur le prince Kaelas n'est pas à prendre à la légère.

— Qui est Kaelas ?

— Gardons Kaelas pour une autre fois, répondit Sahtan avec un regard étrange.

Daimon observa le cottage bien entretenu et le jardin soigné.

— J'ai toujours voulu que Tersa vive dans un tel lieu.

— Elle est bien, ici, répondit Sahtan en ouvrant la porte d'entrée. Une artisane Veuve Noire vit avec elle, en tant que dame de compagnie. Et il y a Mikal, ajouta-t-il tandis qu'ils se dirigeaient vers la cuisine d'où provenaient des voix.

Daimon entra dans la pièce et jeta un coup d'œil au garçon attablé, puis il se concentra sur Tersa, qui marmonnait pour elle-même tout en disposant un assortiment d'aliments.

Ses cheveux noirs étaient aussi emmêlés que dans ses souvenirs, mais sa robe vert foncé était propre et semblait chaude.

L'enfant avala vivement une bouchée de biscuit aux noix.

— Qui est-ce ? demanda-t-il d'un ton soupçonneux.

Tersa leva la tête. Ses yeux dorés brillèrent de joie, faisant naître un sourire radieux sur ses lèvres.

— C'est le garçon, dit-elle en se précipitant dans les bras de Daimon.

— Bonjour, ma chère, dit Daimon, submergé par le plaisir de la revoir.

— Lui n'est pas un garçon, dit l'enfant.

— Mikal ! gronda Sahtan.

S'écartant de Daimon, Tersa observa Mikal, puis Daimon.

— C'est un grand garçon, répliqua-t-elle fermement, en attirant Daimon vers la table. Assieds-toi. Assieds-toi. Il y a à manger. Tu dois manger.

Daimon s'assit face à l'enfant, qui ne masquait pas son hostilité, voyant en lui un rival indésirable.

— Ne devriez-vous pas être à l'école ?

— Il n'y a pas d'école, aujourd'hui, répondit l'enfant en levant les yeux au ciel.

— Mais avez-vous accompli les tâches que votre mère vous a confiées avant que vous veniez ici ? demanda Sahtan d'une voix douce, en acceptant le verre de vin rouge que Tersa lui tendait, sans quitter Mikal des yeux.

L'enfant parut gêné par ce regard appuyé.

— La plupart, marmonna-t-il enfin.

— Dans ce cas, quand nous aurons mangé, je vous raccompagnerai chez vous et vous pourrez terminer de les accomplir, reprit Sahtan.

— Mais je dois aider Tersa à désherber le jardin ! protesta Mikal.

— Les mauvaises herbes ne vont pas s'enfuir, déclara Tersa, sereine.

Elle observa les deux « garçons » et fronça les sourcils face aux verres de lait qu'elle tenait, puis elle posa les deux devant Mikal avant de tapoter l'épaule de Daimon.

— Il est assez grand pour boire du vin.

— Ténèbre soit louée, souffla Daimon.

Le repas se déroula dans un silence relatif. Sahtan s'enquit des devoirs scolaires de Mikal et reçut les réponses évasives auxquelles il s'attendait. Tersa s'efforça de faire des commentaires anodins sur le cottage et le jardin, mais ses remarques étaient de plus en plus incohérentes.

Daimon serra les dents. Il eut envie de lui dire d'arrêter d'essayer. Cela lui faisait mal de la voir lutter avec tant d'acharnement pour rester dans les limites de la santé mentale. L'inquiétude et le ressentiment qu'il décelait dans le regard de Mikal lui firent du mal, à mesure qu'elle perdait de plus en plus le contrôle d'elle-même.

Sahtan posa son verre sur la table et se leva.

— Venez, mon petit, dit-il à Mikal. Je vous ramène à la maison.

— Je n'ai pas fini de manger ! protesta l'enfant en saisissant un biscuit aux noix.

— Emportez-le.

Ils prirent congé malgré les protestations de Mikal.

— C'est bon de vous revoir, dit Daimon à Tersa.

— Je ne sais pas être ta mère, répondit-elle, le regard teinté de chagrin.

— Alors contentez-vous d'être Tersa, déclara-t-il en lui prenant la main. Cela a toujours été amplement suffisant.

Il sentit qu'elle faisait un effort pour accepter cette proposition, puis elle se détendit.

— Tu vas bien ? lui demanda-t-elle avec un sourire.

Il lui rendit son sourire et mentit :

— Oui, je vais bien.

Elle crispa la main dans la sienne. Son regard se fit vague et distant.

— Non. Tu ne vas pas bien. Mais tu iras mieux. (Elle se leva.) Viens, je vais te montrer mon jardin.

7. Kaelir

Sahtan changea de position sur le divan de son étude. Pas besoin d'exploration psychique pour savoir qui se trouvait de l'autre côté de la porte. La trace de sa peur suffisait.

— Entrez.

Wilhelmina Bénédict entra dans la pièce d'un pas hésitant.

En la voyant, Sahtan maîtrisa sa colère. Elle n'était pas fautive. Elle était encore presque une enfant, treize ans plus tôt. Elle n'aurait rien pu faire.

Mais, si Jaenelle n'était pas restée sur Chaillot pour protéger Wilhelmina, cette ultime nuit si terrible à Boisgenêt n'aurait pas eu lieu. Elle aurait quitté la famille qui n'avait pas compris ni chéri ce qu'elle était. Elle serait venue en Kaelir, elle serait venue à lui, et elle aurait échappé à ce viol brutal qui lui laissait tant de cicatrices affectives.

Il n'était pas juste de tenir Wilhelmina pour responsable de quelque façon de ce qui était arrivé à Jaenelle, mais il n'appréciait pas sa présence sous son toit et sa réapparition dans la vie de sa sœur.

— En quoi puis-je vous aider, dame Bénédict ? demanda-t-il sans parvenir à masquer sa nervosité.

— Je ne sais pas quoi faire, répondit-elle, d'une voix à peine audible.

— À quel propos ?

— Tous ceux qui ont signé un contrat ont quelque chose à faire, ne serait-ce que dresser une liste de leurs compétences. Mais moi…

Elle se tordit les mains si fort que Sahtan craignit pour ses os délicats.

— Il me déteste, dit Wilhelmina, en haussant le ton, en plein désespoir. Tout le monde me déteste ici, et je ne sais pas pourquoi.

Sahtan désigna l'autre extrémité du divan.

— Asseyez-vous.

En attendant qu'elle s'exécute, il se demanda comment une femme aussi nerveuse et apeurée avait réussi à franchir l'une des Portes situées entre les royaumes pour essayer de décrocher un contrat à la foire aux services.

— « Détester » est un bien grand mot, dit-il dès qu'elle fut installée. Personne ne vous déteste.

— Yaslana me déteste, dit-elle en crispant les poings sur ses genoux. Et vous aussi.

— Je ne vous déteste pas, Wilhelmina, répondit-il posément. Toutefois, je ne me réjouis pas de votre présence.

— Pourquoi ?

Face à sa douleur et à son étonnement, il fut tenté d'atténuer la vérité. Mais il lui devait la courtoisie d'être honnête.

— Parce que c'est à cause de vous que Jaenelle n'a pas quitté Chaillot à temps.

En un instant, elle passa de la peur à la fureur, ce qui le surprit. Il se rendit compte qu'il aurait dû ne rien dire. Il lui aurait fallu chercher un terrain d'entente entre elle et Jaenelle au lieu de laisser le passé embrumer son jugement.

— Vous savez où la trouver, n'est-ce pas ? n'est-ce pas ?

Elle parut sur le point de le secouer pour obtenir une réponse. Intrigué par ce changement d'attitude, il se demanda si elle allait essayer de le faire.

— Pas en ce moment, répondit-il, mais elle rentrera bientôt à la maison.

— À la maison ?

Sa férocité fit place à de l'étonnement, puis à la réflexion tandis qu'elle balayait la pièce du regard.

— À la maison ? répéta-t-elle.

— Je suis son père adoptif.

Voyant qu'elle ne réagissait pas, il ajouta :

— Lucivar est son frère.

Elle sursauta comme si elle venait de se piquer avec une aiguille. Ses yeux bleus exprimaient un sentiment proche de l'horreur.

— Son frère ?

— Son frère. Si cela peut vous consoler, vous êtes liés à la même femme, mais vous n'êtes pas liés l'un à l'autre.

Son soulagement fut si évident qu'il faillit s'esclaffer.

— L'apprécie-t-elle ? s'enquit Wilhelmina d'une petite voix.

Il ne put s'empêcher d'éclater de rire.

— La plupart du temps. (Il l'observa de plus près.) Est-ce pour cela que vous êtes venue en Kaelir ? Pour trouver Jaenelle ?

Elle opina.

— Tout le monde a affirmé qu'elle était morte, que le prince Sadi l'avait tuée. Mais je savais que c'était faux. Il n'aurait jamais fait de mal à Jaenelle. J'ai cru qu'elle était partie vivre avec l'un de ses amis secrets ou avec son professeur. (Elle le dévisagea comme si elle voulait comparer ce qu'elle voyait avec ce qu'elle savait.) C'était vous, n'est-ce pas ? C'est vous qu'elle est venue voir pour prendre des leçons ?

— Oui. (Il marqua une pause.) Qu'est-ce qui vous a fait penser à Kaelir ?

— Elle me l'a dit. Après.

Elle effleura du doigt son Joyau saphir.

— Quand le prince Sadi a lâché ses Joyaux noirs pour échapper aux Haylliens lancés à sa poursuite, j'ai entendu Jaenelle crier : « Partez ! Partez ! » Alors je suis partie. Quand ce fut terminé, je portais un Saphir. Tout le monde en était contrarié parce qu'on pensait que j'avais fait l'Offrande à la Ténèbre. Mais ce n'était pas mon Joyau. C'était celui de Jaenelle. Je ne pouvais m'en servir, toutefois il me protégeait. Parfois, quand j'avais peur ou quand je ne savais pas quoi faire, il me donnait toujours la même réponse : Kaelir. J'ai quitté ma demeure parce que Bobby…

Elle pinça les lèvres et respira profondément à plusieurs reprises.

— J'ai quitté ma demeure. Dès que j'ai eu vingt ans, j'ai fait l'Offrande. J'ai reçu ce Joyau. L'autre a disparu.

— Et vous avez passé les dernières années à chercher un moyen de venir ici ?

— Longtemps, je n'ai pas été prête, répondit-elle en hésitant. Puis j'ai commencé à me demander si je le serais un jour. Alors je suis venue quand même.

Cela signifiait que cette femme avait plus de courage qu'elle en donnait l'impression.

— Dites-moi, Wilhelmina, reprit doucement Sahtan. Si, il y a treize ans, Jaenelle avait décidé de quitter Chaillot et vous avait demandé d'aller avec elle, l'auriez-vous fait ?

Elle mit longtemps à lui répondre. Enfin, à contrecœur, elle déclara :

— Je ne sais pas. (Elle scruta la pièce d'un regard triste.) Jaenelle est à sa place ici. Pas moi.

— Vous êtes la sœur de Jaenelle, une sorcière ornée au Saphir. Ne jugez pas trop vite.

Et, moi aussi, je m'efforcerai de ne pas juger trop vite, songea-t-il.

— De plus, vous auriez eu une opinion différente de cet endroit si vous aviez été ici pendant que dix sorcières adolescentes y résidaient, ajouta-t-il d'un ton délibérément morne.

— Vous voulez parler des Reines qui sont ici ? demanda-t-elle, les yeux écarquillés.

— Oui.

— Oh ! là, là…

— Je ne vous le fais pas dire.

Elle baissa la tête et réprima un rire. Quand elle osa le regarder de nouveau, il vit qu'elle réfléchissait intensément à propos du Manoir et de ses occupants.

— Je n'ai toujours rien à faire, déclara-t-elle, hésitante.

La lueur d'espoir qu'il entrevit dans ses yeux lui fit comprendre qu'elle était en passe de l'accepter comme le patriarche de la famille et qu'elle espérait qu'il remplisse les devoirs liés à ce statut.

— Lucivar n'a rien dit ? demanda-t-il, conscient que Lucivar l'avait amenée pour l'éloigner de quiconque tenterait d'utiliser son lien avec Jaenelle.

Pour la première fois, une lueur de colère brilla dans le regard de Wilhelmina.

— Il m'a dit d'essayer de ne pas m'évanouir, car cela risquait de contrarier les mâles.

Sahtan soupira.

— Venant de Lucivar, c'était presque une marque de tact. Il avait raison. C'était abrupt, mais vrai. Les mâles réagissent fortement à la détresse féminine.

— Est-ce pour cela que ce gros Tigré me suit partout ? demanda Wilhelmina en fronçant les sourcils.

Sahtan regarda la porte de son bureau. Une question posée rapidement sur un fil viril psychique lui apporta la réponse.

— Il s'appelle Déjaal. C'est le fils du prince Jaal. Il s'est nommé protecteur de votre personne jusqu'à ce que vous soyez à l'aise avec les autres hommes du Manoir.

— Il est de la parentèle ? J'avais entendu des histoires…

— Le Lignage de Petite Terreille n'emploie guère la parentèle, et ses membres utilisent encore moins le Lignage en Petite Terreille, dit Sahtan avant d'ajouter en pensée : *Sauf quand ils ont faim.*

Il se leva et tendit la main à Wilhelmina pour la raccompagner à la porte. Il fit venir une brosse à habits qu'il lui remit.

— Si vous voulez faire quelque chose pour nous aider tous, emmenez Déjaal dans un des jardins et brossez-le. Quand vous serez habituée à lui, il sera peut-être plus facile pour vous de nous côtoyer.

— Si c'est censé me mettre à l'aise, je devrais peut-être brosser Lucivar, plutôt, déclara-t-elle avec un soupçon d'amertume.

Sahtan éclata de rire.

— Ma chère, si vous voulez vous entendre avec Lucivar, montrez-lui ce fragment d'acier, dans votre colonne vertébrale. Comme il vit avec Jaenelle depuis huit ans, il saura le reconnaître.

8. Kaelir

— Vous êtes sûr que c'est le chemin qui ramène au Manoir ? demanda Daimon en se penchant pour passer sous les branchages.

— *Nous avons quitté le sentier*, répondit Ladvarienne. *Nous devons traverser le ruisseau, et il n'y a pas de pont.*

— Je n'ai pas besoin de pont pour traverser le ruisseau.

— *Vous risquez de vous mouiller*, prévint Ladvarienne en regardant les chaussures de Daimon.

— Je n'en mourrai pas, marmonna Daimon.

En quittant le cottage de Tersa, il avait trouvé Ladvarienne qui l'attendait pour le ramener au Manoir. D'abord, il s'était demandé si c'était là une insulte subtile sous-entendant qu'il était incapable de s'orienter tout seul. Ensuite, quand Ladvarienne avait proposé de lui montrer un chemin qui joignait Halavet au Manoir, il s'était demandé s'il s'agissait d'une embuscade. Enfin, il se rendit compte que le chien voulait seulement faire la connaissance de cet homme dont les devoirs lui donnaient une telle place dans la vie de la Reine.

Ce qu'il n'aimait pas, c'était son impression grandissante d'être catalogué comme un humain ayant besoin d'être cajolé.

Il s'arrêta.

— Écoutez, il faut que cela cesse. Je ne suis peut-être pas un guerrier eyrien, mais je suis parfaitement capable de marcher pendant quelques kilomètres sans m'écrouler, je peux franchir un ruisseau sans me mouiller si j'en décide ainsi, et je n'ai pas besoin qu'une petite boule de poils me traite comme si je ne pouvais survivre en dehors d'une maison pleine de domestiques. Vous comprenez ?

Ladvarienne agita la queue.

— *Oui. Vous voulez être traité comme un mâle de Kaelir.*

Daimon se redressa et observa le Sceltie.

— Ai-je dit cela ?

— *Oui*, affirma Ladvarienne en se dirigeant vers un virage abrupt. *Par ici.*

Une minute plus tard, ils atteignirent le ruisseau. Ladvarienne gagna la rive et bondit. Normalement, il aurait dû atterrir au milieu du cours d'eau, mais il vola par-dessus. En retombant, il se tenait trente centimètres au-dessus du sol, un sourire carnassier aux lèvres.

Daimon observa le ruisseau, puis le Sceltie, et il s'envola pour se retrouver sur la rive opposée.

— *C'est Jaenelle qui vous a appris cela ?*

Se rappelant cet après-midi où Jaenelle lui avait enseigné comment marcher dans les airs, Daimon sentit sa poitrine se serrer.

— Oui, répondit-il.

— *Elle me l'a appris, à moi aussi*, déclara Ladvarienne, la mine réjouie.

Dès qu'ils traversèrent un autre bosquet, Daimon aperçut la route. L'allée, plutôt, se dit-il. Après le pont, la route du nord quittant Halavet devenait l'allée menant au Manoir. Les terres qui se déployaient devant lui constituaient le domaine familial.

Il se dirigea vers la voie, puis se retourna vivement en entendant Ladvarienne grogner, s'attendant presque qu'il l'attaque malgré les marques d'amitié dont avait fait preuve le chien.

Mais Ladvarienne était tourné vers l'endroit d'où ils étaient venus. Le pont n'était plus visible à cause du paysage vallonné, toutefois le vent provenait de cette direction.

— Qu'est-ce que c'est ? demanda Daimon en ouvrant suffisamment sa première barrière interne pour percevoir la zone qui les entourait.

— *Des humains arrivent. Trois voitures. J'ai prévenu les autres hommes, mais nous devons repartir, maintenant.*

Ladvarienne se mit à trotter directement vers le Manoir, obligeant Daimon à hâter le pas.

— Quel problème cela pose-t-il que des humains viennent au Manoir ?

La trace psychique de Ladvarienne devint hostile.

— *Je les sens mal.*

Cette férocité soudaine lui rappela brusquement que le petit mâle qui cheminait à côté de lui était aussi un seigneur de guerre orné au Rouge et, si Lucivar pu déceler une partie de la formation de Ladvarienne, c'était que le Sceltie était un combattant bien plus redoutable qu'on pouvait le supposer.

— *Engoulevent vous conduira au Manoir. Il est plus rapide que nous.*

Avant que Daimon puisse s'interroger sur cette remarque cryptique, il entendit un bruit de sabots venir vers lui.

En d'autres circonstances, face au cheval noir, il aurait décliné cette proposition, pas seulement parce que l'idée de monter à cru ne lui plaisait guère, mais parce que, l'espace d'un instant, le vent et le mouvement de l'étalon avaient levé sa crinière et qu'il avait vu le Joyau gris caché dessous. Malgré la différence d'espèces, il reconnut la trace psychique agressive d'un autre prince de guerre. Comme il ne bougeait toujours pas après l'arrivée du cheval, Ladvarienne lui pinça la cuisse.

— *Partez, Daimon. Tout de suite.*

À peine eut-il le temps de monter et d'empoigner la longue crinière qu'Engoulevent se lança au galop à travers la campagne. Se demandant comment Ladvarienne allait pouvoir les suivre, à ce rythme, il regarda en arrière et vit le chien qui se tenait en équilibre sur la croupe du cheval.

Lorsque leur monture aborda la dernière ligne droite de l'allée, Daimon tira sur sa crinière et cria :

— Doucement !

Il craignait qu'Engoulevent dérape sur le gravier, à cette vitesse.

Il perçut un léger mouvement, puis n'entendit… plus rien. Pas de bruit de sabots, pas de crissement de gravier. Regardant par-dessus l'épaule gauche d'Engoulevent, il vit les pattes voler droit vers la porte d'entrée.

Ils étaient assez proches pour pouvoir détailler le heurtoir en forme de tête de dragon, puis Engoulevent se cabra pour s'arrêter à quelques centimètres des marches.

Daimon mit pied à terre et gravit les degrés, sans savoir si ses jambes tremblaient à cause de ses muscles tendus ou par nervosité. Arrivé devant la porte, il regarda en arrière. Pas la moindre trace d'Engoulevent, mais il sentait la présence de l'étalon, toute proche.

— Feu d'Enfer, marmonna-t-il lorsqu'un valet ouvrit la porte.

Ladvarienne se précipita avant lui et disparut à l'intérieur.

Daimon entra lentement, sentant une hostilité masculine. Outre le valet, la seule personne visible dans le grand vestibule était Bhil, le majordome, mais il doutait qu'ils soient les seuls êtres présents.

— Il semble que nous aurons bientôt de la compagnie, dit Daimon en lissant ses cheveux en arrière et en rajustant sa veste noire.

— On le dirait, en effet, répondit Bhil d'un ton neutre. Si vous voulez bien rester ici, le prince Yaslana et le Sire d'Enfer ne vont pas tarder.

Daimon scruta les alentours puis entra dans le salon de réception, mais demeura suffisamment près de l'entrée pour être vu par quiconque franchirait le seuil.

Remarquant cela, Bhil changea de position et se plaça directement dans le champ de vision de Daimon.

— *Lucivar*, appela Daimon en utilisant un fil viril gris ébène.

— *J'entre par la porte de service, au fond du vestibule.*

— *Si l'un d'entre eux parvient à se glisser devant nous, pourraient-ils atteindre les appartements ?*

— *Le seul moyen de se rendre dans les étages depuis cette partie du Manoir est d'emprunter l'escalier du salon privé. Ne vous en inquiétez pas. Kaelas s'y trouve. Rien n'empruntera cet escalier. Et le Sire d'Enfer est en train de le descendre.*

Daimon entendit les voitures s'arrêter devant le Manoir, et vit Bhil faire signe au valet quand on frappa à la porte.

Des bruits de pas. Des bruissements de vêtements. Puis une voix de femme.

— J'exige de voir Wilhelmina Bénédict.

Une rage froide assaillit Daimon avec tant de violence qu'il atteignit les limites de l'instinct meurtrier avant même de se rendre compte qu'il s'en approchait. Il n'avait pas entendu sa voix depuis treize ans, mais il la reconnut.

— Dame Bénédict n'est pas disponible, répondit Bhil d'un ton morne.

— Ne me dites pas cela. Je suis la reine de Chaillot et je…

Daimon émergea du salon.

— Bonjour, Alexandra, déclara-t-il trop calmement. Quel plaisir de vous revoir.

— Vous ! s'exclama Alexandra en le dévisageant, les yeux écarquillés de peur, puis de colère. C'est vous qui avez organisé cette « tournée » de Boisgenêt, n'est-ce pas ?

— Tout bien considéré, c'était le moins que je pouvais faire.

Il fit un pas vers elle.

— Je vous ai prévenue que je nettoierais les rues de Beldon Mor dans le sang si vous me trahissiez.

— Vous avez également dit que vous me mettriez dans ma tombe.

— J'ai décidé que vous laisser la vie était un châtiment plus adéquat.

— Bâtard ! vous…

Alexandra se mit à trembler, comme tout son entourage.

Le froid intense, brûlant, frappa Daimon quelques instants plus tard, si fort qu'il dériva loin des limites du meurtre.

Bientôt, Sahtan entra dans le grand vestibule.

Est-ce l'apparence que j'ai quand je deviens froid ? se demanda Daimon, incapable de détacher son regard de ces yeux voilés, ensommeillés et de ce sourire à la douceur malveillante.

— Dame Angelline, déclara Sahtan d'une voix qui résonna dans le vestibule comme un grondement de tonnerre. J'ai toujours su que nous nous retrouverions un jour pour régler cette dette, mais je n'aurais jamais cru que vous seriez assez stupide pour venir ici.

Alexandra crispa les poings, mais ne put s'empêcher de trembler.

— Je suis venue chercher mes petites-filles et les ramener à la maison. Libérez-les, et nous partirons.

— Dame Bénédict sera informée de votre présence. Si elle souhaite vous voir, un entretien sera organisé. Sous la surveillance d'un chaperon, bien sûr.

— Vous osez sous-entendre que je présente un danger ?

— Je sais que c'est le cas. La seule question est de savoir quelle est l'importance de ce danger.

— Vous n'avez pas le droit ! s'insurgea Alexandra en haussant le ton.

— C'est moi qui commande, ici, grogna Sahtan. C'est vous qui n'avez aucun droit, ma dame. Aucun droit. À part ceux que je vous accorde. Et je vous en concède peu.

— Je veux voir mes petites-filles. Toutes les deux !

Une lueur féroce scintilla dans le regard de Sahtan. Il observa Lilande et Philippe, puis reporta son attention sur Alexandra. Sa voix se mua en une sorte de chanson suave.

— Il m'a fallu deux longues et terribles années pour imaginer l'exécution parfaite pour vous trois. Vous mettrez deux longues et terribles années à mourir, pendant lesquelles chaque minute que vous vivrez sera chargée de plus de douleur que vous pouvez l'imaginer. Toutefois, dans le cas présent, je dois obtenir l'accord de ma Reine avant de commencer à agir. (Il se détourna.) Bhil, préparez des chambres pour nos invités. Ils vont rester quelque temps.

Au moment de repartir vers son étude, il croisa le regard de Daimon.

Daimon regarda Lilande, qui s'accrochait à Philippe en pleurant doucement. Il examina aussi les autres reines et leurs hommes, qui reculaient en formant un petit groupe et, enfin, Alexandra, qui l'observait d'un air terrifié, pâle comme un linge.

Tournant les talons, il s'éloigna en direction du bureau de Sahtan. Il remarqua la présence de Lucivar, en retrait au fond du vestibule.

— *Si vous entrez là-dedans, soyez prudent, bâtard*, prévint Lucivar.

Daimon opina et entra.

Sahtan se tenait près du bureau et versait avec précaution du cognac dans un verre. Il leva les yeux, servit un second verre et le tendit à Daimon.

Celui-ci accepta la coupe et but une rasade d'alcool, espérant se réchauffer un peu.

— La rage d'un mâle ne devrait pas vous secouer au point de vous éloigner de l'instinct meurtrier, déclara posément Sahtan.

— Je n'avais jamais rien ressenti de tel.

— Et, si cela se reproduit, serez-vous de nouveau décontenancé de la sorte ?

Daimon observa l'homme qui se tenait à portée de main et comprit que c'était l'Intendant de la Cour Sombre et non son père qui l'interrogeait.

— Non.

Se mouvant avec précaution, comme s'il était bien conscient que tout mouvement brusque risquait de déchaîner la violence qui faisait encore rage en lui, Sahtan s'appuya sur le bureau de bois noir.

Avec tout autant de prudence, Daimon se servit un autre cognac.

— Croyez-vous que la Reine donnera son consentement ?

— Non. Ses parents lui ont fait du mal, à elle, et à personne d'autre. Elle s'opposera à leur exécution. Mais j'en ferai tout de même la requête.

Daimon fit tournoyer lentement l'alcool dans son verre.

— Si, pour quelque raison, elle ne s'y oppose pas, pourrai-je regarder ?

Sahtan esquissa un sourire à la fois doux et méchant.

— Mon prince chéri, si Jaenelle donne son consentement, vous pourrez faire plus que regarder.

9. Kaelir

Avec un soupir, le seigneur Magstrom posa son amas de dossiers sur la grande table déjà jonchée de montagnes de documents. Il soupira de plus belle quand son coude heurta une pile, dans un coin, et que le contenu du dossier placé sur le dessus s'éparpilla au sol. Se mettant sur un genou, il entreprit de ramasser les papiers.

Par la grâce de la Ténèbre, le jour des remises était passé et la foire aux services d'automne était officiellement terminée ! Ces heures pénibles étaient déjà épuisantes pour un homme de son âge, mais l'espoir et la détresse poignante des immigrés le vidaient. Comment regarder une femme de l'âge de sa dernière petite-fille sans avoir envie de l'aider à trouver un endroit où la peur qui hantait son regard ferait place au bonheur ? Comment parler à un homme courtois, poli, horriblement marqué par les atrocités qu'il avait subies lorsqu'on lui « apprenait à obéir » et ne pas vouloir l'envoyer dans un village tranquille où il pourrait retrouver son estime de lui-même, sans avoir à se demander ce qui allait lui arriver chaque fois que la dame qui régnait regarderait dans sa direction ?

Il n'existait pas de tels endroits en Petite Terreille. Plus maintenant. Mais les reines de ce Territoire continuaient à proposer des contrats et à peupler leurs cours d'immigrés. Les autres reines de Kaelir, qui répondaient à la Reine d'Ébènaskavi, étaient plus prudentes et bien plus sélectives. Magstrom faisait donc de son mieux pour trouver les immigrés ayant une compétence ou un rêve susceptibles de pouvoir leur offrir un contrat en dehors de Petite Terreille. Ensuite, il portait ces personnes à l'attention des mâles du Premier Cercle de Jaenelle Angelline quand ils venaient à la foire aux services. Pour les autres, il remplissait un contrat et leur souhaitait bonne chance, longue vie, se demandant si leur existence en Petite Terreille serait vraiment différente de celle qu'ils avaient voulu fuir.

Magstrom s'efforçait de ne pas penser à ceux qui n'avaient pas eu la chance de recevoir un contrat et étaient renvoyés en Terreille.

Il secoua la tête en remettant un semblant d'ordre dans les papiers. Quel travail bâclé ! Les listes d'immigrés étaient fourrées dans le même dossier que les listes de service et celles des candidats renvoyés en Terreille. Comment espérer que les employés…

Il crispa la main sur une feuille : la liste d'entrée des Haylliens. Il était en charge du dossier hayllien, mais, à l'issue du troisième jour, Jorval avait décidé de le superviser. Le document qu'il avait confié à Jorval comptait vingt noms, or il n'en restait que douze. Quelqu'un l'avait-il recopié en ne notant que les noms des candidats acceptés ? C'était impossible, car Daimon Sadi n'y figurait pas.

Magstrom cherchait dans la liste regroupant les noms des Haylliens retournant en Terreille celle que les gardes utiliseraient pour s'assurer que nul ne tenterait de se défiler et d'aller se cacher. Quatre noms y étaient inscrits. Sadi se trouvant en Dhemlan, trois personnes manquaient à l'appel par rapport au document qu'il avait remis à Jorval.

En entendant des pas s'approcher, il fourra les papiers dans son dossier et se leva en grommelant dans sa barbe. Puis il posa vite les documents sur une pile de façon qu'elle ne s'écroule pas.

Les pas s'arrêtèrent à la porte, puis s'éloignèrent.

Magstrom dressa l'oreille un instant, puis fit appel à l'Art pour explorer mentalement la zone. Personne. Toutefois, il fut parcouru d'un frisson de malaise.

Mû par cette gêne, il quitta le bâtiment et se précipita à l'auberge où il avait séjourné pendant la foire. Une fois dans sa chambre, il fit ses bagages.

Normalement, il aurait dû aller chercher d'autres membres du Conseil pour signaler les disparités dans les listes haylliennes. Peut-être s'agissait-il d'une simple erreur administrative : trop de noms, trop de travail. Mais qui oublierait d'inscrire un prince de guerre tel que Daimon Sadi dans un recensement ? À moins que ce soit une omission délibérée. Dans ce cas, qui savait combien d'autres listes présentaient des disparités similaires, combien de Terreilliens venus en Kaelir avaient à présent disparu ?

Et qui savait ce qui risquait d'arriver aux preuves de ces disparités s'il en parlait aux mauvais membres du Conseil ?

S'il chevauchait le Vent blanc, le moins exigeant, il serait quand même à la frontière de Nharkhava à l'aube. Comme l'une de ses petites-filles y vivait, Kalush, Reine de Nharkhava, on lui avait accordé une dérogation spéciale qui lui permettait de se rendre dans son Territoire sans se plier aux formalités chaque fois qu'il le faisait. Et si, quand il arriverait sur la trame d'atterrissage de la frontière, il sollicitait une escorte jusqu'à la maison de sa petite-fille… les gardes verraient peut-être dans cette démarche une requête inhabituelle, mais ils ne refuseraient pas d'aider un vieil homme. Après un petit somme, il écrirait une lettre au Sire d'Enfer en expliquant les disparités des listes.

Il était possible que ce ne soit qu'une erreur administrative, finalement. Mais si c'était, en fait, le début des problèmes, au moins Sahtan serait prévenu, et il saurait où chercher la source de cette omission.

Jorval observa la feuille de papier tombée sous la table et les documents fourrés dans l'épais dossier.

Le vieil imbécile devenait curieux. Cela tombait mal.

Magstrom était peut-être une épine dans le pied du Conseil Obscur depuis de nombreuses années, mais il avait son utilité, surtout depuis qu'il était le seul membre du Conseil à pouvoir obtenir une audience auprès du Sire d'Enfer.

Toutefois l'utilité de Magstrom touchait à sa fin. Et Jorval n'oublierait pas de sitôt que, sans l'intervention de celui-ci, la veille, dans l'après-midi, la Prêtresse Noire aurait mis son arme ornée au Noir à l'abri, là où elle pouvait servir.

Il fut tenté d'envoyer quelqu'un se charger de Magstrom le soir même, mais ce n'était pas le moment. Une action risquait d'amener certaines personnes, comme le Sire d'Enfer, à se pencher d'un peu trop près sur les listes de la foire aux services.

Il pourrait attendre. Magstrom ne pouvait avoir vu grand-chose. Et, si des questions se posaient, il serait assez facile de renvoyer un employé ou deux pour négligence et de présenter des excuses à profusion.

Mais quand viendrait le bon moment…

10. Kaelir

Alexandra était recroquevillée dans un fauteuil, devant le bureau en bois noir.

« Le Sire d'Enfer sollicite votre présence. »

« Sollicite » ? « Exiger » serait plus exact. Mais l'étude était vide, quand cet imposant majordome au visage de pierre avait ouvert la porte. Un quart d'heure plus tard, elle patientait encore. Cependant, elle n'était pas pressée d'affronter de nouveau le Sire d'Enfer.

Elle renforça le sort de chaleur qu'elle avait jeté sur son châle, mais grimaça face au peu d'importance qu'avait le fait de chercher un peu de chaleur en ce lieu. Ce n'était pas tant l'endroit lui-même – qui était très beau si on oubliait son atmosphère oppressante et sombre – qui produisait ce froid glacial, mais ses habitants.

Ce n'était certainement pas par courtoisie qu'elle et son entourage s'étaient vu servir un souper dans une petite salle à manger située près des chambres d'amis. Le Sire d'Enfer ne devait pas se soucier de savoir si elle était trop épuisée sur le plan physique et mental pour supporter un entretien avec un habitant de ces lieux. Il devait se moquer qu'elle soit incapable d'avaler une bouchée à la table de Daimon Sadi.

Non, elle et ses gens avaient dîné seuls parce qu'il n'avait pas voulu de sa présence à sa table.

Et maintenant, alors qu'elle n'avait qu'une envie : se retirer dans sa chambre et dormir après une journée éreintante, il sollicitait sa présence, sans avoir la courtoisie de l'accueillir.

Il fallait qu'elle s'en aille. Elle était reine, après tout, et il lui infligeait une offense qui ne durait que depuis trop longtemps en la faisant attendre. Si le Sire d'Enfer voulait la voir, il viendrait à elle.

Tandis qu'elle se levait, la porte s'ouvrit et la trace psychique sombre du Sire d'Enfer envahit la pièce. Elle se rassit aussitôt dans son fauteuil. Elle eut toutes les peines du monde à ne pas reculer lorsqu'il passa devant elle pour s'installer derrière son bureau en bois noir.

— Quand un mâle demande à parler à une reine, il ne la fait pas patienter, dit Alexandra en s'efforçant d'empêcher sa voix de trembler.

— Vous qui êtes si pointilleuse sur la courtoisie, vous n'avez jamais fait attendre personne ? s'enquit Sahtan après un long silence.

La lueur brûlante et étrange qui scintillait dans ses yeux la terrorisa, mais elle sentait qu'elle n'aurait pas d'autre chance. Si elle reculait maintenant, il ne lui concéderait jamais rien.

Elle teinta sa voix de dédain et de froideur, comme chaque fois qu'un mâle de la cour devait être remis à sa place.

— Ce que fait une reine n'est pas la question.

— Car une reine agit comme bon lui semble, elle peut même perpétrer les actes les plus cruels, quelles que soient leurs conséquences.

— Ne déformez pas mes propos, rétorqua-t-elle sèchement, oubliant tout de lui, à part le fait qu'il était un mâle et qu'il n'avait pas le droit de traiter une reine de la sorte.

— Mes excuses, ma dame. Puisque vous altérez vous-même tant de choses, je ferai de mon mieux pour ne pas en rajouter.

Elle s'accorda un instant pour réfléchir.

— Vous cherchez délibérément à me provoquer. Pourquoi ? Vous pouvez donc justifier mon exécution ?

— Oh, j'ai déjà toutes les justifications dont j'ai besoin pour procéder à une exécution, dit doucement Sahtan. Non, c'est plus simple que cela. La terreur que je vous inspire ne nous mène nulle part. Si vous êtes en colère, au moins, vous parlez.

— Dans ce cas, je veux qu'on me rende mes petites-filles.

— Vous n'avez aucun droit de les avoir, ni l'une, ni l'autre.

— J'ai tous les droits !

— Vous oubliez un élément fondamental, Alexandra. Wilhelmina a vingt-cinq ans. L'âge de la majorité est vingt ans. Vous n'avez plus à intervenir dans leur vie.

— Vous non plus, dans ce cas. C'est à elles de décider si elles veulent partir ou rester.

— Elles ont déjà pris leur décision. Et j'ai bien plus d'influence dans leur vie que vous. Wilhelmina a signé un contrat avec le prince de guerre d'Ébènerih. En retour, il sert à la Cour Obscure, dont je suis l'Intendant. La hiérarchie de la cour me donne le droit de prendre certaines décisions sur leur vie.

— Et Jaenelle ? Sert-elle également à la Cour Obscure ?

Sahtan posa sur elle un regard étrange.

— Vous ne comprenez vraiment pas, n'est-ce pas ? Jaenelle ne sert pas, Alexandra. Jaenelle est la Reine.

L'espace d'un instant, son assurance faillit la convaincre.

Non. Non. Si Jaenelle était vraiment Reine, elle l'aurait su. Elle aurait reconnu sa semblable. Oh, il y avait peut-être une Reine, à la tête de cette cour, mais il ne pouvait s'agir de Jaenelle.

Toutefois la déclaration de Sahtan lui fournissait une arme.

— Si Jaenelle est Reine, vous n'avez aucun droit de contrôler sa vie.

— Vous non plus.

Alexandra crispa les mains sur les accoudoirs de son fauteuil et serra les dents.

— Pour être considéré comme majeur, il faut remplir certaines conditions. Un enfant jugé incapable de quelque façon que ce soit reste à la charge de sa famille qui veille à son bien-être mental et physique, et prend les décisions qui le concernent.

— Et qui décide qu'un enfant est incapable ? La famille qui obtient le contrôle sur lui ? Comme c'est pratique. N'oubliez pas que vous parlez d'une Reine qui est votre supérieure.

— Je n'oublie rien. Et ne vous aventurez pas sur le terrain de la morale avec moi, comme si vous connaissiez le sens de ce mot.

— Très bien, conclut Sahtan avec un regard glacial. Examinons plutôt votre conception de l'éthique. Dites-moi, Alexandra, comment vous êtes-vous justifiée quand Jaenelle était affamée ? Comment avez-vous expliqué les brûlures laissées par les cordes qui la ligotaient ? Les ecchymoses qu'ont imprimées les coups sur son corps ? Avez-vous simplement mis tout cela sur le compte de la discipline nécessaire pour mater une enfant récalcitrante ?

— Vous mentez ! s'écria Alexandra. Je n'ai jamais vu la moindre preuve de tout cela.

— Vous l'avez simplement jetée à Boisgenêt sans vous soucier de la revoir jusqu'à ce que vous ayez décidé de la faire sortir ?

— Bien sûr que je l'ai vue !

Alexandra marqua une pause. Une douleur se propagea dans sa poitrine au souvenir de la façon distante, presque accusatrice, dont Jaenelle les dévisageait parfois quand elle et Lilande lui rendaient visite. La méfiance, la suspicion de son regard lui étaient adressées. Elle se rappela combien ces moments étaient pénibles, et combien Lilande pleurait en silence, sur le trajet du retour, quand le docteur Carvet leur avait affirmé que Jaenelle était trop instable sur le plan affectif pour recevoir des visites. Et elle se souvint des fois où elle s'était sentie soulagée de savoir que Jaenelle était protégée, ce qui empêcherait d'autres personnes d'entendre directement les récits fantaisistes de la jeune fille.

— Je la voyais quand elle était assez stable, sur le plan affectif, pour recevoir des visites.

Sahtan grommela doucement.

— Vous êtes là, à me juger, mais vous ne savez pas ce que c'est que d'avoir affaire à une enfant qui…

— Jaenelle avait sept ans quand je l'ai rencontrée.

L'espace d'un instant, Alexandra en eut le souffle coupé. Sept ans. Elle imaginait cette voix qui s'enveloppait autour d'une enfant pour tisser ses mensonges.

— Alors quand elle racontait des histoires de Licornes et de Dragons, vous l'encouragiez.

— Je la croyais, oui.

— Pourquoi ?

— Parce que ces histoires étaient la réalité, répondit-il avec un sourire terrible.

Elle secoua la tête, rendue muette par trop de pensées qui se heurtaient, trop de sentiments.

— Que faudrait-il pour vous convaincre, Alexandra ? Que vous soyez empalée sur la corne d'une Licorne ? Insisteriez-vous pour dire que c'est un récit fantaisiste ?

— Vous pourriez faire croire n'importe quoi à n'importe qui.

Il afficha un regard voilé, ensommeillé.

— Je vois, répliqua-t-il en se levant. Je me moque éperdument de ce que vous pensez de moi. Je me moque éperdument de ce que vous pensez de quoi que ce soit, d'ailleurs. Mais, si je ressens un soupçon de détresse chez Wilhelmina ou Jaenelle à cause de vous, j'utiliserai toutes mes ressources contre vous. (Il riva sur elle un regard glacial.) J'ignore pourquoi Jaenelle s'est retrouvée avec vous. J'ignore pourquoi la Ténèbre a pu confier un esprit si extraordinaire à quelqu'un comme vous. Vous ne la méritiez pas. Vous ne méritez même pas de la connaître.

Sur ces mots, il quitta la pièce.

Alexandra s'y attarda un long moment.

Tricheries et mensonges. Il avait dit que Jaenelle avait sept ans, mais quel âge avait-elle vraiment quand le Sire d'Enfer avait commencé à murmurer des mensonges doux et empoisonnés à l'oreille d'une enfant ? Peut-être avait-il conçu des illusions de Licornes et de Dragons qui avaient semblé assez réelles pour être convaincantes. Peut-être que le malaise de Jaenelle venait en réalité de lui et non de l'enfant elle-même.

Elle ne pouvait nier les horreurs commises à Boisgenêt. Mais ces hommes avaient-ils agi ainsi par choix ou bien un marionnettiste invisible tirait-il les ficelles ? Elle avait fait l'expérience de la cruauté de Daimon Sadi. N'était-il pas plausible que son père ait raffiné son goût de la violence ? Toute cette douleur, toutes ces souffrances n'avaient-elles pas pour objectif de rendre une enfant particulière si vulnérable qu'elle était devenue dépendante, affectivement, de ces hommes ?

Dorothéa avait raison. Le Sire d'Enfer était un monstre. Alexandra n'était certaine que d'une chose : elle ferait ce qu'il fallait pour éloigner Wilhelmina et Jaenelle de cet endroit.

Il sentit que Daimon passait les mains sur ses clavicules, puis sur ses épaules ; il pétrit ensuite de ses doigts fins et puissants ses muscles endoloris.

— Lui avez-vous dit que Jaenelle était Sorcière ? s'enquit Daimon.

Sahtan but une gorgée de yarbarah, le vin grenat, puis ferma les yeux pour mieux savourer la sensation de détente à mesure que sa colère et sa tension s'envolaient.

— Non, dit-il enfin. Je lui ai appris que Jaenelle était la Reine, ce qui aurait dû suffire, mais…

— Cela n'aurait pas eu d'importance, répliqua Daimon. Cette dernière nuit, à Solhiv, quand j'ai enfin compris ce qu'était vraiment Boisgenêt, j'avais l'intention de parler à Alexandra de Jaenelle. Je m'étais persuadé qu'elle m'aiderait à éloigner Jaenelle de Chaillot.

— Mais vous ne lui avez rien dit.

Daimon immobilisa ses mains, puis se remit à masser les muscles tendus.

— Je l'ai entendue dire à une autre femme que Sorcière n'était qu'un symbole du Lignage mais, si le mythe vivant apparaissait, elle espérait que quelqu'un ait le courage de l'étouffer dans l'œuf.

Un éclair de rage transperça Sahtan, qui ne sut dire si c'était le sien ou celui de Daimon.

— Ô Nuit, comme je déteste cette femme !

— Philippe et Lilande ne sont pas tout à fait innocents.

— Non, c'est vrai, mais ils ne font que suivre Alexandra, leur reine, leur matriarche familiale. Elle m'a accusé d'avoir tissé des mensonges pour attirer Jaenelle, mais combien de mensonges ont-ils raconté en les enveloppant de l'illusion de la vérité ?

Il émit un son qui aurait pu être un rire amer.

— Je peux vous dire combien. J'ai eu des années pour observer les cicatrices affectives que les mots lui ont laissées.

— Et que se passera-t-il quand elle apprendra qu'ils sont ici ?

— Nous nous chargerons de le lui annoncer le moment venu.

Daimon se pencha en avant et effleura le cou de Sahtan de ses lèvres.

— Je peux créer une tombe que nul ne trouvera jamais, dit-il.

Le baiser qui suivit ces propos secoua suffisamment Sahtan pour lui rappeler que son fils avait encore besoin d'être ménagé. Il se permettait peut-être de jouer les fossoyeurs imaginaires pour canaliser une partie de sa colère, mais, en cet instant, Daimon n'hésiterait pas à joindre les actes à la parole.

Il sursauta de nouveau en sentant le contact léger comme une plume d'une force sombre et féminine, à la lisière la plus profonde de ses barrières internes.

— Sahtan ? appela Daimon trop doucement.

Un chant de loup envahit la nuit.

— Non, répondit Sahtan doucement mais fermement, tout en s'écartant pour faire face à Daimon. Il est trop tard pour cela.

— Pourquoi ?

— Parce que ce chœur de bienvenue signifie que Jaenelle est de retour.

Voyant Daimon pâlir, Sahtan fit glisser une main le long du bras de son fils.

— Venez dans mon bureau boire un verre avec moi. Nous emmènerons Lucivar avec nous car il s'est sans doute suffisamment occupé de Marianne pour en être agacé.

— Et Jaenelle ?

— Mon garçon, répliqua Sahtan avec un sourire. Quand elle revient de l'un de ces voyages, le fait de saluer des hommes, quels qu'ils soient, se place à peine en troisième position sur la liste de ses priorités, la première étant un très long bain chaud et la deuxième un repas copieux. Puisque nous ne pouvons pas rivaliser avec cela, autant nous installer confortablement en attendant qu'elle vienne nous voir.

Onirie parcourut les couloirs telle une furie. Chaque fois qu'elle atteignait un carrefour, un valet grave et silencieux lui désignait la direction à prendre. Le premier avait probablement prévenu les autres après qu'elle lui eut demandé : « Où est l'étude du Sire d'Enfer ? » en grognant.

Elle trouvait un peu bizarre qu'aucun des domestiques n'ait paru étonné de la voir courir dans les couloirs vêtue de sa seule chemise de nuit. Étant donné que les sorcières avaient affaire aux mâles qui vivaient en ce lieu, ce n'était sans doute pas une situation si inhabituelle.

En atteignant enfin l'escalier qui descendait vers le salon de réception informel, elle releva sa chemise de nuit jusqu'aux genoux pour ne pas se prendre les pieds dans le bas du vêtement, et descendit vivement les marches qui menaient au grand vestibule. Ellc pcsta contre le marbre froid qu'elle sentait sous ses pieds nus. Au lieu de frapper à la porte, elle donna un coup violent sur le panneau de bois et se rua vers le bureau de bois noir. Sahtan l'observa en portant un verre de cognac à ses lèvres.

Confortablement installés dans leurs fauteuils, devant le bureau, Daimon et Lucivar se contentèrent de la regarder fixement.

À présent qu'elle était là, elle était moins disposée à affronter directement le Sire d'Enfer, alors elle se tourna légèrement vers Daimon et Lucivar et lança sa question :

— N'ai-je pas le droit de décider si je veux un mâle dans mon lit ?

Aussitôt, l'atmosphère se refroidit derrière le bureau.

— Griscroc ? appela Lucivar.

L'atmosphère redevint normale.

Elle se tourna pour faire face au dédain qui perçait dans la voix de Lucivar.

— Je ne sais pas pour vous, mais je n'ai pas coutume de dormir avec un loup.

— En quoi est-ce un problème, si Griscroc reste avec toi ? s'enquit Daimon.

Le ton apaisant de sa voix ne fit qu'attiser la colère de la jeune femme.

— Il pète ! rétorqua-t-elle en agitant la main. Enfin, comme vous autres…

Quelqu'un étouffa un gloussement. Elle crut que c'était Daimon.

— Est-ce le fait qu'il soit un loup qui vous contrarie, ou bien celui qu'il empêche un autre type de mâle de réchauffer votre couche ? demanda Lucivar.

Il ne cherchait peut-être pas à faire allusion à son passé de prostituée, mais elle prit sa remarque comme telle car elle pouvait défouler sa colère sur lui.

— Eh bien, chéri, de mon point de vue, autant choisir entre la peste et le choléra. Griscroc prend plus que sa place, dans le lit, il ronfle, et il donne des baisers baveux. Mais, si je dois choisir, c'est lui que je prendrai. Au moins, lui, il arrive à se lécher les couilles lui-même.

Un verre heurta le bureau avec un bruit sourd.

Onirie ferma les yeux et se mordit la lèvre.

Merde ! Elle était si concentrée sur sa colère contre Lucivar qu'elle avait oublié le Sire d'Enfer.

Avant qu'elle puisse se retourner, Sahtan lui agrippa fermement le bras et l'entraîna vers la porte.

— Si vous ne voulez pas de Griscroc dans votre chambre la nuit, dites-le-lui, déclara Sahtan, comme s'il avait quelque chose de coincé en travers de la gorge. S'il persiste… Ma foi, il est orné au Pourpre vespéral et vous l'êtes au Gris. Un bouclier devrait régler le problème.

— J'ai défendu ma chambre à l'aide d'un bouclier ! protesta Onirie. Et Griscroc était quand même là à mon réveil. Il semblait ravi que j'aie protégé la pièce contre les « mâles inconnus », mais en se rendant compte qu'il ne pouvait entrer, il a demandé à un dénommé Kaelas de l'aider à traverser la protection.

Sahtan crispa la main sur la poignée de la porte. Il se redressa lentement.

— Kaelas l'a aidé à traverser le bouclier ? demanda-t-il.

Prudente, elle opina.

Sahtan ouvrit vivement la porte.

— Dans ce cas, ma dame, je vous suggère fortement de régler ce problème avec Griscroc, seule à seul.

Sans avoir le temps de s'en rendre compte, elle se retrouva dans le grand vestibule, face à une entrée close.

— Vous aviez dit que vous m'aideriez, marmonna-t-elle. Que je pourrais venir vous voir, si j'avais besoin de quoi que ce soit.

Quand la porte se rouvrit, elle pensait presque que le Sire d'Enfer la rappellerait. Au lieu de cela, Daimon et Lucivar furent poussés dehors, puis le battant se referma derrière eux en claquant.

Ils observèrent la porte un moment, puis se tournèrent vers Onirie.

— Félicitations ! déclara Lucivar. Vous n'êtes là que depuis un peu plus de vingt-quatre heures, et vous vous êtes déjà fait éjecter de son étude. Même moi, j'étais ici depuis trois jours avant qu'il me renvoie pour la première fois.

— Allez donc vous asseoir sur une hampe, grommela Onirie.

Accablé, Lucivar secoua la tête. Daimon, lui, semblait réprimer à grand-peine un ricanement.

— Alors, pourquoi vous a-t-il mis dehors ? s'enquit-elle.

— Pour avoir un peu d'intimité. Vous remarquerez qu'il y a des boucliers très puissants autour de cette pièce, maintenant, dont une protection orale. (Lucivar observa de plus près la porte du bureau.) Les mâles du Premier Cercle, qui ont l'habitude d'assister à ce genre de scène, en viennent à la conclusion qu'il est soit en train de rire comme un fou, soit en pleine crise d'hystérie. Dans tous les cas, il ne veut pas qu'on le sache.

— Il avait promis de m'aider, grommela Onirie.

Les yeux de Lucivar pétillaient d'amusement.

— Je suis certain qu'il avait l'intention d'expliquer plusieurs choses à Griscroc… jusqu'à ce que vous évoquiez Kaelas.

— Ce nom ne cesse de revenir, dit Daimon. Qui est Kaelas, au juste ?

Lucivar dévisagea Daimon d'un air pensif, puis il s'adressa à Onirie :

— Kaelas est un prince de guerre d'Arcéria orné au Rouge. Mais, à cause d'une bizarrerie de son talent ou en raison de sa formation, il peut traverser n'importe quel bouclier, y compris un Noir.

— Ô Nuit, marmonna Daimon.

— Il représente aussi quatre cents kilos de muscles et de rage féline, ajouta Lucivar, la mine grave. Tout le monde s'efforce de ne pas contrarier Kaelas.

— Merde ! murmura Onirie.

— Venez, dit Lucivar, nous vous raccompagnons dans votre chambre.

Quelle bonne idée, soudain, que de parcourir les couloirs entre deux hommes forts !

— Au moins, avec sa taille, il sera facile à repérer, déclara Onirie au bout de quelques minutes.

Lucivar hésita.

— Les membres du Lignage d'Arcéria utilisent toujours des camouflages pour chasser, ce qui fait d'eux des prédateurs redoutables.

— Ah…

Être l'amie d'un loup semblait de plus en plus sage.

Arrivée dans sa chambre, elle salua les deux frères et entra.

Griscroc se tenait exactement là où elle l'avait laissé. Après tout, elle lui avait ordonné de rester là et il l'avait prise au mot.

Face à la tristesse qu'exprimaient ses yeux marron, elle soupira.

Un « chiot ». C'était le terme qu'employaient les prostituées pour décrire les jeunes mâles fougueux au cours de leurs premières semaines de vie sexuelle. Pendant une courte période, ils s'efforçaient de faire plaisir de peur d'être rejetés du lit. Mais, quand l'attrait de la nouveauté s'était estompé, ils s'adressaient aux femmes avec un regard dur et d'un ton méprisant.

— Demain, nous devrons nous mettre d'accord sur plusieurs points, dit Onirie à Griscroc.

Il agita la queue une seule fois.

Elle se glissa dans le lit et tapota la couverture, à côté d'elle. Le loup bondit et s'allongea en l'observant d'un œil prudent. Elle lui ébouriffa les poils, éteignit la lumière et se surprit à sourire. Elle se retrouvait dans un endroit où, quand quelqu'un parlait de « chiot », on faisait allusion à un vrai canidé.

12. Kaelir

Trop nerveux pour dormir et trop agité pour se changer les idées par la lecture, Daimon errait dans la pénombre des couloirs du Manoir.

Tu fuis, songea-t-il, amèrement conscient des doutes et des craintes qui avaient surgi quand il s'était approché de ses appartements et qu'il avait perçu la présence de Jaenelle dans la suite voisine.

Pendant la majeure partie des mille sept cents ans au cours desquels il avait vécu, il n'avait jamais douté d'être né pour être l'amant de Sorcière. Treize ans plus tôt, face à une jeune fille de douze ans, cette conviction avait été ébranlée. Son cœur s'était engagé. Seule l'union physique serait retardée de quelques années. Mais un viol brutal et les années durant lesquelles il s'était perdu dans la folie les séparaient, désormais. Il n'était pas certain de pouvoir l'affronter, ni de pouvoir faire face s'il ne lisait qu'un sens du devoir ou, pire, de la pitié dans ses yeux.

Il devait trouver un endroit qui l'aiderait à retrouver son équilibre.

Daimon s'arrêta, puis il sourit malgré lui en se rendant compte qu'il cherchait plus qu'il fuyait. Quelque part sur les terres du domaine, il devait y avoir un lieu dédié à la pratique des rites officiels du Lignage concernant les jours sacrés de chaque saison, mais il doutait que Sahtan ait construit une maison qui ne recèle pas un lieu propice à la méditation personnelle.

Il ferma les yeux et ouvrit ses sens internes. Quelques instants plus tard, il se remit en marche en direction des appartements familiaux du Manoir.

Il aurait manqué la porte s'il n'avait pas aperçu son propre reflet dans la vitre.

Il sortit et observa le jardin, en contrebas. Des massifs de fleurs surélevés en bordaient les quatre côtés, excepté là où les degrés de pierre menaient au jardin. Deux statues dominaient l'espace. Quelques mètres devant elles se dressait une dalle de pierre, avec un siège en bois. Des chandeliers disposés avec soin illuminaient les sculptures et les marches.

Attiré par les statues, il descendit les degrés, et hésita un instant avant de fouler la pelouse.

L'air fut saturé d'une force qui le rendit presque irrespirable. Il en emplit toutefois ses poumons et sentit son corps absorber la puissance et la paix de ce jardin. Sur la dalle de pierre étaient disposées une demi-douzaine de bougies dans des photophores en verre teinté. Il en choisit un au hasard et fit appel à l'Art pour créer une petite langue de feu sorcier qui l'alluma. Un soupçon de lavande l'atteignit au moment où il se dirigeait vers la fontaine contenant la statue de femme.

Derrière la fontaine, un mur incurvé en pierre brute était recouvert d'un rideau d'eau qui tombait dans un bassin en pierre. La femme émergeait à moitié du bassin. Le visage tourné vers le ciel, elle avait les yeux fermés et un sourire au coin des lèvres. Elle levait les mains comme pour repousser l'eau de ses cheveux. Tout en elle incarnait la force tranquille et la célébration de la vie.

S'il ne reconnut pas le corps mûr, Daimon reconnut le visage. Il se demanda si le sculpteur avait continué à détailler le corps de façon aussi exquise sous les hanches qui surgissaient hors de l'eau, et ce qu'il sentirait sous ses doigts s'il les glissait sur son ventre.

Ces questions l'incitèrent à se tourner vers l'autre statue, celle de l'homme.

La bête.

Face au corps accroupi et si ostensiblement viril, mélange d'homme et d'animal, il reconnut de façon viscérale l'homme au plus profond de lui-même. Ce fut comme si quelqu'un l'avait dépouillé pour savoir ce qui se cachait sous sa peau.

Ses épaules massives supportaient une tête de félin enragé montrant les dents. Une main (ou une patte ?) était appuyée à terre, près de la tête d'une petite femme endormie. L'autre était levée, toutes griffes dehors.

Si quelqu'un comme Alexandra regardait cette créature, elle se dirait qu'elle était sur le point d'écraser, de déchiqueter la femme, que le seul moyen de maîtriser cette force physique et cette rage serait de les maintenir enchaînées. Quelqu'un comme Alexandra n'irait pas au-delà de cette idée pour s'intéresser aux petits détails ; comme la main tendue de la femme endormie, le bout de ses doigts effleurant la patte (ou la main ?), près de sa tête ; comme la façon dont le corps accroupi la protégeait ; comme la manière dont ses yeux de pierre verts et scintillants regardaient fixement quiconque s'approchait ; comme le fait que la rage et les grognements provenaient du désir, du besoin de protéger.

Daimon respira profondément, puis il se tendit. Il n'avait pas entendu de pas, mais il n'eut pas à faire volte-face pour savoir qui se tenait à présent au pied des marches.

— Que pensez-vous de lui ? demanda-t-il doucement.

— Il est superbe, répondit Jaenelle de sa voix ténébreuse.

Daimon se tourna lentement pour lui faire face.

Elle portait une longue robe noire. Les lacets du bustier s'arrêtaient juste sous les seins, révélant assez de peau claire pour faire monter l'eau à la bouche de n'importe quel homme. Ses cheveux dorés cascadaient librement sur ses épaules et dans son dos. Ses yeux de saphir anciens semblaient moins hantés que dans les souvenirs de Daimon, mais il eut l'impression douloureuse qu'il était à l'origine de la tristesse qu'il lisait dans ce regard.

Tandis que le silence se prolongeait entre eux, il ne parvint pas à s'approcher d'elle, ni à s'en éloigner.

— Daimon…

— Vous comprenez ce qu'il représente ? demanda-t-il en inclinant légèrement la tête vers la statue.

Jaenelle esquissa un sourire un peu froid.

— Oh, oui, mon prince, je comprends ce qu'il représente !

Daimon déglutit péniblement.

— Alors ne m'insultez pas en me présentant des regrets. On peut se passer d'un mâle, pas d'une Reine, surtout quand elle est Sorcière, dit-il.

— Sahtan a déclaré presque la même chose, un jour, reprit-elle en émettant un son étrange.

— Et il avait raison.

— Vous êtes un prince de guerre issu du même moule que lui, et il est normal que vous pensiez cela.

Elle sourit, mais plissa les yeux et parut se concentrer.

Daimon eut la nette impression que quelque chose en lui déplaisait à Jaenelle. Quand elle cessa de le scruter, quelques instants plus tard, il se rendit compte qu'elle avait pris une décision à son propos, comme lors de leur première rencontre. Et, cette fois encore, il ne savait pas laquelle.

L'anneau de consort pesait lourd à son doigt, mais, grâce à lui, il pouvait solliciter quelque chose dont il avait désespérément besoin.

— Puis-je vous enlacer un instant ?

Il voulut se dire que l'hésitation de Jaenelle était due à la surprise et non à la méfiance, mais il n'y croyait guère. Cela ne l'empêcha pas de la prendre dans ses bras lorsqu'elle s'approcha de lui, ni d'avoir les larmes aux yeux en la saisissant par la taille lorsqu'elle posa la tête sur son épaule.

— Vous êtes plus grande que dans mes souvenirs, dit-il en effleurant ses cheveux de sa joue.

— Heureusement.

Son ton était un peu acerbe, mais il y décela un sourire.

Oh, comme il brûlait de la caresser, de l'explorer, mais il avait peur qu'elle s'éloigne de lui. Il se força donc à ne pas bouger les mains. Elle était vivante, et il se trouvait avec elle. C'était tout ce qui comptait.

Il aurait pu rester ainsi toute la nuit, à l'enlacer, à sentir son souffle régulier, mais, au bout de quelques minutes, elle s'écarta de lui.

— Venez, Daimon, dit-elle en lui tendant la main. Vous avez besoin de repos, et j'ai reçu l'ordre de vous ramener de gré ou de force dans votre chambre pour que vous dormiez avant l'aube.

— Qui ose donc vous donner des ordres ? demanda-t-il en s'emportant.

— Devinez, répondit-elle d'un air à la fois exaspéré et amusé.

Il faillit répondre : « Sahtan », mais il réfléchit, et dit gravement : « Lucivar. »

— Lucivar, admit Jaenelle en lui prenant la main pour l'entraîner vers l'escalier. Et faites-moi confiance, mon cher, se faire tirer du lit par Lucivar parce qu'on ne s'est pas présenté sur le terrain d'entraînement, comme il vous l'a ordonné, n'est pas une expérience souhaitable.

— Que ferait-il ? Me verser un seau d'eau sur la tête ? s'enquit Daimon tandis qu'ils se dirigeaient vers les suites.

— Non, car, s'il trempait votre lit, Hélène serait folle de rage contre lui. Mais il n'hésiterait pas à vous pousser sous une douche froide.

— Il n'a pas…

Elle se contenta de le regarder.

— Pourquoi supportez-vous cela ? demanda-t-il de façon franche et explicite.

— Il est plus grand que moi, grommela-t-elle.

— Quelqu'un devrait lui rappeler qu'il est à votre service.

Jaenelle se mit à rire si fort qu'elle le bouscula sans le vouloir.

— Il me le rappelle lui-même quand cela lui est utile. Et, dans le cas contraire, je finis par m'occuper de mon grand frère. Quoi qu'il en soit, la plupart du temps, il est plus facile de le suivre.

Ils avaient atteint la porte de la suite de Jaenelle. Il lâcha sa main à contrecœur.

— Il n'a pas du tout changé, n'est-ce pas ? s'enquit Daimon, saisi d'une angoisse en se rappelant combien Lucivar avait toujours été versatile à la cour.

Lorsqu'il regarda Jaenelle, il décela une lueur étrange dans ses yeux.

— Non, répondit-elle de sa voix ténébreuse. Il n'a pas changé du tout. Mais il comprend lui aussi ce que représente cette statue.

Chapitre 4

1. Kaelir

— Rappelez-moi donc pourquoi j'ai dû renoncer à mon petit déjeuner, dit Daimon en épongeant son visage moite de sueur à l'aide d'une serviette.

— Parce que personne n'a envie de patauger dedans si vous ratez un coup et êtes frappé au ventre, répondit Lucivar.

Il sirotait son café en observant Palanar et Tamnar qui s'échauffaient au bâton.

— Et, ce matin, reprit-il, nous commençons plus tôt parce que je veux que les hommes aient terminé avant que les femmes arrivent pour leur première leçon.

Daimon but une gorgée du café de Lucivar, puis il lui rendit sa tasse.

— Vous allez vraiment enseigner aux femmes à manier le bâton ?

— Quand j'en aurai fini avec elles, elles seront capables d'utiliser le bâton, l'arc et le couteau.

D'un ordre sec, Hallevar fit reculer les jeunes gens, qui reprirent lentement un mouvement.

— Je parie que les guerriers n'étaient pas enchantés quand vous le leur avez dit, déclara Daimon en observant les exercices.

— Ils ont râlé. La plupart des femmes semblaient fâchées, elles aussi. Je n'attends pas d'elles qu'elles deviennent des guerrières, mais elles seront capables de se défendre assez longtemps pour qu'un combattant vienne à leur secours.

— C'est pour cela que vous avez formé Marianne ? demanda-t-il en le dévisageant d'un air pensif.

Lucivar opina.

— Elle résistait sans cesse parce que les femmes eyriennes ne touchent pas aux armes des guerriers par tradition. Je lui ai dit que, si un mâle lui faisait du mal parce qu'elle était trop têtue pour apprendre à se défendre, je la corrigerais de mes mains. Elle m'a rétorqué que si je levais la main sur elle, elle m'étriperait. Je me suis dit que nous faisions des progrès.

Daimon se mit à rire, mais son hilarité cessa dès qu'il vit Jaenelle fouler la pelouse, dans leur direction. Ses sens s'aiguisèrent, il fut parcouru d'une vague de désir, et l'odeur des autres mâles se mua en une déclaration de rivalité.

— Retenez-vous, mon vieux, murmura Lucivar en regardant par-dessus son épaule, avant de se tourner vers lui.

Palanar et Tamnar terminèrent leur exercice, puis Hallevar et Kohlvar entrèrent dans le cercle d'entraînement.

— Voici une petite qui cherche à se faire pousser des couilles ! railla Palanar avec un rictus de dédain.

Daimon fit volte-face, les yeux brûlant d'une fureur écarlate.

Hallevar pivota et donna un coup de bâton sur les fesses de Palanar, assez fort pour le faire sursauter.

— C'est ma sœur, mon garçon, s'empressa de dire Lucivar.

Palanar parut malade. Quelqu'un marmonna un juron cruel.

— Je vais oublier ce que tu as dit, poursuivit Lucivar, si je n'entends plus jamais de tels propos. Dans le cas contraire, un matin viendra où, quand tu entreras dans le cercle d'entraînement, je t'y attendrai.

— B… bien, monsieur, bredouilla Palanar. Je suis désolé, monsieur.

Hallevar lui donna un coup sur la nuque.

— Va chercher à manger, grommela-t-il. Avec l'estomac plein, tu utiliseras davantage ta tête et plus uniquement ta bouche.

Palanar s'éloigna, penaud, Tamnar dans son sillage.

Hallevar jaugea la distance qui les séparait de Jaenelle. Elle était assez proche d'eux pour avoir entendu. Il jura.

— Je l'ai pourtant éduqué…

— Il est en âge de jouer les mâles, et cela le rend stupide, commenta Lucivar en haussant les épaules. (Il se tourna vers le seigneur de guerre plus âgé.) Il ne peut se permettre d'être stupide. Ce que la Reine accepterait d'oublier de la part d'un jeune serait mal pris par les hommes de cette cour.

— Je vais lui chauffer les oreilles pour m'assurer qu'il a bien reçu le message, promit Hallevar. Autant corriger Tamnar, pendant que j'y suis.

Il regagna le cercle et commença à s'échauffer avec Kohlvar.

Daimon se tourna vers Jaenelle. Il avait déjà oublié Palanar. En croisant son regard meurtrier, il perdit le sourire qu'il n'affichait pas encore.

Lucivar se contenta de lever le bras gauche.

Avec un regard timide et féroce, Jaenelle murmura une salutation qu'il entendit à peine, puis elle passa sous le bras de Lucivar.

Celui-ci baissa le bras et posa la main sur la taille de Jaenelle, l'attirant contre son flanc. Elle plaça le bras droit dans son dos, une main sur l'épaule nue de Lucivar.

Ils se tiennent souvent ainsi, songea Daimon en s'efforçant de maîtriser sa jalousie, et sa souffrance, aussi, car Jaenelle lui avait à peine accordé un regard.

Mais il soupçonnait Lucivar d'être mieux préparé à recevoir le regard meurtrier de Jaenelle, ce qui lui fit mal également.

— Vous souhaitez que les présentations soient faites maintenant ? demanda Lucivar.

Jaenelle secoua la tête.

— Je préfère m'échauffer d'abord, répondit-elle.

— Quand vous serez prête, je ferai une reprise avec vous.

Elle observa le torse nu de Lucivar.

— Je pensais que vous aviez déjà fait vos exercices.

— J'ai déjà effectué deux reprises, mais je n'ai pas encore transpiré.

— Ah bon !

— Votre sœur est là, reprit Lucivar au bout d'un moment.

— Je sais, répondit-elle en jetant un coup d'œil furtif vers le cercle d'entraînement des femmes, qui était désert. Je m'étonne que vous ne l'ayez pas traînée jusqu'ici.

— Il lui reste encore une demi-heure pour arriver d'elle-même, avant d'être amenée de force, prévint Lucivar avec un sourire cruel. Je promets de ne pas trop en faire.

— Hum…

Daimon se dit qu'il aimerait bien voir cela.

— Nous avons aussi de la visite, annonça Lucivar.

—Je sais, répondit-elle de sa voix ténébreuse, le regard glacial.

Daimon fit un pas vers elle. Il ne savait que faire ni que dire, mais il était certain que lui ou quelqu'un d'autre devait agir pour modifier l'humeur de Jaenelle.

—*Lucivar…*, appela-t-il.

—*Doucement, doucement, bâtard*, répondit Lucivar. *L'entraînement va apaiser sa nervosité.*

Daimon fit un nouveau pas vers Jaenelle. Elle afficha alors une expression proche de la panique. Il se rendit compte que, la veille au soir, quand elle lui avait permis de l'étreindre, la Reine ne faisait que son devoir envers un mâle du Premier Cercle, alors que la femme qu'elle était refusait de l'approcher.

Tandis qu'elle s'éloignait vivement de Lucivar et de lui, elle faillit heurter Jazen, qui portait un plateau sur lequel se trouvaient du café et des tasses propres.

—Qui êtes-vous ? demanda Jaenelle un peu trop bas.

Jazen plongea les yeux dans son regard et se figea.

—Jazen, répondit-il enfin, le valet du prince Sadi.

Le regard de Jaenelle passa de la glace à la curiosité.

—Est-ce un travail intéressant ?

—Il serait plus intéressant s'il portait autre chose qu'un costume noir et une chemise blanche en toutes circonstances, marmonna Jazen.

Lucivar réprima un rire. Daimon se sentit rougir, ne sachant si c'était de colère ou d'embarras. Jazen semblait horrifié.

Puis le rire cristallin et velouté de Jaenelle résonna.

—Eh bien, nous ferons de notre mieux pour le froisser un peu pour vous.

En passant devant Jazen, elle effleura son épaule de la main gauche.

—Bienvenue en Kaelir, seigneur de guerre.

Daimon attendit qu'elle ait atteint le cercle d'entraînement des femmes avant de se tourner vers son serviteur.

—Dois-je m'excuser d'avoir des goûts vestimentaires ennuyeux ? Et pourquoi, au nom du ciel, fais-tu le travail d'un valet ?

—C'est Bhil qui m'a demandé de vous apporter ce plateau, bredouilla Jazen. Je ne sais pas pourquoi j'ai dit ça.

—Vous avez dit ce que vous pensiez, déclara Lucivar, amusé. Ne vous en faites pas. Quand nous en aurons terminé avec lui, vous aurez du travail pour le maintenir impeccable.

Daimon grogna après son frère, puis foudroya Jazen du regard.

— Je vais le prendre, dit Holt, l'un des valets qui avait apporté les autres plateaux.

Jazen lança une œillade à Daimon et remit le plateau à Holt, puis il prit congé sans demander son reste.

— On dirait que le petit déjeuner est servi par ici, déclara Lucivar en examinant les plats divers que l'on disposait sur la table.

Daimon respira profondément. Il regarda Jaenelle effectuer ses mouvements d'échauffement.

— Je devrais lui parler, lui expliquer, pour Jazen, avant qu'elle le juge.

Lucivar posa sur lui un regard étrange.

— Mon cher, elle vient de le faire. Elle vous a souhaité la bienvenue en Kaelir. C'est tout ce que les gens ont besoin de savoir.

— Par ici, dit Marianne en adressant un signe de bienvenue à Wilhelmina Bénédict, tout en observant la tunique à manches longues et le pantalon d'Onirie. Que portez-vous sous votre tunique ?

Onirie s'efforça de s'exprimer d'un ton chaleureux. Marianne ne semblait pas du genre à s'intéresser aux dessous d'une ancienne prostituée.

— Pourquoi ? demanda-t-elle.

— Lucivar insistera pour que vous vous déshabilliez avant la leçon.

— Me déshabiller ? demanda Wilhelmina. Devant ces hommes ?

— Il ne faut pas que vos vêtements entravent vos mouvements, expliqua tranquillement Marianne. Et vous voudrez enfiler quelque chose de sec, ensuite.

— J'en conclus que je vais transpirer, déclara Onirie.

En regardant Wilhelmina, elle se demanda si ce type d'exercice était souhaitable pour elle. La jeune femme était pâle comme un linge et semblait si effrayée qu'elle aurait pu se briser.

— Je ne pense pas qu'il fera travailler les débutantes aussi dur…, assura Marianne, dont les yeux dorés s'attardèrent sur les oreilles pointues d'Onirie. Vous êtes des Déa al Mon. Il vous poussera peut-être plus loin que les autres, ne serait-ce que pour voir ce que vous savez faire.

— Quelle chance ! railla Onirie tandis qu'elles traversaient la pelouse pour rejoindre les femmes déjà réunies près du cercle d'entraînement.

— Ma première arme fut une poêle, raconta Marianne avec un sourire.

— Voilà qui paraît bien dangereux, répondit Onirie en lui rendant son sourire.

— Je travaillais pour Lucivar en tant que gouvernante depuis environ quatre mois. Le sang de mes lunes avait commencé à s'écouler, ce matin-là, et je ne me sentais pas bien. Avec le recul, je me rends compte qu'il avait dû supporter mes lunes précédentes en serrant les dents pour ne rien dire. Mais, ce matin-là, il a commencé à me demander de ne pas m'énerver, et je l'ai pris comme un reproche concernant mon travail. Je lui ai lancé une casserole dessus. Enfin, pas vraiment sur lui. Je ne voulais pas le toucher, mais je me sentais si furieuse que j'avais besoin de jeter quelque chose. Elle a heurté le mur à moins de un mètre de lui. Il a observé l'objet un instant, puis il l'a ramassé et est sorti. J'ai entendu qu'il le lançait à son tour, et j'ai compris qu'il agissait de la sorte pour ne pas me marteler de ses poings comme l'auraient fait certains hommes eyriens.

» Il est rentré en maugréant, a pris une poêle et est ressorti. Quelques minutes plus tard, il m'a traînée dehors. Il m'a dit qu'une casserole n'avait pas le bon équilibre, mais qu'une poêle fonctionnerait si on la lançait comme il fallait. J'ai passé deux mois à m'entraîner à lancer une poêle au lance-pierres avant qu'il me juge assez compétente pour l'affronter.

Marianne sourit à ce souvenir.

— À quel niveau situe-t-il la compétence ? s'enquit Onirie.

— Quand on peut casser un os neuf fois sur dix, répondit-elle en retrouvant son sérieux.

Onirie en demeura un instant bouche bée, puis elle se mit à réfléchir intensément. Elle était déjà une sacrée tueuse. Grâce à l'entraînement que lui donnerait Lucivar, jusqu'à quel point pourrait-elle parfaire ces compétences ?

Lorsqu'elles atteignirent le cercle d'entraînement, Wilhelmina demeura en retrait. Onirie se fraya un chemin vers l'avant. Un guerrier eyrien se mit à grogner car elle lui avait donné un coup de coude dans les côtes, mais elle grogna à son tour, ravie de constater que c'était lui qui cédait.

En scrutant les alentours, elle aperçut Daimon et sentit le souffle lui manquer. Il était assez calme, une tasse de café à la main, mais son visage affichait une expression qu'elle avait déjà vue dans la diligence. Elle était moins mauvaise, toutefois elle ne présageait rien de bon.

Dès que Lucivar prit la parole, elle oublia ses préoccupations concernant Daimon.

— Si les Eyriens sont des guerriers, c'est qu'ils ont des raisons de l'être, déclara-t-il en balayant des yeux la rangée de femmes. Nous sommes plus grands, plus forts que les autres, et nous avons un tempérament de tueurs. Vous possédez des atouts et des compétences différents. La plupart du temps, tout se passe bien, mais ce n'est pas une raison pour que vous soyez incapables de vous défendre seules. Et, avant que vous me débitiez des sornettes sur votre incapacité à manier une arme, je vous rappelle que la plupart d'entre vous n'ont aucune difficulté à utiliser un couteau de cuisine, parfois de la taille d'un couteau de chasse. Ces armes ont simplement un autre aspect. Certaines voudront échapper à cet entraînement en m'affirmant que, quoi qu'elle fasse, une femme ne peut avoir le dessus contre un homme. N'est-ce pas ?

Il se tourna vers le second cercle d'entraînement et cria :

— Chaton ! Venez par ici !

Se demandant pourquoi il voulait un félin, Onirie regarda le cercle. Elle émit un sifflement en voyant Karla, Morghann et Gabrielle se retourner.

— Jaenelle, murmura-t-elle.

Elle se concentra de nouveau sur Daimon. Il ne semblait pas choqué de voir Jaenelle. Peut-être avaient-ils déjà eu l'occasion de se parler. Peut-être... Non, il était probablement bien trop tôt pour penser à ces « peut-être ».

Les autres femmes se dirigèrent vers le cercle d'entraînement. Jaenelle ralentit l'allure, les yeux rivés sur Lucivar tandis qu'elle fouettait l'air de son bâton autour de sa taille.

Lucivar se plaça au milieu du cercle, sans cesser d'observer Onirie.

— Venez jouer avec moi, Chaton, dit-il avec un sourire arrogant.

Elle grogna et se mit à décrire des cercles.

— Hallevar, appela Lucivar en se joignant à elle. Donne le temps !

Onirie sentit Falonar se raidir à côté d'elle.

— Quel temps ? demanda-t-elle en lui donnant une tape, car il ne répondait pas.

— Dix minutes, répondit gravement Falonar. Mais il l'aura massacrée bien avant la fin.

Onirie décocha un regard à Daimon et se mit à transpirer. Si cela se produisait, que ferait Sadi ? C'était facile à deviner. Et que feraient les autres pour empêcher Daimon de déchiqueter Lucivar ?

Le premier choc de bâtons fit remonter le cœur d'Onirie dans sa gorge. Ensuite, elle ne fut consciente de rien d'autre que des mouvements de Jaenelle et Lucivar qui se livraient à une danse sauvage et gracieuse.

Les secondes se transformèrent en minutes.

— Ô Nuit, murmura Falonar. Elle lui donne du fil à retordre.

Le torse de Lucivar luisait de sueur. Onirie entendait son souffle lourd, brutal. Sa propre transpiration glaça sa peau quand elle vit le regard féroce de Jaenelle.

Elle ignorait combien de temps s'était écoulé quand, au bout d'une dizaine de mouvements vifs comme l'éclair, Jaenelle perdit l'équilibre pendant une fraction de seconde. Lucivar recula juste le temps de lui permettre de retrouver ses marques avant de relancer l'offensive.

— Il aurait pu la mettre à terre tout de suite et aurait conclu l'affaire, murmura Falonar.

— Il veut la travailler, et non la rendre assez furieuse pour qu'elle s'en prenne vraiment à lui, répondit Chaosti tout aussi doucement, en s'approchant dans le dos d'Onirie.

— Terminé ! cria soudain Hallevar.

Lucivar et Jaenelle tournèrent, frappèrent, se heurtèrent.

— Nom de Dieu, j'ai dit : terminé !

Ils se séparèrent et s'écartèrent l'un de l'autre.

Hallevar entra dans le cercle et prit le bâton de Lucivar. Il regarda Jaenelle, hésita, puis recula quand Lucivar secoua la tête.

— Allez, Chaton, souffla Lucivar en se déplaçant vers elle. Nous devons marcher pour nous calmer.

Elle releva vivement la tête et prit une position de combat.

Lucivar leva les mains et continua à avancer.

— Marchez d'abord, dit-il en lui prenant son bâton.

— Connard, grommela-t-elle de mauvaise grâce, tout en marchant avec lui.

— Si vous ne m'en faites pas baver, vous pourrez même avoir un petit déjeuner.

Lucivar remit son bâton à Falonar. Il prit deux serviettes que lui tendait Aaron et en posa une autour du cou de Jaenelle avant de se frictionner.

Scrutant les alentours, Onirie remarqua que Khardine était également présent, observant la situation, en alerte. Avec un soupir de soulagement, elle constata aussi que Sahtan s'entretenait tranquillement avec Daimon.

Se retournant vers Falonar, elle effleura le bâton du bout des doigts.

— Pensez-vous que j'aurai un jour la moitié de cette compétence avec une telle arme ?

Elle s'attendait en partie à un commentaire dédaigneux, mais il ne répondit pas, de sorte qu'elle leva les yeux vers lui pour le dévisager gravement.

— Si vous parvenez à la moitié de sa compétence, vous serez capable d'abattre n'importe quel homme, à part un guerrier eyrien, répliqua lentement Falonar. Et vous serez à même d'abattre la moitié d'entre eux aussi. (Il regarda Marianne.) Allez-vous bien, ma dame ?

Marianne souffla, tremblante.

— Je vais bien, merci, prince Falonar. C'est juste que… parfois, quand elles sont si intenses…

Falonar s'inclina suffisamment pour exprimer son respect, puis les quitta pour s'entretenir avec Hallevar.

— Vous sentez-vous vraiment bien ? demanda Onirie en attirant Marianne légèrement à l'écart des autres.

Marianne esquissa un sourire un peu forcé.

— Lucivar est toujours un peu tendu quand il revient de la foire aux services. Et il s'est inquiété pour Daimon.

En regardant en arrière, Onirie vit Daimon se diriger vers le Manoir avec le Sire d'Enfer. Eh bien, c'était un souci de moins dans l'immédiat.

Elle nota également la façon dont Jaenelle ne cessait d'observer Daimon à la dérobade tandis que Lucivar remplissait son assiette. Elle sourit.

— En général, je peux l'aider à soulager cette tension, poursuivit Marianne.

Son expression gênée indiqua à Onirie de quelle façon Marianne soulageait la tension. Cette femme avait les tripes d'aller se coucher avec un homme comme Lucivar alors qu'il était en colère.

— Étant donné que ce n'était pas une option, cette fois…

Non, songea Onirie sous le regard spéculateur de Marianne. Si Lucivar n'avait jamais suggéré une alternative au rapport sexuel, ce ne serait pas elle qui lui en fournirait une.

Au bout d'un moment, Marianne haussa les épaules.

— Généralement, quand Jaenelle est son partenaire d'entraînement, ils travaillent leurs mouvements jusqu'à ce qu'il soit débarrassé de sa tension et moite de sueur. Mais ce matin… l'arrivée de la famille de Jaenelle l'a mise à cran, également.

— Oui, revoir sa famille ne lui donne pas envie de pousser des cris de joie.

— Sa famille vit ici, rétorqua Marianne en se crispant.

— Oui, admit Onirie au bout d'une minute, je le suppose.

2. Kaelir

Wilhelmina marchait en silence au côté de Lucivar, qui l'escortait jusqu'à sa chambre. Si seulement il l'enlaçait, elle cesserait peut-être de trembler. Peut-être aurait-elle moins peur.

C'était drôle. Quelques heures plus tôt, il la terrifiait, surtout après qu'elle l'eut vu se battre contre Jaenelle au bâton.

Ensuite, elle avait essayé de regagner discrètement le Manoir, à l'insu de tous, parce qu'elle était certaine que son cœur allait exploser si un de ces guerriers eyriens lui grognait après parce qu'elle ne réussissait pas à effectuer correctement ses exercices. Mais Lucivar l'avait vue se défiler. Il avait empoigné le dos de sa tunique et l'avait poussée dans le cercle d'entraînement.

Et il avait fait preuve de gentillesse. Pendant que d'autres Eyriens formaient les autres femmes, et que Marianne et quelques membres du cénacle faisaient une démonstration de mouvements, il avait travaillé avec elle et Jillian, la jeune fille. Jamais pressé, jamais impatient, il avait les mains fermes mais douces lorsqu'il l'aidait à positionner son corps, et sa voix demeurait calme et encourageante.

Elle ne s'attendait pas à cela de sa part. Et elle ne pensait pas non plus qu'il resterait avec elle quand elle irait retrouver Alexandra, Lilande et Philippe.

Elle aurait pu refuser de les rencontrer, quand le Sire d'Enfer l'avait informée qu'ils étaient là et qu'ils voulaient lui parler. Mais elle s'était sentie tenue de les voir, puisqu'ils étaient venus d'aussi loin.

Ils avaient été furieux que Lucivar ne permette pas aux reines de province et à leurs suivants d'entrer dans la pièce et qu'il refuse de sortir. Certes, il s'était retiré sur le balcon, mais nul ne pouvait oublier sa présence.

Elle devina qu'ils se sentaient aussi insultés qu'elle était soulagée, mais ils étaient heureux de la revoir. Ils l'avaient tous embrassée et félicitée sur sa beauté, disant qu'ils avaient été inquiets pour elle, qu'elle leur avait manqué…

Puis Alexandra leur avait dit de ne pas s'en faire. Ils trouveraient une façon de rompre le contrat et de lui faire quitter cet endroit, loin de ces gens. Elle avait tenté de leur expliquer qu'elle entendait honorer son contrat, que le Sire d'Enfer et le prince Yaslana n'étaient pas les monstres qu'Alexandra tentait de dépeindre.

Ils ne l'écoutèrent pas, tout comme ils n'avaient pas écouté, autrefois, quand son père, Robert Bénédict, avait voulu s'imposer à elle de force après la disparition de Jaenelle, quelques mois après qu'il eut contracté la maladie qui avait fini par l'emporter. Elle s'était enfuie parce qu'elle avait peur que, un jour, personne n'entende ses cris, ou qu'on fasse semblant de ne pas les entendre, parce qu'elle devenait une enfant « difficile », comme Jaenelle.

Ils ne l'écoutèrent pas. Ils étaient tellement persuadés d'avoir raison, tellement certains de savoir ce qui était mieux pour elle ! Même Philippe. Il ne cessait de lui répéter que tout irait bien, dorénavant, que Robert était mort, de sorte que tout s'arrangerait. Mais ce ne serait pas le cas. C'était impossible. Ils la considéraient comme étant quelque peu « abîmée », elle le lisait dans leurs yeux. Et tout ce qu'elle pouvait penser, ressentir ou vouloir serait teinté de cette conviction. Et parce qu'elle tenait à Philippe et savait qu'il serait blessé, elle ne pouvait leur dire ce qui la poussait vraiment à vouloir rester.

Elle craignait tellement qu'ils puissent l'emmener avec eux alors qu'elle s'était battue avec tant d'acharnement pour arriver en Kaelir qu'elle avait bondi du canapé en criant : « Non ! Je ne veux pas ! »

Lucivar se tenait dans la pièce. Il l'emmena vivement avant que quelqu'un d'autre puisse réagir.

Mais elle ne pouvait s'empêcher de trembler, et sa peur la rongeait.

Lucivar posa la main sur son épaule. Un instant plus tard, il fit venir un flacon dont il fit disparaître le bouchon. Puis il prit Wilhelmina par la nuque et porta la fiole à ses lèvres.

— Si vous continuez à trembler de la sorte, vous allez vous froisser un muscle, dit-il, apparemment agacé. Buvez une gorgée de ceci. Cela vous calmera.

—Je ne veux pas d'un sédatif, répondit Wilhelmina en s'efforçant de chasser le désespoir qui montait en elle. Je vais parfaitement bien.

—Si ce n'est que vous vous trouvez dans un état situé au-delà de la peur, et ce n'est pas bon pour vous. (Lucivar marqua une pause pour la dévisager.) Ce n'est pas un sédatif, Wilhelmina, reprit-il doucement. C'est le nouveau breuvage maison de Khary. Il vous calmera et vous empêchera aussi de vous écrouler. Maintenant, pincez-vous le nez et avalez.

Elle ne se pinça pas le nez, mais ingurgita la gorgée qu'il lui imposa.

De l'or.

Il coula sur la langue comme le jus d'une prune bien mûre et la chaleur de l'été, inonda son estomac pendant un moment, puis se propagea dans ses membres.

Quand il lui en proposa une autre gorgée, elle l'accepta. Cette chaleur délicieuse dissipa sa peur et fit naître en elle une onde sensuelle. Si elle en buvait une nouvelle rasade, elle aurait presque du courage, elle serait d'une hardiesse féroce et merveilleuse.

Elle saisit le flacon et partit en courant dans le couloir. Au détour d'un virage, elle but autant qu'elle put avant qu'il la rattrape pour lui reprendre le flacon.

S'appuyant contre le mur, elle lui sourit. Elle ressentit un grand plaisir en le voyant reculer de quelques pas pour l'observer d'un air méfiant.

Lucivar renifla le flacon et avala une petite gorgée.

—Merde! dit-il.

—Ce n'est pas très indiqué, dans un couloir.

Il jura tout bas, reboucha le flacon et le fit disparaître. Mais il semblait amusé.

—Allons, petite sorcière. Nous allons vous installer quelque part pendant que vous êtes encore capable de marcher.

Elle marcha vers lui pour lui prouver qu'elle le pouvait, mais le sol lui parut soudain accidenté. Elle trébucha et tomba contre lui.

—Vous êtes complètement ivre.

—Hum… non.

Puis elle se rappela cette chose importante qu'elle devait faire. La plus importante.

—Je veux voir ma sœur.

Elle frappa très fort de la main la surface sur laquelle elle s'appuyait pour souligner ses propos.

— Ça fait mal, gémit-elle en examinant sa paume douloureuse.

— Vous aurez les ecchymoses qui conviennent, répondit sèchement Lucivar.

— D'accord.

Il l'entraîna dans les couloirs en maugréant.

Elle se sentait si merveilleusement bien qu'elle avait envie de chanter, mais toutes les chansons qu'elle connaissait étaient tellement… convenables.

— Vous connaissez des airs paillards ?

— Ô nuit ! souffla-t-il.

— Je ne le connais pas, celui-là. Il fait comment ?

— Comme ça, dit-il en l'emmenant au détour d'un corridor.

Elle se dégagea de son emprise et partit en courant, en agitant les bras.

— Je voooole !

Lorsqu'il l'empoigna de nouveau, il la prit par la taille et frappa un coup à la porte qui se trouvait devant lui avant de l'emmener à l'intérieur.

— Chaton !

Wilhelmina sentit ses yeux s'embuer de larmes en voyant Jaenelle surgir de la pièce voisine. Son sourire chaleureux de bienvenue lui suffit.

Échappant à l'emprise de Lucivar, elle fit quelques pas hésitants et étreignit Jaenelle.

— Tu m'as manqué, dit Wilhelmina, tandis que des larmes de joie ruisselaient sur ses joues. Je suis désolée de ne pas avoir été plus courageuse. Tu étais ma petite sœur, et j'aurais dû veiller sur toi. Mais c'est toujours toi qui t'es occupée de moi.

Elle s'écarta sans lâcher les épaules de Jaenelle pour ne pas perdre l'équilibre.

— Tu es si jolie.

— Et tu es ivre. (Ses yeux saphir se rivèrent sur Lucivar.) Que lui avez-vous fait ?

— Elle était si nerveuse après son entrevue avec votre famille que j'ai eu peur qu'elle s'écroule. Alors j'ai demandé à Khary un flacon du plus puissant de ses breuvages, car je pensais qu'elle n'en boirait pas plus d'une gorgée. (Lucivar grimaça.) Elle a englouti la moitié de la fiole, et ce n'était pas un de ces philtres maison, c'était la décoction de votre invention.

Jaenelle écarquilla les yeux.

— Vous l'avez laissé boire un « fossoyeur » ?

— Non, non, non ! cria Wilhelmina en secouant la tête. Il ne faut jamais boire un fossoyeur s'il n'a pas pris un bain.

Face au regard fixe de Jaenelle et Lucivar, elle sourit.

— Ô Nuit ! marmonna Lucivar.

— Tu connais cette chanson ? demanda Wilhelmina à Jaenelle.

— Qu'as-tu pris au petit déjeuner ? demanda Jaenelle.

— De l'eau. J'étais trop nerveuse pour manger. Mais je ne le suis plus. Je suis très courageuse et très féroce.

Lucivar la prit par le bras.

— Et si vous vous asseyiez sur le divan, maintenant ? suggéra-t-il.

Elle se dirigea droit vers l'autre extrémité de la pièce ; enfin plus ou moins. Quand il voulut lui faire contourner le bureau, elle se figea.

— Je peux traverser la table, annonça-t-elle fièrement. J'ai étudié mon Art. Je veux montrer à Jaenelle que j'y arrive maintenant.

— Vous voulez vraiment relever un défi ? demanda Lucivar. Alors marchons autour de la table. Étant donné votre état, ce sera très impressionnant.

— D'accord.

Faire le tour du meuble était déjà bien difficile, d'autant plus que les pieds de Lucivar ne cessaient de lui barrer la route. Quand elle atteignit enfin le divan, elle s'écroula au côté de Jaenelle.

— J'ai brossé Déjaal, et maintenant, il m'apprécie. Si je brossais Lucivar, crois-tu qu'il m'aimerait bien, lui aussi ?

— Il promettrait de vous estimer si vous cessiez de lui marcher sur les pieds, grommela Lucivar en ôtant ses chaussures.

— C'est le travail de Marianne de brosser Lucivar, déclara Jaenelle d'un ton solennel.

— D'accord.

— Et si je faisais monter du café et du pain grillé ? proposa Lucivar.

Wilhelmina le regarda quitter la pièce.

— Je le trouvais effrayant, mais il est simplement imposant, commenta-t-elle.

— Hum… tu devrais t'allonger un moment, suggéra Jaenelle.

Wilhelmina obéit.

— Tout le monde disait que tu étais morte, dit-elle en posant sur sa sœur une couverture. Mais, quand on me parlait, on disait qu'on t'avait « perdue ». J'ai toujours su que tu n'avais pas disparu parce que tu m'avais dit où te trouver. Comment pouvais-tu être égarée alors que tu savais où tu étais ?

Wilhelmina plongea dans les yeux saphir de Jaenelle. Ils cachaient un esprit si vaste. Mais elle n'en avait plus peur.

— Tu as toujours su où tu te trouvais, n'est-ce pas ?

— Oui, admit doucement Jaenelle. Je l'ai toujours su.

3. Kaelir

Alexandra prit une profonde inspiration et ouvrit la porte sans frapper.

La femme aux cheveux dorés écrasait des herbes au pilon dans un mortier. Elle ne se retourna pas, n'indiquant en aucune façon qu'elle savait que quelqu'un était là. Un grand bol flottait au-dessus de sa table de travail, chauffé par trois langues de feu sorcier. Une cuiller mélangeait doucement le contenu du bol.

Alexandra attendit. Au bout d'une minute, elle déclara d'une voix nouée :

— Et si vous cessiez de tripoter cela pour dire bonjour à votre grand-mère ? Après tout, cela fait treize ans que je ne vous ai pas vue.

— Une minute ou deux ne changeront rien après treize ans de séparation, répondit Jaenelle en versant les herbes dans le contenu bouillonnant du bol. Mais cela fera une différence dans la puissance de ce fortifiant.

Elle se tourna légèrement et regarda Alexandra de biais, puis elle reporta son attention sur sa préparation.

Alexandra serra les dents, se rappelant pourquoi elle trouvait si difficile de s'occuper de cette petite-fille. Même enfant, Jaenelle avait ces gestes de supériorité suggérant qu'elle n'avait aucune raison de témoigner du respect pour ses aînés ou de se soumettre à une reine.

Pourquoi ? Pour la première fois, Alexandra s'interrogea. Elle avait toujours cru, comme tout le monde, que par ces démonstrations elle cherchait à compenser le fait qu'elle ne portait pas de Joyaux, qu'elle était inférieure aux autres sorcières de la famille. Mais cela venait peut-être du fait que quelqu'un, comme le Sire d'Enfer, avait murmuré de doux mensonges à l'oreille d'une enfant jusqu'à parvenir à la convaincre qu'elle était vraiment supérieure.

Elle secoua la tête. Difficile de croire que l'enfant incapable de comprendre les leçons d'Art les plus rudimentaires puisse devenir une menace effrayante et puissante pour le royaume de Terreille, comme l'affirmait Dorothéa. Si c'était vrai, où se trouvait le pouvoir ? Encore maintenant, quand elle cherchait à percevoir la force de Jaenelle, elle avait une impression de… tempérance… Comme depuis toujours. De distance, ce qui était le sentiment que donnait toujours une femme du Lignage qui n'avait pas assez de force psychique pour porter un Joyau.

Cela signifiait que Jaenelle n'était qu'un pion dans un jeu complexe. Le Sire d'Enfer, ou, peut-être, la mystérieuse Reine qui régnait sur la cour, voulait se cacher derrière une figure de proue.

— Que préparez-vous ? s'enquit Alexandra.

— Un fortifiant pour un jeune garçon malade, répondit Jaenelle en versant un liquide foncé dans le mélange.

— Une guérisseuse ne devrait-elle pas s'en charger ?

Feu d'Enfer, on lui permettait vraiment de préparer des fortifiants ?

— Je suis guérisseuse, répliqua Jaenelle d'un ton acerbe. Je suis aussi Veuve Noire et Reine.

Naturellement. Au prix d'un gros effort, Alexandra ravala ce commentaire. Elle garderait son calme, créerait un lien, quel qu'il soit, avec sa petite-fille cadette ; elle se rappellerait que Jaenelle avait déjà enduré des expériences terribles.

Ayant terminé sa préparation, Jaenelle se retourna.

Plongeant dans son regard saphir, Alexandra oublia ses bonnes résolutions. Secouée par cette… chose… qui la regardait avec ces yeux, elle chercha une explication plausible.

Quand elle l'eut trouvée, elle eut envie de pleurer.

Jaenelle avait perdu la raison. Elle était complètement folle. Et le monstre qui régnait en ce lieu profitait de cette folie pour servir ses intérêts. Il laissait Jaenelle croire qu'elle était guérisseuse, Veuve Noire et Reine. Il lui permettrait sans doute de donner ce fortifiant à un jeune garçon malade, sans se soucier de ses conséquences éventuelles sur l'enfant.

— Que faites-vous là, Alexandra ?

Celle-ci frémit en entendant sa voix ténébreuse, puis elle se secoua mentalement. L'enfant avait toujours été théâtrale.

— Je suis venue vous ramener à la maison, avec Wilhelmina.

— Pourquoi ? Pendant treize ans, vous m'avez crue morte. Comme c'était bien plus pratique pour vous que de m'avoir vivante, vous feriez mieux de continuer à faire semblant de me croire décédée.

— Nous ne faisions pas semblant ! s'indigna Alexandra, blessée par les propos de Jaenelle, surtout parce qu'elle disait vrai.

Il avait en effet été plus facile de pleurer une enfant morte que de s'occuper d'une enfant difficile. Mais jamais elle ne l'admettrait.

— Nous vous croyions morte. Nous pensions que Sadi vous avait tuée.

— Daimon ne me ferait jamais de mal, assura Jaenelle.

Mais vous, si. D'ailleurs, vous l'avez déjà fait. Tel était le message qui perçait sous sa réponse glaciale.

— Lilande est votre mère. Je suis votre grand-mère. Nous sommes votre famille, Jaenelle.

Celle-ci secoua lentement la tête.

— Ce corps est peut-être issu de votre lignée, ce qui fait de nous des parentes. Mais pas une famille.

Elle se dirigea vers la porte. Au moment de croiser Alexandra, elle s'arrêta.

— Vous avez été apprentie dans un cénacle du Sablier pendant un moment, n'est-ce pas ? Avant de devoir choisir entre devenir Veuve Noire ou la reine de Chaillot.

Alexandra opina, se demandant où elle voulait en venir.

— Vous en avez assez appris pour réaliser les toiles emmêlées les plus simples, de celles qui peuvent absorber une intention précise et l'attirer. N'est-ce pas la vérité ?

En la voyant opiner de plus belle, Jaenelle eut un regard plein de tristesse et de compréhension. Combien de fois vous êtes-vous trouvée devant une de ces toiles, rêvant que quelque chose vous aiderait à protéger Chaillot de l'ingérence d'Hayll ?

Alexandra ne pouvait plus parler, à peine pouvait-elle respirer.

— Ne vous est-il jamais venu à l'esprit que là se trouve peut-être la réponse à ce que vous cherchiez ? Sahtan était aussi un rêveur intense. La différence entre vous, c'est que, quand le rêve est apparu, il l'a reconnu. (Jaenelle ouvrit la porte.) Rentrez chez vous, Alexandra. Il n'y a rien ni personne pour vous, ici.

— Wilhelmina, murmura Alexandra.

— Elle effectuera les dix-huit mois de son contrat. Ensuite, elle fera ce que bon lui semblera.

Jaenelle esquissa un sourire à la fois horrible et ironique.

— C'est un ordre de la Reine, ajouta-t-elle.

— Je veux voir cette Reine, répondit Alexandra en inspirant profondément.

— Non, il ne vaut mieux pas, répliqua Jaenelle trop bas. Vous ne devez pas vous présenter face au Sombre Trône. (Elle marqua une pause.) À présent, si vous voulez bien m'excuser. Je dois terminer ce remède. Il a mijoté assez longtemps.

Elle la congédiait. C'était aussi facile que cela. Elle était congédiée.

Alexandra quitta l'atelier, soulagée de s'éloigner de Jaenelle. Elle trouva l'un des jardins intérieurs et s'installa sur un banc. Le soleil chasserait peut-être le froid qui s'était insinué en elle jusqu'à la moelle. Alors, elle pourrait peut-être croire qu'elle tremblait de froid, et non parce que Jaenelle avait évoqué quelque chose qu'elle n'avait jamais dit à personne.

Sa grand-mère paternelle était une Veuve Noire naturelle. C'était ce qui avait attiré Alexandra vers le Sablier, au départ. Mais, à l'époque, le Lignage de la cour de Chaillot commençait déjà à murmurer que les Veuves Noires étaient des femmes « surnaturelles », et que les autres reines et les princes de guerre ne choisiraient jamais une reine qui soit aussi une sorcière des cénacles du Sablier.

Elle avait donc quitté son apprentissage et, quelques années plus tard, quand sa grand-mère maternelle se retira, elle devint la reine de Chaillot. Mais, au cours de ses premières années en tant que reine, elle avait secrètement tissé ces toiles emmêlées simples. Elle avait rêvé que quelque chose ou quelqu'un apparaisse dans sa vie pour l'aider à lutter contre le travail de sape auquel se livrait Hayll contre Chaillot. À l'époque, elle avait cru que ce serait un consort, un homme fort, qui la soutiendrait et l'aiderait. Mais aucun mâle de cette trempe n'était jamais apparu dans sa vie.

Ensuite, sa grand-mère Veuve Noire étant à l'agonie, Alexandra avait reçu ce qu'elle avait fini par prendre pour une devinette. *Ce dont tu rêves viendra mais, si tu n'y prends pas garde, tu seras aveugle jusqu'à ce qu'il soit trop tard.*

Alors elle avait attendu. Elle avait guetté. Le rêve n'était pas venu. Et elle se refusait à croire qu'une enfant excentrique, dérangée soit la réponse à cette devinette.

4. Kaelir

En regardant par la fenêtre, il glissa une main sous sa chemise pour palper la fine fiole en verre pendue autour de son cou, à une chaîne. La Grande Prêtresse d'Hayll lui avait assuré qu'elle et la Prêtresse Noire avaient tissé les sorts les plus puissants qu'elles connaissaient pour qu'il passe inaperçu. Pour l'heure, ils fonctionnaient. Nul n'avait perçu qu'il était plus qu'une escorte d'Alexandra Angelline. Il n'était qu'un homme ordinaire, presque invisible, ce qui lui convenait à merveille.

Cela lui avait semblé si facile, lorsqu'il avait reçu cette mission. Trouver la cible, la droguer pour qu'elle soit docile, puis la faire sortir du Manoir pour la remettre aux hommes qui l'attendraient juste au-delà des limites du domaine. En découvrant la superficie des lieux, il s'était dit que sa tâche serait encore plus aisée.

Toutefois, en dépit de sa superficie, le Manoir grouillait de mâles agressifs, du plus modeste serviteur jusqu'au Sire d'Enfer. Et les garces n'étaient jamais seules. Il avait traîné dans les couloirs pendant des heures sans pouvoir en renifler une.

Il frémit en se rappelant la seule fois où il avait entrevu la garce aux cheveux dorés. On lui avait sans cesse répété qu'elle était sa première cible, mais il n'avait aucune intention de s'approcher d'elle parce qu'elle avait quelque chose d'inquiétant, et il n'était pas certain que les sorts tiendraient face à ces yeux saphir. Alors il s'emparerait de l'autre, la sœur. Mais il devrait agir bientôt. Il ne pouvait trop s'attarder au milieu de tant de mâles soupçonneux, en alerte.

Peut-être escorterait-il Wilhelmina Bénédict jusqu'à Hayll. Une fois qu'il l'aurait fait sortir, quelle différence cela faisait-il si l'on découvrait sa disparition ?

Et cela ne changerait rien pour lui si Alexandra restait pour expliquer l'absence de sa petite-fille, ou bien si c'était elle qui finissait par payer le prix que choisirait le Sire d'Enfer.

5. Terreille

Comme une plante étrangleuse, la rage étouffait Dorothéa, qui tenait entre les mains le bref compte-rendu.

— Vous êtes tourmentée, ma Sœur, dit Hékatah en entrant dans la pièce pour s'asseoir.

— Kartane est parti en Kaelir, répondit-elle d'une voix affaiblie par le nœud qu'elle avait dans la gorge.

— Il est allé voir si l'une de leurs guérisseuses pouvait le soigner ? demanda Hékatah, qui réfléchit un instant. Mais pourquoi maintenant ? Il aurait pu s'y rendre n'importe quand, au cours des années écoulées.

— Peut-être parce qu'il croit avoir quelque chose à négocier maintenant, qui vaudrait plus que des marks-or.

Hékatah comprit aussitôt et siffla.

— Que sait-il, au juste ?

— Il était présent lors de ma « confession », l'autre jour, mais il n'y a pas grand-chose à raconter.

— Cela suffit pour mettre Sahtan en alerte, décréta Hékatah d'un ton sinistre. Cela suffit pour qu'il commence à se poser des questions.

— Dans ce cas, nous pourrions peut-être organiser quelque chose avant que Kartane ait une chance de parler à quelqu'un en dehors de Terreille, suggéra Dorothéa, presque absente.

Elle pensait à plusieurs « arrangements » intéressants pour un fils souhaitant courtiser l'ennemi.

Hékatah se leva et déambula dans la pièce.

— Non. Voyons si nous pouvons utiliser Kartane comme appât pour attirer une guérisseuse spécifique en Petite Terreille.

— Vous croyez vraiment que Jaenelle Angelline aidera Kartane ? demanda Dorothéa avec dédain.

— J'irai en Petite Terreille ce soir pour parler au seigneur Jorval. Il saura comment formuler une requête discrète. (Devant la porte, Hékatah s'arrêta.) Quand votre petit seigneur de guerre rentrera à la maison, il serait bon que vous lui donniez une leçon de loyauté.

Dorothéa attendit qu'Hékatah soit partie pour s'approcher du brasier. Elle y jeta le compte-rendu et regarda les flammes dévorer le papier.

Quand la guerre qu'elles allaient déclencher serait finie, elle allumerait un feu de joie et contemplerait les flammèches qui rongeraient ce cadavre desséché. En regardant Hékatah se consumer, elle donnerait à son fils une leçon de loyauté.

6. Kaelir

— J'aimerais vous demander un service, déclara brusquement Karla après avoir parlé environ dix minutes à propos des Eyriens que Lucivar avait fait venir.

Jaenelle leva les yeux de son ouvrage, à la fois amusée et prudente.

— D'accord.

— Je veux un Anneau d'honneur comme celui que vous avez donné aux garçons du Premier Cercle.

— Ma chère, ils portent l'Anneau d'honneur sur la verge. Vous êtes peut-être gonflée, mais vous n'avez pas de queue.

— Les mâles de la parentèle ne le portent pas là. Vous avez fait fabriquer de petits anneaux qui s'attachent à la chaîne portant leurs Joyaux.

— Donc vous voulez un Anneau d'honneur, reprit Jaenelle, toujours amusée, en poursuivant sa broderie.

— J'en réclame un pour tous les membres du cénacle, précisa Karla d'un air solennel.

Jaenelle leva les yeux, plus amusée du tout.

Karla croisa ce regard, comprenant au changement subtil des yeux saphir qu'elle ne s'adressait plus à Jaenelle, son amie et Sœur, mais à Sorcière, la Reine d'Ébènaskavi, sa Reine.

— Vous avez une raison de le faire, affirma Jaenelle de sa voix ténébreuse.

— Oui.

Que devrait-elle dire pour convaincre Jaenelle ? Et que devrait-elle taire de ce qu'elle avait vu dans la toile emmêlée ?

Quelques minutes s'écoulèrent en silence.

Jaenelle reprit son ouvrage.

— S'il doit être porté sur un doigt, il faut qu'il soit assez décoratif pour que sa véritable fonction ne soit pas décelable, déclara-t-elle tranquillement. Je suppose que vous vous intéressez à l'Anneau pour les boucliers que je lui ai ajoutés.

— Oui, répondit Karla.

Les sorts de protection, les boucliers ébène que Jaenelle ajoutait aux Anneaux expliquaient pourquoi elle en voulait un.

— Voulez-vous que les Anneaux soient reliés entre les membres du cénacle ou bien qu'ils soient aussi reliés aux garçons ?

Karla hésita. Un Anneau d'honneur classique permettait à une reine de tempérer les émotions des mâles de son Premier Cercle. À cause d'une bizarrerie dans la façon qu'avait eue Jaenelle de fabriquer son premier Anneau d'honneur, celui que portait encore Lucivar, les mâles du Premier Cercle de la Cour Obscure pouvaient en échange jauger l'humeur de la Reine. Voulait-elle, de même que tout autre membre du cénacle, avoir affaire à des mâles qui étaient encore plus habitués aux humeurs féminines que ne l'étaient déjà les garçons ? Cela valait-il la peine, pour un peu de distance affective, de se priver de tout moyen d'envoyer un avertissement qui ne pouvait être bloqué en aucune façon ?

— Ils devraient être reliés aux mâles du Premier Cercle.

— Je vais faire fabriquer les Anneaux dès que possible, promit Jaenelle.

— Merci, ma Dame, répondit Karla à la Reine plus qu'à l'amie.

Un nouveau silence s'installa entre elles.

— Autre chose ? demanda enfin Jaenelle.

Karla respira profondément.

— Je n'aime pas les membres de votre famille, dit-elle.

— Personne ne les aime, ici, déclara Jaenelle.

Une certaine nervosité perçait sous son amusement, ainsi que du chagrin. Puis elle ajouta doucement :

— Sahtan m'a demandé officiellement l'autorisation de les exécuter.

— La lui avez-vous accordée ? s'enquit Karla d'un ton neutre.

Elle connaissait déjà la réponse. Elle s'était trouvée dans la même situation, cinq ans plus tôt, en devenant Reine de Glacia. Elle avait exilé son oncle, le seigneur Hobart, au lieu de l'exécuter, même si elle soupçonnait fortement qu'il était responsable de la mort de ses parents et de ceux de Morton.

Si on insistait, Jaenelle ferait le même choix qu'elle.

— Si cela peut vous consoler, j'apprécie votre sœur, déclara Karla, voyant que Jaenelle ne lui répondait pas. Elle va très bien s'habituer à la vie en Kaelir si elle parvient à ne plus avoir peur, ne serait-ce que le temps de reprendre son souffle.

Jaenelle parut un peu peinée.

— Lucivar l'a enivrée. Elle a proposé de le brosser.

— Ô Nuit !

Elle ne put réprimer un rire, ce qui incita Karla à se lever en maugréant. Elle souhaita bonne nuit à Jaenelle et se dirigea vers sa suite.

Une fois dans l'intimité de sa chambre, elle se laissa aller à quelques grognements et quelques plaintes, en se préparant à aller se coucher. Elle avait beau s'exercer, chez elle, il lui fallait toujours plusieurs jours pour s'adapter aux exercices que lui imposait Lucivar. Mais elle ne voulait pas manquer sa chance d'obtenir de lui un petit entraînement supplémentaire. Surtout à présent.

Plus tard, tandis qu'elle sombrait dans le sommeil, elle comprit que Jaenelle, une Veuve Noire forte et très douée, avait peut-être ses propres raisons de lui rendre ce service.

7. Kaelir

Avec un soin exagéré, Daimon noua la ceinture de son peignoir. Un bon bain chaud avait détendu ses muscles fourbus. Une généreuse dose de cognac apaiserait ses nerfs à fleur de peau. Hélas, rien de tout cela ne pourrait guérir son cœur meurtri…

Jaenelle ne voulait pas de lui. C'était de plus en plus clair et douloureux.

La veille au soir, quand elle était venue le chercher, il avait cru qu'elle était heureuse de le voir, il avait espéré qu'ils pourraient renouer les relations qu'ils avaient entretenues. Mais, pendant toute la journée, elle avait reculé chaque fois qu'il avait tenté de l'approcher, se servant de Lucivar, de Chaosti ou de tout le cénacle comme repoussoir. Cette froideur l'avait forcé à se rendre compte qu'elle lui avait accordé le titre de consort par obligation, mais qu'elle ne voulait pas de lui.

En regagnant sa chambre, il s'était demandé combien de temps il supporterait de la regarder évoluer avec les autres mâles de la cour tout en étant chassé de sa vie. Combien de temps sa santé mentale tiendrait-elle si, jour après jour, il était assez proche d'elle pour la toucher, mais qu'il n'en avait pas le droit ? Combien de temps…

En voyant une bosse sur son lit, dans la pénombre, il crut que quelqu'un était entré et avait jeté une couverture en fourrure blanche sur sa couche sans la lisser.

Puis une tête apparut, sur ses oreillers, et des muscles se tendirent sous la fourrure blanche tandis que le grand félin changeait de position.

Il plia ses pattes antérieures, qui pendaient sur le côté du lit, montrant des griffes impressionnantes. Puis il posa sur lui des yeux gris, comme pour le mettre au défi de respirer.

Même s'il n'avait pas vu le Joyau rouge gisant sur la fourrure blanche, Daimon n'aurait pas eu de doutes sur l'identité de l'être étendu sur son lit.

« Nous cherchons tous à ne pas contrarier Kaelas », avait dit Lucivar.

Feu d'Enfer, ô Nuit, que la Ténèbre soit clémente !

Le cœur battant à tout rompre, Daimon recula prudemment vers la porte. La suite de Sahtan se trouvait juste en face de la sienne. Il pouvait…

Un grand coup fut frappé de l'autre côté de la porte au moment où il posait la main sur la poignée.

Kaelas montra les dents en silence.

Il n'avait qu'une seule échappatoire.

Sans quitter Kaelas des yeux, Daimon se faufila vers la porte qui séparait sa chambre de celle de Jaenelle. Il l'entrouvrit juste assez pour se glisser dans sa chambre, la scella au Noir et ajouta un bouclier noir. Si ce que Lucivar avait dit sur la capacité de Kaelas à traverser n'importe quel bouclier était exact, ces précautions étaient inutiles, mais le rassuraient tout de même un peu.

En reculant dans la chambre de Jaenelle, il se mit à trembler. Ce n'était pas exactement à cause de Kaelas. Tout homme ayant l'instinct de survie se méfierait à raison d'un félin de cette taille, surtout s'il s'agissait aussi d'un prince de guerre orné au Rouge. Mais il savait que, si son esprit n'avait pas été brisé pour la première fois, ce soir-là, à l'Autel de Cassandra, il n'aurait pas ressenti la peur qui le submergeait à présent. Il aurait eu suffisamment de confiance en lui pour être à la hauteur de cette arrogance féline, tout en ayant la prudence de céder. À présent…

— Daimon ?

Il fit volte-face. Soudain, il se sentit oppressé.

Vêtue d'un pyjama bleu saphir, Jaenelle se tenait sur le seuil de son petit salon.

En la voyant, Daimon fut déstabilisé à bien des égards.

Elle courut vers lui et l'enlaça par la taille pour l'empêcher de tomber.

— Qu'avez-vous ? Vous êtes souffrant ?

— Je…

Le simple fait de respirer lui donnait des sueurs.

— Pouvez-vous marcher jusqu'à mon lit ?

Incapable de parler, il opina.

— Asseyez-vous, ordonna Jaenelle. Placez la tête entre vos genoux.

Lorsqu'il obéit, les pans de son peignoir s'écartèrent. Il se pencha encore, espérant ne rien révéler qu'elle ne veuille voir, puisqu'elle était accroupie devant lui.

— Dites-moi ce qui ne va pas, insista Jaenelle en glissant les doigts dans les cheveux de Daimon.

Vous ne m'aimez pas.

— Sur mon lit…, souffla-t-il.

Le regard intense, Jaenelle se tourna vivement vers la porte de communication.

— Que fabrique Kaelas dans votre chambre ?

— Il dort. Sur mon lit.

— C'est votre chambre. Pourquoi ne lui avez-vous pas dit de partir ?

Pourquoi ? Parce qu'il ne voulait pas mourir ce soir.

La jeune femme semblait si abasourdie qu'il releva la tête pour la regarder. Elle était sérieuse : pas une seconde elle n'hésiterait à éjecter un félin de quatre cents kilos de son lit.

— Je vais le…, commença-t-elle en se levant.

Daimon la retint par la main.

— Non. Ce n'est rien. Je trouverai une autre couche. Un divan. Feu d'Enfer, je dormirais même par terre !

Ses yeux anciens le scrutèrent. Une lueur étrange y scintilla pendant un moment.

— Voulez-vous dormir ici ce soir ? proposa-t-elle doucement.

Oui. Non. Il ne voulait pas venir vers elle en tant que mâle effrayé et en demande. Mais il ne pouvait pas refuser la seule invitation à partager son lit qu'elle lui ferait jamais, sans doute.

— Volontiers.

Elle rabattit les couvertures autant que possible, car il était toujours assis au bord du lit.

— Allongez-vous.

— Je…

Il rougit violemment.

— Je suppose que vous dormez dans la même tenue que tout autre mâle ici, dit-elle sèchement.

Ce qui signifiait dans le plus simple appareil.

Elle se dirigea vers l'autre extrémité de la chambre et tourna pudiquement le dos.

Daimon ôta vite son peignoir et se coucha dans l'immense lit. Pas étonnant qu'elle lui ait proposé d'y passer la nuit. Ce lit était si grand qu'un second occupant pouvait y passer inaperçu.

Une minute plus tard, elle le rejoignit, en veillant à rester de son côté.

— Bonne nuit, Daimon, murmura-t-elle en soufflant la chandelle.

Allongé dans le noir, il écouta son souffle, certain qu'elle ne dormait pas plus que lui.

Finalement, le lit chaud, le murmure de la fontaine, dans le jardin, en contrebas, et le parfum de son savon le plongèrent dans un sommeil profond.

Les sons discrets, furtifs, le réveillèrent.

Daimon ouvrit les yeux.

L'obscurité. La nébuleuse tourbillonnante.

S'appuyant sur un coude, il observa les alentours et la vit debout près de l'autel. La crinière dorée n'était pas tout à fait des cheveux, ni tout à fait de la fourrure. Les oreilles délicatement pointues, la fine bande de fourrure qui courait le long de son dos, vers la queue fauve battant sur sa croupe. Les jambes humaines terminées de sabots, les mains griffues…

Sorcière. Le mythe vivant. Les rêves faits chair.

Il était de retour dans ce lieu nébuleux, au plus profond de l'abîme. Là où…

Il se leva lentement. Se mouvant avec précaution pour ne pas l'effrayer, il contourna l'autel jusqu'à se tenir en face d'elle.

Sur l'autel était posé un calice en cristal orné de fines fissures. Tandis qu'il l'observait en silence, elle ramassa un éclat de cristal et le mit en place.

Quelque chose remua en lui. Examinant l'objet avec plus d'attention, il se rendit compte que ce n'était autre que son esprit explosé.

Il remarqua trois autres fragments minuscules. Lorsqu'il voulut s'en saisir, elle lui donna une tape sur la main.

— Avez-vous une idée des recherches que j'ai dû mener pour les trouver ? demanda-t-elle d'un ton bourru.

Elle tourna le calice et mit un nouveau morceau de cristal en place.

La nébuleuse tournoya, dansa, virevolta.

Il chutait, chutait dans l'abîme. Son esprit explosa. Se réveiller dans la nébuleuse. Voir Jaenelle en tant que Sorcière pour la première fois, tandis qu'elle reconstituait son calice en cristal…

Encore un fragment remis en place.

Un lit étroit, avec des entraves pour les poignets, les chevilles, le lit de Boisgenêt. Un lit somptueux, avec des draps de soie. Un piège attirant fait d'amour, de mensonges, de vérités, un piège pour sauver une enfant. Le Sadique murmurant qu'elle devrait mordre à l'hameçon parce que lui, dans sa splendeur sexuelle de mâle, était l'appât…

Le dernier fragment de cristal se mit en place.

Recréer le lien psychique avec Sahtan après qu'il eut persuadé Jaenelle de monter au niveau des Joyaux rouges. Unir leurs forces de persuasion pour qu'elle guérisse son propre corps déchiré et sanguinolent. La panique de Jaenelle quand les mâles de Boisgenêt avaient commencé à lutter contre les défenses qu'Onirie avait créées dans les couloirs menant à l'autel. Cassandra ouvrant la Porte entre les royaumes pour emmener Jaenelle…

Son calice en cristal se mit à luire, se réchauffa, tandis qu'un sombre pouvoir couvrait toutes les fissures et les refermait.

Une fois les failles comblées, les souvenirs reprirent forme et, enfin, Daimon se rappela exactement ce qui s'était passé à l'Autel de Cassandra, treize ans plus tôt. Enfin, il sut exactement ce qu'il avait fait, et ce qu'il n'avait pas fait.

Il respira profondément.

Elle lui décocha un regard, tiraillée entre sa nervosité et l'intelligence vive et meurtrière qui emplissait ses yeux anciens.

— Les parties manquantes constituaient des points faibles qui fragilisaient le calice. Vous ne devriez plus avoir de problème, maintenant.

— Merci.

— Je ne veux pas de votre gratitude, rétorqua-t-elle.

Tout en la dévisageant, Daimon ouvrit ses barrières internes juste assez pour goûter ses émotions. Il fut étonné par la souffrance qu'il sentait en elle.

— Que voulez-vous, alors ? s'enquit-il doucement.

Elle caressa le pied du calice avec nervosité. Se rendait-elle compte qu'il percevait ces caresses ? Avait-elle la moindre idée de l'effet qu'elles produisaient sur lui ? Il entreprit de contourner l'autel, effleurant la pierre du bout des doigts.

— Rien, dit-elle d'une voix faible, en s'éloignant de lui d'un demi-pas, avant d'ajouter : Vous m'avez menti. Vous ne vouliez pas Sorcière.

Le feu de la colère le submergea, réveillant la partie de lui que le Lignage de Terreille avait baptisée le Sadique. En s'apaisant, sa colère fit place à un feu d'une autre nature.

Sa voix se mua en un ronronnement sensuel.

— Je vous aime, dit-il. Et j'ai attendu toute ma vie d'être votre amant. Mais vous étiez trop jeune, ma Dame.

Elle leva la tête, le corps tendu de dignité.

— Je n'étais pas trop jeune, dans l'abîme.

Lentement, il continua à contourner l'autel.

— Votre corps a été violé, votre esprit brisé, mais, même si tel n'avait pas été le cas, vous étiez trop jeune, même dans l'abîme.

Il vint se placer derrière elle. Du bout des doigts, il effleura ses hanches, sa taille, puis remonta vers les côtes, sous ses seins. Il s'approcha, affichant un sourire de plaisir féroce tandis que les battements frénétiques de la queue fauve le chatouillaient et l'excitaient.

Il l'embrassa dans le creux de l'épaule, à la base du cou. Le premier baiser fut léger, chaste. Pour le second, il serra la peau entre ses dents pour la savourer du bout de la langue.

Il sentait son cœur battre à tout rompre, son souffle court.

Déposant un sillon de doux baisers le long de son cou, il finit par murmurer à son oreille :

— Vous n'êtes plus trop jeune…

Quand il se frotta doucement contre elle, elle émit une plainte étouffée.

Soudain, il se retrouva les mains vides, seul.

Un désir vorace s'empara de lui. Il fit lentement volte-face, tâtonnant, tel un prédateur cherchant sa proie.

La dernière chose dont il fut totalement conscient fut la brume de plus en plus dense qui tournoyait autour de lui, jusqu'à ce qu'il n'y eût rien d'autre.

Lorsque quelque chose lui saisit le bras pour le traîner hors du lit, il lutta pour émerger de l'épais brouillard de sommeil qui l'enveloppait. Hébété, il tenta de se réveiller pour comprendre pourquoi on le poussait à travers la pièce.

Il n'eut plus aucun mal à se réveiller quand Lucivar le projeta sous la douche et ouvrit à fond le robinet d'eau froide.

Daimon agrippa le robinet pour stopper le jet d'eau. Une main contre le mur, il tenta de persuader ses muscles transis de froid qu'ils devaient permettre à ses poumons de reprendre leur souffle. Puis il foudroya Lucivar du regard.

— Jaenelle s'est réveillée d'une humeur comparable, dit Lucivar. La nuit a dû être intéressante…

— Il ne s'est rien passé, grommela Daimon en repoussant ses cheveux en arrière.

— Rien de physique, corrigea Lucivar. Mais j'ai assez dansé avec le Sadique pour le reconnaître, quand je le vois.

Daimon se contenta d'attendre.

Lucivar esquissa un rictus arrogant.

— Bienvenue en Kaelir, mon frère, dit-il doucement. C'est bon de vous revoir. (Il s'arrêta à la porte de la salle de bains.) Je vous monte une tasse de café. Avec une douche chaude, cela devrait vous réveiller suffisamment.

— Suffisamment pour quoi ?

Le sourire de Lucivar se fit cruel.

— Vous êtes en retard pour l'entraînement, mon vieux. Mais, tout bien considéré, je vous accorde encore un quart d'heure pour vous présenter sur le terrain avant de revenir vous chercher.

— Et si vous deviez revenir ? s'enquit Daimon trop bas.

— Faites-moi confiance. Si je reviens vous chercher, vous n'apprécierez pas du tout.

Il n'aimait déjà pas la situation. Toutefois, il sirota le café que Lucivar lui apporta tandis que l'eau chaude coulait sur sa nuque et son dos. Et le Sadique se mit à projeter la séduction lente et douce de Jaenelle Angelline.

Chapitre 5

1. Kaelir

Alexandra parcourut les couloirs au côté de Philippe. Elle aurait préféré la compagnie de Lilande à celle d'un mâle sans valeur, mais l'empressement de Philippe à lui proposer sa compagnie signifiait qu'il voulait discuter avec elle en privé sans attirer l'attention.

— Nous sommes là depuis plus d'une semaine et il ne s'est rien passé, lança-t-elle, irritée par sa présence. Combien de temps ce « suivant » espère-t-il que nous demeurerons des invités ?

Philippe n'eut pas à lui rappeler qu'Osvald, le suivant que lui avait fourni Dorothéa, n'avait pas réussi à approcher Wilhelmina ni Jaenelle sans avoir affaire à au moins un chaperon masculin, encore moins à faire sortir les femmes du Manoir en toute discrétion. Il n'eut pas non plus à préciser qu'ils seraient des « invités » jusqu'à ce que le Sire d'Enfer ou la vraie Reine de cette cour en décident autrement.

— Lucivar est venu me voir, ce matin, dit brusquement Philippe.

En entendant combien sa voix était nouée, Alexandra lui lança un regard curieux, puis elle observa de plus près le visage rougissant de Philippe. Était-ce de la colère ou de l'embarras ?

— Et alors ?

— Il a fortement suggéré que vous resserriez votre emprise sur Vania avant qu'elle soit blessée. Il semble qu'elle soit trop agressive dans ses efforts pour attirer un mâle de Kaelir dans son lit. Il a dit que, si elle a envie d'un mâle, elle devrait inviter son consort, puisqu'il est là pour ça.

Alexandra considérait que Vania se conduisait comme une traînée. Mais Vania était également généreuse dans le partage de ses mâles avec les reines en visite chez elle, une générosité qu'Alexandra n'avait jamais refusée quand elle se rendait dans sa province. Elle n'avait gardé aucun amant régulier dans sa propre cour depuis plus de vingt-quatre ans, depuis qu'elle avait demandé à Philippe de faire passer à Lilande sa Première Nuit. Il n'aurait pas été juste de lui demander de réchauffer son lit ensuite, alors qu'il voulait vraiment être l'amant de sa fille. De plus, les autres hommes auxquels elle avait pensé à l'époque étaient bien plus soucieux du pouvoir qu'ils obtiendraient en tant que consorts que de lui donner du plaisir.

Au souvenir de la générosité de Vania, et du fait qu'aucun mâle ne réchauffait actuellement son lit, Alexandra se trouva sur la défensive.

— Elle n'aurait pas besoin d'être « agressive » si cette cour fournissait aux reines en visite les commodités de base.

— J'en ai parlé, répondit Philippe, les dents serrées, et on m'a répondu qu'il n'y avait dans cette cour aucun mâle dont le service comprenne ce genre de prestations.

— J'ai peine à le croire. Les reines qui viennent ici n'ont pas toutes un consort, ou bien il ne les accompagne par forcément. Il doit bien y avoir des dispositions… (Elle s'interrompit, troublée par la profondeur de l'insulte qu'elle soupçonnait.) C'est parce que nous venons de Terreille, c'est cela ?

— Oui, répondit Philippe sans détour. Il paraît qu'il y a quelques mâles dans les Deuxième et Troisième Cercles qui, en temps normal, accepteraient d'honorer une invitée à la cour, au besoin, mais les reines de Terreille étant incapables de jouir d'un mâle sans le maltraiter, aucun homme de Kaelir ne veut se porter volontaire. (Il hésita.) Il a également précisé qu'il n'y avait aucun esclave sexuel en Kaelir.

Cette gifle verbale lui fit l'effet d'un coup violent car elle lui rappelait que, quelques mois plus tôt, Daimon Sadi était esclave à sa cour.

— Je vois, dit-elle, la gorge nouée.

— Malgré sa colère, Lucivar semblait vraiment inquiet, reprit Philippe, étonné. Surtout parce que Vania a jeté son dévolu sur le prince Aaron.

— Aaron est un homme très séduisant, et…

— Il est marié.

Que répondre à cela ? Elle percevait les ondes d'angoisse de Philippe. L'attention que Vania portait à un homme marié devait lui évoquer sa propre vulnérabilité.

Si de plus en plus de mariages à la cour de Terreille étaient conclus pour des raisons sociales et politiques, la plupart des mâles du Lignage chérissaient encore l'idée d'une union comme une relation dans laquelle les deux sexes se rencontraient sur un terrain commun, en tant que partenaires. Du moins où ils étaient le plus partenaires possible, dans la mesure du raisonnable. Cela signifiait aussi que la fidélité masculine était une nécessité inhérente au mariage, et que tout homme qui regardait au-delà du lit de sa femme pouvait vite se retrouver sans maison, sans famille, voire sans enfants.

— Il y a un autre motif pour arrêter Vania, dit Philippe. Si les mâles d'ici s'énervent davantage…

— Je sais, l'interrompit vivement Alexandra.

Ils ne pourraient jamais faire sortir Wilhelmina et Jaenelle de ce Manoir si les mâles devenaient encore plus hostiles qu'ils l'étaient déjà.

— Je sais, répéta-t-elle d'une voix plus douce. Je vais lui parler.

— Bientôt ?

Elle s'en voulut de le mépriser à cause de l'angoisse qu'elle percevait dans sa voix.

— Oui, Philippe, reprit-elle. Je lui parlerai bientôt.

2. Kaelir

Intéressante, cette petite réunion, songea Daimon en glissant les mains dans les poches de son pantalon.

Qu'est-ce que cela signifiait quand l'Intendant de la cour convoquait le maître de la Garde, le consort et le Premier Suivant dans son étude pour « discuter de quelque chose » ?

Il avait passé les derniers jours à étudier le livre du Protocole que Sahtan lui avait procuré et était surpris par les différences entre les règles qu'il contenait et celles qu'il avait apprises en Terreille. Cette étiquette-ci renforçait la nature matriarcale du Lignage, accordant aux mâles des droits et des privilèges qui permettaient d'équilibrer les pouvoirs. Cela expliquait l'absence rafraîchissante de peur et d'asservissement chez ces mâles. Ils comprenaient les limites d'un comportement acceptable, chez un homme, et, s'ils s'y tenaient, ils étaient en terrain sûr, sans jamais avoir à se demander ce qui leur arriverait s'ils n'avaient plus les faveurs d'une dame particulière.

Il avait également été surpris par le chapitre du Protocole concernant les mâles du Premier Cercle car il n'en avait jamais vu la moindre mention en Terreille.

Une expression résumait la reddition d'un mâle au service officiel : « votre volonté est ma vie ». Elle donnait à la Reine le droit de faire tout ce qu'elle voulait avec un mâle, puisqu'elle pouvait aller jusqu'à le tuer. Ce n'était pas nouveau, et, en Terreille, c'était un risque sérieux que couraient les hommes. Ce qui était différent ici, c'était l'accord tacite que concluait la Reine qui, en acceptant le mâle, permettait aussi qu'il ait son mot à dire dans les décisions et la vie de la Reine. Si une Reine donnait un ordre et si la majorité des mâles du Premier Cercle s'y opposaient, elle pouvait se plier à leur volonté ou les chasser de sa cour. *Mais elle ne pouvait leur faire de mal pour s'être opposés à elle.*

Si les mâles de Terreille avaient connu cette disposition du Protocole, ils auraient peut-être pu contrôler le comportement des reines fantoches de Dorothéa, ils auraient peut-être pu assurer la sécurité des jeunes sorcières les plus fortes et les garder entières, ils auraient peut-être trouvé un moyen de repousser les menaces d'esclavage et de castration par peur desquelles la plupart d'entre eux s'interdisaient de défier le pouvoir des sorcières.

Mais quelque chose ou quelqu'un avait dû purger les chapitres consacrés au pouvoir masculin des livres du Protocole de Terreille depuis si longtemps que nul ne se rappelait qu'ils avaient existé.

Pas étonnant que les Terreilliens trouvaient la vie en Kaelir si étrange. Et, à présent, il comprenait enfin pourquoi les immigrés de Terreille devaient servir à la cour. Ils avaient besoin d'un temps d'adaptation pour assimiler les nouvelles règles et comprendre comment elles s'appliquaient à la vie quotidienne.

Cela rendait Daimon encore plus curieux d'observer les échanges formels qui pouvaient avoir lieu entre une Reine et le triangle des hommes.

Si, bien sûr, la Reine se montrait.

— Quelqu'un a-t-il dit à Chaton qu'elle est censée être là ? demanda Lucivar, exprimant la pensée de Daimon.

Sahtan posa sur Lucivar un regard vague.

— Je le lui ai dit. Toutefois, le seigneur Ladvarienne l'a déjà coincée pour discuter d'un certain nombre de sujets avec elle. Je pense qu'elle arrivera dès qu'elle aura réussi à se dégager de ce que Kaelas et lui ont en tête.

Il porta ensuite son regard vague sur Daimon.

Celui-ci le soutint sans sourciller, alors que son cœur battait à tout rompre. Il sentait d'instinct que Ladvarienne et Kaelas voulaient parler de lui avec Jaenelle.

Il cherchait une excuse raisonnable pour entraîner Lucivar dans la grande salle pendant une minute afin de lui demander pourquoi la parentèle s'intéressait autant au consort, quand Jaenelle entra en trombe.

— Désolée, je suis…

Elle s'arrêta en découvrant leur présence, puis se montra prudente :

— Est-ce la famille ou la cour ?

— La cour, répondit Sahtan.

Fasciné, Daimon observa avec quelle subtilité elle passait de la femme à la Reine.

— Et quel est le plaisir de la cour ? s'enquit Jaenelle posément.

Il n'y avait pas un soupçon de dédain ni de sarcasme dans son ton, songea Daimon en reconnaissant sa façon rituelle d'entamer une conversation.

— J'ai reçu un message du seigneur Jorval, répliqua Sahtan avec tout autant de calme, même si son regard était un peu trop neutre. Une personne issue d'une famille de la cour est venue en Kaelir en quête de l'assistance d'une guérisseuse pour soigner une maladie qui dépasse toutes les guérisseuses de Terreille. Comme vous êtes connue comme la meilleure guérisseuse du royaume, il sollicite de façon urgente que vous vous rendiez à Goth pour donner votre avis.

Lucivar grogna en silence, mais férocement. Un geste discret mais vif d'Andulvar le fit taire.

— Jorval dit aussi que, s'il a reçu l'assurance que la maladie n'est pas contagieuse, elle semble ne toucher que les hommes. Et comme il ne veut pas que les mâles de votre cour soient affectés…

Cette fois, ce fut Andulvar qui grommela.

— Il a proposé de vous fournir un suivant lors de votre séjour en Petite Terreille.

— Non ! explosa Lucivar en se mettant à faire les cent pas. Vous n'irez pas en Petite Terreille offrir une guérison sans une suite complète de vos propres hommes. Pas une fois de plus. Plus jamais. Si cette personne tient tellement à vous voir, pourquoi ne vient-elle pas ici ?

— Je vois plusieurs raisons à ce comportement, répondit Jaenelle avec un amusement grave en observant Lucivar.

Le sang de Daimon se mit à bouillonner quand elle croisa furtivement son regard. Puis il se refroidit en décelant une lueur dans les yeux dorés de Sahtan. Que cherchait à dissimuler le Sire d'Enfer derrière ce regard délibérément neutre ? Et que se passerait-il si la laisse qui le retenait se rompait ?

— Jorval a-t-il précisé d'où venait cette personne ? ou tout autre détail qui puisse être utile ? s'enquit Jaenelle.

Elle se tourna de nouveau vers Sahtan tandis que Lucivar continuait à arpenter la pièce en jurant.

— Seulement que les espèces de courts-vivants semblent plus touchées que les autres, répondit Sahtan.

Les lèvres de Jaenelle esquissèrent un sourire rêveur assez malveillant pour faire frémir Daimon.

— Les espèces de la partie occidentale de Terreille ? demanda-t-elle de sa voix ténébreuse.

— Il n'a rien dit, ma Dame.

Jaenelle hocha la tête d'un air pensif.

— Je vais y réfléchir, dit-elle.

— Il n'y a pas à réfléchir, grommela Lucivar. Vous n'irez pas. Vous ne vous rappelez peut-être pas grand-chose de ce qui s'est passé il y a sept ans, mais moi si. Nous ne subirons pas cela de nouveau, surtout pas vous.

Daimon observa Lucivar. Derrière la furie, il vit une peur proche de la panique. Il réprima un soupir, mécontent que le premier acte officiel qu'il ait à poser en tant que consort risque d'être de s'opposer à la Reine. Mais, ce qui effrayait tant Lucivar, Daimon n'était pas disposé à l'accepter aussi facilement.

Puis il remarqua le visage de Jaenelle, tandis qu'elle se tournait vers Lucivar, et se demanda comment un homme, quel qu'il soit, osait s'opposer à Sorcière, à présent qu'elle avait atteint la maturité et qu'elle était en possession de ses pleins pouvoirs.

Lucivar s'arrêta brutalement face à ses yeux saphir rivés sur lui. Son corps tremblait, mais il soutint ce regard.

— Le seul moyen pour vous d'aller en Petite Terreille est de passer par moi, déclara-t-il d'une voix assurée.

Sur ces mots, il quitta l'étude.

Les épaules de Jaenelle s'affaissèrent un instant, puis elle se redressa pour se tourner vers Daimon.

— Je vous prie de l'accompagner, dit-elle.

— Pourquoi ? s'enquit-il trop doucement.

Le regard fixe de la Reine se teinta d'exaspération.

— Parce que vous êtes assez fort pour le retenir, et je ne veux pas qu'il pousse les garçons à s'énerver à propos d'une décision que je n'ai pas encore prise.

C'était la première chose qu'elle lui demandait, mais il était certain de pouvoir l'accomplir.

— Qu'est-il arrivé il y a sept ans ?

Elle pâlit et prit un moment avant de lui répondre.

— Vous n'avez qu'à poser la question à Lucivar. Il l'a dit lui-même : il s'en souvient mieux que moi.

— De combien de temps avez-vous besoin ? demanda-t-il au bout d'un moment.

— Une heure, cela conviendrait-il ? proposa-t-elle en regardant Sahtan.

— Je reviendrai dans une heure avec le plus grand plaisir, déclara Sahtan.

— Très bien, déclara Daimon. Je peux le retenir pendant une heure.

Il opina pour lui indiquer qu'il avait entendu, puis elle sortit vivement de la pièce.

Daimon observa la porte close, totalement conscient qu'Andulvar et Sahtan attendaient qu'il explique ce qu'il allait faire.

— Je vais le lui demander, déclara-t-il doucement. Et, si sa réponse ne me plaît pas, elle va devoir passer par moi aussi.

Il sacrifierait toute chance d'être son amant si cela pouvait la protéger.

— La réponse ne va pas vous plaire, répondit Sahtan, mais ne vous inquiétez pas de devoir prendre position. Si Jaenelle décide de se rendre en Petite Terreille, elle va devoir s'opposer à l'ensemble du Premier Cercle pour le faire. Comme il est peu probable qu'elle se batte contre la cour pour cette guérison particulière, c'est seulement faire preuve d'obligeance que d'accorder à la Dame le temps d'arriver toute seule à cette conclusion.

— Dans ce cas, si vous voulez bien m'excuser, je ferais mieux d'aller voir ce que je peux faire pour freiner l'emportement de Lucivar.

3. Kaelir

— *Lucivar n'est pas content*, dit Ladvarienne en regardant Jaenelle scruter la cascade et les bassins en escalier construits dans son jardin intérieur, quelques années plus tôt.

— Je veux réfléchir, seigneur de guerre, déclara posément Jaenelle. Seule.

Le Sceltie remua les pieds, hésita un instant, puis raffermit sa posture.

— *Il est grognon et contrarié et il refuse de nous parler.*

Il ne flottait cette odeur particulière de colère et de peur, chez Lucivar, que lorsque Jaenelle ou Marianne le contrariaient. Or Marianne était innocente (Ladvarienne avait déjà vérifié), ce qui signifiait que Jaenelle avait fait quelque chose, ou bien qu'elle allait faire quelque chose.

Il montra les dents pour grogner en silence.

— *Jaenelle.*

Lorsqu'elle se tourna vers lui, il vit le grand sablier en bois noir posé dans sa main. Sans un mot, elle le retourna et le plaça sur la corniche en pierre du bassin inférieur, avant de se diriger vers l'autre extrémité du jardin.

Ladvarienne grogna doucement face au sablier.

La parentèle avait du mal à comprendre la façon qu'avaient les humains de découper la journée en petits morceaux appelés « heures » et « minutes ». Ils avaient assimilé sans difficulté que, parfois, les femmes voulaient être tranquilles. Toutefois il arrivait qu'ils les rejoignent trop vite et se faisaient réprimander. Alors le Sire d'Enfer et la Dame avaient fabriqué ces sabliers, dont la position était facile à interpréter. Si le sable était tout au fond, la femme était prête à jouer de nouveau. Dans le cas contraire, la parentèle s'en allait sans la déranger.

Jaenelle possédait deux séries de sabliers. Chacune comptait un sablier d'une heure, d'une demi-heure et d'un quart d'heure. Jaenelle utilisait la série en bois clair pour solliciter du temps personnel ; dans ce cas, elle pouvait être interrompue au besoin. Sorcière, la Reine, utilisait la série en bois noir, et la manipulation de ces sabliers constituait un ordre tacite.

Acceptant d'être congédié, Ladvarienne quitta le jardin en trottinant.

Il ne défierait pas sa Reine, mais il avait appris que, si on le pinçait assez fort, Lucivar ne frappait pas. Ladvarienne et les autres mâles découvriraient ce que la Dame entendait entreprendre.

4. Kaelir

En faisant appel à l'Art, tout membre du Lignage aurait pu envoyer une hache trancher nettement un morceau de bois. Lucivar, lui, n'utilisait que ses muscles et sa colère, songea Daimon en voyant l'outil retomber lourdement et fendre la bûche en deux.

Plus que tout ce qu'il avait observé depuis son arrivée en Kaelir, ce détail lui disait combien il était différent de servir dans cette cour. En Terreille, Lucivar se serait battu contre un autre mâle puissant, et cette violence aurait déclenché une rixe féroce capable de déchirer la cour. Ici, il contrôlait sa colère en coupant du bois qui réchaufferait le Manoir, l'hiver venu.

—Elle vous a envoyé ici pour me maintenir entravé ? grommela Lucivar en brandissant de nouveau sa hache.

—Que s'est-il passé, il y a sept ans, Lucivar ? demanda posément Daimon. Pourquoi êtes-vous tellement opposé à ce que Jaenelle aille jouer les guérisseuses en Petite Terreille ?

—Vous n'arriverez pas à me tirer les vers du nez, bâtard.

—Je me moque de vous tirer les vers du nez. Cela ne m'intéresse pas. Je veux simplement savoir pourquoi je suis sur le point de m'opposer aux souhaits de ma Reine.

La hache tomba si fort que la lame s'enfonça dans le billot.

Lucivar fit venir une serviette pour éponger son visage plein de sueur.

—Il y a sept ans, elle se trouvait en Petite Terreille, pour une de ces visites que le Conseil Obscur lui avait imposées. Une enfant avait été grièvement blessée, et on lui avait demandé de la soigner. Celui qui avait manigancé l'affaire s'y était bien pris. La plaie était si grave que sa guérison l'aurait laissée épuisée physiquement et mentalement, mais pas suffisamment pour qu'elle soit obligée de faire venir d'autres guérisseuses que celles de Petite Terreille. Si elle avait appelé Gabrielle ou Karla à la rescousse, un suivant mâle serait venu également.

» Une fois la guérison terminée, quelqu'un lui a donné un aliment ou une boisson droguée, mais elle était trop fatiguée pour s'en rendre compte. Elle s'est retrouvée assez docile pour signer un contrat de mariage.

Le sang de Daimon se glaça, doux et mortel. *Tu n'étais pas là. Tu ne peux y voir une trahison puisque tu n'étais pas là.* Cela n'avait aucune importance. Un consort n'était guère plus qu'un confort, mais un mari…

— Alors, où est-il ? demanda-t-il trop doucement.

Lucivar tordit la serviette.

— Il n'a pas survécu à la consommation.

— Vous vous en êtes chargé ? Merci.

— Il était mort à mon arrivée. (Lucivar ferma les yeux et déglutit.) Feu d'Enfer, Daimon, elle l'a éparpillé dans toute la pièce ! (Il rouvrit les paupières. Son regard était si sinistre que Daimon frémit.) La drogue comprenait une forte dose de safframate.

Le corps de Daimon s'engourdit un moment. Il ne savait que trop bien ce que la safframate pouvait faire à quelqu'un.

— Vous vous êtes occupé d'elle ?

Cela voulait dire : *Lui avez-vous fourni les rapports sexuels dont elle avait besoin ?* Il n'y avait en lui plus de place pour la jalousie ou la trahison, désormais, rien que l'espoir désespéré que Lucivar avait fait le nécessaire pour Jaenelle.

Lucivar détourna les yeux.

— Je l'ai emmenée à la chasse en Askavi.

Daimon se contenta de dévisager son frère, laissant mûrir ces paroles cruciales.

— Vous avez joué le rôle d'appât pour elle ?

— Qu'étais-je supposé faire ? rétorqua Lucivar. La laisser enfermée en Ébènaskavi, la laisser souffrir ? La saignée soulage la douleur qu'inflige la safframate aussi bien que la copulation. (Il se tut pour respirer profondément et se ressaisir.) Cela n'a pas été facile, mais nous y avons survécu.

C'était tout ce que Lucivar avait l'intention de lui révéler sur un événement dont il devait se souvenir comme d'un cauchemar.

— Elle n'est retournée en Petite Terreille que quelques fois, depuis, et seulement avec une suite armée dont je faisais partie, raconta Lucivar. Elle ne s'y est plus jamais rendue depuis qu'elle a établi officiellement sa cour.

— Je vois, répondit doucement Daimon. Il est presque temps d'entendre sa décision. Vous voulez faire un brin de toilette ?

— À quoi bon ? demanda Lucivar avec un sourire morose. Quand je l'aurai entendue, je reviendrai certainement ici, de toute façon.

5. Kaelir

— Puis-je vous aider ?

Osvald, le suivant, serra les dents, puis s'efforça de sourire, en se tournant vers le valet.

Feu d'Enfer, n'y avait-il donc pas un seul mâle dans ce maudit endroit qui ne cherchait pas la bagarre ?

— J'ai l'impression qu'on me fait patienter, alors je me suis dit que je pourrais admirer les tableaux qui se trouvent dans cette partie du Manoir.

— Je serais ravi de vous montrer le chemin qui mène vers votre chambre, proposa Holt avec une courtoisie glaciale.

En Terreille, il aurait pu faire fouetter ce serviteur pour n'avoir pas été assez soumis. En Terreille, les domestiques ne porteraient pas leurs Joyaux de façon ostentatoire au point d'obliger leurs supérieurs sociaux à reconnaître la force dont ils étaient la preuve. Cela l'irritait, alors qu'il avait les faveurs de la Grande Prêtresse d'Hayll, de devoir reconnaître qu'un valet était aussi un seigneur de guerre orné à l'Opale.

— Par ici, dit Holt au moment où Wilhelmina quittait la pièce.

Osvald jura en silence. Si Holt s'était présenté quelques minutes plus tard, il aurait pu faire sortir cette garce de cet endroit.

Puis un gros félin tigré émergea à son tour et riva ses yeux fixes sur lui. Osvald se réjouit de la présence de Holt. Quand les babines de l'animal se retroussèrent, il n'eut plus besoin d'invitation. Il adressa à Wilhelmina un salut poli. Il se sentit infiniment soulagé quand elle le lui rendit si spontanément qu'il donna l'impression d'être d'une familiarité détendue, le genre de réaction machinale que les autres garces de ce lieu n'avaient qu'avec les mâles qu'elles connaissaient assez bien. Dans leur manière de s'adresser à lui, il y avait une légère hésitation qui proclamait clairement : « étranger ».

Cela pouvait jouer en sa faveur, songea-t-il en suivant Holt dans l'aile où Alexandra et sa suite étaient hébergées. Qui s'étonnerait qu'un suivant livre un message d'une dame à une autre ? Surtout si l'on pensait qu'il travaillait pour la famille dans laquelle il évoluait depuis plusieurs années.

Oui, ce stratagème pouvait fonctionner à merveille.

6. Kaelir

— *Quand ils travaillent en tandem, ils sont dangereux*, dit Andulvar à Sahtan, grâce au fil de communication gris ébène.

En voyant Lucivar et Daimon, Sahtan comprit les propos d'Andulvar. Tous les princes de guerre étaient audacieux, mais quand deux hommes de force complémentaire faisaient équipe...

— *Nous l'étions aussi, au même âge*, répondit-il sèchement. *Nous le sommes encore.*

— *Si cela devait se terminer en bagarre, je ne voudrais pas les affronter, ces deux-là*, insista Andulvar d'un air pensif.

L'amusement qu'aurait pu ressentir Sahtan s'envola aussitôt. Son cœur avait envie de crier : « Ils ne seront jamais ennemis. Ce sont mes enfants, mes fils. » Mais une autre partie de lui, celle qui devait estimer le danger potentiel que constituait un autre mâle puissant, n'en était pas certaine. Il n'avait aucun doute quand il s'agissait de Lucivar seul. Mais Daimon...

Lucivar avait enduré une enfance violente, cependant, à certains égards, elle avait été d'une brutalité propre. Quand il avait été pris au piège dans une cour, il était déjà un jeune homme. Élevé à la cour de Dorothéa, Daimon avait suivi l'enseignement perverti que l'on prodiguait là-bas, il l'avait intégré, puis s'en était servi comme d'une arme.

Lucivar combattait peut-être les individus, mais il était capable de loyauté envers une famille et une cour. Sahtan soupçonnait fortement que celle de Daimon serait toujours superficielle, que la seule loyauté sur laquelle ils pouvaient compter était son engagement envers Jaenelle. Cela signifiait que Daimon était capable de faire n'importe quoi pour elle, et aussi que ce fils-là devait être géré avec une très grande prudence.

Jaenelle se conduisait comme un lapin affolé en présence de ce renard de Daimon, ce qui ne faisait rien pour arranger les choses. Avec n'importe quel autre homme, Sahtan aurait trouvé cette chasse amusante. C'était à coup sûr le cas des garçons. Et il comprenait pourquoi ils étaient ravis par sa réaction face à Daimon. Mais Daimon, lui, ne s'en divertissait pas du tout. Que se passerait-il quand la colère de son fils finirait par exploser ? Qui en pâtirait ?

Lorsque Jaenelle entra dans le bureau, Sahtan mit de côté ce problème potentiel pour s'occuper de celui qui se trouvait à la porte.

— Sire d'Enfer, dit Jaenelle, d'un ton formel.

— Ma Dame, répondit-il, tout aussi courtois.

Elle prit une profonde inspiration et se tourna vers Lucivar.

— Prince Yaslana, en tant que Premier Suivant, je veux que vous organisiez un hébergement quelque part le long de la frontière de Petite Terreille pour moi-même et une suite réduite. Pas dans une auberge. Dans une maison privée ou un poste de garde. Un lieu dont la discrétion est garantie, dans le Territoire de votre choix. Vous pouvez décider de l'heure du rendez-vous, à condition que ce ne soit pas dans les trois prochains jours.

Il était trop loin pour en capter la moindre trace, mais il était en mesure de savoir, grâce à l'embrasement soudain du regard de Daimon et à la vivacité de celui de Lucivar, que ses lunes avaient commencé. Il réprima un soupir. Feu d'Enfer, comment était-il censé canaliser l'agressivité instinctive de Daimon tout en luttant pour maîtriser la sienne ? Les sorcières étaient vulnérables durant les trois premiers jours de leurs lunes, parce qu'elles ne pouvaient porter leurs Joyaux ni utiliser davantage que des sorts enfantins sans s'infliger de douleur physique. Et quand c'était sa Reine qui était vulnérable, la colère d'un prince de guerre pouvait être meurtrière.

— Vous n'aurez pas à parler à quiconque de ces dispositions, poursuivit Jaenelle. Toutefois, par courtoisie, vous devriez en informer l'Intendant, le maître de la Garde et le consort. L'Intendant contactera le seigneur Jorval pour confirmer le lieu de rendez-vous en Petite Terreille.

— À quoi bon trouver un endroit sûr si vous vous rendez en Petite Terreille ? s'enquit Lucivar, d'un ton qui demeurait très respectueux.

— Parce que je me rends en Petite Terreille *sans* me rendre en Petite Terreille. Cela répondra aux inquiétudes de la cour sur mon bien-être, tout en me permettant de rencontrer la personne qui a besoin de mes services.

Lucivar plissa les yeux d'un air pensif.

— Vous pourriez tout simplement refuser de la soigner, hasarda-t-il.

— J'ai mes raisons d'agir ainsi, répondit Jaenelle de sa voix ténébreuse.

Sahtan comprit que la question était réglée pour Lucivar.

Mais celui-ci la dévisageait toujours.

— Si j'accepte de suivre vos instructions, dit-il, pourrons-nous nous occuper de vous pendant ces trois jours sans subir de protestations ?

Il n'en fallut pas davantage pour que la Reine redevienne une jeune sœur bredouillante et grognonne.

— Qui cela, « nous » ? demanda-t-elle d'un air inquiétant.

— La famille.

Quelqu'un avait-il remarqué que le regard que Daimon lança à son frère avait de quoi transpercer Lucivar ? Sahtan se demanda si ce dernier s'était rendu compte à quel point, qu'il ait intégré ou exclu Daimon en employant le terme de « famille », cela ne convenait guère au consort de la Reine.

— Papa ! s'exclama Jaenelle en faisant volte-face.

— Sorcelière, répondit-il doucement.

Il sentit toutefois la sueur perler sur son front tandis que le visage de Daimon se figeait en un masque de froideur indéchiffrable.

Elle le considéra longuement, puis se tourna de nouveau vers Lucivar.

— Dans la limite du raisonnable, dit-elle d'un ton sec. Et je décide de ce qui est raisonnable.

Lucivar se contenta de lui sourire. Elle quitta le bureau d'un pas décidé. Le sourire de Lucivar s'effaça dès qu'il vit Andulvar.

— Puisque vous êtes le maître de la Garde, c'est à vous qu'elle aurait dû demander de tout organiser.

— Mon ego est intact, petit, répondit Andulvar en haussant les épaules. C'est une Reine trop bonne pour ne pas comprendre les besoins des mâles qui la servent. Pour l'heure, il vous est plus nécessaire qu'à moi de prendre ces dispositions. (Son sourire était teinté de nervosité.) Mais, si vous ne m'en informez pas, je serai vraiment offensé.

— Si vous avez un peu de temps, nous pourrions jeter un coup d'œil à la carte, proposa Lucivar.

— Vous apprenez vite, petit, dit Andulvar en prenant Lucivar par les épaules pour le mener hors de la pièce. Vous apprenez vite.

Daimon n'esquissant pas un geste pour sortir, Sahtan s'appuya contre le bureau de bois noir.

— Vous avez quelque chose en tête, prince ?

— Je me moque éperdument des liens familiaux que Lucivar et vous affirmez avoir avec elle. Je ne suis pas son frère, déclara Daimon trop doucement.

— Personne n'affirme que vous l'êtes. Je suis son père adoptif et vous êtes mon fils. Les deux choses n'ont rien à voir. Vous ne l'avez jamais considérée comme une sœur, et elle ne vous a jamais vu comme un frère. Cela n'a pas changé.

La froideur du regard de Daimon fit place à de la noirceur.

— Elle ne me regarde peut-être pas comme un frère, mais elle refuse que je sois autre chose.

Sahtan lui prêta soudain attention.

— Ce n'est pas vrai, répondit-il.

Le ricanement de Daimon était teinté d'amertume et de chagrin.

— Il me faut en général moins de une heure pour séduire une femme, quand je le souhaite. Et je n'ai guère besoin de plus de deux heures quand je ne cherche pas à l'attirer. Or je n'arrive même pas à l'approcher suffisamment pour lui parler.

Le charme incontesté de Daimon refroidissait Sahtan. Les gens qui racontaient certaines histoires ignoraient qu'ils parlaient de son fils, et il en avait entendu assez sur le Sadique pour être mal à l'aise. Ces prouesses de chambre, comme l'homme qui les réalisait, étaient une arme à double tranchant.

Il suffisait que Daimon ait envie de s'en servir prématurément…

Sahtan croisa les bras pour dissimuler le léger tremblement de ses mains.

— Les garçons s'amusent beaucoup de ce petit jeu du chat et de la souris entre elle et vous.

— Vraiment ? s'enquit Daimon tout bas.

— Et moi aussi, je l'avoue.

Du moins serait-ce le cas si je pouvais être certain que vous n'allez pas me sauter à la gorge avant que j'aie terminé.

Les yeux dorés de Daimon exprimaient un ennui, une lassitude que Sahtan ne connaissait que trop bien, car il lui était arrivé, parfois, de se regarder dans une glace et de les déceler dans ses propres pupilles.

—Ah bon ? répondit Daimon.

—Il y a quelques jours, Jaenelle m'a demandé mon avis sur la robe qu'elle portait pour le souper.

—Je m'en souviens. C'est une robe superbe.

—Je suis ravi que vous l'ayez appréciée. (Sahtan marqua une pause.) Sachez que, au cours des treize ans qu'elle a vécu ici, Jaenelle ne s'est jamais assez souciée des vêtements pour solliciter mon approbation sur une de ses tenues. Sachez aussi qu'elle ne me demandait pas ce que j'en pensais en tant qu'Intendant ou que père, mais en tant qu'homme. Et j'admets que, cette robe lui allant à merveille, mon opinion de père aurait été très différente de mon opinion d'homme.

Daimon faillit sourire.

—Elle vous voit comme un homme, Daimon. Un homme, et non un ami de sexe masculin. Pour la première fois de sa vie, elle s'efforce de faire face à son propre désir charnel. Alors elle fuit.

—Elle n'est pas la seule, marmonna Daimon, dont le regard ensommeillé exprima soudain un vif intérêt. Je suis son consort. Elle pourrait juste…

Sahtan secoua la tête.

—Croyez-vous vraiment que Jaenelle exigerait cela de vous ?

—Non, répondit Daimon en passant une main dans ses cheveux. Que faire ?

—Rien de plus que ce que vous faites déjà. (Sahtan réfléchit un instant.) Savez-vous préparer un breuvage qui soulage les douleurs des lunes ?

—Je sais en concocter certains.

—Dans ce cas, reprit Sahtan avec un sourire, je suggère que le consort en fasse un pour sa Dame. Même Jaenelle trouvera que cela rentre dans le cadre d'un empressement raisonnable.

7. Kaelir

En s'arrêtant sur le seuil de la salle à manger, Onirie maugréa un juron. Seuls Alexandra et son entourage étaient présents dans la pièce.

Feu d'Enfer! pourquoi Jaenelle n'avait-elle pu partir seule? Les repas étaient assurément détendus et les conversations plus intéressantes quand Alexandra et les siens dînaient séparément. Quand elle l'avait signalé à Sahtan, il l'avait informée que c'était Jaenelle qui avait eu l'idée de convier Alexandra et les autres à se joindre à eux pour les repas, dans l'espoir qu'ils comprennent un peu mieux Kaelir.

L'intention était louable, songea Onirie, furieuse, en se dirigeant vers la table, mais la réalité s'avérait un échec cuisant. Aucun d'entre eux, d'Alexandra jusqu'au plus modeste suivant, ne souhaitait comprendre quoi que ce soit au Lignage de Kaelir. Et les repas de midi étaient les pires depuis que Sahtan ne les présidait pas.

Lorsqu'elle se présenta à table, les deux reines de province, Vania et Nyselle, lui décochèrent un regard où se mêlaient mépris et dégoût. Elle y aurait vu une offense personnelle si elle avait ignoré qu'elles faisaient de même avec toutes les sorcières, y compris les reines qui leur étaient pourtant bien supérieures.

Vania regarda ensuite vers la porte, et son expression afficha la satisfaction d'un prédateur.

En se retournant, Onirie vit Aaron s'arrêter sur le seuil. Un homme à qui on venait d'annoncer la date de son exécution devait avoir la même mine. Sans doute n'avait-il guère envie de voir une autre femme le dévisager de la sorte, aussi reporta-t-elle son attention vers la table.

Le premier point intéressant était la façon dont le groupe s'était réparti : Alexandra, Philippe et Lilande à une extrémité de la table, Nyselle de l'autre côté, son consort et les suivants autour d'elle. Le consort de Vania se tenait à la gauche de sa dame, l'air malheureux. La chaise située à la droite de Vania était libre, comme les places qui se trouvaient en face d'elle.

Le deuxième élément frappant concernait les plats de service, sur la table. Le petit déjeuner et le déjeuner étaient étrangement présentés sur l'énorme buffet, de sorte que chacun pouvait garnir une assiette et s'installer à sa guise. Seul le souper commençait à heure fixe et était servi à table par les domestiques. Ce déjeuner précis se déroulait dans un style familial, comme si seul un petit nombre de convives étaient attendus.

Parfait, songea Onirie en se servant dans les premiers plats disponibles. Parfait, puisque tous les autres préféraient se sentir affamés pour éviter de manger en compagnie des invités. Mais, si elle apprenait qu'un autre déjeuner était servi discrètement ailleurs, elle aurait deux mots à dire à la personne qui le lui avait caché.

— Puis-je m'asseoir à côté de vous? demanda Aaron en s'approchant.

Elle faillit lui adresser une réponse acerbe au sujet des nombreuses chaises vides quand elle remarqua qu'il avait l'air traqué.

Comme s'il avait reçu une autorisation tacite, Aaron s'approcha encore. Elle sentit à sa crispation qu'il faisait de gros efforts pour maîtriser des émotions fortes.

— Et si vous vous installiez par ici, Aaron? suggéra Vania avec un sourire coquet en tapotant la chaise voisine de la sienne.

Voilà qui expliquait l'air traqué…

Au cours de son séjour au Manoir, Onirie avait remarqué que les mâles, du plus modeste serviteur jusqu'au Sire d'Enfer, avaient des idées un peu particulières sur la distance physique jugée acceptable. La courtoisie froide avec laquelle ils pouvaient s'adresser à une femme était un repoussoir efficace quand cette distance n'était pas respectée. Les mâles du Premier Cercle toléraient que les sorcières du Premier Cercle les approchent et les touchent. Ils appréciaient même cette familiarité amicale. Mais ils ne la supportaient de la part de personne d'autre.

Il me considère comme étant des leurs, comprit-elle avec un frisson de plaisir de se voir acceptée. *Il considère que je ne suis pas dangereuse.* C'est pourquoi elle lui répondit: « Bien sûr » de façon aussi apaisante que possible. Et, pour une raison inconnue, cela troubla Aaron.

Je suis une bonne catin, songea-t-elle en saisissant les couverts de service de la dinde rôtie. *Une sacrée bonne catin. Alors comment se fait-il que, tout à coup, les mâles soient indéchiffrables?*

— Vous…

Le couteau pointé vers la dinde, Onirie se tourna vers Aaron:

— Vous n'alliez tout de même pas suggérer que je ne sais pas manier un couteau, mon cher?

— Je ne serais jamais assez stupide pour sous-entendre qu'une sorcière appartenant aux Déa al Mon est incapable de se servir d'un couteau, répondit-il en écarquillant les yeux, d'une voix étonnamment faible. J'allais vous demander si vous vouliez bien m'en couper une tranche.

— C'est ça! railla Onirie, d'un ton un peu acerbe.

Elle le sentit se détendre légèrement et jura en silence contre le comportement pervers des mâles. Cela dit, songea-t-elle en découpant un morceau de blanc de dinde, les hommes étaient peut-être tellement habitués à ce mélange doux-amer de la personnalité d'une sorcière qu'ils pouvaient se détendre en toute confiance avec elle. C'était peut-être un goût qu'ils finissaient par acquérir, comme celui des baies amères.

Cette idée la fit rire.

Elle remit les couverts de service sur le plat et s'installa pour manger. Les conversations étaient rares, ce qui lui convenait à merveille, d'autant plus que toutes les remarques de Vania étaient destinées à Aaron dont les réponses étaient lapidaires au point de frôler l'impolitesse.

Espérant soulager, ne serait-ce qu'un peu, la tension qui régnait, Onirie leva les yeux pour demander à Alexandra quand elle et sa suite comptaient partir. Mais elle ne dit rien car elle venait de plonger les yeux dans le regard de Vania. Elle y lut une colère vicieuse dirigée droit sur Aaron.

Vania picora dans son assiette un instant, puis la repoussa avec un sourire charmeur.

— Je suis trop fatiguée pour manger. Aaron s'est montré si stimulant, ce matin…

Onirie mit un certain temps à comprendre cette remarque.

Avec un hurlement de rage, Aaron bondit sur la table et empoigna les cheveux de Vania pour l'attirer en avant. Sa main gauche saisit le couteau à découper et l'appliqua contre la gorge de Vania.

Onirie attrapa le poignet droit d'Aaron à deux mains et le tira en arrière aussi vivement que possible. Il céda de quelques centimètres, puis projeta le bras en avant.

La pointe du couteau écorcha le cou de Vania, qui se mit à crier en voyant le sang s'écouler de sa blessure.

Onirie déversa la puissance de ses Gris dans ses mains pour avoir plus de force, mais un bouclier robuste autour d'Aaron absorbait cette puissance.

D'accord. Muscle contre muscle. Elle pouvait le retenir quelques secondes, le temps que les hommes présents lui viennent en aide.

Hélas, nul ne broncha.

C'est alors qu'elle aperçut le visage d'Aaron. Elle sut à cet instant qu'aucun des autres convives n'allait approcher un prince de guerre aussi froid et impitoyable.

Elle lutta de plus belle, usant de tous les appuis possibles. Elle se moquait éperdument que Vania se fasse trancher la gorge, mais elle ne voulait pas qu'Aaron ait des ennuis parce que cette garce l'avait poussé trop loin.

— *Onirie?* appela Griscroc avec angoisse.

— *Aide-moi!*

Le loup devait se trouver à proximité car il arriva dans la salle à manger quelques secondes plus tard.

— *Onirie…*

— *Ne reste pas là. Fais quelque chose!*

— *Aaron fait partie du Premier Cercle*, geignit Griscroc. *Je ne peux pas le mordre.*

— *Dans ce cas, trouve quelqu'un qui le peut!*

Griscroc quitta vivement la pièce.

Si elle l'avait pu, elle aurait fait appel à l'Art pour effacer le couteau, mais Aaron avait prolongé ce maudit bouclier jusqu'à l'arme, qu'elle ne pouvait atteindre. Pas moyen, non plus, de lui briser le poignet pour l'empêcher d'agir.

Elle relâcha un instant son emprise, suffisamment pour que la lame entaille de nouveau la gorge de Vania.

Chaosti apparut, puis serra les mains sur le poignet droit d'Aaron. Lucivar referma les siennes sur celles d'Onirie, pour leur procurer davantage de force et de puissance.

Ivre d'une envie assassine, Aaron se débattit désespérément.

— Nom de Dieu, Aaron! gronda Lucivar, ne m'obligez pas à vous casser le poignet.

Bonne chance, songea Onirie amèrement tandis que Lucivar renforçait sa poigne sur ses mains. Elle espérait qu'il se souvienne de leur présence avant de se mettre à fracturer des os.

Aaron ne semblait plus en état de les entendre. Toutefois, il réagit à une voix ténébreuse et glaciale:

— Prince Aaron, votre attention!

Aaron fut pris de tremblements incontrôlables. Lucivar lui arracha le couteau, qu'il fit disparaître. Chaosti ouvrit de force la main droite d'Aaron pour libérer les cheveux de Vania.

Celle-ci hurlait encore. Onirie se rendit compte qu'elle criait depuis le premier coup de couteau qu'elle avait reçu.

— SILENCE.

Tous les verres posés sur la table s'enveloppèrent de glace. Vania regarda en direction de Jaenelle et cessa de crier.

— Prince Aaron, reprit Jaenelle trop calmement. Votre attention…

Aaron se redressa lentement. Chaosti et Lucivar le relâchèrent et s'écartèrent.

Pâle comme la mort, Aaron se dirigea vers Jaenelle et se mit à genoux.

— Attendez-moi dans l'étude du Sire d'Enfer, ordonna cette dernière.

Onirie observa ces yeux saphir glacials. Elle sentit le souffle d'une rage intense, à peine contrôlée, et se mit à trembler. Ses jambes se dérobèrent au point qu'elle dut s'asseoir sur la table.

Jaenelle s'approcha lentement et posa les yeux sur Lucivar.

— Vous étiez au courant, lui dit-elle.

— En effet, admit Lucivar, le souffle court.

— Et vous n'avez rien fait.

Il déglutit péniblement.

— J'espérais que la question serait réglée discrètement.

Jaenelle se contenta de le regarder fixement.

— Je vous verrai dans l'étude du Sire d'Enfer dans trente minutes, prince Yaslana.

— Bien, ma Dame.

Ensuite, les yeux saphir se rivèrent sur Chaosti.

— Et vous passerez ensuite.

— Avec plaisir, ma Dame, répondit celui-ci d'une voix rauque.

Oh, j'en doute fortement, pensa Onirie, toujours tremblante.

Jaenelle se tourna vers Vania. Le froid se mit alors à brûler.

— Si jamais vous infligez encore à l'un de mes mâles la moindre détresse physique, mentale ou affective, je vous suspends par les pieds et je vous étripe.

Nul ne dit mot, nul ne broncha jusqu'à ce que Jaenelle ait quitté la pièce.

Pouvait-elle faire une chose pareille ? se demanda Onirie. Elle ne se rendit compte qu'elle avait exprimé sa pensée à voix haute que lorsque Lucivar émit un rire rauque.

— Dans l'humeur où elle se trouve en ce moment ? Non seulement elle le pourrait, mais elle ne prendrait pas la peine d'utiliser un couteau, répondit-il.

Onirie observa ses propres mains et réfléchit un instant. Puis elle se demanda si quelqu'un serait contrarié si elle vomissait par terre.

— Onirie ? appela Lucivar en l'obligeant à relever la tête de sa main tremblante.

Il est mort de trouille. Feu d'Enfer, ô Nuit, que la Ténèbre soit clémente !

— Onirie ? Vous êtes blessée ?

La vive inquiétude qu'exprimait Lucivar l'obligea à se concentrer.

— Blessée ? Non, je ne crois pas...

— Vous avez du sang sur le visage et le cou.

— Ah, répliqua-t-elle, nauséeuse. J'ai dû être éclaboussée quand...

Mieux valait qu'elle garde la bouche fermée, dans l'immédiat.

— Falonar ? appela Lucivar en regardant par-dessus son épaule.

— Prince Yaslana, répondit posément celui-ci.

— Votre unique devoir, cet après-midi, est de vous occuper de dame Onirie.

— Avec plaisir.

— Dame Vania a besoin d'une guérisseuse, lança frénétiquement un suivant.

— Merde ! dit Onirie, qui se sentait un peu ivre. Ils sont bien vivants. Ils parlent, ils bougent. À les voir si coincés, il y a encore quelques minutes, il y avait pourtant de quoi douter.

— Ferme-la, garce ! lança un suivant.

Lucivar, Chaosti et Falonar se mirent à grogner après lui.

— Je suggère que vous demandiez au seigneur Bhil de faire quérir la guérisseuse d'Halavet, dit froidement Lucivar.

— Ce Manoir en compte certainement une, s'indigna Alexandra.

— Il y a dame Gabrielle et dame Karla, répondit Lucivar. À votre place, je n'en convoquerais aucune, dans l'immédiat.

— Vous pourriez toujours demander à Jaenelle, suggéra Onirie avec un sourire cruel.

Un silence effrayé accueillit ces propos.

Deux suivants soutinrent Vania tandis qu'Alexandra et sa suite quittaient la salle à manger. Lucivar et Chaosti foudroyèrent Falonar du regard avant de sortir.

Ce dernier s'approcha d'Onirie avec précaution.

— Cela a dû être... angoissant... pour vous, bredouilla-t-il, la gorge nouée. Auriez-vous besoin de sels ou d'autre chose ?

— Mon cher, répondit Onirie en plissant les yeux, je suis une tueuse, j'ai déjà fait bien pire au cours d'un repas.

—Je ne parlais pas de…

Il observa la table maculée de sang.

—Ah…

Au moins, il était assez intelligent pour comprendre que ce n'était pas *Aaron* qui lui avait fait peur, songea Onirie.

—Loin de moi l'idée de vous offenser, reprit-il.

—Il n'y a pas de mal, répondit Onirie. (Elle marqua une pause.) En d'autres circonstances, je serais désireuse de découvrir les règles qui pourraient me permettre de proposer à un homme un après-midi torride de copulation, histoire de m'aérer l'esprit après les quelques heures qui viennent de s'écouler. Mais je ne pense pas que cela soit une bonne idée aujourd'hui.

Surprise et intérêt scintillèrent dans les yeux de Falonar, dont la voix se teinta de regret.

—Non, je ne crois pas que ce soit une bonne idée… aujourd'hui.

—Que diriez-vous d'une autre séance d'entraînement au bâton ? J'aimerais sortir d'ici.

—Vous savez manier le couteau ? demanda Falonar.

—Absolument, confirma Onirie en jetant un coup d'œil vers l'entrejambe de Falonar. Et je manie aussi très bien la hampe.

—Et l'arc ? demanda-t-il en rougissant légèrement.

Elle secoua la tête en souriant.

—Acquérir une nouvelle compétence demande de la concentration.

—Comme utiliser certaines compétences anciennes… si l'on veut bien s'y prendre.

Il rougit de plus belle, de plus en plus intéressé.

—Concentrons-nous sur une nouvelle compétence, conclut Onirie en se levant.

—Vous avez raison.

Étant tombés d'accord, ils se hâtèrent de fuir la furie grandissante qui emplissait le Manoir.

8. Kaelir

Daimon s'arrêta devant le salon de Jaenelle. Il respira profondément, redressa les épaules et frappa à la porte.

Pas de réponse.

Elle était là. Il sentait la furie tournoyer dans la pièce, ainsi que le froid.

Il frappa encore, puis entra sans y avoir été invité.

Jaenelle déambulait dans le salon, les bras enroulés autour de la taille.

— Allez-vous-en, Daimon, grommela-t-elle en le foudroyant du regard.

Elle aurait dû se reposer, ce jour-là, songea Daimon, dont la colère monta d'un cran. C'était sans doute ce qu'elle faisait avant l'incident survenu dans la salle à manger.

— Étant le seul mâle du Premier Cercle à ne pas subir votre mécontentement, je viens voir si vous avez besoin de quelque chose. Comment cela se fait-il, d'ailleurs ?

Malgré les efforts qu'il faisait pour s'exprimer avec douceur, sa voix était teintée de nervosité. Il aurait dû se sentir soulagé d'avoir échappé aux coups verbaux que les autres avaient reçus. Au lieu de cela, il regrettait de s'en sentir exclu. Puis il perçut pleinement son regard de saphir glacial.

— Vous auriez dû signaler que Vania harcelait Aaron. Le saviez-vous ? demanda Jaenelle trop doucement.

— Non, je l'ignorais. Et, même si je l'avais appris, je n'en aurais pas parlé.

— Pourquoi pas, au nom d'Enfer ? s'écria Jaenelle.

Un peu de chaleur. Daimon sentit ses jambes se dérober tant il était soulagé. Grâce à la Ténèbre, ce n'était plus de la rage froide, mais une colère chaude qu'il pouvait gérer.

— Parce qu'elle le harcelait. Aaron ne posait aucun piège, n'émettait aucune invitation tacite. Elle tentait de l'attirer dans son lit dans un désir de conquête. Elle se moquait éperdument des conséquences que cela aurait pour lui.

— Justement.

Elle ne comprenait toujours pas. Daimon passa une main dans ses cheveux.

— Feu d'Enfer, cet homme a une femme et une fille en bas âge ! S'il avait parlé, Kalush aurait-elle vraiment cru qu'il était innocent ?

— Naturellement ! s'écria Jaenelle. Mais, s'il ne souhaitait pas le dire à Kalush, il aurait pu me le dire, ou l'avouer à Karla ou à Gabrielle.

— En quoi cela aurait-il aidé ? rétorqua Daimon. Vous l'auriez répété à Kalush, et Aaron aurait tout de même été soupçonné d'une faute qu'il n'a pas commise, qu'il ne voulait pas commettre.

— Pourquoi ne cessez-vous pas de rabâcher cette histoire de soupçons ? Ce…

— Je ne rabâche pas.

— … ce n'est pas une question de soupçons.

— Alors pourquoi êtes-vous tellement furieuse contre lui ? hurla Daimon.

— PARCE QU'IL A ÉTÉ TOUCHÉ ET QU'IL N'AURAIT PAS DÛ L'ÊTRE ! répondit Jaenelle, dont les yeux s'embuèrent de larmes. Je suis furieuse contre lui parce qu'il a été blessé. Croyez-vous que j'ignore combien il est heureux et terrifié depuis la grossesse de Kalush ? Combien elle et Arianna comptent, pour lui ? Combien il se sent vulnérable, sachant qu'une autre femme s'intéresse à lui ? (Elle essuya une larme qui coulait sur sa joue.) Mais vous le cachiez tous si bien que nous ne comprenions rien à part la nervosité des garçons depuis que ces… gens… sont arrivés au Manoir. Si nous avions su, le cénacle aurait agi plus tôt.

Lisant entre les lignes, Daimon plissa ses yeux dorés.

— Quoi d'autre ?

— Alexandra est ma grand-mère, avoua Jaenelle non sans hésitation.

Il s'approcha d'elle si vivement qu'elle fit un pas en arrière et se prit les pieds dans le bas de sa robe. Daimon la rattrapa et l'attira contre lui.

— Ne cédez pas à la culpabilité, Jaenelle, déclara-t-il avec passion. Vous m'entendez ! Il ne faut pas. C'est votre grand-mère. En tant qu'adulte, elle est responsable de ses actes. En tant que reine, elle est responsable de sa propre cour. Si quelqu'un doit partager la culpabilité de Vania, c'est Alexandra. Elle a été mise en garde contre les problèmes qui se profilaient et elle n'a rien fait.

Quand elle voulut protester, il la secoua à tel point qu'elle montra les dents et se mit à grogner après lui.

— Si vous voulez endosser la culpabilité et les reproches, Wilhelmina est tout aussi coupable et à blâmer.

Ces yeux exprimaient une telle férocité protectrice…

Daimon lui caressa lentement les bras dans un geste apaisant.

— Si l'une des petites-filles ne saurait être blâmée pour les actes de Vania ou l'indifférence d'Alexandra, comment, en toute honnêteté, incriminer l'autre ?

— Parce que je suis la Reine, et qu'une Reine non seulement contrôle sa cour, mais la protège.

Daimon gémit de frustration et marmonna quelques paroles peu flatteuses sur l'entêtement féminin.

— Ce n'est pas de l'entêtement quand on a raison, rétorqua Jaenelle.

Il ne pouvait remporter ce combat si elle adoptait une telle attitude. Il tenta donc une nouvelle approche.

— Très bien, admit-il. Nous aurions dû le signaler.

Ou bien s'en charger mieux qu'ils l'avaient fait.

— Pourquoi êtes-vous soudain d'accord avec moi ? demanda-t-elle d'un air soupçonneux.

Daimon arqua les sourcils.

— Vous devriez préférer que les mâles soient d'accord avec vous, répondit-il doucement. Dois-je continuer à discuter ?

— Quand l'un d'entre vous, n'importe lequel, cède aussi facilement, c'est parce qu'un autre est en position de poursuivre le débat sous un autre angle.

— À vous entendre, le Premier Cercle est une meute de chiens de chasse, dit Daimon en réprimant un rire.

— Je crois que ses membres ont appris cette tactique avec les loups, répliqua amèrement Jaenelle.

Daimon se mit à lui masser le cou et les épaules.

Elle ferma les yeux.

— Saviez-vous que vous et Lucivar êtes les seuls hommes vivants du Premier Cercle que Vania n'a pas tenté d'attirer dans son lit ?

— Elle n'aurait pas osé essayer avec moi, répondit doucement Daimon.

— Et elle a eu l'intelligence de ne pas le tenter avec Lucivar. Quand quelqu'un le met dans cette situation, il a tendance à frapper d'abord et à discuter ensuite.

— Un repoussoir efficace, apparemment.

— Hum… oui, jusque-là.

Daimon se concentra de bonne grâce sur un muscle noué. Tandis qu'il la caressait et la massait, il l'invita subtilement à s'appuyer contre lui, jusqu'à ce qu'elle enroule les bras autour de sa taille et qu'elle pose la tête sur son épaule.

— Lucivar est blessé parce que vous êtes furieuse contre lui, dit-il doucement. Tous les garçons le sont.

— Je sais, soupira-t-elle. Je suis trop fatiguée pour réfléchir à une tâche pour chacun d'eux. Je suppose que je vais devoir me cogner l'orteil.

— Comment ? demanda-t-il en cessant de la caresser.

— Je vais me cogner l'orteil, et ensuite, je les laisserai me bichonner, s'affairer autour de moi, me porter. Alors ils sauront que je ne suis plus fâchée contre eux.

— Trouveront-ils qu'un orteil douloureux est une blessure grave ?

— Bien sûr que non ! railla Jaenelle. C'est surtout un rituel.

— Je vois. La Reine ne peut demander pardon, mais elle doit donner un signe montrant qu'elle a pardonné.

— Absolument. S'il ne s'était agi que d'un seul d'entre eux, je lui aurais demandé de m'aider à faire quelque chose que j'aurais pu faire moi-même, et il aurait compris le message. Mais ils sont si nombreux que je vais devoir les laisser s'affairer autour de moi. (Sa voix se mua en un léger grognement.) Ils vont tapoter mes oreillers, m'envelopper de couvertures dont je ne veux pas, m'obliger à faire la sieste…

— Ce n'est pas seulement du pardon. Il y a une petite revanche, en plus.

— La revanche n'est pas si petite. En général, une femme membre du cénacle me fait discrètement parvenir un livre pour que je puisse lire durant mes « siestes ». Un jour, papa est venu vérifier ce que je faisais, alors j'ai caché l'ouvrage sous mon oreiller, mais pas assez bien. Il n'a rien dit. Quand Khary et Aaron sont entrés, il a même enfoncé le volume sous l'oreiller pour mieux le dissimuler. Puis Sahtan a eu les couilles de dire que j'étais un peu rouge, pour qu'ils s'occupent davantage de moi.

Daimon marqua une pause pour réfléchir à la distinction entre « papa » et « Sahtan ».

— Ma chère, déclara-t-il prudemment, si Sahtan a des couilles, papa en a aussi.

— Il me semble un peu irrespectueux de parler ainsi de papa.

— Je vois, dit Daimon d'un ton qui suggérait le contraire.

— Papa, expliqua Jaenelle, est charmant et intelligent, de compagnie fort agréable.

— Je ne pense pas que Sahtan soit un compagnon fort agréable, répondit sèchement Daimon en pensant à Sahtan et Sylvia.

Un long silence s'installa.

— Diriez-vous que la silhouette de Sylvia est fort agréable ?

Daimon s'en mordit les doigts. Posait-elle cette question à propos de Sylvia parce qu'elle avait capté une pensée vagabonde, chez lui, ou à cause du lien entre cette femme et leur sujet de conversation ? Et comment, au nom d'Enfer, un consort était-il censé répondre à une telle interrogation sans danger ?

— Elle a une silhouette plus agréable que celle de Sahtan, hasarda-t-il avant de jeter Sahtan dans le gouffre verbal sans le moindre scrupule. Ils semblent tenir l'un à l'autre, même si Sylvia refuse de lui prêter son livre.

Jaenelle releva la tête. La lueur de son regard n'avait rien de froid.

— Quel livre ?

— Vous avez parlé de *quoi* ?

Daimon se massa la nuque en dévisageant son père d'un air méfiant. Il s'était senti contraint de prévenir Sahtan et le regrettait amèrement.

— Quelle idée avez-vous eue de lui en parler, au départ ? demanda-t-il, les yeux rivés aux siens.

Oh, non ! Il n'avait pas l'intention de dévoiler la moindre chose qui avait suscité ce commentaire.

— Jaenelle est de bien meilleure humeur, maintenant.

— Je n'en doute pas, railla Sahtan en se passant la main sur le visage. Que fait-elle, en ce moment ?

— Elle se repose, répondit Daimon. Je vais parler à Bhil pour qu'on lui monte un plateau dans son salon. Nous y dînerons. Ensuite, nous jouerons aux cartes un moment.

La lueur qu'il décela soudain dans le regard de Sahtan le rendit nerveux.

— Vous allez jouer aux cartes avec Jaenelle ? demanda-t-il.

— Oui, répondit Daimon, prudent.

— Dans ce cas, prince, je dirais que vous avez largement racheté le fait d'avoir évoqué ce livre.

9. Kaelir

Osvald s'attarda dans le couloir.

D'abord, il avait cru que l'ardent désir charnel de Vania allait entraver leurs projets. Mais après que cette garce de reine pâle s'en était prise à tous les mâles de la cour pour l'assouvir, ils étaient partis lécher leurs blessures affectives et n'étaient plus réapparus pour le reste de la journée.

La fureur de Jaenelle aurait été un cadeau du ciel si Wilhelmina Bénédict s'était trouvée dans sa chambre. Mais elle n'y était pas, et il ne savait où la chercher. Si elle se trouvait avec les autres garces, il ne pourrait l'approcher. Il ne voulait pas qu'elles le remarquent avant qu'il soit prêt à disparaître.

Bientôt, songea-t-il en regagnant sa propre chambre. *Bientôt.*

10. Kaelir

Et on m'appelle le Sadique, songea Daimon en observant la table de jeu et les cartes, tout en s'efforçant de réprimer un grognement de frustration.

— Vous avez failli remporter cette partie, déclara Jaenelle en dissimulant sa jubilation, tandis qu'elle calculait le score.

Daimon esquissa un sourire forcé.

— À moi de donner ?

Jaenelle retourna la feuille de papier et traça une ligne verticale en son milieu en inscrivant leurs noms au sommet de chaque colonne.

Daimon battit les cartes.

Feu d'Enfer, il ne devrait pas peiner à ce point sur une partie de cartes ! Ce n'était qu'une variante du berceau, un jeu que Jaenelle appréciait, quand elle était enfant. Certes, il existait en fait vingt-six variantes de berceau. Quoi qu'il en soit, il n'aurait pas dû avoir autant de mal à remporter une partie. Mais il y avait quelque chose d'un peu bizarre, dans ce jeu, quelque chose qui défiait toute pensée rationnelle. Toute pensée masculine.

Une planche, des pierres et des jetons en os colorés avec des symboles tracés d'un côté. Un jeu de cartes. Et leur interaction complexe. Il imaginait le cénacle, par un après-midi de tempête, en train de créer ce jeu pièce par pièce, d'inventer une variante à partir d'une autre, en ajoutant des règles d'autres jeux, différents de leur propre culture, jusqu'à obtenir une véritable torture pour un esprit masculin. Il détestait particulièrement le jeu de joker car le joueur en lice au moment où le joker était retourné pouvait demander une autre variante, ce qui transformait parfois une bonne main en une catastrophe.

Il devait exister un moyen de prendre l'avantage. Il devait bien…

Sans cesser de battre les cartes, Daimon examina la planche, les pierres, les jetons en os. Il réfléchit à la façon dont chaque pièce pouvait interagir avec les autres, et avec les cartes.

Oui, cela fonctionnerait. Cela fonctionnerait très bien.

—À quelle variante voulez-vous jouer? s'enquit Jaenelle en plaçant les pierres et les jetons en position de départ.

Daimon lui adressa le sourire qu'il utilisait pour terrifier les reines, à Terreille.

—La variante numéro vingt-sept.

Jaenelle se contenta d'un froncement de sourcils.

—Daimon, il n'y a pas de variante numéro vingt-sept.

—Maintenant, si, susurra-t-il en distribuant les cartes.

11. Kaelir

Elle était si jeune, songea Onirie en dévisageant sa mère. *Je la voyais si grande, si forte, mais elle est plus petite que moi… et elle était si jeune à sa mort.*

Titienne posa les pieds sur la banquette, près de la fenêtre, et enroula les bras autour de ses jambes repliées.

—C'est bien que vous soyez venue en Kaelir.

Onirie regarda par la croisée. Mais la vitre assombrie par la nuit ne lui montrait rien que son propre reflet. Cela lui rappela les questions restées sans réponse depuis trop longtemps.

—Pourquoi ne sommes-nous pas venues ici auparavant? demanda-t-elle doucement. Pourquoi n'êtes-vous pas rentrée à la maison après avoir quitté Kartane? (Elle hésita.) Était-ce à cause de moi?

—Non, répondit vivement Titienne. J'ai choisi de vous garder, Onirie. J'ai dû lutter contre mon corps appelé à rejeter de manière instinctive un enfant conçu par la force, et je vous ai choisie. (Ce fut au tour de Titienne d'hésiter.) J'avais d'autres raisons de ne pas rentrer à la maison, alors. Si je l'avais fait, votre vie aurait été plus facile, mais...

— Mais quoi ? l'interrompit Onirie. Si vous étiez rentrée à la maison, vous n'auriez pas dû vous prostituer pour manger et vous loger. Si vous aviez quitté Terreille, vous ne seriez pas morte aussi jeune. Quelle bonne raison pourrait compenser tout cela ?

— J'aimais mon père, dit doucement Titienne, et j'aimais mes frères. Le viol est passible de la peine de mort, Onirie. Si j'étais rentrée après avoir réussi à fausser compagnie à Kartane, mon père et mes frères seraient allés en Hayll pour le tuer.

Onirie la dévisagea.

— Comment, au nom d'Enfer, s'attendaient-ils à échapper à tous les gardes de Dorothéa pour atteindre Kartane ?

— Ils seraient morts, dit simplement Titienne. Et je ne voulais pas que mon père et mes frères périssent. Pouvez-vous le comprendre ?

— Pas vraiment, étant donné que j'ai passé la majeure partie de ma vie à préparer le jour où je pourrais tuer Kartane. Mais s'il s'était agi de votre mère... (Onirie tenta de sourire, en vain.) Que pensez-vous que votre père aurait dit de votre choix ?

Titienne eut un sourire désabusé.

— Je sais ce qu'il a dit. Il est resté dans le Sombre Royaume pendant un moment avant de retourner vers la Ténèbre. Mais il a vécu toutes les années qu'il avait à vivre, Onirie, et mes frères ont élevé des enfants qui ne seraient jamais nés. (Elle marqua une pause.) Et, si j'avais choisi autrement, vous ne vous seriez pas trouvée sur Chaillot il y a treize ans, et nous aurions perdu la plus grande Reine que le Lignage ait jamais connue.

— Et si vous ne vous étiez pas retrouvée en Terreille, sous Kartane, vous auriez été Reine et Veuve Noire.

— Je suis toujours Reine et Veuve Noire, rétorqua Titienne. Quand Kartane m'a brisée, il m'a privée de la force qui aurait été mienne, mais il n'a pas pu me prendre ce que je suis.

— Je suis désolée, dit Onirie, qui ne savait comment exprimer ses regrets sans être insultante.

— Ne soyez pas nostalgique, petite sorcière, répondit doucement Titienne en se levant. Et ne portez pas le fardeau des actes d'une autre personne que vous-même. (Elle tendit la main.) Venez. Vous aurez besoin de tous vos esprits si vous vous entraînez avec Lucivar, demain.

Onirie se leva et suivit Titienne. Entre cette scène avec Vania, en milieu de journée, les exercices d'entraînement auxquels elle s'était adonnée avec Falonar et le contrecoup de la fureur de Jaenelle, elle était plus que prête à se coucher. Ce jour-là, elle avait étreint plus de mâles en détresse que durant toute sa vie. Cela lui rappela autre chose.

— Comment dois-je me comporter avec les parents masculins que je viens d'acquérir ?

— Vous fixez vos limites, répondit Titienne tandis qu'elles approchaient de la chambre d'Onirie. Vous décidez de ce que vous êtes disposée à les laisser faire et de ce que vous devez faire toute seule. Ensuite, vous le leur dites. Gentiment. Nous sommes en Kaelir, Onirie. Il faut se comporter avec les mâles...

Titienne se figea et se mit à fulminer.

— Titienne ? s'enquit Onirie, étonnée par l'expression horrifiée de sa mère. Qu'est-ce qui ne va pas ?

— Où est le Sire d'Enfer ? grommela Titienne.

Sans attendre la réponse, elle se précipita vers l'escalier le plus proche.

Onirie se lança à sa poursuite et la rattrapa au moment où elle s'arrêtait devant une porte.

Titienne frappa une fois de son poing, puis ouvrit vivement la porte.

— Sire d'Enfer !

Un son étouffé leur provint de la pièce attenante.

Titienne ouvrit la porte de communication et se rua dans la pièce. Onirie lui emboîta le pas, puis se figea.

Sahtan avait la main tendue vers le peignoir posé sur son lit. Il se leva doucement et leur fit face.

Onirie ne put s'empêcher de poser sur lui un bref regard professionnel, et approbateur.

Titienne ne parut pas se rendre compte qu'elle venait d'entrer dans la chambre d'un homme nu... et passablement irrité.

— Il y a un homme souillé au Manoir, dit-elle sans préambule.

Sahtan la dévisagea un instant, puis il saisit son peignoir.

— Où ? demanda-t-il sèchement.

Il quitta vivement la pièce, Titienne sur les talons, avant même qu'Onirie puisse retrouver ses esprits.

Le temps qu'elle les rattrape, Titienne cherchait en tous sens dans le couloir, tel un chien de chasse flairant une piste, tandis que Sahtan avançait plus lentement. Aucun des deux ne prêta la moindre attention à Onirie.

— C'était là, affirma Titienne en cherchant encore. C'était là.

— Vous le sentez encore ? demanda Sahtan trop doucement.

Titienne se crispa.

— Non, mais il était là.

— Je n'en doute pas, ma dame.

— Mais vous ne percevez rien.

— Non. Cela signifie seulement que celui qui a créé les sorts destinés à le dissimuler savait exactement qui et quoi lui cacher.

— C'est Hékatah qui a fait cela, dit Titienne.

— Ou Dorothéa, répondit Sahtan en opinant. Ou les deux. Qui que ce soit, cette personne a veillé à ce qu'il se fonde dans le décor pour qu'il n'attire pas l'attention. La seule chose qu'elle ne pouvait prévoir, c'est qu'une Harpie capte une trace de sa véritable trace psychique. Mais pourquoi traînait-il ici ? (Il se retourna pour examiner les portes.) La chambre d'Onirie. Et celle de Wilhelmina.

Étonnée par son propre malaise, Onirie se racla la gorge.

— C'est peut-être juste un homme qui ne sait pas encore que je me suis retirée des demeures de la Lune Rouge.

Sahtan la jaugea longuement, puis se tourna vers Titienne, qui secoua la tête.

— Je suis d'accord, dit-il de façon cryptique.

Il frappa vivement à la porte de Wilhelmina. N'obtenant pas de réponse, il entra. Il ressortit une minute plus tard.

— Elle est dans le jardin avec Déjaal. Il va rester avec elle.

Onirie mit un moment à comprendre qu'il s'agissait du jeune Tigré qu'elle avait souvent vu avec Wilhelmina.

— Griscroc est en route, annonça Sahtan en posant un regard dur sur Onirie. Il ne doit pas vous quitter, ce soir.

Elle eut encore besoin de quelques instants pour mettre les pièces en place.

— Attendez une minute, Sire d'Enfer, dit-elle en se hérissant. Je peux me défendre toute seule.

— C'est un seigneur de guerre, lança Sahtan. Il défend et protège.

— Il porte le Pourpre vespéral. Je suis ornée au Gris. On ne peut partir du principe que cet autre mâle est de Joyau plus clair que lui.

— Je ne pars d'aucun principe. Il défend et protège.

Furieuse, Onirie s'approcha de Sahtan et empoigna les pans de son peignoir à deux mains.

— Il n'est pas normal de le sacrifier ainsi, grommela-t-elle. Il n'est pas bon qu'il meure alors que je suis parfaitement capable de me défendre toute seule.

Les yeux de Sahtan exprimèrent un amusement cruel.

— Vous ne blesserez pas sa fierté en lui disant qu'il n'est pas capable de vous protéger. Toutefois, puisque les reines partagent votre opinion, il est logique que vous considériez comme acceptable qu'il vous fournisse les boucliers pendant que vous surveillez ses arrières.

— Ah…

Elle le lâcha et s'efforça de lisser les plis que ses poings avaient formés sur son peignoir. En remarquant l'amusement grandissant de Sahtan, elle fit un pas en arrière.

— Allez-vous poster des gardes, ce soir ? demanda Titienne.

Sahtan réfléchit un instant, puis secoua la tête.

— Non. Rien de manifeste, ce soir. Les dames de la cour seront protégées. Pour le reste, nous aviserons demain matin. (Il regarda Onirie.) J'aimerais que vous restiez dans votre chambre, cette nuit, ou dans le jardin intérieur sur lequel elle donne. Personne ne s'en prendra à vous ni à Wilhelmina de là-bas.

Tous les instincts d'Onirie se mirent en alerte tandis qu'elle réfléchissait à tous les accès que pourrait utiliser une tueuse.

— Toutes ces chambres sont-elles occupées ? demanda-t-elle, pensive.

Se glisser dans une pièce vide, puis traverser le jardin, entrer dans la chambre de la victime par la porte vitrée qui donne sur l'extérieur…

— Quelques chambres d'amis sont vacantes, dit Sahtan, mais personne ne s'en prendra à vous en passant par le jardin. Kaelas sera là.

Daimon jeta un coup d'œil vers Sahtan et Titienne, sortit dans le couloir et ferma la porte du salon de Jaenelle.

— Dame Titienne, dit-il avec respect, masquant sa surprise de la voir.

Il savait qu'elle était démonite, mais ne s'attendait pas à la rencontrer au Manoir, et il n'appréciait pas la tension qu'elle dégageait, pas plus qu'il n'aimait la neutralité maîtrisée de Sahtan.

— En tant qu'Intendant de la cour, je vous demande officiellement de rester auprès de la Reine, cette nuit, ordonna Sahtan. Toute la nuit.

Daimon se crispa. C'était la première fois, depuis que Jaenelle avait fini de le guérir, qu'elle était disposée à passer du temps avec lui. Il avait espéré que quelques parties de cartes lui rappelleraient qu'il était son ami, et que cela constituerait un premier pas pour qu'elle l'accepte en tant qu'amant. S'il annonçait à Jaenelle qu'il allait passer la nuit dans son lit, elle le fuirait de nouveau. Sahtan ne le comprenait donc pas ?

Oui, saisit-il face à cette neutralité maîtrisée. Sahtan s'en rendait compte. Mais s'il compatissait avec l'hésitation et les sentiments du consort, l'Intendant de la cour se sentait obligé de les négliger.

— Je fais cette requête à tous les consorts et Premiers Suivants, ajouta Sahtan.

Daimon opina, en réfléchissant à cette information. Dans cette cour, une telle requête officielle équivalait à appeler à la bataille. L'ensemble des princes de guerre du Manoir seraient d'humeur meurtrière, cette nuit.

— Lucivar sera en compagnie de Marianne ?

— Non, répondit Sahtan. Prothvar restera avec Marianne et Daimonar. Lucivar va… faire le tour du Manoir.

— Où sera Kaelas ? s'enquit Daimon.

Soudain, cette force et cette rage félines furent un réconfort.

— Kaelas se tiendra dans le jardin, ce qui lui procurera une grande souplesse d'action.

— Dans ce cas, je vous souhaite une bonne nuit, et une bonne chasse, ajouta Daimon trop bas. Sire d'Enfer, ma dame…

— Y aurait-il un problème ? demanda Jaenelle quand il regagna le salon.

Daimon hésita, mais ne trouva aucune meilleure façon de s'exprimer :

— L'Intendant m'a officiellement demandé de rester avec vous cette nuit.

La lueur de panique qu'elle lut dans son regard lui fit mal, mais ce qui l'inquiéta surtout fut sa façon de se concentrer sur la porte du salon, puis sur lui.

— Cette requête a-t-elle été faite à tous les consorts et Premiers Suivants ? demanda Sorcière de sa voix ténébreuse.

— Oui, ma Dame.

Un long silence s'installa. Puis Jaenelle plissa le nez.

— Une demande officielle qui semble un peu excessive, uniquement pour faire bouger les garçons de leurs divans, ce soir.

Daimon réprima un soupir de soulagement. Elle voulait bien faire comme si c'était là la seule signification à cette requête. Sans doute voulait-elle surtout obtenir quelques heures de plus avant d'admettre qu'Alexandra ou une personne de sa suite avait fait quelque chose de grave dont il faudrait s'occuper.

— Souhaitez-vous faire une autre partie ? demanda-t-il en s'asseyant.

— À qui le tour de distribuer ? répondit-elle, perplexe.

— À moi, riposta-t-il avec un sourire.

— Pourquoi ne lui avez-vous pas parlé du mâle souillé ? demanda Titienne.

— Je ne peux pas compter sur le contrôle de Daimon, pour l'heure, répondit Sahtan au bout d'un long silence. Tout prince de guerre qui cherche à être accepté en tant que consort est d'humeur très changeante.

Titienne secoua la tête.

— Même si personne d'autre ne percevait les sorts créés par Dorothéa et Hékatah, je ne comprends pas pourquoi Jaenelle ne les a pas remarqués.

— Moi non plus. Comme je l'ai dit, Dorothéa et Hékatah savaient exactement de qui elles devaient le cacher, répondit Sahtan, dont le cœur battait soudain plus vite.

— Tout de même, Jaenelle observe toujours avec attention les gens qui ont l'intention de séjourner en Kaelir.

— Mais elle n'aurait aucune raison de regarder de très près quelqu'un qui n'aurait pas envie de rester, surtout si les questions affectives et personnelles servaient d'écran pour masquer un autre dessein.

— Qui d'autre séjourne au Manoir ? demanda Titienne en fronçant les sourcils.

— Les parents de Jaenelle qui viennent de Chaillot et leurs compagnons.

Il vit sa propre haine se refléter sur le visage de Titienne.

— Et vous n'avez rien fait à ce propos ?

— Ma requête officielle d'exécution a été rejetée, répondit Sahtan en s'efforçant de ne pas réagir à son ton accusateur. Cela m'insupporte, mais je m'y tiendrai. De plus, ces dettes pourront se régler en d'autres lieux, en d'autres temps, ajouta-t-il doucement.

— En me faufilant dans leurs chambres, déclara Titienne en hochant la tête, je parviendrai peut-être à sentir quelque chose. Ensuite, nous pourrons nous charger du mâle souillé dès ce soir.

Sahtan émit un grognement de frustration.

— À part cette garce de Vania, nul n'a rien fait qui justifie une exécution. (Il secoua la tête.) Nous avons veillé à ce que rien ne se produise, cette nuit. Après le petit déjeuner, je parlerai à Jaenelle pour faire sortir ces… gens du Manoir, et de Kaelir.

— Je suppose que cela vaut mieux. (Ils marchèrent un moment en silence.) Tous les parents de Jaenelle sont-ils présents ?

— À part Robert Bénédict, qui est mort depuis quelques années. Il a passé peu de temps dans le Sombre Royaume.

Titienne s'arrêta. Sahtan se tourna vers elle, puis il prit sa main pour la poser sur sa propre joue.

— Et, durant cette période, a-t-il eu une conversation privée avec le Sire d'Enfer ? demanda-t-elle d'un ton doucereux et malveillant.

— Oui, répondit Sahtan trop doucement. En effet.

Chapitre 6

1. Kaelir

Les nerfs à vif, Daimon suivit Jaenelle dans la salle à manger, le lendemain matin. Les regards interrogateurs des autres mâles du Premier Cercle ne firent rien pour le calmer. Peu leur importait que Jaenelle soit en période de lunes et qu'il n'aurait pu faire plus que réchauffer son lit. Il savait ce qu'on attendait d'un consort, et les autres hommes étaient conscients qu'il ne remplissait pas ses devoirs.

Il s'efforça de chasser ces pensées, car il avait d'autres raisons d'être en alerte, ce jour-là.

Debout près du buffet, Lucivar sirotait un café, tandis que Khardine et Aaron garnissaient leur assiette. Lilande et Philippe, les seuls membres de l'entourage d'Alexandra présents, mangeaient à une extrémité de la table. Onirie et Karla étaient installés à l'autre bout.

Les yeux de Jaenelle pétillèrent de gourmandise lorsqu'elle vit la tasse de Lucivar.

— Vous voulez bien partager ?

— Non, répondit Lucivar en souriant.

Elle posa sur lui un regard froid, mais l'embrassa sur la joue.

Daimon aurait volontiers tué Lucivar pour ce baiser. C'était un baiser bourru, routinier, mais un baiser tout de même ; bien davantage que ce qu'il avait reçu, ce matin-là. Hélas, tuer Lucivar n'étant pas envisageable, du moins dans l'immédiat, il regarda Jaenelle choisir deux tranches de poire et se servir une cuillerée d'œufs brouillés.

Lorsqu'elle se détourna du buffet, Lucivar enfonça une fourchette dans une pièce de bœuf qu'il jeta sur son assiette.

— Il vous faut de la viande rouge, aujourd'hui. Mangez.

Elle grogna, mais Lucivar se contenta de boire son café.

— La nuit a été longue ? s'enquit Daimon.

— J'ai connu plus long, répondit Lucivar.

Son sourire se figea dès qu'il jeta un coup d'œil en direction de Philippe et Lilande, puis il haussa le ton juste assez pour être entendu.

— Et vous, vieux frère ? reprit-il. On dirait que la nuit a été longue, pour vous aussi.

— Intéressante, répondit Daimon, prudent.

Il ne tenait pas à admettre qu'il avait joué aux cartes avec Jaenelle jusqu'au moment où il s'était écroulé, les yeux rougis de fatigue, dans le lit, pour quelques heures de sommeil agité.

— Il y a quelque chose d'un peu sournois dans les positions de la variante numéro vingt-sept, qui accorde à un mâle un avantage certain. Mais je ne sais pas encore lequel.

Daimon remarqua la colère réprimée de Philippe, et la façon dont Khardine et Aaron se mirent en alerte.

— Vous connaissez vingt-sept variantes ? demanda Khardine.

Daimon ne dit rien.

— Oui, en effet, grommela Jaenelle. Et la dernière est formidable. Sournoise, mais formidable.

Elle observa le plat de viande et choisit deux autres morceaux avant de se diriger vers la table.

Avant que Daimon puisse saisir une assiette, Khardine le prit par un bras et Aaron par l'autre, puis ils l'entraînèrent hors de la salle à manger.

— Nous prendrons le petit déjeuner plus tard, dit Khary tandis qu'ils l'emmenaient dans la chambre vide la plus proche. D'abord, il faut que nous parlions.

— Ce n'est pas ce que vous croyez, assura Daimon. Ce n'est rien, en fait.

— Rien ? bredouilla Aaron.

— Si vous avez trouvé une nouvelle variante du berceau qui accorde un avantage aux hommes, il est de votre devoir de Frère du Premier Cercle de la partager avec les autres avant que le cénacle trouve un moyen de la battre.

Il se contenta de les dévisager. Avait-il bien entendu ?

— Eh bien, que font les consorts, la nuit, d'après vous ? demanda Aaron avec un sourire.

Daimon éclata de rire.

2. Kaelir

Osvald frappa à la porte de Wilhelmina, puis il recula, les deux mains crispées sur le coffret en bois.

Il ne lui avait pas fallu faire preuve de beaucoup de persuasion pour convaincre Alexandra de consigner la plupart de ses gens dans leurs chambres. Il avait été plus difficile de la convaincre d'envoyer Lilande et Philippe dans la salle du petit déjeuner pour donner l'apparence que les autres étaient simplement en retard. Avec tant d'absents, nul ne saurait avec certitude qu'il manquait à l'appel jusqu'à ce qu'il soit parti depuis longtemps du Manoir.

Son plan serait efficace à condition, bien sûr, que les sorts que Dorothéa et la Grande Prêtresse avaient préparés pour « découper » une porte dans les boucliers du Sire d'Enfer fonctionnent vraiment.

Non. Il n'en douterait pas. Les sorts grâce auxquels personne ne l'avait détecté constituaient une preuve suffisante que Dorothéa et la Grande Prêtresse étaient capables de se charger du bâtard qui régnait sur ces lieux. Certes, il s'échapperait avec le moins précieux des deux trophées mais, bien exploité, ce lot de consolation pouvait ensuite servir d'appât pour capturer Jaenelle Angelline.

Tout était en place. Les trois hommes prévus par Dorothéa pour l'aider attendaient au pont. Il y avait bien un Autel Noir près du Manoir, mais cette dernière l'avait prévenu que les sorts de détection placés autour de l'Autel alerteraient aussitôt le Sire d'Enfer, et qu'il n'ouvrirait jamais la Porte à temps pour lui permettre de s'échapper. Alors il emmènerait Wilhelmina vers Goth, où le seigneur Jorval l'aiderait à atteindre une autre Porte.

Ce soir, il serait de retour en Terreille avec son trophée, et Alexandra et les imbéciles qui l'accompagnaient expliqueraient la disparition de Wilhelmina au Sire d'Enfer… ou mourraient.

Avec un sourire, Osvald frappa de nouveau à la porte de Wilhelmina. Un instant plus tard, impatient, il cogna plus fort. Elle était là. Il y avait veillé, cette fois. Pourquoi mettait-elle si longtemps à répondre ?

Il trouvait tentant d'utiliser l'un des sorts de contrainte simples que Dorothéa avait préparés pour lui, mais il n'en avait que deux et il ne voulait pas en gaspiller un pour si peu. Pourtant, chaque minute perdue augmentait le risque que quelqu'un le remarque.

Il allait céder et déclencher un sort de contrainte quand la porte s'ouvrit enfin.

— Bonjour, dame Wilhelmina.

Avec un sourire, il leva le coffret pour attirer son attention.

— Dame Alexandra m'a chargé de vous livrer ceci.

— Qu'est-ce que c'est ? demanda Wilhelmina, dont la voix n'exprimait aucune peur.

— Un gage de son respect pour vous, ainsi qu'un geste de bonne volonté. Elle envisage de partir bientôt et ressent quelque détresse du fait que son inquiétude pour vous ait été mal interprétée. Elle espère que, en acceptant ce petit souvenir, vous vous souviendrez d'elle avec tendresse, dans les jours à venir.

Wilhelmina semblait toujours méfiante.

— Pourquoi ne l'a-t-elle pas apporté elle-même ?

Osvald la regarda d'un air triste.

— Elle craignait que vous refusiez ce cadeau et ne voulait pas subir ce rejet en personne.

— Ah, répondit doucement Wilhelmina, dont la suspicion se muait peu à peu en compassion. Je n'ai aucun ressentiment envers elle.

Il tendit le coffret, à la fois pour l'amadouer et pour en éloigner son visage au maximum. Quand elle soulèverait le couvercle, une brume toxique s'élèverait. Surprise, elle reprendrait son souffle et inhalerait assez de cette drogue puissante pour devenir docile. Il pourrait ainsi la faire sortir de la chambre et longer le couloir avant de lui faire avaler de force la seconde dose liquide dont il disposait.

Dans la chambre, quelque chose tomba à terre.

Maudit félin tigré !

Osvald déclencha son premier sort de contrainte et façonna la commande. *Sors dans le couloir et ferme la porte. Sors dans le couloir et ferme la porte. Sors dans le...*

Il sourit quand, l'air un peu troublé, Wilhelmina s'exécuta.

— On m'a dit de rendre compte de votre réaction au cadeau, dit-il comme pour s'excuser de lui imposer cette contrainte.

Elle demeura près de la porte, la main toujours sur la poignée.

Jurant en silence, il déclencha le second sort de contrainte. *Approche-toi du coffret et soulève le couvercle. Approche-toi du coffret…*

Se mouvant comme si ses muscles refusaient de lui obéir, Wilhelmina s'approcha du coffret et souleva lentement le couvercle.

3. Kaelir

Griscroc à ses côtés, Onirie errait dans l'un des jardins intérieurs. Les remarques cryptiques de Jaenelle et Karla, lors du petit déjeuner, à propos d'une nouvelle variante l'intriguaient et l'inquiétaient.

Il existait un tas de variantes sexuelles qui avantageaient le mâle, donc elles ne pouvaient évoquer ce sujet… Hélas ! Daimon se consumait de sa propre énergie sexuelle, et l'effort qu'il déployait pour la contenir sans effrayer Jaenelle commençait à se voir. Elle ignorait combien de temps encore il pourrait endurer l'affection que Jaenelle accordait aux autres mâles du Premier Cercle avant d'exploser. Elle devrait peut-être parler au Sire d'Enfer…

Griscroc se mit à grogner. Avant qu'elle puisse demander ce qui n'allait pas, il fonça en direction du mur, puis il bondit vers le haut comme s'il gravissait une pente abrupte. Enfin, il grimpa sur le toit et disparut.

— Griscroc ! cria Onirie.

— *Déjaal se fait attaquer*, répondit-il. *Je vais l'aider.*

Onirie jura violemment et se précipita vers la porte la plus proche.

— Onirie !

Elle fit volte-face.

Falonar arrivait depuis le fond du jardin.

— Lucivar m'envoie vous voir car vous ne vous êtes pas présentée pour…

— Pouvez-vous me faire monter sur le toit ? demanda Onirie avec une telle fureur qu'il ralentit le pas. Griscroc dit que Déjaal subit une attaque, et ce salaud est parti sans moi !

En deux enjambées, il la rejoignit et le mâle prudent céda la place au guerrier.

— Accrochez-vous à moi, ordonna-t-il.

Onirie hésita un instant, se demandant à quoi elle pouvait s'accrocher sans entraver ses ailes. Elle enroula un bras autour de son cou et glissa les doigts de son autre main sous sa large ceinture en cuir.

Ce n'est que quand elle sentit battre ses ailes qu'elle se demanda s'il pouvait porter le poids d'une personne.

— Je vais apprendre à marcher dans l'air pour ne plus être obligée de me faire transporter partout, se promit-elle.

— Cela ne m'ennuie pas de vous porter, répondit Falonar en la déposant sans ménagement sur le toit.

Onirie serra les dents. Un mâle à la fois. Et c'était celui qui avait le pelage gris qui jouait sur ses nerfs.

— Vous le voyez ? demanda-t-elle en scrutant la cour, en contrebas.

— Non. Il a peut-être...

Un éclair de pouvoir de Joyaux lui parvint de la cour suivante, suivi du cri d'une femme.

Falonar les souleva du toit avec une telle force qu'Onirie enroula les jambes autour de l'une des siennes pour trouver une autre prise. Elle serra les dents lorsque son corps, au moment le plus inopportun, exprima combien il approuvait cette cuisse virile et ferme glissée entre ses jambes. Cela ne fit rien pour calmer sa colère.

— S'il est blessé parce qu'il ne m'a pas attendue, je vais le frapper si fort qu'il devra soulever la queue pour voir le monde, grommela-t-elle.

— Attendez ici, dit Falonar en regardant vers la cour.

— Cela vous plaît, d'avoir des couilles ? demanda vivement Onirie, en se retournant pour scruter les alentours.

Elle sortit les doigts de sous sa ceinture pour qu'il ne prenne pas ses propos comme une menace sérieuse.

Elle retint son souffle et jura. Déjaal, le jeune Tigré, gisait dans la cour, inerte. Un valet se tordait, à l'agonie. Griscroc allait d'avant en arrière. Il n'était pas activement engagé dans un combat, mais occupait encore l'attention de l'homme qui retenait fermement Wilhelmina. Celle-ci se débattait en vain.

Onirie jura de plus belle en reconnaissant ce personnage. Osvald. L'un des suivants d'Alexandra. Ô Nuit !

— Pouvez-vous garder l'équilibre ? demanda Falonar un instant avant de la lâcher et de s'écarter d'elle.

Au moins, il a posé la question, songea Onirie en faisant appel à l'Art pour éviter de dévaler vivement la pente du toit.

Griscroc fonça ventre à terre, comme s'il cherchait à attraper Osvald aux mollets.

Onirie aperçut l'éclat de l'Opale d'Osvald. Elle jeta un sort gris autour de Griscroc, assez vite pour l'empêcher de recevoir un coup mortel de pouvoir, mais pas à temps pour lui éviter d'être renversé par l'onde de choc provoquée par la rencontre des forces du Gris et de l'Opale.

Voyant choir le loup, Wilhelmina poussa un cri et griffa la main qui enserrait son bras. Osvald fit volte-face et la frappa avec une force qui la projeta à terre, étourdie. Puis il se retourna pour lancer une nouvelle attaque contre Griscroc, qui s'était redressé, tremblant.

— Dites au loup de reculer ! lança Falonar en faisant apparaître son arc eyrien pour encocher une flèche.

Onirie obéit vivement et fut soulagée de voir Griscroc réagir. Tandis que les hurlements et les rugissements de membres de la parentèle alertaient tous les occupants du Manoir, elle sentait une force virile furieuse venir vers eux depuis toutes les directions. Et elle perçut une puissance féminine froide, dans son sillage.

Falonar visa.

— Transpercez le bâtard, murmura Onirie.

— Nous ne savons pas ce qui se passe là-bas, répondit Falonar.

Ah non ? songea cruellement Onirie. *Qu'est-ce qu'il vous faut de plus ?*

Tandis qu'Osvald se tournait de nouveau vers Wilhelmina, Falonar décocha sa flèche qui se planta dans son genou gauche.

Osvald tomba en criant.

Empoignant le bras gauche d'Onirie, Falonar descendit du toit, en un saut à peine amorti par ses ailes déployées.

— Surveillez la femme, ordonna Falonar en courant vers Osvald, son arc eyrien désormais remplacé par un bâton à lame.

— Je peux…

— *Faites ce qu'on vous dit.*

Pas le temps de discuter. Faisant apparaître son couteau le plus dangereux, Onirie courut en direction de Wilhelmina. Elle vit Osvald saisir la cheville de cette dernière de la main gauche et maudit son intelligence. Quelqu'un d'autre aurait peut-être su s'y prendre, mais tant qu'il était en contact physique avec Wilhelmina, elle ne pouvait lancer de bouclier autour de la jeune femme. Puis elle vit un rayon de soleil scintiller sur la lame du petit couteau qu'il tenait dans la main droite. Elle sut au mélange de rage et de triomphe qu'exprimait son visage que le poison déposé sur cette lame agirait rapidement et de façon mortelle.

Encore un rayon de soleil. La main d'Osvald descendit pour ficher le couteau dans la jambe de Wilhelmina. Falonar trancha le poignet comme s'il coupait du beurre, puis il fit tourner la lame de son bâton pour attraper la main coupée ainsi que le couteau qu'elle tenait encore et les éloigner de Wilhelmina.

Le bâton à lame retomba pour sectionner la main qui tenait la cheville de Wilhelmina.

Un instant plus tard, Onirie rejoignit Wilhelmina. Lucivar et la plupart des mâles du Premier Cercle se précipitèrent dans la cour, ainsi que Karla et Gabrielle.

Et Alexandra et sa suite.

Cela ne s'est pas passé tout à fait comme prévu, n'est-ce pas? songea Onirie en voyant Alexandra scruter la cour et pâlir. Elle fit disparaître son couteau, puis elle posa une main dans le dos de Wilhelmina, et l'autre sur Griscroc dès qu'il trottina vers elle. Elle créa un bouclier gris autour d'eux trois. Ce n'était sans doute pas nécessaire, mais à quoi bon prendre des risques? Elle regarda Falonar, qui s'était placé de façon que, la fois suivante, le bâton à lame frappe le bâtard dans le cou. Elle l'entoura d'une protection, lui aussi. Elle perçut sa surprise et son plaisir quand le bouclier l'enveloppa. Pourquoi avait-il peur?

Gabrielle se précipita pour aider le valet tandis que Karla, sans toucher Osvald, utilisait l'Art de guérison pour refermer les vaisseaux sanguins tranchés.

— Que se passe-t-il, ici? demanda Alexandra d'une voix teintée par la peur plus que par la colère. Pourquoi vous en prenez-vous à un de mes suivants?

— C'est vous qui l'avez envoyé? s'enquit Lucivar d'un ton étrange.

— Je l'ai chargé de remettre un cadeau à Wilhelmina, dit Alexandra.

Il y avait quelque chose de bizarre, d'amer, dans le rire de Lucivar.

— Et le bâtard l'a livré, n'est-ce pas?

— Quand je suis allé remettre le présent, dame Wilhelmina ne se sentait pas bien, gémit Osvald. Je lui ai offert de faire quelques pas avec elle pour qu'elle respire un peu d'air frais, mais cette créature nous a agressés.

Lucivar observa Osvald, puis Falonar.

— Si ce bâtard prononce encore un mot, coupez-lui la langue, dit-il.

Falonar parut choqué, mais il hocha la tête.

— Comment osez-vous ? gronda Alexandra. Vous êtes bien prompt à exiger de moi que je maîtrise ma cour, or vous permettez ce...

— La ferme ! coupa Lucivar. La situation est assez grave comme cela. Ne rendez pas les choses plus difficiles !

Onirie observa Lucivar à la dérobée. Que se passait-il donc ?

Tremblant, Griscroc s'approcha d'elle.

— *La rage de la Reine est terrible, Onirie. Les mâles redoutent la rage de la Reine. Même Kaelas.*

Suivant des yeux le regard du loup, Onirie vit l'énorme félin blanc posté sur le toit, près d'un Tigré. Était-ce Kaelas ? *Ô Nuit !*

— *Qui est le Tigré ?* demanda-t-elle.

— *C'est Jaal. Le père de Déjaal.*

Onirie sentit sa gorge se nouer. Le Tigré semblait minuscule à côté de Kaelas, mais il était tout de même deux fois plus gros que le jeune Tigré gisant dans la cour.

— *Déjaal est mort, n'est-ce pas ?*

— *Il est retourné à la Ténèbre*, répondit tristement Griscroc.

Comment allait-on expliquer cela à Jaenelle ?

Comme si sa pensée avait fait venir la jeune femme, celle-ci arriva dans la cour, flanquée de Daimon et Sahtan.

Onirie aurait été réconfortée par leur présence si le visage du Sire d'Enfer n'était pas devenu grisâtre dès qu'il avait vu le cadavre de Déjaal.

Alexandra allait parler, mais, avant qu'elle puisse prononcer un mot, elle porta les mains à sa gorge et écarquilla les yeux de terreur.

Onirie ne savait pas avec certitude quel mâle avait agi, mais elle aurait parié que Daimon était responsable de la main fantôme qui étouffait à présent Alexandra pour la réduire au silence.

Tout le monde s'écarta tandis que Jaenelle s'approchait pour s'agenouiller près de Déjaal. Elle caressa le pelage avec douceur et tendresse. Puis elle leva les yeux et les posa sur Wilhelmina...

Dans ce regard saphir, Onirie lut un sentiment qui allait au-delà de la rage froide, un sentiment indicible.

Oh oui, comprit-elle tandis que Griscroc geignait doucement. Voilà à quoi pensait le loup en parlant de la rage de la guerre.

Feu d'Enfer, ô Nuit, que la Ténèbre soit clémente !

Elle dit la première chose qui lui vint à l'esprit, la seule chose qui, l'espérait-elle, la libérerait de ce regard.

— Elle est vivante.

Jaenelle observa Karla, qui s'inclina poliment avant de s'approcher de Wilhelmina.

— Vous avez dit ce qu'il fallait, murmura Karla à Onirie tandis qu'elle examinait Wilhelmina.

Elle jura et ajouta :

— Quoi que vous fassiez d'autre, suivez le Protocole à la lettre.

Elle prit une profonde inspiration et se leva pour faire face à Jaenelle.

— Wilhelmina a des ecchymoses provoquées par la lutte, et elle a été droguée.

— Pouvez-vous lui administrer un antidote ? s'enquit Jaenelle trop calmement.

— J'ai besoin de plus de temps pour déterminer la nature exacte de la substance utilisée, répondit doucement Karla. Mais je ne perçois rien qui puisse laisser des séquelles. Je préconise un isolement sous surveillance étroite et du repos. Avec votre permission, je vais l'emmener dans sa chambre et m'occuper d'elle.

— Merci, ma Sœur.

Sur un geste discret de Karla, son cousin Morton souleva Wilhelmina et suivit Karla qui quittait la cour.

Onirie demeura accroupie près de Griscroc, refusant d'esquisser un mouvement qui attirerait sur elle ces yeux saphir.

— Et moi ? gémit Osvald.

Falonar observa Lucivar pour lui demander tacitement s'il devait exécuter son ordre de couper la langue d'Osvald. Lucivar secoua la tête de manière à peine perceptible.

Jaenelle traversa la cour puis baissa les yeux vers Osvald et sourit.

— Je vais m'occuper de vous personnellement.

— Ma Dame, commença Lucivar en bondissant en avant, sauf votre respect, Déjaal était notre Frère, et il est du droit des mâles…

Jaenelle le fit taire d'un simple geste. L'espace d'un instant, elle demeura immobile, mais Onirie sentit une étincelle de pouvoir émaner d'elle comme une sonde psychique qui se développait rapidement. Elle se rendit compte qu'aucune personne ornée d'un Joyau plus clair que le Gris n'aurait pu percevoir quoi que ce soit.

— Trois hommes attendent près du pont qui mène à Halavet, dit Jaenelle, en observant Osvald, une lueur effrayante dans le regard. Trois étrangers. Je me moque de ce que vous ferez d'eux.

Osvald prit une position assise. Quand Jaenelle se retourna et quitta la cour, il flotta à sa poursuite, clamant son innocence.

— Kalush et Morghann arrivent, annonça Gabrielle, les yeux embués de larmes. Nous resterons avec Déjaal jusqu'à...

Désignant Alexandra, Lucivar regarda Falonar.

— Vous et Onirie, accompagnez ces... gens... dans leurs chambres. (Il marqua une pause.) Si l'un d'entre eux vous pose le moindre problème, tuez-le.

— Avec plaisir, répondit Onirie, tandis que Falonar se contentait d'un hochement de tête.

Lucivar se retira, suivi des autres princes de guerre du Premier Cercle. Quand Daimon tourna les talons pour les suivre, Sahtan déclara :

— Non. Vous restez avec moi.

Rassemblant vivement ses prisonniers, Onirie les entraîna hors de la cour, ainsi que Falonar et Griscroc. Elle ignorait ce que le Sire d'Enfer avait en tête, mais elle préférait ne pas se trouver dans les parages pendant qu'il en discutait avec Daimon.

Daimon s'écarta lorsque Morghann et Kalush surgirent dans la cour.

— Partons d'ici, dit Sahtan dont la voix brisée par un chagrin contenu était empreinte d'un autre sentiment ; peut-être de la peur.

C'est cette peur, et son inquiétude pour celui qui la ressentait, qui incitèrent Daimon à suivre son père. Mais même cela ne suffisait pas à lui faire ravaler sa propre rage.

Tandis qu'ils s'éloignaient lentement, Daimon déclara :

— Je n'ai peut-être pas le talent de Lucivar aux armes, mais je peux faire face à un ennemi de façon assez efficace.

Sahtan s'arrêta.

— N'oubliez pas à qui vous vous adressez, prince. Si quelqu'un peut apprécier votre valeur en tant que prédateur, c'est bien moi.

— Alors pourquoi m'avoir arrêté ?

— Lucivar n'a pas besoin de votre aide pour s'occuper de ceux qui attendent ce bâtard, près du pont. Mais j'ai besoin de vous, en revanche. Pour l'heure, toutes vos forces et toutes vos compétences seront utiles pour tempérer Jaenelle. Feu d'Enfer, Daimon ! vous ne comprenez donc pas ce qui s'est passé, ici ?

Au prix d'un gros effort, Daimon maîtrisa sa colère.

— Alexandra a joué les garces et a organisé l'enlèvement de sa propre petite-fille.

— Alexandra travaillait avec Dorothéa et Hékatah pour enlever sa propre petite-fille, poursuivit Sahtan en secouant la tête.

Daimon encaissa la force de ces propos et comprit ce qui risquait de se passer quand Jaenelle saurait cela.

— Ô Nuit !

— Et que la Ténèbre soit clémente, ajouta Sahtan. Nous avons une Reine enragée qui, maintenant, est descendue si loin au fond de l'abîme que nous n'avons aucune chance de l'atteindre par ce biais, et aucun moyen de repousser ce qu'elle risque de libérer étant donné son état d'esprit actuel.

— Que faire ? demanda Daimon, sachant avec une certitude horrible où cette conversation allait le mener.

— Parlons plutôt de ce que *nous* pouvons faire en tant qu'Intendant et consort, de ce à quoi le Protocole nous autorise dans ce genre de situation.

— Le Protocole ne prévoit rien pour endiguer la colère d'une Reine deux fois plus forte qu'un prince de guerre orné au Noir !

La main de Sahtan tremblait un peu lorsqu'il lissa ses cheveux en arrière.

— Dont la force représente plutôt six fois les nôtres combinées.

— Comment ? s'enquit Daimon d'une voix mal assurée, en s'appuyant d'une main contre le mur.

— Il n'existe aucun moyen de mesurer la puissance de Jaenelle. Mais compte tenu du nombre de ses Noirs de naissance qui ont été transformés en Ébènes quand elle a fait l'Offrande à la Ténèbre, je dirais que sa force maximale est six fois plus importante que les nôtres additionnées.

— Ô Nuit, soupira Daimon en respirant lentement. Quand comptiez-vous m'en parler ? Aviez-vous au moins l'intention de me le révéler ?

— Je voulais que vous soyez… à l'aise… l'un avec l'autre avant de vous le dire. Mais maintenant…, poursuivit Sahtan en grimaçant.

Une explosion de pouvoir ébranla le Manoir, le projetant au sol.

Daimon avait l'impression de s'accrocher désespérément à une falaise en train de s'ébouler, à quelques centimètres d'une cascade furieuse qui risquait non seulement de l'emporter, mais aussi de l'écraser au passage.

Il sentit Sahtan l'agripper, creuser, s'accrocher.

Le flux de pouvoir disparut aussi vite qu'il avait frappé, ce qui lui fit encore plus peur que l'explosion. Pour que Jaenelle libère et réabsorbe autant de puissance aussi vite…

— Jaenelle ! dit Daimon en se levant d'un bond.

Il lança une sonde psychique qui rechercha rapidement Jaenelle et frôla un point du Manoir d'un froid brûlant. Il eut beau reculer vivement, il ressentit une douleur si intense qu'il tomba à genoux et qui le fit pencher en avant.

— Daimon, non ! lança Sahtan en tentant de se relever.

Daimon courut dans les couloirs. Plus besoin de chercher. Il faisait de plus en plus froid à mesure qu'il s'approchait de la chambre dans laquelle elle se trouvait lorsqu'elle avait dégagé cette puissance.

— Daimon !

Sahtan tentait de le rattraper, mais il avait atteint la porte de la salle. Faisant appel à l'Art, il l'ouvrit et entra.

Le froid avait une intensité physiquement douloureuse, mais il s'en rendit à peine compte parce que, en balayant la pièce du regard, il ne comprit pas très bien ce qu'il voyait. Ce n'est que lorsqu'il saisit que les étranges taches rouges qui maculaient les fenêtres étaient des gouttes de sang gelées que son esprit identifia le reste…

— Daimon.

… et il comprit ce que Lucivar lui avait dit à propos du mariage forcé de Jaenelle. *Elle l'avait éparpillé dans toute la pièce.*

— Daimon.

Il entendit une supplique dans la voix de Sahtan, mais fut incapable d'y répondre. Une étrange paralysie s'empara de ses émotions… Et s'il ne pouvait ressentir, il ne pouvait réfléchir.

Il savait pourquoi Sahtan ne voulait pas qu'il voie ce lieu. De par la nature de ses devoirs, un consort ne pouvait se montrer inhibé lorsqu'il avait affaire à la Reine. Un consort se rendait vulnérable de façon délibérée et volontaire comme aucun autre mâle de la cour. Un consort qui craignait sa Reine ne pouvait être utile, au lit.

Mais il avait déjà vu cet aspect d'elle. Oh! il n'en avait eu qu'un vague aperçu, mais il savait qu'il s'agissait d'une autre facette de Sorcière.

Et c'était l'aspect d'elle qui remonterait à la surface à chaque moment d'excitation ou de rage intenses. Pouvait-il vivre avec cela? Pouvait-il mener la danse sexuelle une fois qu'il aurait débarrassé son esprit de cette composante?

La chaleur de l'appétit sexuel présent au fond de lui, le besoin puissant de s'accoupler avec Sorcière qui le dévora soudain, vint à bout de sa paralysie émotionnelle, cédant la place à une approbation effrayante de ce qu'il voyait.

Il sortit de la pièce et referma la porte.

—Daimon, prononça doucement Sahtan en l'observant.

—Dommage, pour le papier peint, répondit ce dernier avec un sourire. C'était un motif superbe.

4. Kaelir

—Bon, déclara Onirie en écartant ses cheveux de son visage. Je pense qu'aucun de nos invités n'aura envie de quitter sa chambre, dans l'immédiat, vous ne croyez pas?

—Si, répondit Falonar, visiblement nauséeux.

—Ouais, reprit Onirie. (Appuyée contre le mur, elle ferma les yeux.) Merde!

—Avez-vous été blessée par… tout ça? demanda Falonar en évoquant l'explosion de force qui avait ébranlé le Manoir.

Il effleura brièvement son épaule avant de reculer.

Onirie secoua la tête. *Blessée? Non. Terrifiée? Oh, oui.*

Mais l'entourage de Jaenelle ne vivait pas dans une peur permanente. En fait, étant donné la façon dont Karla et Lucivar avaient réagi, elle aurait qualifié leur comportement de «prudent», et non d'«effrayé», et cette retenue n'était pas habituelle chez eux.

Chassant ces pensées, elle fronça les sourcils face à Falonar et décida de s'attaquer à quelque chose de plus facile, comme la manière arrogante dont il lui avait lancé des ordres, quand ils étaient arrivés dans la cour.

— J'aurais pu me charger de ce bâtard, dit-elle.

Falonar parut offusqué.

— Un mâle a le droit de défendre et protéger.

— Je connais la chanson, répliqua Onirie en montrant les dents. Et…

— Dans ce cas, vous devez écouter cette chanson, ma dame, et la respecter.

— Pourquoi ? Parce que, pauvre de moi, je ne suis pas capable de me débrouiller seule, lors d'une bagarre ? demanda-t-elle d'une voix chargée de venin.

— Parce que vous êtes plus mortelle encore, répondit-il.

Il s'écarta de quelques pas, jura, et revint vers elle.

— Voilà pourquoi les mâles défendent, dame Onirie. Parce que vous, les femmes, vous êtes plus assassines qu'eux, quand vous êtes excitées, et sans pitié, quand vous vient l'instinct meurtrier. Au moins, si je tombe le premier lors d'une bataille, je n'aurai plus affaire à vous, ensuite.

Ne sachant si elle venait de recevoir un compliment ou une insulte, Onirie ne dit rien. Elle allait concéder qu'il avait peut-être raison quand il se mit à grommeler de plus belle :

— Vous choisissez mal votre moment pour jouer les garces. Il me sera déjà assez difficile d'affronter Yaslana sans avoir à danser avec vous, maintenant.

Voilà qui était insultant.

— Si c'est ce que vous pensez, chéri, je ne vais pas vous déranger plus longtemps, déclara-t-elle en s'écartant du mur.

Falonar posa la main sur son bras.

— Onirie… vous aviez raison. J'aurais dû le tuer, ce bâtard. Désormais, je vais devoir accepter les conséquences de cette erreur.

Il hésita, puis ajouta vivement :

— Vous ne pouviez pas savoir, pour le couteau, et il n'a tué aucun de nous, alors…

— Quelle différence cela fait-il ? rétorqua Falonar d'un ton dur. Mon erreur lui a été favorable.

— Vous pensez que vous serez puni ? demanda Onirie en le dévisageant.

— J'en suis certain. Reste à connaître la sévérité du châtiment.

— Eh bien, j'ai mon mot à dire là-dessus. Quand Lucivar en discutera…

— Il n'y aura pas de débat, coupa Falonar. Il est le prince de guerre d'Ébènerih. Je suis à son service. Il fera ce que bon lui semblera. (Il se détourna.) Je préfère être ligoté et fouetté qu'être renvoyé en Terreille.

— Il n'y a aucune raison que vous soyez puni !

— C'est ainsi, dame Onirie, conclut-il avec un sourire triste.

C'est ce que nous verrons, songea Onirie.

5. Kaelir

Daimon regarda Sahtan servir un grand cognac.

— Vous pouvez boire cela ? demanda-t-il en essayant de ne pas exprimer trop de curiosité.

— Cela me donne de terribles maux de tête, répondit Sahtan en servant un second verre pour Daimon. Mais je doute qu'il soit pire que celui que j'ai déjà, alors… (Il leva sa coupe en guise de salut, puis but la moitié de son breuvage.) Déjaal était le fils du prince Jaal.

Cette référence au prince de guerre tigré était un moyen abrupt de détourner la conversation.

— Lucivar a-t-il trouvé les hommes ?

— Oui, et il a obtenu l'information que nous voulions avant leur exécution.

Daimon observa son père. Quelque chose clochait. Ne sachant quelles questions poser, il exprima sa propre inquiétude.

— Jaenelle n'est pas là, n'est-ce pas ?

Sahtan secoua la tête.

— Elle est partie en Ébènaskavi, et elle veut qu'on la laisse tranquille, pour l'instant.

— Allez-vous respecter son souhait ? s'enquit prudemment Daimon.

Sahtan posa sur lui un regard ferme et bien trop entendu.

— Nous allons respecter son souhait tous les deux. Elle a besoin de garder la tête froide pour prendre les décisions nécessaires. Lui imposer des sentiments avant qu'elle soit prête serait cruel.

Daimon opina. Il n'aimait pas cela, mais il pouvait l'accepter. Ses pensées revinrent aux trois ravisseurs qui comptaient aider Osvald à enlever Wilhelmina.

— Ces hommes étaient au service d'Hékatah et de Dorothéa ?

— Ils travaillaient pour elles.

Sentant que Sahtan fuyait la conversation, il insista :

— Lucivar les a-t-il exécutés ?

Cela n'aurait pas été la première fois que Lucivar aurait tué, donc Sahtan était forcément tourmenté par autre chose. Une exécution officielle était-elle différente de cela ?

— Les autres mâles du Premier Cercle ont renoncé à leur droit de toucher la moindre part de la dette engendrée par la mort d'un Frère, dit Sahtan.

— Qu'est-ce que cela signifie ? demanda Daimon.

Sahtan hésita, puis termina son cognac avant de répondre :

— Cela signifie qu'ils ont livré ces hommes à Jaal… et à Kaelas.

6. Kaelir

Fulminant en silence, Onirie foudroya du regard les quatre hommes qui se trouvaient dans l'étude du Sire d'Enfer. Elle s'était imposée dans cette discussion, mais on lui avait déclaré sans ménagement que sa présence serait tolérée du moment qu'elle n'intervenait pas. Son opinion n'était ni souhaitée ni nécessaire.

S'il s'était agi d'autres hommes, elle leur aurait donné son avis sur cette condition, sans doute de la pointe de son stylet. Néanmoins Lucivar semblait avoir été poussé à bout et il n'hésiterait pas à la mettre à la porte… sans prendre la peine de l'ouvrir. Quant à Sahtan et Andulvar Yaslana, ils n'étaient pas hommes à permettre à quiconque de remettre en cause leur autorité d'Intendant et de maître de la Garde.

Ce qui la rongeait vraiment, c'était que Falonar ne l'ait pas regardée une seule fois depuis qu'elle avait réussi à s'imposer dans la pièce à force d'arguments. Elle avait cru qu'il lui serait reconnaissant de prendre sa défense. Mais il…

Enfin, ce n'était pas grave. C'était très bien ainsi. Elle n'avait pas besoin de perdre son temps pour un mâle entêté et insensible qui ne voulait pas d'elle en ce lieu dès le départ.

Elle observa alors Lucivar et vit un amusement intense briller dans son regard. Si elle tentait de partir à présent, elle recevrait l'ordre de rester. Au lieu de se maudire à cause de son propre entêtement, elle détesta Lucivar. En voyant grandir son plaisir, elle se rendit compte qu'il le savait, le salaud.

Sahtan s'appuya contre son bureau de bois noir et croisa les bras.

— Prince Falonar, veuillez expliquer vos actes de ce matin.

Il s'exprima d'un ton courtois, vaguement curieux. Onirie se demanda si c'était mauvais signe.

Falonar répondit. Selon Onirie, son récit neutre était loin de constituer une explication, mais les hommes ne semblèrent pas s'en rendre compte.

Quand Falonar se tut, Sahtan se tourna vers Andulvar et Lucivar, puis de nouveau vers Falonar.

— Vous avez pêché par prudence, déclara posément Sahtan. C'est compréhensible et, de la part d'un prince de guerre, également inacceptable. Vous ne pouvez vous permettre le luxe de la prudence.

— Bien, monsieur, répondit Falonar, la gorge nouée.

— Vous comprenez bien que la discipline est requise ?

— Bien, monsieur.

Sahtan opina, apparemment satisfait.

— C'est votre décision, dit-il à Lucivar.

Falonar fit face à Lucivar.

Celui-ci le dévisagea longuement.

— Cinq jours de garde supplémentaires, à partir de demain, décréta-t-il.

Loin de sembler soulagé, Falonar donna l'impression d'avoir reçu une gifle.

— Y a-t-il un autre point à discuter ? s'enquit Sahtan.

Lucivar observa Onirie, puis Sahtan qui, après un long silence, hocha imperceptiblement la tête.

Lucivar ouvrit la porte du bureau et attendit.

Falonar s'inclina devant Sahtan et Andulvar avant de sortir. Considérant qu'il lui fallait agir de même, Onirie s'inclina à son tour devant les deux hommes, puis suivit Falonar dans le couloir, se hâtant pour rester sur ses talons.

Avec un juron, il se dépêcha et finit par s'arrêter en atteignant le centre de la grande salle.

Onirie le rattrapa.

— Eh bien, ce n'était pas…

L'hostilité et la colère qu'elle lut sur son visage tandis qu'il regardait Lucivar s'approcher la firent taire.

—Cinq jours de garde supplémentaires, c'est une insulte! s'insurgea Falonar.

Onirie crispa les poings sur le tissu de sa longue tunique pour s'empêcher de le frapper. Quel imbécile! Il aurait dû se réjouir que la sentence ne soit pas pire.

—Ce n'est pas une insulte, répondit tranquillement Lucivar. C'est juste. Vous avez commis une erreur, Falonar. Il faut la réparer. Vous avez agi, mais vous vous êtes entravé vous-même en étant trop prudent.

—Je me rends compte que ma prudence aurait pu coûter cher.

—Certes. Voilà pourquoi votre châtiment est juste, répondit Lucivar en esquissant un sourire arrogant. Ne vous tourmentez pas. Vous ferez des services supplémentaires de nombreuses autres fois au cours de cette première année que vous passerez ici. C'est ce qui m'est arrivé.

—Vous? s'enquit Falonar, abasourdi.

—Difficile de croire que j'ai pu pêcher par prudence, n'est-ce pas? demanda-t-il en souriant de plus belle. Mais je voulais rester en Kaelir. Et je désirais servir ma Reine, alors j'ai maîtrisé ma colère autant que possible, pour moi. Et je me suis retrouvé dans ce bureau, face à ces deux-là, plus souvent que je puis le dire. (Lucivar marqua une pause.) Nous sommes en Kaelir. Ici, la rage d'un prince de guerre est considérée comme un atout pour la cour.

Falonar prit le temps d'assimiler ces paroles.

—Un service de garde supplémentaire, dit-il d'un ton courtois, ne semble pas représenter grand-chose quand une sorcière aurait pu mourir.

—Eh bien, il existe une autre facette à votre… peine, expliqua Lucivar en désignant Onirie d'un signe de tête. Vous devrez vous occuper d'elle jusqu'au lever du soleil. Elle semble mourir d'envie de hurler contre un mâle, alors autant que ce soit vous. Naturellement, vous pouvez toujours proposer de réchauffer son lit pour voir si cela vous vaut un peu d'indulgence.

Falonar s'étouffa. Onirie émit un sifflement digne d'une bouilloire sur le point d'exploser.

—Vous considérez donc une nuit avec moi comme une sanction? cria-t-elle. Salaud! Je dirais plutôt que c'est une récompense!

—À votre guise, répondit Lucivar en haussant les épaules. Mais n'oubliez pas que, si vous décidez tous les deux de prolonger cette

« sanction » au-delà de ce soir, vous devrez obtenir l'autorisation formelle de l'Intendant de la cour. Il a accepté de superviser cette formalité jusqu'au lever du soleil, mais pas plus. Et c'est un domaine dans lequel il ne fait pas bon pousser trop loin la colère de Sahtan.

Après son départ, Onirie et Falonar se toisèrent.

— Il semblerait que… je n'aie pas… dissimulé autant que je le croyais… mon intérêt pour vous, puisque Lucivar l'a remarqué, dit Falonar.

À moins que ce soit le Sire d'Enfer, songea Onirie. En tant que patriarche et chaperon sexuel, peu de chose lui échappait.

— Alors, s'enquit Falonar, méfiant, vous allez me crier après ?

Elle lui sourit.

— Eh bien, chéri, je ne vais peut-être pas crier après vous. Mais, avec l'encouragement nécessaire, je pourrais bien crier quand même…

Chapitre 7

1. Kaelir

Le seigneur Jorval s'installa dans un fauteuil du salon de Kartane SaDiablo.

— Votre entrevue avec la guérisseuse a été reportée.

— Pourquoi ? s'enquit vivement Kartane. Je croyais que tout était prévu.

— C'était le cas, répondit Jorval d'un ton conciliant. Mais il s'est produit un... incident... à la résidence de la guérisseuse, de sorte qu'elle ne pourra pas vous voir avant quelques jours.

— Vous devriez insister, reprit Kartane. Elle ne se rend peut-être pas compte de mon importance en...

— Insister ne servirait à rien, l'interrompit Jorval. Quand elle viendra ici, mieux vaut qu'elle vous accorde son attention, au lieu d'être distraite par son problème domestique.

— Je suppose donc que je n'ai pas le choix. Je vais devoir attendre.

— Vous n'avez pas le choix, confirma Jorval en se levant.

« Il s'est produit un incident qui impose de reporter »...

« Un incident », songea Jorval en regagnant son propre domicile. Voilà comment le Sire d'Enfer avait formulé la chose, avec grande prudence et courtoisie. Les complices envoyés à Halavet pour aider le suivant avaient soudain disparu, et il n'avait eu aucun message ni signe de vie du suivant, de sorte qu'il imaginait sans peine la nature de

l'« incident » qui retardait le déplacement de Jaenelle Angelline en Petite Terreille.

Cela signifiait qu'il devait informer la Grande Prêtresse que, selon toute probabilité, Alexandra n'était plus un outil utile.

Hékatah serait mécontente et viendrait certainement en Petite Terreille pour passer sur lui sa mauvaise humeur.

Peut-être parviendrait-il à détourner cette colère. Peut-être le moment était-il bien choisi pour traiter un autre petit problème.

En arrivant chez lui, il se précipita dans son bureau et rédigea un bref message à l'intention du seigneur Magstrom.

2. Kaelir

— Où est mon suivant ? demanda Alexandra dès qu'elle fut installée dans l'étude du Sire d'Enfer.

Après être restée confinée pendant deux jours, elle était soulagée de quitter sa chambre, mais ne tenait guère à se trouver dans cette pièce, encore moins avec lui.

Sahtan s'adossa confortablement dans son fauteuil et posa le menton sur les ongles teintés de noir de ses doigts joints. Ses yeux dorés étaient ensommeillés, comme lors de leur première entrevue.

Consciente du froid qui régnait dans la pièce, elle resserra son châle sur ses épaules.

— Il est intéressant qu'Osvald soit la première personne à propos de laquelle vous m'interrogiez, déclara Sahtan trop doucement.

— Sur qui aurais-je dû me renseigner ? rétorqua Alexandra, apeurée.

— Votre petite-fille Wilhelmina. Elle se remet des drogues que ce bâtard lui a administrées. Il n'y aura pas de séquelles permanentes.

— Bien sûr qu'il n'y en aura pas ! Ce n'était qu'un léger sédatif.

— Ce qu'il lui a donné est bien plus qu'un léger sédatif, ma dame, répondit Sahtan d'un ton plus sec.

Alexandra hésita. Il mentait. Bien sûr qu'il mentait.

Sahtan l'observa d'un air curieux.

— Je ne cesse de me demander ce que Dorothéa et Hékatah ont pu vous proposer qui vaille la vie de votre petite-fille.

— Vous m'insultez ! s'écria-t-elle en se levant d'un bond.

— Vraiment ? répondit-il avec une douceur à la fois agaçante et effrayante.

— Je ne vendais pas Wilhelmina à Dorothéa, je cherchais simplement à l'éloigner de vous !

Il afficha une expression étrange.

— Une justification toujours suffisante, n'est-ce pas ? Vous m'enlevez l'enfant sans vous soucier de ce qui lui arrive. Toute une vie de souffrance, d'humiliation et de torture, c'est toujours mieux que d'être avec moi…

Alexandra se rassit et l'observa. Il s'était renfermé sur lui-même ; plongé dans quelque pensée, il ne semblait plus parler de Wilhelmina.

— D'après vous, qu'allait-il advenir de Wilhelmina ? demanda-t-il.

— Osvald tentait de la faire sortir de Kaelir pour la ramener à la maison.

Tandis que Sahtan la dévisageait, une profonde tristesse envahit son regard.

— Il ne s'agissait donc pas d'une rétribution, conclut-il doucement, mais d'un argument de négociation.

— Qu'est-ce que vous racontez ?

— Comment comptiez-vous faire quitter Hayll à Wilhelmina ?

— Elle ne se rendait pas en Hayll, répondit Alexandra en rivant son regard au sien.

— Si. Tels étaient les ordres, Alexandra. Wilhelmina aurait été l'« invitée » de Dorothéa tant que vous accepteriez de faire des concessions. Combien en auriez-vous fait à Hayll avant que votre peuple s'étouffe et refuse de vous garder comme reine ? Qu'auriez-vous pu négocier, alors, pour garder votre petite-fille en sécurité ?

— Non ! s'exclama Alexandra. Pas du tout. Dorothéa a accepté de m'aider parce que…

Parce que Dorothéa se préparait à partir en guerre contre cet homme et qu'elle voulait que le prétendu sombre pouvoir de Jaenelle soit hors du contrôle de Sahtan. Mais elle ne pouvait le lui avouer.

— Wilhelmina n'était pas un argument de négociation.

Mais n'était-ce pas ce que Jaenelle serait devenue ? Un argument de négociation dans le jeu de la guerre ? C'était différent. Jaenelle était déjà définitivement déformée par les attentions du Sire d'Enfer, et si Jaenelle s'était retrouvée « invitée » de Dorothéa…

De façon brutale, Alexandra comprit qu'elle n'aurait jamais fait la moindre concession à Hayll pour assurer le bien-être de Jaenelle. Elle aurait parlé à sa cour d'un sacrifice familial fait pour le bien de son peuple. Et, en vérité, elle n'aurait guère ressenti plus d'un soupçon de culpabilité à cause de cette immolation. Elle avait toujours été une enfant si difficile…

— Wilhelmina n'était pas un argument de négociation, répéta-t-elle faiblement.

— Pensez ce que vous voulez, répliqua Sahtan d'un ton narquois.

Cette façon désinvolte de la congédier, comme si cela n'avait plus d'importance, la dérangea.

— Qu'est-il arrivé à Osvald ? Ses blessures ont-elles au moins été soignées ?

Une étrange lueur scintilla dans le regard de Sahtan.

— Il a été exécuté. De même que les trois comparses qui l'attendaient.

— De quel droit… ?

Alexandra le regarda fixement.

— Il a essayé d'enlever un membre de la cour et en a tué un autre. Vous pensiez donc que nous accepterions de tels actes sans réagir ? demanda Sahtan.

— Il ne l'enlevait pas ! s'écria Alexandra. Il l'aidait à quitter cet endroit. Cet animal l'a agressé. Il a dû se défendre !

— Il l'emmenait contre son gré. C'est un enlèvement.

— Il répondait aux souhaits de sa famille !

— C'est une adulte, grommela Sahtan. Vous n'avez aucun droit de prendre des décisions à sa place.

— Elle est fragile sur le plan psychologique. Elle n'est pas en mesure de…

— Est-ce ainsi que vous traitez quiconque n'est pas d'accord avec vous ? hurla Sahtan. Vous le déclarez mentalement déficient pour justifier le fait de l'enfermer dans un lieu où il sera violé et torturé ?

— *Comment osez-vous ?*

— Avec ce que je sais de Boisgenêt, je suis en mesure d'oser.

Elle en eut le souffle coupé. Ses yeux s'emplirent d'une haine qu'elle ne prit plus la peine de masquer.

Au prix d'un gros effort, elle rassembla ses forces et se dressa face à lui.

— Je suis une reine…

— Vous n'êtes qu'une petite garce naïve et morveuse, répliqua Sahtan d'une voix doucereuse qui donna à ses paroles l'effet d'une caresse violente. Longue vie à vous, Alexandra. Que votre vie soit longue et que vous brûliez pour regagner la Ténèbre. Et, si vous finissez par faire la transition vers l'état de démonite, je vous attendrai.

Elle mit un moment à comprendre. Le Sire d'Enfer.

— Robert Bénédict a fait la transition, chantonna Sahtan, et il a payé sa part de la dette qui m'est due pour ce qui a été infligé à la fille de mon âme.

— Je ne vous dois rien, répliqua Alexandra d'un ton qui se voulait ferme, mais d'une voix tremblante.

Sahtan esquissa un sourire doux et terrible à la fois.

Il fallait qu'elle sorte de là, qu'elle s'éloigne de lui.

— Puisque c'est supposé être une cour, je crois qu'il est temps que je parle à cette mystérieuse Reine qui est la vôtre. La vraie Reine. En fait, j'exige de lui parler.

Il se figea.

— Il semblerait qu'elle veuille également converser avec vous, répondit-il d'une voix bizarre. Vous êtes convoquée en Ébènaskavi pour paraître devant le Sombre Trône.

3. Kaelir

Le cœur battant à tout rompre, Alexandra suivit le Sire d'Enfer dans le sombre escalier de pierre. En bas des marches, l'immense porte à double battant s'ouvrit en silence, révélant une obscurité intense.

Elle avait protesté en apprenant que Lilande, Philippe et le reste de sa suite étaient également convoqués au Fort, mais cela n'avait rien changé. Nul n'avait donné la moindre indication d'avoir entendu ses protestations, encore moins de vouloir s'y plier.

Elle avait également protesté quand Daimon et Lucivar avaient rejoint le Sire d'Enfer en tant que suivants. À présent, elle se sentait à la fois reconnaissante et pathétique d'être protégée par une force mâle. Elle avait trouvé le Manoir effrayant, mais, comparé au Fort, cette demeure n'était qu'un agréable lieu de villégiature.

Lorsque Sahtan s'avança, des torches s'illuminèrent. Seul le fond de la salle demeurait dans l'obscurité.

Un autre flambeau s'alluma. Elle observa l'énorme tête de dragon qui surgissait du mur du fond. Ses écailles or et argent étincelaient. Ses yeux étaient sombres comme la nuit. Sur une estrade, près de cette tête, se trouvait une simple chaise en bois noir. La femme assise dessus se trouvait dans l'ombre, de sorte qu'Alexandra ne distinguait guère plus que sa silhouette.

C'était donc la Reine d'Ébènaskavi.

Dans la salle, la lumière changea, illuminant doucement la corne de Licorne qui faisait partie du sceptre que tenait cette personne.

Alexandra observa les bagues qui ornaient ses doigts. Aussitôt, elle fut parcourue d'un frisson d'effroi. Au premier regard, il lui semblait que ces bijoux portaient des éclats de Joyaux noirs, mais ces Joyaux semblaient plus sombres que le Noir. Cela était impossible !

La lumière continua à augmenter, de même que la force que l'on percevait dans la pièce. Le visage de la femme demeurait dans l'ombre, mais Alexandra distingua sa robe noire, ainsi qu'un autre Joyau noir-mais-pas-noir serti dans un collier qui ressemblait à une toile d'araignée d'or et d'argent.

La lumière s'intensifia encore. Alexandra leva les yeux et les plongea dans le regard saphir et figé de Jaenelle.

De longues secondes s'écoulèrent avant que ses yeux se posent sur Lilande et Philippe, Vania et Nyselle, ainsi que sur les consorts et suivants venus avec eux.

Libérée de ce regard figé, Alexandra posa une main sur son ventre, cherchant désespérément à ne pas tomber en avant. Dans ce cadre formel, elle comprit enfin ce que Jaenelle avait dit lors de leur première entrevue au Manoir. « *La différence* [...], *c'est que, quand le rêve est apparu, il l'a reconnu.* »

Le sombre pouvoir qui émanait de Jaenelle aurait pu garder Chaillot libre de l'influence de Dorothéa. Mais comment aurait-on pu imaginer *ceci* chez une enfant difficile et excentrique ?

« *Il l'a reconnu.* »

Elle osa un regard furtif vers Daimon. Il l'avait reconnu, lui aussi. Il l'avait reconnu et...

Mais n'était-ce pas ce que Dorothéa avait dit ? Le Sadique et le Sire d'Enfer avaient su voir le potentiel de ce sombre pouvoir et décidé de le séduire, de le façonner. Il était désormais facile de comprendre pourquoi Dorothéa voulait contrôler Jaenelle, mais cela ne modifiait en rien la vérité potentielle de ce qu'elle avait affirmé à propos de Daimon et du Sire d'Enfer.

Les pensées se bousculaient, tournoyaient dans son esprit, jusqu'à ce que les yeux saphir reviennent se river sur elle.

— Vous avez conspiré avec Dorothéa SaDiablo et Hékatah SaDiablo, des ennemies déclarées, dans l'intention de leur livrer une femme membre de ma cour, à savoir ma sœur.

Sa voix, quoique posée, emplissait la pièce.

— En tentant de mettre ce projet à exécution, vous avez tué un autre membre de ma cour, un jeune prince de guerre.

Lilande s'agita et repoussa Philippe, qui tentait de la retenir.

— Ce n'était qu'un animal.

Le visage de Jaenelle exprima un sentiment cruel et terrible.

— Il était du Lignage… et c'était un Frère. Sa vie avait autant de valeur que la vôtre.

— Je ne l'ai pas assassiné, répliqua Alexandra d'une voix morne.

Sous la glace de ces yeux saphir bouillait une rage frôlant la folie.

— Vous n'avez pas porté le coup fatal, admit Jaenelle. C'est pourquoi j'ai décidé de ne pas vous exécuter.

Alexandra serait tombée si Philippe n'avait pas tendu la main pour la rattraper. *L'exécuter?*

— Toutefois, reprit Jaenelle, tout a un prix, et il faudra payer le prix de la vie de Déjaal.

Le désespoir enfla en Alexandra.

— Il n'existe aucune loi contre le meurtre, dit-elle.

— En effet, répondit Jaenelle trop doucement. Mais une Reine peut exiger un paiement pour une vie perdue.

Vania, ou peut-être Nyselle, se mit à geindre.

— Vous n'êtes plus les bienvenus en Kaelir. Vous n'y serez plus jamais les bienvenus. Si l'un d'entre vous revient pour quelque raison que ce soit, il sera exécuté. Il n'y aura aucune exception.

— Peut-elle faire cela? demanda Nyselle dans un murmure.

Jaenelle lança une œillade aux reines de province avant de revenir à Alexandra.

— Je suis la Reine. Ma volonté fait loi.

Alexandra comprit que nul ne mettrait en question cette volonté.

— Vous serez amenés à l'Autel de Cassandra et renvoyés en Terreille par la Porte, décréta Jaenelle. Sire d'Enfer, vous vous chargerez de prendre les dispositions nécessaires.

— Avec plaisir, ma Dame, répondit Sahtan d'un ton formel.

— Vous pouvez disposer.

Le sceptre se balança jusqu'à ce que la corne de Licorne soit pointée directement sur la poitrine d'Alexandra.

— Sauf vous, ajouta-t-elle.

Lilande protesta en silence, mais ne discuta pas lorsque Philippe, la mine pâle, l'air malade, la prit par le bras et l'entraîna hors de la pièce. Les autres membres de la suite leur emboîtèrent vivement le pas, suivis, plus lentement, par Sahtan, Daimon et Lucivar.

Dès que la porte se fut refermée et qu'elles furent seules, Jaenelle baissa son sceptre.

— Vous auriez dû partir la première fois que je vous l'ai ordonné. Maintenant…

— Maintenant ? répéta Alexandra au terme d'un long silence.

Jaenelle se tut. Alexandra chancela, puis esquissa un pas pour recouvrer son équilibre, tandis que la pièce se mettait à tourner. L'obscurité tomba.

Que diable vient-il de se passer ? se demanda Alexandra en retrouvant sa stabilité. Elle scruta les alentours.

Elle se tenait seule, au milieu d'un grand cercle de pierre. Le sol était parfaitement lisse. Autour du disque, un mur compact de roche aiguisée et pointue se dressait loin au-dessus de sa tête. Au-delà de cette paroi…

Elle ressentit la pression intense exercée contre ces murs, comme si quelque chose cherchait à entrer de force pour envahir cet espace.

— *Où… ?*

— *Nous sommes au fond de l'abîme*, annonça une voix ténébreuse.

Alexandra se tourna vers l'endroit d'où venait la voix de Jaenelle et regarda fixement la créature qui se tenait désormais à quelques mètres à peine d'elle. Elle observa le corps humain svelte et nu, ces jambes humaines terminées par des sabots délicats, les mains humaines aux griffes sorties en guise d'ongles, les oreilles délicatement pointues, la crinière dorée, ni tout à fait chevelure, ni tout à fait fourrure, la minuscule corne en spirale, au milieu du front, les yeux figés de saphir.

— *Qu'êtes-vous donc ?* demanda Alexandra dans un murmure.

— *Je suis les rêves faits chair*, répondit l'autre. *Je suis Sorcière.*

La voix de Jaenelle. Les yeux étranges de Jaenelle. Mais…

Elle n'arrivait pas à parler, tant la révulsion lui nouait la gorge. Voilà donc ce que sa fille Lilande avait engendré ? Ça ?

— *Qu'avez-vous fait de ma petite-fille ?* demanda Alexandra.

— *Je ne lui ai rien fait.*

— *Il ne peut en être autrement ! Qu'avez-vous fait ? Dévoré l'esprit pour utiliser la chair ?*

— *Si vous faites allusion à cette enveloppe que vous nommez Jaenelle, cette chair a toujours été mienne. Je suis née dans cette peau.*

— *Jamais ! Jamais ! Vous ne pouvez être issue de Lilande.*

— *Pourquoi pas ?* demanda Sorcière.

— *Parce que vous êtes monstrueuse.*

Un silence douloureux s'installa. Puis Sorcière déclara froidement :

— *Je suis ce que je suis.*

— *Et quoi que ce soit, cela ne vient pas de ma fille. Cela ne vient pas de moi.*

— *Vos rêves…*

— NON ! IL N'Y A RIEN DE MOI EN VOUS !

Encore un silence. Derrière le mur de pierre, il semblait qu'un nouvel orage se préparait.

— *Avez-vous quelque chose à ajouter ?* demanda posément Sorcière.

— *Je n'aurai jamais rien à vous dire*, répondit Alexandra.

— *Très bien.*

Les murs de pierre disparurent. La force de l'abîme se dressa pour combler l'espace vide. Et elle tenta de remplir l'intérieur de cet espace.

Alexandra sentit que le flux débordant commençait à l'écraser, puis une autre source de sombre pouvoir contrecarra et maîtrisa cet écoulement pour empêcher son esprit d'exploser. Quelque chose craqua en elle et, l'espace d'une seconde, elle ressentit une douleur intense et un chagrin écrasant.

Puis elle ne perçut plus rien du tout.

Alexandra émergea peu à peu de son sommeil. Allongée dans un lit, couverte, bien au chaud, elle ne mit qu'un instant à se rendre compte que quelque chose n'allait pas. Elle avait l'esprit étrangement embrumé et le corps douloureux comme si elle avait de la fièvre.

En ouvrant les yeux, elle vit Sahtan assis dans un fauteuil, près de sa couche.

— Je ne veux pas de vous, dit-elle d'une voix rauque.

— Moi non plus, je ne veux pas de vous, répondit-il sèchement, en prenant une tasse sur la table de chevet. Tenez. Cela vous remettra les idées en place.

Elle se dressa sur un avant-bras en gémissant et vit ses Opales, pendentif et bague, posés sur la table. Ils étaient vides : leurs réservoirs de puissance étaient totalement purgés.

D'instinct, elle rentra en elle-même, au désespoir, et chercha à atteindre la profondeur de sa force opale. Elle ne parvint même pas au niveau du Blanc. Elle était coupée de l'abîme, et son esprit semblait inséré dans la pierre.

— Il vous reste encore les sorts enfantins, annonça tranquillement Sahtan.

Alexandra le dévisagea avec effroi.

— Les sorts enfantins ? demanda-t-elle.

— Oui.

Elle le regarda encore en se rappelant ce flux de pouvoir écrasant et la douleur fugace qu'elle avait ressentie.

— Elle m'a cassée, murmura Alexandra. Cette garce m'a brisée.

— Prenez garde à ce que vous dites de ma Reine, grommela Sahtan.

— Qu'allez-vous faire ? M'arracher la langue ?

Il n'eut pas à répondre, car elle comprit de quoi il en retournait à son regard.

— Buvez ceci, dit-il trop bas, en lui tendant la tasse.

N'osant pas faire autrement, elle avala le breuvage et lui rendit le récipient.

— Je ne suis même plus une sorcière, déclara-t-elle, les yeux embués de larmes.

— Une sorcière reste une sorcière, même si elle est brisée et ne peut plus porter ses Joyaux. Une reine reste une reine.

Alexandra émit un rire amer.

— Ça, c'est facile à dire ! Quel genre de reine puis-je être ? Croyez-vous vraiment que je puisse tenir une cour ?

— D'autres reines l'ont fait. Le pouvoir psychique n'est que l'un des facteurs qui attirent les mâles puissants et les incite à servir. Vous n'avez pas besoin de ce genre de pouvoir si vous pouvez utiliser le leur.

— Et pensez-vous que je sois à même de tenir une cour assez puissante pour rester reine de Chaillot ?

— Non, répondit posément Sahtan après un long silence. Mais cela n'a rien à voir avec votre capacité à arborer les Joyaux.

Elle encaissa l'insulte, n'osant pas réagir autrement.

— Vous rendez-vous compte de ce qui va se passer sur Chaillot, maintenant ?

— Votre peuple va, selon toute vraisemblance, choisir une autre reine.

— Il n'existe pas d'autre reine qui soit assez forte pour être acceptée en tant que reine de Territoire. C'est pourquoi…

Je règne encore. Non, elle ne pouvait dire cela. Elle se dressa sur son séant et attendit d'avoir l'esprit moins embrumé. Cette sensation étrange, d'étouffement, finirait par se dissiper, mais son sentiment de perte perdurerait. C'était cette garce qui se faisait passer pour sa petite-fille qui lui avait infligé cette épreuve.

— Elle est monstrueuse, marmonna-t-elle.

— C'est un mythe vivant, les rêves faits chair, déclara froidement Sahtan.

— Eh bien, ce n'était pas mon rêve, rétorqua Alexandra. Je ne vois pas comment cette créature repoussante et tordue pourrait être celui de qui que ce soit…

— Ne franchissez pas de nouveau les limites, Alexandra ! prévint Sahtan.

Face à la dureté de son ton, elle se fit toute petite. Elle pouvait serrer les dents et tenir sa langue, car elle n'avait pas le choix, mais il lui était impossible de s'empêcher de penser à cette créature. Elle avait vécu dans sa maison. Elle frémit. *Chaque année, à Solhiv, nous dansons à la gloire de Sorcière. Chaque année, nous la fêtons.*

Elle ne se rendit compte qu'elle avait parlé à voix haute que lorsque la pièce devint glaciale.

— Je veux rentrer à la maison, dit-elle tout bas. Pouvez-vous organiser mon retour ?

— Avec grand plaisir, roucoula Sahtan.

4. Kaelir

Daimon observa d'un air fort mécontent le sablier de bois noir qui flottait devant la porte de Jaenelle. La première fois qu'il l'avait remarqué, c'était au moment où il avait voulu prendre des nouvelles de la jeune femme. Ladvarienne, le prince de guerre sceltie, lui avait expliqué sa signification. Il avait accepté la proposition de Ladvarienne de lui servir de guide et il avait un peu exploré le Manoir. De retour, une heure plus tard, il avait découvert que le sablier avait été retourné. Le sable s'écoulait doucement, réclamant encore une heure de solitude. C'était la troisième fois que le sable s'était presque totalement écoulé et, cette fois, il attendrait devant la porte que le dernier grain tombe.

— Vous êtes impatttient ? demanda une voix sifflante.

Daimon se tourna vers Draca, la sénéchale du Manoir. À leur arrivée, Lucivar lui avait adressé une mystérieuse mise en garde. « Draca est un dragon à l'aspect humain. » Dès qu'il avait vu la sénéchale, il avait compris ce que Lucivar voulait dire. Son apparence ainsi qu'une impression de grand âge et de pouvoir intense qui émanait d'elle l'avaient fasciné.

— Je suis inquiet, répondit-il en croisant les yeux sombres qui le transperçaient. Elle ne doit pas être seule, en ce moment.

— Pourtant, vous resstez devant la porte.

Daimon foudroya le sablier du regard.

Draca émit un son qui aurait pu être un rire réprimé.

— Êtes-vous toujours ausssi doccile ?

— Presque jamais, marmonna Daimon, qui se souvint alors à qui il s'adressait.

Mais Draca opina, visiblement ravie de voir ses soupçons confirmés.

— Les mâles ssont asssez avisés pour ssavoir quand il faut ccéder et obéir. Mais le consort a le droit de contourner bien des règles.

Daimon réfléchit à ces propos. Difficile de saisir des inflexions dans cette voix sifflante, mais il crut la comprendre :

— Vous connaissez mieux que moi les subtilités du Protocole, dit-il en l'observant de très près. J'apprécie vos leçons.

Elle ne changea pas d'expression, mais il aurait juré qu'elle lui souriait.

— Le verre est pressque vide, conclut-elle avant de tourner les talons.

Il posa la main sur la poignée de la porte et l'actionna lentement tandis que les derniers grains de sable tombaient dans le fond du sablier. En ouvrant, il le vit se retourner pour réclamer une nouvelle heure de solitude. Il se glissa vivement dans la pièce et referma la porte derrière lui.

Jaenelle se tenait près d'une fenêtre, contemplant la nuit, encore vêtue d'une robe noire. En tant qu'homme, il appréciait ce vêtement si féminin. Pourvu qu'elle ne la porte pas que pour les occasions officielles…

Il chassa ces pensées. Non seulement elles étaient inutiles, ce soir, mais elles agaçaient son corps qui voulait y réagir d'une façon inacceptable.

—Ils sont partis ? demanda doucement Jaenelle sans cesser de regarder par la fenêtre.

Daimon la dévisagea. Cherchait-elle à bavarder avec lui ou bien s'était-elle retirée si profondément en elle-même qu'elle ne se rendait absolument pas compte de sa présence ?

—Ils sont partis.

Il s'approcha d'elle avec précaution, jusqu'à se trouver à un mètre d'elle, et observa son profil.

—C'était le châtiment approprié, déclara Jaenelle tandis qu'une autre larme coulait sur sa joue. C'est la peine requise quand une reine viole la cour d'une autre pour faire le mal.

—Vous auriez pu demander à l'un de nous de prononcer la sentence, déclara Daimon.

Jaenelle secoua la tête.

—Je suis la Reine. C'était à moi de m'en charger.

Pas si cela doit vous ronger le cœur.

—Il existe un moyen traditionnel de briser un membre du Lignage, de le dépouiller de son pouvoir sans provoquer d'autres dégâts. C'est rapide et net. (Elle hésita.) Je l'ai emmenée au fond de l'abîme.

—Vous l'avez emmenée dans la brume ?

—Non, répondit Jaenelle trop vite. Ça, c'est un lieu spécial. Je ne voulais pas qu'il soit souillé…

Elle se mordit la lèvre.

Il préféra ne pas s'interroger sur le soulagement qu'il ressentait à savoir qu'Alexandra n'avait pas entaché la brume de sa présence.

Tandis qu'il la dévisageait encore, une idée le frappa avec force. Elle ne s'était pas retirée très loin à l'intérieur d'elle-même car peut-être s'en voulait-elle d'avoir dû briser une autre sorcière. Elle s'était retirée pour faire face à quelque souffrance personnelle.

— Ma chère, s'enquit-il doucement, qu'est-ce qui ne va pas ? Je vous en conjure, dites-le-moi. Laissez-moi vous aider.

Lorsqu'elle se tourna vers lui, il ne vit ni une femme adulte, ni une Reine, ni même Sorcière. Il vit une enfant à l'agonie.

— Lilande… Lilande se souciait de tout cela, je crois, mais je n'ai jamais attendu grand-chose d'elle. Philippe aussi, mais il n'y avait rien qu'il puisse vraiment faire. Alexandra était la m… mère de la famille. C'était elle qui détenait la force. C'était à elle que tout le monde voulait faire plaisir. Et je n'arrivais jamais à lui faire plaisir, je n'ai jamais pu… Je les aimais tous : Lilande, Alexandra, Philippe et Wilhelmina, reprit-elle en étouffant un sanglot. Je l'aimais, elle, et elle a d… dit que j'étais m… monstrueuse.

Daimon se contenta de la regarder. La rage soudaine qui l'envahit l'empêcha un moment de parler.

— Cette garce a dit quoi ?

Étonnée par le venin qui perçait dans sa voix, elle posa sur lui un regard limpide avant de s'écrouler de nouveau.

— Elle a dit que j'étais monstrueuse.

Il voyait presque ses blessures d'enfance se rouvrir et saigner. C'était le rejet ultime, la souffrance ultime. L'enfant avait résisté à ce rejet, elle avait tenté de mériter le peu d'amour qui lui avait été accordé uniquement sous conditions. L'enfant avait essayé de justifier son envoi vers l'horreur qu'était Boisgenêt. Mais l'enfant n'en était plus une, et elle se sentait déchirée de devoir affronter une amère vérité.

Il comprenait également que, face à ces coups émotionnels, elle s'accrochait désormais au seul mur solide de son enfance : l'amour et l'acceptation de Sahtan.

Eh bien, il allait lui procurer un autre mur auquel se retenir. Il ouvrit les bras, suffisamment pour qu'elle comprenne son geste comme une invitation et non comme un ordre.

— Venez, dit-il doucement. Venez à moi.

Elle s'approcha de lui sans le regarder, ce qui lui brisa le cœur. Elle semblait prête à subir un rejet.

Il la prit dans ses bras réconfortants et protecteurs.

— C'était une bonne reine, n'est-ce pas ? demanda Jaenelle d'un ton implorant, quelques instants plus tard.

Daimon ressentit de la peine. En d'autres temps, il lui aurait été facile de mentir, mais pas ce soir. Sachant qu'il allait anéantir la dernière justification de Jaenelle quant au comportement d'Alexandra, il lui assena la vérité avec le plus de ménagement possible.

— Comparée aux autres reines de Terreille, c'était une bonne reine. Comparée à toutes celles que j'ai rencontrées depuis que je suis en Kaelir… non, ma chère, ce n'était pas une bonne reine.

La douleur surgit à travers ses larmes tandis que Jaenelle abandonnait le peuple qu'elle avait autrefois cherché à aimer.

Il la garda dans ses bras, sans rien dire. Il se contenta de l'enlacer pour l'envelopper de tout son amour.

La porte s'ouvrit doucement. Ladvarienne apparut, suivi de Kaelas.

Daimon les observa. Avaient-ils décidé seuls de défier le souhait de solitude ou bien avaient-ils interprété sa présence comme une permission tacite d'entrer ?

Au bout d'une minute, Ladvarienne agita une fois le bout de sa queue.

— *Nous reviendrons plus tard.*

Ils se retirèrent aussi discrètement qu'ils étaient entrés.

Chapitre 8

1. Kaelir

Le seigneur Magstrom errait avec nervosité dans la pièce où étaient conservées les archives des foires aux services. Il n'était rentré que depuis quelques jours et n'avait pas fini de s'occuper des affaires de son propre village. Le seigneur Jorval l'avait sommé de façon urgente de revenir en Petite Terreille pour discuter d'une question « de la plus haute importance ».

Au lieu de se reposer comme il en avait grand besoin, il avait passé plusieurs jours avec sa petite-fille aînée et son mari, des jours pleins d'excitation et d'appréhension. Sa petite-fille était enceinte de son premier enfant et, bien que ravie, elle était souffrante. Magstrom avait pris beaucoup de temps pour rassurer son mari, lui affirmant que sa petite-fille ne divorcerait jamais d'un homme qu'elle aimait uniquement parce qu'elle rendait son petit déjeuner depuis quelques semaines.

Il n'aurait pas dû dire « quelques semaines », car le jeune homme avait semblé sur le point de s'évanouir.

Il avait tout de même adressé une lettre au Sire d'Enfer sur les incohérences qu'il avait repérées dans les archives de la foire aux services. Ensuite, il avait hésité à l'envoyer, se demandant si son propre épuisement avait transformé une simple erreur d'écriture d'un employé négligent en quelque chose de plus sinistre.

Peu importait. Dès son retour à la maison, il rédigerait une missive plus soignée, plus réfléchie, mieux tournée, qui exprimerait une simple inquiétude, au lieu d'être alarmante.

Il venait de prendre cette décision quand la porte s'ouvrit sur le seigneur Jorval.

— Je suis ravi de vous voir, Magstrom, déclara-t-il, un peu essoufflé. Je ne savais pas à qui d'autre me fier. Mais quiconque a travaillé avec vous sait bien que vous ne sauriez être impliqué dans tout cela.

— Qu'entendez-vous par « tout cela » ? s'enquit Magstrom, prudent.

Jorval se dirigea vers les étagères des archives et prit un épais dossier.

Magstrom sentit son estomac se nouer. C'était le dossier hayllien, celui qu'il avait déjà consulté avant son départ précipité de Goth.

Les mains tremblantes, Jorval feuilleta le dossier, puis posa plusieurs documents sur la table.

— Regardez. Il y a des différences dans ces listes.

Se précipitant vers les étagères, il sortit plusieurs autres dossiers qu'il jeta sur le bureau.

— Et pas seulement dans les listes hayllennes, reprit-il. D'abord, j'ai cru à une erreur d'écriture, mais…

Il prit une feuille dans une chemise.

— Vous rappelez-vous cet homme ? demanda-t-il en désignant un nom. Il n'était pas du tout convenable pour l'immigration. Pas du tout convenable.

— Je me souviens de lui, répondit Magstrom faiblement.

C'était une brute dont la trace psychique lui donnait la chair de poule.

— Il a été accepté à la cour ? demanda-t-il.

— Oui, répondit Jorval, la mine grave. Cette cour.

Magstrom plissa les yeux pour déchiffrer les pattes de mouche. Le nom de la reine et le territoire sur lequel elle régnait étaient presque illisibles. Le seul détail qu'il déchiffra clairement était que le territoire se trouvait en Petite Terreille.

— Qui est cette… Hektek ?

— Je l'ignore. Aucune reine de ce nom ne règne ne serait-ce que sur un village, en Petite Terreille. Mais trente Terreilliens ont été admis dans cette cour supposée. Trente.

— Où vont ces gens ?

Jorval hésita.

— Je crois que quelqu'un est en train de créer secrètement une armée sous notre nez, en utilisant la foire aux services pour brouiller les pistes.

— Savez-vous de qui il s'agit ? demanda Magstrom, la gorge nouée, s'attendant presque à ce que Jorval accuse le Sire d'Enfer, ce qui était ridicule.

— Je le crois, répondit Jorval avec une lueur étrange dans le regard. Si mes soupçons sont avérés, les reines des Territoires de Kaelir doivent être mises en garde sans tarder. C'est pourquoi je vous ai demandé de venir. Ce soir, je dois rencontrer quelqu'un qui prétend avoir une information sur les personnes manquant sur les listes. Je voulais qu'un autre membre du Conseil m'accompagne en tant que témoin pour confirmer ce qui se dira. Si je vous ai choisi, c'est parce que le Sire d'Enfer vous écoutera, en cas de danger.

Ce fut ce qui convainquit Magstrom.

— Révéler cette information peut être risqué. Mieux vaut ne pas faire attendre cette personne.

— En effet, répondit Jorval d'une voix étrange. Il ne vaut mieux pas.

Ils trouvèrent une voiture attelée disponible dès qu'ils eurent quitté le bâtiment. Un silence pesant régna dans la cabine, jusqu'à ce que, quelques minutes plus tard, elle s'arrête.

Magstrom descendit et scruta les alentours. Aussitôt, une peur violente s'empara de lui. Ils se trouvaient en lisière des taudis de Goth, où seuls les imprudents osaient s'aventurer. Ce n'était pas un endroit pour un homme âgé.

— Je sais, dit vivement Jorval en prenant Magstrom par le bras pour l'entraîner dans les ruelles étroites et crasseuses. C'est un lieu de rendez-vous inhabituel, mais je crois que c'est pour cela qu'il a été choisi. Même si quelqu'un nous reconnaissait, il penserait qu'il se méprend.

Le souffle court, Magstrom avait du mal à suivre Jorval. Il se sentait épié, depuis l'ombre des portes d'entrée, et percevait des éclairs de pouvoir de la part de ceux qui les observaient. Il existait de nombreuses raisons pour qu'un mâle orné au Joyau sombre puisse se retrouver dans cet environnement.

Enfin, ils entrèrent par la porte de service d'un vaste bâtiment et gravirent les marches en silence. Devant une porte de l'étage, Jorval mit une clé dans la serrure et s'écarta pour permettre à Magstrom d'entrer dans la suite.

Les meubles du salon étaient vieux et usés. La pièce elle-même ne semblait pas avoir été nettoyée depuis longtemps. Et elle empestait la pourriture.

— Quelque chose ne va pas ? s'enquit Jorval d'un ton étrangement jubilatoire.

Magstrom se dirigea vers les étroites fenêtres. Un peu d'air frais chasserait peut-être la puanteur.

— J'ai l'impression qu'il y a un rat ou une souris crevée derrière un mur, alors…

Jorval émit un son bizarre, une sorte de ricanement haut perché. La porte de la chambre s'ouvrit. Une silhouette coiffée d'une capuche entra.

Magstrom se retourna. Il perdit l'usage de la parole.

Les jointures de ses os surgirent de la peau déchirée de ses mains brunes tandis qu'elle ôtait sa capuche.

Magstrom observa les yeux dorés et haineux, luisant dans un visage ravagé, décomposé. Elle fit un pas vers lui. Il recula d'autant. Puis il fit un autre pas en arrière, et un autre, jusqu'à ce qu'il n'ait plus nulle part où aller.

Jorval lui sourit.

— Je pense qu'il est temps pour vous de rencontrer la Prêtresse Noire, dit-il.

2. Kaelir

— Quelque chose ne va pas ? demanda Daimon à Sahtan.

Il jeta un coup d'œil en direction de Lucivar, qui observait son père avec attention.

Sahtan leva enfin les yeux de la feuille de papier posée au centre de son bureau.

— J'ai reçu une lettre du seigneur Jorval m'informant que le seigneur Magstrom a connu une mort violente, hier soir.

Daimon souffla lentement tandis que Lucivar jurait.

— J'ai brièvement rencontré Magstrom à la foire aux services, dit-il. Il semblait être un homme honnête.

— Il l'était, confirma Sahtan, et il était le seul membre du Conseil Obscur auquel Jaenelle acceptait d'avoir affaire.

— Comment a-t-il péri ? s'enquit soudain Lucivar.

Sahtan hésita.

— On l'a retrouvé dans une ruelle des taudis de Goth. Le corps était tellement déchiqueté que la rumeur affirme que c'est un membre de la parentèle qui l'a tué.

— Pourquoi soupçonner la parentèle ? s'enquit Daimon.

— C'était une mort totale ? demanda Lucivar.

— Oui, une mort totale, répondit Sahtan, la mine sombre. Alors il n'y a pas la moindre chance pour que le fantôme de Magstrom erre assez longtemps au Sombre Royaume pour raconter à quiconque ce qui s'est vraiment déroulé. Certaines meutes de chiens meurtrières peuvent être dangereuses, mais un bouclier aurait protégé Magstrom. Seule une meute de membres de la parentèle, ou des êtres ornés de Joyaux plus sombres que ceux de Magstrom, a pu le vider de son pouvoir psychique pour achever le meurtre.

— C'est vraisemblable ? demanda Daimon.

— Si un homme inconnu s'aventure sur les Territoires de la parentèle, c'est inévitable. Mais à Goth ? Non.

— On l'a donc mutilé pour dissimuler les véritables blessures mortelles.

— On le dirait bien.

— Jorval souhaite-t-il repousser la guérison ? demanda Lucivar.

Sahtan secoua la tête.

— Le rendez-vous est toujours fixé en fin d'après-midi. Tout est prêt ?

— Nous partirons dans l'heure, répondit Lucivar en opinant.

— L'endroit où vous emmenez Jaenelle est-il sûr ? s'enquit Sahtan.

— C'est un corps de garde des Déa al Mon, expliqua Lucivar. Chaosti viendra avec nous, et les gardes des Déa al Mon nous fourniront une protection physique supplémentaire. Chaton a dit qu'elle avait quelques courses à faire à Amdarh, de sorte que nous partirons directement ensuite. Nous resterons probablement un jour ou deux. Chaosti reviendra nous faire son rapport.

Au prix d'un gros effort, Daimon maîtrisa la jalousie qui le rongeait. Lucivar n'avait aucune raison d'hésiter à passer deux jours avec Jaenelle, même si les Eyriens attendaient toujours d'être installés en Askavi avant l'hiver, et même s'il avait une épouse et un enfant. Jaenelle était non seulement sa sœur, mais sa Reine. Il n'était pas question qu'il ne vienne pas avec elle chaque fois qu'elle avait besoin de lui.

Chassant ces pensées, Daimon se concentra sur leur emploi du temps. Il n'avait pas vraiment été conscient du trajet qu'ils avaient parcouru entre Goth et le Manoir, mais celui-ci avait dû durer plusieurs heures au moins. Il serait sans doute encore plus long de se rendre dans ce lieu secret, chez les Déa al Mon. Si Lucivar prévoyait de partir dans l'heure pour atteindre le corps de garde, il envisageait d'arriver juste à temps pour que Jaenelle se repose et prenne un déjeuner tardif avant de vaquer à ses occupations. Juste assez de temps…

Le Sadique se réveilla en lui. Il observa Sahtan et vit ses propres soupçons se refléter dans les yeux de son père.

— Quand a-t-on retrouvé le cadavre ? demanda-t-il trop doucement.

Lucivar émergea de ses pensées et jura violemment.

Sahtan soutint son regard pendant un moment.

— Si Jorval a été informé immédiatement, il y a eu juste assez de temps pour écrire un message rapide et l'envoyer ici par coursier.

— Sa missive était-elle rédigée à la hâte ?

— Non, je n'en ai pas l'impression.

Cela signifiait que Jorval avait appris la mort de Magstrom avant que le cadavre soit retrouvé. Et c'était Jorval qui avait organisé le déplacement de Jaenelle en Petite Terreille.

Dès que Lucivar et lui se furent éloignés de l'étude de Sahtan, Daimon posa une main sur l'épaule de Lucivar. Il l'agrippait juste assez de ses ongles peints en noir pour obtenir l'attention de son frère.

— Vous ferez tout ce qu'il faudra pour assurer la sécurité de Jaenelle et vous occuper d'elle, n'est-ce pas ?

— Je veillerai à sa sûreté, bâtard. Vous pouvez compter là-dessus. (Lucivar esquissa son sourire arrogant.) Mais c'est vous qui allez vous occuper d'elle. Vous avez moins de une heure pour faire vos bagages, mon vieux. Emportez ce qu'il faut pour passer quelques jours à Amdarh, également.

Daimon dévisagea Lucivar, puis il recula et glissa les mains dans les poches de son pantalon.

— Elle n'est pas à l'aise, avec moi, connard.

Même devant Lucivar, il refusait d'admettre que Jaenelle s'était pratiquement enfuie de sa propre chambre pour s'éloigner de lui, après la nuit qu'ils avaient passée ensemble.

— Ma présence ne ferait que l'angoisser, reprit-il.

— Vous êtes son consort, rétorqua Lucivar. Faites-vous respecter.

— Mais…

— Elle ne prêtera attention à aucun de nous avant l'entrevue que nous allons avoir, et je serai avec vous quand vous irez à Amdarh. Elle sera si occupée à se plaindre de mon omniprésence qu'elle n'aura pas le temps d'être angoissée par la vôtre. (Lucivar désamorça une nouvelle protestation peu convaincante.) Je veux que vous soyez à ce corps de garde, Daimon.

Il comprit enfin. Lucivar ne voulait pas qu'il vienne en tant que consort, mais en tant que Sadique.

Daimon opina.

— Je serai prêt à partir quand vous le voudrez.

3. Kaelir

Le chagrin que Lucivar lut dans les yeux de Jaenelle lui apprit qu'il n'avait pas à lui demander si elle était informée de la mort du seigneur Magstrom. Il faillit lui proposer de repousser leur entretien, mais n'en prit pas la peine. Quelque chose lui disait qu'elle serait à la hauteur de ce qu'il attendait pour des raisons qui lui appartenaient.

Il observa la grande valise posée à côté de son sac de voyage. Elle en possédait plusieurs similaires, de formats divers. Elles contenaient les cadres en bois qu'elle utilisait pour tisser ses toiles.

— Vous pensez tisser une toile de soin de cette taille ? demanda-t-il.

— Ce n'est pas pour une toile de soin. C'est pour l'ombre.

Il examina de nouveau la valise. Une « ombre » était une illusion très élaborée capable de tromper l'œil au point de faire croire qu'une personne était vraiment présente. Jaenelle pouvait en créer une très réaliste d'elle-même. Un seul détail distinguait son ombre et son véritable corps : si l'ombre pouvait tout ramasser et toucher, elle ne pouvait être touchée. Quand elle avait commencé à rechercher Daimon, huit ans plus tôt, la jeune femme avait créé ce genre d'ombre pour le faire sortir du Royaume Perverti. Il se rappelait encore clairement combien cette manœuvre pouvait lui en coûter physiquement.

— Vous sentez-vous en état de canaliser assez de force pour que l'ombre puisse administrer un soin important ?

— Il n'y aura pas grand besoin de soin, répondit posément Jaenelle.

Ce n'était pas l'impression que lui ou Sahtan avait eue en lisant les lettres pressantes de Jorval, mais mieux valait ne rien dire. Servir Jaenelle lui avait appris à céder.

Elle fit disparaître la valise et le sac de voyage, puis ramassa une longue pèlerine noire.

— Nous y allons ? demanda-t-elle.

4. Kaelir

Kartane SaDiablo arpentait le salon de sa suite avec nervosité.

La garce était en retard. S'il avait été chez lui, jamais elle n'aurait osé faire attendre le fils de Dorothéa. Feu d'Enfer, il serait presque heureux de regagner Hayll !

Tout à son indignation outragée, il faillit ne pas entendre le petit coup frappé à la porte. Il se ressaisit vite car il avait besoin de cette garce qui, d'après ce que Jorval lui avait assuré, était la meilleure guérisseuse de Kaelir. S'il se montrait discourtois, rien ni personne ne pourrait la retenir.

Il alla regarder par la fenêtre. Il n'y avait aucune raison qu'elle sache qu'il l'attendait avec impatience. À quoi bon lui accorder ce petit pouvoir sur lui ?

— Entrez, dit-il lorsque l'on frappa de nouveau.

Il n'entendit pas la porte s'ouvrir, mais, en se retournant, il vit une silhouette drapée dans une cape noire, une capuche sur la tête.

D'abord, il crut qu'il s'agissait de cette sorcière que Dorothéa appelait la Prêtresse Noire, mais sa trace psychique avait quelque chose de visqueux, alors que celle-ci...

Kartane fronça les sourcils. Il ne décelait aucune trace psychique.

— Vous êtes la guérisseuse ? demanda-t-il, sceptique.

— Oui.

Sa voix ténébreuse fit frémir Kartane. Cherchant à surmonter son malaise, il entreprit de déboutonner sa chemise.

— Vous voulez sans doute m'examiner...

— Cela ne sera pas nécessaire. Je sais ce qui ne va pas, chez vous.

Il stoppa le mouvement de ses doigts sur un bouton.

— Vous avez déjà vu cela ?

— Non.

— Mais vous savez ce que c'est ?

— Oui.

Agacé par ses réponses lapidaires, il abandonna tout effort de courtoisie.

— Alors de quoi s'agit-il, nom de Dieu ?

— Ce mal s'appelle Boisgenêt, répondit-elle de sa voix ténébreuse.

Kartane devint livide, au point d'en avoir le tournis.

— Boisgenêt est le joli poison, poursuivit la voix, tandis que de ses mains pâles la femme repoussait sa capuche. Il n'y a pas de remède contre Boisgenêt.

Kartane la regarda fixement. La dernière fois qu'il l'avait vue, treize ans plus tôt, elle était davantage une marionnette droguée qu'une enfant, un jouet enfermé dans une cellule de Boisgenêt, attendant d'être utilisé. Toutefois, il n'avait jamais oublié ces yeux saphir, ni la terreur qu'il avait ressentie après avoir essayé de toucher son esprit.

— Vous ! lança-t-il dans un souffle. Je pensais que Grîr vous avait détruite.

— Il a essayé de le faire.

Alors il comprit et brandit un index accusateur.

— C'est vous qui m'avez fait cela ! C'est vous !

— J'ai créé la toile emmêlée, en effet. Mais ce qui vous est arrivé, Kartane, vous vous l'êtes infligé tout seul.

— Non !

— Si. On ne récolte que ce que l'on sème. C'est le seul ordre que j'ai tissé dans la toile.

— Ce que vous avez fait, vous pouvez le défaire, non ?

Elle secoua la tête.

— Beaucoup des enfants qui étaient les fils de cette toile emmêlée sont retournés à la Ténèbre. Ils sont hors d'atteinte, même pour moi, et il n'y a pas moyen de défaire la toile sans eux.

— Vous mentez ! s'écria Kartane. Si je vous donne suffisamment d'or, vous trouverez rapidement une solution.

— Il n'y a pas de remède contre Boisgenêt. Mais il existe une fin, si cela peut vous consoler. Chacun récolte ce qu'il sème.

— Qu'est-ce que ça veut dire ?

— Chaque coup, chaque blessure, chaque viol, chaque moment de peur que vous infligez vous revient en pleine face. Vous recevez ce que vous avez donné, Kartane. Quand vous aurez tout repris, la dette sera réglée, et la toile vous libérera, comme elle a libéré les autres mâles qui se sont amusés à Boisgenêt.

— Ils sont tous morts, pauvre imbécile ! Je suis le dernier. Nul n'a survécu à votre toile.

— La toile n'a fait que poser les conditions. Si aucun des autres n'a survécu… Combien des enfants envoyés à Boisgenêt vous ont survécu, à vous ?

— Si vous n'êtes pas venue ici pour me soigner, pourquoi avoir pris la peine de vous déplacer ? Pour me narguer ?

— Non. Je suis venue témoigner pour ceux qui sont partis.

Kartane l'observa, puis secoua la tête.

— Vous pouvez mettre fin à ceci, déclara-t-il.

— Je vous répète que non.

— Vous pouvez y mettre fin, faire cesser la douleur ! Et vous allez le faire, nom de Dieu !

Avec un hurlement de rage, Kartane fonça sur elle… et passa au travers d'elle. Incapable de maîtriser son élan, il heurta la porte.

Quand il se retourna, il n'y avait plus personne dans la pièce.

5. Kaelir

Daimon s'approcha de Jaenelle avec prudence, de peur de troubler sa solitude. Que penser de cet étrange mélange de tristesse et de satisfaction qu'exprimait son visage ? La solitude était une illusion, bien sûr. Quand elle avait quitté sa chambre du corps de garde pour aller s'asseoir au bord de la rivière, Lucivar, Chaosti et une demi-douzaine de gardes des Déa al Mon l'avaient suivie avant de disparaître dans les bois. Il ne voyait aucun d'eux, mais il les savait tout proches, qui épiaient, qui écoutaient.

— Tenez, dit-il doucement en lui tendant une tasse. Ce n'est qu'une tisane, rien d'extraordinaire.

Elle le remercia. Gêné, il glissa les mains dans les poches de son pantalon.

— Tout va bien ?

Jaenelle hésita.

— J'ai fait ce que j'étais venue accomplir, répondit-elle en buvant une gorgée de tisane.

Elle regarda le fond de sa tasse, puis leva les yeux vers lui.

— Qu'est-ce qu'il y a, là-dedans ? demanda-t-elle.

— Un petit peu de tout.

— Ah…

Il se serait senti insulté en entendant ce ton sceptique dans la voix de toute autre femme. Mais la concentration dont elle fit preuve, et le soupçon de colère qu'il lut dans son regard tandis qu'elle buvait une autre gorgée, lui indiqua que ses doutes provenaient de sa réponse vague plus que de la saveur du breuvage.

Elle le toisa d'un air spéculateur.

— Je suppose que vous ne souhaitez pas échanger la recette de cette tisane contre l'une des miennes…

Puisqu'elle l'appréciait tant, il était tentant de refuser. Il serait ainsi le seul à pouvoir la lui préparer. Mais il se rendit vite compte que le temps qu'il pourrait passer avec elle sur une table jonchée d'herbes lui serait bien plus bénéfique.

— Je connais plusieurs breuvages susceptibles de vous intéresser, déclara-t-il en souriant.

Jaenelle lui rendit son sourire, puis vida sa tasse et se leva.

— J'aimerais partir bientôt pour Amdarh, dit-elle tandis qu'ils regagnaient le corps de garde. Ainsi, nous pourrons nous installer ce soir.

En dépit des avertissements fermes de Lucivar et Chaosti, Daimon dut se retenir de lui suggérer de manger d'abord quelque chose. Ils lui avaient dit que la résistance de Jaenelle contre toute tentative d'avaler le moindre aliment serait directement proportionnelle à son humeur, quand elle reviendrait de son entrevue. Il lui avait suffi de poser un seul regard sur son visage quand elle était sortie de sa chambre pour savoir que toute suggestion serait vaine.

— Je crois que vous allez aimer Amdarh, dit Jaenelle. C'est magnifique…

Elle s'arrêta et huma l'air.

— Est-ce du ragoût ? demanda-t-elle.

— Je crois, oui, répondit Daimon. Lucivar et Chaosti l'ont préparé. Il doit être prêt.

— Ils ont préparé du ragoût de bois sauvage ?

— Il me semble que cela se nomme ainsi, oui.

— Et je suppose que vous avez faim, déclara Jaenelle en le regardant dans les yeux.

Il ne pouvait passer outre cette invitation à peine voilée.

— En fait, oui. Ne pourrions-nous pas attendre la fin du souper avant de partir pour Amdarh ?

Jaenelle détourna la tête, mais il la vit se lécher les babines.

— Il ne faudra guère de temps pour avaler un bol de ragoût. Ou deux, ajouta-t-elle en se précipitant vers le corps de garde.

Daimon hâta le pas pour la suivre en se demandant à quel point les mâles devraient se battre pour obtenir leur part.

6. Kaelir

Kartane entra en trombe dans la salle à manger de Jorval.

— Cette garce est vivante ? demanda-t-il.

Jorval se précipita vers lui tandis qu'un homme inconnu de Kartane se contentait de l'observer, assis à table.

— Seigneur Kartane, dit Jorval, nerveux, si j'avais su que le soin serait terminé aussi vite, nous aurions attendu…

— Allez au diable ! Répondez simplement à ma question ! Elle est vivante ?

— Dame Angelline ? Oui, bien sûr qu'elle est vivante. Pourquoi cette question ? N'est-elle pas arrivée ?

— Elle est arrivée, grommela Kartane.

— Je ne comprends pas, bredouilla Jorval, larmoyant. C'est la meilleure guérisseuse du royaume. Si elle…

— C'est elle qui m'a fait cela !

Le choc de Jorval fit rapidement place à un regard plein de malice.

— Je vois. Je vous en prie, joignez-vous à nous. Je vois que vous avez passé un après-midi éprouvant. Un peu de nourriture et de compagnie vous feront peut-être du bien.

— Rien ne me fera du bien tant que cette garce n'obéira pas ! rétorqua Kartane.

Il accepta une chaise et remplit vivement un verre de vin. Il foudroya du regard l'autre homme, qui ne cessait de l'observer.

— Seigneur Kartane, dit Jorval d'un ton conciliant, puis-je vous présenter le seigneur Hobart ? Il a, lui aussi, des raisons de vouloir voir Jaenelle Angelline enfin maîtrisée.

— Pas seulement Jaenelle Angelline, grommela Hobart.

— Ah bon ? demanda Kartane en oubliant momentanément sa colère, soudain intrigué par Hobart.

— Le Seigneur Hobart contrôle le Territoire de Glacia depuis plusieurs années, expliqua Jorval. Quand sa nièce est devenue reine du Territoire...

— Cette garce ingrate m'a exilée ! cria Hobart.

— Et vous voulez reprendre le contrôle de votre terre, dit Kartane, dont l'intérêt s'amenuisait.

Puis Jorval ajouta :

— Dame Karla est une amie proche de Jaenelle.

Kartane choisit des mets au hasard dans les plats proposés, tout en méditant cette information. En cet instant, il aurait tout donné pour nuire à une amie proche de la garce.

— Je peux peut-être vous aider, dit-il. Ma mère est la Grande Prêtresse d'Hayll.

Non seulement Hobart ne semblait pas assez impressionné, mais il était franchement mal à l'aise. Il se racla la gorge.

— C'est une proposition généreuse, seigneur Kartane. Très généreuse, mais...

— Mais vous recevez déjà l'aide de la Prêtresse Noire, devina Kartane.

Voyant Hobart pâlir, il croisa deux doigts et les leva.

— Peut-être n'êtes-vous pas conscient que ma mère et la Prêtresse Noire sont ainsi.

Hobart déglutit péniblement. Jorval se contenta de boire son vin en les observant de ses yeux sombres teintés de jubilation sournoise.

— Je vois, dit enfin Hobart. Dans ce cas, votre aide est la bienvenue.

Chapitre 9

1. Kaelir

Andulvar prit place dans un fauteuil, devant le bureau de bois noir de Sahtan.

— Karla prétend que vous boudez depuis deux heures, depuis que vous avez reçu le message de dame Zhara.

Sahtan posa sur son vieil ami un regard glacial.

— Je ne boude pas.

— Très bien. (Andulvar attendit.) Alors que faites-vous ?

Sahtan s'adossa sur son siège.

— Dites-moi une chose : si je devais m'enfuir de chez moi, existe-t-il un endroit, dans les royaumes, où je pourrais me réfugier sans être retrouvé ?

Andulvar se gratta le menton.

— Eh bien, si vous vouliez vous cacher des reines de Dhemlan ou du cénacle, il existe pas mal de cachettes possibles. Si vous vouliez fuir votre descendance mâle, il existe quelques endroits dans le Sombre Royaume que même Méphis mettrait longtemps à trouver. Mais si c'était Jaenelle qui vous recherchait…

— C'est précisément pour cela que je suis encore là, avoua Sahtan en se frottant le front avec un soupir. Zhara m'a convoqué à Amdarh pour que je règle un problème pour elle.

Andulvar fronça les sourcils.

— Lucivar se trouve à Amdarh, non ? Si Zhara a besoin de l'aide d'un mâle plus fort que ceux qui servent à la cour, pourquoi ne s'est-elle pas adressée à lui ?

Sahtan plissa ses yeux dorés, puis s'exprima avec une clarté implacable :

— Lucivar est à Amdarh avec Jaenelle.

Un silence pesant s'installa.

— Ah, dit enfin Andulvar. Eh bien, Daimon…

— Est à Amdarh avec Lucivar et Jaenelle.

— Ô Nuit, marmonna Andulvar, avant d'ajouter, méfiant : Qu'a dit Zhara ?

Sahtan prit le message et le lut d'une voix sinistre :

« Vos enfants passent de merveilleux moments. Venez les chercher. »

2. Kaelir

Daimon se prit la tête dans les mains et ferma les yeux.

— Ô Nuit ! énonça Lucivar très lentement.

— Je n'ai jamais été aussi saoul, gémit Daimon.

Lucivar posa sur lui des yeux injectés de sang.

— Mais si, dit-il.

— Peut-être une fois ou deux, quand j'étais jeune et stupide, mais pas depuis que je suis orné au Noir. Mon corps brûle trop vite l'alcool pour que je m'enivre.

— Pas en ce moment, répondit Lucivar, avant d'ajouter, au terme d'un long silence pensif : moi, j'ai déjà été aussi saoul.

— Vraiment ? Quand ?

— La dernière fois que je suis parti ramper avec Jaenelle. Grossière erreur. J'aurais dû m'en souvenir. Je ne l'aurais pas oublié, d'ailleurs, si j'avais été sobre quand je m'en souvenais encore.

Après avoir fourni un effort pénible pendant une minute, Daimon renonça à déchiffrer ce commentaire cryptique et trouva un autre sujet de réflexion.

— Je n'ai jamais été chassé d'une ville, dit-il.

— Bien sûr que si, répliqua Lucivar avec un entrain qui les fit gémir tous les deux.

Daimon secoua la tête et se rendit compte un peu trop tard de son erreur. Même quand il parvint à s'arrêter, la pièce continua à tanguer. Ce qu'il lui restait de cerveau remuait bruyamment dans son crâne. Il déglutit.

— J'ai été chassé de quelques cours, et on ne m'a pas permis de revenir en ville parce que c'était le territoire de la reine, mais ce qui nous arrive est différent.

— Tout va bien, assura Lucivar. Dans quelques semaines, Zhara vous accueillera à bras ouverts.

— Elle ne m'a pas donné l'impression d'être stupide. Pourquoi ferait-elle une chose pareille ?

— Parce que nous avons une influence contraignante sur Jaenelle.

— Ah bon ?

Ils se contentèrent de se regarder, jusqu'à ce que la porte de la salle à manger s'ouvre.

Daimon se prépara à souffrir, absolument certain qu'entendre le battant claquer le tuerait.

— Ô Nuit ! dit Onirie en ravalant un rire. Ils sont pathétiques.

— N'est-ce pas ? rétorqua Sahtan d'un ton sérieux.

Les pas légers qui se dirigèrent vers la table firent vibrer la pièce.

— Je vous en prie, ne criez pas, murmura Daimon.

— Cela ne me viendrait pas à l'idée, répondit Sahtan d'une voix qui fit néanmoins trembler les os de Daimon. Il ne sert à rien de hurler. Vous vous retrouveriez tous les deux par terre, insensibles à tout, dès le premier mot. Alors je garde mon sermon pour un moment où vous serez aptes à l'écouter, car j'ai l'intention de le prononcer d'une voix puissante. La seule réponse que j'exige tout de suite, c'est le nom du breuvage que vous avez tous les deux avalé en quantité pour vous retrouver dans cet état.

— Du fossoyeur, marmonna Lucivar.

— Quelle quantité ? s'enquit Sahtan d'un ton sinistre.

Lucivar respira avec précaution.

— Je n'en suis pas sûr. Tout est devenu flou au bout du septième verre.

— Au bout du… (Un silence s'installa.) L'un de vous est-il capable de marcher jusqu'à sa chambre ?

— Bien sûr, répondit Lucivar, qui parvint à se lever après plusieurs tentatives.

Pour ne pas être en reste, Daimon se mit debout à son tour, et le regretta aussitôt.

— Prenez Lucivar, ordonna Sahtan à Onirie. Il tangue beaucoup moins que son frère.

— C'est parce que je n'ai pas terminé mes coupes, déclara Lucivar à Daimon, qui écrasait presque Onirie sur la table. C'est pour cela que vous êtes tellement saoul. Je vous avais bien dit de ne pas finir ces verres.

Daimon tenta d'émettre un son grossier, mais il finit par cracher sur Sahtan.

Sans plus de commentaire, il fut entraîné hors de la pièce, dans l'escalier très abrupt. Une fois près de son lit, il voulut s'allonger, mais quelqu'un le redressa et le déshabilla, tandis que la colère de son père faisait palpiter la chambre.

— Vous avez besoin d'une cuvette ? demanda Sahtan sans la moindre compassion.

— Non, répondit faiblement Daimon.

Enfin, il eut le droit de s'allonger. La dernière chose dont il fut conscient fut la main de Sahtan qui repoussait ses cheveux en arrière en une douce caresse.

Onirie ferma la porte de la chambre de Lucivar au moment précis où Sahtan sortait de celle de Daimon.

— J'apprécie votre aide, dit Sahtan lorsqu'ils se retrouvèrent au sommet de l'escalier.

— Je n'aurais raté cela pour rien au monde, répondit-elle avec un large sourire.

Ils descendirent les marches côte à côte.

— Vous avez couché Lucivar ?

— Il a ronchonné, et il ne cessait de me répéter de ne pas poser les mains sur lui, car il est marié. Il a refusé de se déshabiller, mais, je lui ai signalé que, étant marié, il devait savoir qu'il ne pouvait se coucher avec des bottes dans cet état. Pendant que nous nous débattions pour lui ôter ces maudites bottes, nous nous sommes demandés comment ce petit poisson s'est retrouvé coincé sous les lacets.

Sahtan s'arrêta au pied de l'escalier.

— Comment diable est-il arrivé sous ses lacets ? demanda-t-il.

— Il n'en a aucune idée. J'ai donc rejeté le poisson à la mer, histoire de lui donner des funérailles décentes, puis j'ai réussi à persuader Lucivar que se mettre torse nu devant moi n'était pas inconvenant car je fais partie de la famille. Ensuite, ce qui restait de lui s'est écroulé sur le lit. (Onirie observa les alentours.) Vous n'allez pas border Jaenelle ?

— En ce moment, répondit sèchement Sahtan, Jaenelle est à la cuisine, en train de dévorer un petit déjeuner copieux

— Oh, non ! s'exclama Onirie avant d'éclater de rire.

3. Kaelir

Karla sortit la bague du coffret à bijoux et la glissa à l'annulaire de sa main droite. C'était un anneau tout simple d'or jaune et blanc serti d'un petit saphir ovale. Un modèle raffiné, mais pas au point de vraiment capter le regard. Il était toutefois assez féminin pour qu'on ne s'interroge pas sur la femme qui le portait. Une bague pour tous les jours, rien de voyant, d'ostensible.

— Elle est parfaite.

— J'avais demandé à Bénard de fabriquer celle-ci en premier, dit Jaenelle, mais il a terminé toutes les bagues destinées au cénacle car leurs motifs sont simples. (Elle marqua une pause.) J'en ai aussi commandé pour Onirie et Wilhelmina. Elles seront prêtes la semaine prochaine.

Karla opina et examina la bague.

— Comment activer le bouclier qu'elle recèle ? demanda-t-elle.

— Vous l'activez délibérément par votre Gris. Sinon, il est conçu comme l'Anneau d'honneur des garçons et réagit à la peur, la rage et la douleur provoquées par une blessure grave. Il est réglé pour les émotions intenses car, quand il s'active, tous ceux qui se trouvent à sa portée et qui arborent un anneau qui lui est relié agiront comme s'il s'agissait d'un appel à la bataille. Ce qui est le cas.

— Quelle est sa portée ? s'enquit Karla. S'il s'active, Morton le sentirait-il même s'il se trouvait dans une autre ville ?

Jaenelle lui adressa un regard étrange.

— Karla, si quelque chose déclenche le bouclier que renferme cet anneau, non seulement Morton frappera à votre porte, mais vous verrez aussi Scéron, Jonah, Kaelas, Mistral et Khary débarquer chez vous, ainsi que nos Sœurs de cette partie du royaume.

— Ô Nuit ! gémit Karla en fronçant les sourcils. Mais… je sais que les garçons ont utilisé ce bouclier à l'occasion, et qu'il ne les a pas rendus fous.

— Ils ne réagiront sans doute pas au signal d'un anneau porté par une Reine comme à celui d'un autre Frère de la cour, expliqua sèchement Jaenelle. De plus, au point où nous en sommes, les mâles sont accoutumés les uns aux autres. Ils savent quand rester en alerte en attendant un autre signal et quand tout laisser tomber pour se lancer à la rescousse de la personne en difficulté.

— Et vous ne pensez pas qu'ils attendront ?

— Aucune chance.

Karla soupira. Il n'existait donc pas plus d'intuition masculine qu'elle le pensait, et elle se réjouissait d'être prévenue.

— Je vais le relier à votre Gris dès maintenant en tendant la main droite.

— Les garçons ne vont pas s'en saisir ? demanda Karla en plaçant sa main droite dans celle de Jaenelle.

— Si, et ils mettront moins de deux minutes pour comprendre que quelqu'un, au cénacle, porte un anneau avec lequel ils peuvent se connecter.

Eh bien, l'union fait la force, songea Karla. *Si nous portons tous ce genre d'anneau…*

— Et ils mettront une minute de plus à déceler distinctement qui porte cet anneau.

— Feu d'Enfer !

Jaenelle esquissa un sourire plein de compassion, mais aussi d'amusement.

— Attendez que Lucivar fasse son apparition. C'est une sacrée expérience.

— Je n'en doute pas, marmonna Karla.

Un instant plus tard, elle sentit une vague de froid, puis une chaleur. L'anneau vibra à son doigt. La sensation s'atténua, mais elle percevait encore le profond réservoir de pouvoir qui attendait, hors d'atteinte.

— L'autre élément important, c'est que, quand le bouclier se réveille, les seuls à pouvoir vous atteindre, si vous avez besoin d'aide concrète, sont les membres du Premier Cercle, expliqua Jaenelle.

— Dans ce cas, dit Karla en opinant, je ferais mieux de le porter en permanence. Il ne faudrait pas que quelqu'un d'autre le passe et obtienne ce genre de protection.

— Personne d'autre que vous ne peut porter cette bague. Elle a été fabriquée pour vous. Si un étranger cherchait à activer son bouclier, les conséquences seraient… déplaisantes.

— Je vois.

Elle se garda de demander à Jaenelle de préciser ce qu'elle entendait par « déplaisantes ».

— Portez-la bien, ma Sœur, dit Jaenelle en l'observant un moment.

— Merci. J'y veillerai.

— Je ferais bien de m'assurer que les autres membres du cénacle aient leurs anneaux, reprit Jaenelle.

Elle ramassa le sac contenant les autres écrins et hésita.

— Devez-vous vraiment partir demain ? reprit-elle d'un ton un peu plaintif.

— Le devoir m'appelle, répondit Karla avec un sourire.

Elle attendit que Jaenelle quitte la pièce pour ajouter :

— Et oncle Sahtan a été très clair : il n'acceptera aucune excuse pour justifier un retard.

Toutes les reines regagnaient leurs Territoires respectifs. De même que les mâles du Premier Cercle. Lucivar emmènerait sa famille et les autres Eyriens en Ébènerih. Onirie et Wilhelmina l'accompagneraient également. Andulvar et Prothvar étaient déjà en route pour Askavi, et Méphis était parti pour sa ville natale d'Amdarh.

Elle comprenait pourquoi Sahtan vidait le Manoir. Tout le monde le saisissait. Le lendemain après-midi, tous les amis que Jaenelle avaient utilisés comme tampons seraient partis. Ses seuls compagnons humains seraient le Sire d'Enfer, qui, Karla n'en doutait pas, allait se faire rare, et Daimon. Le consort aurait le champ libre pour courtiser sa Dame.

— Que la Ténèbre nous vienne en aide, marmonna Karla en allant ouvrir la porte.

Sur le seuil, elle demeura figée.

Lucivar, Aaron, Chaosti, Khardine et Morton lui souriaient.

— Tiens, tiens, ronronna Lucivar, regardez qui voilà…

Sans parvenir à sourire à son tour, Karla déclara faiblement :

— Bisou, bisou.

Elle espérait sincèrement que Jaenelle ne mettrait pas longtemps à activer les autres anneaux.

Chapitre 10

1. Kaelir

Au terme de deux semaines passées en Ébènerih, Onirie regagna le Manoir. Dès qu'elle eut posé les yeux sur Daimon, elle partit en quête de Jaenelle.

Elle finit par la débusquer (en fait, Griscroc traqua Ladvarienne, qui se trouvait en compagnie de la jeune femme) dans une partie du Manoir si éloignée des quartiers familiaux que nul n'aurait songé à aller l'y chercher.

En émergeant d'une pièce, Jaenelle vit Onirie longer le couloir. Son visage s'illumina de plaisir.

— Onirie ! Je ne pensais pas vous revoir si v…

Onirie la saisit par le bras et la fit rentrer dans la pièce.

— C'est une conversation entre filles, grommela-t-elle à Griscroc et Ladvarienne. Allez donc arroser un buisson, vous deux !

Sur ces mots, elle claqua la porte au nez de deux créatures velues abasourdies.

— Onirie, dit Jaenelle en se dégageant de son emprise, quelque chose s'est-il passé en… ?

— Qu'est-ce que vous faites, au nom d'Enfer ? s'écria Onirie.

Jaenelle parut méfiante et choquée.

— Je lisais.

— Je ne parlais pas de ce que vous faisiez il y a cinq minutes. Je faisais allusion à Daimon. Pourquoi lui faites-vous cela ?

— Je ne lui fais rien, répliqua Jaenelle, sur la défensive.

— C'est justement le problème. Bon sang, Jaenelle ! C'est votre consort ! Pourquoi ne l'utilisez-vous pas ?

L'espace d'une seconde, elle vit une jeune femme sur la défensive se muer en une Reine furieuse.

— Il a déjà beaucoup servi, vous ne pensez pas ? répliqua-t-elle de sa voix tranquille et ténébreuse. Et je ne serai pas la prochaine d'une longue liste de femmes qui l'ont forcé à avoir une intimité physique avec elles.

— Mais…

Onirie fit mentalement un pas en arrière. Elle n'avait pas pensé que Jaenelle expliquerait ainsi sa résistance. Et elle était certaine que Daimon n'avait pas idée que c'était pour cela qu'il restait hors de la chambre à coucher. *Pauvre chéri,* songea-t-elle tristement, *tu as fait tous les bons gestes pour toutes les mauvaises raisons.*

— C'était différent, à l'époque. Il était esclave sexuel, et non consort.

— Y a-t-il vraiment tant de différence, Onirie ?

N'oublie pas à qui tu t'adresses. N'oublie pas ce qu'elle a dû voir à Boisgenêt, et quelles conclusions une enfant de douze ans connaissant cet aspect de la sexualité a pu tirer à l'époque où Daimon était esclave sexuel.

— Les consorts ne semblent pas voir d'inconvénient à remplir leur devoir. Bien au contraire.

— Ils n'ont jamais été esclaves sexuels. Ils n'ont jamais été forcés. Bon, d'accord, on demande parfois à l'un d'entre eux de donner plus qu'il en a envie, mais tout homme qui accepte un anneau de consort le fait de son plein gré, répondit Jaenelle.

— Daimon a fait ce choix, poursuivit Onirie, non pas pour avoir le statut de consort et les devoirs qui lui sont liés, mais parce qu'il veut être votre amant. (Elle dévisagea Jaenelle.) Vous tenez vraiment à lui, n'est-ce pas ?

— Je l'aime.

Onirie perçut un fleuve profond de sentiments dans ces simples paroles.

— De plus, ajouta Jaenelle, en redevenant une jeune femme anxieuse, je ne suis pas certaine qu'il veuille vraiment faire… ça. Il n'a même pas essayé de m'embrasser, précisa-t-elle tristement.

Onirie glissa ses cheveux derrière ses oreilles pointues. Bon sang, bon sang ! comment s'était-elle aventurée en terrain si glissant ?

— Si je comprends les règles auxquelles un consort doit obéir, la Reine n'est-elle pas censée prendre l'initiative du premier baiser, pour que le consort comprenne que ses attentions sont les bienvenues ?

— Oui, admit Jaenelle à contrecœur.

— Mais vous ne l'avez pas embrassé non plus ?

Jaenelle émit un grommellement de frustration et se mit à faire les cent pas.

— Je n'ai plus douze ans.

— Ma chère, de mon point de vue, c'est préférable, répondit Onirie, les mains sur les hanches.

Jaenelle leva les mains au ciel et se mit à crier :

— Vous ne comprenez donc pas ? Je ne sais rien faire de tout cela !

Onirie se contenta de la dévisager.

— Vous n'avez jamais été embrassée ? Les baisers familiaux et amicaux ne comptent pas, précisa-t-elle vivement.

— Les dents, les langues, la bave…, énuméra Jaenelle d'un air de dégoût.

— Loups et chiens ne comptent pas non plus, dit Onirie.

Jaenelle étouffa un rire.

— Je ne faisais pas référence à la parentèle, déclara-t-elle sèchement.

Merde !

— Vous n'avez jamais reçu un baiser qui vous plaise ? insista Onirie.

Jaenelle hésita.

— Eh bien, Daimon m'a embrassée, une fois, avoua-t-elle.

— Voilà !

— Quand j'avais douze ans.

Onirie se crispa d'instinct à l'idée qu'un adulte ait embrassé une enfant, puis elle prit le temps de réfléchir. Il y avait baiser et baiser. Daimon devait savoir exactement comment embrasser une jeune fille sans franchir la limite, surtout s'il s'agissait de Jaenelle.

— Donc il vous a embrassée quand vous aviez douze ans, dit-elle avec prudence.

Jaenelle haussa les épaules, l'air mal à l'aise.

— C'était à Solhiv, juste avant… tout ce qui s'est passé. Il m'avait offert un bracelet en argent, et j'ai pensé qu'un baiser était une façon mûre de le remercier.

— D'accord, déclara Onirie en hochant la tête. Donc vous l'avez embrassée, et il vous a embrassée.

—Oui.
—Et il n'a pas bavé sur vous ?
Jaenelle esquissa un rictus.
—Non, il n'a pas bavé.
—Alors pourquoi ne pouvez-vous plus l'embrasser ?
—Parce que je n'ai plus douze ans !
—Quel est le rapport ? rétorqua Onirie.
—Je ne veux pas qu'il se moque de moi !
—Je doute que la moquerie soit sa première réaction. En fait, je pense que cela ne lui viendrait jamais à l'idée.
Onirie marqua une pause. *Feu d'Enfer ! elle avait l'impression de s'adresser à une adolescente.*
Cette impression persista. Si elle laissait l'âge de côté pour ne considérer que l'expérience de Jaenelle, ne s'adressait-elle pas à une adolescente ? Il devait exister une astuce, une façon de lui donner l'impression que Daimon avait désespérément besoin d'aide. S'il avait besoin d'aide, Jaenelle ferait…
—Vous savez, ma chère, Daimon est aussi angoissé que vous.
—Pourquoi Daimon serait-il angoissé ? demanda Jaenelle prudemment. Il sait embrasser et il est…
—… vierge.
Jaenelle en demeura bouche bée.
—Mais… mais, il est…
—Vierge. Certes, il sait embrasser, mais il y a un tas de choses qu'il ne connaît qu'en théorie.
—Mais… Onirie, il ne peut l'être.
—Faites-moi confiance, il est vierge.
—Ah bon…
—Donc vous comprenez qu'il puisse être angoissé, dit Onirie.
Était-ce vraiment raisonnable ? Si Daimon apprenait qu'elles avaient eu cette conversation, elle finirait comme ingrédient principal d'un ragoût de carnivore.
—Franchement, ma chère, reprit-elle. Si l'occasion se présente, vous n'aurez qu'à rester allongée. Mais s'il s'inquiète pour son aptitude à…
Elle plia le bras et crispa le poing avant de le relâcher et de laisser tomber sa main flasque.
Jaenelle l'observa assez longtemps pour qu'Onirie se mette à transpirer.

— Ah ! s'exclama-t-elle en écarquillant les yeux. Oh ! (Elle secoua la tête.) Non ! Ce genre de déconvenue n'arriverait pas à Daimon !

Cette assurance naïve sur la virilité de Daimon était touchante. Effrayante, mais touchante. Et elle n'avait aucune intention de la démentir.

— Asseyons-nous, proposa-t-elle en se dirigeant vers un divan. Trente minutes devraient suffire, mais autant nous mettre à l'aise.

— Suffire à quoi ? demanda Jaenelle en s'asseyant.

— Je vais vous expliquer l'art du baiser, déclara Onirie avec un sourire un peu nerveux. Vous l'admettrez : j'en connais un rayon sur le sujet.

— Très bien, répondit Jaenelle, méfiante.

— Et vous n'avez jamais pensé à me consulter durant le mois que j'ai passé en Kaelir ?

Ce manque de confiance lui restait sur le cœur.

— J'y ai songé, marmonna Jaenelle, mais cela me semblait impoli.

Ô Nuit ! voilà qui expliquait le regard brillant qu'elle voyait parfois dans les yeux du Sire d'Enfer. Combien de nuits sans sommeil avait-il passées dans son étude, totalement démonté par une Reine puissante qui se souciait encore de la politesse ?

— Je vous remercie de votre sollicitude, mais nous sommes de la même famille. Une petite conversation entre filles ne m'aurait pas offusquée.

Jaenelle semblait s'interroger. Onirie voyait presque les questions s'accumuler dans ses yeux.

— Pour aujourd'hui, tenons-nous-en au baiser de base.

— Dois-je prendre des notes ? demanda sérieusement Jaenelle.

— Non, répondit Onirie, mais je pense que vous devriez vous exercer en pratique dès que possible.

Onirie ferma doucement la porte et se précipita dans le couloir. Elle n'était pas certaine que l'air de concentration intense de Jaenelle soit de bon augure, mais elle avait fait de son mieux. Les autres détails devraient venir de Daimon. Bonne chance à lui ! Pour une femme qui avait grandi parmi les mâles les plus sensuels qu'Onirie ait jamais croisés, Jaenelle était d'une ignorance affligeante, dans le domaine sexuel. Peut-être avait-il fallu l'arrivée de Daimon pour éveiller sa sexualité, mais elle aurait pu noter quelques indices…

Comment, au nom d'Enfer, deux amants inexpérimentés allaient-ils deviner comment s'y prendre ? Onirie imaginait tout ce qui pourrait mal tourner, une fois qu'ils auraient franchi l'étape du baiser.

Peut-être devrait-elle parler au Sire d'Enfer de cette petite conversation. Peut-être devrait-elle, pour le cas où…

Au détour d'un virage, elle faillit bousculer la dernière personne au monde qu'elle avait envie de voir.

— Qu'est-ce qui ne va pas ? s'enquit Daimon.

— Ce qui ne va pas ? répéta Onirie en reculant d'un pas. Pourquoi quelque chose n'irait-il pas ?

— Tu es bien pâle.

Oh, merde.

— Hum…

Peut-être devrait-elle parler à Daimon de cette conversation entre filles, ne serait-ce que pour le mettre en garde. *Daimon, Jaenelle et moi avons discuté de sexualité. Je crois que vous apprécierez les résultats.*

Peut-être pas.

— Onirie ? s'enquit Daimon, un peu nerveux.

— Faites comme si vous étiez angoissé. Cela sera utile, bredouilla-t-elle en respirant profondément.

Sur ces mots, elle s'enfuit dans les couloirs. Quelques minutes plus tard, à bout de souffle, elle entra en trombe dans l'étude de Sahtan.

Il se figea au moment d'inscrire quelque chose sur une feuille.

— Onirie, dit-il, méfiant.

Elle s'assit en face de lui et sourit, agitée.

— Salut. J'avais envie de vous tenir compagnie pendant un moment.

— Pourquoi ?

— Ai-je besoin d'une raison ?

Apparemment, cette question prit à ses yeux un tout autre sens, car il posa sa plume dans son encrier et posa ses lunettes sur son bureau. Puis il s'adossa dans son fauteuil et observa la porte, avant de plonger les yeux dans le regard d'Onirie.

— Si vous avez l'intention de m'observer écrire, voulez-vous placer ce fauteuil derrière le bureau ? demanda-t-il.

Cela la mettrait à l'abri de n'importe quel mâle furieux, notamment de Daimon, qui risquait de débouler à tout moment.

—Quelle idée merveilleuse ! dit Onirie.

Elle prit un siège et fit le tour du bureau.

Avant qu'elle puisse s'asseoir, Sahtan saisit le fauteuil et le porta près des rayonnages qui tapissaient le fond de l'alcôve.

—Asseyez-vous, ordonna-t-il en effleurant les ouvrages d'une étagère pour choisir un livre, qu'il lui tendit.

—Voici une histoire des Déa al Mon. Vous devriez en apprendre davantage sur le peuple de votre mère. Et ce sera une excuse raisonnable, pour le cas où quelqu'un viendrait et s'interrogerait sur votre présence ici.

Il se tut et attendit.

—Vous attendez quelqu'un ? reprit-il.

—Non, personne.

—Je vois. Dans ce cas, je vais poursuivre mon travail pendant que vous reprenez votre souffle. Ensuite, nous aurons une petite conversation.

Onirie lui adressa l'esquisse d'un sourire.

—J'ai l'impression que c'est une journée pour les petites conversations.

Par chance, il lui répondit en marmonnant, de sorte qu'elle put faire mine de ne pas l'avoir entendu.

2. Kaelir

Daimon observa longuement le couloir désert et secoua la tête, sans cesser de marcher. Il avait passé la journée à errer, d'abord sur les terres du domaine, et à présent dans les couloirs du Manoir.

Au cours du mois qu'il avait passé en Kaelir, il en était venu à apprécier cet endroit, dont il aimait l'atmosphère, l'espace, l'aménagement…

Et il allait devoir partir.

Telle était la conclusion qu'il avait tirée au terme d'une longue nuit sans sommeil. Oh, les garçons avaient essayé de l'aider en lui racontant leurs conquêtes, mais il devenait douloureusement évident qu'il n'y avait aucun espoir pour lui ! Peut-être que, s'il ne portait pas l'anneau de consort, qui lui rappelait à tout instant le type de relation que la situation impliquait, il accepterait de n'être qu'un ami ou, que la Ténèbre lui vienne en aide, un autre grand frère. Il parviendrait peut-être à surmonter un désir devenu douloureux et…

Et quoi ? Voir Jaenelle accepter un autre homme, un jour ? Faire semblant de pouvoir maîtriser le feu qui brûlait en lui ?

Un mois, c'était peu de temps, très peu de temps pour une danse nuptiale. Mais il avait déjà attendu si longtemps que Sorcière apparaisse. Ensuite, quand elle lui avait offert l'anneau de consort, il avait espéré…

Il parlerait à Sahtan, lui rendrait l'anneau, verrait s'il existait une cour lointaine, quelque part dans le royaume, où il pourrait servir le temps requis pour rester en Kaelir. Il…

Une porte s'ouvrit. Il devrait peut-être renoncer à tout le reste, mais il ne renoncerait pas à aimer Jaenelle.

— Hum… Daimon, dit-elle d'une voix étrange. Auriez-vous une minute ?

— Bien sûr.

Il lui en coûta, mais il lui adressa un sourire qui se voulait chaleureux et rassurant, et la suivit dans la pièce.

Se tenant à distance raisonnable, elle garda les yeux baissés, l'air mal à l'aise, nerveuse, comme si elle cherchait ses mots pour lui annoncer une mauvaise nouvelle.

Elle va me demander de lui rendre l'anneau de consort. Dès que cette pensée se forma dans son esprit, Daimon enterra sans scrupule toute idée de noble sacrifice. Il ne renoncerait pas si facilement. Et il ne lui rendrait pas cet objet sans lutter.

— Peut-elle être très dure ? bredouilla Jaenelle.

Daimon se contenta d'attendre.

Avec un long soupir, Jaenelle s'approcha de lui et posa les mains sur ses épaules. Puis elle se hissa sur la pointe des pieds et effleura ses lèvres des siennes, avant de s'écarter vivement pour l'observer d'un œil méfiant.

Daimon ne savait comment réagir à ce geste inattendu. En tant que baiser, il laissait beaucoup à désirer. Mais de la part de Jaenelle…

Il eut toutes les peines du monde à ne pas se lécher les lèvres.

— Vous êtes nerveux ? demanda-t-elle en l'observant encore.

Il faudrait qu'il ait une petite conversation avec Onirie sur l'inutilité des conseils cryptiques. Mais, au moins, il avait une idée de la réponse à donner.

— En fait, je redoute de dire ou faire quelque chose de stupide, et que vous ne vouliez plus m'embrasser.

Peut-être était-ce un peu trop. À présent, elle semblait inquiète. Elle leva les mains dans un geste de désespoir et d'exaspération.

— Je ne sais pas ce que je fais, gémit-elle presque, avant d'ajouter dans un souffle : Onirie aurait dû me permettre de prendre des notes.

Daimon se mordit la lèvre. Il faudrait vraiment qu'il dise deux mots à Onirie.

Jaenelle se mit à faire les cent pas.

— Cela semble si facile dans les romans d'amour, dit-elle.

— Embrasser n'est pas difficile, déclara prudemment Daimon.

Elle le foudroya du regard en passant devant lui.

— Lucivar a dit la même chose sur la cuisine, grommela-t-elle. Les loups n'ont même pas attendu que le plat sorte du four avant de creuser un trou dans le sol pour l'enterrer.

Cette histoire semblait intéressante. Il faudrait qu'il dise deux mots à Lucivar, également.

— Embrasser n'est pas difficile, répéta-t-il d'un ton ferme. Vous venez de m'embrasser.

— Pas très bien, marmonna-t-elle.

Il se garda de répondre et la dévisagea. Frustration, embarras, et une émotion qui lui coupa le souffle : le désir.

— Pourquoi avez-vous interrogé Onirie sur les baisers ?

— *C'est elle qui vous l'a dit ?*

— Non, je l'ai deviné.

Entre la remarque de Jaenelle sur le fait qu'elle aurait dû prendre des notes et les conseils succincts d'Onirie, il n'était pas difficile d'en arriver à cette conclusion.

Jaenelle grommela quelques commentaires dans une langue que, Dieu merci, il ne comprit pas.

— Je voulais vous impressionner sans que vous vous moquiez de moi.

— Me moquer de vous n'est pas ce qui me vient d'abord à l'esprit, en ce moment, répondit Daimon en passant une main nerveuse dans ses cheveux. Ma chère, si cela peut vous rassurer, je cherche à vous impressionner, moi aussi.

— Ah bon ? demanda-t-elle, abasourdie.

Il commençait à se demander ce qui s'était passé au cours des treize dernières années pour qu'elle soit si étonnée par cette idée. Mais il le savait déjà. Elle le lui avait dit la première fois qu'il s'était retrouvé dans la brume, quand il avait cherché à ramener Sorcière pour soigner son corps blessé. Quand il s'agissait de plaisir physique, les mâles voulaient posséder le corps sans avoir à se soucier de la personne vivant à l'intérieur. Et Jaenelle, dont le passé était marqué par les horreurs de Boisgenêt, ne ferait jamais cela.

— Oui, avoua-t-il.

Elle réfléchit un instant.

— Vous agacez Kaelas, dit-elle.

C'était une façon brutale de détourner la conversation, ce qu'il n'appréciait pas.

— Pourquoi ? demanda-t-il, prudent.

— Parce que je ne dors pas bien, ces derniers temps, et que je ne cesse de lui donner des coups de pied. Il s'est mis en tête que c'était votre faute.

Formidable ! songea Daimon.

— Moi non plus, je ne dors pas bien, admit-il.

L'air peiné, elle se détourna.

Assez, songea Daimon. Il était plus à blâmer qu'elle, s'ils venaient de passer un mois difficile. Sahtan lui avait dit qu'elle n'avait jamais eu d'amant et, pourtant, il imaginait qu'elle l'accueillerait dans son lit à bras ouverts. Il s'était comporté comme si elle avait été une femme d'expérience profitant de sa disponibilité.

Ce fut sa plus grossière erreur. Jaenelle n'était pas du genre à profiter de quiconque servait à la cour. Enfin, elle avait fait le premier pas, quoique de façon maladroite. À présent, c'était son tour.

Il déverrouilla ses désirs étouffants, juste assez pour produire une sensation subtile dans l'air sans qu'elle soit suffisamment puissante pour qu'elle puisse comprendre de quoi il s'agissait.

— Approchez, dit-il doucement.

L'air hébété, elle obéit.

Il posa les mains sur les hanches de Jaenelle et l'attira vers lui.

— Embrassez-moi encore. Comme ceci.

Il effleura ses lèvres des siennes, délicatement.

— Et ceci…

Il déposa un baiser à la commissure de ses lèvres.

— Et ceci…

Il descendit dans son cou.

Elle imita chacun de ses gestes, et finit par l'embrasser dans le cou. Lorsqu'elle se mit à lécher sa peau du bout de la langue, il leva la tête de la jeune femme vers lui et s'empara de ses lèvres pour lui donner un baiser intense. Il l'embrassa avec toute l'ardeur qui montait en lui depuis un mois, une éternité. Il l'embrassa en lui caressant le dos, les hanches, avant d'explorer délicatement ses seins. Il l'embrassa jusqu'à ce qu'elle se mette à gémir, jusqu'à ce qu'elle s'ouvre à lui pour laisser sa langue onduler au rythme de la sienne, jusqu'à ce qu'elle remonte les mains le long de son dos pour agripper ses épaules. Il l'embrassa jusqu'à ce que ses gémissements se transforment en un grognement affamé. À travers le tissu de sa chemise et de sa veste, il sentit ses ongles s'enfoncer dans sa peau.

Et il se rendit compte qu'il les avait entraînés plus loin qu'il le voulait. Il la reprit par la taille et revint aux petits baisers.

En le sentant s'écarter, elle grogna de plus belle. Cette fois, il y avait de la colère en plus de l'appétit.

— Vous ne voulez pas de moi ? demanda-t-elle de sa voix ténébreuse.

Il l'attira vers lui par les hanches pour lui prouver le contraire.

— Si, je vous veux.

Il céda de nouveau et posa la bouche sur la sienne avec une ardeur suffisante pour laisser un suçon. Il arracha ses lèvres des siennes et déposa un chapelet de baisers légers de son menton à sa tempe.

— Ce ne sont que des jeux, une mise en appétit.

— Des jeux ? s'enquit Sorcière d'un ton soupçonneux.

— Mmmm, répondit-il en léchant l'endroit de son front où se trouverait sa corne en spirale s'ils étaient dans l'abîme. Ce n'est pas l'endroit pour plus que des jeux.

— Pourquoi ?

— Parce que je voudrais que ma première fois se déroule dans un lit.

Aussitôt, la colère de Jaenelle s'envola.

— Oui, un lit serait plus confortable, dit-elle.

M'inviterez-vous dans votre lit, ce soir ? Il ne pouvait lui poser cette question de façon aussi directe. Mais il devait absolument le lui demander.

— Puis-je venir à vous, ce soir ?

Il la sentit se crisper et posa vite un index sur les lèvres de la jeune femme.

— Ne dites rien. Un simple baiser me répondra.

La réponse de Jaenelle fut à la hauteur de ses espérances.

3. Kaelir

Daimon posa les mains sur la commode et ferma les yeux.

Respire, bon sang, songea-t-il avec rage. *Respire.*

Comment, au nom d'Enfer, les hommes s'y prenaient-ils, la première fois ? Chez un jeune homme, l'excitation était peut-être suffisante pour lui permettre de surpasser son appréhension. C'était peut-être plus facile, la première fois, si la femme n'était pas aussi spéciale, ou si le moment que l'on s'apprêtait à vivre ne serait pas déterminant pour que la femme désirée accepte l'homme qui venait à elle.

Il connaissait des dizaines de façons d'embrasser, d'exciter une femme et de la faire brûler de désir.

Il les avait toutes oubliées.

Daimon se redressa, renoua la ceinture de son peignoir, qu'il portait sur un pantalon de pyjama en soie… puis il jura avec passion.

Il aurait simplement dû se rendre là où ces baisers les entraînaient, dans l'après-midi, il aurait dû succomber à cette faim qu'il avait éveillée chez Jaenelle, il aurait dû agir, au lieu de reculer et de s'accorder ces dernières heures pour réfléchir et frôler la panique.

Mais voulant davantage qu'un rapport sexuel, dans leur intérêt à tous les deux, il avait fait marche arrière. Et il espérait sincèrement que, en entrant dans la chambre…

Il sourit amèrement du paradoxe de la situation. La seule chose qu'il n'avait jamais faite avec une femme, la seule chose qu'il n'avait jamais voulu faire et qu'il désirait désormais plus que tout, était peut-être la seule chose dont il ne serait pas capable.

Toutefois, il craignait que, s'il repoussait trop longtemps ce moment, Jaenelle se sente rejetée.

Quand il frappa à la porte de communication, il prit un son étouffé pour une invitation à entrer.

La chambre n'était éclairée que par le feu qui brûlait dans la cheminée et les bougies parfumées disposées çà et là dans la pièce. Les couvertures du grand lit étaient repliées. Des plats sous cloche, deux verres et une bouteille de vin pétillant étaient posés sur une table, près de la cheminée.

Debout au milieu de la pièce, Jaenelle se tordait les mains avec nervosité. Le bord de ce qui ressemblait à une fine chemise de nuit faite d'une soie d'araigne noire apparaissait sous l'ourlet d'un épais peignoir élimé, qu'elle devait porter les soirs de pluie quand elle se recroquevillait dans sa chambre pour lire. Elle ressemblait plus à une enfant perdue qu'à une femme lubrique.

Elle le dévisagea un long moment.

— J'ai l'air de ce que je ressens.

— Malade et terrifiée ? s'enquit-il avec une moue, regrettant aussitôt ses paroles.

Elle opina.

— Je me suis dit que… quelque chose à grignoter…

En regardant les plats sous cloche, elle pâlit. Puis elle se tourna vers le lit et blêmit de plus belle.

— Qu'allons-nous faire ? murmura-t-elle.

Il ne leur avait pas rendu service en leur donnant le temps de réfléchir.

— L'essentiel, répondit-il. Nous allons commencer par quelque chose de très simple. (Il fit un pas en avant et ouvrit les bras.) Une étreinte.

Elle réfléchit un instant.

— Cela ne me paraît pas trop compliqué, admit-elle en se lovant dans ses bras.

Il ferma les yeux et la garda doucement contre lui, rien de plus, en humant le parfum de ses cheveux.

Au bout d'un certain temps, il plia les doigts. La texture de son peignoir avait quelque chose de réconfortant, tout comme le contact de ses cheveux sous sa main.

Il resserra son étreinte et l'attira vers lui tout en lui caressant le dos, rien que pour le plaisir.

Elle soupira et se détendit un peu, puis elle se lova davantage contre lui.

Il ne recherchait en rien la séduction lorsque ses mains se mirent à errer sur son corps. Hésitante, elle le caressa à son tour.

Il ne recherchait en rien la séduction lorsque son corps se réjouit de la douceur de la peau soyeuse de son cou, saisissante par rapport à la texture du peignoir.

Il ne pensait pas au sexe lorsqu'il ouvrit son peignoir, puis le sien, pour que seule la fine soie d'araigne demeure un obstacle entre leurs peaux nues.

Il ne pensait pas au sexe lorsque sa bouche s'empara de la sienne pour les entraîner tous deux vers un désir brûlant et sombre.

Et lorsqu'il se retrouva au lit, l'écoutant ronronner de plaisir tandis qu'il allait et venait en elle, il ne pensait plus à rien.

4. Terreille

Dorothéa brandit une lettre.

— On dirait que Kartane a fait la connaissance des seigneurs Jorval et Hobart.

Les lèvres d'Hékatah se tordirent en un rictus horrible.

— Des mâles si utiles… Il faut croire que Kartane n'a pas obtenu satisfaction du Sire d'Enfer.

— Il semble que non, répondit Dorothéa d'un ton qui se voulait indifférent, alors que la trahison de Kartane faisait bouillonner son sang de fureur. Il suggère que le seigneur Hobart accueillerait avec plaisir toute l'aide qu'Hayll pourrait lui apporter pour arracher Glacia des griffes de sa garce de Reine de nièce. Il restera en Petite Terreille pour servir d'agent de liaison.

— On dirait que votre fils comprend enfin envers qui il doit être loyal.

Dorothéa froissa la lettre.

— Il n'est pas mon fils, dit-elle. Plus maintenant. Il n'est plus qu'un outil comme un autre.

5. Kaelir

Lucivar gagna l'extrémité d'un jardin fermé par un muret qui bordait un côté de sa maison. Marianne lisait une histoire à Daimonar, et les loups s'étaient réunis dans la pièce pour écouter, eux aussi. Ce que Prothvar avait à lui dire ne serait entendu de personne.

Deux semaines plus tôt, Sahtan avait renvoyé Onirie en Ébènerih avec un message laconique et étrangement alarmant, lui intimant sans détour de rester à distance du Manoir. La seule raison qui l'avait incité à obéir était la signature de Sahtan en tant qu'Intendant de la cour. Après deux semaines de silence, Andulvar, comme maître de la Garde, avait envoyé Prothvar au Manoir pour obtenir davantage d'informations de l'Intendant. À présent, Prothvar était là, désireux de le voir en particulier.

— Un problème ? demanda Lucivar.

Lorsqu'il esquissa un sourire meurtrier, les dents de Prothvar étincelèrent.

— Pas tant que vous resterez à distance du Manoir. Il doit être plutôt inconfortable de vivre là-bas, en ce moment, quand on porte des Joyaux plus sombres que le Rouge.

— Ô Nuit, marmonna Lucivar en se massant la nuque.

Au nom d'Enfer, que s'était-il passé ?

— Le Sire d'Enfer devrait peut-être envoyer Daimon ici pendant quelque temps.

— Oh, je ne pense pas qu'il soit sage de vouloir éloigner Daimon du Manoir !

Lucivar se contenta de dévisager longuement Prothvar, puis il sourit d'un air entendu.

— Eh bien, ce n'est pas trop tôt.

— Pour tous les deux.

— Alors qu'est-ce qui tourmente Sahtan ?

— Malgré les efforts de Daimon pour protéger la chambre, le... euh... les festivités ont tendance à traverser les boucliers et énervent les résidents porteurs de Joyaux sombres. Et aucun d'entre eux ne veut aborder le sujet avec Jaenelle pour lui demander de créer des protections, puisqu'elle dédaigne royalement tout ce qui n'est pas son consort, en ce moment. De plus, Sahtan veut que les choses restent ainsi, et je ne parle pas de Daimon...

— Eh bien, répondit Lucivar platement, si Sahtan a besoin de se changer les idées des batifolages qu'abrite le Manoir, il peut toujours passer une soirée ou deux avec Sylvia.

— Allons, Lucivar, gronda Prothvar, vous savez bien qu'ils ne sont qu'amis.

— Bien sûr qu'ils sont amis.

Remarquant la lune, il effectua un rapide calcul mental, puis posa un regard perçant sur Prothvar.

— Quelqu'un a-t-il parlé à Daimon du breuvage contraceptif ? demanda-t-il.

— On s'en est chargé. J'ai l'impression que Daimon accueillerait volontiers un enfant, dans l'avenir, mais, pour l'heure, il a envie de profiter du lit de sa Dame.

— Dans ce cas, Sahtan devrait avoir quelques jours de répit très bientôt, répondit Lucivar en observant les lumières qui éclairaient les fenêtres de sa maison (Il songea à profiter du lit de sa propre dame dès que Daimonar serait endormi.)

— Voulez-vous entrer ? J'ai du yarbarah, proposa-t-il.

— Non, merci, répondit Prothvar. Je dois encore faire mon rapport à Andulvar.

Il lui souhaita bonne nuit et déploya ses ailes sombres pour s'envoler dans le ciel nocturne.

Tandis que Lucivar regagnait sa maison, un loup solitaire se mit à hurler. Il sourit. Ce hurlement provenait de l'aire de Falonar. Il n'avait pas à se demander où Onirie passait la nuit.

Ainsi, Onirie était blottie contre Falonar, Jaenelle contre Daimon, et Marianne…

En entrant dans l'aire, il la vit sur le seuil de la cuisine. Elle affichait ce sourire qui avait le don d'exciter son corps et d'emballer son cœur.

— J'allais préparer du thé, dit-elle. Il fait froid, ce soir.

Il lui rendit son sourire, puis l'embrassa longuement, avec passion.

— Je connais un meilleur moyen de te réchauffer, répondit-il.

6. Kaelir

La reine araigne flottait dans les airs, devant sa toile emmêlée de songes et de visions, la toile qu'elle avait reliée à celle que Sorcière avait tissée. La saison froide arrivait. II était temps que les Tisseurs de songes s'installent dans les grottes et les terriers, et elle avait besoin de voir cette toile une fois de plus… Histoire d'en avoir le cœur net.

Elle examina d'abord la toile emmêlée de Sorcière.

L'un des petits fils était sombre, sombre, sombre. La première mort.

Il y en aurait d'autres. Beaucoup d'autres.

Puis elle observa sa propre toile emmêlée.

Mais pas avant la saison de réchauffement de la terre. Même les humains tendaient à rester dans leurs tanières durant la saison froide.

Bon. Elle pouvait s'installer dans son propre antre, dans la grotte sacrée, où elle se reposerait et ferait de beaux songes. Au prochain changement de saison, elle parlerait au chien marron, Ladvarienne. Il constituait le lien entre la parentèle et le Lignage humain. La parentèle lui obéissait et les humains l'écoutaient. Et elle avait besoin de lui pour ce qu'il y avait à faire.

Parce que quand la terre se réchaufferait, la prochaine fois, elle aurait besoin de toutes ses forces et de toutes ses facultés, et de toutes celles que le chien marron pourrait lui procurer pour sauver le cœur de Kaelir.

DEUXIÈME PARTIE

Chapitre 11

1. Kaelir

Morton glissa le message dans le tiroir du milieu, puis il ferma son bureau à clé et fronça les sourcils. Il était troublé que la prêtresse du sanctuaire fasse allusion à de graves soucis, sans en dire davantage, d'autant plus que ce sanctuaire contenait un Autel Noir, l'une des treize Portes reliant les royaumes de Terreille, Kaelir et Enfer.

Il y avait eu plusieurs messages troublés et troublants de la prêtresse au cours des mois d'hiver. Des provisions manquantes. Des voix, tard dans la nuit. Des preuves que la Porte avait été ouverte à l'insu de la prêtresse ou sans son consentement.

Bien sûr, à l'âge qu'avait atteint cette femme, les souvenirs insignifiants pouvaient lui échapper sans qu'on le remarque. Il était possible qu'elle ait utilisé les provisions et n'ait pas pensé à les remplacer. La jeune apprentie prêtresse avait peut-être pris un amant et les voix nocturnes étaient celles de ses rendez-vous. Les Portes…

Voilà le détail qui le tourmentait. Et qui troublait également Karla. Certains Terreilliens utilisaient-ils la Porte de Glacia pour se faufiler en Kaelir au lieu d'endurer les foires aux services ? Il y avait toujours eu quelques personnes qui, par hasard ou par instinct, réussissaient à allumer les bougies noires dans le bon ordre et à prononcer le sort adéquat pour ouvrir une Porte entre les royaumes. On racontait même que le pouvoir contenu par ces lieux anciens reconnaissait parfois le besoin d'un esprit de rentrer à la maison et lui ouvrait la Porte donnant dans le royaume vers lequel il souhaitait aller, qu'il connaisse ou non le sort. Toutefois il était plus plausible que celui qui s'était faufilé en ces lieux ait trouvé la clé dans quelque texte ancien sur l'Art. Mais la première possibilité constituait une histoire plus romanesque à raconter durant les longues soirées d'hiver.

Il se rendrait donc dans ce petit village proche de la frontière d'Arcéria pour parler à la prêtresse.

Morton vérifia ses poches pour s'assurer qu'il avait un mouchoir propre et quelques marks-argent pour acheter de quoi manger et payer une tournée à la taverne. Enfin, il fit appel à un soupçon d'Art pour que son Opale soit reliée à l'Anneau d'honneur, autour de son membre.

Il sourit. Depuis que Jaenelle avait remis des anneaux similaires au cénacle, les mâles du Premier Cercle, par accord tacite, portaient le leur en permanence. Ce moyen supplémentaire qui leur était offert de déchiffrer les humeurs féminines avait agacé les sorcières autant qu'il avait ravi les mâles.

Morton s'arrêta sur le seuil, puis secoua la tête. Il n'avait aucune raison de déranger Karla. Il irait au village, parlerait à la prêtresse, puis ferait son rapport à sa cousine.

De plus, songea-t-il en quittant la résidence de la Reine, les lunes de Karla étaient plus pénibles que de coutume, ce mois-ci. Et elle avait eu des malaises au cours de l'hiver, des rhumes, des douleurs articulaires liées au temps, des états grippaux. Les deux guérisseuses qui servaient à la cour de Karla n'avaient trouvé aucune explication à cette vulnérabilité soudaine. Elles avaient suggéré que, peut-être, la Reine avait travaillé trop dur et était épuisée. Celle-ci avait repoussé cette idée, affirmant d'un ton caustique qu'elle était guérisseuse, elle aussi, ornée au Gris, de surcroît. Si quelque chose n'allait pas, ne le saurait-elle pas ?

Bien sûr qu'elle le saurait. Mais elle régnait sur un Territoire dont certains membres soutenaient encore le seigneur Hobart et ses idées sur le fonctionnement d'une société de Lignage. Peut-être préférait-elle ne pas se rendre compte d'un certain nombre de choses afin de paraître invulnérable. Cependant s'il s'agissait d'une maladie grave, elle le lui dirait, n'est-ce pas ? Elle n'utiliserait pas l'Art pour cacher une affection aux autres guérisseuses au lieu d'obtenir de l'aide, n'est-ce pas ?

Connaissant la réponse à cette question, Morton jura. Jaenelle effectuait sa tournée de printemps dans les Territoires et serait sur Scelt dans quelques jours. Il lui enverrait un message par le biais de

Khardine, sollicitant officiellement ses services de guérisseuse au nom de Karla.

Sa décision prise, il s'engagea sur l'un des Vents et parcourut à travers la Ténèbre le chemin psychique qui le séparait du village de la prêtresse.

2. Kaelir

Malgré l'impatience de son petit, qui ronronnait, Kaelas trottina tranquillement. Après tout, le petit faisait la moitié de sa taille et avançait deux fois moins vite que lui. Même à ce rythme lent, KaeAskavi avait du mal à rester à sa hauteur.

Cette promenade lui faisait plaisir car il n'avait jamais connu son propre père. Ce n'était pas la coutume, en Arcéria. Les sorcières arcériennes d'un petit cénacle pouvaient occuper des logements voisins pour se protéger mutuellement et pour profiter des différentes capacités dans l'Art de chacune. Mais les mâles restaient en dehors de tout cela, car ils étaient considérés comme une menace, après la naissance des petits.

Il était vrai que certains mâles arcériens qui n'étaient pas de la parentèle avaient tué leurs propres petits. Faire partie de la parentèle n'annihilait en rien l'instinct ou le comportement félin. Cependant, les mâles de la parentèle vivaient mal cette exclusion, surtout les princes de guerre. Ils avaient le droit de laisser de la viande près des tanières de leurs femelles et pouvaient observer leurs petits de loin. Hélas, il ne leur était jamais permis de jouer avec eux, ni même de leur enseigner la chasse ou l'Art.

Ayant été élevé par la Dame, parmi les humains, il vivait encore moins bien cette exclusion. D'autres mâles apparentés n'étaient pas évincés de la sorte. En tout cas, les mâles humains ne l'étaient pas. Ils avaient le droit de jouer avec leurs petits, de les laver, de les éduquer.

Alors il avait amené sa partenaire au Manoir peu après la naissance du petit de Lucivar. Elle avait reconnu un autre prédateur, même s'il n'avait pas d'ailes, et deux jambes seulement. Elle avait vu Lucivar toucher son fils. Elle avait observé le Sire d'Enfer. Et elle avait observé l'approbation de la chatte humaine, et celle de la Dame de voir le chaton humain manipulé par ces mâles adultes.

À cause de cette visite, et parce qu'elle s'était sentie honorée que la Dame ait attribué un nom à son petit, un nom qui, dans la langue ancienne, signifiait « montagne blanche », sa compagne lui avait permis, non sans méfiance, l'accès à la tanière peu après la naissance de KaeAskavi.

Son petit apprenait donc la méthode de chasse arcérienne et les manières humaines que Lucivar lui avait enseignées, à lui. Cette exposition aux humains avait suscité la curiosité de KaeAskavi, c'est pourquoi ils avaient entrepris ce voyage.

Lors d'une promenade solitaire, KaeAskavi s'était aventuré trop près d'un village humain de Glacia et avait croisé une chatonne humaine. Loin de redouter ce grand prédateur, elle s'était réjouie de sa présence, et ils avaient sympathisé. Après que les deux petits se furent rencontrés lors de nombreux rendez-vous secrets au cours de l'été et jusqu'au début de l'hiver, les femelles, humaines et félines, avaient découvert leur amitié, et aucune ne s'en était réjouie.

KaeAskavi s'était donc adressé à lui, en quête d'une approbation de sa relation avec cette jeune femelle humaine.

Contrairement à sa compagne, Kaelas comprenait la fascination de son petit pour la femelle humaine. KaeAskavi était prince de guerre, et les princes de guerre avaient du mal à se passer de compagnie féminine. Il faudrait encore bien des saisons avant que KaeAskavi ou la petite femelle cherchent un partenaire. Si la femelle était une amie convenable, pourquoi ne deviendraient-ils pas compagnons ?

Non qu'il appréciât particulièrement les humains. Il n'avait jamais oublié les chasseurs qui avaient tué sa propre mère. Mais certains hommes étaient capables d'être plus que de la viande. Ceux qui appartenaient à la Dame, par exemple. Et le partenaire de la Dame. Même s'il n'avait que deux jambes et de petits crocs, il y avait beaucoup de félin chez lui, et Kaelas s'en réjouissait.

Alors il observerait cette petite femelle et, s'il la croyait acceptable par la parentèle, il demanderait à la Dame d'y jeter un coup d'œil aussi. La Dame saurait si elle représentait une amie convenable pour le petit.

Soudain, le vent changea, provenant cette fois du village, à plus de un kilomètre.

Kaelas se figea. L'air sentait le sang et la mort.

— *Della !* lança KaeAskavi en se précipitant en avant.

D'un geste ample, Kaelas renversa le petit.

— *Quand il y a le sang et la mort dans l'air, il ne faut pas courir vers eux*, gronda-t-il sévèrement.

— *Le village de Della !*

Faisant appel à l'Art, Kaelas scruta les alentours. La saison que les humains appelaient le printemps était déjà venue dans les autres terres, mais ici, l'hiver était toujours vigoureux, et la neige profonde.

— *Creuse une tanière. Reste caché*, ordonna Kaelas.

KaeAskavi grogna, mais se mit aussitôt en position de soumission dès que Kaelas se dirigea vers lui.

— *Je sais me battre*, affirma KaeAskavi d'un air de défi.

— *Tu vas te cacher jusqu'à ce que je t'appelle*, ordonna Kaelas, qui attendit un moment. *À quoi ressemble l'antre de la femelle ?*

De l'esprit de KaeAskavi, il reçut l'image d'un petit repaire humain, un terrain ouvert, puis un épais bosquet où KaeAskavi avait attendu son amie.

— *Reste ici*, dit Kaelas. *Fais ton antre.*

Kaelas n'attendit pas pour vérifier si KaeAskavi lui obéissait. Se drapant dans un léger camouflage, il marcha dans les airs pour ne laisser aucune trace dans la neige, puis il se mit en route vers le village à un rythme soutenu qui lui permit de parcourir la distance en quelques minutes.

Aux abords du village, l'air sentait la peur et le désespoir, ainsi que le sang et la mort. Son ouïe fine décela des bruits de lutte, des armes humaines qui s'entrechoquaient.

Prudemment, il fit appel à l'Art pour explorer mentalement les lieux et montra les crocs dans un grognement silencieux en détectant un prince de guerre orné au Vert. Il y avait quelque chose, dans son odeur...

En arrivant sur un site boisé qui donnait directement sur l'arrière de l'antre de la chatonne, il entendit un cri féminin et un rugissement masculin. Puis une fenêtre s'ouvrit. Une jeune humaine sortit en escaladant le mur et sauta dans la neige. Mais quand elle essaya de se relever, elle retomba, inerte.

Kaelas surgit des sous-bois et se rua vers la chatonne qui gisait à terre, au moment précis où un seigneur de guerre eyrien tournait au coin de la maison. Celui-ci aperçut la jeune fille et brandit son arme ensanglantée pour porter le coup d'estocade.

L'humain ne perçut aucun danger jusqu'à ce que quatre cents kilos de haine s'abattent sur lui.

Kaelas mordit le bras armé tandis qu'il éventrait l'inconnu de ses griffes. D'un coup de pouvoir psychique, il brûla l'esprit du guerrier pour achever sa mise à mort.

Il prit le temps de mordre dans la neige propre. Comme sa trace psychique, cet humain avait une saveur quelque peu avariée.

Il secoua la tête, puis se tourna vers la jeune fille, qui avait les yeux rivés sur le mâle mort.

— *Petite*, grogna-t-il.

Elle se redressa et regarda autour d'elle, désespérée.

— KaeAskavi ?

— *Kaelas*, dit-il.

Avec la douceur qu'il réservait à son propre petit, il la prit dans sa gueule par la taille et s'enfuit avec elle en direction de son abri, dans le bosquet.

Elle ne fit pas un bruit, ne se débattit pas. Il admira son courage. Et elle était orpheline, désormais, comme il l'avait été.

Il choisit un point où la neige était profonde et déposa la jeune fille sur les airs pour creuser rapidement un petit antre. Il l'y déposa et couvrit en grande partie l'entrée du repaire.

— *Reste là*, ordonna-t-il.

Elle se recroquevilla en une petite boule tremblante.

Il retourna vivement vers l'antre humain et traversa le mur, près de la fenêtre par laquelle la jeune fille était sortie. Son odeur emplissait la pièce, ainsi que d'autres choses, de mauvaises choses.

La porte menant au reste de l'antre était ouverte. Il décelait le bras ensanglanté d'une femme. Ne sentant aucune vie, il ne prit pas la peine de s'approcher pour s'assurer de son trépas en la reniflant.

Si seulement Ladvarienne était là ! Il avait beau avoir passé la majeure partie de sa vie parmi les humains, il ne les comprenait pas aussi bien que ce chien. Lui, il aurait su de quoi la petite femelle avait le plus besoin.

Il réfléchit un instant. Il lui faudrait de la fourrure humaine. Faisant appel à l'Art, il ouvrit les tiroirs et l'armoire, et fit disparaître tout leur contenu.

Qu'emporterait Ladvarienne, par ailleurs? Il balaya la pièce du regard et fit disparaître le couvre-lit épais qui sentait les plumes. Il pourrait en envelopper la chatonne pour la réchauffer. La nécessité urgente de quitter cet endroit le tenaillait, mais il réfléchit un instant de plus.

Pour les membres de la parentèle, ces choses n'avaient guère d'utilité, mais…

Il le vit, gisant à côté du lit. D'abord, il ressentit une haine aveugle mais, quand il alla renifler le jouet félin, il se rendit compte qu'il était fabriqué en tissu moelleux et non en fourrure arcérienne, comme il l'avait cru. Il sentait fortement la chatonne, également. Et il portait une odeur psychique, qu'il associait à la Dame. Le Sire d'Enfer avait appelé cela de l'« amour ».

Faisant disparaître le jouet, il se dirigea prudemment vers la porte ouverte. La femelle morte tenait un couteau dans une main. Elle s'était battue contre un homme plus fort qu'elle pour sauver son petit, comme l'avait fait sa propre mère contre les chasseurs, pour qu'il puisse s'échapper.

En la regardant, il se dit que si elle savait que sa petite était saine et sauve, à l'abri, elle ne verrait pas d'inconvénient à ce qu'elle se trouve désormais parmi les félins arcériens.

Il passa au travers du mur du fond de la maison et s'arrêta près du cadavre de l'Eyrien. Faisant appel à l'Art, il fit passer la dépouille à travers les premiers centimètres de neige, puis l'enfonça plus profondément dans le sol. La neige était souillée de sang et de viscères, mais nul ne le rechercherait de sitôt. Et tant qu'on ne déterrerait pas le cadavre, on ignorerait que l'humain n'avait pas été tué par un membre de son espèce.

Se hâtant vers les arbres, Kaelas appela KaeAskavi.

— *Viens vite… et en silence.*

En atteignant l'antre de fortune, il creusa une entrée. Puis il fit venir le couvre-lit de plume. Il l'étala dans la neige et utilisa deux sorts qu'il avait appris de la Dame, un sort de mise en garde et un autre permettant de garder la couverture sèche à l'extérieur. Il fit sortir la chatonne et l'enveloppa délicatement de la couverture.

Elle se contenta de tourner vers lui ses yeux fixes.

Mal à l'aise, il la renifla avec précaution. Elle n'était pas morte, mais il savait que ce regard vide et figé n'augurait rien de bon.

Sentant l'approche de KaeAskavi, il leva la tête. Il décelait l'ombre faible du camouflage de Joyau clair, et grommela doucement pour marquer son approbation.

— *Della !* s'exclama KaeAskavi en reniflant la femelle emmitouflée.

— *Emmène-la à la compagne*, ordonna Kaelas. *Fais appel aux Vents dès que tu auras atteint un fil que tu pourras chevaucher. Cette petite a besoin d'aide au plus vite.*

— Ma mère n'acceptera pas une chatonne humaine dans son antre ! protesta KaeAskavi.

— Dis-lui que la féline humaine a lutté contre des chasseurs pour sauver la petite, et qu'elle en est morte.

KaeAskavi demeura parfaitement immobile pendant un moment, puis il déclara :

— Je le lui dirai.

Il saisit la couverture entre ses dents avec précaution et s'éloigna en trottinant.

Kaelas attendit, les suivant à la trace grâce à un fil psychique. Quand il sentit KaeAskavi s'engager sur le Vent qui rapprocherait la petite femelle de l'antre, il retourna au village.

3. Kaelir

Le prince de guerre eyrien orné au Vert considéra le carnage d'un air satisfait. Cette Porte était désormais sécurisée pour l'usage de la Prêtresse Noire. Elle avait déjà sélectionné les soixante personnes à peau pâle et aux cheveux clairs qui remplaceraient celles que lui et ses hommes venaient de massacrer, des êtres qu'ils avaient acquis lors des deux dernières foires aux services. Tant que le village semblait habité et que les gens donnaient l'impression de vaquer à leurs occupations habituelles, il doutait que quiconque les remarquerait. Et si un visiteur connaissant assez bien les lieux se rendait compte que ses occupants étaient tous des étrangers, quelle différence ferait un cadavre de plus ?

Il se tourna à l'approche du seigneur de guerre qui était son second.

— Cette vieille garce de prêtresse a-t-elle envoyé le message ?

Le seigneur de guerre opina.

— Il a été envoyé au seigneur Morton, le cousin de la Reine de Glacia, et son Premier Suivant.

— Et il répond à ces messages, en général ?

— Oui. Et il vient seul.

— Alors attendons-nous à avoir de la compagnie bientôt. Postez cinq archers derrière la trame d'atterrissage.

Le seigneur de guerre observa le carnage.

— Si Morton voit ceci, il risque de s'engager de nouveau sur les Vents pour retourner faire son rapport.

— Dans ce cas, je poserai un appât assez puissant pour lui faire quitter la trame d'atterrissage tout en restant dans la ligne de mire des archers.

— La vieille prêtresse est morte ? demanda le prince de guerre.

— Oui, prince.

Il entendit un petit cri de douleur.

— Et la jeune prêtresse ?

Le seigneur de guerre esquissa un sourire cruel.

— Elle est en train de recevoir la récompense qu'elle mérite pour avoir trahi son propre peuple.

4. Kaelir

Daimon suivit Khardine dans la maison.

— C'est gentil à vous de m'inviter à dîner, dit-il.

— La gentillesse n'a rien à voir là-dedans, répondit Khary. À quoi bon vous morfondre tout seul en attendant Jaenelle ?

Il l'avait accompagné pendant une grande partie de sa visite de printemps dans les Territoires de Kaelir, cependant quand était venu le moment d'aller voir la parentèle, il avait annoncé gentiment mais fermement qu'il poursuivrait vers Scelt, où elle le rejoindrait. Ils passeraient quelques jours là-bas avant de se rendre dans les autres Territoires de ce côté du royaume.

— Ce n'était pas la peine de sacrifier un après-midi pour me montrer Maghre. J'aurais pu me promener tout seul dans le village.

— Ce n'était pas de la gentillesse, répondit Khary après avoir demandé du café et des biscuits. (Il s'installa dans un fauteuil confortable, près du feu.) Cela m'a fait sortir de la maison. Quant au repas, ce sera un plaisir de parler à quelqu'un qui ne va pas me disputer à cause de son estomac fragile.

— Morghann se sent bien, à part cela ? s'enquit Daimon en prenant l'autre siège.

— Oh, elle va bien, pour une sorcière de Joyau sombre en début de grossesse ! Maeve me le répète assez souvent, répliqua Khary avec un sourire désabusé.

— Mais une Reine de Territoire qui se voit soudain réduite à ne plus pouvoir lancer que des sorts enfantins parce qu'elle porte un enfant ne doit rien avoir d'une dame conciliante.

— Vous avez tous les deux dû cesser de boire la décoction contraceptive pour que cela se produise, vous n'êtes donc pas le seul fautif, répondit Daimon avec un sourire.

— Ah, mais ce n'est pas moi qui rends mon petit déjeuner tous les matins ! Cela fait une différence, apparemment. Et elle a d'autres… frustrations, en ce moment. Vous n'avez pas entendu l'agitation de ce matin ? J'en suis étonné, car votre maison ne se trouve qu'à un peu plus de cinq cents mètres de la nôtre. J'étais certain que tout Maghre l'avait entendue crier.

— Après vous ?

— Non, Ténèbre soit louée ! après Danse Solaire.

Khary remercia la domestique qui apportait un plateau, puis il servit le café.

— Morghann voulait monter à cheval. Maeve, qui est la guérisseuse de Maghre, avait donné son accord. Jaenelle aussi, à condition que Morghann se sente bien.

— Mais ? s'enquit Daimon en portant sa tasse à ses lèvres.

— Danse Solaire a refusé. Il a dit que, comme on ne monte pas une jument pleine, une femme pleine ne devait pas monter non plus.

— Oh, non ! répondit Daimon qui éclata de rire. Pas étonnant que vous vouliez sortir de cette maison.

La porte s'ouvrit. Morghann fronça les sourcils en voyant le plateau, puis en regardant Khary. Mais elle sourit à Daimon.

Posant sa tasse, il se leva pour l'embrasser. Au cours des mois qui s'étaient écoulés depuis son arrivée en Kaelir, il avait appris la valeur de ces petits gestes d'affection. Et il avait appris à y prendre plaisir.

Il remarqua non sans amusement ni compassion que Khary s'était levé, lui aussi, mais qu'il avait la sagesse de ne pas tenter de s'approcher de sa femme.

Une domestique apparut sur le seuil.

— Voulez-vous une tasse de tisane que Maeve a préparée pour vous, dame Morghann ?

— Je le suppose, maugréa Morghann.

Daimon lança un coup d'œil à Khary, puis afficha son plus beau sourire.

— Ma chère, dit-il à Morghann. Je suis tellement content que vous nous ayez rejoints.

— Pourquoi ? demanda-t-elle sombrement en s'asseyant.

— Parce que l'anniversaire de Jaenelle est dans quelques mois, et je voulais un conseil pour le cadeau.

Tandis qu'ils échangeaient des idées, Morghann s'impliqua suffisamment pour ne pas remarquer qu'elle buvait une tisane de guérisseuse et non du café. Elle grignota même un peu de biscuit aux noix, ce qui signifiait que les hommes pouvaient en prendre sans recevoir le plateau sur la tête.

Au bout de une heure, Morghann se leva.

— J'ai du courrier à écrire. Vous verrai-je pour le dîner ?

— Avec plaisir, répondit Daimon.

Elle l'embrassa sur la joue, puis elle donna à Khary un baiser plus fougueux.

Quand la porte se fut refermée derrière elle, Khary attendit une minute. Ensuite, il leva sa tasse en guise de salut.

— Très bien joué, prince Sadi. Mes remerciements.

— Tout le plaisir fut pour moi, seigneur Khardine, répondit-il en imitant son geste.

5. Kaelir

Morton s'éloigna de quelques pas de la trame d'atterrissage et se figea, incapable d'arracher son regard des corps gisant dans la neige.

Au nom d'Enfer, que s'était-il donc passé ?

Le léger bourdonnement qu'il percevait dans son Anneau d'honneur, qui ressemblait presque à une interrogation, lui permit d'émerger de sa stupeur pour créer un bouclier opale. Il faillit activer la protection contenue dans l'Anneau, puis se ravisa. Ce geste appellerait les autres garçons et inquiéterait Karla. Or il ne voulait pas en arriver là. Pas encore.

Il s'efforça d'explorer mentalement la zone, mais ne capta rien qui le porte à croire qu'il était en danger. Toutefois, il ressentait la présence de plusieurs vivants.

Sa première réaction fut de se précipiter à la rescousse des survivants. Puis son entraînement le rappela à l'ordre. Ce qui s'était passé ici était trop grave pour qu'il entreprenne quoi que ce soit seul. Et comme il était présent depuis une bonne minute, il se rendait compte que le site n'avait pas seulement été le théâtre d'un massacre. Il y avait autre chose.

Il fit un pas en arrière dans l'intention de s'engager sur les Vents en direction du prochain village pour revenir avec de l'aide.

Bientôt, il vit un Eyrien tourner au coin d'un bâtiment ; celui-ci remarqua sa présence.

— Seigneur Morton ? appela l'Eyrien.

Morton ne reconnut pas ce prince de guerre orné au Vert. Il se crispa, prêt à s'engager sur les Vents pour s'enfuir.

— Seigneur Morton !

L'Eyrien leva la main et se précipita dans sa direction.

— Ténèbre soit louée, vous avez reçu le message de Yaslana ! reprit-il.

Ce nom fit l'effet d'une catapulte qui projeta Morton quelques mètres plus près de l'Eyrien.

— Que s'est-il passé, ici ?

— Nous n'en sommes pas certains, répondit l'Eyrien en reculant un peu. Yaslana a trouvé des empreintes s'éloignant de l'Autel Noir. Il a pris quelques hommes et a suivi ces traces.

Il regarda par-dessus l'épaule de Morton, le visage plein d'inquiétude.

— Avez-vous amené des guérisseuses ? s'enquit-il.

— Non, je...

Tout se produisit trop vite. D'un éclair de pouvoir, l'Eyrien orné au Vert brisa son bouclier opale au moment précis où trois flèches transperçaient son corps. La protection d'Ébène de l'Anneau d'honneur de Jaenelle se dressa autour de lui. Deux autres projectiles frappèrent le bouclier et tombèrent en poussière.

Il fit appel à l'Art pour rester debout et se traita de triple imbécile de ne pas avoir activé le bouclier dès le départ. Mais ils ne pouvaient plus rien lui faire, à présent, pas même l'empêcher de marcher ni de ramper vers la trame d'atterrissage pour s'en aller sur les Vents. Et les blessures, quoique douloureuses, n'étaient pas très graves. Il avait une flèche plantée dans chaque jambe et une autre dans l'épaule gauche, mais assez haute...

En sentant un froid mortel envahir ses muscles, il comprit ce qui allait se produire. Les flèches étaient empoisonnées. Mais s'agissait-il d'une substance virulente ?

La réponse se trouvait dans le sourire cruel de l'Eyrien.

Il tomba à genoux. Pas le temps d'avertir tout le monde. Pas le temps. Il dépêcha donc une mise en garde à la personne qui avait toujours compté le plus pour lui.

Tandis que la mort corporelle fondait sur lui, il réunit ses forces et envoya un seul mot :

— *Karla !*

6. Kaelir

Assise devant sa coiffeuse, Karla avait une main posée sur la surface lisse, l'autre sur son ventre. Ses contractions ne duraient jamais aussi longtemps, en général, et elles n'étaient jamais aussi douloureuses.

— Vous êtes là, dit Ulka avec compassion en posant une tasse fumante sur la coiffeuse. Ce breuvage de lunes va vous soulager en un rien de temps.

— Merci, Ulka, murmura Karla.

Elle avait accepté Ulka dans son Troisième Cercle pour les mêmes raisons qu'elle avait intégré d'autres sorcières issues des grandes familles de Glacia : en guise de concession après l'exil de son oncle Hobart. Et si elle n'appréciait pas Ulka personnellement, elle devait admettre qu'elle avait été une compagne pleine de sollicitude, cet hiver. Elle avait fait un peu trop de cas de ses petites maladies, mais savait d'instinct quand il fallait parler et quand il valait mieux garder le silence.

Dès que le breuvage eut un peu refroidi, Karla en avala une grande gorgée. Elle reposa la tasse en grimaçant. Il avait un goût rance bizarre. Feu d'Enfer, certaines herbes avaient-elles moisi ou tourné ? Cela dit, elle avait souvent trouvé une saveur étrange aux choses, durant l'hiver. À moins qu'elle se soit trop habituée aux délicieux nectars que lui préparait Jaenelle. Peu importait. Cette décoction n'allait pas soulager sa douleur si elle restait dans la tasse.

En tendant la main, elle regarda dans la glace. Elle fut parcourue d'un frisson en décelant le regard scrutateur et impatient d'Ulka.

— Vous l'avez empoisonné, n'est-ce pas ? demanda Karla d'un ton morne.

— Oui, répondit Ulka, suffisante et ravie.

Karla sentit tout son être se regrouper lentement pour lutter contre la substance. En tant que Veuve Noire, elle tolérait mieux les poisons que d'autres personnes, mais même une Veuve Noire pouvait succomber si elle en ingérait un que son corps ne reconnaissait pas ou ne tolérait pas.

En observant le reflet de cette femme, elle comprit enfin. Tous ses malaises, ces aliments au goût étrange… Et Ulka était toujours présente, si serviable, si pleine de sollicitude.

— Vous avez glissé des poisons mineurs dans un tas de choses, au cours de l'hiver.

— Oui.

Des produits qui avaient affaibli son corps sans jamais la rendre malade au point d'éveiller les soupçons. Elle avait pourtant été plusieurs fois mise en garde contre sa propre mort dans la toile emmêlée qu'elle avait créée l'automne précédent. Oh, elle s'était montrée prudente ! Elle en savait trop sur les poisons pour ne pas l'être. Le fait qu'elle n'ait pas su détecter ces substances signifiait que les plantes utilisées n'étaient pas originaires de Glacia. Celles-là, elle les aurait reconnues instantanément, même dissimulées.

Au prix d'un effort surhumain, Karla se leva. Ses jambes la picotaient violemment, puis elles devinrent insensibles. Elle emplit son corps de force grise, acceptant la douleur que lui infligeait son propre pouvoir au cours de ses lunes pour combattre le poison.

Tandis qu'une vague de souffrance montait en elle, elle sentit le bouclier ébène de l'anneau que lui avait donné Jaenelle l'envelopper.

— Pourquoi ? demanda Karla.

Comment avait-elle pu se méprendre à ce point sur cette garce ? Qu'est-ce qui lui avait échappé ?

Ulka fit une moue.

— Je pensais devenir une dame importante de votre cour. J'aurais dû faire partie de votre Premier Cercle, et non du Troisième.

— Une sorcière capable d'empoisonner sa Reine n'est pas digne de servir dans le Premier Cercle, rétorqua sèchement Karla. C'est une question de loyauté.

— J'ai été loyale, répliqua Ulka. Mais cette loyauté envers vous ne m'a menée nulle part. Ensuite, j'ai reçu une meilleure offre. Quand vous serez partie, et quand le seigneur Hobart aura repris le contrôle de Glacia, je serai enfin une dame importante.

— Et vous serez la catin d'un homme, commenta Karla.

Le visage d'Ulka se tordit.

— Vous serez morte ! lança-t-elle. Et ne croyez pas qu'on n'achèvera pas votre mise à mort pour s'assurer qu'on est totalement débarrassés de vous !

L'anneau que Jaenelle lui avait remis provoqua un picotement intense d'avertissement avant que le cri de Morton envahisse l'esprit de Karla.

— *Karla !*

— *Morton ? Morton !*

Rien. Un vide, là où quelqu'un se trouvait depuis aussi longtemps qu'elle se souvienne.

Un froid d'une autre nature envahit Karla, un froid qui nourrit son corps, lui donnant de la force.

— Vous avez tué Morton, dit-elle trop doucement.

— Ce n'est pas moi, répondit Ulka. Mais il est mort, maintenant.

Le bâton à lame que Lucivar lui avait donné apparut dans les mains de Karla avant qu'Ulka ait le temps de prendre conscience du danger. Les lames mortellement aiguisées tranchèrent les os des jambes d'Ulka aussi facilement que la robe de laine de la jeune femme.

Le sang gicla. Ulka s'écroula en hurlant.

Karla trébucha, prête à frapper. Elle ne pouvait utiliser son corps ainsi et lutter contre le poison assez longtemps pour...

Pour quoi ? Avec la mort de Morton, qui parviendrait à l'atteindre assez vite ? Peu importait. Elle lutterait pour vivre aussi longtemps qu'elle pouvait. Et elle avait plus de pouvoir à sa disposition que ses ennemis l'imaginaient car elle n'avait pas à utiliser ses Joyaux gris pour se protéger.

Baissant les yeux vers Ulka, Karla brandit son bâton.

— Alors, garce, je ne suis peut-être pas capable d'achever une mise à mort, mais je peux m'assurer que vous ne serviez plus à personne quand vous serez démonite.

Elle coupa les mains de Karla, puis sa tête. L'ultime coup lui lacéra le ventre et sectionna sa colonne vertébrale.

Karla fit quelques pas en arrière pour éviter la mare de sang qui se répandait. S'écroulant à terre, elle s'étira avec soin, positionnant son bras droit autour de son ventre, serrant le bâton à lame de sa main gauche.

Elle avait vu sa propre mort dans sa toile emmêlée et elle avait fait de son mieux pour modifier cet aspect de sa vision. Mais si elle devait trépasser à présent, elle l'accepterait.

Un sombre pouvoir la submergea, réchauffant ses membres glacés. Elle sentit un fil de ce pouvoir l'envelopper et reconnut un fil guérisseur qui l'aidait à lutter contre le poison.

Bercée par la force de Jaenelle, elle se canalisa en elle-même pour se concentrer sur le champ de bataille qu'était devenu son corps.

7. Kaelir

Daimon grogna de frustration en sentant le picotement provoqué par l'Anneau d'honneur de Jaenelle. Il n'avait pas encore appris à interpréter toutes les informations que lui envoyait le bijou, mais il reconnaissait cette sensation particulière comme un appel à l'aide. En revanche, il n'avait aucune idée de la provenance de cette clameur.

— Est-ce que vous…, commença-t-il en se tournant vers Khardine.

Le regard vague de Khary, l'impression qu'il était concentré en une écoute intense l'empêchèrent d'en dire davantage.

— Morton, dit tranquillement Khary. Et Karla.

Il se précipita vers la porte. Daimon l'agrippa.

— Non. On a besoin de vous, ici.

— Ce n'est pas ainsi que cela marche, rétorqua sèchement Khary. Quand l'un d'entre nous a besoin d'aide…

— Vous mordez tous à l'hameçon ? demanda vivement Daimon. Vous avez une Reine enceinte qui ne peut se défendre sans risquer une fausse couche. Votre place est ici. Je m'occuperai de Karla, et de Morton. (Il observa Khary.) Qui d'autre aura entendu cet appel à l'aide ?

— Tous les membres du Premier Cercle vivant dans la partie occidentale de Kaelir. L'Anneau a une plus grande portée que si nous cherchions à atteindre quelqu'un tout seuls, mais l'alerte ne peut être entendue au-delà. Toutefois, tout mâle l'ayant interceptée transmettra la mise en garde par le biais d'un fil de communication vers le Premier Cercle.

— Alors envoyez le message suivant au Premier Cercle le plus vite possible : « Ne bougez pas. Restez sur vos gardes. » (Daimon marqua une pause.) « Et localisez Jaenelle. »

— Oui, répondit sombrement Khary. La Reine doit être protégée. Surtout elle.

Satisfait, Daimon se rua hors de la maison et jura. De là où il se trouvait, il ne pouvait atteindre aucun des Vents.

Il se mit à courir dans l'allée, puis se tourna en percevant un bruit de sabots. Danse Solaire s'arrêta derrière lui.

— *J'ai entendu l'appel*, dit le cheval. *Vous devez chevaucher les Vents ?*

— Oui.

— *Je peux aller plus vite que vous. Montez.*

Il empoigna la crinière de Danse Solaire et se hissa sur le dos nu du prince de guerre.

Le trajet fut court mais pénible. L'étalon choisit l'itinéraire le plus rapide vers les Vents les plus proches sans se soucier de ce qui se dressait sur son chemin. Les jambes de Daimon tremblaient lorsqu'il mit pied à terre. Avant qu'il puisse prononcer un mot, l'animal fit volte-face et disparut.

— *Battez-vous bien !* lança Danse Solaire en se précipitant vers la maison de Khary et Morghann.

— Vous pouvez compter sur moi, répondit Daimon trop doucement.

Il s'engagea sur le Vent noir et partit vers Glacia.

8. Kaelir

Kaelas bondit sans effort vers le toit d'un antre humain, juste à temps pour assister à la chute de Morton. Tiraillé entre son désir d'attaquer et sa prudence instinctive, il gronda en silence. Il sombra dans les profondeurs de son Joyau rouge, où il ne pouvait être détecté par les mâles ailés, puis il ouvrit son esprit et, avec précaution, envoya un fil psychique en direction de Morton.

La première chose qu'il sentit fut le bouclier de la Dame. Ce n'était pas un problème. La Dame avait fait fabriquer un Anneau d'honneur pour les mâles de la parentèle, également. Il bénéficiait donc de la même protection et, désormais, il avait le moyen d'esquiver en toute sécurité ce bouclier.

Aussitôt, il sut que le corps de Morton était mort, mais il sentait encore Morton, très faiblement, à l'intérieur de sa dépouille. Morton était un Frère à la cour de la Dame, et les Frères veillaient les uns sur les autres. C'était important. Donc il emmènerait son Frère loin de l'ennemi et aviserait ensuite.

Regardant dans la direction opposée, il vit le sanctuaire qui recelait l'Autel Noir. À côté se dressait un grand arbre ancien qui ne se réveillerait plus. Les humains pâles auraient pu l'abattre et le brûler dans leurs cheminées. Ils n'en auraient plus besoin, à présent.

Il fit appel à l'Art pour ouvrir la porte du sanctuaire, la laissant battre comme si elle avait été mal fermée.

Sautant du toit, il fit le tour vers l'arrière des antres humains, se déplaçant dans les airs pour ne laisser aucune trace. Son camouflage le rendait invisible, mais ce n'était pas une raison pour se montrer imprudent. Il l'avait appris en jouant à cache-cache avec Lucivar.

En songeant à ce dernier, il se rappela autre chose : ne jamais révéler à l'ennemi plus de forces que nécessaire.

Son Joyau de naissance était l'Opale. Le Joyau de Morton aussi. Oui, voilà qui risquait de troubler les mâles ailés.

Montrant les dents en ce qui aurait pu être un sourire félin, Kaelas lâcha un éclat de force opale en direction de l'arbre mort, qui explosa. Des branches enflammées volèrent en tous sens. Un nouveau fragment de pouvoir brisa les vitres des antres proches du sanctuaire. Un autre envoya suffisamment de neige dans les airs pour créer un petit blizzard. Le dernier éclat contrôlé fit claquer la porte du sanctuaire.

Le prince de guerre eyrien orné au Vert avait fait volte-face dès le premier fracas, le visage déformé par la fureur. D'autres mâles criaient. Quand la porte du sanctuaire battit, l'Eyrien se mit à courir en hurlant des ordres.

— Et ce bâtard ? appela l'un de ses hommes.

Le prince de guerre hésita un instant.

— Laissez-le. Il n'ira nulle part. Nous finirons sa mise à mort quand nous nous serons occupés de nos nouveaux invités.

Kaelas s'avança en position d'attaque, faisant appel à tous ses sens pour ne pas perdre la trace des humains ailés. Soudain, en un éclair, il se trouva près de Morton.

Il renifla le corps et eut un mouvement de recul, troublé. Morton sentait la viande empoisonnée. Il refusait de planter les dents dans de la viande empoisonnée. Mais il devait enlever Morton à ces mâles ailés.

Il s'avança encore et frôla la protection de la Dame, qui se reconnut dans l'Anneau d'honneur qu'il portait et le laissa entrer. Il plaça un douillet bouclier opale entre lui et la viande empoisonnée. Satisfait, il utilisa l'Art pour faire flotter Morton dans les airs, étendit son sort de camouflage pour les couvrir tous les deux avant de se précipiter vers les arbres.

Une fois parvenu dans le bosquet, il ralentit légèrement, mais ne s'arrêta pas avant d'avoir atteint la cachette creusée par KaeAskavi. Lâchant le bras de Morton, il examina l'antre. L'humain y tiendrait facilement sans les bâtons pointus, les projectiles, qui hérissaient son corps. Mais la guérisseuse aurait sans doute besoin d'un morceau de ceux-ci pour ôter la flèche…

Après un temps de réflexion, il fit appel à l'Art pour casser les tiges en deux. Il plaça Morton dans l'antre et les projectiles brisés près de lui. Puis il s'arrêta encore.

Jamais il n'avait vu de sang humain devenir démonite. Il ignorait combien de temps il faudrait à Morton pour se réveiller dans ce lieu inconnu. Il se demanderait si c'était l'ennemi qui l'avait mis là.

Kaelas appuya une patte dans la neige, près de la tête de Morton, laissant une trace profonde, puis il la protégea d'un bouclier pour qu'elle ne puisse être effacée par mégarde. En voyant son empreinte, Morton comprendrait.

Ravi d'avoir réussi à réfléchir comme il le fallait en présence d'humains, il recouvrit l'entrée de la tanière, laissant un petit trou d'aération. Un humain mort n'avait pas besoin d'air, mais la fraîcheur que Morton percevrait lui indiquerait la sortie.

À présent, il devait s'occuper des mâles ailés maléfiques.

Après avoir appelé les seigneurs de guerre arcériens de Joyaux sombres à le rejoindre, Kaelas regagna le village.

9. Kaelir

Faisant fi de la trame d'atterrissage officielle, Daimon descendit des Vents aussi près qu'il le put de la maison de Karla. Dès qu'il apparut dans une rue, il s'enveloppa d'un bouclier visuel noir, un bouclier psychique, un bouclier protecteur. Il parcourut plusieurs pâtés de maisons en courant, tourna au coin d'une rue et s'arrêta.

La rue était pleine d'hommes qui combattaient. Des éclats de Joyaux de pouvoir faisaient flotter dans l'air une odeur d'éclair. Ceux qui avaient déjà purgé leurs Joyaux ou qui ne les portaient pas se battaient à l'aide d'armes ordinaires. Il remarqua quelques femmes luttant désespérément, mais de façon inefficace.

C'était une situation si familière. Il n'eut pas besoin des effluves de pourriture présents dans certaines traces psychiques pour reconnaître l'œuvre de Dorothéa. Il l'avait vue trop souvent en Terreille. Ceux dont l'ambition dépassait de loin leur capacité vendraient leur propre peuple pour avoir l'« assistance » d'Hayll. Le combat éliminerait les mâles et les femelles les plus forts, les plus aptes à s'opposer à Dorothéa, et ceux qui resteraient…

Cette fois, il n'eut pas à se montrer subtil. Cette fois, il n'eut pas à penser à la torture que Dorothéa lui infligerait si elle soupçonnait son intervention. Mais la finesse était devenue une seconde nature, chez lui. Par ailleurs, le prédateur silencieux était le plus redouté.

Affichant un sourire froid et cruel, Daimon glissa les mains dans les poches de son pantalon et flotta entre les groupes de combattants, invisible, indétectable, laissant la dévastation dans son sillage.

Il entra dans la vaste demeure de Karla. C'était là que la bagarre avait dû commencer avant de se propager dans la rue. Il enjamba des cadavres, revint sur les traces psychiques dont il associait la saveur à Dorothéa et tua les combattants qui les émettaient si promptement, si proprement, que leurs adversaires se figèrent un instant, étonnés, abasourdis.

Un prince de guerre portant l'insigne du maître de la Garde repoussait d'autres mâles près de l'escalier, utilisant les dernières forces de son Joyau pour se protéger contre trois opposants encore frais.

Trois lueurs de pouvoir noir. Trois hommes à terre.

En gravissant les marches, Daimon croisa le regard acéré du chasseur chez l'autre prince de guerre, il vit le moment où celui-ci devina qu'un danger se trouvait dans l'escalier.

Un seigneur de guerre orné au Blanc se rua sur le prince de guerre, le forçant à se tourner vers l'ennemi qui attaquait.

Daimon gravit les marches. Même épuisé, le prince de guerre n'aurait aucun mal à vaincre le seigneur de guerre, et il l'occuperait encore un bon moment.

Inutile de chercher la chambre de Karla. L'Anneau d'honneur le guidait de façon infaillible. Les vibrations qu'il percevait contre son membre l'irritaient assez pour entretenir la colère qui le plongeait déjà au bord de l'instinct tueur.

La porte était ouverte. Il vit une femme déchiquetée gisant sur un tapis imbibé de sang. Il vit cinq hommes projeter explosion de pouvoir sur explosion de pouvoir contre le bouclier qui entourait une autre femme. Karla.

Il ignorait qui étaient ces personnages. Peu lui importait. Des profondeurs du Noir, il se glissa sous les barrières internes des inconnus et relâcha une rage glacée, réduisant leur cerveau à une poussière grise, consumant leur force psychique pour achever leur mise à mort.

Il se retrouva de l'autre côté de la pièce avant qu'ils tombent. S'agenouillant près de Karla, il abandonna son sort de camouflage et tendit la main avec précaution.

Le bouclier qui entourait Karla manifestait une faim mortelle.

Ne sachant comment traverser cette protection, et se demandant ce qu'il risquait de déclencher s'il ne s'y prenait pas correctement, Daimon respira et en approcha la main.

Une lueur de pouvoir sur sa paume. Une façon de goûter. Une acceptation.

Il traversa sans mal le bouclier.

— Karla, dit-il en refermant la main sur son bras. *Karla.*

L'effort surhumain qu'elle fournissait pour respirer indiquait qu'elle était encore en vie. Mais si elle s'était enfoncée si profondément dans un sommeil guérisseur qu'elle ne pouvait l'entendre…

— Bisou, bisou, souffla Karla.

Une vague de soulagement le submergea. Il se pencha sur elle pour qu'elle puisse le voir sans avoir besoin de bouger la tête.

— Bisou, bisou.

— Empoisonnée, dit-elle. Je ne peux pas l'identifier. Mauvais.

Écartant son peignoir, Daimon posa la main gauche sur sa poitrine et projeta une sonde psychique avec précaution. Sa connaissance du Soin était limitée, mais avait quelques rudiments sur les poisons. Et il reconnut au moins une partie de celui auquel il avait affaire.

— Ôtez… votre main… de mon téton, ordonna Karla.

— Ne soyez pas rosse, répondit doucement Daimon en explorant encore.

Le corps de Karla luttait contre le poison bien mieux qu'il l'aurait cru possible, mais elle ne survivrait pas sans obtenir davantage d'aide, et il ne pouvait lui en offrir. Il hésita.

— Karla…

— Plus que… trois heures. Mon corps… ne peut plus… se battre.

En chevauchant les Vents noirs, il avait mis presque deux heures à arriver de Scelt. Pandare et Centaurane étaient plus proches, mais il ne connaissait pas aussi bien Jonah et Scéron qu'il connaissait Khardine. Et il ne savait pas si les guérisseuses satyres ou centaures pouvaient traiter ce poison.

De plus, Jaenelle allait certainement se rendre à Scelt. Cela suffit à le convaincre.

— Je vais vous sortir d'ici, dit-il.

Il entreprit de la soulever, puis il se rendit compte que la main de Karla agrippait toujours le bâton à lame.

— Ma chère, lâchez ce bâton.

— Il faut… nettoyer… les lames… Je ne peux pas… emporter une arme… sans en nettoyer les lames. Lucivar m'étriperait.

Daimon faillit lui faire part de son opinion sur la question, mais en regardant la femme déchiquetée, par-dessus son épaule, il ravala ses critiques sur les méthodes d'entraînement de Lucivar.

— Je vais nettoyer les lames. Et je vous promets de ne jamais dire à Lucivar que vous ne l'avez pas fait vous-même.

L'esquisse d'un sourire naquit sur les lèvres de Karla.

— Vous seriez aimable si… si vous n'étiez pas aussi mâle.

— C'est ainsi que ma Reine m'apprécie, répondit Daimon, la mine grave.

Il fit disparaître le bâton, souleva délicatement Karla et se retourna.

Le maître de la Garde bloquait l'issue.

— Que faites-vous avec ma Reine ?

— Je l'emmène loin d'ici, répondit posément Daimon. Elle a été empoisonnée. Elle a besoin d'aide.

— Nous avons des guérisseuses.

— Leur feriez-vous confiance ?

Daimon perçut un instant d'hésitation.

— Je n'ai rien contre vous, prince, reprit-il. Mais ne m'obligez pas à vous traverser.

L'autre homme le dévisagea, concentré sur l'Anneau Noir.

— Vous êtes le consort de dame Angelline.

— Oui.

L'homme s'écarta.

— Prenez soin d'elle, je vous prie, dit-il lorsque Daimon passa devant lui.

— C'est promis, répondit-il. Avez-vous vu Morton ?

Le maître de la Garde secoua la tête.

Il n'avait pas le temps de penser à Morton ni à ce qui avait pu lui arriver.

— Si vous le voyez, dites-lui que j'emmène Karla à Scelt. Mais ne le révélez qu'à Morton.

Il opina.

— Venez par ici. Il y a une voiture tirée par l'Art, à l'arrière. Elle vous mènera plus rapidement vers les Vents.

Le maître de la Garde conduisit la voiture tandis que Daimon tenait Karla, profitant de ces minutes précieuses pour l'envelopper de boucliers noirs afin de la protéger durant le trajet sur les Vents. Ils s'arrêtèrent à quelques mètres de l'endroit où il avait atterri.

— Que la Ténèbre vous enlace, prince, dit l'homme.

— Vous de même.

Serrant Karla dans ses bras, Daimon s'engagea sur le Vent noir et chevaucha vivement vers Scelt.

Il fit un arrêt à mi-chemin pour adresser un message à Khary. *Je suis de retour avec Karla. Elle a été empoisonnée. Nous aurons besoin d'une guérisseuse et d'une Veuve Noire. Les meilleures que vous ayez.*

— *Jaenelle est en route*, répondit Khary.

Il ne lui en fallait pas davantage. Il s'engagea de nouveau sur le Vent noir et poursuivit sa route, sachant que le sable coulait trop vite dans le sablier.

10. Kaelir

Camouflés, Kaelas et vingt mâles arcériens étaient accroupis sur les toits des repaires humains, observant les mâles ailés malveillants qui se déplaçaient dans le village. Certains antres étaient éclairés, maintenant que la nuit les enveloppait, et il sentait des effluves de cuisine.

— *De la viande ?* demanda un seigneur de guerre arcérien.

— *Non*, répondit Kaelas, qui sentit une vague de colère parcourir les autres mâles. *La viande a mauvais goût.*

— *Nous sommes venus pour la chasse, mais nous n'aurons pas de viande à rapporter dans nos antres ?* l'interrogea un autre mâle, irrité.

— *Nous avons promis à la Dame de ne pas débusquer de viande humaine*, intervint un jeune mâle, hésitant.

— *Ces mâles ont tué un mâle qui appartenait à la Dame*, affirma Kaelas d'un ton ferme. *Ils ont tué les humains pâles qui appartenaient à dame Karla.*

Une autre vague de colère se déchaîna, dirigée cette fois contre les mâles ailés maléfiques. Les Arcériens n'avaient pas grand-chose à faire des humains, mais ils appréciaient dame Karla et adoraient la Dame. Pour elles, ils pouvaient chasser et rentrer bredouilles dans leurs antres.

Le vent changea légèrement, apportant une nouvelle odeur.

— *Nous prendrons les animaux des humains pâles*, déclara Kaelas. *Les humains n'en ont plus besoin. Ce sera la rétribution d'un travail.*

Il était heureux de se rappeler cette idée humaine bizarre. Si la Dame se fâchait contre lui parce qu'il avait emmené les animaux dans un village humain, il pouvait utiliser cet argument.

— *La rétribution d'un travail ?* répétèrent plusieurs mâles.

— *C'est une habitude d'humains ?* demanda l'un d'entre eux.

— *Oui. Tuons ces mâles maléfiques, puis nous pourrons rapporter de la bonne viande dans nos antres.*

Satisfaits, les Arcériens se mirent à observer leurs proies.

Kaelas considéra les mâles ailés un instant.

— *Il faut chasser vite… et en silence.*

— *Tuer vite*, admirent les autres.

Kaelas regarda le prince de guerre orné au Vert entrer dans un antre, près du sanctuaire.

— *Sauf celui-là.*

11. Kaelir

Quand Daimon atteignit la maison de Khary et Morghann, Jaenelle l'attendait.

— Elle saigne trop pour qu'il ne s'agisse que de ses lunes, dit-il vivement en se précipitant dans la chambre d'amis, suivi de Morghann, Khary et Maeve, la guérisseuse du village. Et il ne nous reste pas beaucoup de temps.

Jaenelle posa une main sur la poitrine de Karla, les yeux rivés sur quelque chose qu'elle seule voyait.

— Il y en a assez, déclara-t-elle trop calmement.

Morghann disposa des serviettes sur le lit.

En allongeant Karla, Daimon lui adressa un regard froid. La jeune femme était-elle plus inquiète pour son précieux linge que pour une amie empoisonnée ?

— Nous la dérangerons moins en changeant une serviette qu'en changeant les draps, dit posément Morghann, indiquant qu'elle avait deviné ses pensées et en était blessée.

Il n'y avait pas de temps à perdre à s'excuser. Morghann et Maeve ôtèrent la chemise de nuit et le peignoir ensanglantés de Karla puis essuyèrent rapidement le sang de sa peau. Concentrée sur la tâche, Jaenelle ne prêta aucune attention à ces soins.

Daimon allait lui dire qu'il connaissait le poison quand il baissa les yeux sur sa propre manche pleine de sang. Le souvenir d'avoir été trempé du sang de Jaenelle resurgit à sa mémoire. Il ôta vivement sa veste, puis sa chemise. Khary les lui prit et lui tendit un linge humide.

Tandis qu'il lavait sa peau, Jaenelle déclara :

— Deux poisons ont été utilisés. Dont l'un que je ne connais pas.

Il rendit le linge à Khary et s'approcha du lit.

— L'un d'eux provient d'une plante qui ne pousse que dans le sud d'Hayll.

Jaenelle leva les yeux, le regard vague et glacé.

— Connaissez-vous un antidote ? demanda-t-elle avec un calme étrange qui effraya Daimon.

— Oui. Mais les herbes que je possède ont plusieurs années, maintenant. J'ignore si elles seront assez puissantes.

— Je peux renforcer leur pouvoir. Préparez l'antidote, Daimon.

— Et l'autre poison ? demanda-t-il en dégageant un peu d'espace sur la table pour travailler.

— C'est de la sanguine.

Un frisson le parcourut. La sanguine ne poussait que là où une sorcière avait connu une mort violente, ou bien là où elle était enterrée.

Utilisée comme poison, elle était virulente et mortelle, et généralement indétectable.

—Vous pouvez le déceler ? demanda prudemment Daimon.

—Je sais reconnaître le sang sorcier sous toutes ses formes, répondit Jaenelle de sa voix ténébreuse.

Un autre souvenir resurgit à la mémoire de Daimon. Jaenelle observait le massif de sanguine qu'elle avait planté dans un recoin du domaine Angelline. « *Saviez-vous que si vous chantez à leur intention de la manière qui convient, elles vous dévoileront le nom des disparues ?* »

Même séchées à l'état de poison, les plantes révélaient-elles à Sorcière le nom des disparues ?

Chassant ces pensées, Daimon se concentra sur l'antidote.

—Maeve, dit Jaenelle, préparez des emplâtres de base. Nous devrons extraire une partie du poison. Morghann, je veux que vous sortiez de la pièce. Ne revenez sous aucun prétexte avant que je vous le dise.

—Mais…

Jaenelle se contenta de la regarder.

Morghann quitta vivement les lieux.

—Puis-je rester ? demanda posément Khary. Vous trois serez absorbés par les soins. Je peux me rendre utile en vous apportant ce dont vous avez besoin.

—Ce ne sera pas facile, seigneur Khardine, prévint Jaenelle.

—C'est aussi ma Sœur, répondit Khary en pâlissant légèrement.

Jaenelle opina, puis se pencha vers le lit et parla si bas que Daimon eut l'impression d'être le seul à l'entendre.

—Bras ou jambes, Karla ?

La réponse, si elle en reçut une, resta confidentielle. De Sœur à Sœur. Mais elle appela un soin si atroce qu'il espéra de tout cœur ne jamais assister de nouveau à un tel spectacle de sa vie.

12. Kaelir

Kaelas écouta les bruits provenant de la pièce et grogna en silence. Le prince de guerre eyrien orné au Vert s'accouplait avec la femelle pâle, la jeune prêtresse, dont les cris le dérangeaient. Ils ne ressemblaient pas aux sons que la Dame produisait lorsqu'elle se trouvait avec Daimon. Il y avait de la peur, de la douleur dans ces râles.

Il allait se faufiler à travers le bouclier vert que le mâle avait placé autour de la salle, presque décidé à venger la mort de Morton par une exécution rapide au lieu d'infliger à son assassin le genre de mort qui lui était due quand la femelle se mit à hurler :

— Mais je vous ai aidé ! *Je vous ai aidé !*

Se rappelant la chatonne désormais orpheline de KaeAskavi et tous les autres humains pâles qui avaient appartenu à dame Karla et étaient morts, Kaelas fit un pas en arrière. La femelle avait souillé son propre antre, elle avait apporté de la viande empoisonnée. Elle méritait d'avoir le mâle ailé pour partenaire.

Prenant soin de ne pas effleurer le bouclier vert pour ne pas alerter le mâle, il plaça une protection rouge autour de la pièce pour emprisonner les humains. Il ajouta un bouclier psychique rouge pour que, quand le mâle remarquerait qu'il était pris au piège, il ne puisse prévenir ses alliés ailés.

Se glissant hors du bâtiment, Kaelas s'arrêta et dressa l'oreille. Les mâles ailés étaient plus nombreux que les félins, mais cela n'avait pas d'importance. Le prince de guerre orné au Vert était le seul à porter un Joyau sombre, et il était déjà en cage. Parmi les animaux présents, Kaelas était le seul à être orné au Rouge. Toutefois, les boucliers de Joyau opale, vert et saphir que portaient les autres les protégeraient pendant qu'ils attaqueraient à coups de crocs et de griffes.

— *C'est le moment*, annonça Kaelas.

Silencieux et invisibles, les félins se dispersèrent et partirent à la chasse.

Chapitre 12

1. Kaelir

À distance raisonnable, Lucivar et Falonar assistaient à l'entraînement des femmes au tir à l'arc. Posté à quelques pas d'elles, Hallevar leur donnait des instructions qui résonnaient dans l'air matinal aussi clairement que le claquement des bâtons provenant du terrain d'entraînement.

Au cours de la nuit, le temps avait changé, apportant la chaude promesse du printemps. Cela ne durerait pas, mais, en attendant, Lucivar avait l'intention d'exercer les femmes pendant plusieurs heures chaque matin. C'était le premier jour où elles tiraient des flèches sur des cibles. Lucivar se serait amusé de ce spectacle s'il n'avait pas été si nerveux.

Une journée et demie s'était écoulée depuis que Daimon avait donné l'ordre à tout le Premier Cercle de ne pas bouger et de rester en alerte, ordre confirmé par Jaenelle quelques heures plus tard. Le seul autre message qu'il avait reçu était tout aussi bref: Karla avait été empoisonnée et Morton avait disparu.

Il aurait négligé cet ordre si Daimon n'avait pas été au côté de Jaenelle et, si quelqu'un était en mesure de protéger la Reine mieux que lui, c'était bien le Sadique.

Alors il était resté… Et avait observé… Et attendu.

Falonar poussa un soupir lorsqu'une pluie de flèches fit une tentative pathétique pour atteindre les cibles.

— Croyez-vous vraiment qu'elles y arriveront ? demanda-t-il, sceptique.

— Au cours de vos six premiers mois dans les camps de chasse, vous touchiez à peine le versant d'une montagne, railla Lucivar.

Falonar se contenta de le regarder.

— Mais je ne me lamentais pas sur le temps que je perdais à m'exercer et que j'aurais pu passer à aérer les lits. À quoi bon prétendre qu'elles peuvent… *Merde !*

Une femme à l'arc bandé se tourna légèrement vers Hallevar au moment où il donnait d'autres recommandations. Hallevar la bouscula vivement pour que la flèche qui partit soit détournée dans l'herbe au lieu de toucher la femme placée à côté d'elle.

Lucivar et Falonar grimacèrent face à la grossièreté de Hallevar lorsqu'il commenta cette petite erreur.

— Vous voyez ? demanda Falonar.

— Ce n'est pas la première fois que quelqu'un fait quelque chose d'aussi stupide, répondit Lucivar, qui attendit un instant avant d'ajouter : qu'est-ce qui vous agace tellement, là-dedans ?

Falonar racla le sol de sa botte.

— Si nous ne sommes pas guerriers et protecteurs, nous n'avons pas grand-chose à offrir, à moins qu'une femme cherche un étalon. Et ce n'est pas facile à avaler.

— Savez-vous cuisiner ? demanda Lucivar.

Falonar le foudroya du regard.

— Bien sûr que oui ! Tout Eyrien ayant fréquenté les camps de chasse sait préparer des plats de base.

— Alors détendez-vous, répondit Lucivar en opinant. Ce n'est pas parce qu'une femme sait capturer son propre dîner qu'il va lui pousser des couilles, pas plus que vous n'aurez des seins parce que vous êtes capable de cuisiner de la viande.

Il regarda Onirie planter une flèche dans le cercle extérieur de sa cible et sourit.

— Voulez-vous aller lui dire en face que vous ne la jugez pas apte à tirer à l'arc ? ajouta-t-il.

— Pas tant qu'elle a une arme à la main, marmonna Falonar.

Lucivar se détendit en voyant Hallevar se passer une main sur la bouche tandis que la jeune femme se frottait discrètement le sein droit.

— Cinq minutes d'entraînement libre ! décréta Hallevar avant de rejoindre les deux hommes.

— Que s'est-il passé ? s'enquit Falonar.

— C'est complètement idiot, répondit Hallevar en affichant un large sourire. Je n'ai pas pensé à les avertir parce que… eh bien, feu d'Enfer ! je n'avais jamais eu à prendre ce détail en compte. Comment deviner qu'on pouvait se prendre un mamelon dans la corde ?

— Se prendre un…

Falonar observa les femmes, qui, toutes, leur lançaient un regard meurtrier. Puis il baissa les yeux et se racla la gorge plusieurs fois.

— Cela doit faire mal, commenta-t-il.

Lucivar se retint de s'esclaffer avec peine.

— Oui, j'en suis certain, affirma-il. Je n'ai pas pensé à prévenir Marianne quand je lui ai appris à tirer, et j'avais déjà travaillé avec Jaenelle. Mais Marianne possède… une poitrine un peu plus généreuse.

Falonar s'étrangla.

Hallevar se contenta de hocher la tête d'un air grave.

— Voilà une façon délicate et respectueuse de l'exprimer, dit-il. Surtout en présence d'une bonne poignée de femmes susceptibles de se mettre suffisamment en colère pour frapper, si vous aviez tourné autrement vos propos.

— Justement, déclara Lucivar d'un ton sec. Faites-leur effectuer encore une série d'exercices, et…

Il se précipita vers le terrain d'entraînement avant même que le premier cri de panique soit noyé sous des exclamations furieuses. Il sauta sur le muret de pierre séparant les deux terrains. Son cœur s'enveloppa de glace dès qu'il vit Kaelas assener un coup à un prince de guerre eyrien orné au Vert. Il lui ouvrit l'arrière de la cuisse. La glace se mua en une rage douloureuse quand Rothvar et Zaranar se précipitèrent vers l'inconnu, toutes armes dehors.

— *Non !* cria-t-il sur un fil viril. *J'égorgerai quiconque osera lever son arme !*

Rothvar et Zaranar s'arrêtèrent brutalement. Face à cet ordre, ils furent tiraillés entre choc et furie. Mais ils obéirent, à l'image des autres hommes présents sur le terrain.

— *À l'aide !* implora l'étranger. (Il brandit sa lame en direction de Kaelas, cherchant à maintenir le félin face à lui, tout en boitillant à reculons en direction des autres.) Affres de la damnation ! Aidez-moi !

Lucivar se tourna vers les femmes.

—*Marianne, emmenez toutes les femmes chez nous et fermez les volets.*

—*Lucivar, qu'est-ce qu…*

—*Allez!*

Il se dirigea vers le groupe d'hommes, suivi de Falonar et Hallevar. Une satisfaction écœurante l'emplit en constatant la facilité avec laquelle Kaelas esquivait les tentatives de contre-attaques de l'inconnu. Que diraient ses compagnons s'ils savaient que c'était lui qui avait appris au félin comment utiliser les armes humaines et leur résister?

Dès que l'Eyrien se mit en position de combat, Kaelas chargea. La vitesse et le simple élan de l'offensive firent reculer son adversaire de quelques mètres. Les griffes déchirèrent les épaules de l'Eyrien, puis ses bras, les rendant impuissants. Le félin bondit en arrière et se mit à décrire des cercles autour d'un homme qui tenait à peine debout.

Falonar regarda derrière eux et jura violemment dans sa barbe. Il se retourna avant de déployer ses ailes pour dissimuler le terrain d'entraînement.

—Repartez avec les autres femmes, ordonna-t-il.

—Ne me parlez pas de la sorte… Oh, merde! dit Onirie en écartant Falonar pour observer l'homme et le félin.

Kaelas poursuivait son combat, qui semblait presque un jeu pour lui, infligeant à son adversaire des blessures superficielles qui allaient le saigner à blanc, peu à peu. Il poursuivit son manège jusqu'à ce que l'Eyrien déploie ses ailes déchirées pour tenter de s'envoler. Le félin bondit en même temps que l'homme, puis se posa en douceur. Le dos ouvert, l'inconnu chuta lourdement.

—Ô Nuit, murmura Onirie. Il joue avec cet homme.

—Il joue, confirma gravement Lucivar, l'estomac noué. Mais ce n'est pas un jeu. C'est une exécution arcérienne.

Onirie comprit avant Falonar. Lucivar vit son visage se crisper et ses yeux s'emplirent d'un intérêt froid et professionnel.

—Yaslana, prévint Falonar.

Lucivar sentit la tension grandissante des autres hommes et sut qu'il ne faudrait guère de temps avant que l'un d'eux désobéisse à son ordre pour se joindre à la bagarre. Il s'approcha.

Kaelas dut avoir la même sensation, car son jeu cessa. L'Eyrien se mit à crier dès que les griffes lui ouvrirent la poitrine.

— Kaelas, dit fermement Lucivar, c'est…

Il sentit le pouvoir du Joyau rouge quand la patte s'abattit de nouveau. L'objet vola si vite vers lui qu'il l'attrapa instinctivement avant qu'il heurte sa poitrine.

L'espace d'une seconde ou deux, Lucivar regarda fixement la tête tranchée à sa base. Puis il la fit tomber.

— Ô Nuit, chuchota Onirie.

La main droite de l'Eyrien, à laquelle il portait son anneau orné au Vert, flotta dans les airs avant de retomber près de sa tête.

Avec un grognement intense de rage, Kaelas éviscéra sa proie et déféqua dans son ventre béant avant de s'éloigner du cadavre. Enfin, il se tourna vers Lucivar.

— *Celui-là est encore dedans… pour le Sire d'Enfer.*

Lucivar tenta de déglutir. Délibérément, Kaelas n'avait pas terminé sa mise à mort.

— *Pourquoi ?*

— *Il a tué Morton*, répondit Kaelas en prenant soin d'utiliser une trame de communication audible des autres humains. *Et il a tué les humains pâles qui appartenaient à dame Karla.*

Lucivar fut submergé par la furie, tel un feu purifiant.

— *Où ?*

Une image apparut à son esprit, un peu floue, mais assez claire pour qu'il identifie les lieux.

— *Merci, Frère*, dit-il sur un fil viril pour s'adresser directement au félin.

Kaelas bondit, s'engagea sur les Vents et disparut.

— J'ai fait un tas de choses, en tant que tueuse, affirma Onirie en glissant ses cheveux derrière ses oreilles, mais je n'ai jamais chié sur un cadavre. Est-ce une sorte de bizarrerie féline ?

— C'est la façon qu'ont les Arcériens d'exprimer leur mépris de l'ennemi, expliqua Lucivar.

Il se tourna vers Falonar, qui semblait lutter contre une nausée. Un coup d'œil suffit à lui confirmer que la plupart des hommes étaient dans le même état que lui, malgré leur expérience des champs de bataille.

— Je ne le reconnais pas, dit-il. Et vous ?

Falonar secoua négativement la tête.

— Moi si, intervint Rothvar avec emphase, en s'approchant. Quand il a appris que j'émigrais en Kaelir, il m'a proposé une place dans sa compagnie. Il m'a dit qu'il n'aurait pas à lécher les bottes d'une garce, qu'il dominerait de bonnes terres avant un an. Je ne l'ai jamais apprécié, alors j'ai refusé. Mais… (il posa les yeux sur la tête tranchée, puis les détourna) j'ai entendu… j'ai cru entendre… le félin disait-il vrai ?

— Il ne mentirait pas, répondit Lucivar en respirant profondément. Falonar, sélectionnez quatre hommes qui nous accompagneront.

En observant les alentours, il se rendit compte qu'Onirie n'était plus là.

Falonar se tourna à son tour et jura.

— Bon sang ! elle est sans doute en train de vomir tripes et boyaux dans un coin…

Onirie sauta par-dessus le muret de pierre et trottina vers eux, tenant un grand seau métallique dentelé dans une main. Face à leur regard médusé, elle pouffa et déclara à Lucivar :

— Vous aviez l'intention de prendre ça sous le bras pour le porter au Sire d'Enfer ?

Lucivar sourit malgré lui.

— Merci, Onirie.

Il hésita. Ses mains étaient encore pleines de sang, mais il se tâtait tout de même.

Onirie, elle, n'hésita pas. Elle fourra la tête et la main en râlant dans le seau, qu'elle recouvrit d'un morceau d'étoffe noire.

Les hommes grimacèrent. Elle se mit à grogner.

Lucivar lut de la circonspection dans le regard de Falonar.

— Vous avez vos ordres, prince, lui dit-il.

Falonar et Rothvar s'en allèrent avec plus de hâte que de discrétion.

— Dites-moi qu'il n'a jamais fait ce genre de chose sur un champ de bataille, déclara Onirie avec un soupçon d'amertume. Je suppose que tout aurait été très bien si je m'étais agrippée à son bras en l'implorant pour avoir des sels.

— Ne le condamnez pas trop vite, répondit posément Lucivar. Il n'est pas habitué aux femmes de votre genre.

— De quel genre parlez-vous ? rétorqua vivement Onirie.

— Une sorcière des Déa al Mon.

Elle esquissa un sourire sincère.

— Je suppose que j'aurais pu faire preuve de plus de tact.

Elle désigna le seau, puis hésita.

— J'aimerais vous accompagner, ajouta-t-elle.

— Non. Je veux que vous restiez ici avec les autres femmes.

— Pourquoi ? demanda-t-elle avec un regard glacial.

Soudain impatient, il se mit à grogner :

— Parce que vous portez le Gris, et que j'ai confiance en vous. (Il attendit d'avoir la certitude qu'elle avait bien compris.) Mon aire possède des boucliers gris ébène, mais Marianne sait les manipuler. Elle ne laisse entrer personne qu'elle ne connaît pas. Sous aucun prétexte. Je reviendrai dès que possible.

— Très bien, répliqua Onirie en hochant la tête. Mais soyez prudent. Si vous êtes blessé, je vous frapperai.

Lucivar attendit qu'elle ne puisse plus l'entendre pour appeler Hallevar d'un geste.

— Envoyez Palanar chez ma mère. Qu'il escorte dame Luthevienne chez moi sans tarder.

Hallevar parut mal à l'aise.

— Elle va l'étriper, le malheureux.

— Dites-lui que c'est un ordre du prince de guerre d'Ébènerih, reprit Lucivar. Ensuite, je veux que vous ouvriez l'œil. Si vous remarquez quoi que ce soit, si vous entendez ou percevez quelque chose qui ne vous plaît pas, envoyez un garçon au Fort et l'autre au Manoir demander de l'aide. La meute de loups sera également en alerte. Si vous voyez quelqu'un qui n'a pas sa place là-bas, que vous le connaissiez bien en Terreille ou pas, traitez-le en ennemi. C'est compris ?

Hallevar hocha la tête et s'en alla accomplir son devoir.

Quelques instants plus tard, Lucivar et cinq de ses hommes volaient en direction du Fort.

2. Kaelir

Lucivar posa le seau en métal à l'autre extrémité de la table et regarda Sahtan verser du sang frais dans une marmite de liquide bouillonnant.

— Je croyais que vous seriez au Manoir, à attendre l'arrivée des rapports.

— Draca m'a fait quérir, répondit Sahtan en mélangeant lentement la mixture. Qu'est-ce qui vous amène ici ?

— Morton est mort.

La main de Sahtan hésita, puis reprit son mouvement circulaire.

— Je sais.

Lucivar se crispa.

— Il est au Sombre Royaume ?

— Non. Il est ici. Voilà pourquoi Draca m'a envoyé chercher. Il est venu au rapport.

Lucivar fit les cent pas dans la pièce.

— Bien. Je lui parlerai avant...

— Non.

Le ton implacable de Sahtan l'interrompit, mais pas longtemps.

— Je me moque qu'il soit désormais démonite.

— Pas lui, rétorqua Sahtan, dont la voix s'adoucit. Il ne veut pas vous voir, Lucivar. Il ne veut rencontrer aucun d'entre vous.

— Pourquoi pas, au nom d'Enfer !? s'écria Lucivar.

Sahtan se mit à grogner.

— Vous croyez que la transition est facile ? demanda-t-il. Ne pensez-vous pas que cela va tout changer, pour lui ? Il est mort, Lucivar. C'est un jeune homme qui ne fera plus grand-chose, désormais, qui n'est plus ce qu'il était. Si les morts demeurent, en général, parmi les morts, ce n'est pas pour rien.

Lucivar se remit à faire les cent pas.

— Ce n'est pas comme si le Premier Cercle n'était pas habitué à fréquenter les démonites.

— Ceux-là, vous ne les connaissiez pas, quand ils circulaient parmi les vivants, dit Sahtan. Vous n'avez eu à trancher aucune attache avec eux. Oui, les liens doivent être rompus, dit-il, coupant court aux protestations de Lucivar. Les vivants doivent avancer, de même que les morts. Si vous ne pouvez respecter cela, respectez au moins le fait qu'il a besoin de temps pour s'adapter avant de pouvoir affronter votre présence.

Lucivar jura à voix basse.

— Comment va... ?

Sahtan posa sa cuiller et gagna l'autre extrémité de la table.

— Les blessures ne sont pas visibles quand il est habillé. En fait, elles n'auraient pas été fatales si les flèches n'avaient pas été empoisonnées.

— « Empoisonnées » ! répéta Lucivar en regardant fixement le seau.

— Morton n'aurait pas grand-chose à vous dire, et sans informations supplémentaires, même ce que nous savons n'est pas très utile.

Lucivar désigna le récipient.

— Vous trouverez peut-être des réponses là-dedans.

Sahtan souleva le tissu sombre et regarda dans le seau, avant de remettre l'étoffe en place.

— Kaelas, dit Lucivar, répondant à une question tacite.

— Je vois, répondit Sahtan. Vous retournez en Ébènerih ?

Lucivar secoua la tête.

— J'emmène quelques hommes à l'Autel Noir, à Glacia, pour y jeter un coup d'œil, pour voir si certaines réponses se trouvent là-bas.

— L'ordre de notre Reine était sans détour, affirma Sahtan.

— Je prends le risque d'affronter sa colère.

Sahtan hocha la tête.

— Dans ce cas, en tant qu'Intendant de la cour, je demande officiellement que vous vous rendiez à l'Autel Noir de Glacia pour déterminer ce qui s'est passé.

— Je n'ai pas besoin de me cacher derrière votre titre, rétorqua Lucivar.

Sahtan lui adressa un sourire crispé.

— Je le fais autant pour Jaenelle que pour vous. Ainsi, elle pourra éviter dignement une confrontation avec vous pour avoir désobéi à un ordre formel.

— Ah, dans ce cas…

— Filez, mon garçon. Faites-moi un rapport au Manoir. Et, prince Yaslana, ajouta-t-il lorsque Lucivar atteignit le seuil, n'oubliez pas que Glacia n'est pas votre Territoire. Vous ne représenterez pas la loi, là-bas.

— Bien, monsieur. Je m'en souviendrai. Nous observons et nous faisons notre rapport.

3. Kaelir

Face au regard méfiant de Marianne et à la réprobation tacite de Luthevienne quant à l'épouse qu'avait choisie son fils, Onirie se demanda si Lucivar serait très contrarié que sa mère soit emmenée dans le jardin pour servir de cible à l'entraînement au tir à l'arc.

— Comment avez-vous réussi à vous occuper de pâtisserie, ce matin ? s'enquit Nurienne, artisane guérisseuse, en acceptant le biscuit aux noix que lui proposait Marianne. Et comment parvenez-vous à faire quelque chose après vos exercices du matin ?

— Oh, répondit Marianne avec un sourire timide. J'y suis habituée, maintenant, et…

— Vous êtes guérisseuse, l'interrompit Luthevienne en adressant un regard froid à Nurienne. Le fait que vous trouviez difficile de pratiquer un Art exigeant après cet entraînement est compréhensible. Mais ce n'est pas une excuse pour négliger ses devoirs quand il s'agit de l'Art mineur. Après tout…

— Veuillez nous excuser, dit Onirie en faisant lever Luthevienne. Dame Luthevienne et moi devons discuter de quelque chose.

— Lâchez-moi, grommela Luthevienne tandis qu'Onirie l'entraînait hors de la pièce. On ne traite pas une Veuve Noire guérisseuse comme une…

— Une sorcière de l'Art mineur? demanda Onirie d'un ton doucereux chargé de venin, en poussant Luthevienne dans le jardin.

— Parfaitement, répondit gravement celle-ci. Mais je suppose qu'une catin…

— Ferme-la, sale garce ! répliqua Onirie trop vite.

Luthevienne retint son souffle.

— Vous oubliez où est votre place !

— Non, ma chère, je ne l'oublie pas, justement. Vous appartenez peut-être à une caste supérieure à la mienne, mais mes Joyeux surpassent les vôtres. J'en déduis que nous sommes quittes, du moins dans la famille. Vous ne m'aimez pas, mais cela me convient très bien, parce que je ne vous aime pas non plus.

— Il n'est pas très avisé de mettre une Veuve Noire en colère, dit Luthevienne.

— Il n'est pas très avisé non plus de mettre une tueuse en colère, rétorqua Onirie, qui sourit en voyant Luthevienne écarquiller les yeux. Alors parlons simplement. Si vous faites une seule réflexion désobligeante à propos de Marianne, je vous écrase la tête contre le mur jusqu'à temps que vos idées soient en place.

— Et qu'en dirait Lucivar, selon vous ? demanda Luthevienne d'un ton qui se voulait ferme, malgré le doute présent dans son regard.

— Oh, répondit Onirie, je ne pense pas que Lucivar me dise quoi que ce soit !

Voyant que sa pique avait fait mouche, elle ressentit un bref instant de la pitié pour Luthevienne. Cette femme avait le don de repousser les gens, puis elle semblait étonnée de se retrouver toute seule.

— Il aurait pu trouver mieux, grommela Luthevienne. Il n'était pas obligé de choisir une sorcière de l'Art mineur ornée au Pourpre vespéral.

Onirie la dévisagea.

— Cela n'a rien à voir avec Lucivar, n'est-ce pas ? s'enquit-elle. Vous êtes gênée parce que votre fils a épousé une sorcière de l'Art mineur. Marianne est une femme douce et tendre qui l'aime et qui le rend heureux. S'il avait épousé une Veuve Noire guérisseuse et était malheureux, cela ne vous poserait aucun problème parce que, au moins, il serait marié à une femme digne d'un prince de guerre. Je me trompe ?

De plus, ajouta-t-elle en silence, *le Sire d'Enfer approuve le choix de son fils.* Et elle soupçonnait qu'il s'agissait là de la raison principale pour laquelle Luthevienne le réprouverait toujours.

— N'oubliez pas ce que je viens de dire, Luthevienne, reprit-elle en tournant les talons.

— Ce n'est pas parce que le Sire d'Enfer tolère que vous utilisiez le nom de SaDiablo que vous n'avez jamais été ce que vous avez été, et que vous êtes encore, lança Luthevienne d'un ton mauvais.

Onirie regarda par-dessus son épaule.

— Non, dit-elle, en effet. Vous feriez bien de ne pas l'oublier, cela non plus.

4. Kaelir

Dès qu'il quitta la trame d'atterrissage, Lucivar ressentit un titillement de pouvoir résiduel. Tandis que les autres Eyriens examinaient les cadavres en marmonnant, mal à l'aise, il garda l'œil rivé sur la neige foulée, quelques mètres devant lui. Il s'en approcha, puis contourna un point précis.

— Quoi ? demanda Falonar en évitant lui aussi le site.

— Morton est mort ici, répondit posément Lucivar.

— Il n'est pas le seul à avoir péri, commenta tristement Rothvar en observant les cadavres des Eyriens massacrés.

— Non, il n'est pas le seul, admit Lucivar.

Mais c'est lui que j'ai vu grandir, lui, le garçon honnête que j'ai vu devenir un homme honorable.

— Rothvar, Endar et vous…

S'il n'avait pas passé les huit dernières années au sein de la parentèle, il n'aurait jamais capté cette trame psychique précise, et il n'aurait pris connaissance de la présence des félins arcériens que bien trop tard.

D'un œil apparemment désinvolte, il observa les toits du village, tout en s'enfonçant dans les profondeurs de son Joyau gris ébène pour explorer mentalement la zone. Huit Arcériens, dont deux princes de guerre. Tous ornés de Joyaux sombres.

— Gardez les mains à distance de vos armes ! ordonna Lucivar à voix basse. Nous ne sommes pas seuls.

Lentement, il ouvrit sa courte pèlerine en laine pour exposer sa poitrine et le Joyau gris ébène qui pendait à une chaîne, autour de son cou. Puis il tendit les bras.

— Je suis Lucivar Yaslana ! clama-t-il d'une voix forte. J'appartiens à la Dame. Et ces mâles sont miens.

— *Je ne sens rien*, déclara Falonar sur un fil viril saphir.

— *La parentèle n'annonce pas sa présence, en général*, répliqua Lucivar d'un ton sec. *Surtout les Arcériens.*

— *Ô Nuit !* lança Falonar en regardant les corps massacrés. *Ces félins sont toujours là ? Combien sont-ils ?*

— *Huit. Espérons qu'ils nous considèrent comme des amis, sinon la situation risque de mal tourner.*

Lucivar attendit d'avoir mal aux bras. Enfin, il sentit un contact psychique méfiant.

— *Vous êtes le Frère de Kaelas*, dit une voix rauque.

— *Et il est mon Frère*, répondit Lucivar en baissant les bras.

— *Que faites-vous ici ?* demanda le félin.

— *Je suis venu témoigner pour la Dame.*

Un long silence s'installa.

— *Kaelas nous a dit de surveiller cet endroit pour éviter que d'autre viande pourrie franchisse la porte.*

Lucivar espérait que les félins qui l'observaient prennent son frisson pour une conséquence du froid, et non de la référence aux Eyriens comme étant de la « viande pourrie ».

— *Kaelas est sage.*

— *Vous observez puis vous partez.*

Il ne s'agissait pas d'une question.

Lucivar se tourna vers les hommes. Il haussa le ton pour s'assurer que le félin le plus proche entende ses ordres :

— Dressez les boucliers de base.

Cinq hommes posèrent sur lui un regard vague, puis ils comprirent vite. Des protections surgirent autour d'eux.

— *Ces boucliers nous protégeront-ils ?* demanda Falonar à Lucivar en utilisant une trame saphir pour que les autres hommes ne l'entendent pas.

— *Non*, répondit vivement Lucivar.

— Armes en main !

Il appela sa lame de guerre eyrienne, puis hocha la tête quand les autres suivirent son exemple.

— Kohlvar, vous et Endar, surveillez la trame d'atterrissage. Rothvar et Zaranar, occupez-vous du côté gauche du village. Falonar, avec moi ! *Et si l'un des Arcériens se montre, traitez-le avec la courtoisie due à tout autre guerrier*, ajouta-t-il sur un fil viril général.

Ils avancèrent lentement, prudemment, conscients que les félins épiaient chacun de leurs mouvements.

— Comment ces animaux ont-ils réussi à tuer tant d'Eyriens sans qu'une alarme se déclenche ? s'enquit Falonar quand ils eurent inspecté la moitié des maisons, de leur côté du village.

Il était manifeste qu'un certain nombre d'hommes n'avait pas vu venir l'attaque.

— Quand un Arcérien chasse, on ne sait qu'il est là que lorsqu'on se fait tuer, répondit Lucivar distraitement en inspectant une autre bâtisse.

Il y avait quelques traces minimales de lutte dans toutes les habitations, mais il s'agissait du combat qui avait opposé les Glaciens aux Eyriens.

— Cela les rend très efficaces, reprit Lucivar.

En atteignant les quartiers résidentiels du sanctuaire, ils observèrent tous deux la jeune prêtresse, ou ce qu'il restait d'elle.

— Feu d'Enfer ! s'exclama Falonar d'un ton de dégoût, en reculant sur le seuil. Je suppose qu'un viol collectif est une forme d'exécution lente. Mais pourquoi n'avoir gardé que celle-ci ? Et pourquoi l'avoir battue à mort alors qu'on en avait sans doute déjà fait assez pour la tuer ?

— Parce que les autres femmes ont lutté, alors que celle-ci s'attendait à une autre forme de récompense, répondit Lucivar.

Quand Falonar le dévisagea, les yeux pleins d'effroi, il éclata d'un rire mauvais.

— Vous avez passé assez de temps dans les cours terreilliennes pour savoir comment vous salir, prince Falonar. Quelqu'un devait aider ce bâtard orné au Vert à franchir la Porte pour regagner Terreille, ou du moins empêcher la vieille prêtresse de se rendre compte que la Porte était utilisée sans qu'elle le sache ou qu'elle y consente. Quant aux coups… je suppose que, quand ce bâtard a compris qu'il était pris au piège, il a eu besoin de se défouler sur quelqu'un.

— Le félin ne l'a pas tué assez lentement, marmonna Falonar en se détournant. Loin de là.

J'imagine que le Sire d'Enfer saura obtenir l'ultime remboursement de cette dette, songea Lucivar, qui se garda de faire part de cette pensée à Falonar.

Lorsqu'ils quittèrent le sanctuaire, Zaranar leur fit signe d'approcher.

— Rothvar est près de la porte du fond, annonça-t-il, mal à l'aise. Je crois que vous devriez vous en occuper. Nous n'avons fait que jeter un coup d'œil sur les issues, ajouta-t-il vivement.

Avant que Lucivar puisse agir, Kohlvar envoya un message urgent :

— *Prince, il y a un Glacien sur la trame d'atterrissage qui affirme être le maître de la Garde de dame Karla. Il est accompagné de quarante gardes.*

— *Dites-lui de ne pas bouger*, répondit aussitôt Lucivar tandis que Falonar et lui gagnaient l'arrière de la maison. *Je lui parlerai dans quelques minutes.*

Avant d'atteindre la porte du fond, il entendit des grognements nerveux provenant de l'intérieur de la maison. Rothvar s'écarta. Lucivar voulut entrer, mais il s'arrêta brusquement.

Le seigneur de guerre arcérien était presque adulte, de sorte qu'il n'y avait pas beaucoup d'espace, dans la petite cuisine, pour permettre à un félin de sa taille de se déplacer. Sur la table se trouvait un étrange assortiment d'aliments. Sur le sol gisait une chèvre tuée avec précision.

Quand Lucivar fit un pas vers la chèvre, le félin se jeta dessus en grognant.

— *À moi*, dit le félin.

— Très bien, répondit doucement Lucivar.

L'animal parut troublé par cette acceptation.

— *La rétribution d'un travail.*

Intéressant, songea Lucivar. La parentèle expérimenterait-elle une idée humaine ?

— Puisque vous surveillez cet endroit au lieu de chasser, il est juste que vous soyez rémunéré en viande.

Se détendant un peu, le félin observa la table. Lucivar également. Selon lui, il n'y avait rien sur ce meuble qu'un fauve puisse manger.

— C'est également la rétribution d'un travail ? demanda-t-il.

— *De la nourriture humaine ?*

Le félin émit un son qui ressemblait à une question pleine d'espoir.

— En effet.

— *Une chatonne aimerait cette pitance ?*

Lucivar se frotta le menton.

— Je ne sais pas.

L'animal émit un grognement teinté de découragement.

— *Nous avons brûlé de la viande pour elle, mais elle a refusé de manger.* (Il retroussa les babines pour indiquer qu'il estimait que cuire de la viande était du gâchis.) *J'ai promis d'apporter de la nourriture humaine*, reprit-il.

Lucivar fut parcouru d'un frisson glacial.

— Un petit a survécu dans cet endroit ? s'enquit-il.

— *Oui. La chatonne. L'amie de KaeAskavi.* (Le félin le dévisagea, puis demanda, hésitant :) *Nous aiderez-vous ?*

Lucivar chassa ses larmes qui risquaient de déstabiliser le fauve.

— Oui, je vous aiderai.

5. Kaelir

— Avons-nous fait ce qu'il fallait ? demanda Daimon.

Il marchait dans les airs avec Lucivar, au-dessus de la neige épaisse, vers l'endroit désigné comme trame d'atterrissage officielle.

Ils ne fournissaient pas cet effort pour éviter de patauger dans la neige jusqu'à la taille, mais parce que des traces auraient conduit tout ennemi vers l'emplacement des antres arcériens.

— Que pouvions-nous faire ? répondit Lucivar d'un ton las. Cette fille a perdu sa mère, son village, tous ceux qu'elle connaissait. KaeAskavi est le seul ami qu'il lui reste. Il y a des zones de combat dans tout le territoire de Glacia, alors la placer dans un autre village… Rien ne garantit qu'elle survivrait, lors d'une prochaine attaque. Marianne et moi la prendrions bien chez nous, mais…

Daimon secoua la tête.

— Vous aviez raison sur ce point. Elle ne pourrait accepter la proximité des Eyriens, en ce moment.

C'était pourquoi Lucivar avait insisté pour que Daimon vienne avec lui en Arcéria dès le début.

— Et nous ne pouvons l'emmener ailleurs, ajouta sombrement Lucivar. Pas tant que nous ne saurons pas si cette attaque est le fruit d'une tentative de Hobart pour reprendre le contrôle de Glacia ou si c'est plus que cela. Vous disiez que la petite va bien, physiquement.

— Elle a une cheville foulée, mais les guérisseuses arcériennes possèdent l'Art pour soigner les membres blessés. À part cela, elle est… intacte.

Il ne parvenait pas à prononcer le mot « viol ». Il ne pouvait oublier la peur qui l'avait étreint quand il avait rampé dans cet antre et vu Della, la blonde Della aux yeux bleus, âgée de dix ans. Elle ne ressemblait en rien à Jaenelle, la couleur de ses cheveux mise à part, mais ce spectacle avait suffi à faire resurgir les souvenirs des événements qui s'étaient déroulés sur Chaillot, treize ans plus tôt. Ses mains tremblaient quand il l'avait examinée, en quête de blessures, l'explorant mentalement pour répondre à cette question précise. Ses mains tremblaient aussi parce qu'elle agrippait un félin en peluche d'une main et une poignée de fourrure de KaeAskavi de l'autre. Cela signifiait que le fauve l'avait approchée de très près. C'était la façon dont elle s'était accrochée à KaeAskavi qui l'avait poussé à la laisser là-bas. Pour guérir, elle devait se sentir en sécurité. Et se blottir contre deux cents kilos de muscles et de fourrure la rassurait manifestement beaucoup.

Lucivar posa une main sur l'épaule de Daimon.

— Quelques semaines parmi les Arcériens ne lui feront pas de mal. Ainsi, elle pourra au moins se faire materner sans avoir l'impression de laisser quelqu'un remplacer sa mère.

Daimon opina.

— Retournez-vous en Ébènerih ? demanda-t-il.

Il avait projeté de gagner le Fort en apprenant que Jaenelle s'y rendait avec Karla et Morghann.

Lucivar secoua la tête.

—Le Sire d'Enfer m'a demandé de lui faire un rapport au Manoir. Ce détour a retardé mon compte-rendu de quelques jours, alors je ferais bien de me magner les fesses pour y aller avant qu'il décide de me les botter.

—Je vous accompagne.

Lorsqu'ils atteignirent le lieu où ils pouvaient s'engager sur les Vents, Lucivar hésita.

—Comment va Karla ? Je n'ai pas réussi à la voir avant le départ des femmes pour le Fort.

Daimon observa la neige immaculée.

—Elle survivra. Jaenelle pense pouvoir guérir ses jambes afin qu'elle puisse marcher.

—Jaenelle *pense* y arriver ? répéta Lucivar en pâlissant. Ô Nuit ! Daimon, si Jaenelle n'en est pas sûre, qu'est-ce que… ?

—Ne me posez pas cette question, répliqua Daimon trop vivement, de sorte qu'il fit un effort pour s'adoucir : Ne me posez pas cette question. Je… je ne veux pas en parler. (Comme c'était Lucivar qui l'interrogeait, il crut bon d'essayer d'avancer une explication :) Il n'existe pas d'antidote pour le sang sorcier. Le poison doit être attiré vers une partie du corps pour sauver les organes internes, puis extrait de l'organisme. Il… il a tué beaucoup de muscles, et ces derniers ont dû…

Il sentit sa gorge se nouer en pensant aux membres atrophiés qui remplaçaient désormais les membres sains de la jeune femme.

—Allons-y, dit Lucivar. Allons-y.

Ils respirèrent tous deux profondément, puis Daimon déclara :

—Plus vite nous ferons notre rapport, plus vite nous pourrons rentrer à la maison.

Pour lui, son foyer n'était pas un endroit, mais une personne. En cet instant, il avait besoin de savoir que Jaenelle était en sécurité.

6. Terreille

—Kartane m'a envoyé un rapport.

Dorothéa sélectionna avec soin un fruit confit, le croqua et mastiqua lentement, histoire de faire enrager Hékatah.

— Alors ? s'enquit enfin cette dernière. La Porte de Glacia a-t-elle été sécurisée pour notre usage ? Le village est-il prêt à recevoir les immigrés que nous avons choisis ?

Dorothéa prit un autre fruit qu'elle lécha délicatement par deux fois avant de répondre :

— Les villageois ont été éliminés, ainsi que les Eyriens.

— Quoi ? Mais comment ?

— Le messager qui a rencontré Kartane n'a pu apprendre ce qui était arrivé aux Eyriens. Il savait simplement qu'ils avaient tué les villageois avant d'être abattus à leur tour. (Elle marqua une pause.) Le seigneur Hobart est mort, lui aussi.

Hékatah demeura parfaitement stoïque.

— Et cette garce de Reine Karla ? Est-ce que notre plan a fonctionné, au moins ? s'enquit-elle.

Dorothéa haussa les épaules.

— Elle a disparu au cours des affrontements. Mais Ulka ayant péri de façon assez… dramatique… on peut supposer qu'elle a absorbé le poison.

— Dans ce cas, c'en est terminé pour elle, déclara Hékatah avec un petit sourire satisfait. Même si quelqu'un parvenait à trouver à temps un antidote pour le poison hayllien, la sanguine achèverait son œuvre.

— C'en est également fini de nos projets pour Glacia. Cela ne vous est peut-être pas venu à l'idée ?

Hékatah esquissa un geste désinvolte.

— Au vu de ce que nous avons accompli, ce n'est qu'un désagrément mineur.

Dorothéa remit son fruit dans le plat.

— Nous n'avons rien accompli ! s'exclama-t-elle.

— Vous devenez intransigeante, Dorothéa, répondit Hékatah d'un ton doucereux chargé de venin. Vous commencez à réagir comme si vous aviez vraiment l'âge que vous semblez avoir.

Le sang de Dorothéa ne fit qu'un tour. Elle brûlait d'envie de libérer ne serait-ce qu'une partie des sentiments qui bouillonnaient en elle. Elle détestait cette garce d'Hékatah, mais elle avait aussi besoin d'elle, alors elle s'adossa à son siège et lui infligea une blessure bien plus profonde que n'importe quel coup physique.

— Au moins, il me reste tous mes cheveux. Votre pelade commence à suinter, ma chère.

Machinalement, Hékatah porta la main à sa tête, puis elle la baissa aussitôt.

La haine impuissante qui brûlait dans ses yeux ternes et dorés effraya un peu Dorothéa, tout en lui procurant une satisfaction cruelle.

— Nous pouvons nous contenter de franchir subrepticement les autres Portes, déclara Hékatah. Nous avons mieux que ce que nous espérions, désormais.

— Quoi donc ? s'enquit poliment Dorothéa.

— Les immigrés que nous avions choisis pour remplacer les villageois iront sur Glacia, comme ils l'auraient fait si Hobart nous avait livré ce village en paiement de notre aide. Nous y ajouterons également quelques immigrés des autres Territoires de Terreille. Les suivants seront des mâles qui ignorent l'emplacement du village d'origine. Seuls les cochers des diligences sauront où déposer ces jolies petites familles, et ce ne sera pas à proximité d'une zone colonisée, donc aucun risque qu'on les détecte. Les suivants seront bien sûr désemparés de ne voir nul signe d'un village en mal d'habitants. (Hékatah eut un regard rêveur.) La compagnie de guerriers eyriens qui les attendra se chargera de tout. Le massacre sera… horrible. Mais quelques survivants parviendront à en réchapper. Ils vivront assez longtemps pour regagner Petite Terreille et parler à quelques Terreilliens victimes d'une boucherie en Kaelir. Et ils vivront assez longtemps pour raconter que deux hommes donnaient les ordres, un Hayllien et un Eyrien.

— Tout le monde, en Terreille, pensera qu'il s'agit de Sadi et Yaslana, conclut Dorothéa, qui jubilait. Ils croiront que le Sire d'Enfer a commandité l'attaque et envoyé ses fils surveiller les opérations.

— Exactement.

— Ce qui prouvera que toutes mes mises en garde étaient justifiées. Et quand les gens commenceront à se demander pourquoi ils n'ont pas reçu le moindre mot de la part d'amis, d'êtres chers… (Dorothéa se détendit sur son siège en soupirant d'aise. Puis elle se redressa à contrecœur.) Nous devons toujours trouver un moyen de contenir Jaenelle Angelline.

— Oh, avec la motivation nécessaire, elle se placera volontiers entre nos mains !

— Et quelle motivation lui faut-il ? railla Dorothéa.

— Quelqu'un qu'elle aime comme appât.

7. Kaelir

Glacé jusqu'aux os, Sahtan écoutait le rapport de Lucivar et Daimon. Il aurait aimé croire que le seigneur Hobart avait engagé une compagnie d'Eyriens pour l'aider à prendre le contrôle de Glacia ; il aurait aimé croire que la mort de Morton et l'agression commanditée contre Karla étaient un problème strictement lié à Glacia. Mais il avait reçu d'autres rapports, au cours des dernières vingt-quatre heures. Deux reines de district de Dharo avaient été tuées, avec leurs suivants. Une foule de communs s'en était pris à une meute de loups de la parentèle qui s'était récemment regroupée autour d'une jeune reine. Tandis que les mâles tentaient d'éloigner la menace, quelque membre du Lignage les avait dépassés et avait tué la reine, avant de disparaître, laissant les communs se faire massacrer par des mâles enragés. Sur Scelt, un prince de guerre trop jeune pour faire l'Offrande à la Ténèbre avait été retrouvé derrière une taverne, dans son village natal, la gorge tranchée.

Plus troublant, Kalush avait été agressée alors qu'elle traversait un parc de Tajrana, capitale de son propre Territoire. S'il n'avait été fait aucun mal ni à elle ni à son nourrisson, c'était uniquement parce que ses agresseurs n'avaient pas réussi à percer la protection qui l'entourait, le bouclier ébène qui se trouvait dans l'anneau que lui avait donné Jaenelle. De plus, alerté par son Anneau d'honneur, Aaron était arrivé d'humeur meurtrière pour anéantir les agresseurs avec une sauvagerie frôlant l'insanité.

Il ne lui fallut guère fournir d'efforts pour comprendre de quoi il s'agissait, d'autant qu'il avait reconnu cette situation. Cinquante mille années disparurent comme si elles n'avaient jamais existé. Il aurait pu s'agir d'Andulvar et de Méphis, assis là, racontant leurs inquiétudes au sujet des attaques rapides qu'ils subissaient, apparemment menées au hasard, à un homme qui avait insisté pour les entendre. En tant que Gardien, il ne pouvait plus s'ingérer dans les affaires des vivants. Il était toujours Gardien, mais trop mêlé à ce qui se passait chez les vivants pour obéir aux mêmes règles que ceux de son ordre.

Ils allaient droit à la guerre.

Lucivar et Daimon l'avaient-ils déjà compris ?

Combien d'êtres aimés devraient devenir démonites, cette fois ? Et combien disparaîtraient sans laisser de trace ? Comme Ravenar, le fils d'Andulvar. Comme Peyton, son deuxième fils.

— Père ? appela doucement Daimon.

Il se rendit compte qu'ils l'observaient tous deux intensément, mais il se concentra sur Daimon. Ce fils qui était un miroir, son véritable héritier. Le fils qu'il comprenait le mieux, et le moins bien, aussi.

Avant qu'il puisse commencer à leur raconter les autres agressions dont ils avaient été témoins, Bhil frappa à la porte de l'étude et entra.

— Excusez cette interruption, Sire d'Enfer, dit-il, mais un seigneur de guerre souhaite vous voir. Il apporte une lettre.

— Alors prenez la missive. Je ne veux pas être dérangé en ce moment.

— C'est ce que j'ai suggéré, Sire d'Enfer. Mais il tient à vous remettre ce courrier en mains propres.

Sahtan ne répondit pas tout de suite.

— Très bien, concéda-t-il enfin.

Lucivar se leva d'un bond et se posta de façon à flanquer quiconque se tiendrait près du bureau. Daimon se leva également et se percha sur un coin du meuble.

Le guerrier implacable et le mâle indolent. Sahtan s'imagina qu'ils avaient déjà joué ces rôles, et se dit qu'ils les jouaient bien. La colère de Lucivar étant épidermique, c'est lui qui attirerait toute l'attention, mais le coup mortel viendrait de Daimon.

Le seigneur de guerre entra, pâle, nerveux, en sueur. En découvrant Lucivar et Daimon, il blêmit davantage.

Sahtan contourna son bureau.

— Vous avez une lettre pour moi ? s'enquit-il.

— Oui, monsieur, répondit le nouvel arrivant, la gorge nouée.

Il lui tendit l'enveloppe. Un peu d'encre avait bavé sous ses doigts.

Sahtan l'explora mentalement. Rien. Pas la moindre trace d'un sort, ni de poison. Il la prit et observa le seigneur de guerre.

— Je l'ai trouvée dans la chambre d'amis ce matin, déclara vivement son interlocuteur. J'ignorais qu'elle était là.

Sahtan scruta l'enveloppe. Seul son nom y était inscrit.

— Ainsi, vous l'avez découverte ce matin. C'est important ?

— J'espère que non. Enfin, je veux dire… (L'homme prit une profonde inspiration pour se ressaisir.) Le seigneur Magstrom, reprit-il, est… enfin était le grand-père de ma femme. Il est venu nous rendre visite, à l'automne dernier, juste avant… enfin, avant. Quelque problème semblait le perturber, mais nous n'y avons guère prêté attention. Ma femme… nous venions de découvrir qu'elle était enceinte. Elle avait fait une fausse couche, l'année précédente, et nous avions peur que cela se reproduise. La guérisseuse dit qu'elle doit faire très attention.

Pourquoi cet homme semblait-il si implorant ?

— Votre épouse va bien ?

— Oui, merci, mais elle a dû faire attention. Le grand-père Magstrom n'a pas parlé de la lettre. Du moins, je n'ai pas le souvenir qu'il y ait fait mention. Ensuite, il a… il a été tué. (Ses mains tremblaient.) J'espère que ce n'était pas urgent. Dès que je l'ai trouvée, j'ai su que je devais venir sans tarder. J'espère que ce n'était pas urgent.

— Je suis sûr que non, répondit doucement Sahtan. Ce sont sans doute les informations que le seigneur Magstrom avait l'habitude de m'adresser après chaque foire aux services, une confirmation plus qu'autre chose.

L'inconnu fut visiblement soulagé.

Sahtan regarda le Joyau jaune du seigneur de guerre :

— Puis-je vous proposer une diligence pour rentrer chez vous ?

— Oh, je ne voudrais pas vous déranger !

— Cela ne m'ennuie nullement et, avec un cocher capable de chevaucher les Vents sombres, vous serez rentré à temps pour souper avec votre dame.

Le seigneur de guerre hésita un long moment.

— Merci… Je n'aime pas être séparé d'elle trop longtemps, admit-il, penaud. J'ai tendance à la choyer.

Sahtan sourit.

— Vous allez être père, vous êtes en droit de la choyer.

Il le raccompagna hors de la pièce et donna des ordres à Bhil, pour la diligence. Puis il rejoignit Daimon et Lucivar. À l'aide du coupe-papier posé sur son bureau, il ouvrit délicatement l'enveloppe. Il fit venir ses lunettes à verres en demi-lune et se mit à lire la lettre.

— Vous avez eu des rapports de Magstrom sur la foire aux services ? s'enquit Lucivar en acceptant le verre de cognac que lui tendait Daimon.

— Non.

Plus il lisait, moins il appréciait ce courrier. En le relisant, il écoutait à peine la conversation de Daimon et Lucivar, jusqu'à ce que Daimon attire son attention par ses propos :

— Que dites-vous ?

— Je dis que le seigneur Magstrom a indiqué qu'il allait envoyer des lettres aux reines vivant en dehors de Petite Terreille, répéta Daimon en faisant tournoyer le cognac dans son verre. Mais quand Jorval a pris en charge mon immigration, on m'a dit que les reines qui se trouvaient en dehors de Petite Terreille refusaient de s'attacher un prince de guerre orné au Noir.

Lucivar se mit à grommeler.

— Jorval s'est sans doute arrangé pour que les lettres ne soient pas envoyées. Feu d'Enfer, Daimon, vous avez rencontré les autres reines de Territoires ! Elles forment le cénacle. Si une lettre était arrivée à l'une d'entre elles, elle aurait délégué son Intendant à la foire aux services pour signer un contrat le plus vite possible.

— Lisez ceci, dit Sahtan en lui tendant le document.

— Je ne comprends pas, s'étonna Daimon quand il eut parcouru la moitié de la missive. Les listes ne sont-elles pas censées mentionner tous les immigrés présents à la foire ?

— Oui, en effet, rétorqua sombrement Lucivar en lisant par-dessus l'épaule de son frère. Et votre nom n'apparaissait sur aucune d'elles. (Il regarda Sahtan.) Je l'avais signalé, à l'époque.

— C'est vrai, répondit Sahtan. Mais comme Daimon s'est bien retrouvé à la Cour Sombre, je n'ai pas pris garde à l'importance de cette remarque.

Daimon rendit la lettre à Sahtan.

— Il devait y avoir une liste quelque part. Sinon, comment les reines de Petite Terreille auraient-elles su que j'étais disponible ?

— De quelles reines s'agissait-il ? demanda posément Sahtan.

— Il y en avait quatre en Petite Terreille, qui étaient disposées à me prendre, déclara Daimon. Jorval a insisté sur le fait qu'elles étaient les seules.

— Donc si vous n'aviez pas croisé Lucivar par hasard…

Daimon se figea.

— J'aurais signé un contrat avec l'une d'entre elles.

En jurant dans sa barbe, Lucivar se mit à faire les cent pas.

Sahtan se contenta de hocher la tête.

— Vous auriez signé un contrat avec l'une des reines choisies par Jorval, et vous vous seriez retrouvé perdu au fond de Petite Terreille, sans que personne soit conscient de votre présence.

— Quel intérêt ? demanda Daimon.

— En Petite Terreille, on utilise l'Anneau d'obéissance sur les mâles immigrés, lança Lucivar. C'est là le problème. Tout aurait recommencé comme en Terreille.

— Pas nécessairement, répondit Sahtan, toujours calmement. Si Daimon avait été bien traité, ce qui, j'en suis certain, faisait partie de l'accord, il n'aurait pas eu de raison de ne pas utiliser la force de ses Joyaux contre un ennemi menaçant la reine qu'il servait. Et, après la première libération de force noire, il n'y aurait pas eu moyen de revenir en arrière. Le trait aurait été tiré.

Daimon le dévisagea longuement.

— En quoi est-ce important ? demanda Lucivar en les regardant tous deux, mal à l'aise. Daimon est avec nous.

— Oui, dit doucement Sahtan. Il est là. Mais où sont les autres hommes dont le nom a disparu de ces listes ?

8. Kaelir

L'araigne dorée examina les deux toiles emmêlées de songes et de visions.

D'autres morts. De nombreuses morts.

Il était temps.

Souviens-toi de cette toile. Souviens-toi de chaque fil, de chaque trame.

Durant toute la saison froide, elle avait été détournée de ses propres songes, poussée à étudier la toile qui avait façonné ce mythe vivant, la Reine qui était Sorcière. Et elle avait compris que cela ne suffirait pas, car le fait qu'il vive à l'intérieur de la chair avait modifié ce songe. Il était plus que cela, désormais. Et, étrangement, elle avait besoin d'ajouter ce plus à la toile. Sinon, le cœur de Kaelir partirait pour trop de saisons, et ne serait plus tout à fait le même lorsque le songe reviendrait.

Elle poursuivit son examen des toiles.

Ladvarienne, le chien marron, était la clé. Il pourrait lui apporter le « plus » dont elle avait besoin.

Oui, il était temps.

Elle regagna la chambre, au sein des grottes sacrées, et se mit à tisser la toile de songes déjà rendus chair.

Chapitre 13

1. Kaelir

Le Premier Cercle de la Cour Sombre était réuni au Fort.

Du moins les humains du Premier Cercle étaient réunis, songea Sahtan en écoutant le morne compte-rendu de Khardine à propos des agressions survenues sur Scelt, au cours des trois dernières semaines. Il y avait eu des attaques partout, pendant ce laps de temps. C'était peut-être pourquoi les membres de la parentèle n'avaient pas répondu à l'appel de Jaenelle qui les sommait de venir au Fort. Les reines et princes de guerre de la parentèle n'osaient peut-être pas soustraire leur force de leurs propres terres. Ou bien c'était peut-être le début d'une querelle entre humains et membres de la parentèle. Il était possible que ces derniers soient en train de fuir ce qu'ils considéraient comme un conflit humain pour sauver leur peau.

Mais Sahtan avait pensé que Ladvarienne, au moins, serait venu, afin de pouvoir expliquer les choses aux humains. Feu d'Enfer, la parentèle avait déjà été attaquée !

Or Ladvarienne n'était pas là, ce qui était alarmant.

Il avait deux autres raisons de s'inquiéter : les lueurs de chagrin et de résignation qu'il percevait chez Andulvar, Prothvar et Méphis, qui s'étaient tous battus et étaient morts au cours de la dernière guerre opposant Terreille et Kaelir. Il y avait aussi le fait que Jaenelle était assise depuis deux heures avec un regard si vide qu'il commençait à se demander si elle n'avait pas créé une simple ombre pour occuper sa place à table.

— Se défendre contre ces attaques ne va pas sauver nos terres ni nos peuples, déclara Aaron. Des armées terreilliennes se forment contre nous. Si l'ennemi qui se trouve déjà en Kaelir prend le contrôle d'une Porte et parvient à la maintenir ouverte pour ces armées… Il faut agir tout de suite.

— Oui, il faut faire quelque chose, répondit Jaenelle d'une voix creuse. Nous devons battre en retraite.

Une vague de protestations s'éleva de toutes parts.

— Nous devons battre en retraite, répéta Jaenelle. Et vous enverrez toutes les reines et tous les princes de guerre de vos Territoires au Fort.

Un silence ahuri accueillit ces propos.

— Mais, Jaenelle…, avança Morghann au bout d'un instant. Les princes de guerre doivent mener le combat. Et demander à des reines de quitter leurs terres pendant que leur peuple subit une attaque…

— Cela ne sera pas nécessaire si le peuple se retire aussi.

— Jusqu'où sommes-nous censés nous replier ? s'enquit Gabrielle.

— Aussi loin que nécessaire.

Aaron secoua la tête.

— Nous devons réunir nos guerriers en armées pour lutter contre les Terreilliens et…

— Kaelir ne partira pas en guerre contre Terreille, affirma Jaenelle de sa voix ténébreuse.

Chaosti se leva d'un bond.

— Nous sommes déjà en guerre !

— Non.

— Alors nous sommes en guerre avec Petite Terreille, car c'est là-bas que les assaillants se sont cachés, grommela Lucivar. C'est pareil.

Le regard de Jaenelle se glaça.

— Nous ne sommes en guerre avec personne, dit-elle.

— Chaton, vous ne pensez pas…

— N'oubliez pas à qui vous parlez.

Lucivar la regarda dans les yeux et pâlit.

— Mes excuses, ma Dame, dit-il à contrecœur.

— Si vous avez le temps de battre en retraite avant l'attaque, faites-le, ordonna Jaenelle en se levant. Sinon, luttez au minimum. Défendez-vous le temps qu'il faudra pour pouvoir fuir, mais n'attaquez pas. Et faites venir les reines et les princes de guerre au Fort. Je n'accorderai aucune dispense et n'accepterai aucun prétexte.

Après le départ de Jaenelle, un long silence s'installa.

— Elle n'a pas les idées claires, dit Kalush de mauvaise grâce.

— Elle a un comportement étrange, depuis la première attaque, rétorqua Gabrielle, avant de poser sur Karla un regard désolé.

— Ce n'est rien, déclara Karla au prix d'un effort visible. Elle a effectivement eu une conduite bizarre. Je me suis demandé si le fait de me soigner l'avait affectée.

— Ce qui la touche, c'est l'aversion qu'elle éprouve pour les tueries, grommela Lucivar. En général, elle est assez clairvoyante pour voir l'évidence. Nous sommes en guerre. Tourner autour du pot n'y changera rien.

— Vous défieriez votre Reine ? demanda Daimon d'une voix presque traînante.

La tension soudaine et intense qui émanait de Lucivar les étonna tous.

Que se passe-t-il entre eux ? se demanda Sahtan en voyant Lucivar et Daimon se toiser fixement. En voyant l'air endormi de Daimon, il sentit son dos se figer dans la glace.

— Je ne crois pas que la Dame comprenne les répercussions qu'aura son ordre, déclara prudemment Lucivar.

— Oh, ronronna Daimon, je crois qu'elle les saisit très bien ! Vous n'êtes pas d'accord avec elle, voilà tout. Ce n'est pas une raison suffisante pour lui désobéir.

— Compte tenu de ce que vous avez fait dans d'autres cours, vous n'êtes pas un modèle d'obéissance, répliqua Lucivar avec véhémence.

— Là n'est pas la question. Nous parlons de vous et de cette cour. Je vous dis, Yaslana, que vous ne la contrarierez pas en la défiant ni en lui désobéissant. Sinon…

Daimon se contenta d'un sourire.

Lucivar frémit.

Quand Daimon fut sorti de la pièce en flottant, Sahtan demanda :

— Il bluffe ? (Voyant que Lucivar gardait les yeux rivés sur la table, il fut soudain mal à l'aise.) Lucivar ?

— Le Sadique ne bluffe pas, dit brusquement Lucivar. Il n'en a pas besoin.

Sur ces mots, il quitta les lieux.

— On dirait qu'il n'y a plus rien à dire, déclara Sahtan en se levant.

D'un regard, il incita Andulvar, Prothvar et Méphis à en faire autant.

Les laissant le précéder, il allait fermer la porte quand il entendit Aaron demander :

— Que savons-nous vraiment de Daimon Sadi ?

Il ferma la porte en silence. Quand il se tourna vers ses compagnons, il lut la même interrogation dans les yeux d'Andulvar. Et il n'était plus certain de connaître la réponse.

2. Kaelir

— Que savons-nous vraiment de Daimon Sadi ? demanda Aaron.

Karla laissa le brouhaha des conversations se brouiller dans son esprit et sombra plus profondément dans ses propres pensées.

Que savaient-ils vraiment de Daimon Sadi ?

Que c'était un prince de guerre orné au Noir, une Veuve Noire naturelle, un homme extrêmement dangereux et très beau.

Il était le miroir du Sire d'Enfer, mais pas son parfait reflet.

C'était un homme qui, durant la majeure partie de sa vie, avait été enchaîné d'une façon ou d'une autre à Dorothéa SaDiablo, l'ennemie de Kaelir.

C'était un homme qui comprenait les femmes. Incapable de supporter la pitié qu'elle lisait dans les yeux des domestiques quand ils l'avaient aidée à prendre son bain, quelques jours après les soins que lui avait prodigués Jaenelle, Karla avait affirmé ne pas avoir besoin d'aide. Grâce à l'Art, elle avait pu se dévêtir et entrer dans la baignoire, mais elle ne pouvait se laver convenablement, surtout parce que le poison lui avait fait perdre la peau à une vitesse incroyable. Un soir, Daimon s'était présenté pour l'assister. Elle l'avait repoussé, lui avait ordonné de partir. Il lui avait répondu d'une voix si agréable qu'elle avait mis quelques secondes à comprendre des paroles d'une créativité si obscène qu'elle s'était retrouvée dans la baignoire, se faisant laver doucement, mais entièrement, avant de pouvoir réfléchir de nouveau. Il ne l'avait pas touchée de façon impersonnelle, ni de manière lubrique, mais quand il avait commencé à lui masser le cuir chevelu, elle baignait dans un plaisir sensuel encore inconnu.

Elle comprenait pourquoi les autres étaient inquiets. Une femme pouvait aisément s'accoutumer à ce contact, et elle ferait n'importe quoi pour éviter d'en être privée. Et Jaenelle se comportait vraiment de façon bizarre depuis la première attaque. Mais elle ne pensait pas que ses agissements aient quelque chose à voir avec Daimon.

Elle savait autre chose, à propos de Daimon Sadi, un détail qui se trouvait dans la toile emmêlée, et qui l'avait avertie de sa propre mort : il était l'ami qui deviendrait un ennemi pour demeurer un ami.

3. Kaelir

— Qu'y a-t-il, chez Daimon, qui terrorise à ce point Lucivar ? demanda Andulvar dès que les quatre hommes entrèrent dans un petit salon du Fort.

— Je ne sais pas, répondit Sahtan.

Il évita leurs regards en réchauffant un verre de yarbarah à l'aide d'une langue de feu sorcier.

Il ne savait pas. Lucivar avait toujours évité de parler de sa brouille avec Daimon, lorsqu'ils étaient arrivés ensemble dans les cours terreilliennes. Lucivar avait dit un jour que, s'il avait le choix entre affronter le Sadique et le Sire d'Enfer, il choisirait le Sire d'Enfer, car il aurait au moins une chance de l'emporter.

Que représentait donc le sourire de Daimon pour secouer Lucivar à ce point ? Qu'avait donc le Sadique qui fasse reculer un homme aussi agressif que Lucivar ? Et que pouvait signifier la présence de Daimon au Fort pour les autres ?

— Sire d'Enfer !

Prothvar écarta vivement la main de Sahtan de la langue de feu sorcier juste avant que le yarbarah se mette à bouillir.

Sahtan posa le verre. Le yarbarah ne serait pas buvable.

— SaDiablo, dit doucement Andulvar, devrions-nous surveiller nos arrières ?

Il ne lui vint pas à l'esprit de répondre par un mensonge rassurant.

— Je ne sais pas, répliqua-il.

4. Kaelir

Ladvarienne trottina d'un air morose vers Halavet, répondant à un appel doux mais insistant. De temps à autre, il grognait pour évacuer sa frustration et sa colère grandissantes.

Comment un Manoir aussi vaste pouvait-il ne pas disposer de ce dont il avait besoin ? Certes, il ne manquait pas d'éléments qui convenaient *presque*, mais rien qui aille parfaitement. D'où sa frustration. La colère…

La parentèle avait attendu si longtemps la venue de ce mythe vivant ! de ce mythe spécifique ! Et à présent, il allait être gâché par les humains.

Non. Il ne serait pas gâché. Les membres de la parentèle battaient le rappel. Dès que la Tisseuse de songes leur donnerait ses instructions, ils agiraient.

Quand ils atteignirent le cottage propret d'Halavet, il gagna la porte du fond et émit un aboiement poli.

Tersa ouvrit une fenêtre de l'étage.

— Entre donc, petit Frère !

Faisant appel à l'Art, il flotta vers la croisée. La plupart des membres de la parentèle surnommaient Tersa « la Bizarre ». Ils ne cherchaient en rien à lui manquer de respect, car ils reconnaissaient en elle une Veuve Noire sillonnant des chemins que la plupart des membres du Lignage ne verraient jamais. Mais elle était spéciale. Elle avait cela en commun avec la Dame.

Cette certitude n'empêcha pas Ladvarienne de se hérisser dès qu'il entra dans la pièce.

Un lit bas et étroit, *exactement* ce qu'il avait cherché au Manoir.

Ouvrant ses sens internes et externes, il s'en approcha avec précaution. Il ne décelait aucune odeur. Il aurait pourtant dû y avoir des exhalaisons humaines, ainsi qu'une trace psychique résiduelle des hommes qui avaient fait ce lit, sur ce matelas, ces draps.

— Tout a été nettoyé, déclara posément Tersa. Il n'y a aucune trace psychique qui puisse venir troubler le tissage de songes.

— *Le tissage de songes ?* demanda Ladvarienne, méfiant.

— Cette malle permet de ranger des affaires et peut aussi servir de table de chevet. N'oublie pas d'emporter des vêtements pour temps chaud, ainsi que des tenues de printemps. Ses vêtements favoris, fortement imprégnés de son odeur, même s'ils ont été lavés.

Ladvarienne recula.

— *Pourquoi emporterais-je des vêtements?*

Tersa sourit.

— Parce que Sorcière n'a pas de fourrure, répondit-elle gentiment. (Elle regarda au loin, en elle-même ; ses yeux se firent vagues.) Il est bientôt temps de régler les comptes. Les survivants serviront, mais peu s'en remettront. Les hurlements… pleins de joie et de douleur, de rage et de célébration. Elle arrive. (Ses yeux se concentrèrent de nouveau sur lui.) Et la parentèle va ancrer le songe sur la chair.

— *Oui, ma dame*, répondit Ladvarienne avec respect.

Tersa prit le récipient bleu cobalt sur une commode. Grâce à l'Art, elle positionna l'objet dans les airs.

— La prochaine fois que tu verras la Tisseuse de songes, dis-lui que c'est ainsi qu'elle obtiendra le « plus » dont elle a besoin.

Ladvarienne ne cessait de se dandiner avec nervosité. La reine araigne n'avait pas cité Tersa. Comment Tersa en savait-elle autant que la reine araigne?

Tersa trempa un doigt dans le récipient. Lorsqu'elle releva la main, une goutte d'eau colla à son doigt. Au lieu de tomber, elle se mit à gonfler, comme une petite bulle de verre soufflé, une perle d'eau. À l'aide de son pouce, Tersa piqua un doigt de son autre main. Une goutte de sang perla.

— Et le Lignage chantera à l'intention du Lignage.

Ladvarienne sentit le pouvoir pénétrer cette goutte de sang.

— Que le sang soit le fleuve de la mémoire.

Tournant la main, elle poussa la goutte de sang sur la goutte d'eau. Le sang coula dans la bulle d'eau jusqu'à y entrer complètement.

Après avoir installé un bouclier tout autour, Tersa glissa la bulle d'eau dans un petit coffret rembourré et le tendit vers Ladvarienne.

— Regarde.

Il ouvrit son esprit et explora mentalement les lieux, un peu hésitant.

Des images, des souvenirs défilèrent devant lui. Les souvenirs d'une jeune fille menant une femme épuisée hors du Royaume Perverti. Des souvenirs de Jaenelle plus âgée, promettant de trouver Daimon, des souvenirs de conversations, de rires, de joie dans le monde. Les souvenirs de Tersa.

— Tu le diras à la Tisseuse? demanda Tersa.

Ladvarienne fit disparaître le coffret.

— *Je le lui dirai.*

— Encore une chose, petit Frère. Ne refuse pas le cadeau de Lorn. La Tisseuse en aura aussi besoin.

5. Kaelir

Laissant la porte ouverte, Daimon entra dans l'atelier de Jaenelle. Elle y passait des heures chaque jour depuis qu'elle avait amené Karla au Fort pour poursuivre le soin, mais il ne pensait pas que sa distraction ou la frénésie contrôlée de ses activités ait quelque chose à voir avec Karla. En fait, il était certain d'être le seul à avoir pu entrevoir cette agitation. Un tourment la rongeait et, après la petite scène de la salle de réunion, il était déterminé à trouver de quoi il s'agissait.

— Jaenelle, il faut que nous parlions.

Elle leva les yeux des piles de livres qui jonchaient la table.

— Je n'ai pas le temps de discuter maintenant, Daimon, répondit-elle avec dédain.

D'une pensée fulgurante, il ferma la porte avec une telle violence que tous les objets de la pièce sautèrent. Jaenelle sursauta.

— Prenez le temps de le faire, dit-il trop doucement.

Quand elle voulut protester, il l'interrompit :

— Je ferais n'importe quoi pour vous. N'importe quoi. Mais, avant de m'opposer à tout le reste du Premier Cercle, je veux savoir pourquoi je m'engage dans cette voie.

— Kaelir ne peut partir en guerre contre Terreille, affirma-t-elle d'une voix tremblante.

— Pourquoi ?

Des larmes brûlantes de colère lui montèrent aux yeux.

— Parce que si nous partons en guerre, dit-elle, toutes les personnes qui se trouvaient dans cette pièce mourront.

— Vous n'en savez rien, rétorqua-t-il.

— Si, je le sais, dit-elle en laissant couler des larmes qui serrèrent le cœur de Daimon.

Il était impressionné. C'était une Veuve Noire très forte, très douée. Si elle avait vu leur mort dans la toile emmêlée de songes et de visions, il n'y avait pas le moindre doute à avoir. Voilà qui expliquait ses réticences…

Il prit une profonde inspiration pour se ressaisir.

—Ma chère… parfois, tuer est inévitable. Parfois, il n'y a pas d'autre voie pour sauver le bien.

—Je sais, répondit-elle en frappant la table à l'aide d'un livre. Cela fait trois semaines que je cherche une solution. Non, plus longtemps que cela, encore, mais le temps manque. Je le sens.

—Jaenelle, dit-il avec précaution. Vous avez la force…

Elle lui adressa un regard presque haineux, mais il poursuivit :

—Une partie de votre force éliminerait toute une armée terreillienne.

—Et pendant que je l'éloignerais, six autres seraient en train d'anéantir le Lignage de Kaelir dans d'autres Territoires. Même si je les détruis une par une, cela ne fera aucune différence.

—Vous ne seriez pas seule à vous battre, déclara Daimon en s'appuyant sur la table pour se pencher vers elle. Feu d'Enfer, regardez donc la puissance des mâles de ce royaume ! Regardez les Joyaux. Les Noirs. Les Gris ébène. Les Gris. Nous possédons la force dominante.

—Kaelir détenait la force dominante lors de la dernière guerre, également, répondit tranquillement Jaenelle. Et Kaelir a gagné. De peu, mais Kaelir a gagné. Cependant, tous les mâles ont péri. Et cela n'a fait aucune différence. La souillure qui nourrissait cette guerre est encore dans le Lignage, et est encore plus forte qu'autrefois.

—On peut détruire Dorothéa et Hékatah.

Jaenelle fit le tour de la table pour arpenter la pièce.

—Cela ne servirait à rien, au point où nous en sommes, dit-elle. Même si elles étaient anéanties, même si Kaelir remportait la guerre, le Règne d'Ombre ne gagnerait pas. La souillure s'est trop répandue. Terreille continuera à envoyer des armées. Encore et encore. Et les combats se poursuivront, en Terreille et en Kaelir, jusqu'à ce que le Lignage ne sache plus qui il est, ou qu'il est supposé être le gardien des royaumes.

—Nous sommes en guerre, Jaenelle, déclara sombrement Daimon. Peu importe qu'elle ait été officiellement déclarée ou non. Nous sommes en guerre.

—Non.

—Vous avez la force de faire pencher la balance. Si vous libérez…

—Je ne peux pas.

—Si, vous le pouvez.

— Je ne peux pas.

— POURQUOI PAS ?

Elle se tourna vivement vers lui.

— PARCE QUE JE SUIS TROP FORTE, BON SANG ! Si je libère ma force, elle détruira le Lignage. Tout le Lignage. En Terreille. En Kaelir. En Enfer.

Daimon sentit que ses jambes étaient sur le point de se dérober. Faiblement, il repoussa quelques livres afin de s'asseoir sur la table. *Vous aviez dit qu'elle était six fois plus forte que nos forces combinées. Oh, père, comme vous vous trompiez. Six fois ? Six cents fois, oui ! Six mille fois !*

Assez pour balayer le Lignage.

Les bras enroulés autour d'elle-même, Jaenelle faisait les cent pas.

— Le Fort est le Sanctuaire. Il ne serait pas touché. Mais que pourrait-il contenir ? Quelques milliers d'êtres, tout au plus ? Qui les sélectionnerait, Daimon ? Et si de mauvais choix étaient faits, et si la souillure persistait, cachée, parce que quelqu'un est certain d'avoir raison ?

Elle faisait allusion à Alexandra. Quelqu'un aurait-il considéré Alexandra comme souillée ? Elle s'était trompée, certes, mais, à moins d'être manifestement perverties, les reines feraient parties des élus. Et Vania ? Elle n'était pas souillée comme l'entendait Jaenelle, mais c'était le genre de femme capable de rendre amers les mâles qui l'entouraient et de ruiner un pays. Tout à fait le genre de personnage dont aimait à s'entourer Dorothéa.

— Le Lignage, c'est le Lignage, poursuivit Jaenelle. Bipèdes, quadrupèdes, peu importe. Le Lignage, c'est le Lignage. Le don de l'Art provenait d'unc sourcc qui nous lic tous.

Donc même la parentèle ne serait pas épargnée. Pas étonnant qu'elle soit tiraillée.

— Kaelir gagnera ? demanda Daimon.

Une longue minute s'écoula, puis Jaenelle répondit :

— Oui. Mais toutes les reines et tous les princes de guerre seront le prix de la victoire.

Daimon songea aux honnêtes gens qu'il avait rencontrés depuis son arrivée en Kaelir. Il pensa à la parentèle. Il pensa aux enfants. Et surtout, il pensa à Daimonar, le fils de Lucivar. Si, pour une raison quelconque, on ne détruisait pas Dorothéa et Hékatah, et si elles mettaient les mains sur Daimonar…

— Allez-y, dit-il. Faites-le, libérez votre force. Détruisez le Lignage.

Jaenelle en demeura bouche bée. Elle le regarda fixement.

— Allez-y, répéta-t-il. Si c'est le seul moyen de se débarrasser de la souillure que Dorothéa et Hékatah ont répandue dans le Lignage, par la Ténèbre, Jaenelle, ayez pitié de ceux que vous aimez et faites-le !

Elle se remit à arpenter la pièce.

— Il doit exister un moyen de faire le tri dans le Lignage. Il doit en exister un.

Un souvenir le harcelait, mais il ne parvenait pas à mettre le doigt dessus tandis que le mouvement frénétique de Jaenelle semblait tout mettre en branle.

— Ne bougez pas ! ordonna-t-il.

Elle s'arrêta brutalement.

Il leva une main pour lui imposer le silence. Le souvenir le tarauda encore, puis il revint.

— Je crois entrevoir une solution, dit-il.

Elle écarquilla les yeux mais lui obéit et ne prononça mot.

— Voici quelques siècles, il y avait une Reine nommée la Dame Grise. Un village dans lequel elle séjournait était sur le point de subir une attaque de guerriers haylliens. Elle trouva un moyen de séparer les villageois des Haylliens pour que les villageois soient épargnés lorsqu'elle libérerait sa force.

— Comment a-t-elle fait ? demanda doucement Jaenelle.

— Je l'ignore. (Il hésita, et se demanda aussitôt pourquoi.) Un homme de ma connaissance était avec elle, à l'époque. Quelques années avant sa mort, il m'a adressé un message relatant par écrit son « aventure » et l'a laissé en lieu sûr. C'était une bonne Reine, la dernière à avoir tenu Dorothéa à distance. Il voulait qu'on se souvienne d'elle.

Jaenelle se rua sur lui et l'empoigna.

— Alors vous savez comment elle a fait !

— Non, je ne le sais pas. Je ne suis jamais allé chercher son courrier. J'ai décidé de le laisser là où il était, hors de portée de Dorothéa.

— Pensez-vous pouvoir le trouver ? demanda-t-elle, empressée.

— Cela ne devrait pas être très difficile, répondit Daimon en la prenant dans ses bras, pris d'un besoin soudain de la toucher. Il l'a confié au bibliothécaire du Fort.

— Je l'ai enlevé du Fort terreillien la première fois que vous êtes venu en Ébènaskavi avec Jaenelle, dit Geoffrey en tendant un paquet ficelé avec soin à Daimon. À l'époque, je me suis demandé pourquoi vous ne me le demandiez pas. Qu'est-ce qui vous y a fait penser ?

Cette question apparemment candide n'avait rien d'innocent.

En regardant droit dans les yeux noirs de Geoffrey, Daimon sourit.

— Je viens de m'en souvenir.

Il n'ouvrit pas le paquet. Il se contenta de l'explorer mentalement pour s'assurer qu'aucun sort caché à l'intérieur ne puisse être déclenché si quelqu'un d'autre que lui le manipulait. Puis il le tendit à Jaenelle et passa plusieurs heures à refuser l'accès à la Reine à tous les membres du Premier Cercle. Cela provoqua des rancœurs, mais ce ne fut pas trop difficile. Seuls l'Intendant, le maître de la Garde et le consort avaient le droit d'accéder librement aux appartements de la Reine. Lucivar l'avait regardé furtivement et s'était retiré. Retenir Sahtan et Andulvar s'était révélé plus compliqué, et il sentait qu'il ne leur faudrait pas beaucoup plus de confrontations polies avec lui pour que leur confiance en lui s'émiette. À en juger par le comportement de Jaenelle, ces derniers temps, il comprenait leurs inquiétudes. Cela ne pouvait que les faire souffrir.

Quand il revint enfin vers elle, elle était assise dans son salon, les bras enroulés autour d'elle-même, regardant dans le vague, par la fenêtre.

— Cela ne vous a pas aidée ? demanda-t-il doucement en posant une main sur son épaule.

— En fait, si. J'ai trouvé la réponse. Je ne peux pas faire la même chose que cette Reine, mais je peux m'en servir comme base.

Elle se tourna pour l'embrasser avec un désespoir qui l'effraya, mais il lui donna ce dont elle avait besoin. Des heures durant, il lui donna ce dont elle avait besoin.

Quand elle fut enfin repue, blottie dans ses bras, elle déclara :

— Je t'aime.

Et elle s'endormit.

Bien qu'épuisé physiquement et affectivement, Daimon veilla un long moment, se demandant pourquoi ce « je t'aime » lui évoquait tant un « au revoir ».

6. Kaelir

— La Dame a changé d'avis, dit Sahtan d'un ton formel aux Reines de Territoires qui formaient le cénacle. Vous et les mâles du Premier Cercle devez demeurer au Fort, mais les Reines de vos propres territoires peuvent demeurer où elles sont.

— Pourquoi faut-il que nous restions ? demanda Chaosti. Notre peuple se meurt. Nous devrions être à la maison, et préparer le combat.

— Pourquoi a-t-elle changé d'avis ? s'enquit Morghann. Qu'a-t-elle dit quand vous le lui avez demandé ?

Sahtan hésita.

— Le consort a transmis les instructions.

Il perçut leur colère et leurs soupçons grandissants au sujet de Daimon. Pire encore, il ressentait la même chose qu'eux.

— La Reine commande, dit-il, sachant que cela semblait déplacé, alors qu'ils recevaient des nouvelles relatant des combats sur leurs terres.

— D'accord, Sire d'Enfer, concéda froidement Aaron. La Reine commande. Mais, de toute évidence, nul n'a informé la parentèle de ce fait. Aucun de ceux qui étaient membres du Premier Cercle ne doit rester au Fort.

À mesure qu'ils comprenaient la situation, ils échangèrent des regards. Mais ce fut Karla qui prit enfin la parole :

— Où est la parentèle ?

Sahtan regardait les gouttes de pluie couler le long des vitres.

Quand Jaenelle avait donné l'ordre à toutes les Reines de venir au Fort, il n'avait pas protesté, pour une seule raison : Sylvia. Il voulait la voir au Fort, où elle serait en sécurité.

Mais à présent que Jaenelle avait changé d'avis, ou que quelqu'un avait pris cette décision pour elle, il donnerait ses propres ordres, en tant que prince de guerre de Dhemlan et convoquerait toutes les Reines de Dhemlan dans sa propre demeure. C'était risqué. Le Manoir ne possédait pas les mêmes défenses que le Fort. Aucun lieu ne disposait des mêmes défenses que le Fort. Cependant, il était conçu pour résister aux attaques, et ses défenses étaient plus efficaces que celles de tout autre refuge dans lequel les Reines seraient amenées à se retirer, si les combats s'intensifiaient. Et il était assez vaste pour qu'elles amènent leurs familles et leurs enfants.

Il voulait qu'elle soit en sécurité. Et ses garçons aussi : Mikal et Béron.

Impertinente, butée, adorable Sylvia. Ô Nuit, comme il l'aimait !

Même après avoir compris que la puissance du remède que lui avait octroyé Jaenelle, après qu'elle eut fait l'Offrande à la Ténèbre, avait fait resurgir son appétit pour les hommes, et sa capacité à être rassasié, il aurait pu résister à la tentation de devenir l'amant de Sylvia. Il aurait pu trouver la force de rester un simple ami s'il n'avait pas senti en elle la souffrance que lui avait infligée son dernier consort. Elle avait tourné le dos au plaisir sexuel et n'avait plus été assez attirée par un homme pour en refaire l'expérience, jusqu'à ce qu'elle devienne son amie…

Ils n'étaient pas officiellement amants. Sahtan insistait pour qu'ils donnent en public l'impression de n'être qu'amis. Oh, il avait ses raisons, qui étaient très logiques, très réfléchies ! Il savait que Luthevienne serait furieuse s'il était ouvertement l'amant d'une autre femme, et il ne voulait pas qu'elle défoule sa colère sur le reste de la famille. Ni sur Sylvia. Et il refusait que les gens la fuient parce qu'elle avait choisi un Gardien pour amant.

D'abord, elle avait joué le jeu, surtout parce qu'elle redécouvrait les plaisirs du lit, et qu'elle était capable d'accepter qu'il soit un amant dans la chambre et un ami en dehors. Mais, pendant l'année qui venait de s'écouler, ce secret l'avait rendue de plus en plus malheureuse. Elle en était venue à vouloir révéler publiquement leur relation.

Il pensait qu'elle le quitterait. Au lieu de cela, durant les célébrations de Solhiv, quelques mois plus tôt, elle lui avait demandé de l'épouser. Que la Ténèbre lui vienne en aide, il avait eu envie d'accepter ! Il avait eu envie de partager son lit, de partager sa vie.

Mais il avait refusé. Non pas à cause de Luthevienne ou parce qu'il était Gardien, mais à cause d'un vague malaise qui l'avait envahi, l'incitant à se méfier, à patienter. Il avait souri en l'invitant à lui reposer la question au prochain Solhiv.

Il comprenait pourquoi, pendant plusieurs semaines ensuite, elle ne l'avait plus invité dans son lit, pourquoi elle était toujours occupée quand il venait chez elle pour passer un moment avec les garçons.

L'amie lui manquait bien plus que la maîtresse, mais ces heures passées au lit aussi…

Ensuite, quelques jours avant l'attaque sur Glacia, ils s'étaient rendus à Amdarh pour passer quelques jours ensemble, loin de tous, et tenter de reconstruire leur relation. Ils avaient fait l'amour, mais il avait su, dès qu'il l'avait touchée, que, même si elle avait envie de lui, elle s'efforçait de garder ses distances, sur le plan affectif. Elle tentait de se protéger pour ne plus souffrir. Même quand elle avait atteint l'extase, il l'avait perçu.

À présent, en regardant la pluie tomber, il regrettait presque de ne pas avoir accepté de l'épouser, ce soir de Solhiv, il regrettait presque de ne pas lui avoir demandé de se tenir avec lui devant la prêtresse, quand ils étaient arrivés à Amdarh. Et il aurait voulu faire l'amour avec elle une fois de plus pour effacer la tristesse qui régnait dans son lit.

Depuis des jours, une certitude montait en lui : il n'aurait plus d'autre chance.

Il aurait dû lui avouer certaines choses, ce soir-là, à Amdarh. Il ne lui avait jamais vraiment dit combien elle comptait, combien il l'aimait. Il aurait dû le lui dire. Désormais, il ne pouvait plus lui offrir que des mots. C'était déjà cela.

Se détournant de la fenêtre, il s'assit au bureau et se mit à écrire.

Chapitre 14

1. Kaelir

— J'ai besoin d'un service, dit Jaenelle en se dirigeant, un peu raide, vers son établi pour prendre deux fioles en verre.

— Il suffit de demander, répondit Titienne.

Elle a libéré beaucoup de pouvoir sans laisser à son corps le temps de se remettre. Qu'envisage-t-elle qui soit aussi exigeant ?

— Un service discret.

— Compris.

— J'ai besoin du sang de deux personnes souillées par Dorothéa ou Hékatah. Une de chaque, de préférence.

Titienne réfléchit un court instant.

— Le seigneur Jorval vit dans la capitale de Petite Terreille, n'est-ce pas ?

Jaenelle déglutit, la gorge nouée.

— Oui. Jorval est à Goth. Ainsi que Kartane SaDiablo, en ce moment.

— Ah…

En observant la jeune femme épuisée, Titienne se rappela l'enfant qu'avait été Jaenelle. Et elle se souvint d'autres choses, aussi.

— Cela pose-t-il un problème si aucun des deux ne voit le jour se lever, demain ?

Un froid glacial emplit les yeux saphir de Jaenelle.

— Non, répondit-elle.

— Dans ce cas, dit Titienne avec un sourire, avec votre permission, j'emmènerai Onirie. Le moment est venu de régler les comptes.

2. Kaelir

Dans l'immense salle du Sombre Trône, Ladvarienne tremblait en observant Lorn. Non qu'il ait peur de Lorn, du moins, pas habituellement. Mais Lorn était le prince des Dragons, l'espèce légendaire qui avait créé le Lignage. Lorn était très, très âgé, et très sage. Ladvarienne était plus petit que l'un des yeux ténébreux de Lorn. En cet instant, il se sentait minuscule.

Et il y avait Draca, la sénéchale du Fort, qui avait été la compagne de Lorn et la reine des Dragons, avant de sacrifier son véritable aspect pour transmettre l'Art à d'autres créatures.

Les sacrifices. Non, il refusait de penser aux sacrifices. Il n'y aurait pas de sacrifice. La parentèle ne le permettrait pas.

Mais être convoqué en ce lieu par Lorn et Draca alors que la reine araigne était sur le point d'achever cette trame de songes spéciale... cela lui faisait peur. Si les Dragons interdisaient à la parentèle d'entreprendre cela... la parentèle le ferait quand même, quel qu'en soit le prix.

— *Petit Frère*, le salua Lorn de sa voix grave, posée, grondante.

— *Prince Lorn*, répondit Ladvarienne qui tremblait suffisamment pour que chacun s'en rende compte.

— J'ai un présent pour vous, petit Frère. Remettez cecci à la tissseuse de ssonges.

Un coffret plat délicatement sculpté apparut dans les airs devant Ladvarienne. En l'ouvrant, il vit un pendentif au motif simple en or jaune et blanc, et une bague tout aussi sobre. Mais, quand il aperçut le Joyau ornant ces bijoux, il se hérissa et plaqua ses oreilles en arrière.

Il n'avait pas de couleur, mais n'était pas transparent. Agité, il scintillait, impatient d'effectuer sa transformation. Il l'agaçait, cherchant à établir un lien avec son esprit.

Il fit un pas en arrière. En levant les yeux vers Lorn, assez furieux et troublé pour lancer un défi qui aurait été aussi stupide que futile, il se rendit compte que les écailles de Lorn avaient le même chatoiement translucide. Tout à coup, il comprit. Il fit un autre pas en arrière et gémit.

—*N'ayez pas peur, petit Frère. Cc'est un cadeau. La tissseuse en aura besoin pour ssa trame.*

Rassemblant son courage, Ladvarienne s'approcha du coffret.

—*Je n'ai jamais vu un tel Joyau.*

—*Et vous n'en reverrez plus*, répondit doucement Lorn. *Il n'y en aura plus aucun de la ssorte.*

Toujours prudent, Ladvarienne déclara :

—*Il n'a pas de rang. Il ne sait pas ce qu'il est.*

—*Il ne ssait pas encore cce qu'il est*, admit Lorn. *Mais il a un nom : Aurore Nébuleuse.*

Dès que Ladvarienne se remit en route vers Arachna avec le coffret, Draca et Lorn échangèrent un regard.

—Vous prenez des rissques en lui remettant un tel Joyau, déclara Draca.

—*Il y a des raisons de prendre des rissques*, répondit Lorn. *Sorssière a pressque terminé ssa trame ?*

—Oui.

Pour la première fois depuis sa rencontre avec Jaenelle, elle ressentait le poids des ans.

—*Nous ne pouvons guérir la ssouillure, Draca*, dit doucement Lorn. *Elle, ssi.*

—Je ssais. Quand j'ai donné le don de l'Art, je l'ai fait librement, ssachant que je ne pourrais jamais changer sse que l'on en ferait. (Draca hésita.) Ssi elle fait ccela, elle ssera détruite.

—*Elle est le cœur de Kaelir. Il ne faut pas qu'elle ssoit détruite.* (Lorn marqua une pause.) *Les membres de la parentèle ont toujours été des rêveurs très puisssants.*

—Seront-ils asssez forts ?

Cette question, à laquelle aucun des deux ne pouvait répondre, resta en suspens entre eux.

3. Kaelir

Un mouvement furtif, la lueur soudaine d'une petite boule de lumière magique, tira Jorval d'un sommeil agité.

—Prêtresse ?

On l'agrippa par les cheveux pour lui soulever la tête.

— Non, dit la femme aux cheveux d'argent tandis que son couteau lui tranchait la gorge. C'est la vengeance.

4. Kaelir

— Assez ! s'exclama Daimon en entraînant Jaenelle dans son salon. Il faut vous reposer.

— La trame est presque achevée. Je dois…

— Reposez-vous ! Si vous commettez une erreur parce que vous êtes trop fatiguée pour avoir les idées claires, tout ceci n'aura servi à rien.

Elle s'efforça de grommeler, puis s'écroula dans un fauteuil.

Daimon eut envie de la réprimander, mais à quoi bon ? Elle perdait du poids à un rythme effréné, alors qu'elle ne pouvait se le permettre. Placer des obstacles sur son chemin ne ferait que la contraindre à gaspiller une énergie dont elle avait besoin. Il emprunta donc une autre voie.

— Il y a quelques minutes, vous m'avez dit qu'il vous fallait encore plusieurs éléments pour achever la trame.

— Ces choses prendront du temps, protesta-t-elle.

Il se pencha et l'embrassa doucement, de façon persuasive.

— Nous allons dîner tranquillement, murmura-t-il contre ses lèvres. Ensuite, nous ferons quelques parties de « berceau ». Je veux bien vous laisser gagner.

Elle pouffa, ce qui ne fit qu'attiser un autre appétit, chez Daimon. Son baiser devint plus profond et il se mit à lui caresser un sein.

— Je crois que j'ai faim, souffla Jaenelle quand il lui accorda enfin l'occasion de parler.

Quand ils furent enfin rassasiés, ils passèrent à table pour dîner.

5. Enfer

La douleur le réveilla.

Kartane ouvrit les yeux. Deux boules de lumière magique qui s'atténuaient diffusaient assez de luminosité pour lui permettre de voir qu'il était dehors. Puis il se rendit compte qu'il avait la tête en bas. *Quelqu'un l'avait attaché tête en bas.*

Dans un buisson tout proche, il entendit un bruissement.

Tournant légèrement la tête, il regarda une étrange pile de vêtements marron pliés avec soin.

Soudain, son cœur se mit à battre à tout rompre. Soudain, il eut du mal à respirer.

Les ombres des alentours se déplacèrent juste assez pour qu'il remarque qu'il ne s'agissait pas de vêtements, mais de peau brune.

Tandis qu'il prenait son souffle pour crier, deux yeux rouges et luisants apparurent dans l'obscurité.

Même la tête sous l'eau, Onirie entendait les cris de Kartane.

Elle émergea, puis se replongea dans l'eau jusqu'au cou. Le bassin, rempli par une source chaude, était à une température délicieuse, mais l'air ambiant était d'un froid mordant.

Elle entendit des grognements, un hurlement, un cri de terreur.

Le froid n'était pas la seule chose mordante.

— Me voici donc en Enfer, dit-elle en regardant autour d'elle. Il faisait trop sombre pour qu'elle puisse y voir grand-chose, mais les alentours du bassin avaient une certaine beauté austère.

— C'est Enfer, répondit Titienne avec un sourire béat sur les lèvres. Elle se redressa et observa Onirie d'un œil inquisiteur.

— La dette a-t-elle été réglée pour votre satisfaction, Onirie ? Les grognements et les hurlements se turent un instant, puis reprirent.

— Oui, dit Onirie en se penchant en arrière, avec un soupir. Je suis satisfaite.

6. Kaelir

— Parfois, le cœur en révèle davantage qu'une fenêtre ouverte.

Sahtan se détourna de la croisée, tendu, et avança d'un pas, puis il s'arrêta.

— Tersa, que faites-vous au Fort ?

Souriante, Tersa traversa la pièce et lui tendit une grosse enveloppe.

— Je suis venue vous remettre ceci.

Avant même de prendre le document, il sut d'où elle venait. Sylvia ajoutait toujours une goutte d'huile essentielle de lavande sur son cachet de cire.

Posant une main sur son épaule, Tersa l'embrassa sur les lèvres, lui donnant un baiser langoureux qui étonna Sahtan et l'inquiéta.

Elle recula.

— C'était l'autre partie du message, expliqua-t-elle.

Elle avait presque atteint la porte quand il retrouva enfin ses esprits.

— Tersa, ce ne peut être l'unique raison de votre venue au Fort.

— Ah non ? demanda-t-elle, l'air troublé. Non, en effet…

Il attendit, mais elle ne dit rien.

— Ma chère, reprit-il doucement, que faites-vous ici ?

Son regard s'éclaira et il eut la certitude que, pour la première fois depuis qu'il la connaissait, donc depuis des siècles, il entrevoyait Tersa telle qu'elle était avant d'être brisée. Elle était redoutable, et un peu étourdissante.

— On a besoin de moi, ici, dit-elle tranquillement, avant de quitter la pièce.

Il demeura immobile pendant quelques minutes, regardant l'enveloppe qu'il tenait entre les mains.

— Du nerf, SaDiablo ! marmonna-t-il en l'ouvrant avec précaution. Quoi que dise cette lettre, ce n'est pas la fin du monde.

C'était une longue missive. Il la relut et la remit dans l'enveloppe.

Il n'avait pas pu donner plus que des paroles à Sylvia, mais, apparemment, et par chance, cela avait suffi.

7. Terreille

Dorothéa errait dans la pièce.

— Des armées se réunissent dans tout Terreille, les Territoires du Règne d'Ombre sont assaillis depuis des semaines par les personnes que nous avions cachées en Petite Terreille, mais Kaelir n'a toujours pas officiellement déclaré la guerre.

— C'est parce que Jaenelle Angelline n'a pas le courage de déployer sa puissance, répondit Hékatah en remettant soigneusement en place sa longue cape. Elle n'est qu'une souris qui se terre dans son trou pendant que les chats se réunissent pour le festin.

— Même une souris peut mordre, rétorqua Dorothéa.

— Cette souris-là ne mordra pas, reprit calmement Hékatah. Elle est trop vulnérable, d'un point de vue affectif, pour franchir le pas qui déclencherait un massacre à grande échelle.

Dorothéa n'en était pas si certaine, mais le fait que Jaenelle ait épargné la vie d'Alexandra après l'échec de l'enlèvement semblait en tout cas appuyer cet avis. Elle, elle n'aurait pas ménagé cette garce. Cette faiblesse, chez Jaenelle, jouait en leur faveur, mais…

— Vous semblez oublier que le Sire d'Enfer a des crocs et qu'il n'hésite jamais à s'en servir.

— Je n'oublie jamais rien de ce qui concerne Sahtan, grogna Hékatah. Son honneur l'entrave, comme toujours, et ses propres lacunes affectives vont le museler. Si nous nous y prenons bien, il se cachera la queue entre les jambes et se soumettra à tout ce que nous lui demanderons.

Pourvu que ce vieux sac d'os pourris ait raison. Elles devaient absolument éliminer Sahtan, Lucivar et Daimon. Quand ces trois-là auraient disparu, les armées terreilliennes pourraient détruire les Reines et les princes de guerre de Kaelir. Des armées entières seraient massacrées au passage, mais elles gagneraient la guerre. Ensuite, elle régnerait sur les royaumes, une fois qu'elle aurait envoyé la Prêtresse Noire vers un repos éternel bien mérité.

Ravie par cette pensée, Dorothéa cessa de marcher. Elle remarqua qu'Hékatah se préparait à sortir.

— Où allez-vous ?

— En Kaelir, répondit Hékatah avec un sourire malveillant. Il est temps d'aller chercher la première partie de l'hameçon qui nous donnera le contrôle sur Jaenelle Angelline.

8. Kaelir

Enfin admis dans le salon de Jaenelle, Andulvar la dévisagea et pensa à plusieurs choses qu'il aurait volontiers infligées à Daimon Sadi. Bon sang, cet homme était son consort ! Il devait s'occuper d'elle. Elle était bien trop maigre et ses yeux étaient soulignés de cernes de fatigue. Il décelait une lueur étrange, presque désespérée, dans son regard.

— Prince Yaslana, dit-elle doucement.

Elle se montrait donc formelle.

— Ma Dame, répondit Andulvar, un peu guindé. Puisque je ne suis manifestement pas ici en tant qu'oncle, suis-je présent en tant que maître de la Garde ?

En la voyant désarçonnée, il regretta la dureté de ses propos. Elle ne semblait pas en état d'encaisser trop de coups affectifs.

— Je… Il y a quelque chose que je dois vous dire. Et j'ai besoin de votre aide.

Il fit de son mieux pour adoucir le ton de sa voix :

— Parce que je suis votre maître de la Garde ?

— Parce que vous êtes le prince Démon. Après Sahtan, c'est vous qui possédez la plus grande autorité en Enfer. Les démonites vous écouteront, et vous suivront.

Il l'étreignit doucement, de peur de la briser s'il la serrait aussi fort qu'il le voulait.

— Qu'y a-t-il, sauvageonne ?

Elle s'écarta juste assez pour le regarder droit dans les yeux.

— J'ai trouvé un moyen de me débarrasser de Dorothéa et Hékatah, ainsi que de la souillure qu'elles ont laissée dans le Lignage. Mais le reste du Lignage sera en danger, à moins que les démonites soient disposés à m'aider.

Trente minutes plus tard, Andulvar ferma la porte du salon, fit quelques pas, puis s'écroula contre le mur.

Ô Nuit !

Il ne remettait pas en cause l'efficacité du plan, car Jaenelle n'aurait pas affirmé pouvoir le faire si elle avait douté elle-même, mais… *Ô Nuit !*

Lors de la dernière guerre qui avait opposé Terreille et Kaelir, il s'était battu. Ce conflit avait dévasté les deux royaumes et causé la mort de millions de personnes. Et cela n'avait rien changé. Ils se trouvaient au bord du même précipice, face à une avidité et à une ambition qui les mettraient à terre, une fois de plus, si elles n'étaient pas totalement éliminées.

Comme Méphis et Prothvar, il savait qu'il serait inutile de mener une autre guerre de la même façon. Comme eux, il avait observé les membres attablés du Premier Cercle, tandis qu'ils se disputaient à propos d'une déclaration de guerre officielle, et il s'était demandé combien d'entre eux seraient encore en vie quand tout serait terminé.

Jaenelle ne s'était pas posé de questions. Elle savait qu'aucun d'eux ne survivrait. Feu d'Enfer, pas étonnant qu'elle ait fait tout son possible pour les garder dans le seul endroit où ils seraient en sécurité.

Et voilà qu'elle avait un plan qui… *Ô Nuit!*

Même après qu'elle le lui eut exposé, il avait eu l'impression que quelque chose clochait, comme si elle avait omis de lui parler d'un détail. Sahtan aurait pu savoir lequel, or Sahtan…

Elle avait raison sur ce point. Le cénacle et les garçons auraient besoin de la sagesse et de l'expérience de Sahtan pour soigner les blessures déjà infligées à Kaelir. Alors il ne révélerait pas à son ami les intentions de Jaenelle. Il ne pouvait prendre le risque que Sahtan choisisse de se jeter de toutes ses forces dans la bataille avec les autres au lieu de rester en retrait. Il ne pouvait le faire parce que, quand tout serait terminé, les vivants auraient besoin du Sire d'Enfer.

Tapi dans l'ombre, Ladvarienne attendit qu'Andulvar se soit vraiment éloigné. Puis il se glissa dans le salon de Jaenelle.

Elle regardait fixement par la fenêtre. Il eut envie de lui dire que tout se passerait bien, même s'il n'en avait pas la certitude. Mais si. Tout se passerait bien. La parentèle ne douterait pas. La parentèle serait forte. Hélas, il ne pouvait le lui dire parce que le temps des crocs et des griffes était de retour ! Le moment était venu de tuer. Et il n'était pas certain qu'elle en serait capable s'il lui révélait ce qui allait se produire ensuite.

Mais il avait autre chose à lui annoncer.

—*Jaenelle?*

Lorsqu'elle se tourna vers lui, elle lut dans ses yeux autant de tristesse que de plaisir.

—Qu'y a-t-il, petit Frère ?

—*J'ai un message pour vous, de la part de la Tisseuse de songes.*

Elle se figea, au point que Ladvarienne eut peur que Sorcière lise en lui ce qu'il voulait lui cacher.

—Quel est ce message ?

—*Elle a dit que la pyramide doit rester groupée pour survivre. Le miroir peut assurer la sécurité des autres, mais seulement s'ils sont ensemble.* (Il hésita, car elle se contentait de le dévisager.) *Qui est le miroir?* s'enquit il.

—Daimon, répondit-elle distraitement. Il est le miroir de son père.

L'espace d'un instant, elle sembla perdue, ce qui le rendit nerveux.

— *Vous comprenez le message ?*

— Non, répondit-elle, livide, mais je suis certaine que cela viendra.

9. Kaelir

Luthevienne entendit la porte de sa chambre s'ouvrir, mais elle continua à fourrer des vêtements dans son sac de voyage sans se retourner. Maudit petit Eyrien, qui entrait dans sa chambre sans en avoir l'autorisation ! Et maudit soit Lucivar qui avait insisté pour qu'elle vienne au Fort, avec une escorte en plus ! Elle n'avait pas besoin d'un suivant, surtout pas de Palavar, qui était à peine assez grand pour se moucher tout seul.

Au moment où elle se retournait pour lui faire part de ces pensées, elle vit une silhouette vêtue d'une cape se ruer vers elle. D'instinct, elle leva un bouclier rouge. Un éclair de pouvoir rouge la frappa aussitôt, empêchant la protection de se former. La silhouette était sur elle. Ils roulèrent à terre.

Luthevienne ne se rendit compte qu'elle avait été poignardée que lorsque l'ennemi arracha sa lame de son corps.

En tant que guérisseuse, elle savait que c'était grave. Une blessure mortelle.

Furieuse de ne plus en avoir pour très longtemps, elle ôta vivement la capuche qui dissimulait la tête de son adversaire, puis demeura abasourdie.

— Vous !

Hékatah lui enfonça sa lame dans le ventre.

— Garce ! siffla-t-elle. J'aurais pu faire quelque chose de toi. Mais je vais te transformer en charogne.

Luthevienne voulut résister, elle tenta de griffer, de gratter, mais elle avait les bras trop lourds. Elle demeura impuissante même quand Hékatah la mordit à la gorge et que la vile garce se mit à boire son sang.

Il n'y avait rien à faire pour le corps, mais pour le Moi…

Rassemblant ses forces et sa rage, elle le contint au sein de ses barrières internes.

Hékatah les martela tout en buvant, elle frappa et frappa, cherchant à les ouvrir de force pour achever la mise à mort. Mais Luthevienne s'accrocha, laissant sa rage servir de pont entre la vie et la mort, tandis qu'elle déversait sa force dans ses barrières internes. Elle déversa, déversa encore, jusqu'à ce qu'il n'y ait plus rien. Rien.

Puis les coups cessèrent. Luthevienne ressentit une sombre satisfaction car la garce n'avait pas réussi à entrer.

Loin, très loin, elle sentit Hékatah se détacher d'elle. Quelque part au loin, dans la brume, elle vit des ongles acérés fondre sur son visage.

Hékatah immobilisa sa main juste avant que ses ongles touchent les yeux de Luthevienne.

— Non, dit Hékatah. Si vous parvenez à effectuer la transition vers l'état de démonite, je veux que vous voyiez ce que je vais infliger à votre garçon.

Un mouvement. La porte de la chambre qui se ferme. Le silence.

Luthevienne se sentit disparaître. Au prix d'un gros effort, elle plia les doigts, juste un peu.

Sa rage avait brûlé durant toute la transition sans qu'elle s'en rende compte, sans qu'Hékatah la perçoive. Elle était démonite, mais n'avait pas la force de tenir le coup. Son Moi deviendrait bientôt un murmure dans la Ténèbre. Un jour, peut-être, quand elle se serait reposée, quand elle aurait repris des forces, le Moi quitterait la Ténèbre pour regagner les royaumes vivants. Enfin, peut-être.

Combien de fois Lucivar lui avait-il dit de disposer des boucliers d'avertissement dans la maison ? Et chaque fois qu'il avait essayé de le faire pour elle, elle l'avait repoussé avec dédain. Toutefois, elle se réjouissait en secret qu'il ait tenté cela.

C'était une épreuve, mais elle avait été la seule à le savoir. Chaque fois qu'il avait évoqué les boucliers, après qu'elle eut refusé cette idée, chaque fois qu'il avait enduré les médisances de sa langue de vipère tandis qu'il l'aidait, il surmontait cette épreuve pour lui prouver qu'il tenait à elle.

Oh ! de temps à autre, face à son visage fermé et à la froideur de son regard, elle s'était dit que ce serait la dernière fois, la dernière mise à l'épreuve. Lorsqu'il parlerait de nouveau des boucliers, elle ferait ce qu'il voudrait pour qu'il sache qu'elle tenait à lui, elle aussi.

Puis venait la fois suivante et elle ne pouvait s'empêcher de vouloir le mettre encore à l'épreuve. Juste une fois. Et une autre. Toujours une de plus.

Désormais, il n'y en aurait plus, mais son fils, son beau prince de guerre eyrien, ne saurait jamais qu'elle l'avait aimé.

Il ne lui aurait fallu qu'une heure en tant que démonite, une heure pour le lui dire. Elle ne pouvait même pas lui laisser un message. Rien.

Non. Attends! Peut-être pouvait-elle révéler la chose la plus importante et qui la rongeait depuis qu'Onirie s'en était prise à elle.

Elle rassemblait ses toutes dernières forces, en fit une bulle pour retenir sa pensée, puis la leva, la leva encore, jusqu'à ce qu'elle se trouve juste à l'extérieur de ses barrières internes.

Lucivar la trouverait. Elle le savait.

Pas d'ancrage. Rien à quoi s'accrocher. Pleine d'un regret tempéré par la certitude que son amour serait reconnu, elle s'effaça et regagna la Ténèbre.

10. Kaelir

Palanar frappa à contrecœur à la porte de la cuisine. Être chargé d'escorter dame Luthevienne au Fort était sans doute un honneur. Hélas! elle avait clairement dit qu'elle n'aimait pas les mâles eyriens. C'est pourquoi il n'était pas vraiment sûr qu'il ne s'agissait pas d'une façon pour Hallevar de lui témoigner sa confiance, ou d'une punition subtile pour quelque chose qu'il aurait fait de mal.

Il ouvrit la porte et passa prudemment la tête dans l'entrebâillement.

— Dame Luthevienne?

Elle était là, près de la table, le regardant fixement.

— Alors, on n'a pas de couilles, petit guerrier?

Piqué au vif, il entra dans la cuisine.

— Vous êtes prête? demanda-t-il en s'efforçant de faire preuve de la même arrogance que Falonar ou Lucivar.

Elle posa les yeux sur le sac de voyage, près d'elle, puis revint à lui.

Depuis quand Luthevienne attendait-elle qu'un mâle porte quoi que ce soit? La dernière fois qu'il avait essayé de le faire, elle avait failli lui arracher la tête. Hallevar avait raison de dire qu'il valait mieux se résigner au fait qu'une femme changeait d'avis plus vite qu'un homme pète.

Il fit quelques pas vers elle, puis s'arrêta encore.

— Qu'est-ce qui ne va pas? demanda-t-elle, soupçonneuse.

Elle empestait. Voilà ce qui n'allait pas. Elle puait vraiment. Mais il se garda bien de le lui dire. Puis il remarqua qu'elle avait un aspect un peu… bizarre.

— Qu'est-ce qui ne va pas ? répéta-t-elle en s'approchant de lui.

Il fit deux pas en arrière.

Le visage de Luthevienne changea, trembla. L'espace d'un instant, il crut voir quelqu'un d'autre. Quelqu'un qu'il ne connaissait pas. Et qu'il ne voulait pas connaître.

Et il se rappela autre chose qu'Hallevar lui avait dit : parfois, la fuite était l'attitude la plus intelligente, pour un guerrier inexpérimenté.

Il se précipita vers la porte.

Mais il ne l'atteignit pas. Une puissance transperça ses barrières internes. Des aiguilles se plantèrent dans son esprit, s'armèrent de crochets qui s'enfoncèrent plus loin, déchirant en petits morceaux son Moi. Son corps vibrait de cette lutte féroce : il cherchait à sortir de la cuisine tandis que Luthevienne le retenait dans la pièce.

Impuissant, il se retourna malgré lui et vit la sorcière qui le tenait captif. Il poussa un cri.

— Tu iras là où je te dirai d'aller, déclara-t-elle. Tu diras exactement ce que je t'ordonnerai de dire.

— N… Non.

Deux yeux dorés scintillaient dans un visage décati. Une douleur le transperça.

— C'est une tâche modeste, petit chiot. Et, quand tu l'auras accomplie, je te libérerai.

Elle tendit un petit cristal qui flotta dans les airs. Il avança la main gauche et s'en saisit.

Elle lui dit exactement où aller, exactement quoi dire, exactement que faire du sort que recelait le cristal. Puis il fut de nouveau retourné, comme une marionnette au bout de ses fils. Il quitta la pièce.

Un guerrier ne ferait pas cela, quel qu'en soit le prix. Un guerrier ne ferait pas cela.

Il s'efforça de lever la main droite pour atteindre son couteau. Il pouvait se trancher la gorge, se taillader les poignets, faire quelque chose pour s'éloigner d'elle.

Il referma la main sur le manche.

— *Mourir ne te sauvera pas, petit guerrier*, dit la sorcière. *Je suis la Prêtresse Noire. Tu ne peux m'échapper ainsi.*

Il baissa la main. Elle était vide.

— *Maintenant, file !*

Palanar déploya ses ailes et s'envola aussi vite qu'il le put, pour accomplir ce qu'un guerrier ne ferait pas.

Ce n'était pas le vent qui fouettait son visage, ce n'était pas le vent qui le faisait pleurer.

11. Kaelir

— Marianne ! cria Lucivar en se posant sur son aire.

Où diable était-elle passée ? Elle aurait dû être arrivée au Fort depuis des heures.

Dès qu'il franchit le seuil, il vit la pile bien nette de bagages. L'espace d'un instant, son cœur cessa de battre. Lucivar était d'humeur meurtrière.

— Marianne !

L'aire était vaste, mais il ne lui fallut guère de temps pour la fouiller de fond en comble. Marianne et Daimonar demeuraient introuvables. Elle avait pourtant préparé les valises. Qu'est-ce qui l'avait empêchée de partir ? Daimonar serait-il malade ? L'avait-elle emmené chez Nurienne pour le faire examiner par la guérisseuse ?

En tant que prince de guerre d'Ébènerih, son aire se trouvait un peu à l'écart des autres, nichée dans la montagne. En quelques minutes, toutefois, il atterrit devant chez Nurienne. Avant même de toucher le sol, il sut que Marianne et Daimonar n'étaient pas là.

— Lucivar !

Hallevar accourut vers lui. Falonar et Kohlvar surgirent de l'aire communale, ce qui se rapprochait le plus d'une taverne chez les Eyriens. Les deux hommes s'approchèrent en entendant la voix inquiète d'Hallevar.

— Avez-vous vu Palanar, le petit ? s'enquit Hallevar.

Sans laisser à Lucivar le temps de répondre, Falonar intervint :

— Ne l'avez-vous pas envoyé au Fort en tant qu'escorte de dame Luthevienne ?

— En effet, répondit gravement Hallevar. Et je lui ai dit de rappliquer ici sans tarder. (Il se tourna vers Lucivar.) Je me demandais s'il s'attardait au Fort pour éviter des corvées.

—Palanar n'est pas arrivé au Fort. Luthevienne non plus. Pas plus que Marianne et Daimonar, ajouta Lucivar, un peu trop bas.

Les autres se crispèrent.

—Je l'ai envoyé là-bas ce matin à la première heure, ajouta Hallevar.

—Aucun signe suspect, chez vous ? demanda vivement Falonar.

—Non, répondit Lucivar. Les bagages étaient prêts, déposés à l'entrée. (Il jura violemment.) Où est-elle partie, feu d'Enfer ?

—Chez dame Luthevienne, affirma une jeune voix féminine.

Tous les regards se tournèrent vers Jillian, la sœur cadette de Nurienne.

Elle se voûta, prête à s'enfuir à l'intérieur.

Hallevar pointa un index vers le sol, à un mètre de lui.

—Ici, petite guerrière ! ordonna-t-il.

Apeurée, Jillian obéit en observant les imposants guerriers qui l'entouraient, puis ses pieds.

—Fais-nous ton rapport, dit Hallevar d'un ton qui se voulait encourageant, mais qui avait le don de mettre tous les jeunes mâles qu'il formait au garde à vous.

Il eut le même effet sur Jillian. Elle se tint bien droite, concentrée sur Hallevar.

—Ce matin, je faisais ma course d'endurance… (Elle attendit le hochement de tête d'approbation de Hallevar avant de poursuivre.) Je me suis dit que je prendrais bien le chemin de l'aire du prince Yaslana parce que… enfin… dame Marianne aurait peut-être besoin d'aide pour s'occuper de Daimonar. J'aurais pu garder un œil sur lui pendant qu'elle vaquait à ses occupations. Je n'avais pas l'intention d'échapper au reste de mon entraînement. S'occuper de Daimonar, c'est du travail !

Malgré son inquiétude, Lucivar eut du mal à réprimer un sourire.

—J'étais presque arrivée quand j'ai vu Marianne à la porte, en train de discuter avec Palanar. Il semblait… malade. Il transpirait abondamment et… je ne sais pas, je n'avais jamais vu personne dans un tel état. Et puis Marianne a sursauté comme si quelqu'un l'avait frappée, or Palanar ne l'avait pas touchée. Il lui a dit d'amener l'enfant. Elle est allée à l'intérieur et est revenue avec Daimonar. Dès qu'il a vu Palanar, Daimonar s'est mis à hurler. Vous savez, ce son qu'il émet quand il n'aime pas quelque chose…

Lucivar opina, soudain en proie à des sueurs froides.

— Palanar a saisi Marianne par le bras. Il ne cessait de répéter : « Je suis désolé, je suis désolé. »

— Il t'a remarquée ? demanda Lucivar trop doucement.

Jillian secoua la tête.

— Mais Marianne m'a vue. Elle m'a regardée franchement, et son visage avait le même air malade que celui de Palanar. Elle a dit : « Luthevienne », et ils sont partis.

Son rapport terminé, elle perdit son assurance en observant ces trois hommes à la mine grave.

— Tu n'as raconté cela à personne ? demanda Lucivar.

Blême, Jillian secoua de nouveau la tête.

— Je… Nurienne n'était pas à la maison à mon retour et… je ne savais pas que je devais faire un rapport.

Sa voix était à peine audible. Elle ne serait pas allée voir un guerrier, de peur d'être dédaignée parce qu'elle était une femme. Quelques mois passés en Kaelir ne suffisaient pas à venir à bout des tactiques de survie qu'elle avait apprises depuis qu'elle avait quitté le berceau.

— Quand un guerrier ou une guerrière voit quelque chose de bizarre, il ou elle doit en référer à ses supérieurs, dit Hallevar d'un ton ferme mais sans animosité. C'est l'une des façons qu'a un jeune guerrier d'acquérir de l'expérience.

— Bien, chef, murmura Jillian.

— C'était un bon rapport, Jillian, déclara Lucivar. Maintenant, reprends tes tâches.

Jillian se redressa, les yeux pétillants de plaisir.

— Bien, chef.

Nul ne dit mot tant que la jeune fille ne fut pas à l'intérieur.

— Cela ressemble fort à un sort de contrainte, commenta Falonar.

— En effet, admit sombrement Lucivar. Falonar, restez en alerte sur ce qui se passe ici.

— Vous partez chez Luthevienne ? s'enquit Hallevar vivement en le voyant s'éloigner. Dans ce cas, je vous accompagne.

— Non, répliqua Falonar. Kohlvar, rassemblez tout le monde à proximité des aires. Hallevar, vous êtes le plus influent auprès des jeunes. Tenez-les fermement.

— Et où serez-vous ? demanda Lucivar trop doucement.

Falonar se tourna vers lui.

— Moi, je vous accompagne.

Ils trouvèrent Palanar à terre, devant la porte de la cuisine.

— Je m'occupe de lui, déclara Falonar. Continuez.

Faisant venir sa lame de guerre eyrienne, Lucivar ouvrit le battant d'un coup de pied et se précipita à l'intérieur. La puanteur lui donna la nausée. Elle lui rappelait par trop celle d'une charogne.

Cette pensée le projeta dans les autres pièces du rez-de-chaussée. Les trouvant vides, il gravit les marches quatre à quatre et défonça la porte de la chambre. Il vit alors Luthevienne. Il explora mentalement la salle pour s'assurer que nul n'attendait l'instant où il baisserait sa garde. Puis il s'agenouilla près du corps.

D'abord, il crut qu'elle était encore en vie. Les blessures qu'il voyait étaient graves, mais il y aurait eu davantage de sang si elle s'était vidée. En écartant ses cheveux de son cou, il comprit pourquoi il n'y avait pas beaucoup de sang.

Il posa une main sur sa tête. Très bien. Le corps était mort, mais elle était assez forte pour effectuer la transition vers l'état de démonite. S'il existait le moindre signe qu'elle était encore là, du sang frais lui donnerait des forces.

Il la sonda prudemment pour ne pas percer ses barrières internes et achever la mise à mort par inadvertance.

Juste devant les barrières internes, il y avait une étrange petite bulle de pouvoir. Il s'arrêta pour réfléchir. La bulle donnait une sensation de chaleur affective qui le rendit méfiant. Ce n'était pas le genre de sensation qu'il associait à Luthevienne. Mais il ne détectait rien qui le porte à croire qu'il était en danger. Il l'effleura donc d'un fil psychique.

Lucivar… j'avais tort, à propos de Marianne. Vous avez bien choisi. Je vous souhaite d'être heureux ensemble.

Des larmes lui montèrent aux yeux. Il effleura les barrières internes. Elles s'ouvrirent sans résister. Il la chercha, en quête d'au moins une lueur de son esprit. Rien.

Luthevienne était retournée vers la Ténèbre.

Une larme coula sur sa joue.

— Feu d'Enfer, Luthevienne ! dit-il d'une voix brisée. Pourquoi avoir attendu d'être morte pour me dire cela ? Pourquoi… ?

— Lucivar !

Il se leva d'un bond en réaction au chagrin et à la colère qu'exprimait la voix de Falonar.

— Que la Ténèbre vous enlace, mère.

Falonar l'attendait dans la cuisine.

— Et Palanar ? demanda Lucivar.

Falonar secoua la tête. Il n'eut pas à poser de questions sur Luthevienne.

— J'ai vu ça, dit-il en désignant une feuille de papier pliée, sur la table.

Lucivar scruta le document sur lequel était inscrit son nom. Il ne reconnaissait pas cette écriture et ressentit une répulsion instinctive à toucher ce papier. À l'aide de l'Art, il déplia la lettre, la lut, puis quitta précipitamment la pièce.

— Lucivar ! cria Falonar en courant derrière lui. Où allez-vous ?

— Retournez aux aires, répondit Lucivar en attachant les gantelets de combat autour de ses avant-bras. Vous êtes le chef, maintenant, prince Falonar !

— *Où allez-vous ?*

Lucivar entra dans une rage meurtrière. Il ressentit la douce colère froide le submerger.

— Je vais tirer ma femme et son fils des griffes de ces garces.

12. Kaelir

L'offensive commença dès le retour de Falonar dans les aires. Son bouclier saphir l'enveloppa une seconde avant qu'une flèche puisse se planter dans son dos. Il appela son arc, y encocha un projectile, ajouta un peu de pouvoir saphir dans sa pointe et la décocha.

Il prit le temps d'explorer mentalement la zone pour jauger l'ennemi. Puis il jura violemment : il y avait une compagnie entière de guerriers eyriens, là-bas. Aucun n'arborait de Joyau plus sombre que le Vert, de sorte que son Saphir rétablirait quelque peu l'équilibre, mais ses propres guerriers étaient bien moins nombreux qu'eux. Tous ses hommes tomberaient dans la bataille, et cela ne sauverait pas les femmes et les enfants.

— À l'aire communale ! cria Hallevar en entraînant femmes et enfants dans la bonne direction. Allez ! Vite !

Habile manœuvre, songea Falonar en décochant une nouvelle flèche. L'aire était assez spacieuse pour abriter tout le monde et procurer à ses combattants un seul champ de bataille au lieu de plusieurs éparpillés.

Quelqu'un se mit à crier. Regardant vers la gauche, il vit Nurienne aux prises avec un seigneur de guerre eyrien. Il voulut se retourner mais, avant qu'il puisse brandir son arc, un autre guerrier se rua sur lui armé d'un bâton à lame. Il fit disparaître l'arc et la flèche, fit venir son propre bâton et riposta. Tandis qu'il reculait à petits pas réguliers, cherchant une faille, Nurienne hurla de plus belle.

Au diable l'honneur. C'était la guerre. Quand son adversaire passa de nouveau à l'offensive, il para le coup d'une manœuvre vile, méchante, qu'il avait apprise dernièrement de Lucivar, et qui permettait de riposter efficacement.

Se retournant, s'attendant qu'il soit trop tard pour sauver la guérisseuse, il entendit Jillian crier :

— À terre, Nurienne !

En entendant la voix de Jillian, Nurienne passa de l'état de femme désespérée à celui d'apprentie guerrière. Elle assena de violents coups de pied dans le bas-ventre du seigneur de guerre tout en reculant vivement. Le coup de pied mal assuré suffit à prendre l'homme par surprise, de sorte qu'il la relâcha. Ce mouvement inattendu lui fit perdre l'équilibre. Lorsqu'il essaya de se ressaisir, une flèche fendit l'air et se planta dans sa poitrine.

Jillian encochait déjà un nouveau projectile et visait pendant que Nurienne se relevait péniblement et s'enfuyait, le dos voûté, pour ne pas se trouver dans la ligne de mire de sa sœur.

Il dressa un bouclier saphir devant Jillian juste à temps pour bloquer les flèches qui, sinon, l'auraient transpercée.

— Reculez ! cria-t-il, ivre de rage en voyant Jillian préparer tranquillement une autre flèche. Bon sang, guerrière, reculez !

Cet ordre la surprit, mais ce fut le cri de Nurienne qui l'incita à s'enfuir.

Prêt à couvrir leur retraite, Falonar regarda en arrière, puis il lança une bordée de jurons. Nurienne se tenait en position de combat, armée d'un simple bâton eyrien. Ce n'était pas même un bâton à lame. Au nom d'Enfer, que pensait-elle pouvoir faire avec cela !? Croyait-elle qu'un guerrier allait l'attaquer à mains nues ? C'était de la folie. L'imbécile !

Il recula vers elle, sans cesser de guetter une nouvelle offensive.

— Reculez ! grogna-t-il.

Alors il remarqua que Jillian, au lieu de courir jusqu'à l'aire communale, s'était arrêtée à mi-chemin pour se mettre en position d'arrière-garde.

— Si vous désobéissez encore, je vous fouetterai personnellement jusqu'au sang. Toutes les deux ! Maintenant, reculez !

Elles réagirent comme l'aurait fait tout guerrier eyrien : elles feignirent de ne pas entendre ses menaces et gardèrent leur position. Alors il battit en retraite pour les contraindre à le suivre. Cette fois, elles ne rechignèrent pas. Lucivar devait être fou de croire qu'une femme pouvait obéir à un ordre sensé. Falonar se réjouit d'autant plus de l'absence d'Onirie. La Ténèbre seule savait comment il l'aurait retenue, lors de ce combat.

Quand il fut assez proche de l'aire communale, Hallevar empoigna Jillian, et Kohlvar projeta pratiquement Nurienne à l'intérieur. Falonar fut le dernier à entrer. Dès qu'il eut franchi le seuil, il bloqua la porte d'un bouclier saphir afin qu'ils soient protégés tout en conservant une vue sur les événements. Certains des hommes avaient pris position près des fenêtres du rez-de-chaussée, qui étaient protégées. D'autres étaient montés à l'étage. Femmes et enfants se trouvaient réunis dans la grande salle commune.

Hallevar le rejoignit à l'entrée.

— Vous croyez qu'ils sont en train de se regrouper ? demanda-t-il.

— Je l'ignore.

Derrière eux, il entendit Tamnar :

— Eh bien, petite guerrière, on dirait que tu as abattu ton premier ennemi, dit-il, non sans rancœur.

Hallevar et lui firent volte-face et adressèrent le même message à Tamnar :

— *Ferme-la !*

Le jeune homme tiqua, visiblement choqué par la violence de la réprimande, puis il s'affala près de la fenêtre gardée par Kohlvar.

Jillian les observa. Sa peau d'ordinaire brune était d'un gris de cendre.

— Je l'ai tué ? demanda-t-elle.

Avant que Falonar puisse formuler une réponse prudente, Hallevar se mit à grogner :

— Tu l'as juste assez égratigné pour que Nurienne s'en tire.

La jeune fille se détendit un peu.

— Ah ! c'est… Ah !…

— Mets-toi en position de renfort par là-bas, ordonna Hallevar en désignant un coin opposé de la salle.

— D'accord, répondit Jillian, un peu abasourdie.

Falonar se retourna pour regarder au dehors.

— Elle a planté sa flèche en plein dans le cœur de ce bâtard, dit-il à voix basse.

— Il n'y a aucune raison qu'elle le sache, dans l'immédiat, répondit Hallevar tout aussi discrètement. Laissons-la croire qu'elle l'a simplement égratigné. On ne peut pas se permettre de la voir se pétrifier.

— À supposer que le lui révéler aurait cet effet-là, marmonna Falonar en se plaçant en position d'attente.

13. Kaelir

Trop agité pour rester immobile, trop énervé pour tolérer la présence de quiconque, Sahtan arpentait les couloirs du Fort.

Lucivar aurait dû être de retour depuis des heures. Sahtan savait que son fils s'était faufilé hors du Fort, en fin de matinée, pour voir ce qui retenait Marianne et Daimonar. Mais l'après-midi s'écoulait sans qu'il ait eu le moindre signe de l'un d'eux.

Il doutait que quelqu'un d'autre s'en soit rendu compte. Les membres du cénacle et les garçons étaient réunis dans l'un des grands salons, comme chaque jour depuis que Jaenelle leur avait ordonné de rester au Fort. Ils ne pouvaient savoir que Lucivar était parti. Quant à Jaenelle et Daimon… Eh bien, ils ne pouvaient l'avoir remarqué, eux non plus.

Onirie s'était rendu compte de l'absence de Lucivar, mais elle s'en moquait, affirmant qu'il se trouvait sans doute avec Prothvar et Méphis. Cela rappela à Sahtan qu'il n'avait pas vu ces deux-là non plus depuis un bon moment.

Il fallait qu'il trouve un moyen d'obliger Jaenelle à l'écouter, de déterminer pourquoi elle les tenait ainsi sous son contrôle. Qu'ils le reconnaissent ou non, ils étaient en guerre. Les Reines et les mâles du Premier Cercle n'allaient pas tolérer de rester là indéfiniment pendant que leur peuple se battait. Il fallait que quelque chose change. Que quelqu'un agisse.

Falonar accepta la chope de bière que lui tendait Kohlvar.

— Cela n'a pas de sens, déclara ce dernier en secouant la tête. Il n'y a plus d'attaques directes, plus de tentatives de siège. Seules quelques flèches décochées par-ci par-là nous rappellent qu'ils sont toujours en position.

— Ils nous ont cloués sur place, répondit Falonar. Nous sommes inférieurs en nombre, et ils le savent.

— Mais à quoi bon agir de la sorte ?

Nous ne pouvons aller nulle part, songea Falonar. *Nous ne pouvons rendre compte de rien.*

— À quoi cela rime-t-il ? reprit Kohlvar.

— Je ne sais pas. Mais je suppose que nous l'apprendrons tôt ou tard.

La réponse arriva au crépuscule. Un seigneur de guerre s'approcha à découvert de l'aire communale, les mains à l'écart de ses armes.

— J'ai un message pour vous ! cria-t-il en brandissant une enveloppe blanche.

— Posez-le par terre ! lança Falonar.

Le seigneur de guerre haussa les épaules et obéit, puis il couvrit le document d'une pierre pour qu'il ne s'envole pas, avant de rebrousser chemin.

Quelques minutes plus tard, Falonar vit la compagnie eyrienne prendre son envol.

Il attendit une heure avant de faire appel à l'Art pour pousser la lettre vers l'entrée de l'aire communale. Toujours à l'abri derrière le bouclier saphir, il créa une boule de lumière magique pour illuminer le nom du destinataire.

Un frisson d'effroi le parcourut. C'était la même écriture que celle qu'il avait vue sur la missive laissée pour Lucivar. Mais celle-ci était adressée au Sire d'Enfer.

Il appela Kohlvar, Rothvar, Zaranar et Hallevar.

— Je porte cette lettre au Fort où je ferai mon rapport, annonça-t-il.

— C'est peut-être un piège, déclara Hallevar. On vous attend peut-être pour passer à l'action.

Oui, il avait la certitude que c'était un piège, mais pas à son intention.

— Je ne pense pas qu'ils nous ennuieront encore, mais restez vigilants. Demeurez en alerte. Ne laissez entrer personne sous aucun prétexte. Je serai au Fort jusqu'au matin. Si je reviens avant… faites de votre mieux pour me tuer.

Ils avaient compris. S'il revenait avant, ils devraient en conclure qu'il était sous contrôle et agir en conséquence.

— Que la Ténèbre vous protège, dit Hallevar.

Falonar traversa le bouclier saphir. Prenant l'enveloppe, il s'élança vers le ciel en direction du Fort.

15. Kaelir

Sahtan regarda fixement la feuille de papier. Trop de sentiments se bousculaient en lui, au point qu'il les chassa.

« Je détiens votre fils.

Hékatah »

Cela signifiait qu'elle retenait également Marianne et Daimonar, car ils étaient le seul appât susceptible d'inciter Lucivar à se rendre en Hayll.

À présent, Lucivar servait d'appât pour l'attirer, lui.

Il comprenait la manœuvre. Hékatah et Dorothéa seraient disposées à proposer un échange : lui-même contre Lucivar, Marianne et Daimonar.

Naturellement, elles ne laisseraient pas partir Lucivar. Elles ne pouvaient se le permettre. Dès qu'il aurait mis Marianne et Daimonar hors d'atteinte, il se retournerait contre Hékatah et Dorothéa avec toute la force destructrice dont il était capable.

Donc les dés étaient pipés dès le départ.

Il pouvait se rendre en Hayll pour annihiler Dorothéa et Hékatah. Deux prêtresses ornées au Rouge n'étaient pas de taille contre un prince de guerre orné au Noir. Il pouvait y aller, placer un bouclier autour de Lucivar, Marianne et Daimonar pour les protéger, puis libérer sa propre puissance et éliminer toute vie à des kilomètres à la ronde.

Mais cela n'arrêterait pas la guerre. Pas à présent. Cela ne l'aurait peut-être jamais arrêtée. Et c'était le conflit qu'il fallait stopper, pas seulement les deux sorcières qui l'avaient déclenché.

Alors il allait jouer leur jeu… parce que cela lui procurerait l'arme dont il avait besoin.

Tout a un prix.

Il ôta le pendentif noir et le posa sur le bureau. Puis il enleva l'anneau de l'Intendant de sa main gauche, celui qui contenait le même bouclier ébène que Jaenelle avait placé dans les Anneaux d'honneur.

Même si c'était bien Daimon qui avait influencé Jaenelle, qui la poussait à résister à une déclaration de guerre officielle, il ne pourrait l'empêcher de réagir. Pas à ceci.

Ne réfléchis pas. Sois un instrument.

En se rendant droit dans le piège qu'Hékatah et Dorothéa lui tendaient, il allait libérer la seule chose capable de faire resurgir la sauvagerie de Jaenelle : sa douleur à lui.

Bien sûr, il ne serait plus jamais le même quand ces deux garces en auraient terminé avec lui. Il ne…

Il ouvrit le tiroir du bureau et caressa l'enveloppe parfumée à la lavande.

— Parfois, le devoir emprunte une voie que le cœur ne peut suivre. Je regrette, Sylvia. Être votre mari aurait été un honneur.

Il referma le tiroir, prit sa cape et quitta le Fort sans un bruit.

16. Kaelir

Daimon parcourut à vive allure les couloirs du Fort. Il venait de passer plusieurs heures à préparer trois mois de décoctions pour Karla, suivant les recommandations de Jaenelle. Quand il l'avait interrogée, lui rappelant que les remèdes contenant du sang perdaient de leur pouvoir, avec le temps, elle lui avait répondu qu'elle avait tout calculé afin que l'efficacité s'amenuise comme il le fallait. Et quand il lui avait demandé pourquoi…

Eh bien, il fallait croire qu'elle serait vidée de toute énergie après avoir libéré la force nécessaire pour neutraliser Dorothéa et Hékatah.

Elle mettrait trois mois à s'en remettre, ce qui était inquiétant. Et à présent qu'elle était proche de la fin… quelle qu'elle soit… il avait aussi peur de voir les garçons se libérer pour se jeter à leur tour dans la bataille.

Ils étaient trop hostiles à son encontre pour écouter ce qu'il pouvait leur expliquer, mais il espérait que Sahtan serait raisonnable. Il était à peu près certain de pouvoir dire ce qu'il fallait au Sire d'Enfer pour qu'il comprenne que Jaenelle, dans sa fuite, avait un objectif, qu'ils n'avaient plus besoin que de quelques jours. Quelques jours de plus et Kaelir serait hors de danger, Hékatah et Dorothéa ne mettraient plus le Lignage en péril.

Il frappa à la porte de Sahtan. Ce fut Onirie qui l'invita à entrer.

Elle se tenait derrière le petit bureau, à côté de Falonar, qui semblait à la fois épuisé et furieux. Onirie, elle, ne paraissait pas fatiguée, et elle avait largement dépassé le stade de la colère.

— Regardez ! dit-elle.

Même de là où il se tenait, il voyait le pendentif et l'anneau de l'Intendant. Glissant les mains dans les poches de son pantalon, il contourna le bureau. Lorsqu'elle s'éloigna de lui de façon délibérée, il reconnut tacitement la coupure affective que représentaient ces objets abandonnés. Il lut le message. Aussitôt, un frisson meurtrier le parcourut.

— Vous allez enfin faire quelque chose, maintenant ? demanda Onirie en frappant la table de ses mains. Elles ne tuent plus des étrangers. Vous ne pouvez plus garder vos distances. *Ces garces détiennent votre père et votre frère.*

Au prix d'un gros effort, il parvint à s'exprimer d'un ton blasé :

— Lucivar et Sahtan ont décidé de prendre un risque en désobéissant aux ordres. Cela ne change rien.

Cela ne *pouvait* rien changer. Pas si Jaenelle devait sauver Kaelir.

— Elles détiennent aussi Marianne et Daimonar.

Naturellement, il était soucieux pour Marianne, mais pas vraiment inquiet. Si Marianne se faisait violer ou si on lui faisait du mal de quelque façon que ce soit, pas même un Anneau d'obéissance ne pourrait empêcher Lucivar de déclencher un massacre à grande échelle. Donc il n'était pas vraiment anxieux pour Marianne. En revanche, la simple pensée que Daimonar pouvait être livré ne serait-ce qu'une heure aux mains de ces deux garces…

— Il y aura forcément une demande de rançon, dit-il d'un ton désinvolte. Nous verrons ce que nous pourrons arranger.

— Arranger ? répéta Onirie. Arranger ? Vous ignorez donc ce qu'Hékatah et Dorothéa vont leur faire ?

Bien sûr qu'il le savait, il le savait mieux qu'elle, même.

La voix d'Onirie se chargea de venin :

— Allez-vous au moins le dire à Jaenelle ?

— Oui, je suppose que la Dame devra être informée de cet incident.

Sur ces mots, il quitta la pièce, poursuivi par les insultes d'Onirie.

Il regrettait qu'elle n'ait pas sangloté. Si seulement elle avait crié, hurlé, pesté, juré, pleuré à chaudes larmes. Il ne savait que faire de cette femme immobile qu'il berçait sur ses genoux depuis une heure.

Il s'était exprimé avec le plus de douceur possible. Sans dire un mot, elle avait simplement posé la tête sur son épaule et était descendue en elle-même, si profondément dans l'abîme qu'il ne la sentait même plus.

Alors il la garda dans ses bras. De temps à autre, il la caressait, non pas pour l'exciter, mais pour la détendre. Certes, il aurait pu la ramener à lui par le biais du sexe, mais cela aurait violé la confiance qu'elle avait en lui, ce qui n'était pas tolérable. Quand il posa une main sur sa poitrine, ce fut pour vérifier que son cœur battait encore. Chaque souffle chaud contre son cou était une promesse tacite qu'elle reviendrait vers lui.

Enfin, au bout de presque deux heures, elle remua.

— Qu'est-ce qui va se passer, selon vous ? demanda-t-elle comme s'il venait tout juste de lui annoncer la nouvelle.

— Même s'il avait chevauché les Vents noirs, Sahtan aurait mis quelques heures, voire davantage, pour atteindre Hayll. Nous ignorons quand il est parti…

— Mais il serait arrivé, à l'heure qu'il est.

— Oui, admit-il en marquant une pause. Lucivar et Sahtan ne sont pas les trophées. Ils sont l'appât. Et l'appât perd de sa valeur quand il est altéré. Donc je pense que vous ne risquez pas grand-chose, pour le moment.

— Dorothéa et Hékatah pensent que je vais leur céder Kaelir pour récupérer Lucivar et papa, n'est-ce pas ?

N'obtenant pas de réponse, Jaenelle leva la tête et le dévisagea.

— Non. Cela n'est pas pensable, n'est-ce pas ? Pour conserver Kaelir, elles doivent être en mesure de me contrôler, d'utiliser ma force pour régner.

— Oui. Lucivar et Sahtan constituent l'appât, et vous le trophée, répondit Daimon en écartant les cheveux de Jaenelle de son visage. Vous avez bientôt terminé la préparation de votre... sort ?

Il savait que c'était bien plus que cela, mais ce terme était aussi valable qu'un autre, après tout.

— Encore quelques heures, répondit-elle en remuant un peu. Je devrais me remettre au travail.

Il resserra son étreinte.

— Pas encore. Restez avec moi un peu plus longtemps. Je vous en prie...

Elle se détendit contre lui.

— Nous les récupérerons, Daimon.

Père. Frère. Il ferma les yeux et posa la joue contre la tête de la jeune femme, cherchant un peu de chaleur.

— Oui, murmura-t-il. Nous les récupérerons.

17. Kaelir

Ladvarienne examina la pièce dans laquelle Sorcière logerait un certain temps. Un vieux tapis rapporté du Manoir couvrait le sol en pierre. Il avait également pris quelques lampes et de nombreuses chandelles et bougies parfumées. Le lit étroit que Tersa lui avait donné trônait au milieu de la salle. La malle posée à côté de la couche contenait quelques vêtements de rechange, des livres que Jaenelle appréciait quand elle avait envie de se délasser, le temps d'une journée, ses cristaux de musique préférés ainsi que des objets de toilette.

Il n'avait apporté aucun tableau car trois des murs et le plafond étaient tapissés de toiles guérisseuses. Le fond de la pièce regorgeait de toiles emmêlées de songes et de visions qui avaient façonné le mythe vivant, des rêves faits chair, Sorcière.

— C'est prêt ? demanda avec respect la grande araigne dorée Tisseuse de songes.

— *Toile prête*, répondit la reine des Araigniens en effleurant délicatement d'une patte les gouttes de sang scellées dans les bulles d'eau protégées. *J'ajoute les souvenirs, maintenant. Mais… j'ai besoin de souvenirs humains.*

Ladvarienne se hérissa.

— *Elle était notre songe plus que le leur.*

— *Mais le leur aussi. J'ai besoin de souvenirs de membres de la parentèle et d'humains pour cette Sorcière.*

Le cœur de Ladvarienne se serra. Pour la parentèle, ce fut un jeu d'enfant. Il avait expliqué à ses membres ce qu'il fallait, affirmant que c'était pour la Dame. C'était tout ce que la parentèle avait besoin de savoir. Mais les humains voudraient comprendre pourquoi, pourquoi, pourquoi. Il faudrait du temps pour les persuader. Or du temps, il n'en avait pas beaucoup.

— *La Bizarre vous aidera*, dit l'araigne.

— *Mais la Dame connaît un tas d'humains, des hordes entières d'humains. Comment…*

— *Les membres du Premier Cercle ont des souvenirs forts. Ils suffiront. Demandez à la Veuve Noire grise. Pour un être humain, c'est une bonne tisseuse.*

Elle faisait allusion à Karla. Oui. S'il persuadait Karla…

— *Choisissez le bon moment pour le lui demander. Quand Sorcière sera partie vers sa propre toile. Les humains seront plus à l'écoute.*

— *Je pars pour le Fort et je patienterai.*

Ladvarienne scruta une dernière fois les alentours. Il ne restait plus rien à faire. La chambre était prête. La toile emmêlée était prête. La parentèle qui appartenait à la cour de la Dame était réunie sur l'île des Araigniens pour donner sa force à la toile de la Tisseuse le moment venu.

— *Une dernière chose*, ajouta l'araignée. *Le chien gris. Vous le connaissez, ce chien ?*

Une image vint à l'esprit de Ladvarienne.

— *Il s'agit de Griscroc. C'est un loup.*

— *Envoyez-le-moi. Il y a quelque chose qu'il doit savoir.*

18. Terreille

C'était un campement de guerre, un lieu dans lequel il n'aurait jamais cherché Hékatah et Dorothéa. Autour du vaste périmètre, des tiges métalliques étaient enfoncées dans le sol tous les mètres, environ. Deux cristaux étaient fixés à ces piquets, de chaque côté. Grâce à un sort, tout ce qui passait entre eux brisait le contact avec la tige suivante et alertait les gardes. Le camp lui-même était constitué de tentes pour les sentinelles, de quelques cabanes en bois regroupées au centre du campement, ainsi que deux huttes aux fenêtres à barreaux, entourées de plusieurs couches de sorts de protection. Devant les cabanes se dressaient six gros poteaux en bois équipés de chaînes. Pour les prisonniers. Pour l'appât.

Dès qu'il fut passé derrière les pieux du périmètre, les occupants des lieux surent qu'il arrivait. Au cours du trajet, il avait réfléchi de nouveau à ce qu'il allait faire. Il pouvait tuer Hékatah et Dorothéa, libérer la force de ses Joyaux noirs, détruire toute vie dans le campement, et ramener Lucivar, Marianne et Daimonar à la maison. Mais cela ne ferait pas cesser la guerre. Terreille devait affronter une force assez terrifiante pour que le peuple n'ose pas l'affronter. Une seule solution s'imposait : provoquer Jaenelle pour qu'elle libère son pouvoir ébène et donne ainsi une raison aux Terreilliens de rester dans leur propre royaume.

En marchant vers le centre du camp, il fut suivi par des gardes, mais nul ne l'approcha ni ne tenta de le toucher.

Au beau milieu du campement, des chandelles circulaires placées au sommet des piquets métalliques éclairaient le sol taché de sang. Lucivar était enchaîné au dernier poteau. Sur son torse et ses cuisses, les marques de coups de fouet avaient cicatrisé et ne semblaient pas très profondes. Malgré son visage tuméfié, il n'aurait pas de séquelles.

Sahtan s'arrêta au bord du cercle de lumière. Cela faisait dix ans qu'il n'avait pas vu Hékatah, à peine plus d'une seconde pour un long-vivant. Et il la connaissait depuis si longtemps… Pourtant, malgré la présence de Dorothéa à son côté, il la trouva tellement desséchée, décatie, même, qu'il n'eut la certitude que c'était bien elle que lorsqu'elle prit la parole.

— Bonjour, Sahtan.

— Hékatah, répondit-il en s'arrêtant au cœur du campement.

— Vous venez négocier ? demanda-t-elle poliment.

— Une vie contre une vie, répondit-il en hochant la tête.

Elle sourit.

— Contre *des* vies. Nous ajoutons la garce et le bébé, qui ne nous servent à rien.

Il savait pertinemment qu'elles ne renonceraient jamais à Daimonar. Cela faisait des siècles qu'elles avaient envie d'obtenir de

Lucivar ou de Daimon un enfant qu'elles pourraient contrôler et élever pour reconstituer une lignée sombre.

— Ma vie contre la leur, proposa-t-il.

Tout a un prix.

— Non ! cria Lucivar en se débattant contre ses chaînes. *Tuez-les !*

Sans tenir compte de Lucivar, Sahtan se concentra sur Hékatah.

— Alors ? Affaire conclue ? demanda-t-il.

— Pour que nous ayons l'occasion de voir le Sire d'Enfer humilié ? demanda Hékatah d'un ton doucereux. Oh oui, affaire conclue ! Dès que vous serez immobilisé, je ferai libérer les autres. Vous avez ma parole d'honneur.

Elles lui ordonnèrent de se déshabiller, ce qu'il fit.

Ôtant son anneau orné au Noir, il le jeta à terre. Il l'avait entouré d'un bouclier, de sorte que nul ne pouvait le toucher. S'il avait besoin de le rappeler à lui, il ne voulait pas que son bijou ait absorbé leurs souillures.

Tandis que deux gardes l'enchaînaient au poteau central, Hékatah glissa un Anneau d'obéissance sur son membre viril.

— Vous semblez en forme pour votre âge, commenta-t-elle en reculant pour se livrer à une inspection approfondie de son corps nu.

— Hélas ! ma chère, je ne peux pas vous retourner le compliment, répondit-il avec un sourire.

Le visage d'Hékatah se tordit en un rictus mauvais.

— Il est temps que vous appreniez une bonne leçon, Sire d'Enfer.

Elle leva la main en même temps que Dorothéa, qui affichait un air de jubilation perverse.

Un jour, Lucivar avait essayé d'expliquer aux garçons pourquoi un Anneau d'obéissance pouvait contraindre un mâle puissant à se soumettre, de sorte que Sahtan se sentait prêt.

Rien n'aurait pu le préparer à la douleur qui transperça ses parties génitales, avant de se diffuser dans tout son corps. Ses nerfs étaient en feu, tandis qu'un mal intense s'installait entre ses jambes. Pas moyen de lutter. C'était à peine s'il parvenait à penser.

Ses fils avaient enduré cette épreuve, ils avaient tenté de résister à Dorothéa en sachant que c'était cela qui les attendait, après chaque défi. Pendant des siècles, ils avaient supporté ce supplice. Comment un homme pouvait-il en sortir indemne ? Comment…

Il poussa un hurlement qui se prolongea encore et encore, jusqu'à ce que son corps se ferme.

19. Kaelir

De plus en plus exaltée, Onirie marchait de long en large dans le salon de Karla. Pourquoi avait-elle choisi de défouler sa colère sur Karla ? Peut-être parce que celle-ci semblait totalement indifférente aux événements.

D'accord, c'était injuste. Cette femme pleurait son cousin Morton, sans parler du fait qu'elle se remettait d'un empoisonnement cruel. Mais tout de même...

—À entendre ce bâtard, ce n'est qu'un incident mineur susceptible de le décoiffer, pesta Onirie. « S'arranger », a-t-il dit ! Feu d'Enfer, il s'agit de son père et de son frère !

—Vous ignorez ses intentions, répondit Karla.

Face à tant de calme, la rage d'Onirie monta d'un cran.

—Il ne compte rien faire !

—Comment le savez-vous ?

Onirie jura, pesta, s'agita de plus belle.

—C'est comme si Jaenelle voulait nous voir perdre cette guerre.

—Ne dites pas de bêtises ! rétorqua Karla, enfin un peu fâchée.

—Écoutez, ma chère...

—Non ! c'est vous qui allez m'écouter, l'interrompit Karla. Il serait temps que vous réfléchissiez un peu. L'instinct des garçons les incite à se battre. Ils n'y peuvent rien, pas plus qu'ils ne peuvent changer le fait qu'ils sont des mâles. Et le cénacle est constitué de Reines qui, d'instinct, protègent leur peuple.

—C'est exactement ce qu'elles devraient faire ! lança Onirie. D'ailleurs, vous ne semblez pas vous en préoccuper, ajouta-t-elle méchamment.

En regardant les jambes couvertes de Karla, elle regretta ses paroles.

—Quand Jaenelle avait quinze ans, raconta Karla, le Conseil Obscur a prétendu que l'oncle Sahtan n'était pas digne d'être son tuteur légal. Ses membres ont décidé de nommer quelqu'un d'autre. Et elle leur a dit qu'ils pourraient le faire « dès le prochain lever de soleil ». Savez-vous ce qui est arrivé ?

Enfin immobile, Onirie secoua la tête.

—Le soleil ne s'est pas levé pendant trois jours, poursuivit Karla. Il ne s'est pas levé jusqu'à ce que le Conseil ait pris sa décision.

— Ô Nuit ! murmura Onirie en s'écroulant à terre.

— Jaenelle ne voulait pas d'une cour. Elle ne souhaitait pas régner. Si elle est devenue Reine d'Ébènaskavi, c'est uniquement pour arrêter les Terreilliens qui venaient dans les Territoires de la parentèle afin de massacrer leurs habitants. Vous croyez vraiment qu'une femme capable d'un tel acte a passé trois semaines à se tourner les pouces en espérant que tout s'arrange ? Pas moi. Elle a besoin de notre présence ici pour une bonne raison, qu'elle nous indiquera le moment venu. (Karla marqua une pause.) Et je vais vous dire encore une chose, entre nous : parfois, un ami doit devenir un ennemi pour rester un ami.

Karla évoquait Daimon. Onirie réfléchit un instant, puis elle secoua la tête.

— La façon dont il s'est comporté...

— Daimon Sadi est dévoué corps et âme à Sorcière. Quoi qu'il fasse, il le fait pour elle.

— Vous n'en savez rien.

— Ah non ? s'enquit Karla tout bas.

Veuve Noire. Les mots apparurent dans l'esprit d'Onirie jusqu'à ce qu'il n'y eût plus de place pour autre chose. Veuve Noire. Peut-être Karla n'était-elle pas indifférente à ce qui se déroulait. Peut-être avait-elle vu quelque chose dans une toile emmêlée.

— Vous êtes sûre de vous, au sujet de Sadi ?

— Non, répondit Karla. Mais je veux bien envisager la possibilité que ce qu'il déclare en public soit très différent de ce qu'il pense en privé.

Onirie passa une main nerveuse dans ses cheveux.

— Eh bien, feu d'Enfer, si Daimon et Jaenelle envisageaient une action, ils pourraient au moins en informer la cour !

— J'ai été empoisonnée par un membre de ma cour, répondit posément Karla. Et ne négligeons pas la grand-mère de Jaenelle, car je suis certaine qu'elle ne l'oublie pas, elle. Alors dites-moi, Onirie, si vous cherchiez un moyen d'anéantir ces deux garces, en qui auriez-vous confiance ?

— Elle aurait pu avoir confiance en le Sire d'Enfer.

— Et où est-il, en ce moment ? demanda Karla.

Onirie ne dit rien, car elles connaissaient toutes les deux la réponse à cette question.

—Je crois qu'il est temps d'informer Jaenelle de votre présence, déclara Hékatah en se plaçant derrière Sahtan. Et si nous lui adressions un petit cadeau ?

Elle saisit l'auriculaire de sa main gauche. Il sentit le couteau lui trancher la peau et l'os. Et ce fut de la rage qu'il éprouva lorsqu'elle s'agenouilla et posa la bouche sur la blessure pour boire son sang. Le sang d'un Gardien.

Rassemblant ses forces, il projeta un éclat de chaleur le long de son bras, un feu psychique qui cautérisa la blessure.

Hékatah s'arracha à lui en criant.

Profitant de l'occasion qui s'offrait à lui, il fit appel à un peu de Soin pour nettoyer la plaie et refermer la peau afin d'éviter une infection.

Hékatah hurlait encore. Dorothéa surgit hors de sa cabane. Des gardes affluèrent de toutes parts.

Enfin, les cris cessèrent. Il entendit Hékatah chercher quelque chose, au sol, avant de se relever. Tandis qu'elle le contournait, il constata que l'éclair de pouvoir avait disparu. Comme elle avait la bouche sur la blessure, le feu psychique avait poursuivi son action après avoir cautérisé les vaisseaux sanguins : il avait fait fondre une partie de sa mâchoire, déformant son visage de façon grotesque.

Dans une main, elle tenait l'auriculaire de Sahtan. Dans l'autre, son couteau.

—Vous allez me le payer ! maugréa-t-elle d'une voix pâteuse.

—Non, intervint Dorothéa en s'avançant. Vous avez dit vous-même que nous devons limiter les dégâts jusqu'à ce que Jaenelle soit neutralisée.

Hékatah se tourna vers Dorothéa. Sahtan eut la certitude que la répulsion qu'il lisait sur le visage de Dorothéa allait empêcher Hékatah de penser de façon rationnelle.

—Jusqu'à ce que Jaenelle soit neutralisée, répéta Hékatah péniblement. Mais... cela ne veut pas dire... qu'il ne peut pas payer.

Elle se tourna vers lui et leva la main.

Pour la deuxième fois, la torture infligée par l'Anneau d'obéissance le transperça, le dévasta. Le cri de guerre chargé de douleur et de rage de son fils, tandis qu'Hékatah le punissait aussi pour les actes de son père, lui infligea une souffrance encore plus intense.

Daimon aurait préféré qu'Onirie ne soit pas présente quand Geoffrey apporta le petit coffret sculpté livré au Fort, à Terreille. Il avait suggéré que, comme le message verbal disait que c'était un « cadeau » pour Jaenelle, la présence d'Onirie n'était pas nécessaire. Elle avait rétorqué qu'elle faisait partie de la famille, et qu'elle avait tout autant le droit de savoir ce qui se passait que lui-même ou Jaenelle. Hélas, c'était la vérité...

— Voulez-vous que je l'ouvre ? demanda-t-il à Jaenelle, qui examinait le coffret depuis plusieurs minutes.

— Non, répondit-elle trop calmement.

Faisant appel à l'Art, elle souleva le couvercle.

Tous trois observèrent l'auriculaire niché dans un écrin de soie, un auriculaire terminé par un long ongle peint en noir.

— Eh bien, ma chère, le message est clair, commenta Onirie en dévisageant Jaenelle. Combien de morceaux vous faudra-t-il pour passer à l'action ? Nous manquons de temps !

— Oui, admit Jaenelle. Le moment est venu.

Elle est en état de choc, songea Daimon. Lorsqu'il la regarda dans les yeux, il ne put réprimer un frisson. De la glace saphir. Derrière la glace, il y avait une Reine poussée bien au-delà de la rage froide que les mâles étaient capables de libérer. Parce qu'il voulait savoir, il descendit assez loin dans l'abîme pour sentir que le petit cadeau d'Hékatah avait réveillé l'instinct meurtrier de Sorcière. Ce n'était plus une jeune femme qui venait de recevoir le doigt de son père en guise de demande de reddition. C'était un prédateur examinant l'appât délivré par l'ennemi.

Dorothéa et Hékatah n'avaient vu que la jeune femme. Elles ignoraient vraiment à qui elles avaient affaire.

— Venez avec moi, dit Jaenelle en lui effleurant le bras, avant de quitter la pièce.

Même à travers sa chemise et sa veste, elle avait le bras si glacial qu'elle le brûla.

Veillant à garder une expression neutre, il observa Onirie. Il se trouva un peu désemparé par la furie qu'il rencontra. Alors, seulement, il se rendit compte qu'il faisait encore chaud dans la pièce, en dépit du froid glacial qu'il percevait.

Jaenelle ne leur avait adressé aucune mise en garde contre cette rage qui couvait juste sous la surface, elle n'avait fourni aucun indice indiquant qu'une force s'accumulait en elle pour frapper. Rien.

En regardant de nouveau le doigt tranché, il sentit son estomac se serrer. Puis il sortit de la pièce.

Qu'ils soient tous les deux maudits, songea Onirie en examinant le doigt niché dans son coffret. Oh, il y avait bien eu une vague lueur de trouble sur le visage de Sadi quand il avait découvert ce qu'on venait de leur envoyer, mais elle avait disparu aussitôt. Quant à Jaenelle ? Rien. Feu d'Enfer ! elle avait témoigné plus d'inquiétude et de colère quand Vania avait harcelé Aaron ! Au moins, alors, elle avait exprimé cette rage terrifiante et glaçante. Mais cette femme recevait un morceau de son père et… rien. Rien du tout. Aucune réaction.

Bon, très bien. Si c'était ainsi que ces deux-là voulaient agir, à la bonne heure ! Ornée au Gris, elle était une tueuse compétente. Il n'y avait pas de raison qu'elle ne puisse pas se faufiler en Terreille pour arracher Lucivar, le Sire d'Enfer, ainsi que Marianne et Daimonar des griffes de ces deux garces.

Onirie se mordit la lèvre. Les sortir tous de là sains et saufs s'annonçait problématique.

Qu'à cela ne tienne, elle allait y réfléchir un peu, élaborer un plan. Au moins, elle agirait !

Et peut-être, en réfléchissant, mentionnerait-elle ce petit incident à Karla pour voir si la Veuve Noire ne changeait pas d'avis.

Lorsque Daimon atteignit son atelier, la glace du regard de Jaenelle s'était brisée en échardes coupantes. La haine froide et brute qu'il y découvrit le terrifia.

— D'après vous, que va-t-il se passer, maintenant ? demanda Jaenelle trop calmement.

Daimon glissa les mains dans les poches de son pantalon pour dissimuler leur tremblement, puis il se racla la gorge.

— Je doute qu'il se passe autre chose avant le retour du messager en Hayll pour rendre compte de la livraison du coffret. Nous sommes en milieu de matinée. Elles pensent que vous ne prendrez aucune décision dans l'immédiat. Donc nous avons quelques heures. Un peu plus, peut-être.

Jaenelle se mit à arpenter lentement la pièce. Elle semblait être un conflit avec elle-même. Enfin, elle soupira, comme si elle avait perdu la bataille, et se tourna vers lui.

— La Tisseuse de songes m'a envoyé un message. Elle dit que la pyramide doit rester groupée pour survivre, que les deux autres côtés ne sont pas assez forts sans la puissance du miroir, et que le miroir les gardera tous en sécurité.

— Le miroir ? demanda prudemment Daimon.

— Vous êtes le miroir de votre père, Daimon. Vous êtes un côté de la pyramide.

Un souvenir surgit à l'esprit de Daimon, celui de Tersa, des années plus tôt, traçant un triangle dans la paume de sa main encore et encore, pendant qu'elle lui expliquait le mystère du triangle à quatre côtés du Lignage.

— Père, frère, amant, murmura-t-il. Trois côtés. Et le quatrième était le centre de la pyramide, qui dirige les trois autres.

— Précisément, répondit Jaenelle.

— Vous voulez que j'aille en Hayll.

— Oui.

Il hocha lentement la tête. Soudain, il avait l'impression de se trouver sur une passerelle très fragile, très étroite. Un seul faux pas risquait de le projeter dans un précipice dont il ne pourrait s'échapper.

— Si je m'y rendais pour proposer un nouvel échange de prisonniers, nous gagnerions quelques heures supplémentaires.

— Je n'ai jamais évoqué la possibilité de vous livrer à elles, rétorqua Jaenelle, dont le visage était encore plus blême que depuis qu'elle avait vu le doigt de Sahtan. Daimon, j'ai besoin de soixante-douze heures.

— Soixan… Mais tout est prêt. Il ne vous reste qu'à rassembler toutes vos forces et à les libérer.

— J'ai besoin de soixante-douze heures.

Il la dévisagea, comprenant peu à peu ce qu'elle lui disait. Dans un plongeon contrôlé vers l'abîme, il pouvait descendre au niveau de ses Joyaux noirs en quelques minutes pour réunir ses forces. Pour faire la même chose, elle allait mettre *soixante-douze heures.*

Feu d'Enfer, Ô Nuit, que la Ténèbre soit clémente !

Mais il n'avait aucun moyen de…

Il lut dans son regard qu'elle savait, et lutta contre la honte qu'il ressentait. Il aurait dû savoir qu'il ne pouvait dissimuler le Sadique à Sorcière. Et il comprenait enfin ce qu'elle lui demandait.

Incapable de croiser son regard, désormais, il se détourna et se mit à errer à son tour dans la pièce.

Ce n'était qu'un jeu. Un jeu sale et méchant, du genre de ceux auxquels le Sadique jouait si bien, depuis toujours... Et, à mesure qu'il laissait libre cours à cette partie de lui-même, un plan prit forme en lui avec une facilité incroyable.

Mais... tout avait un prix. S'il devait perdre la compagnie de presque tous ceux qui lui étaient chers, le jeu n'en valait pas la chandelle.

— Je peux le faire, ronronna-t-il en tournant lentement autour d'elle. Je peux déstabiliser Dorothéa et Hékatah assez longtemps pour maintenir les autres en sécurité et empêcher ces « dames » de donner l'ordre aux armées terreilliennes d'entrer en Kaelir. Je peux gagner soixante-douze heures, Jaenelle. Mais il m'en coûtera, car je vais faire des choses qui ne me seront peut-être jamais pardonnées. Je veux donc quelque chose en échange.

Il perçut son étonnement, avant qu'elle réponde :

— D'accord.

— Je ne veux plus porter l'anneau de consort.

Elle réprima vivement un élan de douleur.

— D'accord.

— Je veux une alliance à la place.

Elle exprima une joie intense, immédiatement suivie de chagrin. Elle lui sourit tandis que ses yeux s'embuaient de larmes.

— Ce serait merveilleux.

Elle était sincère. Alors pourquoi cette peine, cette angoisse ? Il devrait s'en occuper à son retour.

Déjà, il sentait la colère, la nervosité monter en lui.

— Je considère votre réaction comme un « oui ». J'aurai besoin de certaines choses que je ne sais pas très bien créer pour ce jeu.

— Dites-moi simplement de quoi vous avez besoin, Daimon.

Il ne voulait pas faire cela. Il ne voulait pas revenir à ce genre de vie, pas même pour soixante-douze heures. Il allait entacher l'existence qu'il avait commencé à construire, ici, et le cénacle, les garçons ne lui...

— Vous me faites confiance ? demanda-t-il sèchement.

— Oui.

Pas une hésitation, pas l'ombre d'un doute.

Il finit par s'arrêter et se tourna vers elle.

— Savez-vous que je vous aime désespérément ?

— Autant que je vous aime ? demanda-t-elle d'une voix tremblante.

Il la prit dans ses bras, s'accrochant à elle comme à un fil de vie, à son ancre. Tout irait bien. Tant qu'il aurait Jaenelle, tout irait bien.

Enfin, à contrecœur, il s'écarta d'elle.

— Venez, nous avons beaucoup de travail.

— C'est terminé, annonça Jaenelle quelques heures plus tard.

Elle emballa avec soin la boîte contenant les éléments de sort qu'elle avait créés pour Daimon.

— Enfin, presque, ajouta-t-elle.

Daimon but une gorgée de café très corsé. Si physiquement, il était fatigué, mentalement, il tournait à plein régime. À mesure que Jaenelle avait créé les sorts qu'il sollicitait, il avait dû apprendre à les utiliser. Elle lui avait donc expliqué le processus tout en créant, puis l'avait laissé s'exercer pendant qu'elle s'occupait des sorts qu'il allait emporter avec lui. Elle avait surveillé son travail, fourni des recommandations sur la façon de rehausser leur effet, sans jamais lui demander ce qu'il comptait faire, ce dont il lui était reconnaissant. Naturellement, il ne savait pas non plus ce qu'elle allait entreprendre. Il y avait des choses qu'une Veuve Noire ne demandait pas à une autre Veuve Noire.

Jaenelle brandit une fiole de la taille d'un doigt, remplie d'une poudre foncée.

— C'est un stimulant puissant. Une dose de cette substance vous maintiendra debout pendant environ six heures. Vous pouvez le mélanger à n'importe quel liquide. (Elle observa son café.) Mais, dans un breuvage de ce genre, il sera encore plus efficace.

— Il s'agit là d'une seule dose ? s'enquit Daimon

Il dut réprimer un rire en voyant l'expression de son visage.

— Il y a là-dedans suffisamment de doses pour les trois prochains jours, et davantage encore, dit-elle d'un ton sec.

— Eh bien, je devrais peut-être voir quel effet il me fait, dit-il en tendant sa tasse.

Elle déboucha le flacon et versa un peu de poudre dans le café. En un instant, elle était dissoute.

Daimon but une gorgée. Un petit goût de noix, une légère amertume. En fait, c'était assez…

Elle siffla. Soudain, son corps se trouva en alerte, comme avant la bataille, pris d'un violent besoin de bouger. Son esprit n'était plus du tout embrumé par la fatigue mentale. Après quelques secondes explosives, il se calma, mais conserva un réservoir d'énergie brute.

Il vida sa tasse et attendit quelques instants. Pas de changement physique, rien que la sensation jubilatoire du réservoir d'énergie qui s'amplifiait.

Jaenelle rangea avec soin la fiole dans la boîte.

— Tout a un prix, Daimon, affirma-t-elle.

Ce qui eut pour effet de le ramener à la raison.

— Il y a accoutumance ?

Elle lui adressa un regard qui aurait coupé un homme en deux.

— Non. Je m'en sers, parfois, ce que vous ne révélerez à aucun membre de la famille. Ils seraient dans tous leurs états, s'ils le savaient. Cette poudre vous permettra de tenir, même sans dormir ni manger, mais, si vous ne renouvelez pas la dose toutes les six heures, vos jambes se déroberont et vous dormirez toute une journée.

— Autrement dit, si j'oublie de prendre une dose, je n'arriverai pas à tenir debout, quoi qu'il se passe autour de moi.

Elle acquiesça.

— Très bien, j'en prends bonne note.

Elle sortit un autre flacon, qui contenait cette fois un liquide foncé.

— C'est un fortifiant pour Sahtan. Je pense qu'il sera affaibli, alors je l'ai préparé bien corsé. Il lui donnera un sacré coup de fouet. Il faut le verser dans la même quantité de liquide, du vin ou du sang frais.

— Si j'utilise le stimulant, puis-je prendre mon propre sang et l'ajouter à ce tonique ?

— Oui, répondit Jaenelle, qui parvint presque à empêcher ses lèvres de trembler. Mais, si vous utilisez votre propre sang, veillez à le verser dans sa gorge avant de lui dire ce que c'est parce qu'il aura tendance à ruer dans les brancards avec la force de deux attelages. Et il va vous en vouloir, pendant les premières minutes.

— C'est clair.

Il espérait simplement que Sahtan serait en assez bon état pour protester contre l'idée d'absorber une drogue.

Jaenelle respira profondément.

— C'est tout, dit-elle.

Daimon posa sa tasse sur la table.

— Je tiens à assister à la préparation de la nourriture. Ce ne sera pas long. Vous voulez bien m'attendre ?

— J'attendrai, promit-elle avec un sourire qui n'atteignit pas ses yeux saphir.

— Princce Ssadi.

Daimon hésita, puis se tourna vers la voix.

— Draca…

Elle tendit une main et serra le poing, mais pas trop fort. Obéissant, il posa la main sous la sienne. Quand elle ouvrit le poing, des sequins tombèrent dans la paume de Daimon, de ceux que les femmes cousaient sur leurs vêtements pour capter la lumière.

Étonné, il les examina, puis posa les yeux sur Draca.

— Au moment opportun, donnez-les à Sahtan. Il comprendra.

Elle est au courant, songea Daimon. *Elle est au courant, mais…* Non, Draca ne dirait rien au cénacle ni aux garçons. La sénéchale d'Ébènaskavi garderait son propre conseil pour des raisons qui lui appartenaient.

Tandis qu'elle s'éloignait, il glissa les sequins dans la poche de sa veste.

Quand la porte de sa chambre s'ouvrit avec fracas, Onirie sursauta.

— Au nom d'Enfer, qu'est-ce que vous fabriquez ? demanda Daimon en faisant claquer le battant.

— D'après vous ? rétorqua Onirie.

Elle jura en silence. Quelques minutes de plus, et elle aurait pu s'éclipser en toute discrétion.

— On dirait bien que vous êtes sur le point d'anéantir plusieurs heures de travail acharné, répliqua Daimon.

Elle se calma aussitôt.

— Quel « travail » ? demanda-t-elle, d'un air soupçonneux.

Il jura à son tour avec une bassesse qui étonna la jeune femme.

— Que croyez-vous que j'aie fait depuis que nous avons reçu ce petit cadeau, ce matin ? Et que pensiez-vous être capable de faire, en partant toute seule ?

— Je suis tueuse depuis bon nombre d'années, Sadi. J'aurais pu…

— Des meurtres à un contre un, grommela Daimon. Pas de quoi aller très loin dans un campement armé. Et, si vous libérez le Gris pour vous débarrasser des gardes, vous pouvez être certaine que les quatre personnes que vous allez chercher seront mortes le temps que vous les atteigniez.

— Vous ne savez pas…

— Si, je sais ! l'interrompit Daimon. J'ai grandi sous le contrôle de cette garce, alors je sais !

La colère d'Onirie ne pouvait égaler la sienne, d'autant plus qu'il avait mis le doigt sur les doutes qu'elle avait quant à la réussite de son plan.

— Vous avez une meilleure idée ?

— Oui, Onirie, j'ai une meilleure idée, rétorqua-t-il froidement.

Onirie s'humecta les lèvres et prit une profonde inspiration.

— Je pourrais vous assister, faire diversion, par exemple. Feu d'Enfer, Daimon, ces personnes font aussi partie de ma famille, la première famille que j'aie jamais eue ! Cela signifie beaucoup, pour moi. Laissez-moi vous aider.

Il la dévisagea longuement, une lueur étrange dans le regard.

— Oui, dit-il d'une voix suave, charmeuse, je crois que vous pourriez vous rendre utile.

Il changea soudain de ton. Irrité, alerte, il examina les provisions entassées sur le lit de la jeune femme.

— Au moins, vous avez été assez sensée pour vous rendre compte que vous devriez emporter vos propres réserves, à boire et à manger, car vous ne pouvez consommer en toute confiance ce qui se trouve sur place.

Il se dirigea vers la porte.

— Il me faut encore quelques heures, conclut-il. Ensuite, nous partirons.

— Mais… (Il la fit taire d'un regard implacable.) D'accord, quelques heures.

Ce n'est que lorsqu'il eut quitté les lieux qu'elle commença à se demander ce qu'elle venait d'accepter de faire.

Petite imbécile ! songea Daimon en regagnant l'atelier de Jaenelle. Si le personnel des cuisines ne lui avait pas appris qu'Onirie avait demandé ces provisions, il n'aurait jamais su qu'elle avait l'intention de se rendre en Hayll. Et il n'aurait pas pu se préparer à sa présence. Certes, son aide lui serait utile, dans ce jeu. Il n'avait pas mis plus d'une minute à déterminer comment elle pourrait lui apporter son soutien. Mais, bon sang, si elle avait débarqué là-bas et semé la pagaille avant son arrivée… Il devait obtenir soixante-douze heures de répit pour Jaenelle. Un affrontement direct lui aurait permis de faire sortir les autres, mais sans gagner ce laps de temps.

Il allait donc poser ses règles du jeu, et Onirie aurait une chance de danser avec le Sadique.

Dès qu'il entra dans l'atelier, il se mit à grogner après Jaenelle.

— J'ai besoin de quelques éléments supplémentaires.

Elle écarquilla les yeux lorsqu'il lui fit part de ses besoins, mais elle ne dit rien, à part :

— Je crois que je ferais mieux de vous donner un Anneau doté d'un bouclier que nul ne pourra transpercer.

Lucivar et Onirie auraient certainement envie de l'étriper, dans quelques heures. Il se dit donc que c'était une excellente idée.

Devant la salle de l'Autel Noir, au Fort, Jaenelle étreignit Onirie.

— Que la Ténèbre soit avec vous, ma Sœur.

— Nous les récupérerons, promit Onirie en la serrant à son tour contre elle. Vous pouvez compter sur nous.

Elle adressa un regard à Daimon, puis entra dans la pièce dont elle referma doucement la porte.

Daimon se contenta d'observer Jaenelle, le cœur trop gros pour parler. D'ailleurs, les mots semblaient inadéquats, en cet instant. Il lui caressa la joue de son pouce et l'embrassa tendrement. Puis il respira profondément.

— Le jeu commence à minuit.

— Et à minuit, soixante-douze heures plus tard, vous chevaucherez les Vents pour regagner le Fort de Terreille. Pas d'arrêts, pas de retard. (Elle se tut et attendit qu'il exprime son approbation.) Ne vous engagez pas sur un Vent plus sombre que le Rouge. Il serait instable.

Il eut toutes les peines du monde à ne pas demeurer bouche bée. Une forte tempête sorcière créerait des turbulences sur une partie des routes psychiques de la Ténèbre, et pourrait même projeter quelqu'un hors de la toile pour le perdre dans la dite Ténèbre, mais le terme « instable » présageait bien pire que cela.

— Très bien, dit-il enfin, Nous nous en tiendrons au Rouge.

— Daimon, reprit doucement Jaenelle. Je veux que vous me fassiez une promesse.

— Tout ce que vous voudrez.

Les yeux de la jeune femme s'embuèrent de larmes. Elle mit un certain temps à se ressaisir.

— Il y a treize ans, vous avez tout donné pour me venir en aide.

— Et je recommencerais sans l'ombre d'une hésitation.

Elle secoua vigoureusement la tête.

— Non. Plus de sacrifices, Daimon. Pas de votre part. Voilà ce que je veux que vous me promettiez. (Elle déglutit, la gorge nouée.) Le Fort sera le seul lieu sûr. Promettez-moi que, à l'heure prévue, vous vous y rendrez. Quoi que vous deviez quitter, quoi que vous deviez laisser derrière vous, vous devrez arriver au Fort avant l'aube. Promettez-le-moi, Daimon. J'ai besoin de vous savoir en sécurité. Promettez-le-moi.

Elle crispa la main sur son bras au point de lui faire mal. Gentiment, il l'ôta et porta sa main à ses lèvres pour embrasser sa paume. Puis il lui sourit.

— Je ne ferai rien qui puisse me faire arriver en retard à mon propre mariage.

Il perçut alors de la douleur dans ses yeux. Voulait-elle vraiment l'épouser ? Non, il ne fallait pas en douter, il ne pouvait se permettre de douter.

— Je reviendrai, dit-il. Je vous le jure.

Elle l'embrassa brièvement, mais avec ferveur.

— J'y compte bien, répondit-elle.

Elle était pâle, fatiguée, ses cernes noirs soulignaient son regard, mais jamais il ne l'avait trouvée aussi belle.

— Je vous verrai dans quelques jours.

— Au revoir, Daimon. Je vous aime.

Nullement rassuré par les paroles de Jaenelle, il se dirigea vers l'Autel Noir, la Porte entre les royaumes.

22. Kaelir

Karla s'installa dans un des fauteuils du salon de Jaenelle. Elle aurait pu faire appel à l'Art pour se déplacer. Elle tenait même debout toute seule depuis quelque temps en s'appuyant sur deux cannes. Mais envoyer du pouvoir dans son corps l'épuisait rapidement, et la station debout était douloureuse pour ses jambes. Toutefois, la tasse quotidienne qu'elle absorbait du remède de Jaenelle était efficace, malgré la sensation troublante qu'elle aurait besoin de sa force pour autre chose très bientôt.

C'était la première fois que Karla revoyait Jaenelle depuis que celle-ci avait refusé de laisser Kaelir entrer en guerre. Et encore, alors qu'elle les avait convoquées, elle et Gabrielle, le Reine d'Ébènaskavi leur tournait le dos. Elle se contentait de regarder par la fenêtre.

— J'ai besoin que vous gardiez les garçons sur place pendant quelques jours, dit-elle calmement. Ce ne sera pas facile, mais c'est indispensable.

— Pourquoi ? demanda Gabrielle. Feu d'Enfer, Jaenelle, nous devons former des armées et nous battre ! Nous sommes tellement dispersés que nous tenons à peine, que nous ne pourrons même pas lutter contre les bataillons qui viendront certainement de Terreille, et que pourront former les seuls Terreilliens qui se trouvaient déjà en Kaelir. Les bâtards ! Il est temps de faire la guerre. Nous devons y aller. Il n'y a pas que le peuple qui meurt. Les terres sont détruites, elles aussi.

— Les reines peuvent réparer les terres, répondit Jaenelle, qui ne les regardait toujours pas. C'est le don spécial des reines. Et notre peuple a perdu moins de membres que vous le croyez.

— Non, dit amèrement Gabrielle. Les nôtres meurent simplement de honte parce qu'on leur a donné l'ordre d'abandonner leurs terres.

— Un peu de honte ne les tuera pas.

Karla posa une main sur le bras de Gabrielle.

— Je ne pense pas que nous ayons vraiment le choix, désormais, Jaenelle, dit-elle en s'efforçant de laisser parler la raison. Si nous ne cessons pas de battre en retraite pour passer à l'offensive, nous n'aurons nulle part où nous poster quand les armées terreilliennes arriveront.

— Elles ne recevront pas l'ordre d'entrer dans Kaelir pendant encore quelques jours. Ensuite, cela ne fera aucune différence.

— Parce que nous serons contraints de nous rendre, rétorqua Gabrielle.

Karla crispa la main sur le bras de Gabrielle. Elle n'avait guère de force, mais ce geste suffit à maîtriser la colère de la Reine, du moins pour un moment.

— Kaelir va-t-elle enfin entrer en guerre contre Terreille ? demanda-t-elle.

— Non, répondit Jaenelle. Kaelir n'entrera pas en guerre contre Terreille.

L'inflexion de sa voix avait envoyé un frisson glacial dans tout le corps de Karla. La tension qu'elle ressentit dans le bras de Gabrielle, sous sa main, lui indiqua qu'elle l'avait perçue, elle aussi.

— Alors qui va faire la guerre contre Terreille ?

Jaenelle se retourna. Gabrielle retint son souffle.

Pour la première fois, elles voyaient le songe sous la chair.

Karla regarda fixement les oreilles pointues venues des Déa al Mon, les mains aux griffes sorties, venues des Tigrés, les sabots des centaures, des chevaux ou des Licornes. Mais surtout, elle observa la minuscule corne en spirale.

Le mythe vivant. Les songes faits chair. Mais personne ne s'était jamais demandé qui étaient ces songeurs.

Pas étonnant que la parentèle l'apprécie. Pas étonnant que nous l'ayons tous aimée.

Karla s'éclaircit la voix pour poser une question à laquelle elle espérait ne pas obtenir de réponse.

— Qui va faire la guerre contre Terreille ?

— Moi, répondit Sorcière.

Chapitre 15

1. Terreille

Presque aveuglé par la torture qu'il endurait depuis deux jours, Sahtan vit Hékatah s'approcher et l'examiner longuement. Chaque fois que l'envie les en prenait, elle et Dorothéa utilisaient l'Anneau d'obéissance, mais elles se montraient plus prudentes, à présent. Elles s'arrêtaient juste avant qu'il s'évanouisse de douleur. Pire encore, elles l'avaient laissé enchaîné au poteau toute la journée. Déjà affaibli par la souffrance, il s'était vidé de sa force psychique avec le soleil de l'après-midi, qui l'avait ébloui. Il souffrait d'un mal de tête si violent que même le supplice infligé par l'Anneau ne pouvait l'effacer.

Petit à petit, la douleur amenuisait les effets revigorants des remèdes de Jaenelle, ramenant son corps à l'état où il se trouvait lors de leur première rencontre, plus proche de l'état de démonite que de celui de vivant.

S'il avait pu effectuer une transition rapide de l'état de Gardien à celui de démonite, il l'aurait peut-être envisagée. Une transition de celle qu'Andulvar et Prothvar avaient réalisée sur le champ de bataille, tant de siècles auparavant. Absorbés par la furie du combat, ils ne s'étaient même pas rendu compte qu'ils avaient reçu le coup fatal. S'il l'avait pu, Sahtan aurait peut-être procédé ainsi. Il lui aurait été facile de s'ouvrir une veine et de se vider de son sang. Ainsi, il aurait moins souffert… mais il se serait également montré plus vulnérable et, sans approvisionnement de sang frais, le soleil l'aurait affaibli au point que, quand Jaenelle viendrait enfin, il représenterait pour elle un fardeau au lieu d'une aide à son côté.

Quand Jaenelle viendrait enfin. *Si* elle venait. Elle aurait déjà dû se manifester, être présente… si elle devait venir.

— Je crois qu'il est temps d'envoyer à Jaenelle un nouveau petit cadeau, minauda Hékatah d'une voix un peu pâteuse à cause de sa mâchoire déformée. Un autre doigt, peut-être ?

Elle s'exprimait sur le ton d'une femme qui hésite entre deux plats sur le menu.

— Ou alors un orteil, cette fois… Non, trop insignifiant. Un œil, peut-être ? Trop défigurant. Il ne faudrait pas qu'elle vous croie trop répugnant pour être sauvé.

Posant les yeux sur ses testicules, elle sourit.

— C'est de la viande morte, désormais, reprit-elle. Mais elles serviront au moins à quelque chose…

Sahtan ne réagit pas. Il ne se permit pas de réagir. C'était bien de la viande morte. La dernière partie de son corps à se revitaliser, la première à mourir. Il ne broncherait pas. Et il ne penserait pas à Sylvia. Pas à présent. Plus jamais.

Plongeant dans son regard, Hékatah s'avança. Elle le caressa, puis sa main se referma sur ses bourses pour les offrir à la lame de son couteau.

Un hurlement enragé déchira la nuit.

Hékatah bondit en arrière et fit volte-face.

Onirie surgit sur le campement, comme projetée en l'air par une main immense. Ses pieds touchèrent le sol, mais elle ne put briser son élan et tomba en avant. Ellc fit unc roulade et se retrouva à genoux face à l'obscurité, au-delà de la zone éclairée par les bougies.

— ESPÈCE DE BÂTARD FROID ET SANS CŒUR ! cria Onirie. SALE FILS DE PUTE SANS TRIPES !

Dorothéa surgit de sa cabane.

— Gardes ! Gardes ! appela-t-elle.

Les sentinelles affluèrent de trois côtés du campement. Nul ne surgit des ténèbres qui leur faisaient face.

— GARDES ! répéta Dorothéa.

Dans l'obscurité, une voix grave et amusée déclara :

— Ils ne vous répondront pas, ma chère. Ils sont retenus de façon permanente.

Daimon Sadi surgit des ténèbres et s'arrêta au bord du cercle de lumière. Ses cheveux noirs étaient un peu ébouriffés par le vent, et il avait les mains dans les poches de son pantalon. Sa veste noire ouverte révélait une chemise de soie blanche déboutonnée jusqu'à la taille. Autour de son cou, le Noir scintillait de puissance. Ses yeux dorés luisaient également.

Face à cette lueur étrange qu'il voyait dans les yeux de Daimon, Sahtan frémit. Quelque chose n'allait pas. N'allait pas du tout.

Hékatah se détourna partiellement et posa le couteau contre le ventre de Sahtan.

— Un pas de plus, et je l'étripe. Et je tue l'Eyrien, aussi !

— Allez-y, répondit Daimon d'un ton aimable, en entrant dans le campement. Cela m'épargnera la peine d'organiser quelques accidents, ce que j'aurais dû faire sans tarder puisque l'Intendant et le Premier Suivant devenaient… problématiques. Alors tuez-les, et je vous détruis. Ensuite, je retourne en Kaelir pour consoler la Reine endeuillée. Oui, cela m'arrangera bien ! Vous serez tenue pour responsable de ces morts, et Jaenelle ne me regardera jamais en se demandant pourquoi je suis le dernier homme sur qui elle peut encore compter.

— Vous oubliez le maître de la Garde, déclara Hékatah.

Daimon esquissa un sourire à la fois doux et brutal.

— Non, je ne l'oublie pas. Et je n'ai pas oublié Prothvar ni Méphis, non plus. Ils ne sont plus un problème.

Pendant un moment, Sahtan crut qu'Hékatah l'avait éventré. Si la blessure n'était pas physique, la douleur l'était, elle.

— Non, dit-il. Non, ce n'est pas possible.

Daimon se mit à rire.

— Ah non ? Alors où sont-ils, mon vieux ?

Comme il se posait aussi cette question, Sahtan ne put lui répondre. Ce qui ne l'empêcha pas de le contredire.

— Vous n'auriez pas pu. *C'est votre famille.*

— Ma famille, répéta Daimon d'un air pensif. Comme il est opportun qu'ils aient décidé de devenir ma famille maintenant que je suis le consort de la Reine la plus puissante de l'histoire du Lignage.

— C'est faux, protesta Sahtan en se penchant en avant, malgré le couteau posé contre son bas-ventre.

C'était insensé, de discuter ce point, mais tous ses instincts lui hurlaient qu'il fallait le faire tout de suite, qu'il n'y aurait peut-être pas une autre chance d'effacer ce regard de Daimon.

— Ah non ? s'enquit ce dernier d'un ton amer. Alors où étaient-ils il y a mille sept cents ans, quand j'étais enfant ? Où étiez-vous ? Où donc étiez-vous, tous, pendant toutes ces années ? Ne me parlez pas de famille, Sire d'Enfer.

Sahtan s'affaissa contre le poteau. Ô Nuit, toutes ses inquiétudes à propos de la loyauté de Daimon s'avéraient !

— Comme c'est touchant ! railla Hékatah. Vous espérez que nous allons croire ça ? Vous êtes le fils de votre père.

Les yeux dorés de Daimon se rivèrent sur Hékatah.

— Il serait plus exact de dire que je suis l'homme que mon père aurait pu être s'il en avait eu les tripes.

— Ne l'écoutez pas ! ordonna soudain Dorothéa. C'est une manœuvre, un piège. *Il ment.*

— On dirait que c'est une journée meurtrière, marmonna amèrement Onirie.

Daimon adressa un regard furtif d'avertissement à Onirie, puis il porta son attention sur Dorothéa.

— Bonjour, ma chère. Vous avez vraiment l'air d'une vieille peau. Cela vous va à merveille.

Dorothéa siffla de rage.

— Je vous ai apporté un cadeau, reprit Daimon en regardant Onirie.

Dorothéa considéra les oreilles pointues d'Onirie.

— J'ai entendu parler d'elle, dit-elle avec dédain. Ce n'est qu'une putain !

— Certes, admit Daimon, c'est une catin de première classe qui écarte les cuisses pour quiconque la paie. C'est aussi votre petite-fille, la fille de Kartane. L'unique enfant qu'il aura jamais. La seule descendante de votre lignée.

— Aucune catin ne saurait être ma petite-fille ! gronda Dorothéa.

Daimon haussa un sourcil.

— Vraiment, ma chère, je pensais pourtant que ce serait l'argument décisif. La seule différence entre vous est qu'elle passe la plupart de son temps sous un homme alors que vous vous trouvez dessus. Mais vos cuisses sont tout aussi écartées que les siennes. (Il marqua une pause.) En fait, il existe une autre différence. Comme elle se faisait payer, elle a dû acquérir quelques talents, au lit.

Dorothéa tremblait de rage.

— Gardes ! Attrapez-le !

Vingt hommes surgirent, mais chutèrent.

Daimon se contenta de sourire.

— Je devrais peut-être tuer les autres maintenant pour nous éviter tout nouvel ennui.

Hékatah baissa lentement son couteau.

— Que faites-vous ici, Sadi ?

— Vos petites manigances entravent mes projets, et cela m'agace.

— Terreille va entrer en guerre contre Kaelir. Ce ne sont pas vraiment de « petites manigances ».

— L'essentiel est de savoir si l'on a le pouvoir de gagner, non ? susurra Daimon. Toutefois, je n'ai aucune envie de régner sur un royaume dévasté par la guerre, alors j'ai décidé qu'il était temps que nous ayons une petite conversation.

— Ne l'écoutez pas ! lança Dorothéa en bondissant en avant.

— Comment pourriez-vous diriger un royaume ? demanda Hékatah, sans se préoccuper de Dorothéa.

Le sourire de Daimon se fit plus froid, plus cruel.

— Je contrôle la sorcière qui a la force de tuer tout être vivant dans le royaume de Terreille.

— Non ! cria Sahtan. Vous ne contrôlez pas la Reine !

Dès que les yeux de Daimon se posèrent sur lui, il se remit à trembler.

— Ah non ? susurra Daimon. Vous ne vous êtes jamais demandé pourquoi elle ne réagissait pas au « cadeau » qu'elle a reçu, Sire d'Enfer ? Oh, elle a été très désemparée ! Elle ne fait que pleurer depuis que votre doigt lui est parvenu. Mais elle n'est pas là. Et elle ne viendra pas, parce qu'elle accorde plus de valeur à ma queue qu'elle vous en accorde à vous. À aucun de vous.

Pour la première fois, Daimon regarda Lucivar.

Sahtan secoua la tête.

— Non. Vous ne pouvez pas faire cela, Daimon !

— Ne me dites pas ce que je peux faire. Vous avez eu votre chance, mon vieux, et vous n'avez pas eu les tripes de la saisir. À présent, c'est mon tour, et j'ai l'intention de régner.

— Ce n'est qu'un mensonge de plus ! lança Dorothéa. Vous n'avez jamais eu envie de régner.

Daimon se tourna vers elle, ivre de colère froide.

— Que pouvez-vous savoir de ce que je veux, sale garce ? Vous ne m'avez jamais accordé l'occasion de régner sur quoi que ce soit. Vous vouliez uniquement exploiter ma force sans rien me donner en retour.

— Si, je vous ai proposé quelque chose !

— Quoi ? Vous ? Vous vous êtes bien servie de moi, Dorothéa ! Vous croyez vraiment qu'en supporter davantage aurait été une récompense, à mes yeux ?

— Bâtard ! Vous...

Elle fit un pas vers lui, la main levée telle une griffe.

Le coup que lui assena une main fantôme la fit tomber. Elle chuta sur Onirie, qui jura violemment et la repoussa.

S'arrachant du regard de Daimon, Sahtan observa Hékatah et se rendit compte qu'elle tremblait, mais pas de colère.

— Que voulez-vous, Sadi ? demanda-t-elle, incapable de parler d'un ton ferme.

Un long moment d'effroi s'écoula avant que Daimon reporte son attention sur elle.

— Je suis venu négocier au nom de ma Reine.

— Je vous l'avais dit, marmonna Dorothéa, sans essayer de se relever.

— Et que raconterez-vous à votre Reine ? s'enquit Hékatah.

— Que je suis arrivé trop tard pour les sauver. Je suis certain de pouvoir déclencher chez elle une réaction suffisamment violente.

— Elle détruira plus que nous tous si elle libère ce genre de puissance.

Daimon esquissa un sourire satisfait.

— Absolument. Elle détruira tout. Et quand vous serez partis... eh bien, il devra y avoir quelques batailles supplémentaires en Kaelir pour éliminer les mâles les plus récalcitrants, à la cour. Ensuite, je pense que tout s'arrangera gentiment.

Sur ces mots, il tourna les talons et s'éloigna.

Il ne l'incitera jamais à détruire tout le monde à Terreille, songea Sahtan en fermant les yeux pour surmonter la nausée qui le tenaillait. Il n'arrivera jamais à l'influencer à ce point. Pas Jaenelle.

— Attendez ! dit Hékatah.

Sahtan rouvrit les yeux.

Daimon se trouvait presque à la limite du cercle de lumière. Il se retourna, l'air interrogateur.

— Était-ce votre unique raison de venir ? s'enquit Hékatah.

Daimon observa de nouveau Lucivar et sourit.

— Non. Je pensais profiter de ma présence pour régler quelques comptes.

Hékatah lui rendit son sourire.

— Dans ce cas, prince, nous avons peut-être matière à discussion. Mais pas tout de suite. Et si vous vous détendiez, pendant que je… pendant que Dorothéa et moi réfléchissons à un accord amiable pour régler cette affaire ?

— Je ne manquerai pas de trouver une façon amusante de passer le temps, répondit Daimon en s'enfonçant dans l'obscurité.

Hékatah observa Sahtan. Il lui était impossible de dissimuler ses sentiments, en cet instant, de garder une expression froide.

Dorothéa se leva et désigna Onirie.

— Neutralisez cette garce, lança-t-elle à deux gardes, avant de se tourner vers Hékatah : vous ne pouvez vraiment accorder foi à Sadi.

— Le Sire d'Enfer le croit, répliqua-t-elle doucement. C'est très intéressant.

Quand Dorothéa voulut protester, elle se mit à persifler :

— Nous en reparlerons en privé.

Elle se dirigea vers sa cabane et Dorothéa lui emboîta le pas à contrecœur.

Les gardes enchaînèrent Onirie à un poteau, à gauche de Sahtan, puis ils rassemblèrent les morts en lançant des regards inquiets vers l'obscurité, avant de repartir vaquer à leurs occupations.

— Votre fils n'est qu'un bâtard sans cœur, dit Onirie.

Sahtan pensa au regard de Daimon. Il pensa à l'homme qu'il aurait dû bien connaître, et qu'il ne connaissait pas du tout. Fermant les yeux, il appuya la tête sur le poteau.

— Je n'ai plus qu'un fils, répondit-il, et il est eyrien.

— Bonjour, connard.

Lucivar tourna la tête et vit Daimon surgir des ténèbres pour venir se placer face à lui.

Il avait observé de près ce premier jeu, guettant un signe de Daimon indiquant que le moment était venu de passer à l'offensive. Les chaînes porteuses d'un sort ne pouvaient le retenir toutes seules et, au contraire de Sahtan, la douleur que provoquait chez lui l'Anneau d'obéissance ne l'affaiblissait pas longtemps. Du moins ne le vidait-elle pas comme elle semblait vider le Sire d'Enfer. Non, ce qui l'empêchait de se détacher c'était la menace qui pesait sur Marianne et Daimonar. Il y avait toujours un garde à l'intérieur de la hutte la plus lointaine, qui servait de prison. Et cette sentinelle avait l'ordre de tuer sa femme et son fils s'il s'échappait. Alors il avait attendu, surtout après que Sahtan se fut rendu à ces deux garces, parce que celui-ci savait qu'il n'y aurait pas d'échange. Il était venu en s'attendant à être fait prisonnier, et il avait une raison d'agir de la sorte.

En voyant Daimon, il avait compris que le jeu était sur le point de commencer. À présent, face à cette allure blasée, endormie, terrifiante… Il avait dansé avec le Sadique trop souvent par le passé pour savoir que cet air ne présageait rien de bon.

— Salut, connard, dit-il, prudent.

Daimon s'approcha. Il effleura le bras de Lucivar du bout des doigts, puis son épaule et sa clavicule.

— Quel est le jeu ? demanda Lucivar.

Il frémit tandis que les doigts de Daimon remontaient dans son cou, puis vers sa mâchoire.

— Il est assez simple, ronronna Daimon en effleurant sa lèvre inférieure. Vous allez mourir, et je vais régner.

Ses yeux croisèrent ceux de Lucivar et il sourit.

— Vous savez comment les choses se passent, dans le Royaume Perverti, connard ? En avez-vous au moins une idée ? J'ai passé huit ans dans cette tourmente à cause de vous.

— Vous avez effacé cette dette, grogna Lucivar. Je vous ai donné l'occasion de la régler, mais vous avez choisi le pardon.

La main de Daimon se posa doucement sur le cou de Lucivar. Il se pencha vers lui jusqu'à ce que ses lèvres frôlent les siennes.

— Vous avez vraiment cru que je vous pardonnais ?

Dans la hutte lointaine, ils entendirent tous deux le cri d'un enfant furieux.

Daimon recula et sourit. Il glissa les mains dans les poches de son pantalon.

— Vous allez payer pour ces années, connard, dit doucement Daimon. Vous allez payer cher.

Le cœur de Lucivar battait à tout rompre. Daimon se dirigea vers la hutte où étaient retenus Marianne et Daimonar.

— Bâtard ? Bâtard, attendez ! C'est moi qui ai une dette envers vous ! Vous ne pouvez pas… Daimon ! Daimon !

Daimon entra dans la hutte. Quelques instants plus tard, le garde en sortit précipitamment.

— DAIMON !

Bientôt, Lucivar entendit son fils hurler.

Dorothéa crispa les poings.

— Je vous dis que c'est une manigance. Je connais Sadi.

— Vraiment ? répliqua Hékatah.

« Il serait plus exact de dire que je suis l'homme que mon père aurait pu être s'il en avait eu les tripes. »

Oui, elle avait pu percevoir la nature impitoyable, l'ambition, la sexualité cruelle de Daimon Sadi. Cela lui faisait un peu peur. Et ne l'en excitait que davantage.

— Il n'a jamais été intéressé par l'emploi de la force pour acquérir le pouvoir. Il a résisté à toutes mes tentatives pour le faire changer d'avis.

— C'est parce que vous avez mal manœuvré, railla Hékatah. Si vous aviez cajolé Sadi comme vous avez cajolé ce que vous appelez un fils…

— Vous trouviez amusant que je me livre à des jeux de chambre avec le fils du Sire d'Enfer. Vous disiez que cela ferait de lui un homme.

C'était le cas. Ces jeux avaient aiguisé la cruauté de Sadi, son goût des plaisirs pervers. Elle l'avait également senti. Tout comme elle avait senti qu'il ne serait pas facile de surmonter sa haine profonde de Dorothéa. Eh bien, il ne fallait pas que cela vienne entraver ses propres ambitions. De plus, Dorothéa devenait difficile, peu fiable. Il faudrait éliminer cette garce quand la guerre serait gagnée, de toute façon.

— Je vous dis qu'il mijote quelque chose, insista Dorothéa. Et vous le laissez se promener dans le campement. Allez savoir ce qu'il va fabriquer !

— Que suis-je supposée faire ? s'enquit Hékatah. Sans levier, nous ne pouvons nous mesurer au Noir en espérant l'emporter.

— Nous avons un levier, maugréa Dorothéa.

Hékatah éclata d'un rire mauvais.

— Quel levier ? S'il a vraiment anéanti Andulvar, Prothvar et Méphis, il ne va pas défaillir en voyant Sahtan se vider de ses boyaux.

— Vous avez choisi le mauvais homme, la mauvaise menace, affirma Dorothéa, irritée. Il se moque peut-être éperdument de Sahtan, mais il a toujours cédé quand Lucivar était en danger.

Elle marqua une pause, renifla, regarda vers la porte.

— Quelle est cette odeur ? demanda-t-elle, mal à l'aise.

— Quelle est cette odeur ? marmonna Onirie.

Il était bien plus de minuit. Les gardes faisaient-ils rôtir de la viande pour les repas du lendemain ? Possible, mais qui voudrait manger quelque chose qui sente si mauvais ?

— Vous sentez ?

Elle tourna la tête vers Sahtan, et n'apprécia pas ce qu'elle vit. Pas du tout, même. Depuis que Daimon avait quitté le campement pour la première fois, le Sire d'Enfer s'était contenté de regarder droit devant lui.

— Oncle Sahtan ?

Il tourna la tête, très lentement. Ses yeux se posèrent sur elle, trop lentement.

S'assurant qu'aucun garde ne se trouvait à proximité, elle se pencha vers lui autant que possible.

— Oncle Sahtan, le moment est mal choisi pour emprunter des voies mentales détournées. Nous devons trouver un moyen de sortir d'ici.

— Désolé que vous soyez là, Onirie, dit-il d'une voix lasse. Vraiment, je suis désolé.

Moi aussi, songea-t-elle.

— Lucivar possède la force physique, et je peux me débrouiller lors d'un combat, mais vous avez l'expérience nécessaire pour trouver un plan susceptible de nous permettre d'utiliser cette puissance à notre avantage.

Il se contenta de la regarder. Puis il esquissa un sourire d'une douceur teintée d'amertume.

— Ma chère… j'ai beaucoup vieilli, ces deux derniers jours.

Elle l'avait remarqué, et cela l'effrayait. Sans lui, comment sortiraient-ils de là ?

En entendant une porte s'ouvrir, elle se redressa vivement et se détourna de Sahtan.

— Feu d'Enfer ! jura Dorothéa, quelle est cette odeur ?

Elle vint se placer entre Sahtan et Onirie.

Cette dernière serra les dents. Elle était ornée au Gris, et Dorothéa au Rouge. Il lui serait assez facile de s'infiltrer sous les barrières internes de Dorothéa et de tisser une trame de mort, quelque chose de méchant qui, une fois déclenché, provoquerait des cris et une confusion qui leur permettraient de s'échapper.

Elle entama une descente prudente en elle-même pour que nul ne la remarque mais, avant qu'elle atteigne la profondeur de son Gris, une autre porte s'ouvrit.

L'odeur fétide s'intensifia, lui donnant un haut-le-cœur.

Daimon Sadi sortit de la prison, les mains dans les poches de son pantalon. Il se dirigea vers le centre du cercle de lumière. Il ne les regardait pas. Ses yeux scintillants étaient rivés sur Lucivar, qui soutenait son regard.

Nul n'osa bouger.

Enfin, Daimon se tourna vers la prison et dit d'un ton aimable :

— Marianne, chérie, sortez vite et montrez à votre imbécile de mari le prix des années que j'ai passé dans le Royaume Perverti.

Deux… choses nues sortirent en flottant de la hutte pour venir dans la lumière. Ô Nuit, ô Nuit, ô Nuit !

Marianne n'avait plus ni doigts ni pieds. Ni ses superbes cheveux longs. Les yeux de Daimonar avaient disparu, ainsi que ses mains et ses pieds. Leurs ailes étaient si desséchées que le moindre mouvement risquait de les faire tomber. Quant à leur peau…

Affichant son sourire froid et cruel, le Sadique relâcha son emprise sur Marianne et Daimonar. L'enfant heurta le sol avec un bruit sourd et se mit à crier. Marianne atterrit sur ses moignons et tomba à la renverse. Quand elle toucha terre, sa peau se craquela et…

Pas une goutte de sang. Onirie s'en rendit compte en l'observant, fascinée, pétrifiée. En revanche, du jus de cuisson s'écoulait de ses entailles.

Le Sadique ne s'était pas contenté de les brûler. Il les avait cuits, et ils étaient encore vivants. Pas même démonites. Vivants.

— Lucivar, murmura Marianne d'une voix rauque en essayant de ramper vers son mari. Lucivar.

Celui-ci se mit à hurler, mais son cri de douleur se mua en un cri de guerre eyrien. Ses chaînes se brisèrent lorsqu'il explosa littéralement pour se libérer du poteau et se ruer sur Daimon. Quand il eut franchi la moitié de la distance qui les séparait, un violent coup psychique le fit tomber et rouler vers le piquet. Il se releva et voulut se précipiter de nouveau vers Daimon. Un autre coup le renversa, encore, et encore.

Lorsqu'il fut incapable de se relever, il rampa vers Daimon, montrant les dents, le regard plein de haine.

Sadi saisit le bras de Daimonar et l'arracha comme il l'aurait fait avec le pilon d'un poulet.

Ce geste remit Lucivar sur pied. En chargeant, il heurta cette fois un bouclier noir et tomba à genoux.

Daimon se contentait de l'observer, un sourire aux lèvres.

Il tenta de traverser la protection à travers laquelle il voulait se frayer un chemin, et se projeta contre le bouclier, mais finit par s'y appuyer en pleurant.

— Daimon, implora-t-elle. Faites preuve d'un peu de pitié…

— Vous voulez de la pitié, répondit aimablement Daimon.

Avec la vivacité d'un prédateur, il piétina la tête de Daimonar.

Son crâne se brisa comme une coquille d'œuf.

Daimon s'approcha de Marianne, qui murmurait toujours et cherchait à ramper. Malgré les hurlements d'angoisse de Lucivar, ils entendirent tous le craquement de ses os quand Daimon marcha sur sa nuque.

Utilisant le bras de Daimonar, Sadi désigna les deux corps avec élégance, sans quitter Lucivar des yeux ni se départir de son sourire.

— Ils sont encore tous les deux assez forts pour effectuer la transition vers l'état de démonites, déclara-t-il. Je doute que le gosse se rappelle grand-chose, mais les dernières pensées de Marianne pour vous… Quel bon souvenir elle va garder de vous, connard, sachant que vous êtes responsable de ceci.

— Arrêtez ! implora Lucivar. Laissez-les partir !

— Tout a un prix, connard. Payez le prix et je les laisse aller.

— Que voulez-vous de moi ? demanda Lucivar d'une voix brisée. Dites-moi simplement ce que vous souhaitez.

Le sourire de Daimon se fit plus froid, plus méchant.

— Prouvez-moi que vous pouvez être un bon garçon. Rampez jusqu'au poteau.

Lucivar s'exécuta.

Deux gardes qui se tenaient dans l'ombre, observant la scène, s'approchèrent de Lucivar et l'aidèrent à se lever tandis que deux autres remplaçaient la chaîne brisée.

En l'attachant au pieu, ils se montrèrent délicats.

Lucivar posa sur Daimon un regard rendu vague par le chagrin.

— Satisfait ?

— Oui, répondit Daimon trop doucement. Je suis satisfait.

Onirie ressentit un éclair de pouvoir sombre, puis un autre. Elle tendit la main vers Marianne, redoutant presque que son contact psychique reçoive une réponse. Mais il ne restait rien, ni personne.

Enfin, elle se rendit compte qu'elle pleurait, qu'elle avait pleuré.

Lâchant le bras de Daimonar, Sadi utilisa un mouchoir pour essuyer méticuleusement la graisse de sa main. Puis, se dirigeant vers Onirie, il se servit du même linge pour essuyer les larmes de son visage.

Elle faillit vomir sur lui.

— Ne gaspille pas tes larmes pour eux, petite sorcière, dit Daimon. Tu es la suivante.

Elle le regarda s'éloigner et disparaître de nouveau dans les ténèbres. *Je suis peut-être la suivante,* songea-t-elle, *espèce de bâtard au cœur froid, mais je ne partirai pas sans me battre ! Je ne peux gagner contre toi, mais je te jure sur tout ce que je suis que je ne tomberai pas sans me battre.*

Sahtan ferma les yeux, incapable de supporter le spectacle des silhouettes inertes, à quelques mètres de lui.

Je savais qu'il était dangereux, mais j'ignorais qu'il avait cela en lui. Je l'ai aidé, encouragé. Oh, enfant Sorcière, quel monstre ai-je laissé dans ton lit, dans ton cœur ?

Dès qu'elles eurent regagné la cabane d'Hékatah, Dorothéa s'écroula dans un fauteuil. Elle avait fait des choses cruelles, méchantes, dans sa vie, mais ça…

Elle frémit.

Hékatah posa les mains sur la table.

— Vous croyez toujours qu'il cédera si nous menaçons Lucivar ? demanda-t-elle d'une voix tremblante.

— Non, répondit Dorothéa d'une voix tout aussi vacillante. Je ne sais plus ce qu'il va faire.

Depuis des siècles, le Lignage de Terreille l'appelait le Sadique. Elle comprenait enfin pourquoi.

Karla regarda Tersa construire d'étranges créations à l'aide de briques en bois. Elle se réjouissait de la présence de son aînée, et savait que Gabrielle ressentait la même chose.

Jaenelle avait disparu peu de temps après les avoir vues. En retour, elles avaient parlé aux autres membres du cénacle, pour leur dire que les garçons devaient être tenus à distance pendant quelques jours encore. Elles n'avaient pas évoqué l'intention de Sorcière de partir en guerre contre Terreille, seule. Elles avaient compris l'ordre tacite quand Jaenelle leur avait enfin montré le songe vivant sous la peau humaine.

Ainsi, le cénacle, mécontent mais uni, avait réuni les garçons avant que l'un d'eux puisse échapper à ses entraves. Cela n'avait pas été facile, et l'hostilité des mâles envers ce qu'ils considéraient comme une trahison était assez intense pour que Karla se demande si les mariages contractés entre les membres du Premier Cercle survivraient. Certaines de ces unions auraient peut-être été détruites sur-le-champ si Tersa n'était pas arrivée pour reprocher aux garçons leur manque de courtoisie. Comme les mâles ne tenaient pas à s'en prendre à elle, ils avaient cédé.

Presque vingt-quatre heures de réunion forcée n'avaient pas facilité les choses, mais c'était le seul moyen pour les deux Reines de s'assurer de la présence continue des hommes. Même selon les critères du Fort, le salon que le cénacle avait choisi comme lieu de confinement était une vaste pièce meublée de groupes de meubles, et offrant beaucoup d'espace vide pour faire les cent pas, mais elle n'était pas assez grande. Les femmes du cénacle se limitaient à utiliser les fauteuils et les divans pour éviter que les mâles leur fassent part de leur mécontentement. Et quand les garçons marchaient de long en large, elles se recroquevillaient ensemble en râlant.

— Pendant combien de jours allons-nous devoir faire cela ? marmonna Karla pour elle-même.

— Le temps qu'il faudra, répondit posément Tersa.

Elle examina sa dernière création pendant une minute, puis la démolit.

Les blocs de bois s'éparpillèrent sur la longue table devant le divan, mais nul ne sursauta, cette fois, car tous étaient habitués à ce bruit désormais. Personne ne prêtait jamais attention aux étranges créations de Tersa. Les garçons, cherchant à prouver qu'ils pouvaient se montrer courtois, avaient admiré les premières… structures. Ils avaient même posé des questions à leur sujet, mais les réponses de Tersa étant de plus en plus déconcertantes, ils avaient fini par arrêter et par la laisser tranquille.

En fait, Karla aurait parié qu'ils ne prêtaient pas vraiment attention à ce qui se passait dans la pièce, jusqu'à l'arrivée de Ladvarienne, qui trottina vers elle.

Le Sceltie semblait totalement épuisé, et ses yeux marron exprimaient une profonde tristesse, ainsi qu'un soupçon d'accusation.

— *Karla*, appela Ladvarienne.

— Petit Frère, répondit Karla.

Deux bols apparurent sur la petite table, près du fauteuil de Karla. L'un était rempli de… (Karla en prit un et l'examina.)… bulles d'eau entourées de boucliers qui formaient un genre de peau. L'autre récipient contenait une seule boule rouge.

— *J'ai besoin d'une goutte de sang de chacun d'entre vous*, déclara Ladvarienne.

— Pourquoi ? demanda Karla en observant la bulle, qui était une magnifique pièce d'Art.

— *Pour Jaenelle.*

À ces mots, Chaosti sursauta.

— Si Jaenelle veut quelque chose de nous, maintenant, elle n'a qu'à nous le demander elle-même.

— Chaosti ! gronda Gabrielle.

Il se mit à grogner.

Ladvarienne se hérissa face à la colère qu'il percevait dans la pièce, sans quitter Karla des yeux.

— Pourquoi ? demanda Karla.

— Pourquoi, pourquoi, pourquoi ? lança Tersa, irritée, en renversant les blocs de bois. Les humains ne peuvent pas même offrir un petit cadeau sans demander pourquoi, pourquoi, pourquoi. C'est pour votre Reine. Que voulez-vous savoir de plus ?

Puis, comme si cet éclat n'avait jamais eu lieu, elle remit les blocs en place.

Karla frémit en regardant Ladvarienne. Il y avait deux façons d'interpréter « pour Jaenelle ». Soit le canidé n'était que le messager et devait apporter ces gouttes de sang à Jaenelle parce qu'elle en avait besoin pour faire quelque chose... ou alors Ladvarienne les voulait pour Jaenelle. Mais comment poser les bonnes questions et obtenir davantage d'une réponse évasive ? Parce qu'elle était certaine que Ladvarienne deviendrait évasif si elle en demandait trop.

— Je ne suis pas certaine de pouvoir vous donner une goutte de sang, petit Frère, dit Karla avec prudence. Mon sang est encore un peu souillé par le poison.

— Il n'aura aucun effet, en l'occurrence, affirma Tersa d'un air distrait tandis qu'elle faisait appel à l'Art pour maintenir ses blocs en l'air. Mais ce qu'il y a dans votre cœur... Oui, cela jouera énormément.

— Pourquoi ? demanda Karla.

Elle tiqua en voyant que Tersa se contentait de la regarder. Elle porta son attention sur Ladvarienne.

— Donc, c'est tout ce que nous avons à faire ? Placer une goutte de sang dans chaque bulle ?

— *En donnant le sang, il faut penser à Jaenelle, mais vous devez avoir de bonnes pensées*, ajouta-t-il dans un grognement, en observant les autres mâles.

Karla secoua la tête.

— Je ne comprends pas. Pourquoi...

— Parce que le Lignage chantera à l'intention du Lignage, répondit posément Tersa. Parce que le sang est le fleuve de la mémoire.

Une spirale. Une spirale noire et luisante.

Puis les blocs en bois marron s'écroulèrent sur la table.

— *Karla*, dit doucement Gabrielle.

— *Je l'ai vu.*

Elle regarda Tersa, qui riva sur elle des yeux d'une clairvoyance effrayante. *Elle sait. Ô Nuit, quoi qu'il se passe... Tersa est au courant. Et Ladvarienne aussi.*

Sachant cela, il n'était plus nécessaire de chercher à savoir pourquoi.

Jetant un regard à Ladvarienne pour lui demander sa permission, Karla projeta le fil psychique le plus délicat qu'elle puisse créer et effleura la bulle rouge.

Dans sa jeunesse, Ladvarienne avait appris à marcher dans l'air auprès de Jaenelle. Elle l'avait brossé, caressé, lui avait enseigné...

Elle recula. Ces souvenirs étaient intimes, mais les meilleurs qu'il ait à lui donner.

Elle déglutit péniblement et sentit un goût de larmes.

— Ce que Jaenelle essaie de faire... C'est dangereux ?

— *Oui*, répondit Ladvarienne.

— D'autres membres de la parentèle ont-ils fait ce don ?

— *Tous ceux qui la connaissent.*

Et je parie qu'aucun d'eux n'a demandé pourquoi, pourquoi, pourquoi, songea Karla en observant le Premier Cercle. Pas une trace de colère. Plus aucune. Ses amis penseraient aux actes de Jaenelle au cours des dernières semaines et en tireraient les bonnes conclusions.

— Très bien, petit Frère, dit Karla.

Avant qu'elle puisse utiliser l'ongle de son pouce pour se piquer un doigt, Gabrielle posa une main sur son épaule.

— Je crois... (Gabrielle hésita et prit une profonde inspiration.) Je crois que nous devrions faire ceci comme un rituel.

Ainsi, la puissance de leur offrande serait maximale.

— Oui, vous avez raison.

Karla remit la bulle transparente dans le bol.

— Je vais chercher ce dont nous avons besoin, déclara Gabrielle.

— Je vous accompagne, dit Morghann.

Lorsqu'elles passèrent devant les mâles, Chaosti et Khary tendirent la main, effleurant chacun son épouse en un geste d'excuse avant de s'écarter.

Avec un soupir las, Ladvarienne se recula à son tour et s'allongea.

Tersa se leva.

— Tersa ? demanda Karla, vous ne faites pas le don ?

Tersa la transperça de ses yeux clairs et lucides, puis elle sourit et dit :

— Je l'ai déjà fait.

Sur ces mots, elle quitta la pièce.

Cela suffit à apprendre à Karla qui avait montré à la parentèle comment créer ces superbes petites pièces d'Art.

En voyant les mâles changer de place et adopter leur posture de protection habituelle, Karla sentit ses yeux s'embuer de larmes. Futilement, elle regretta l'absence de Morton parmi eux.

Tout ira bien, songea-t-elle en voyant Aaron prendre Kalush dans ses bras. *Les paroles dures seront pardonnées, et tout ira bien.*

Mais Jaenelle ?

— C'est ton tour, petite garce, annonça Daimon en détachant les chaînes du poteau.

Onirie l'observa. Il était plus de minuit. En fait, presque vingt-quatre heures s'étaient écoulées depuis qu'il avait tué Marianne et Daimonar. La journée avait été plutôt calme. Sadi avait erré dans le campement, rendant tout le monde nerveux, et Dorothéa et Hékatah avaient brillé par leur absence.

— Qu'allez-vous faire de cette garce? demanda Dorothéa en s'approchant des piquets.

Daimon la regarda et sourit.

— Eh bien, ma chère, je vais l'utiliser pour vous donner ce que vous avez toujours voulu.

— C'est-à-dire? s'enquit-elle, mal à l'aise.

— C'est-à-dire, ronronna Daimon, que je vais briser votre traînée de petite-fille. Ensuite, je vais la chevaucher jusqu'à ce qu'elle porte mon enfant. Elle est mûre. Elle sera fécondée. Et je m'assurerai de lui donner toutes les motivations dont elle a besoin pour ne pas tenter d'avorter. Votre lignée et moi, Dorothéa. Exactement ce que vous vouliez de moi. Et il vous suffira simplement de vérifier que le résultat ait les oreilles pointues.

En riant, il entraîna Onirie vers la hutte où Marianne et Daimonar avaient été détenus.

Elle attendit qu'il se retourne pour fermer la porte puis appela son stylet et s'élança vers lui. Il fit volte-face, leva un bras pour arrêter le couteau. Elle se tordit, tira la lame sous son bras, dans l'intention de la planter entre les côtes de Daimon jusqu'à la garde. Le couteau heurta un bouclier, frôla Daimon et se ficha dans la porte.

Avant qu'elle puisse en arracher la lame, Daimon attrapa Onirie et la plaça au milieu de la petite pièce. Elle se rua sur lui en criant, mais il la saisit par les mains et la repoussa jusqu'à ce que l'arrière de ses genoux heurte le bord du lit étroit. Elle chuta; il tomba sur elle.

Il roula immédiatement sur le côté et se leva.

— Ça suffit, dit-il.

Elle sauta du lit et lança une bordée de jurons en s'époumonant, puis se jeta de nouveau sur lui.

Elle la repoussa et jura violemment.

— Bon sang, Onirie, ça suffit !

— Si vous pensez que je vais écarter les cuisses pour vous, vous pouvez toujours espérer, Sadique.

— La ferme, Onirie, rétorqua-t-il avec force.

Elle sentit les boucliers se dresser autour de la hutte. Pas seulement un bouclier protecteur noir, mais un halo noir, également. Cela signifiait que nul ne pouvait entendre ce qui se passait à l'intérieur.

Elle avait pris son élan pour bondir de nouveau sur lui, afin de s'en prendre à ses testicules, cette fois. Mais ses paroles, le ton de sa voix étaient si… Daimon… qu'elle se ravisa. Elle se rappela la mise en garde de Karla à propos des amis qui deviennent ennemis pour rester des amis.

Il l'observa, puis s'approcha, méfiant.

— Voyons tes poignets, dit-il.

Elle tendit les mains, sans le quitter des yeux. Elle lut la fureur dans son regard lorsqu'il lui ôta les menottes et examina la peau à vif.

— Bon sang ! Sadi, grommela Onirie, à quel jeu jouez-vous donc ?

— Un jeu méchant, répondit-il en faisant venir une boîte en cuir dont il sortit un flacon qu'il lui tendit. Mettez cela sur vos poignets.

Elle déboucha la fiole et renifla son contenu. Une pommade de guérisseuse. Tandis qu'elle l'appliquait sur ses poignets, il appela une autre boîte. Elle renfermait plusieurs boules d'argile nichées dans du papier. Deux emplacements de papier étaient vides.

— Tu as toujours les provisions que tu as apportées ?

— Oui. Je n'ai pas encore eu l'occasion de manger, répondit-elle d'un ton sec.

— Alors restaure-toi maintenant, dit-il en cherchant dans la boîte. Je te donnerais bien un peu des miennes, mais j'ai presque tout cédé à Marianne.

Onirie fut parcourue d'un frisson. Un bourdonnement étrange retentit dans sa tête.

— À Marianne ?

— Tu te rappelles la cabane où nous nous sommes arrêtés, lorsque nous étions en route pour Hayll ?

— Oui.

Bien sûr qu'elle s'en souvenait. C'était à quelques kilomètres du campement. C'était là-bas que Daimon s'était transformé en Sadique. Il lui décrivait le campement, les sentinelles, les piquets qui alerteraient les gardes, et, tout à coup, elle s'était retrouvée ligotée tandis qu'il lui susurrait des menaces, disant qu'elle aurait dû rester sous Falonar et ne pas se dresser sur son chemin. Il lui avait fait peur, ce qui la mettait à présent hors d'elle.

— Vous auriez pu me le dire, espèce de salaud !

Il leva les yeux.

— Aurais-tu été aussi convaincante, alors ?

Piquée au vif, elle se hérissa.

— Et comment, je l'aurais été !

— Eh bien, nous allons avoir l'occasion de le vérifier. Tu disais vouloir m'aider, Onirie, être capable de faire diversion.

Elle l'avait bien affirmé, mais elle préférait savoir à quels moments elle faisait diversion.

— Et alors ?

— C'est ce que tu vas faire.

Il s'approcha d'elle et brandit un petit cercle en or.

— Écoute-moi bien, dit-il. Ceci créera l'illusion que tu es brisée.

Il glissa l'objet dans un maillon du collier auquel était accroché son Gris.

— Nul ne pourra remarquer que tu portes encore le Gris à moins que tu l'utilises. Si tu en as besoin, n'hésite pas. Je trouverai un moyen de maîtriser la situation, ici.

— Le Sire d'Enfer saura que je ne suis pas brisée.

Daimon secoua la tête et se mit à chercher autre chose dans la boîte.

— Il faudrait porter des Joyaux plus sombres que le Noir pour être capable de détecter ce sort.

Plus sombres que le Noir ? Sadi ne pouvait fabriquer un tel sort. Cela signifiait…

Ô Nuit!

— Ceci (Daimon brandit une minuscule fiole en cristal puis la fixa au collier) convaincra tous ceux qui voudront vérifier que tu es non seulement fertile mais aussi enceinte, désormais. Une guérisseuse saurait le dire en vingt-quatre heures, ajouta-t-il, répondant à sa question tacite.

Soulevant son collier, Onirie observa le flacon.

— Vous avez demandé à Jaenelle de créer une illusion pour faire croire que je suis enceinte de vous ?

Elle le vit se crisper.

Oui, il avait requis cela de Jaenelle. Et cela lui avait fait mal.

Histoire de changer de sujet, elle désigna les boules d'argile.

— Qu'est-ce que c'est ?

— Les sorts bruts pour créer des ombres.

Des ombres. Des illusions susceptibles de faire croire que la personne que l'on voit est réelle.

— Marianne et Daimonar, dit-elle doucement en observant les deux nids de papier vides.

— Oui, répondit-il vivement.

— Vous ne me faisiez pas confiance, à moi, une catin, persifla-t-elle, pour jouer la comédie. Mais vous avez pensé que Lucivar serait convainc...

Sa voix s'éteignit.

— Il n'est pas au courant, n'est-ce pas ? demanda-t-elle.

— Non, répondit Daimon. Il ne sait pas.

Les jambes de la jeune femme se dérobèrent si brusquement qu'elle s'assit par terre.

— Feu d'Enfer, Ô Nuit, que la Ténèbre soit clémente !

— Je sais, dit Daimon, hésitant. Je gagne du temps, Onirie. Je dois en gagner assez afin de faire sortir tout le monde d'ici. Pour faire croire à Dorothéa et Hékatah que Marianne et Daimonar étaient morts, Lucivar devait en être persuadé aussi.

— Ô Nuit ! murmura Onirie en posant le front sur ses genoux. Qu'est-ce qui peut valoir un tel prix ?

— Ma Reine a besoin de temps pour sauver Kaelir.

— Oh, merde, Sadi ! dit-elle en levant les yeux vers lui. J'ai besoin de savoir quelque chose. Même si vous saviez que c'était une illusion, comment avez-vous réussi à ne pas vomir tripes et boyaux, ensuite ?

— Je n'y suis pas parvenu, avoua-t-il, la gorge nouée.

— Vous êtes fou, marmonna-t-elle en se relevant.

— Je sers, c'est tout, déclara-t-il.

Parfois pour un mâle, cela revenait à la même chose.

— Très bien, dit-elle en glissant ses cheveux derrière ses oreilles pointues. Que dois-je faire ?

Il hésita, puis tourna autour du pot.

— C'est dangereux.

— Daimon, lança-t-elle avec patience, de quoi avez-vous besoin ?

Comme il ne répondait pas, elle devina.

— Vous voulez que j'erre dans le campement en pleurnichant, comme une femme qui vient de se faire violer et qui est terrorisée à l'idée de perdre l'enfant engendré par ce viol, c'est cela ?

— Oui, murmura-t-il.

— Et ensuite ?

— Marianne et Daimonar sont dans cette cabane. Demain soir, quitte discrètement le campement, va les chercher et rentrez tous les trois au Fort. Ne vous arrêtez pas, n'allez pas ailleurs, regagnez le Fort. Vous devrez chevaucher le Vent rouge. Les plus sombres sont instables.

— Euh… ce n'est pas grave. Je ne veux pas le savoir.

Elle réfléchit avec soin. Oui, elle pourrait jouer ce rôle. Une femme à ce point brisée passerait son temps à se cacher. Il lui suffirait de se montrer furtivement au cours de la journée. Et cela masquerait sa disparition.

Daimon prit une boule d'argile.

— À quoi sert-elle ? s'enquit Onirie.

— Tu auras lutté le plus longtemps possible, répondit-il sans la regarder. Tu auras l'air de t'être débattue. Quand j'aurai créé l'illusion, tu pourras porter ceci et…

— Non.

Onirie ôta sa veste et se mit à déboutonner sa chemise.

— On ne peut pas compter sur les illusions pour tout, reprit-elle. Pas si vous voulez convaincre Dorothéa et Hékatah assez longtemps pour obtenir le délai dont Jaenelle a besoin.

Les yeux de Daimon devinrent d'un jaune intense.

— Je renoncerais à beaucoup de choses pour ceci, Onirie, mais je ne romprai pas mon serment de fidélité.

— Je sais, répondit-elle posément. Ce n'est pas ce que je voulais dire.

— Alors que voulais-tu dire ?

Elle prit une profonde inspiration pour se ressaisir.

— Il faut que les ecchymoses aient l'air vraies, dit-elle.

4. Kaelir

Appelant le bol, Ladvarienne le plaça délicatement sur le sol de la pièce et regarda la reine araigne effleurer les petites bulles désormais gorgées de sang et de souvenirs.

— *C'est bon*, dit l'araignée d'un air approbateur. *De jolis souvenirs, des souvenirs forts, aussi forts que ceux de la parentèle.*

Ladvarienne regarda le récipient posé devant l'immense toile emmêlée. Il contenait encore beaucoup de cadeaux de la parentèle. La Tisseuse n'était pas très rapide.

— *Il faut vous reposer*, dit l'araignée en choisissant une bulle parmi les offrandes humaines, avant de flotter vers une trame de la toile. *Toute la parentèle doit se reposer. Elle devra être forte quand le moment viendra d'ancrer le songe dans la chair.*

— *Aurez-vous assez de temps pour ajouter tous les souvenirs ?* s'enquit Ladvarienne avec respect.

La Tisseuse de songes ne répondit pas tout de suite.

— *Assez. Juste assez*, répondit-elle enfin.

5. Terreille

Ses gémissements n'étaient pas totalement feints.

Mais, feu d'Enfer ! songea Onirie en errant sans but dans le campement, elle ne s'était pas attendue à devoir aiguillonner Daimon à ce point pour qu'il se mette à l'œuvre. Et elle avait compris que la colère, qu'elle percevait derrière ses dents et ses mains, provenait du fait qu'il devait toucher une femme autre que Jaenelle en des endroits intimes. Mais rien ne l'avait obligé à lui mordre le sein aussi fort.

Cela dit, il avait disposé ses marques avec soin. À en juger par le regard des gens, les traces de coups étaient impressionnantes, mais aucune n'entravait ses mouvements ni n'empêcherait ses muscles de fonctionner si elle devait se battre.

Le plus dur avait été de lire la haine dans les yeux de Sahtan. Elle avait eu envie de tout lui dire. Si seulement elle avait pu expliquer quelque chose, n'importe quoi, pour chasser cette expression de son regard. Et elle l'aurait peut-être fait si Daimon n'avait pas choisi ce moment pour passer par là et faire une remarque dévastatrice. Ensuite, pour le reste de la matinée, elle avait évité le Sire d'Enfer, et n'avait pas osé s'approcher de Lucivar.

Mais elle avait veillé à être vue de Dorothéa. Elle avait senti cette garce qui tentait de l'explorer mentalement pour savoir si elle était vraiment brisée et enceinte. Apparemment, les sorts d'illusion avaient été efficaces car Dorothéa avait gentiment suggéré qu'elle s'allonge un moment pour se reposer. Cette garce bavait presque à la perspective de pouvoir mettre la main sur un enfant engendré par Sadi.

Elle retournerait la voir et se cacherait pendant un moment ; elle attendrait le coucher du soleil, puis elle ferait une apparition pour qu'Hékatah puisse la renifler un peu. Ensuite, il ne lui resterait qu'à tromper les sentinelles et à passer entre les piquets, à aller chercher Marianne et Daimonar, et à rentrer à la maison. C'était tout ce qu'elle… *Merde !*

Elle n'avait pas prêté attention à l'endroit où elle allait. Et voilà qu'elle se retrouvait face au regard de Lucivar.

Il avait passé la matinée à observer la jeune femme chaque fois qu'elle apparaissait. Elle jouait bien son rôle, mais pas à la perfection. Cela dit, personne d'autre que lui n'aurait pu s'en rendre compte. Il était certain que Dorothéa et Hékatah, ainsi que de nombreux gardes, avaient vu des sorcières brisées, mais aucun d'entre eux n'avait sans doute prêté attention à ces femmes après les événements qu'elles avaient vécus. Lui, en revanche, s'était occupé de plusieurs d'entre elles dans nombre de cours. Il n'avait pas réussi à leur éviter d'être brisées, mais il avait pu prendre soin d'elles. Et elles avaient toutes un point commun : pendant un ou deux jours, elles avaient froid. Elles s'emmitouflaient dans un châle ou dans des couvertures et restaient à proximité de toute source de chaleur disponible.

Or Onirie se promenait dans le campement vêtu d'une simple chemise déchirée là où il fallait pour révéler d'impressionnantes ecchymoses. Cela le fit réfléchir à un tas de choses.

— Vous devriez enfiler une veste, mon petit, dit-il gentiment.

— Une veste ? répéta-t-elle faiblement en s'efforçant de masquer certaines déchirures.

— Oui, une veste. Vous avez froid.

— Oh, non, je…

— Froid.

Elle frémit alors, mais pas de froid : de nervosité.

— Vous n'avez pas à porter cet enfant bâtard, dit posément Lucivar. Vous pouvez avorter. Une sorcière brisée possède encore ce pouvoir. Et, quand vous serez aride, nul ne regardera plus dans votre direction.

— Je ne peux pas, répliqua Onirie, effrayée. Je ne peux pas. Il serait tellement furieux contre moi et...

Elle observa l'endroit où Marianne et Daimonar avaient trouvé la mort.

Se trompait-il ? Avait-elle vraiment l'esprit tiraillé au point de ne pas ressentir le froid ? Dans ce cas, il comprenait la peur qu'exprimait la voix de la jeune femme. Elle redoutait que le Sadique lui inflige le même sort qu'à Marianne et Daimonar.

Mais ce qu'il lut dans ses yeux, quand elle le regarda, n'était plus de la peur. C'était une colère intense.

Dans ses veines, le sang qui semblait peiner, tandis qu'il rampait vers son poteau, deux jours plus tôt, se mit à bouillonner de nouveau.

— Onirie...

Il vit Daimon apparaître de l'autre côté du cercle de terrain nu un instant avant elle.

Poussant un cri presque convaincant, Onirie s'enfuit en courant.

Lucivar observa Daimon. De loin, il soutint son regard.

— Salaud ! murmura Lucivar.

Daimon ne pouvait l'entendre, mais peu lui importait : Sadi saurait ce qu'il avait dit.

Daimon s'éloigna.

Lucivar appuya la tête contre le poteau et ferma les yeux.

Si Onirie n'était pas brisée, si tout cela n'était qu'un jeu, alors Marianne et Daimonar...

Il aurait dû se rappeler ce détail, à propos du Sadique. Mieux que tout autre, il savait combien Daimon pouvait être méchant, mais le Sadique n'avait jamais fait de mal à un innocent, à un enfant.

Il attendait le signal, mais le jeu avait commencé avant que Daimon entre dans le campement. Cependant, il avait bien joué son rôle. Et il continuerait à le faire.

Comprendre et pardonner étaient deux choses bien différentes.

6. Terreille

Sombrant dans une torpeur nimbée de douleur, Sahtan sentit le bord d'une tasse contre ses lèvres. La première gorgée, il l'avala par réflexe, la deuxième, par soif. Tandis que la saveur du sang frais emplissait sa bouche, la force noire qui se répandit dans son corps lui procura de la vigueur.

—*Attendez*, murmura une voix grave, dans son esprit. *Il faut attendre. Je vous en prie.*

Il perçut une certaine lassitude dans cette voix. En entendant la supplique d'un fils à son père, il réagit. Comment faire autrement ? Il se fraya un chemin dans le brouillard de souffrance qui l'aveuglait.

En ouvrant les yeux, il ne vit que la lumière du jour qui baissait. Avait-il rêvé l'imploration de Daimon ?

Mais il avait encore le goût d'un sang frais, riche et sombre dans la bouche.

Il referma les paupières, et son esprit se mit à vagabonder.

Il se trouvait dans une immense caverne, quelque part au cœur d'Ébènaskavi. Sur le sol était dessinée une énorme toile bordée d'argent. Au milieu, là où se rejoignaient tous les fils, il vit un Joyau irisé de la taille d'une main, un Joyau qui mêlait toutes les couleurs. Chaque fil soutenait, à son extrémité, un éclat de Joyau irisé de la taille d'un pouce.

Il était déjà venu une fois en ce lieu, le soir où il s'était allié à Daimon pour faire revenir Jaenelle dans son corps.

Mais il y avait autre chose dans cette caverne, à présent.

Par terre, sur la toile d'argent, trois imposantes toiles emmêlées se dressaient à une trentaine de centimètres du sol pour atteindre le double de la taille de Sahtan. Au milieu de chaque toile : un Joyau ébène.

Devant ces toiles, il découvrit Sorcière, vêtue de sa robe noire de soie d'araigne. Elle tenait le sceptre orné de deux Joyaux ébène et la corne en spirale dont lui avait fait don Kaetien quand il avait été tué, cinq ans plus tôt.

Derrière les toiles, il y avait des dizaines de démonites. L'un d'eux s'approcha des toiles, sourit, puis s'effaça. Au moment où cet inconnu disparaissait, une petite étoile de la même couleur que le Joyau de cette personne apparut sur la toile centrale.

Troublé, il alla examiner de plus près les toiles emmêlées.

La première était répugnante, avec ses trames qui semblaient enflées, moisies, souillées. À l'extrémité de chaque fil de cette toile, il y avait un éclat de Joyau ébène.

La toile centrale, en revanche, était superbe, parsemée de milliers de ces petites étoiles colorées et d'éclats de Joyaux noirs et ébène.

La dernière était une toile simple, d'une symétrie parfaite, constituée de Trames grises, gris ébène et noires. Elle possédait aussi des éclats de Joyaux noirs et ébène disposés avec soin sur les fils pour former une spirale.

Sahtan jeta un coup d'œil à Sorcière, mais elle était concentrée sur sa tâche, de sorte qu'il se déplaça encore pour observer la scène.

Il vit Char, le chef des cildru dyathe, s'approcher des toiles. Le garçon lui sourit et lui adressa un signe enjoué de la main, avant de s'évanouir pour devenir une étoile brillante de plus.

Titienne vint à sa rencontre et l'embrassa sur la joue.

— Je suis fière de vous avoir connu, Sire d'Enfer.

Sur ces mots, elle s'éloigna vers les toiles et s'évapora.

En l'observant, il sentit quelque chose le titiller. Dujae, l'artiste qui avait donné au cénacle des cours de dessin, était là.

— Merci, Sire d'Enfer, déclara cet homme imposant. Merci de m'avoir permis de connaître les dames. Tous les portraits que j'ai réalisés d'elles se trouvent au Manoir de Kaelir, désormais. C'est le cadeau que je vous offre.

— Merci, Dujae, répondit Sahtan, troublé.

Tandis que Dujae s'éloignait, Prothvar se présenta.

— C'est un champ de bataille d'un nouveau genre, mais une bonne façon de lutter. Prenez soin de la sauvageonne, oncle Sahtan, conclut Prothvar en l'étreignant.

Ce fut ensuite au tour de Cassandra, qu'il n'avait pas revue depuis la première fête, quand ils avaient tous rencontré le cénacle et les garçons.

Elle lui adressa un sourire triste, puis posa une main sur sa joue :

— J'aurais aimé être une meilleure amie. Que la Ténèbre vous enlace, Sahtan.

Elle déposa un baiser sur sa joue. Quand elle s'évanouit, une magnifique étoile noire se mit à briller sur la toile centrale.

— Méphis, dit-il en voyant arriver son fils aîné. Méphis, qu'est-ce que… ?

Méphis lui sourit et l'étreignit.

— J'ai été fier de vous avoir pour père, et honoré de vous connaître en tant qu'homme. Je ne suis pas sûr de vous l'avoir déjà dit, et je voulais que vous le sachiez. Au revoir, père. Je vous aime.

— Je vous aime aussi, Méphis, répondit-il en le serrant fort, tandis que le chagrin enflait en lui.

Quand Méphis s'évanouit dans la toile, le dernier démonite à subsister fut Andulvar.

— Andulvar, que se passe-t-il ?

— « Et le Lignage chantera à l'intention du Lignage », répondit Andulvar. « Qui se ressemble s'assemble. » (Il observa les toiles.) Elle a trouvé un moyen de faire le tri entre ceux qui ont été souillés et ceux qui honorent encore les coutumes du Lignage. Mais elle avait besoin d'aide pour empêcher ces derniers d'être balayés avec les autres quand elle libérerait ses forces. Les démonites auront pour rôle de les protéger. Notre force servira d'ancrage aux vivants. Ce faisant, nous nous consumerons, mais, comme l'a dit Prothvar, c'est un bon moyen de lutter.

Andulvar lui sourit.

— Prenez soin de vous, SaDiablo. Et de vos petits. De tous les deux. N'oubliez pas que votre miroir est vraiment votre miroir. Il suffit d'un regard pour voir la vérité. (Andulvar l'étreignit.) Aucun homme n'aurait pu souhaiter de meilleur ami ou de meilleur Frère. Tenez bon. Battez-vous. Vous portez le plus lourd des fardeaux, mais vos fils vous aideront.

Andulvar marcha vers les toiles, puis il déploya ses ailes sombres, leva les bras… et s'évanouit.

Ravalant ses larmes, Jaenelle se dirigea vers lui. Il l'enlaça.

— Enfant Sorcière…

Elle secoua la tête, l'embrassa et sourit. Mais elle avait encore les yeux humides.

— Merci d'avoir été mon père. Ce fut merveilleux, Sahtan.

Elle se pencha vers lui pour murmurer à son oreille :

— Prenez soin de Daimon, je vous en prie. Il va avoir besoin de vous.

Elle ne se fondit pas dans la toile. Elle disparut simplement.

Essuyant ses larmes du dos de la main, il s'approcha des toiles et les examina avec soin.

La première toile, qui était moisie, représentait le Lignage souillé par Dorothéa et Hékatah. La deuxième, avec ses étoiles de Joyaux, constituait le Lignage honorant encore les anciennes coutumes. La troisième, avec sa spirale, était Sorcière.

Tandis qu'il poursuivait son examen des toiles, il se mit à secouer la tête, d'abord lentement, puis de plus en plus vigoureusement.

— Non, non, non, enfant Sorcière, marmonna-t-il. Vous ne pouvez les relier de la sorte. Si vous libérez toute votre force…

Sa puissance transpercerait le Joyau gris ébène, au milieu de la première toile, pour se propager sur tous les fils et ramasser l'ensemble des esprits liés à ces fils, avant de frapper tous les éclats d'Ébène. Elle rencontrerait ensuite une plus petite partie d'elle-même lors d'une collision dévastatrice qui détruirait toute personne prise au piège. Ensuite, elle poursuivrait vers la toile suivante, à peine diminuée.

La toile centrale, avec ses milliers de billes de pouvoir, offrirait une résistance énorme tandis que la force de Jaenelle la traverserait. Les démonites procurant un bouclier et un ancrage aux vivants absorberaient une partie de sa force tandis qu'elle les submergerait, mais toutes ces billes ne suffiraient pas. Cette puissance libérée passerait ensuite à la troisième toile et…

La force se répandrait à travers cette symétrie parfaite, consumerait la toile et briserait tout éclat de Joyau tandis qu'elle resurgirait dans la spirale. Et quand le dernier éclat de Joyau serait fracassé, pour réabsorber le reste de la force, il suffirait de…

— Non, enfant Sorcière! cria-t-il en tournant encore et encore sur lui-même pour la trouver. Non! Un tel contrecoup va vous déchiqueter! Jaenelle!

Il se tourna de nouveau vers les toiles. Peut-être que, s'il pouvait se relier à celle de Sorcière, puiser jusqu'à la dernière goutte de force de ses Joyaux de naissance rouges… Peut-être la protégerait-il suffisamment pour la maintenir en sécurité quand le reste de cette explosion de force reviendrait hurler contre elle.

Il fit un pas en avant…

… et tout s'effaça.

Sahtan ouvrit les yeux. Un crépuscule intense, presque la nuit.

Un rêve? Rien qu'un rêve? Non. Il était Veuve Noire depuis trop longtemps pour connaître la différence entre un songe et une vision. Mais elle s'estompait. Il ne se rappelait plus très bien. Et cette vision avait quelque chose dont il devait désespérément se souvenir.

Ce fut alors qu'il remarqua Daimon, à un peu plus de un mètre de lui, qui l'observait avec une intensité effrayante.

« N'oubliez pas que votre miroir est vraiment votre miroir. Il suffit d'un regard pour voir la vérité. »

Les paroles d'Andulvar. L'avertissement d'Andulvar.

Aveuglé par les larmes, il observa son miroir, son homonyme, son véritable héritier. Et il vit.

Sans cesser de le considérer, Daimon glissa la main dans la poche de sa veste et en ressortit son poing crispé. Retournant la main, il écarta les doigts.

De petits sequins colorés, du genre de ceux que les femmes cousaient sur leurs robes pour capter la lumière, s'éparpillèrent sur le sol.

Sahtan les regarda fixement. Ils lui donnaient des frissons, mais il était incapable de dire pourquoi.

Quand il releva les yeux vers Daimon… il entendit presque la supplique tacite : penser, savoir, se rappeler… Mais son esprit était encore trop envahi par cette autre vision qui lui échappait.

Daimon s'éloigna.

Sahtan ferma les paupières. Des sequins et des toiles. S'il trouvait le lien, il obtiendrait des réponses.

7. Terreille

Face aux piquets qui jalonnaient le périmètre du campement, Onirie jura en silence. Il devait bien exister un moyen de les franchir ! Feu d'Enfer ! Daimon était entré en toute discrétion, mais elle était encore trop abasourdie par sa mutation en Sadique pour y avoir prêté grande attention. Ensuite, il avait fait sortir Marianne et Daimonar à l'insu de tous.

Suffisait-il de sauter par-dessus pour ne pas provoquer de rupture de contact entre les cristaux ? Non, elle s'en serait souvenue.

— Qu'est-ce que tu fais là, toi ? demanda quelqu'un.

Merde !

En se retournant, Onirie vit une sentinelle se diriger vers elle. Elle s'était aventurée trop loin pour que quiconque croie encore qu'elle n'était qu'une sorcière brisée et perdue, mais elle devait essayer d'en convaincre ce bâtard. Ou le tuer en silence. Si elle se retrouvait impliquée dans une bagarre et utilisait ses Joyaux gris, Daimon saurait qu'elle avait des problèmes et modifierait la suite de ses projets. Les deux garces se rendraient alors compte qu'elles étaient prises au piège et déclencheraient une guerre pour de bon.

— Je suis perdue, dit-elle avec un geste vague.

L'homme s'approcha, le regard plein de soupçons et de doutes.

— Réponds-moi, garce ! Qu'est-ce que tu fais là ?

— Je suis perdue, répéta-t-elle en imitant de son mieux les errances mentales de Tersa. La hutte se trouvait près de ce poteau flou, mais elle a disparu…, reprit-elle en pointant un doigt dans le vague.

La sentinelle regarda dans la direction qu'elle montrait.

— C'est un arbre, pauvre imbécile ! Tu vas…

Il s'interrompit et la toisa sans vergogne, puis il sourit. Il scruta les alentours pour s'assurer qu'il n'y avait personne, puis il tendit les bras vers elle.

Elle fit un pas en arrière et posa une main protectrice sur son ventre avant de secouer la tête.

— Je ne peux toucher un autre mâle. Il sera fou de rage si je touche un autre mâle.

La sentinelle esquissa un sourire cruel.

— Mais il n'en saura rien, n'est-ce pas ?

Onirie hésita. Cette solution lui permettrait de s'approcher suffisamment de lui pour lui planter un couteau entre les côtes, mais lui coûterait également un temps précieux. Elle opta donc pour les Gris et une mise à mort rapide. Que la Ténèbre vienne en aide à Sadi pour ce qui se passerait ensuite dans le campement !

— *Couchée, Onirie !*

Elle sentit des pattes arrière frôler son dos au moment où elle plongeait en avant.

Un instant plus tard, la sentinelle gisait, morte, la gorge arrachée.

Un bouclier écran s'effaça, révélant un loup maculé de sang.

— Griscroc ? murmura Onirie.

Elle toucha le Joyau, sous sa chemise. Le Sire d'Enfer avait raison.

Contournant le cadavre de la sentinelle, elle s'approcha du loup.

— *Attendez*, dit Griscroc.

Une petite bosse dorée s'éleva entre ses oreilles et flotta vers le piquet le plus proche avant de déployer ses pattes.

Onirie observa la petite araigne qui se mit à tisser vivement une toile emmêlée simple entre deux poteaux. Quand elle eut terminé, elle alla se placer au cœur de la toile.

La sentinelle disparut. Il n'y avait pas une trace de sang par terre.

— *On ne le trouvera pas, maintenant*, dit Griscroc. *On ne verra que ce que la toile montrera.*

Il prit délicatement le bras d'Onirie dans sa gueule et voulut l'entraîner.

— *Et l'araignée ?*

— *Elle va rester pour surveiller la toile. Dépêchez-vous, Onirie.*

Elle dégagea son bras. Il lui serait plus facile de le suivre si elle n'était pas penchée en avant. Passant sur un fil de communication, elle demanda :

— *Qu'est-ce que tu fais là ? Comment as-tu franchi les piquets ?*

— *Les humains sont fous. La piste de la viande n'est pas surveillée. Trop de jambes foulent ce chemin. Les humains se sont lassés de montrer les crocs pour de la viande.*

La piste de la viande ? Ah, la piste du gibier…

— *Comment as-tu su, pour la piste ? Comment m'as-tu trouvée ?*

— *La Tisseuse de songes m'a dit de chercher la trace du félin bipède et de la suivre. C'est un bon chasseur*, ajouta Griscroc d'un air approbateur. *Il y a beaucoup de félin, en lui. C'est ce que dit Kaelas.*

Sadi possédait la grâce d'un prédateur que lui reconnaissait même la parentèle. Griscroc avait suivi Sadi.

— *Qui est cette Tisseuse ?*

Elle eut la vision furtive d'une grosse araignée dorée et trébucha.

Quel imbécile, ce loup, quel crétin ! Le fait qu'il soit allé en Arachna pour en rapporter une petite araignée était déjà assez grave. Mais avoir affaire à la reine…

— *C'est elle qui me l'a demandé, Onirie*, gémit Griscroc lorsqu'elle se mit à grogner. *Ce n'est pas bon de dire non à la Tisseuse.*

Onirie serra les dents et lui emboîta le pas.

— *Nous en reparlerons plus tard.*

Dès qu'elle vit la piste du gibier, elle reconnut les lieux. C'était là que Daimon leur avait fait franchir les limites du campement.

— *J'aurais pu retrouver cet endroit toute seule.*

— *Vous avez un petit museau*, répondit le loup. *Vous ne savez pas renifler les traces.*

Onirie observa Griscroc, et ses crocs, et sourit.

— Allons-y, murmura-t-elle. Tu connais le chemin qui mène à la cabane ?

— *Je le connais.*

Une heure plus tard, Onirie, Marianne, Daimonar et Griscroc chevauchaient le Vent rouge en direction du Fort.

8. Terreille

— Je crois qu'il est temps que nous ayons une petite conversation, minauda Hékatah en adressant à Daimon un sourire qui se voulait innocent.

— Vraiment ?

Ah, l'arrogance, la mine renfrognée, la *méchanceté* de son ton ! Si le père était arrivé à la cheville de son fils…

— Il faut si longtemps pour qu'un royaume se remette d'une guerre. Il serait dommage de passer par là si l'on peut l'éviter, déclara-t-elle.

Elle lui caressa le visage tout en l'enveloppant d'un sort de séduction.

Il recula.

— Ne me touchez jamais sans y être autorisée, menaça-t-il doucement. Même Jaenelle n'a pas le droit de me toucher sans mon accord.

— Et elle se soumet à cette règle ?

Il esquissa son sourire froid et brutal.

— Elle se soumet à un tas de choses, et en implore davantage.

Hékatah plongea dans le regard vitreux et frémit d'excitation. L'atmosphère était chargée d'une odeur entêtante de sexe. Elle le tenait. Mais il ne le savait pas encore.

— Il nous serait utile de nous allier.

— Mais vous avez déjà une associée en la personne de Dorothéa, à qui je refuse d'avoir affaire.

Elle fit un geste de dédain.

— Il ne devrait pas m'être trop difficile de me charger d'elle. (Elle marqua une pause.) Cette chère Dorothéa a des insomnies. Je crois que je vais lui administrer une tasse d'un breuvage qui l'aidera à dormir.

Elle riva les yeux sur elle, des yeux qui révélaient combien elle le trouvait effrayant, et terriblement excitant.

— Dans ce cas…

Daimon prit son visage entre ses mains et effleura ses lèvres des siennes.

Elle fut déçue par sa douceur, jusqu'à ce qu'il l'embrasse pour de bon. Méchant, dominateur, impitoyable, exigeant, douloureusement excitant.

Mais elle était démonite. Son corps ne pouvait réagir de la sorte, non ?

Elle se noya dans ce baiser, bouleversée par des sensations que son corps n'avait plus connues depuis des siècles.

Il finit par lever la tête.

— Comment… Ce n'est pas possible, dit-elle en le dévisageant.

—Je crois que nous venons de prouver que c'est un mensonge, susurra Daimon. Je punis toujours les femmes qui me mentent.

—Ah bon ? murmura Hékatah, chancelante, fascinée par ce plaisir cruel qu'elle lisait dans son regard. Je me charge de Dorothéa.

Il l'embrassa encore. Cette fois, elle perçut la moquerie sous la douceur. Il n'y avait rien de doux en lui. Rien.

—Je me charge de Dorothéa, répéta-t-elle. Ensuite, nous serons partenaires.

—Et je vous promets, ma chère, ronronna Daimon, que vous serez traitée comme vous le méritez.

9. Terreille

Ce matin-là, Dorothéa se réveilla tard et gémit de douleur. Elle avait l'impression de souffrir de contractions de lunes, mais dix fois plus intenses que de coutume. Ce n'était pas le moment de tomber malade. Surtout pas. Une tasse de tisane ou de bouillon lui ferait peut-être du bien. Feu d'Enfer, comme elle avait froid ! Pourquoi diable avait-elle si froid ?

En tremblant, elle se leva… et s'écroula.

Après le choc vint la peur, tandis qu'elle se rappelait la décoction que lui avait préparée Hékatah, la veille. Pour l'aider à dormir… Pourquoi n'avait-elle pas testé ce breuvage, qui venait de la main d'Hékatah ?

Elle n'avait pas réfléchi. Et n'avait pas…

La garce ! Cette charogne ambulante devait avoir utilisé un sort de contrainte pour l'obliger à boire, puis à oublier qu'elle en avait reçu l'ordre.

Ses muscles se crispèrent, se tordirent.

Elle n'était pas malade. Il s'agissait d'un empoisonnement.

Elle avait besoin d'aide. Elle avait besoin…

La porte de sa cabane s'ouvrit et se referma.

Haletante, elle roula sur le côté et découvrit Daimon Sadi.

—Daimon, gémit-elle en essayant de tendre une main vers lui. Daimon… à l'aide…

Il demeura immobile, la regardant. Puis il sourit.

—On dirait que le breuvage d'hier soir contenait de la sanguine, dit-il d'un ton plaisant.

Elle n'arrivait plus à respirer profondément.

— C'est vous qui avez fait ça. C'est vous.

— Vous deveniez un problème, ma chère. Cela n'a rien de personnel.

Elle encaissa la douleur que lui infligea l'insulte, malgré la douleur physique.

— Hékatah…

— Oui, susurra Daimon. Hékatah. Allons, ne vous inquiétez pas, ma chère. J'ai placé un halo et un bouclier autour de votre cabane, de sorte que vous ne serez pas dérangée pour le reste de la journée.

Il sortit de la maisonnette.

Elle essaya de ramper vers la sortie, pour appeler à l'aide. En vain.

Bientôt, son univers ne fut plus que douleur.

Daimon ferma la porte de la hutte carcérale qu'il utilisait quand il avait besoin de s'isoler un moment. De la poche de sa veste, il sortit les Joyaux qu'il était allé chercher dans la cabane de Dorothéa. L'anneau noir de Sahtan, le pendentif de Lucivar, et l'Anneau d'honneur. Il la connaissait bien, il savait exactement où trouver une cachette. Il n'avait pas mis plus d'une minute pour contourner ses sorts de protection et s'emparer des Joyaux tandis qu'il lui parlait.

Il examina les Joyaux puis poussa un soupir de soulagement. Les deux hommes avaient placé des boucliers puissants autour des bijoux avant de les remettre à ces deux garces. Il n'y avait donc aucune chance que ces pièces aient été manipulées ou souillées. Toutefois…

Cachant les objets dans le lavabo, il versa de l'eau par-dessus et y ajouta des herbes astringentes et nettoyantes, puis il les laissa tremper.

Ce serait le dernier jour, la dernière nuit. Il pouvait endurer tout cela encore un peu. Il devait l'endurer.

Il ferma les yeux. *Bientôt, chérie. Encore quelques heures et je rentrerai à la maison, je reviendrai vers toi. Et nous nous marierons.*

En imaginant Jaenelle en train de lui passer une simple alliance en or au doigt, il sourit.

Puis il se rappela le sort de séduction qu'Hékatah avait tissé autour de lui. Oh, il s'en était rendu compte ! Il aurait facilement pu le briser. Mais il avait laissé son corps réagir tandis qu'il touchait Hékatah, embrassait Hékatah, détestait Hékatah.

Ce n'était qu'un jeu. Un jeu cruel et méchant.

Il eut tout juste le temps d'atteindre le seau d'aisance avant de céder à une violente nausée.

10. Terreille

— C'est votre tour, connard.

Comme il s'y attendait, Lucivar lut un désespoir fou dans le regard de Daimon.

Il ne broncha donc pas tandis que celui-ci lui ôtait ses chaînes et le conduisait vers l'autre hutte carcérale, la plus proche d'eux. Et il demeura impassible pendant que Daimon défaisait fébrilement le lit.

Enfin, il poussa un cri de guerre eyrien plein d'angoisse qui fit sursauter Daimon au point de le faire tomber sur la couche.

— Feu d'Enfer, connard ! marmonna Daimon en se relevant.

— C'était assez convaincant ? demanda posément Lucivar.

Daimon se figea.

Tous les masques tombèrent. Lucivar vit un homme épuisé, aussi bien physiquement que moralement. Un homme qui tenait à peine debout.

— Pourquoi ? demanda-t-il.

— Je devais gagner du temps pour Jaenelle, et j'avais besoin de votre haine, pour y parvenir.

C'était aussi simple que cela. Aussi douloureux que cela. Même s'il devait le regretter amèrement, Daimon n'hésiterait pas à arracher le cœur de son frère, si cela s'avérait une nécessité pour Jaenelle. Et c'était ce qu'il avait fait.

— Vous êtes ici avec l'autorisation de Jaenelle, déclara Lucivar, qui voulait en avoir la confirmation.

— Je suis ici sur son ordre.

— Pour vous livrer à ce jeu.

— Pour me livrer à ce jeu, admit-il.

Lucivar hocha la tête et éclata d'un rire amer.

— Eh bien, connard, vous avez fort bien joué le jeu. (Il se tut, puis reprit froidement.) Où sont Marianne et Daimonar ?

Daimon passa une main un peu tremblante dans ses cheveux.

— Puisque Onirie n'a pas eu à frapper quelqu'un de son Gris pour sortir d'ici, j'en conclus qu'elle a atteint la cachette où je les ai laissés. Ils sont tous de retour au Fort, à l'heure qu'il est.

En entendant la nouvelle, Lucivar se laissa aller à un moment de soulagement et de joie.

— Que va-t-il se passer, maintenant ?

— Je vais créer une ombre de vous et vous partirez pour le Fort. Restez sur le Vent rouge, car les plus sombres sont instables.

Les ombres. Daimon n'aurait jamais pu créer d'ombres aussi convaincantes. Pas tout seul. Et Jaenelle… Jaenelle, qui avait grandi auprès d'Andulvar et de Prothvar, devait imaginer qu'un guerrier eyrien était capable d'accepter la souffrance du champ de bataille, quel que soit l'aspect qu'il prendrait.

— De quoi avez-vous besoin ? demanda Lucivar.

Daimon hésita.

— De cheveux, de peau et de sang.

— Alors jouons le jeu jusqu'au bout.

Ils travaillèrent ensemble, en silence. Durant tout ce temps, Lucivar n'émit pas d'autre son que le soupir de soulagement qu'il poussa lorsque Daimon glissa l'Anneau d'honneur sur sa verge et s'en servit pour ôter l'Anneau d'obéissance sans que cela soit visible.

Il reprit ses Joyaux gris ébène et observa les ultimes étapes du sort qui allait créer une ombre de lui-même. Il frémit en voyant la créature angoissée et tourmentée dont les lèvres formaient un rictus.

— Feu d'Enfer, connard ! s'exclama Lucivar, un peu nauséeux. Qu'est-ce que vous m'avez fait pour que je me retrouve dans cet état ?

— Je ne sais pas, répondit Daimon d'un ton las. Mais je suis certain qu'Hékatah imaginera quelque chose. (Il hésita et déglutit péniblement.) Écoutez, connard, pour une fois dans votre vie, faites ce qu'on vous dit. Retournez au Fort. Tous ceux qui comptent le plus, à vos yeux, vous attendent là-bas.

— Pas tous, répondit-il.

— Je vais faire sortir le Sire d'Enfer.

Daimon attendit.

Lucivar savait ce qu'il attendait, ce qu'il espérait. Il désirait qu'on lui dise que Sahtan n'était pas le seul autre être à compter.

Lucivar ne dit rien.

Daimon détourna les yeux.

— Allons-y, déclara-t-il. Il reste un jeu à jouer.

Sahtan examina les sequins éparpillés à terre. Pourquoi Daimon leur accordait-il une telle importance ? Et pourquoi lui donnaient-ils des frissons ?

Il se hérissa de colère, puis sursauta en entendant un son sifflant.

— *Vous voulez comprendre ccecci ?* avait demandé Draca.

Des sequins nageant dans une citerne d'eau. Draca tenant une pierre en forme d'œuf attachée à un fin cordon de soie.

— Une sspirale.

La pierre décrivait un mouvement circulaire, en spirale, en spirale, jusqu'à ce que l'eau s'agite et que tous les sequins soient emportés.

— Un tourbillon, avait dit Geoffrey.

— Non, avait répondu Draca. Un maelsström… Elle forme pressque toujours une sspirale… On ne peut modifier ssa nature… Mais le maelsström… Protégez-la, Sahtan. Protégez-la de votre forcce, et de votre amour, et peut-être que ccela n'arrivera jamais.

— Et si cela arrive ? avait-il demandé.

— Cce ssera la fin du Lignage.

La fin du Lignage.

La fin du…

Ces sequins n'étaient pas un message de Daimon, ils étaient un avertissement de la part de Draca. Jaenelle descendait en vrille vers sa force intégrale pour libérer le maelström. La fin du Lignage. Était-ce pourquoi elle avait insisté pour que le Premier Cercle demeure au Fort ? Parce que ce serait le seul endroit capable de résister à cette puissance dévastatrice ? Non. Jaenelle n'avait pas le goût de tuer. Elle ne détruirait pas tout le Lignage si elle pouvait l'éviter…

Bon sang ! *Bon sang*, il devait absolument rappeler cette vision ! Il fallait qu'il revoie ces toiles pour se souvenir du détail important qui lui échappait. Qui lui échappait parce que quelqu'un le voulait. Un voile avait été tiré sur cette vision pour l'empêcher de se remémorer cette chose avant qu'il soit trop tard.

Mais, si elle allait libérer le maelström, que faisait Daimon en ce lieu, feu d'Enfer !?

Il gagnait du temps. Il détournait l'attention de Dorothéa et Hékatah. Il se livrait à de petits jeux pour… Marianne et Daimonar. Puis Onirie. Il avait entendu Lucivar crier, quelques heures plus tôt, mais n'avait plus vu aucun signe de lui, depuis. Ce qui ne laissait que…

Une ombre se posa sur les sequins.

En levant les yeux, il croisa le regard de Daimon.

— Il est temps de danser, ronronna ce dernier.

Il aurait pu dire quelque chose, mais il sentait la présence d'Hékatah, toute proche. Il laissa donc Daimon le conduire dans la hutte carcérale, sans souffler mot pendant qu'on l'attachait au lit.

Quand Daimon s'allongea près de lui, il murmura :

— Quand le jeu prend-il fin ?

Daimon se crispa et déglutit.

— Dans quelques heures, répondit-il à voix basse. À minuit. (Il posa doucement une main sur le torse de Sahtan.) Il ne se passera rien. Simplement…

En entendant que quelqu'un effleurait la porte, tous deux devinèrent qui les écoutait.

Sahtan secoua la tête. Tout avait un prix.

— Soyez convaincant, Daimon, chuchota-t-il.

Il vit la résignation douloureuse et les excuses dans le regard de Daimon avant que son fils l'embrasse.

Et il découvrit pourquoi le Lignage appelait Daimon le Sadique.

Allongé sur le flanc, Sahtan observait le plafond.

Daimon n'avait pas fait grand-chose, en réalité. Vraiment pas grand-chose. Mais il avait réussi à convaincre cette garce qui traînait devant la porte qu'un fils était en train de violer son propre père, sans rien faire qui puisse les empêcher de se regarder dans les yeux. Une impressionnante démonstration de talent.

Et très brève. Il s'en était inquiété mais, en quittant la hutte, Daimon avait entendu un commentaire murmuré suivi du rire ravi et caustique d'Hékatah.

Ainsi, tandis que Daimon continuait à errer dans le campement pour le maintenir en alerte, il avait eu le temps de se reposer, de reprendre des forces, de réfléchir.

Le jeu prenait fin à minuit. Que signifiait réellement « minuit » ? On parlait d'heure du sorcier, de moment suspendu entre deux jours.

Et cela ferait soixante-douze heures que Daimon était apparu dans les lieux.

Sahtan se redressa vivement. Soixante-douze heures.

Confiné dans un salon du Fort, il avait marché de long en large.

« *Du crépuscule jusqu'à l'aube. C'est le temps qu'il faut pour faire l'Offrande à la Ténèbre. Pour le Blanc, pour le Noir, voilà combien de temps il faut.* »

« *C'était le cas pour le Prince de la Ténèbre*, avait dit Tersa en déplaçant les pièces du puzzle. *Mais pour la Reine ?* »

Quand Jaenelle avait fait l'Offrande à la Ténèbre, il lui avait fallu trois jours. *Soixante-douze heures.*

— Ô Nuit, murmura-t-il en se dressant sur son séant.

La porte s'ouvrit. Daimon surgit et jeta une pile de vêtements sur le lit.

Avant que Sahtan puisse prononcer un mot, Daimon posa une main sur sa nuque tandis que l'autre portait une tasse à ses lèvres pour l'obliger à avaler un liquide chaud. Il ne put résister, au risque de s'étouffer. Quelques instants plus tard, il regretta amèrement de s'être laissé faire.

— Feu d'Enfer, qu'est-ce que vous venez de m'administrer ?

Il retint son souffle et se pencha pour poser le front sur ses genoux.

— Un tonique, répondit Daimon en massant vigoureusement le dos de Sahtan.

— Arrêtez ! lança ce dernier en tournant la tête pour le fusiller du regard. Qui a préparé ce remède ?

— Jaenelle. J'y ai ajouté mon sang.

Sahtan jura tout bas, mais avcc conviction.

Daimon grimaça.

— Elle m'a dit que cela vous donnerait une énergie incroyable.

— Seule une personne qui n'a jamais eu à avaler une de ces petites préparations les décrirait de façon aussi modérée.

Daimon s'agenouilla devant Sahtan et entreprit de le libérer de ses chaînes.

— Je n'ai pas pu mettre la main sur vos vêtements, alors je vous ai apporté ceux-ci. Ils devraient vous aller.

Sahtan serra les dents tandis que Daimon lui massait les jambes et les pieds.

— Où les avez-vous trouvés ?

—Je les ai pris sur un garde. Il n'en aura plus besoin.

—Ils sont sans doute infestés de poux.

—Débrouillez-vous-en, grommela Daimon.

Il sortit de sa poche une boule en argile et façonna un petit cylindre, puis il ouvrit l'Anneau d'obéissance juste assez pour l'ôter de l'organe de Sahtan. Il se referma sur l'argile avec la même violence qu'il l'avait fait sur la chair.

Déposant le cylindre sur le lit, Daimon examina l'organe de Sahtan et retint son souffle.

—Ce n'est pas grave, dit ce dernier. Je suis un Gardien. Cette partie de ma vie est derrière moi.

—Mais… (Daimon pinça les lèvres.) Mettez ces vêtements.

Il l'aida à enfiler le pantalon, puis s'agenouilla pour lui mettre ses chaussettes et ses bottes.

—Il est presque minuit. Ce sera juste, car nous sommes loin du parcours des Vents le plus proche. Mais, dans quelques heures, nous serons au Fort. Nous serons à la maison.

L'enthousiasme désespéré que Daimon avait dans le regard déchira le voile qui masquait la vision.

Deux toiles. L'une moisie, souillée. L'autre superbe, pleine de billes de force.

Elle avait trouvé un moyen de séparer ceux qui vivaient selon les coutumes du Lignage de ceux qui avaient été pervertis par Hékatah et Dorothéa.

Quant à la troisième toile…

Elle était Reine, et une Reine n'exigerait jamais ce qu'elle-même ne pouvait donner. Et c'était peut-être son seul acte égoïste. En se sacrifiant, elle n'aurait pas à porter le fardeau de toutes les vies qu'elle était sur le point de détruire. Mais…

Il ne sait pas. Vous ne le lui avez pas dit. Il est venu ici en pensant que vous l'attendriez quand il reviendrait. Oh, enfant Sorcière!

Voilà pourquoi elle lui avait demandé de s'occuper de Daimon, pourquoi elle savait qu'il en aurait besoin.

Peut-être n'était-il pas trop tard. Peut-être existait-il encore un moyen d'empêcher cela, d'arrêter Jaenelle.

—Allons-y, déclara-t-il brusquement.

Daimon plaça un bouclier sur eux deux, puis ils s'éclipsèrent du campement.

Quand ils atteignirent le lieu où ils pouvaient s'engager sur les Vents, une bise froide et vive avait commencé à souffler.

Sahtan s'arrêta, respira profondément et goûta l'air.

— Ce n'est que le vent, dit Daimon.

— Non, répondit sombrement Sahtan. Allons-y.

12. Terreille

Deux heures plus tard, Hékatah surgit dans la cabane de Dorothéa en brandissant un court cylindre en argile.

— Nous avons été dupées ! Ils sont tous partis ! Cette chose, dans la hutte carcérale, n'est pas Lucivar, c'est une sorte d'illusion. Et Sahtan...

Elle projeta le cylindre à travers la pièce.

— Ce bâtard de Sadi nous a menti !

Allongée par terre depuis le matin, Dorothéa regarda fixement Hékatah. Tandis que ses entrailles crachaient de nouveau du sang, elle se mit à rire.

13. Kaelir

La tempête avait couvé toute la nuit : du tonnerre, des éclairs, du vent. À présent, à l'approche de l'aube, le vent était si violent qu'il hurlait.

— Venez, dit Tersa en emmenant Karla vers un divan. Il faut vous allonger, maintenant. Morghann, venez par ici et couchez-vous à terre.

— Que se passe-t-il ? demanda Khardine tandis que Morghann obéissait.

Il prit un oreiller qu'il glissa sous la tête de sa femme.

— Il serait préférable que vous soyez tous assis sur le sol. Même le Fort va devoir supporter la tourmente.

Les membres du Premier Cercle échangèrent des regards gênés et s'exécutèrent.

— Qu'est-ce que c'est ? s'enquit Karla lorsque Tersa posa un bras protecteur sur elle et l'autre main sur l'épaule de Morghann.

— Le jour est venu de solder les dettes. Le Lignage va devoir répondre de ce qu'il est devenu.

— Je ne comprends pas, dit Karla. Que signifie cette tempête ?

Un éclair zébra le ciel. Le vent se mit à hurler de plus belle.

Tersa ferma les yeux et sourit :

— Elle arrive.

14. Terreille

Il avait vu trop juste. Il n'avait pas imaginé que le trajet sur les Vents serait aussi agité, ni que l'endurance physique de Sahtan fléchirait aussi rapidement, tout comme la sienne. Ils avaient dû descendre du Vent rouge au saphir puis, sur la dernière partie du trajet, il leur avait fallu se contenter du vert.

Ils n'avaient pu atterrir au Fort même. Des boucliers inconnus enveloppaient les lieux. Daimon s'était donc connecté au Joyau gris ébène de Lucivar, et à la faille qu'il gardait ouverte dans les boucliers grâce à ses Joyaux, pour les déposer tous deux le moins loin possible de la demeure. Mais c'était encore trop loin pour deux hommes épuisés qui s'efforçaient de gravir un chemin de montagne escarpé.

La porte était enfin en vue. Lucivar les incita en pensée à se hâter. Daimon porta presque Sahtan, luttant avec courage à chaque pas contre le vent qui hurlait.

Ils étaient presque arrivés. Presque.

Le ciel s'éclaircissait. Le soleil allait apparaître à l'horizon.

Vite, vite !

— Sahtan ! Sah… taaan !

Daimon se retourna. Hékatah rampait derrière eux. Cette garce avait dû chevaucher le Vent rouge pour rester à leurs trousses.

Ne voulant pas gaspiller son souffle en jurant, il poursuivit son chemin, entraînant Sahtan de son mieux.

— Sadi ! hurla Hékatah. Sale bâtard menteur !

— Avancez ! cria Lucivar.

À l'aide de l'Art, il maintint la porte ouverte, luttant physiquement et mentalement pour l'empêcher de se refermer et de les laisser dehors.

Encore un effort. Ils y étaient presque.

Daimon agrippa les barreaux de la grille et utilisa la force de son Joyau noir pour la maintenir ouverte.

— Faites-le entrer, dit-il en poussant Sahtan vers Lucivar.

Puis il se retourna et attendit.

Hékatah arriva à son tour et s'arrêta à quelques mètres de lui.

— Sale bâtard menteur !

Daimon sourit.

— Je n'ai pas menti, ma chère. Je vous avais bien dit que vous auriez ce que vous méritiez.

Il lâcha la grille, qui se referma brutalement. Le dernier bouclier vint se placer dessus.

En courant dans la cour, il entendit Hékatah crier, puis un hurlement sauvage, un son plein de joie et de douleur, de rage et de célébration.

Il franchit le seuil du Fort juste avant que Jaenelle libère le maelström.

— *Il faut vous réveiller*, dit une voix grave et sifflante. *Il faut vous réveiller.*

Daimon ouvrit les yeux. Il mit un moment à comprendre pourquoi tout le monde semblait un peu… bizarre… et pour s'adapter. Puis il lui fallut du temps pour avoir la confirmation qu'il était encore relié de loin à son corps. Et que ce corps était allongé sur la pierre froide du sol du Fort, là où lui, Lucivar et Sahtan étaient tombés quand Jaenelle avait libéré toute sa puissance.

— *Vous êtes la pyramide qui a permis de faççonner la toile de ssonges. Maintenant, il faut tenir le ssonge. Il n'y a pas beaucoup de temps.*

Il se redressa en grommelant et scruta les alentours. Aussitôt, il se sentit tout à fait réveillé.

Ô Nuit, où sommes-nous ?

Il passa un bras par-dessus Sahtan, qui était couché sur le ventre, et secoua Lucivar.

— *Feu d'Enfer, bâtard !* dit Lucivar en levant la tête. *Merde !*

Ils secouèrent tous deux Sahtan pour le réveiller.

— *Père, réveillez-vous ! Nous avons des ennuis*, dit Daimon.

— *Quoi, encore ?* maugréa Sahtan en se dressant sur ses avant-bras, les yeux écarquillés. *Ô Nuit !*

— *Et que la Ténèbre soit clémente*, ajouta Lucivar. *Où sommes-nous ?*

— *Quelque part dans l'abîme. Enfin, je crois.*

Ils se levèrent avec précaution et regardèrent autour d'eux.

Ils se tenaient au bord d'un immense précipice. Une toile opale était tendue au-dessus du vide. En contrebas, des toiles aux couleurs des Joyaux plus sombres. Au-dessus de leurs têtes, des toiles aux couleurs des Joyaux plus clairs.

— *Que faisons-nous ici ?* s'enquit Lucivar.

— *Nous sommes la pyramide qui a permis de façonner le songe*, répondit Daimon. *Nous sommes censés tenir le songe.*

— *Ne faites pas de mystère, bâtard*, gronda Lucivar.

Daimon se mit à grogner. Sahtan leva une main et les réduisit au silence.

— *Qui vous a dit cela ?* demanda Sahtan.

— *Une voix sifflante*, répondit Daimon avant de marquer une pause. *On aurait dit Draca, mais c'était un mâle.*

Sahtan hocha la tête.

— *Lorn*, dit-il en scrutant de nouveau les alentours.

Loin, très loin au-dessus d'eux, un éclair surgit.

— *Pourquoi Jaenelle vous a-t-elle demandé de venir en Hayll, Daimon ?* s'enquit Sahtan.

— *Elle a dit que la pyramide devait rester unie pour survivre. Que le miroir possédait la force de maintenir les deux autres en sécurité.*

— *Elle a vu cela dans une toile emmêlée ?*

— *Non. C'est la Tisseuse de songes qui le lui a dit.*

Lucivar se mit à jurer.

Sahtan afficha un regard vif, pénétrant et pensif.

L'éclair se rapprocha.

— *Père, frère, amant*, dit doucement Sahtan.

Daimon opina, se rappelant la pyramide que Tersa avait tracée dans sa paume.

— *Le père était le premier, le frère au milieu.*

Tous deux se tournèrent vers lui. Il se mit à remuer, mal à l'aise.

— *Quelque chose que Tersa a dit, une fois.*

— *Des avertissements de Tersa, la reine des Araigniens, et Draca*, déclara Sahtan. *Un homme peut ne pas tenir compte de l'une d'elles, à ses risques et périls, mais de toutes les trois ?* (Il secoua lentement la tête.) *Je ne crois pas.*

L'éclair s'approcha encore.

— *C'est bien joli, tout cela*, reprit Lucivar, *mais je préférerais un ordre franc et direct.*

— *SSes toiles ssont la meilleure magie que je puissse vous donner!* s'emporta Lorn. *Sservez-vous-en pour tenir la pyramide. Ssi elle les traversse toutes, elle retournera à la Ténèbre. Vous la perdrez.*

Lucivar souffla.

— *Voilà qui est clair. Alors où...*

Il leva les yeux vers un nouvel éclair.

— *Qu'est-ce que c'est?* demanda-t-il.

Ils levèrent tous la tête, guettant une nouvelle fulgurance, et virent la petite tache sombre dégringoler vers les toiles.

— *Jaenelle*, murmura Daimon.

— *Elle va les transpercer*, déclara Sahtan. *Nous allons devoir utiliser notre propre force pour essayer de la ralentir.*

— *Très bien*, approuva Lucivar. *Comment procédons-nous?*

Sahtan regarda tour à tour Daimon et Lucivar.

— *Père, frère, amant.*

Sans attendre de réponse, il décolla et se précipita pour intercepter Sorcière avant qu'elle heurte la toile blanche.

Lucivar observa un instant la scène, puis se tourna vers les toiles, les yeux plissés.

— *Si elle les frappe en plein milieu, elle les traversera. Nous allons donc la faire rouler.*

Il posa une main ferme sur l'épaule de Daimon et tendit l'index.

— *Pas trop proche du bord, pour ne pas risquer de heurter les parois du précipice, mais loin du centre. Ensuite, on tord et on roule tandis que vous utiliserez votre propre force comme un frein.*

Daimon observa les toiles.

— *Quel sera l'effet de tout cela?* demanda-t-il.

— *D'abord, notre intervention devrait réduire sa vitesse. Et, si elle se prend dans les toiles...*

— *Nous formerons un cocon de pouvoir.*

Lucivar opina.

— *Je monterai jusqu'au Rose*, dit-il. *J'ignore combien de force il reste à Sahtan. S'il est encore capable de la retenir, je pourrai ajouter ma puissance à la sienne. Sinon...*

— *Où dois-je me placer?* demanda Daimon, désireux de respecter l'expérience du combat et les capacités de Lucivar.

— *Au Vert. Je devrais pouvoir la maintenir aussi loin que cela.* (Lucivar hésita.) *Bonne chance, bâtard.*

— *À toi aussi, connard.*

Lucivar s'élança vers le haut.

Un instant plus tard, Daimon entendit le rugissement de défi de Sahtan tandis que la toile blanche explosait. Dans l'éclair, il voyait deux petites silhouettes tomber, tomber.

Il flotta vers la toile verte.

La toile jaune se brisa, puis la toile œil-de-tigre.

Il entendit le cri de guerre de Lucivar.

Lorsque la toile rose explosa, il vit un tourbillon de couleurs tandis que Lucivar roulait, luttant contre la rapidité de la chute.

Ils frappèrent le Ciel d'été. Agrippé aux jambes de Sorcière, Lucivar roula dans l'autre sens, se retenant à la majeure partie de la toile avant de la transpercer.

Le Pourpre vespéral. L'Opale.

Daimon le rejoignit entre l'Opale et le Vert.

— *Laissez tomber, connard, avant que vous brisiez le Gris ébène.*

Avec un cri de défi, de douleur et de peur, Lucivar lâcha prise.

La rage envahit Daimon. L'amour le mut. Sorcière et lui heurtèrent la toile verte. Il roula, mais n'avait pas le talent de Lucivar. Ils traversèrent près du milieu de la toile. Il continua à rouler de sorte que, en frappant le Saphir, ils soient proches du bord. Il roula dans l'autre sens, enveloppant Sorcière dans la puissance de la toile.

Ils traversèrent le Saphir, mais ils ne tombaient plus aussi vite, désormais. Il avait encore un peu de temps pour se préparer et déverser la force de ses Joyaux noirs afin de lutter contre la chute.

Ils frappèrent le Rouge, roulèrent, s'accrochèrent une seconde avant de tomber vers le Gris. Seule la moitié des fils gris se rompit immédiatement. Il se retint en arrière du mieux qu'il put. Quand l'autre partie se brisa, il roula les fils vers le haut tandis que la toile les portait vers le Gris ébène. Il résista au balancement qui s'emparait d'eux pour le ralentir, le ralentir.

Quand l'autre côté du Gris se brisa, ils voguèrent vers le bas, vers le Gris ébène. Lorsqu'ils atterrirent, la toile pendit, puis s'étira, s'étira encore avant que les fils se brisent.

Ses Joyaux noirs étaient presque vidés, mais il tint bon, tandis qu'ils flottaient vers la toile noire.

Et rien ne se produisit.

Tremblant, frémissant, Daimon regarda fixement la toile noire, sans trop oser y croire.

Il mit une minute à obtenir de ses mains qu'elles s'ouvrent. Quand il réussit enfin à lâcher prise, il flotta prudemment au-dessus de la toile. Près de l'épaule de Sorcière, il remarqua deux petits fils cassés. Avec précaution, il tissa les fils noirs avec les autres couleurs qui servaient de cocon à la jeune femme.

Il ne la voyait presque pas. À peine distinguait-il sa minuscule corne en spirale. Mais c'était suffisant.

— *On a réussi*, murmura-t-il, les yeux embués de larmes. *On a réussi.*

— *Oui*, répondit Lorn tout bas. *Vous avez bien travaillé.*

Daimon leva les yeux et regarda autour de lui. Quand il posa de nouveau le regard sur Sorcière, elle s'évanouit.

Tout s'évanouit.

15. Terreille

En ouvrant les yeux, Sahtan tenta de bouger, mais se trouva coincé entre deux corps chauds recroquevillés contre lui. Ceux de ses fils.

Oh, enfant Sorcière... J'espère que le jeu en valait la chandelle.

Il essaya de nouveau de remuer, en vain. Finalement, il donna un coup de coude rageur à Lucivar.

Celui-ci marmonna et se blottit davantage contre lui.

Incapable de repousser Daimon, il tenta d'écarter Lucivar, ne serait-ce qu'un peu.

Le grommellement de Lucivar se mua en un grognement furieux, mais il s'écarta enfin, ce qui réveilla Daimon.

— Je suis ravi que vous trouviez en moi un oreiller confortable, dit sèchement Sahtan. Mais, à mon âge, on préfère ne pas dormir sur un sol en pierre bien froid.

— À mon âge aussi, rétorqua Lucivar en se levant.

Il roula les épaules et s'étira le dos.

Daimon se dressa sur son séant en gémissant.

Sahtan vit son regard s'éclairer de joie et d'enthousiasme. Il en eut le cœur brisé.

Il accepta l'aide de Daimon pour se relever. La froideur de Lucivar envers son frère était frappante. Cela ne durerait pas. Il faudrait bien que cela change. Mais Lucivar ne serait fréquentable que lorsqu'il aurait vu Marianne et Daimonar. Il ne servait donc à rien d'attiser sa colère eyrienne. De plus, Sahtan était trop fatigué pour s'attaquer à Lucivar.

Dès qu'il se dirigea vers la sortie, ils se placèrent de part et d'autre de lui.

Le crépuscule. Toute une journée s'était écoulée.

Ils traversèrent la cour. Lucivar ouvrit la porte.

Une bourrasque de vent retint l'attention de Sahtan. Un morceau de tissu, une robe de femme. La robe d'Hékatah.

Il n'en fit pas mention.

— Je n'ai pas la force, pour l'heure, dit-il doucement. Vous deux, pourriez-vous…

Lucivar regarda vers le sud, Daimon vers le nord. Au bout d'une minute, ils affichèrent la même expression sombre, délibérément calme.

— Il n'y a pas beaucoup de membres du Lignage, dit Daimon. Ils sont peu.

— Pareil pour moi, affirma Lucivar.

Seulement quelques-uns. Chère Ténèbre, pourvu que la situation ne soit pas la même en Kaelir !

— Rentrons à la maison.

Il perçut la différence dès qu'ils franchirent la Porte située entre les royaumes. En quittant la salle de l'Autel, Daimon et Lucivar regardèrent tous deux dans la direction qui les mènerait vers le Premier Cercle… et les autres.

Il se tourna dans le sens opposé, pas vraiment préparé à ce qui allait venir.

— Venez avec moi.

Ils obéirent à contrecœur.

Il les mena vers une terrasse ceinte d'un muret surplombant Riada, hameau du Lignage voisin.

Daimon observa les lieux. Lucivar regarda en direction de la communauté eyrienne.

Daimon soupira de soulagement.

— J'ignore combien de personnes vivaient là, hier, mais il reste encore beaucoup de membres du Lignage.

— Falonar ! cria Lucivar. (Il les regarda et sourit.) Toute la communauté va bien. Nous avons été très secoués, mais tout le monde va bien.

— Que la Ténèbre soit remerciée ! murmura Sahtan.

Il ne put retenir ses larmes, tant il éprouvait de fierté et de chagrin. Prothvar avait dit qu'il s'agissait qu'un champ de bataille d'un autre genre. Il avait raison. C'était un bon champ de bataille. Au lieu de voir d'autres amis se joindre à eux, les démonites étaient partis sachant que ces amis vivraient. Char, Dujae, Morton, Titienne, Cassandra, Prothvar, Méphis, Andulvar… ils lui manqueraient. Ô Nuit, comme ils lui manqueraient…

— Le Lignage chantera à l'intention du Lignage. Vous avez bien chanté, mes amis. Vous avez bien chanté.

Il devrait en parler à Lucivar et à Daimon, ainsi qu'à Onirie. Mais pas encore.

Il avait peur, toutefois il savait qu'il ne pouvait les retenir beaucoup plus longtemps.

— Allez, les enfants, je suis sûr que le cénacle aura des choses à nous raconter.

Ce fut pire que ce à quoi il s'attendait.

Le cénacle et les garçons se jetèrent sur Lucivar, qui serrait Marianne et Daimonar dans ses bras. Daimon fut accueilli avec une froide réserve, sauf par Karla, qui dit : « Bisou, bisou », avant de l'embrasser. Quant à Onirie, elle posa sur Daimon un regard glacial en déclarant : « Vous avez vraiment une sale gueule. » Il l'aurait volontiers réprimandée pour son insolence, mais il se contenta de rétorquer que ses compliments étaient aussi chaleureux que de coutume. Onirie sourit.

Enfin, Tersa tint le visage de son fils entre ses mains en le regardant droit dans les yeux.

— Tout ira bien, Daimon, dit-elle gentiment. Fais confiance à ceux qui voient. Tout ira bien.

Sahtan n'était pas certain que Daimon ait remarqué la froideur qui lui avait été réservée. Il doutait même qu'il ait noté qui l'avait salué et qui s'en était gardé. Il ne cessait de balayer la pièce des yeux en quête d'une personne qui n'était pas là. Une personne qui ne viendrait pas.

Il cherchait une excuse valable pour éloigner Daimon des autres quand Geoffrey apparut sur le seuil.

— Votre présence est souhaitée au Sombre Trône. Draca aimerait vous voir.

Tandis qu'ils quittaient la pièce, Sahtan s'approcha de Lucivar.

—Restez à proximité de votre frère, dit-il doucement.

—Je pense qu'il vaudrait mieux…

—Ne pensez pas trop, prince, contentez-vous de respecter les ordres.

Lucivar le dévisagea un instant, puis hâta le pas pour rejoindre Daimon.

Onirie prit le bras de Sahtan.

—Lucivar est énervé ? demanda-t-elle.

—C'est une façon de l'exprimer, répondit sèchement Sahtan.

—Si vous voulez, je peux lui donner un bon coup de pied dans les couilles. Mais j'ai l'impression que, quand Marianne comprendra pourquoi il est énervé, elle sera plus efficace qu'aucun d'entre nous pour le remettre à sa place.

Sahtan émit un rire rauque.

—J'aimerais bien voir ça ! (Il retrouva vite son sérieux.) Daimon a joué le même jeu avec vous, n'est-ce pas ?

—Oui. Mais, parfois, le meilleur moyen de tromper un ennemi est de convaincre un ami.

—Votre mère m'a dit à peu près la même chose, un jour, après m'avoir donné un coup de poing.

—Vraiment ? s'enquit Onirie en souriant. C'est de famille apparemment.

Il se garda de lui demander des précisions.

Déconcerté, Daimon attendit l'annonce que Draca était sur le point de faire, même si elle ne lui importait guère. Il devrait s'éclipser vers Amdarh dans les prochains jours, parler à Bénard, le joaillier, de la création d'une alliance pour Jaenelle. Il lui avait acheté des boucles d'oreilles là-bas, pour Solhiv, et avait apprécié ce qu'il avait vu du travail de cet artisan.

L'anniversaire de Jaenelle approchait. Serait-elle ennuyée de se marier le jour de son anniversaire ? Il serait peut-être contrarié, lui. Il ne voulait pas vraiment partager la célébration de leurs noces avec une autre fête. Ils pourraient se marier peu de temps après. Elle serait encore fatiguée, car elle se remettrait encore de ce sort, mais ils trouveraient un endroit tranquille pour leur lune de miel. Peu importait où.

Où était-elle ? Il était possible qu'elle soit déjà en train de se reposer, dans sa chambre. C'était peut-être ce que Draca allait leur annoncer : Jaenelle avait évité la guerre, Kaelir était sauvée. Dès que l'audience serait terminée, il se faufilerait hors de la pièce, se glisserait dans la chambre de Jaenelle et se blottirait contre elle. Enfin, il prendrait d'abord un bain. Il ne sentait pas vraiment bon, en cet instant.

Mais où se trouvait-elle ?

Puis il observa Lorn et ressentit un léger malaise.

Non. Elle était sauve. La pyramide l'avait sauvée. Elle s'était tellement distendue, s'était élevée si loin d'elle-même, qu'elle était redescendue à pic, mais ils avaient stoppé sa chute. Ils avaient stoppé sa chute.

Lucivar se présenta près de lui, effleurant son épaule de la sienne. Sahtan apparut de l'autre côté, avec Onirie.

Draca prit un objet sur le Trône, hésita un instant, puis se tourna vers eux.

Daimon se figea.

Elle brandissait le sceptre de Jaenelle. Le métal était tordu, et les deux Joyaux ébène brisés. Pas simplement vidés. Brisés. De même que la corne en spirale.

— La Reine d'Ébènasskavi est partie, annonça Draca. La Cour Sombre n'exissste plus.

Quelqu'un se mit à crier. Un hurlement de panique, de rage, de refus et de douleur.

Ce n'est que lorsque Lucivar et Sahtan l'empoignèrent pour le retenir que Daimon se rendit compte que cette personne qui hurlait était lui-même.

16. Kaelir

— À quoi bon ? demanda Gabrielle, furieuse, en laissant couler ses larmes. À quoi bon avoir offert ces souvenirs s'ils n'ont servi à rien ?

Onirie passa une main dans ses cheveux. Frapper serait inutile, mais cela l'aiderait à se sentir mieux. Ténèbre soit louée, elle et oncle Sahtan avaient réussi à endormir Daimon, qui était incapable de supporter les événements, dans l'immédiat.

Elle aurait aimé en savoir davantage sur cette histoire de souvenirs, mais elle était surtout intriguée par le fait que Tersa semblait trop calme, trop peu troublée, et un peu en colère, aussi. Il fallait vraiment semer une sacrée pagaille pour mettre Tersa en colère.

— C'est vrai, Tersa, affirma Karla, un peu nerveuse. À quoi bon ?

— Le Lignage est le fleuve de la mémoire. Et le Lignage chantera à l'intention du Lignage, répondit Tersa.

Gabrielle émit un commentaire succinct et obscène.

— La ferme, Gabrielle ! lança Onirie.

Tersa était assise à la longue table, devant le divan, près d'une pile de briques de bois. Onirie s'accroupit près d'elle.

— À quoi servaient les souvenirs ? demanda-t-elle doucement.

Tersa écarta ses cheveux emmêlés de son visage.

— À alimenter la toile de songes. Elle n'était plus complète. Elle avait vécu, avait poussé.

— Mais Jaenelle est partie ! gémit Morghann.

— La Reine est partie, rétorqua Tersa avec fougue. C'est donc tout ce qu'elle était, pour vous ?

— Non, répondit Karla. Elle était Jaenelle. Cela suffisait.

— Exactement, riposta Tersa. Cela suffit toujours.

Onirie se redressa, osant à peine espérer. Elle prit la main de Tersa et attendit d'être certaine d'avoir capté son attention.

— La Reine est partie, mais pas Jaenelle ? demanda-t-elle.

Tersa hésita.

— Il est trop tôt pour qu'on le sache, dit-elle. Mais la pyramide a empêché le songe de retourner à la Ténèbre, et maintenant la parentèle se bat pour retenir le songe à la chair.

Ces paroles suscitèrent les protestations de Gabrielle et Karla.

— Attendez une minute, objecta Gabrielle en regardant Karla, qui opina. Si Jaenelle est blessée et a besoin d'une guérisseuse, il faudrait que nous puissions nous occuper d'elle.

— Non ! dit Tersa en laissant libre cours à sa colère. Il ne faudrait pas que ce soit vous. Vous ne pourriez pas regarder ce qui a été infligé à cette chair et croire qu'elle peut encore vivre. Mais la parentèle ne doute pas. *La parentèle ne croira pas autre chose.* Voilà pourquoi, si cela peut être fait, ce ne peut être que par ses membres.

Elle se leva d'un bond et s'enfuit en courant de la pièce.

Onirie attendit un moment avant de lui emboîter le pas. Elle ne trouva pas Tersa, mais Griscroc, qui traînait dans les parages en gémissant d'angoisse.

Elle examina le loup. La parentèle, sans l'ombre d'un doute, allait tenir bon et lutter bec et ongles pour ce songe, sans abandonner la partie. Certes, elle n'aurait jamais un museau capable de renifler une piste, mais elle pouvait très bien apprendre à être aussi entêtée qu'un loup. Elle garderait l'espoir chevillé au corps que Jaenelle se trouvait simplement en convalescence dans un lieu privé après avoir jeté un sort particulièrement difficile. Elle s'accrocherait à cet espoir.

Pour Jaenelle.

Pour Daimon.

Et pour elle-même, car elle voulait que son amie revienne.

Chapitre 16

1. Kaelir

Daimon descendit les marches menant dans le jardin du Manoir orné de deux statues.

À son réveil, quand le sédatif que lui avaient administré Onirie et Sahtan ne fit plus effet, Daimon avait demandé à quitter le Fort. Ils étaient partis avec lui, de même que Tersa.

Pas Lucivar.

C'était une semaine plus tôt.

Il n'était pas certain de ce qu'il avait fait, depuis. Les jours étaient passés. Et la nuit…

La nuit, il quittait son lit pour se rendre dans celui de Jaenelle car c'était le seul endroit où il trouvait le sommeil. Son odeur était encore présente et, dans le noir, il pouvait presque croire qu'elle s'était absentée un petit moment, et que, le matin venu, elle serait blottie contre lui.

Il regarda la statue du mâle, la main (ou la patte ?) posée sur la femme endormie dans un geste protecteur. Mi-humain, mi-animal. La bête veillant sur la belle. Cette fois, cependant, il décela autre chose, dans ses yeux : l'angoisse, le prix qu'il fallait parfois payer.

Il s'en détourna pour se diriger vers l'autre statue. Il observa fixement le visage de la femme, ce visage aimé et familier, pendant très, très longtemps.

Les larmes montèrent, une fois de plus. Il ressentait de la douleur en permanence.

— Tersa ne cesse de me répéter que tout ira bien, que je dois faire confiance à ceux qui voient, déclara-t-il à la statue. Onirie me rabâche de ne pas baisser les bras. Elle affirme que la parentèle sera capable de vous ramener. Et je veux y croire. J'ai besoin d'y croire. Mais, quand j'interroge directement Tersa à votre propos, elle hésite. Elle répond qu'il est trop tôt pour que nous puissions savoir. Elle dit que la parentèle se bat pour retenir le songe à la chair. (Il émit un rire amer.) Ses membres ne se battent pas pour retenir le songe à la chair, Jaenelle. Ils se battent pour réunir suffisamment de vous *afin que le songe ait une raison de revenir*. Et vous saviez ce qui allait se passer, n'est-ce pas ? Quand vous avez décidé de faire cela, *vous saviez*. (Il marcha de long en large, tourna en rond, puis revint vers la statue.)

» Je l'ai fait pour vous, dit-il doucement. J'ai gagné le temps qu'il fallait, j'ai joué le jeu, pour vous. (Sa voix se brisa dans un sanglot.)

» Je savais que je devrais me livrer à des actes impardonnables. Je le savais quand vous m'avez demandé d'aller en Hayll, mais je l'ai fait quand même. P… pour vous. Parce que je pensais que je reviendrais vers vous, et que tout le reste n'aurait aucune importance. P… parce que je reviendrais vers vous. Mais vous m'avez envoyé là-bas en sachant que vous ne seriez pas là à mon retour, sachant… (Il tomba à genoux.) Vous aviez dit : « Pas de sacrifices. » Vous m'aviez fait promettre que je ne ferais pas de sacrifices. Mais comment qualifiez-vous ceci, Jaenelle ? *Comment qualifiez-vous ceci ?* À mon retour, nous devions nous m… marier… Et vous m'avez quitté. Bon sang, Jaenelle, je l'ai fait pour vous, et vous m'avez quitté. Vous m'avez quitté.

Il s'écroula dans l'herbe, près de la statue, en sanglots.

Lucivar posa un poing sur le mur de pierre et baissa la tête.

Ô Nuit ! Daimon était entré dans ce jeu en s'attendant à rentrer pour son propre mariage. *Ô Nuit !*

Il était venu parce que Marianne lui avait passé un savon, ce matin-là, déversant sur lui toute la colère qu'elle cachait derrière une apparence calme. Elle lui avait dit que, certes, il avait été blessé, mais pour les sauver. Elle lui avait demandé s'il aurait préféré perdre femme et enfant pour de bon, uniquement pour épargner ses sentiments. Et elle lui avait assuré que l'homme qu'elle avait épousé aurait eu le courage de pardonner.

Voilà ce qui amenait Lucivar.

Mais à présent…

Quand ils étaient tous deux esclaves en Terreille, Daimon et lui avaient joué à de nombreux jeux, ils s'étaient servis l'un de l'autre, ils s'étaient fait du mal. Parfois, ils l'avaient fait pour soulager leur propre douleur, parfois c'était pour une raison meilleure. Mais ils avaient toujours réussi à voir au-delà de ces jeux pour pardonner la souffrance *parce qu'ils n'avaient personne d'autre.* Ils s'étaient battus l'un contre l'autre, mais ils s'étaient aussi battus l'un pour l'autre.

Il avait désormais d'autres personnes près de lui, un cercle plus large à aimer. Une épouse, un fils. Cela avait peut-être fait toute la différence. Il n'avait pas *besoin* de Daimon. Mais, feu d'Enfer, Daimon avait besoin de lui, à présent !

Et il y avait plus que cela. Treize ans plus tôt, il avait accusé à tort Daimon d'avoir tué Jaenelle. Ce fut le premier grand choc que subit Daimon, à la suite duquel celui-ci avait passé huit ans au Royaume Perverti, perdu dans la folie. Et Daimon lui avait pardonné parce que, disait-il, il avait déjà pleuré un frère et ne voulait plus revivre cela.

Daimon avait cru un mensonge douloureux pendant treize ans. Lui-même en avait cru un pendant quelques jours. Marianne avait eu raison de le secouer.

Alors il allait faire son possible pour réparer, dans son propre intérêt et dans celui de Daimon, parce que, durant ces longs siècles d'esclavage qu'ils avaient vécu, quand ils n'avaient personne d'autre, leur colère avait parfois éclaté, mais elle avait toujours caché de l'amour.

S'écartant du mur, Lucivar descendit les marches et s'agenouilla dans l'herbe, à côté de Daimon. Il toucha l'épaule de son frère.

Daimon le regarda, le visage dévasté par le chagrin, avant de se précipiter dans ses bras.

— Je veux qu'elle revienne ! pleura-t-il. *Oh, je veux qu'elle revienne !*

Lucivar l'étreignit sans retenir ses larmes.

— Je sais, mon vieux, je sais.

2. Kaelir

— Vous partez ? demanda Lucivar en se levant d'un bond pour dévisager Sahtan. Comment cela, vous partez ? Pour aller où ?

Il marcha de long en large, derrière les deux fauteuils, devant le bureau de bois noir, pointant un index accusateur sur son père.

— Vous n'irez pas au Sombre Royaume. *Il ne reste plus personne, là-bas.* Et vous ne resterez pas seul.

— Lucivar, répondit posément Sahtan. Lucivar, je vous en prie, écoutez-moi.

— Quand le soleil brûlera en Enfer !

— *Connard*, dit Daimon sur un fil viril gris ébène.

— *Et pourquoi, au nom d'Enfer, restez-vous assis là ?* s'enquit Lucivar. *C'est aussi votre père.*

Daimon maîtrisa son exaspération.

— *Laissez-le parler, connard. Si ce qu'il dit ne nous plaît pas, alors nous ferons quelque chose.*

— Vous partez à cause de Sylvia ? demanda-t-il à Sahtan.

Lucivar se figea, jura à voix basse, puis s'adossa de nouveau dans son fauteuil.

— En partie, admit Sahtan. La place d'un Gardien n'est pas parmi les vivants. Pas ainsi. (Il hésita, puis reprit.) Si je reste… je ne peux pas demeurer et être un ami, l'encourager à… Elle mérite d'être avec quelqu'un qui peut lui donner davantage que je le puis maintenant.

— Vous pourriez venir en Ébènerih et vivre avec nous, dit Lucivar.

— Merci, Lucivar, mais c'est non. J'ai… (Sahtan respira profondément) j'ai reçu une proposition, au Fort. Un poste d'assistant historien bibliothécaire. Geoffrey commence à subir le poids des ans. Et c'est ma faute s'il a plus de travail que jamais, parce que c'est moi qui ai introduit le cénacle à la bibliothèque du Fort. Il est temps que je commence à me rendre utile.

— Le Fort ne se trouve qu'à une montagne de chez nous, protesta Lucivar.

— Vous n'amènerez pas Daimonar à la bibliothèque.

Lucivar adressa à Sahtan un sourire malicieux.

— M'y avez-vous emmené, quand j'avais son âge ? demanda-t-il.

— Une fois, répondit sèchement Sahtan. Et Geoffrey me rappelle encore cette petite aventure, à l'occasion. (Il lança une œillade à Daimon.) Je viendrai vous rendre visite, à tous les deux, rien que pour être témoin de la pagaille que vous semez.

Daimon sentit une certaine tension s'atténuer. Il voulait voir son père, mais pas en Ébènaskavi. Plus jamais il ne mettrait les pieds au Fort.

— La famille possède trois comtés de Dhemlan, dit Sahtan. Je les ai répartis entre vous. Daimon, je vous attribue le Manoir ainsi que les terres et dîmes qui vont avec. Lucivar, vous aurez les terres proches de la frontière d'Askavi. L'autre propriété vous revient à tous les deux ensemble.

—Je n'ai pas besoin de terres! protesta Lucivar.

—Si vous êtes encore le prince de guerre d'Ébènerih, c'est parce que les gens veulent que vous le soyez. Mais il est possible que Daimonar ne veuille pas régner, et vous aurez peut-être d'autres fils ou filles qui souhaiteront un autre genre de vie. Vous serez le gardien de ces terres parce que la famille SaDiablo en est la gardienne depuis des milliers d'années. C'est compris?

—Oui, père, dit doucement Lucivar.

—Et vous? demanda Sahtan en jetant un regard éloquent à Daimon.

—Oui, père, répondit celui-ci tout aussi bas.

Voilà qui expliquait pourquoi Sahtan avait insisté pour passer les deux derniers mois à le mettre au courant des affaires familiales. Il pensait que c'était juste une façon de l'occuper pour l'empêcher de trop réfléchir.

Il avait apprécié ce travail, surtout lorsqu'il s'était rendu compte que Sahtan avait pris la responsabilité d'aider Geoffrey à effectuer une tâche bien plus difficile.

Seuls quarante pour cent des membres du Lignage de Terreille étaient partis. Partis pour de bon. Trente pour cent avaient été brisés et ne pouvaient plus désormais avoir recours qu'à des sorts enfantins. Les membres du Lignage qui restaient en Terreille étaient perturbés par la dévastation, et par cette liberté soudaine qui s'offrait à eux.

Il n'avait pas demandé ce qui était arrivé à Alexandra, Lilande et Philippe. Et Sahtan ne lui avait fourni aucun détail à ce sujet. Ou, s'il l'avait fait, c'était uniquement à propos de Wilhelmina.

Le bilan était à peu près le même en Petite Terreille que dans le royaume de Terreille. Mais le reste de Kaelir était pratiquement intact, à part Glacia. Karla peinait à réunifier son peuple et à reformer sa cour. La souillure que Dorothéa et Hékatah avaient imposée au Lignage avait peut-être été détruite, mais les cicatrices demeuraient.

Tout a un prix.

—Et la maison de Jaenelle, à Maghre? s'enquit Lucivar.

Daimon secoua la tête.

—Que Wilhelmina la prenne, dit-il. Elle avait décidé de s'installer sur Scelt et…

— L'habitation a été louée pour Jaenelle, dit fermement Sahtan. Elle reste pour Jaenelle. Si vous n'avez pas d'objection à ce que Wilhelmina y vive jusqu'à ce qu'elle trouve un endroit à elle, qu'il en soit ainsi.

Daimon recula. Il aimait cette demeure lui aussi, mais il n'était pas certain de pouvoir y revivre un jour. Sahtan pensait-il vraiment que Jaenelle reviendrait ? Peut-être son père se refusait-il tout simplement à faire toute chose confirmant qu'elle ne reviendrait pas. Après tout, cela faisait bientôt deux mois qu'il n'avait aucune nouvelle, rien que la certitude perpétuelle et inutile que tout s'arrangerait.

— C'est tout ?

Il lut le message dans le regard de Sahtan.

— Je vous rejoins dans une minute, dit-il à Lucivar quand son frère se leva.

Dès qu'ils se retrouvèrent seuls, Sahtan déclara avec prudence :

— Je sais ce que vous ressentez pour Ébènaskavi, maintenant.

— J'espère vraiment que vous viendrez nous rendre visite, père, s'empressa de répondre Daimon. Parce que je ne remettrai jamais les pieds au Fort.

— Vous devez y retourner une dernière fois, répondit posément Sahtan. Draca veut vous voir.

3. Kaelir

— J'ai quelque chose à vous montrer.

Draca déverrouilla une porte et s'écarta.

Daimon entra dans une vaste salle, une galerie de portraits. Des dizaines et des dizaines de tableaux étaient accrochés aux murs.

D'abord, il n'en vit qu'un seul. Le dernier.

Incapable de le regarder, il lui tourna le dos et se mit à étudier les autres, dans l'ordre. Certains semblaient très, très vieux, mais tous étaient d'excellente facture. À mesure qu'il faisait lentement le tour de la pièce, il se rendit compte que les portraits réunissaient les espèces constituant le Lignage, et qu'ils étaient tous féminins.

Arrivé devant le dernier, il scruta le tableau qui représentait Jaenelle pendant un long moment, puis regarda la signature. Dujae. Naturellement.

Il se tourna vers Draca.

— Cce ssont touss des ssonges faits chair, princce, expliqua-t-elle. Ccertains n'avaient qu'un genre de rêveur, d'autres ont sservi de passserelle. Cceux-ssi étaient Ssorccière.

— Mais…, bredouilla Daimon en regardant de plus près. Je ne vois pas le portrait de Cassandra.

— Cc'était une ssorcière ornée au Noir, la Reine d'Ébènasskavi. Mais elle n'était pas Ssorccière. Elle n'était pas un Ssonge fait chair.

Il secoua la tête.

— Sorcière est ornée au Noir. C'est toujours une Reine ornée au Noir.

— Non. Le ssonge n'est pas toujours ainssi, Daimon. Il y a eu des ssonges tranquilles et des ssonges forts. Il y a eu des Reines et des auteurs de chanssons. (Elle marqua une pause.) Votre ssonge était de devenir conssort de la Reine d'Ébènasskavi, n'est-sse pas ?

Le cœur de Daimon s'emballa.

— Je croyais que c'était la même chose. Je croyais que Sorcière et la Reine d'Ébènaskavi ne faisaient qu'un.

— Et dans le cas contraire ?

Des larmes lui montèrent aux yeux.

— Si elles n'avaient pas été une seule, si j'avais eu à choisir entre la Reine et Jaenelle… Je n'aurais jamais mis les pieds dans cet endroit. Excusez-moi, Draca, je…

Il passa vivement devant elle, mais vit qu'elle bougeait la main comme pour le retenir. Il aurait facilement pu l'éviter, mais il ne pouvait lui manquer de respect.

Elle leva lentement sa main ancienne pour la poser sur son bras.

— La Reine d'Ebènasskavi est partie, dit-elle tout bas, mais ccelle qui est le cœur de Kaelir, Ssorccière, est encore en vie.

4. Kaelir

— Vous accepterez les revenus que je vous procure, grommela Sahtan tandis qu'Onirie et lui traversaient l'un des jardins du Manoir.

Il avait pensé s'acquitter d'une tâche aisée, pour passer le temps en attendant le retour de Daimon du Fort.

— Je n'ai pas besoin d'argent de votre part, répliqua Onirie.

Il s'arrêta et se tourna vers elle.

—Vous faites partie de la famille, oui ou non ?

Elle s'approcha de lui au point que ses orteils touchèrent les siens.

—Oui, je fais partie de la famille, mais…

—Alors acceptez ces maudits revenus ! cria-t-il.

—Pourquoi ? rétorqua-t-elle.

—Parce que je vous aime ! hurla-t-il. Et je veux vous donner cela.

Elle jura.

Feu d'Enfer, pourquoi les enfants étaient-ils si *entêtés* !?

Il laissa libre cours à sa colère.

—C'est un cadeau, Onirie. Je vous en prie, acceptez-le.

Elle glissa ses cheveux derrière ses oreilles.

—Exprimé de cette façon…

Un loup se mit à hurler une étrange série de cris et de jappements.

—Ce n'est pas Griscroc, dit Onirie.

—Non, répondit Sahtan, tendu. Il fait partie de la meute des bois du nord.

Elle eut l'air inquiète.

—L'un d'eux est revenu ? s'enquit-elle. Pourquoi son cri résonne-t-il de la sorte ?

—Les Tigrés se servent de tambours pour envoyer des signaux, uniquement quand ils veulent annoncer une bonne nouvelle, une danse, une réunion impromptue, répondit Sahtan, un peu distrait. Cela intrigue toujours les loups, qui ont développé quelques hurlements bien à eux.

La même série de cris se répéta.

—Griscroc aurait pu en parler, grommela Onirie. Que signifie celui-ci ?

—Il signifie que celui qui l'émet a un message d'importance à transmettre.

Le loup se fit encore entendre, avec une nouvelle chanson, cette fois. Un autre loup se joignit à lui, puis un autre, et un autre encore.

En les écoutant, il se mit à pleurer, et à rire. Il n'y avait qu'une seule explication pour que les loups se manifestent ainsi.

—Oncle Sahtan, que se passe-t-il ? demanda Onirie en agrippant le bras de Sahtan.

—C'est un chant de célébration. Jaenelle est de retour.

5. Kaelir

C'était le début de l'automne, presque un an après sa venue en Kaelir.

Daimon fit atterrir avec précaution la diligence dans la prairie et descendit. En lisière du pâturage, Ladvarienne l'attendait.

Pendant des semaines, il avait ragé, pesté, imploré et juré, en vain. Draca affirmait ne pas savoir exactement où la parentèle avait caché Jaenelle. Elle avait également précisé qu'elle était encore très fragile et qu'une présence forte et des émotions difficiles pouvaient facilement la déstabiliser. Enfin, exaspérée, elle avait suggéré qu'il se rende utile.

Alors il s'était jeté à corps perdu dans le travail. Chaque soir, il avait écrit une lettre à Jaenelle, lui parlant de sa journée, y déversant son amour. Deux ou trois fois par semaine, il se rendait au Fort et tourmentait Draca.

À présent, enfin, le message était arrivé. La parentèle avait fait tout son possible. Elle n'était pas complètement guérie, mais le reste prendrait du temps et elle devait se trouver dans un antre humain bien chaud, désormais.

On lui avait dit de venir avec une diligence pour ramener Jaenelle au Manoir.

Il traversa la prairie et s'arrêta à quelques mètres de Ladvarienne. Le Sceltie semblait trop mince ; il y avait de la joie et de la méfiance dans ses yeux marron.

— Ladvarienne, le salua Daimon avec respect.

— *Daimon*, répondit Ladvarienne, mal à l'aise. *Les mâles humains… Certains mâles humains accordent trop d'attention à l'apparence.*

Il comprit l'avertissement et entendit sa peur. À présent, il comprenait pourquoi les membres de la parentèle ne l'avaient pas laissé venir plus tôt. Ils redoutaient qu'il ne puisse supporter le spectacle. Ils avaient encore peur.

— Ce n'est pas grave, Ladvarienne, dit-il. Ce n'est pas grave.

Le Sceltie le dévisagea.

— *Elle est très fragile.*

— Je sais.

Draca le lui avait martelé avant de le laisser venir.

— *Elle dort beaucoup.*

Il sourit d'un air pincé.

— Moi, je n'ai presque pas dormi.

Satisfait, Ladvarienne se retourna.

— *Par ici. Faites attention. Il y a beaucoup de toiles de garde.*

Scrutant les alentours, il vit les toiles emmêlées capables de s'insinuer dans l'esprit d'une personne pour l'attirer dans des rêves particuliers ou dans d'atroces cauchemars.

Il avança avec prudence.

Ils marchèrent quelques minutes avant d'atteindre un chemin menant vers une crique abritée. Une grande tente était dressée, bien en retrait du bord de l'eau. La toile colorée protégeait du soleil, mais semblait assez légère pour laisser entrer l'air.

Plus près de l'onde, il y avait quelques malheureux châteaux de sable. En voyant Kaelas essayer d'entasser du sable à l'aide de ses grosses pattes, Daimon sourit.

Les rabats ouverts de la tente révélaient une femme endormie à l'intérieur. Elle portait une longue jupe multicolore. Sa chemise améthyste était déboutonnée et avait glissé sur ses flancs, la dénudant depuis la taille.

Dès le premier regard, Daimon s'éloigna vivement de l'abri.

Il s'arrêta à quelques mètres, le temps de reprendre son souffle, l'estomac noué.

La parentèle avait fait de son mieux. Ses membres avaient consacré des mois de dévouement exclusif pour lui permettre d'entamer sa guérison. Daimon préférait ne pas savoir à quoi Jaenelle ressemblait quand ils l'avaient amenée ici.

Ladvarienne le rejoignit. Le Sceltic avait vu comment elle était. Sans doute comprendrait-il sa réaction.

— Ladvarienne…

— *Elle s'est levée trop tôt de ses toiles guérisseuses*, expliqua Ladvarienne d'un ton amer et accusateur. *À cause de vous.*

Daimon se retourna lentement, le cœur meurtri par ces paroles.

— *Nous avons essayé de lui dire que vous n'étiez pas blessé, qu'elle devait rester encore un peu dans les toiles guérisseuses, que le biz… que Tersa vous dirait qu'elle reviendrait, que le Sire d'Enfer prendrait soin de son petit. Mais elle répétait sans cesse que vous aviez mal et qu'elle avait fait une promesse. Elle est restée dans les toiles assez longtemps pour que ses entrailles guérissent, puis elle s'est levée. Mais quand elle a vu…*

Daimon ferma les yeux. *Non, douce Ténèbre, non!* Elle avait souffert, ce qui ne serait pas arrivé si elle était restée dans les toiles guérisseuses.

— Tersa m'a bien dit…, commença-t-il d'une voix brisée. Encore et encore. Mais… tout ce que je savais avec certitude, c'est que Jaenelle avait promis de m'épouser, puis elle est partie et…

Il ne put poursuivre sa phrase.

— *Nous aurions peut-être dû vous le dire*, admit Ladvarienne à contrecœur, après un long silence. *Nous ne pensions pas que les humains pouvaient guérir, du moins nous en doutions trop. Mais si nous vous avions parlé des toiles, vous auriez pu y croire, vous.*

C'était improbable. Il aurait eu beau avoir envie d'y croire, le doute se serait insinué en lui, au risque de détruire tout ce qu'il voulait sauver.

— Tersa m'a dit que tout irait bien, mais je ne l'ai pas écoutée.

Le silence s'installa de nouveau.

— *Il est difficile d'écouter quand on a une patte prise dans un piège.*

Tant de compréhension, de pardon, faisait mal. Daimon observa le Sceltie, en quête de vérité.

— Ladvarienne… l'ai-je rendue invalide ?

— *Non*, répondit-il doucement. *Elle va guérir, prince. Elle va chaque jour un peu mieux. Cela prendra juste plus de temps.*

Daimon se dirigea vers la tente et entra. Cette fois, il ne vit que Jaenelle.

— *Elle est là tout entière*, annonça Ladvarienne, anxieux.

Daimon opina et ôta ses chaussures et sa veste. Puis il s'allongea doucement près d'elle, appuyé sur un avant-bras pour la contempler. Hésitant, il effleura ses cheveux dorés d'une caresse, osant à peine la toucher. Elle était si fragile. Si terriblement fragile. Mais vivante.

— *Nous avons dû couper sa toison.*

Étant donné l'état dans lequel elle devait se trouver, cette solution avait dû faciliter les problèmes de toilette pour la parentèle.

Il caressa doucement sa joue. Son visage n'avait pas changé, même s'il était émacié.

C'est alors qu'il remarqua le Joyau posé sur sa poitrine. D'abord, il crut voir le Pourpre vespéral, puis, dans ses profondeurs, il décela des éclats de rose, de ciel d'été, d'opale, de vert, de saphir et de rouge. De gris et de gris ébène. Et une touche de noir.

— *On l'appelle « Aurore Nébuleuse »*, dit Ladvarienne. *Ce Joyau n'a pas son pareil.*

Puis le Sceltie se retira, le laissant seul avec elle.

Il la regarda dormir. Il se contenta de l'observer. Au bout d'un moment, il trouva le courage de laisser ses doigts l'explorer un peu.

Ladvarienne avait raison. Elle était là tout entière, mais elle n'avait guère plus que la peau et les os.

En effleurant délicatement un mamelon, il s'immobilisa et pensa à sa chemise ouverte. Puis il regarda en direction de la plage, où Ladvarienne et Kaelas l'observaient de loin.

—*Elle ne savait pas que je viendrais, n'est-ce pas?*

—*Non*, répondit Ladvarienne.

Il n'eut pas à demander pourquoi. S'il n'avait pas été capable d'accepter ce qu'il voyait, la parentèle n'aurait jamais dit à Jaenelle qu'il était venu, et Ladvarienne aurait emmené Jaenelle ailleurs, pour la confier à quelqu'un d'autre, le temps qu'elle guérisse pendant les mois d'hiver.

Il savait ce qu'il avait à répondre à cela. Il l'aimait, et il ne voulait qu'une chose: être avec elle. Mais en dépit de ce que lui avait dit Ladvarienne... à cause de ce que lui avait dit Ladvarienne... il n'était plus très sûr qu'elle voudrait de lui.

Quand elle remua légèrement, il comprit qu'il ne partirait que si elle le chassait.

En prenant soin de ne pas lui faire mal, il se pencha vers elle et effleura ses lèvres d'un baiser.

Il releva la tête. Jaenelle l'observait de ses yeux saphir hantés.

—Daimon? appela-t-elle d'une voix incertaine.

—Bonjour, chérie, répondit-il d'une voix rauque, tant il retenait ses larmes. Vous m'avez manqué...

Doucement, au prix d'un gros effort, elle leva une main vers son visage et esquissa un sourire.

—Daimon...

Cette fois, sa voix était porteuse d'une promesse, d'une tendre caresse.

Imprimé en France
FROC020937150620
24289FR00002B/10

9 782811 20374